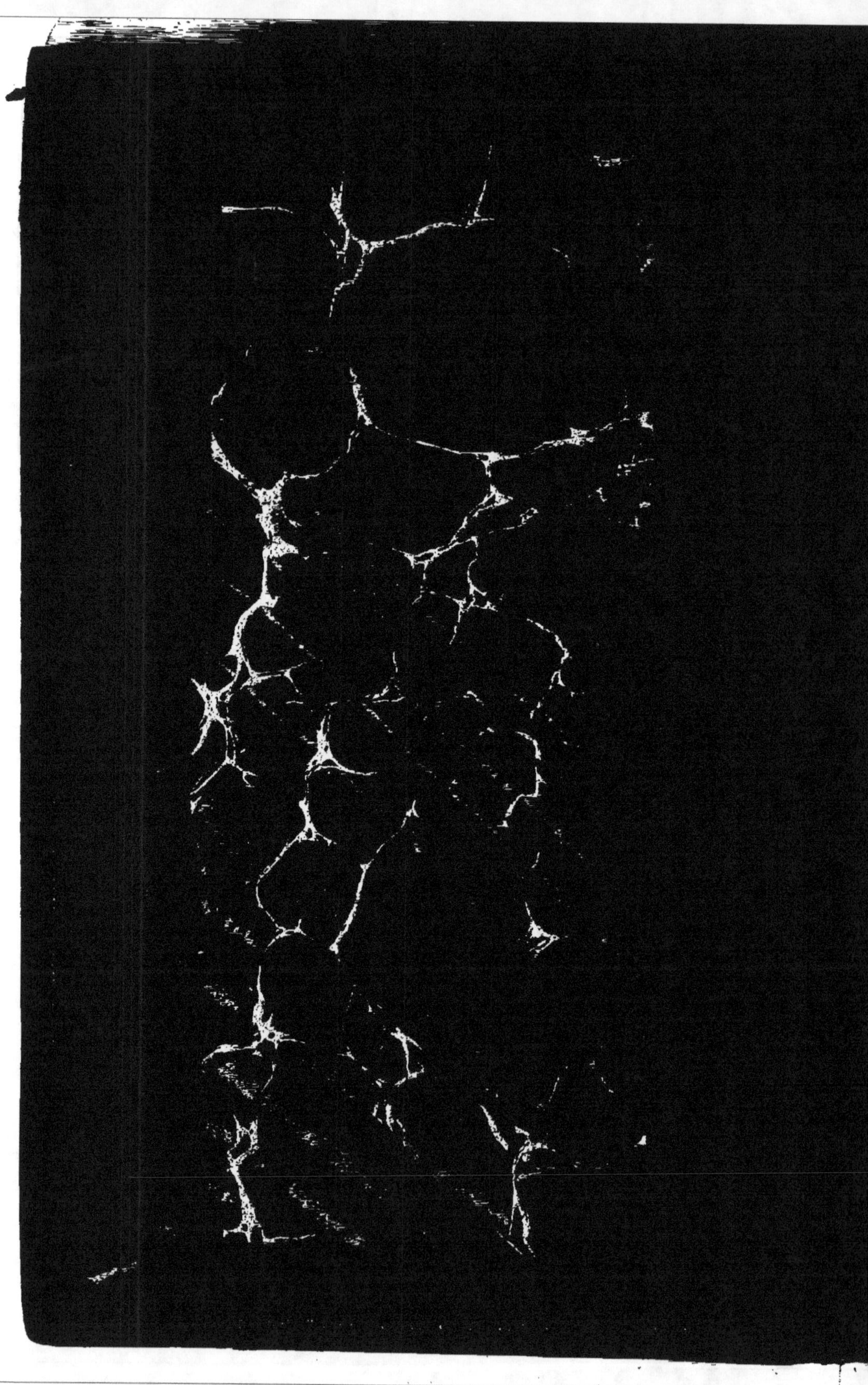

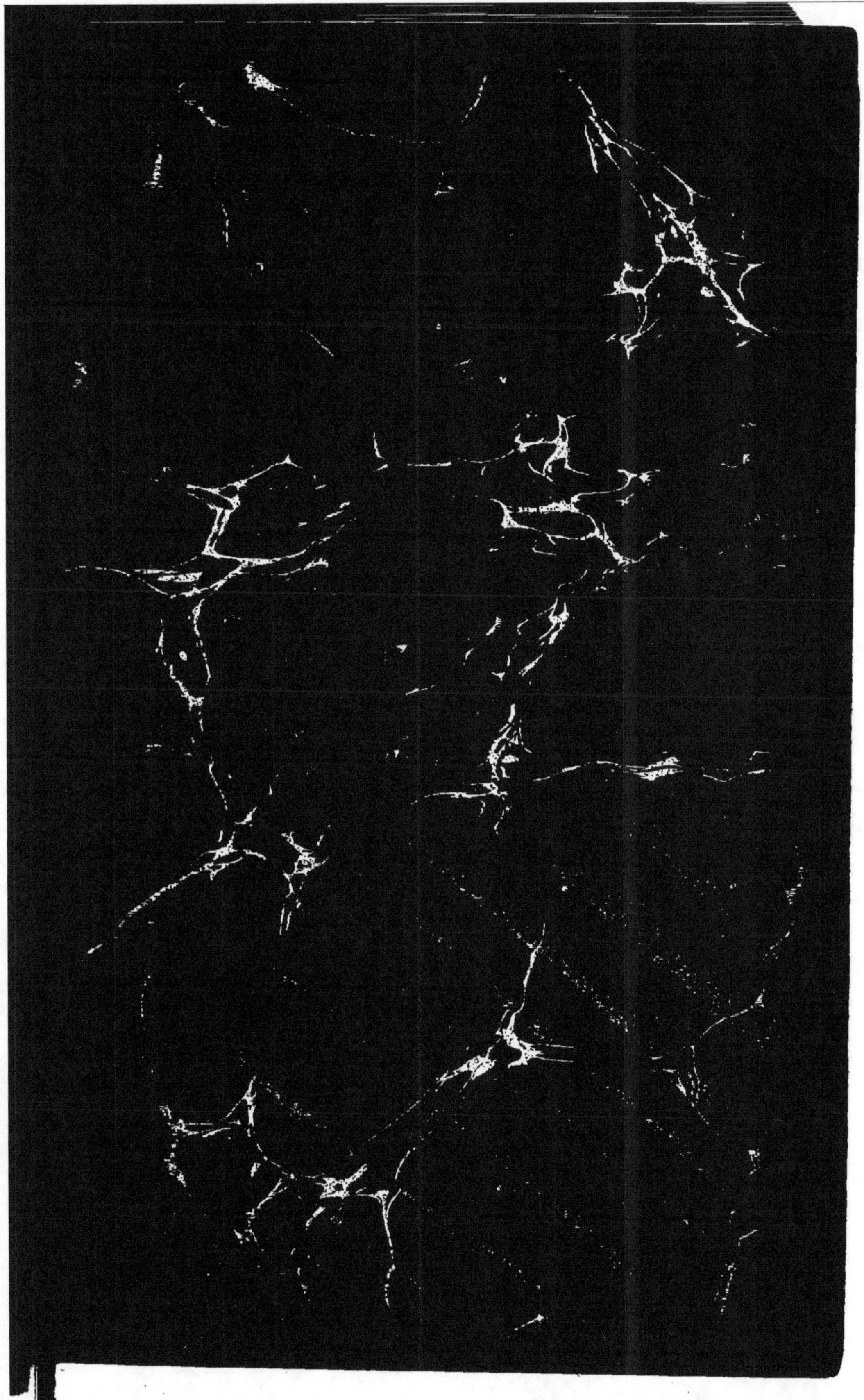

OEUVRES

DE

BLAISE PASCAL.

DE L'IMPRIMERIE DE CRAPELET.

OEUVRES

DE

BLAISE PASCAL.

NOUVELLE ÉDITION.

TOME PREMIER.

A PARIS,

CHEZ LEFÈVRE, LIBRAIRE,

RUE DE L'ÉPERON, N° 6.

1819.

OEUVRES

DE

BLAISE PASCAL.

NOUVELLE ÉDITION.

TOME PREMIER.

A PARIS,

CHEZ LEFÈVRE, LIBRAIRE,

RUE DE L'ÉPERON, N° 6.

1819.

AVERTISSEMENT

DE L'ÉDITEUR.

Cette nouvelle édition des OEuvres de Pascal a été exécutée avec tous les soins qui pouvoient la rendre recommandable aux Amateurs. Je crois devoir entrer dans quelques détails sur les éditions précédentes, pour faire connoître aux lecteurs les améliorations qui ont été faites dans celle-ci.

On sait la vogue prodigieuse qu'obtinrent les *Lettres Provinciales*, publiées et réimprimées en plusieurs langues du vivant et sous les yeux mêmes de l'auteur. On sait également que ses *Pensées* n'étoient que les matériaux d'un grand ouvrage qu'il méditoit, et auquel une carrière trop courte ne lui permit pas de mettre la dernière main. Après sa mort, l'on s'occupa de réunir ces fragments ; mais, dans la crainte d'irriter les jésuites, alors tout-puissants, les premiers éditeurs n'en publièrent qu'une partie, et retranchèrent même des passages d'une assez grande étendue.

En 1776, Condorcet publia, sous la date de Londres, une édition des *Pensées*, qu'il fit précéder d'un éloge de Pascal, et auxquelles il joignit des notes philosophiques. Personne, sans contredit, n'étoit plus que ce savant en état de tirer les *Pensées* du chaos où les premiers éditeurs les avoient laissées, et de leur donner le complément auquel elles sont arrivées depuis. Les manuscrits originaux (*) étoient à sa disposition ; mais, suivant toute apparence, il ne les consulta pas exactement, puisqu'on trouve dans son Recueil plusieurs passages qui ne sont nullement d'accord

---

(*) Ces manuscrits sont à la Bibliothèque royale : ils y furent transportés en 1794, après avoir échappé à l'incendie qui consuma celle de l'abbaye de Saint-Germain-des-Prés, où ils étoient conservés.

Tome I.   *

avec ces mêmes manuscrits. Il y inséra, à la vérité, plusieurs Pensées qui faisoient indubitablement partie de celles
que les premiers éditeurs n'avoient pas cru devoir adopter,
et qui l'ont fait accuser faussement d'avoir altéré le texte
de Pascal et de l'avoir chargé de nombreuses interpolations.
Ces Pensées sont conformes aux manuscrits, et avoient déjà
été publiées par le père Desmolets dans le tome V de la
continuation des Mémoires d'histoire et de littérature. Au
surplus, malgré la classification aussi claire que méthodique
adoptée par Condorcet pour les Pensées que renferme son
Recueil, il n'eut, suivant toute apparence, d'autre dessein
que celui de faire un choix convenable au but qu'il se
proposoit, but qu'il est facile d'apercevoir.

On en peut dire autant de l'édition que Voltaire publia
à Genève en 1778, à laquelle il joignit ses propres notes,
et qui n'est, à proprement parler, que la réimpression de
celle de Condorcet, avec une préface à sa louange.

Jusque-là les *Lettres Provinciales* et les *Pensées*, si
incomplètement recueillies, ou si étrangement mutilées,
composoient à peu près tout ce qu'on possédoit de Pascal ;
car, de ses ouvrages de mathématiques et de physique, les
uns étoient déjà perdus, et les autres, ou demeurés en
manuscrit, ou imprimés à un très-petit nombre d'exemplaires, étoient devenus si rares, que tôt ou tard ils devoient subir le même sort. En 1779, un savant distingué,
M. Bossut, sentit toute l'étendue de la perte dont on étoit
menacé. Convaincu, comme il le dit lui-même, que tel
est dans les sciences exactes l'avantage attaché aux productions d'un génie inventeur, qu'en cessant même d'être
nouvelles par le fond des choses, elles sont toujours instructives par l'art de chercher et d'exposer la vérité,
il entreprit de réunir en un seul corps tous les ouvrages
de Pascal. Cet habile éditeur ne négligea rien de ce qu'on
devoit attendre de lui. Pour ce qui regardoit les *Pensées*,
étranger aux motifs qui avoient causé la circonspection
des premiers éditeurs, et à ceux qui avoient guidé Con-

dorcet et Voltaire dans leur choix, il conféra soigneusement toutes les précédentes éditions, tant avec les manuscrits originaux qu'avec d'autres non moins authentiques, et qui lui fournirent d'excellents morceaux jusqu'alors inconnus. Il adopta pour son nouveau Recueil, et perfectionna même la classification que Condorcet avoit déjà si bien établie pour le sien. M. Bossut ne fut pas moins infatigable dans ses recherches relativement aux autres productions de Pascal sur les mathématiques et la physique. On voit, dans son avertissement, qu'il n'a pas tenu à lui de rendre à cet égard son succès plus complet; et que, s'il n'a pu rassembler tous les monuments du génie de ce grand homme, jaloux de lui restituer la gloire de toutes ses inventions utiles, il en découvre les titres jusque dans la tradition. Il nous apprend, sur le témoignage de M. Le Roi, de l'Académie des Sciences, qui le tenoit de M. Julien Le Roi, son père, que Pascal est l'inventeur de deux machines d'un usage journalier, et aussi ingénieuses que simples : la première est cette espèce de chaise roulante appelée vulgairement *Brouette* ou *Vinaigrette ;* la seconde est le *Haquet,* combinaison non moins utile qu'heureuse du treuil et du plan incliné. Cette édition de M. Bossut, la seule complète qui eût encore paru des OEuvres de Pascal, a depuis servi de guide aux éditeurs qui ont reproduit les *Lettres Provinciales* et les *Pensées.*

Je ne dois point passer sous silence l'édition, quoique incomplète, des *Pensées* que le père André, ex-oratorien et bibliothécaire de M. d'Aguesseau, donna en 1783, et qu'il fit réimprimer en 1787, avec un supplément également incomplet. Cette édition se fait remarquer par de judicieuses notes, dont j'ai eu soin de profiter pour la mienne.

Quelques autres éditeurs ont, dans ces derniers temps, extrait de l'édition de 1779 les *Lettres Provinciales* et les *Pensées.* Ces réimpressions, quoique préférables aux précédentes, offrent encore des omissions qui ne sont pas sans importance. Voyez, au Tome II, les pages 101, 225, 390.

Ce n'est qu'après avoir soigneusement comparé entre elles et avec les manuscrits toutes ces diverses éditions, que j'ai livré à l'impression l'exemplaire sur lequel se trouvoient toutes les corrections et additions qui ont été le fruit de mes recherches, aidées d'un examen réfléchi. J'ai surtout apporté un soin particulier aux citations; ce qui m'a mis dans le cas d'en rectifier plusieurs, et de remplir les nombreuses lacunes qui existoient dans cette partie. Indépendamment de ces améliorations, il en est encore d'autres qui recommandent cette nouvelle édition.

En tête du premier volume, qui contient les *Lettres Provinciales*, j'ai placé le *Discours sur la Vie et les Ouvrages de Pascal*, par M. Bossut; non pas tel qu'il fut imprimé en 1779, mais avec les corrections et additions que l'auteur y a faites depuis. Outre de savantes observations, il contient tous les faits rapportés dans la Vie écrite par madame Périer, sœur de Pascal.

A la suite de ce *Discours*, on trouvera un des plus intéressants morceaux qui soient sortis de la plume de M. le comte François de Neufchâteau, et auquel il a donné le titre modeste d'*Essai sur les meilleurs ouvrages écrits en prose dans la langue françoise, et particulièrement sur les Provinciales de Pascal*. Cet ouvrage manquoit à notre littérature. On sait que l'auteur le composa pour la belle collection des classiques françois publiée par M. P. Didot l'aîné. M. François de Neufchâteau a revu cet Essai, et y a fait des augmentations importantes : c'est sur son nouveau manuscrit qu'on l'a imprimé. Ses recherches remontent jusqu'à la découverte de l'imprimerie, vers le milieu du quinzième siècle; et, dans le tableau qu'il nous présente des progrès de la langue françoise dans un espace de deux siècles, on reconnoît toutes les grâces de son style et la vigueur de son pinceau.

Une autre production non moins précieuse du même auteur, et qui fait suite à l'Essai précédent, est son *Introduction aux Pensées de Pascal*, que j'ai placée en tête du second volume. Elle est suivie de la Préface qui fut composée pour la première édition des *Pensées*, publiée en 1669, peu d'années après la mort de Pascal. Cette pièce, écrite avec une sorte de naïveté et de bonhomie, m'a paru, par cela même, mériter d'être conservée : elle contient d'ailleurs le plan du grand ouvrage que méditoit Pascal.

Ce second volume contient des notes assez nombreuses que j'ai crues indispensables, tant pour l'intelligence de certaines Pensées, que pour relever quelques erreurs échappées aux précédents éditeurs. On y trouvera aussi les notes philosophiques de Voltaire et de Condorcet. Un motif que l'on saisira sans peine m'a déterminé à placer ces dernières à la fin du volume ; mais j'ai facilité les moyens d'y recourir par des chiffres correspondants avec les passages auxquels elles s'appliquent.

Enfin, ayant senti le besoin d'une table analytique plus complète et plus raisonnée que celle qui existait, j'ai apporté tous mes soins pour en rédiger une qui ne laissât rien à désirer.

Dans les deux derniers volumes, outre une description très-détaillée de la fameuse machine arithmétique, qui passa avec raison pour un prodige de mécanique, on trouvera une suite de traités et d'expériences curieuses sur des matières de mathématiques et de physique. J'ai, en un mot, reproduit tout ce qu'avoit publié M. Bossut, en corrigeant quelques fautes inévitables dans une première édition : je ne pouvois d'ailleurs suivre un meilleur guide.

BERTH**.

N. B. Les notes suivies de la lettre R sont de M. Renouard, et extraites de ses éditions des *Provinciales* et des *Pensées* publiées en 1812.

DISCOURS

SUR

LA VIE ET LES OUVRAGES

DE PASCAL.

Bᴌᴀɪsᴇ Pᴀsᴄᴀʟ naquit à Clermont en Auvergne, le 19 juin 1623, d'Étienne Pascal, premier président à la cour des aides de cette ville, et d'Antoinette Begon. Il eut un frère aîné qui mourut au berceau, et deux sœurs dont il sera souvent parlé dans la suite: l'une nommée *Gilberte*, née en 1620 (*); l'autre nommée *Jacqueline*, née en 1625 (**).

La famille des Pascal avoit été anoblie par Louis XI, vers l'année 1478; et depuis cette époque elle possédoit

---

(*) Elle épousa Florin Périer, conseiller en la même cour des aides de Clermont-Ferrand, et mourut à Paris en avril 1687, sur la paroisse de Saint-Jacques-du-Haut-Pas, d'où elle fut portée à Saint-Étienne-du-Mont, pour y être enterrée auprès de son frère. On lui doit une *Vie* de Blaise Pascal, qui prouve qu'elle n'étoit pas étrangère à la culture des lettres, et qu'on trouve en tête des anciennes éditions. (*Note de l'Éditeur.*)

(**) Elle embrassa, en 1653, l'état de religieuse à Port-Royal, où elle mourut sous-prieure de sa communauté le 4 octobre 1661, par suite des chagrins violents que lui causèrent les persécutions suscitées, à l'instigation des jésuites, contre les religieuses de Port-Royal, pour les contraindre à signer le formulaire. (*Note de l'Éditeur.*)

dans l'Auvergne des places distinguées, qu'elle honoroit par ses vertus et par ses talents.

A ces qualités héréditaires Étienne Pascal joignoit la science des lois, et une grande étendue de connoissances dans les matières de littérature, de mathématiques, de physique, etc. La simplicité des mœurs antiques et les plaisirs attachés aux plus doux sentiments de la nature faisoient de sa maison le lieu de la paix et du bonheur. Tous les jours, après avoir rempli ses fonctions d'homme public à la cour des aides, il rentroit dans le sein de sa famille; et, pour délassement, il venoit partager les soins domestiques avec une femme aimable et vertueuse. Il eut le malheur de perdre cette épouse chérie en 1626; et dès ce moment son âme, profondément affligée, se ferma à toute autre ambition qu'à celle de donner une excellente éducation aux trois enfants qui lui restoient. Il vouloit les former lui-même à la vertu et aux connoissances utiles; mais il sentit bientôt que l'exécution de ce projet ne pouvoit se concilier avec les devoirs d'une magistrature pénible: il ne balança point; il vendit sa charge en 1631, et vint demeurer à Paris avec sa famille, afin de pouvoir remplir librement envers elle des devoirs plus sacrés que ceux des relations sociales dans une place de médiocre importance. Sa principale attention se porta sur son fils unique, qui avoit annoncé, presque dès le berceau, ce qu'il devoit être un jour. Les langues et les premiers éléments des sciences furent les objets présentés d'abord à l'avidité que cet enfant montroit de s'instruire. En même temps Étienne Pascal enseignoit le latin et les belles-lettres à ses deux filles, pour les accoutumer de bonne heure à cet esprit de réflexion si important au bonheur de la vie, et non moins nécessaire aux femmes qu'aux hommes.

La fameuse guerre de trente ans désoloit alors toute

l'Europe. Cependant, au milieu de tant de désastres, l'éloquence et la poésie, déjà florissantes en Italie depuis plus d'un siècle, commençoient à jeter de l'éclat en France et en Angleterre; les mathématiques et la physique sortoient des ténèbres; la saine philosophie, ou plutôt la vraie méthode de philosopher, pénétroit dans les écoles; et la révolution que Galilée et Descartes avoient préparée s'accomplissoit rapidement. Entraîné par ce mouvement universel, Étienne Pascal devint géomètre et physicien. Il se lia, par conformité de goût et d'occupations, avec le père Mersenne, Roberval, Carcavi, Le Pailleur, etc. Ces savants hommes s'assembloient de temps en temps les uns chez les autres pour raisonner sur les objets de leurs travaux, ou sur les différentes questions que le hasard et la chaleur de la dispute pouvoient faire naître. Ils entretenoient un commerce réglé de lettres avec d'autres savants répandus dans les provinces de France et dans les pays étrangers : par là ils étoient instruits très-promptement de toutes les découvertes qui se faisoient dans les mathématiques et dans la physique. Cette petite société formoit une espèce d'académie dont l'amitié et la confiance étoient l'âme, libre d'ailleurs de toute loi et de toute contrainte. Elle a été la première origine de l'Académie des Sciences, qui ne fut établie, sous le sceau de l'autorité royale, qu'en 1666.

Le jeune Blaise Pascal assistoit quelquefois aux conférences qui se tenoient chez son père. Il écoutoit avec une extrême attention; il vouloit savoir les causes de tous les effets. On rapporte qu'à l'âge de onze ans il composa un petit traité sur les sons, dans lequel il cherchoit à expliquer pourquoi une assiette, frappée avec un couteau, rend un son qui cesse tout à coup lorsqu'on y applique la main. Son père, craignant que ce goût trop vif pour les sciences ne nuisît à l'étude des langues, qu'on regardoit alors comme la partie la plus essentielle de l'éducation, décida, de concert avec la petite société, que dorénavant on s'abstiendroit de parler de mathématiques et de physique en présence du jeune homme. Il en fut désolé : on lui promit, pour l'apaiser, de lui apprendre la géométrie quand il sauroit le latin et le grec, et quand il seroit digne d'ailleurs d'entendre cette science. En attendant, on se contenta de lui dire qu'elle considère l'étendue des corps, c'est-à-dire, leurs trois dimensions, longueur, largeur et profondeur; qu'elle enseigne à former des figures d'une manière juste et précise, à comparer ces figures les unes avec les autres, etc.

Cette indication vague et générale, accordée à la curiosité importune d'un enfant, fut un trait de lumière qui développa le germe de son talent pour la géométrie. Dès ce moment il n'a plus de repos : il veut à toute force pénétrer dans cette science qu'on lui cache avec tant de mystère, et qu'on croit au-dessus de lui, par mépris pour son âge. Pendant ses heures de récréation il s'enfermait seul dans une chambre isolée : là, avec du charbon, il traçoit sur le carreau des triangles, des parallélogrammes, des cercles, etc., sans savoir les noms de ces figures ; ensuite il examinoit les situations que les lignes ont les unes à l'égard des autres en se rencontrant ; il comparoit les étendues des figures, etc. Ses raisonnements étoient fondés sur des définitions et des axiomes qu'il s'étoit faits lui-même. De proche en proche il parvint à reconnoître que la somme des trois angles de tout triangle doit être mesurée par une demi-circonférence, c'est-à-dire, doit égaler la somme de deux angles droits; ce qui est la trente-deuxième proposition du premier livre d'Euclide. Il en étoit à ce théorème, lorsqu'il fut surpris par son père, qui, ayant su l'objet, le progrès et le résultat de ses recherches, demeura quelque temps muet, immobile, confondu d'admiration et d'attendrissement; puis courut tout hors de lui-même raconter ce qu'il venoit de voir à M. Le Pailleur, son intime ami.

Je ne dois pas dissimuler qu'on a élevé des nuages sur ce trait de la vie de Pascal. Les uns l'ont nié comme fabuleux et impossible; les autres l'ont admis, sans y trouver d'ailleurs rien d'extraordinaire. Mais si on examine les choses sans prévention, on verra que le fait est appuyé sur des témoignages qui ne permettent pas de le révoquer en doute; et on conviendra, d'un autre côté, qu'un tel effort de tête et de génie dans un enfant surpasse de beaucoup l'ordre commun.

Quoi qu'il en soit, on ne contraignit plus le goût du jeune Pascal : il eut toute liberté d'étudier la géométrie; on lui donna à lire, à l'âge de douze ans, *les Élémens* d'Euclide, qu'il entendit tout seul, et sans avoir jamais besoin de la moindre explication. Bientôt il fut en état de tenir un rang distingué dans les assemblées des savants, et d'y apporter des ouvrages de sa façon. Il n'avoit pas encore seize ans, qu'il composa, sur les sections coniques, un petit traité qui fut regardé alors comme un prodige de sagacité.

Étienne Pascal étoit le plus heureux des pères; il voyoit son fils marcher à pas de géant dans la carrière des sciences, qu'il regardoit comme le plus noble exercice de l'esprit humain : ses filles ne lui donnoient pas moins de satisfaction; à une figure agréable elles joignoient une raison supérieure à leur âge; et le monde, où elles paroissoient depuis peu de temps, commençoit à les distinguer. Tout ce bonheur fut troublé par un de ces événements que la prudence des hommes ne peut prévoir ni empêcher.

Au mois de décembre 1638, le gouvernement, appauvri par une longue suite de guerres et de déprédations dans les finances, fit quelques retranchemens sur les rentes de l'hôtel-de-ville de Paris. Cette manière de libérer l'état est, comme on sait, un des moyens les plus faciles qu'on puisse employer; mais elle excita alors parmi les rentiers des murmures un peu vifs, et même des assemblées que l'on traita de séditieuses. Étienne Pascal fut accusé d'en être l'un des principaux moteurs. Cette imputation injuste pouvoit avoir quelque ombre de vraisemblance, parce qu'en arrivant à Paris il avoit placé la plus grande partie de son bien sur l'hôtel-de-ville. Aussitôt un ministre terrible, dont le despotisme s'effarouchoit de la moindre résistance, fit expédier un ordre d'arrêter Étienne Pascal, et de le mettre à la Bastille; mais, averti à temps par un ami, il se tint d'abord caché, puis se rendit secrètement en Auvergne.

Qu'on se représente la douleur de ses enfants, et celle qu'il ressentit lui-même d'être forcé à les abandonner dans l'âge où ils avoient le plus besoin de sa vigilance paternelle! Si les hommes puissants qui, sans examen, sans preuves, se permettent de telles violences, conservent un cœur encore accessible aux remords, ils doivent être quelquefois bien malheureux.

L'ouvrage de la calomnie ne fut pas de longue durée; et l'on peut remarquer ici l'enchaînement bizarre des choses humaines. Le cardinal de Richelieu ayant eu la fantaisie de faire représenter devant lui, par de jeunes filles, l'*Amour tyrannique*, tragi-comédie de Scudéri, la duchesse d'Aiguillon, chargée de la conduite du spectacle, désira que Jacqueline Pascal, qui avoit alors environ treize ans, fût l'une des actrices; mais Gilberte, sa sœur aînée, et le chef de la famille en l'absence du père, répondit fièrement: *M. le cardinal ne nous donne pas assez de plaisir pour que nous pensions à lui en faire.* La duchesse insista, et fit même entendre que le rappel d'Étienne Pascal seroit peut-être le prix de la complaisance qu'elle exigeoit. L'affaire est proposée aux amis de la famille: on décide que Jacqueline acceptera le rôle qui lui étoit destiné. La pièce fut représentée le 3 avril 1639. Jacqueline mit dans son jeu une grâce et une finesse qui enlevèrent tous les spectateurs, et principalement le cardinal de Richelieu. Elle fut adroite à profiter de ce moment d'enthousiasme. Le spectacle fini, elle s'approche du cardinal, et lui récite un petit placet en vers (*) pour demander le retour de son père. Le cardinal la prenant dans ses bras, *l'embrassant et la baisant à tous moments pendant qu'elle disoit ses vers,* comme elle-même le raconte dans une lettre écrite le lendemain à son père : *Oui, mon enfant,* répondit-il, *je vous accorde ce que vous demandez; écrivez à votre père qu'il revienne en toute sûreté.* Alors la duchesse d'Aiguillon prit la parole, et fit ainsi l'éloge d'Étienne Pascal : *C'est un fort honnête homme; il est très-savant, et c'est bien dommage qu'il demeure inutile. Voilà son fils,* ajouta-t-elle, en montrant Blaise Pascal, *qui n'a que quinze ans, et qui est déjà un grand mathématicien.* Jacqueline, encouragée par un premier succès, dit au cardinal : *Monseigneur, j'ai encore une grâce à vous demander.... — Eh quoi, ma fille? demande tout ce que tu voudras; tu es trop aimable, on ne peut rien te refuser.... — Permettez que notre père vienne lui-même remercier*

(*) Voici ce placet :

> Ne vous étonnez pas, incomparable ARMAND,
> Si j'ai mal contenté vos yeux et vos oreilles:
> Mon esprit, agité de frayeurs sans pareilles,
> Interdit à mon corps et voix et mouvement.
> Mais pour me rendre ici capable de vous plaire,
> Rappelez de l'exil mon misérable père:
> C'est le bien que j'attends d'une insigne bonté:
> Sauvez cet innocent d'un péril manifeste:
> Ainsi vous me rendrez l'entière liberté
> De l'esprit et du corps, de la voix et du geste.

*votre Eminence de ses bontés.... — Oui, je veux le voir,
et qu'il m'amène sa famille.*

Aussitôt on mande à Étienne Pascal de revenir en
toute diligence : arrivé à Paris, il vole, avec ses trois enfants, à Ruel, chez le cardinal, qui lui fait l'accueil le
plus flatteur : *Je connois tout votre mérite*, lui dit Richelieu ; *je vous rends à vos enfants, et je vous les recommande ;
j'en veux faire quelque chose de grand.*

Deux ans après, c'est-à-dire en 1641, Étienne Pascal
fut nommé à l'intendance de Rouen, conjointement avec
M. de Paris, maître des requêtes (*). Il remplit pendant
sept années consécutives les importantes fonctions atta-
chées à sa place, avec une capacité et un désintéressement
qui furent également applaudis de la province et de la
cour. Il avoit emmené toute sa famille avec lui ; et la
même année 1641, il maria sa fille Gilberte à M. Périer,
qui s'étoit distingué dans une commission que le gouvernement lui avoit donnée en Normandie, et qui, dans la
suite, acheta une charge de conseiller à la cour des aides
de Clermont-Ferrand.

Blaise Pascal, déjà compté parmi les géomètres du premier ordre, eut un avantage peut-être unique, mais qu'il
paya de sa santé, et même de sa vie : celui de pouvoir se
livrer sans contrainte et sans réserve à son génie pour les
sciences. A peine âgé de dix-neuf ans, il inventa la fameuse
machine arithmétique qui porte son nom. On sait combien
les opérations de l'arithmétique sont nécessaires, non-
seulement dans le commerce le plus ordinaire de la
société, mais encore dans toutes les applications qu'on

(*) Étienne Pascal étoit chargé de la perception des tailles, et
M. de Paris de l'entretien des troupes, qui se trouvoient alors en
grand nombre en Normandie, à cause des troubles excités dans
cette province.

peut faire des mathématiques à la physique et aux arts,
puisqu'en dernière analyse, les relations des quantités
qui entraînent dans un problème doivent toujours être
exprimées en nombres. Mais quand les méthodes pour
exécuter les calculs numériques sont une fois trouvées,
l'usage monotone et prolixe de ces méthodes fatigue très-
souvent l'attention sans attacher l'esprit. Rien ne seroit
donc plus utile qu'un moyen mécanique et expéditif de
faire toutes sortes de calculs sur les nombres sans autre
secours que celui des yeux et de la main. Tel est l'objet
que Pascal s'est proposé par sa machine. Les pièces qui
en forment le principe et l'essence sont plusieurs rouleaux
ou barillets, parallèles entre eux, et mobiles autour de
leurs axes : sur chacun d'eux on écrit deux suites de nombres depuis zéro jusqu'à neuf, lesquelles vont en sens
contraires, de sorte que la somme de deux chiffres correspondants forme toujours neuf; ensuite on fait tourner,
par un même mouvement, tous ces barillets de gauche à
droite, et les chiffres dont on a besoin pour les différentes
opérations de l'arithmétique paroissent à travers de petites
fenêtres percées dans la face supérieure. La machine est
composée d'ailleurs de roues et de pignons qui s'engrènent
ensemble, et qui font leurs révolutions par un mécanisme
à peu près semblable à celui d'une montre ou d'une pen-
dule. Il n'est pas possible d'en donner ici une explication
plus détaillée (*). L'idée de cette machine a paru si belle
et si utile, qu'on a cherché plusieurs fois à la perfectionner
et à la rendre plus commode dans la pratique. Leibnitz
s'est occupé long-temps de ce problème, et il a trouvé
effectivement une machine plus simple que celle de
Pascal. Malheureusement toutes ces machines sont coû-

(*) Voyéz-en la description, et autres pièces qui y sont relatives,
dans le tome IV de cette édition.

teuses, un peu embarrassantes par le volume, et sujettes à se déranger. Ces inconvéniens font plus que compenser leurs avantages. Aussi les mathématiciens préfèrent-ils généralement les tables des logarithmes, qui changent les opérations les plus compliquées de l'arithmétique en de simples additions ou soustractions, auxquelles il suffit d'apporter une légère attention pour éviter les erreurs de calcul. Mais la découverte de Pascal n'en est pas moins ingénieuse en elle-même. Elle lui coûta de grands efforts de tête, tant pour l'invention que pour faire concevoir la combinaison des rouages aux ouvriers chargés de les exécuter. Ce travail opiniâtre et forcé affecta sa constitution physique, déjà foible et chancelante ; et dès ce moment sa santé alla toujours en dépérissant.

La physique offrit bientôt après à sa curiosité active et inquiète l'un des plus grands phénomènes qui existent dans la nature : phénomène dont l'explication est principalement due à ses expériences et à ses réflexions. Les fontainiers de Côme de Médicis, grand-duc de Florence, ayant remarqué que, dans une pompe aspirante, où le piston jouoit à plus de trente-deux pieds au-dessus du réservoir, l'eau, après être arrivée à cette hauteur de trente-deux pieds dans le tuyau, refusoit opiniâtrément de s'élever davantage, consultèrent Galilée sur la cause de ce refus qui leur paroissoit fort bizarre. L'antiquité avoit dit : l'eau monte dans les pompes et suit le piston, parce que la nature abhorre le vide. Galilée, imbu de cette opinion reçue alors dans toutes les écoles, répondit à la question des fontainiers, que l'eau s'élevoit en effet d'abord parce que la nature ne peut souffrir le vide, mais que cette horreur avoit une sphère limitée, et qu'au-delà de trente-deux pieds elle cessoit d'agir. On rit aujourd'hui de cette explication : mais quelle force n'a pas une erreur de vingt siècles, et comment se soustraire tout d'un coup à sa tyrannie? Cependant Galilée sentit quelque scrupule sur la raison qu'il s'étoit hâté de donner aux fontainiers; car, pour l'honneur de la philosophie, il avoit cru devoir leur faire promptement une réponse bonne ou mauvaise. Il étoit alors avancé en âge, et ses longs travaux l'avoient épuisé; il chargea Torricelli, son disciple, d'approfondir la question, et de réparer, s'il en étoit besoin, le scandale qu'il croyoit d'avoir causé aux philosophes, qui, comptant l'autorité pour rien, cherchent à puiser la vérité immédiatement au sein de la nature, comme lui-même l'avoit enseigné, par son exemple, en plusieurs autres occasions.

Torricelli joignoit à de profondes connoissances en géométrie le génie de l'observation dans les matières de physique. Il soupçonna que la pesanteur de l'eau étoit un des élémens d'où dépendoit son élévation dans les pompes, et qu'un fluide plus pesant s'y tiendroit plus bas. Cette idée, qui nous paroît aujourd'hui si simple, et qui fut alors la véritable clef du problème, ne s'étoit encore présentée à personne : et pourquoi, en effet, ceux qui admettoient l'horreur de la nature pour le vide, auroient-ils pensé que le poids du fluide pût la borner ou détruire son action? Il ne s'agissoit plus que d'interroger l'expérience. Torricelli remplit de mercure un tuyau de verre de trois pieds de longueur, fermé exactement en bas, et ouvert en haut; il appliqua le doigt sur le bout supérieur, et, renversant le tube, il plongea ce bout dans une cuvette pleine de mercure; alors il retira le doigt, et après quelques oscillations, le mercure demeura suspendu dans le tube à la hauteur d'environ vingt-huit pouces au-dessus de la cuvette. Cette expérience est, comme on voit, celle que nous offre continuellement le *baromètre*. Torricelli la varia de plusieurs manières; et dans tous les cas le mercure se soutint à une hauteur qui étoit environ la quatorzième partie de celle de l'eau dans les pompes. Or, sous le même volume, le mercure pèse à peu près quatorze fois plus que l'eau ; d'où Torricelli inféra que l'eau dans les pompes, et le mercure dans le tube, devoient exercer des pressions égales sur une même base ; pressions qui devoient être nécessairement contre-balancées par une même force fixe et déterminée. Mais quelle est enfin cette force ? Torricelli, instruit par Galilée que l'air est un fluide pesant, crut et publia, en 1645, que la suspension de l'eau ou du mercure, quand rien ne pèse sur sa surface intérieure, est produite par la pression que la pesanteur de l'air exerce sur la surface du réservoir ou de la cuvette. Il mourut peu de temps après, sans emporter, ou du moins sans laisser la certitude absolue que son opinion étoit réellement le secret de la nature.

Aussi cette explication n'eut-elle d'abord qu'un succès médiocre parmi les savants. Le système de l'horreur du vide étoit trop accrédité pour céder ainsi sans résistance la place à une vérité qui, après tout, ne se présentoit pas encore avec ce degré d'évidence propre à frapper tous les yeux, et à réunir tous les suffrages. On crut expliquer les expériences des pompes et du tube de Torricelli en supposant qu'il s'évaporoit de la colonne d'eau ou de Mercure, *une matière subtile, des esprits aériens,* qui rétablissoient le plein dans la partie supérieure, et ne laissoient à l'horreur du vide que l'activité suffisante pour soutenir la colonne.

Pascal, qui dans ce temps-là étoit à Rouen, ayant appris du père Mersenne le détail des expériences dont je viens de parler, les répéta, en 1646, avec M. Petit, intendant des fortifications, et trouva de point en point les mêmes résultats qui avoient été mandés d'Italie, sans y remarquer d'ailleurs rien de nouveau. Il ne connoissoit pas encore alors l'explication de Torricelli. En réfléchissant

simplement sur les conséquences immédiates des faits,
il vit que la maxime admise partout, que la nature ne
souffre pas le vide, n'avoit aucun fondement solide.
Néanmoins, avant que de la proscrire entièrement, il
crut devoir faire de nouvelles expériences, plus en
grand, plus concluantes que celles d'Italie. Il employa
des tuyaux de verre qui avoient jusqu'à cinquante pieds
de hauteur, afin de présenter à l'eau un long espace à
parcourir, de pouvoir incliner les tuyaux, et de faire
prendre au fluide plusieurs situations différentes. D'après
ses propres observations, il conclut que la partie supérieure des tuyaux ne contient point un air pareil à celui
qui les environne en dehors, ni aucune portion d'eau
ou de mercure, et qu'elle est entièrement vide de toutes
les matières que nous connoissons et qui tombent sous
nos sens; que tous les corps ont de la répugnance à se
séparer l'un de l'autre, mais que cette répugnance, ou,
si l'on aime mieux l'expression ordinaire, l'horreur de
la nature pour le vide n'est pas plus forte pour un grand
vide que pour un petit; qu'elle a une mesure bornée et
équivalente au poids d'une colonne d'eau d'environ
trente-deux pieds de hauteur; que, passé cette limite,
on formera au-dessus de l'eau un vide grand ou petit
avec la même facilité, pourvu qu'aucun obstacle étranger
ne s'y oppose, etc. On trouve ces premières expériences
et ces premières vues de Pascal, sur le sujet en question,
dans un petit livre qu'il publia en 1647, sous ce titre :
Expériences nouvelles touchant le vide, etc.

Cet ouvrage fut vivement attaqué par plusieurs auteurs, entre autres par le père Noël, jésuite, recteur du
collége de Paris. Toute la mauvaise physique du temps
s'arma pour expliquer des expériences qui la gênoient,
et qu'elle ne pouvoit nier. Pascal détruisit facilement les
objections du père Noël; mais quoiqu'il approuvât déjà

l'explication de Torricelli, dont il eut connoissance peu de temps après avoir publié son livre, il voyoit avec peine que toutes les expériences qu'on avoit faites, même les siennes, pouvoient encore prêter le flanc à la chicane scolastique, et qu'aucune d'elles ne ruinoit directement le système de l'horreur du vide. Il fit donc de nouveaux efforts, et enfin il conçut l'idée d'une expérience qui devoit décider la question sans équivoque, sans restriction, et d'une manière absolument irrévocable; il y fut conduit par ce raisonnement :

Si la pesanteur de l'air est la cause qui soutient le mercure dans le tube de Torricelli, le mercure doit s'élever plus ou moins, selon que la colonne d'air qui presse la surface de la cuvette est plus ou moins haute, c'est-à-dire, plus ou moins pesante : si, au contraire, la pesanteur de l'air ne fait ici aucune fonction, la hauteur de la colonne de mercure doit toujours être la même, quelle que soit la hauteur de la colonne d'air. Pascal étoit persuadé, contre le sentiment des savants de ce temps-là, qu'on trouveroit des différences dans les hauteurs de la colonne de mercure en plaçant successivement le tube à des hauteurs inégales par rapport à un même niveau. Mais pour que ces différences fussent sensibles, et ne laissassent aucun prétexte d'en nier la réalité, il falloit pouvoir examiner l'état de la colonne dans les endroits élevés les uns au-dessus des autres d'une quantité considérable. La montagne du Puy-de-Dôme, voisine de Clermont, et haute d'environ cinq cents toises, en offroit le moyen. Pascal communiqua, le 15 novembre 1647, le projet de cette expérience à M. Périer, son beau-frère, qui étoit alors à Moulins, et il le chargea en même temps de la faire aussitôt qu'il seroit arrivé à Clermont, où il devoit se rendre incessamment. Quelques circonstances la retardèrent; mais enfin elle fut exécutée le 19 septembre 1648, avec toute l'exactitude possible; et les phénomènes que Pascal avoit annoncés eurent lieu de point en point. A mesure qu'on s'élevoit sur le coteau du Puy-de-Dôme, le mercure baissoit dans le tube. Du pied au sommet de la montagne, la différence du niveau fut de trois pouces une ligne et demie. On vérifia encore ces observations en retournant à l'endroit d'où l'on étoit parti. Lorsque Pascal eut reçu le détail de ces faits intéressants, et qu'il eut remarqué qu'une différence de vingt toises d'élévation dans le terrain produisoit environ deux lignes de différence d'élévation dans la colonne de mercure, il fit la même expérience à Paris, au bas et au haut de la tour de Saint-Jacques-la-Boucherie, qui est élevée d'environ vingt-quatre à vingt-cinq toises; il la fit encore dans une maison particulière, haute d'environ dix toises : partout il trouva des résultats qui se rapportoient exactement à ceux de M. Périer. Alors il ne resta plus aucun prétexte d'attribuer la suspension du mercure dans le tube à l'horreur du vide; car il auroit été absurde de dire que la nature abhorre plus le vide dans les endroits bas que dans les endroits élevés. Aussi tous ceux qui cherchoient la vérité de bonne foi reconnurent l'effet du poids de l'air, et applaudirent au moyen neuf et décisif que Pascal avoit imaginé pour rendre cet effet palpable.

On voit dans l'histoire de cette recherche un exemple insigne du progrès lent et successif des connoissances humaines. Galilée prouve la pesanteur de l'air; Torricelli conjecture qu'elle produit la suspension de l'eau dans les pompes, ou du mercure dans le tube; et Pascal convertit la conjecture en démonstration.

Il n'y a point de triomphe pur. L'expérience du Puy-de-Dôme eut dans le monde un éclat qui blessa quelques savants, au lieu d'exciter leur reconnoissance. Les jésuites de Clermont-Ferrand firent soutenir des thèses dans lesquelles on accusoit Pascal de s'être attribué les travaux des Italiens : calomnie absurde, qu'il confondit avec tout le mépris qu'elle méritoit. Il semble que la société, par ces attaques réitérées, provoquoit la guerre sanglante qu'il lui fit quelques années après, et dont les suites ont été si funestes pour elle.

Nous fournissons à regret un aliment à l'envie et à la malignité, qui se plaisent à voir les grands hommes s'attaquer et se dégrader les uns les autres; mais la fidélité de l'histoire ne nous permet pas de taire que Descartes voulut aussi ravir à Pascal la gloire de sa découverte. Dans une lettre (*) écrite à M. de Carcavi, en date du 11 juin 1649, Descartes s'exprime ainsi : *Je me promets que vous n'aurez pas désagréable que je vous prie de m'apprendre le succès d'une expérience qu'on m'a dit que M. Pascal avoit faite ou fait faire sur les montagnes d'Auvergne, pour savoir si le vif-argent monte plus haut dans le tuyau étant au pied de la montagne, et de combien il monte plus haut qu'au-dessus; j'aurois droit d'attendre cela de lui plutôt que de vous, parce que c'est moi qui l'ai avisé, il y a deux ans, de faire cette expérience, et qui l'ai assuré que, bien que je ne l'eusse pas faite, je ne doutois point du succès.* Carcavi étoit étroitement lié d'amitié avec Pascal, et il eut soin de lui communiquer cette réclamation; mais Pascal la méprisa, et n'y fit aucune réponse; car, dans un précis historique des faits relatifs à la question, adressé en 1651 à M. de Ribeyre, il s'attribue exclusivement l'expérience du Puy-de-Dôme, sans citer jamais Descartes; il parle ainsi à son tour : *Il est véritable, monsieur, et je vous le dis*

______

(*) *Lettres de Descartes* (in-12, 1725), tome VI, page 179.

hardiment, que cette expérience est de mon invention, et partant je puis dire que la nouvelle connoissance qu'elle nous a découverte est entièrement de moi. On croit remarquer, dans tout le cours de ce récit, le caractère de l'impartialité et de la candeur. Pascal y rend justice à Torricelli de la manière la plus marquée et la plus franche. Pourquoi ne se seroit-il pas conduit de même envers son compatriote, s'il lui avoit eu réellement quelque obligation ? Baillet, dans la vie de Descartes, accuse Pascal de plagiat, et même d'ingratitude envers son héros, avec un ton de légèreté et de confiance qui révolte, lorsque l'on considère le peu d'intelligence qu'il montre de la matière, les anachronismes et les autres fautes où il est tombé. Le respect seul pour la vérité m'arrache cette réflexion ; car je rends d'ailleurs hommage, comme je le dois, au génie éminent de Descartes, et je conviens qu'il a possédé à un très-haut degré le don de l'invention. Si l'une de ses lettres, qui porte la date de l'année 1631 (*), a été en effet écrite dans ce temps-là, on voit qu'il avoit alors, relativement à la pesanteur de l'air, à peu près les mêmes idées que Torricelli mit dans la suite au jour. Mais par malheur pour le philosophe français, la plupart de ses idées en physique n'étoient que des systèmes hasardés sans preuves, et souvent contredits par la nature. Aussi la postérité ne s'est-elle guère informée des conjectures heureuses ou malheureuses qu'il peut avoir proposées touchant la cause qui élève la colonne de mercure ou d'eau dans le vide ; et les expériences que Torricelli a faites le premier sur ce sujet lui ont acquis une gloire solide, qu'on ne lui enlèvera jamais. La vérité n'appartient pas à celui qui ne fait que la toucher en tâtonnant, mais à celui qui la

---

(*) *Lettres de Descartes* (même édition), tome VI, page 439.

saisit et la montre. Quant au point particulier qui concerne l'expérience du Puy-de-Dôme, pour peu que l'on connoisse la marche de l'esprit humain, on n'hésitera pas un moment à regarder Pascal comme le véritable inventeur. En effet, ses premières expériences lui avoient démontré la fausseté de la maxime ordinaire, que la nature ne peut souffrir le vide; il avoit reconnu, de plus, que la nature souffre avec la même facilité un grand vide qu'un petit. Ces observations le disposoient à regarder comme également chimériques, et l'horreur de la nature pour le vide, et la vertu qu'on prétendoit y attacher. Il trouvoit, au contraire, que le système de la pesanteur de l'air expliquoit sans aucune difficulté la suspension de l'eau ou du mercure. Une nouvelle expérience qu'il fit avant celle du Puy-de-Dôme le confirma dans ce sentiment. Ayant assemblé par les deux bouts opposés deux tubes de Torricelli, qui communiquoient ensemble au moyen d'une branche recourbée remplie de mercure, il trouva que, l'air venant à entrer dans la branche recourbée, le mercure, suspendu d'abord dans le tube inférieur, tombe dans la cuvette, et le mercure contenu dans la branche de jonction, s'élève dans le tube supérieur qui n'a point de communication avec l'air du dehors. Ces effets étoient presque une démonstration à ses yeux, que ce n'est pas l'horreur du vide, mais la pesanteur de l'air qui soutient la colonne de mercure dans le tube de Torricelli; d'un autre côté, il savoit que, la surface supérieure d'un fluide étant toujours de niveau, l'atmosphère doit former autour de la terre une couche sphérique plus ou moins épaisse, à raison des inégalités plus ou moins grandes qui se trouvent à la surface du globe terrestre ; enfin, d'après le principe découvert par Galilée, que les poids sont proportionnels aux masses, il voyoit que la pression d'une colonne d'air doit être plus ou moins grande, selon que cette colonne, à base égale, est plus ou moins haute. Toutes ces notions, rapprochées les unes des autres, ne lui indiquoient-elles pas que le mercure, dans le tube, se tiendroit plus élevé au pied d'une haute montagne qu'au sommet? Ne suffisoient-elles pas du moins pour exciter dans son esprit la pensée de faire cette expérience? Descartes se présente avec bien moins d'avantage. Malgré ce qu'il en dit à M. de Carcavi, l'explication des expériences de Torricelli, par la pesanteur de l'air, n'est point une suite de ses principes; elle l'est si peu, que le père Noël expliquoit les mêmes expériences par la combinaison de l'horreur du vide avec l'action d'une matière subtile semblable à celle de Descartes, laquelle pénétroit les pores du verre, et rétablissoit le plein dans la partie supérieure du tube. Il est donc très-vraisemblable que Descartes n'a donné, ou même n'a pu donner à Pascal aucune vue nouvelle sur cette matière.

Qu'on me permette encore ici une réflexion. S'il s'agissoit de peser, entre deux hommes très-inégaux, les prétentions réciproques à une même découverte importante, la probabilité, dans le silence des preuves rigoureuses, feroit pencher la balance pour le plus habile d'ailleurs. Mais contre un homme tel que Pascal, qui a réellement fait exécuter l'expérience du Puy-de-Dôme, Descartes ne doit pas se contenter de dire froidement, un an après : *J'en ai donné l'idée;* il doit le prouver, et le simple témoignage qu'il rend lui-même dans sa propre cause ne peut être d'aucun poids.

La manière dont Pascal traita la question de la pesanteur de l'air mérite l'attention des philosophes. On voit qu'il marche à pas mesurés, s'appuyant toujours sur l'expérience, et n'abandonnant jamais les opinions des anciens que lorsqu'il y est forcé par l'évidence même, et qu'il est sûr de pouvoir mettre à leur place des vérités incontestables. *Je n'estime pas*, dit-il, *qu'il nous soit permis de nous départir légèrement des maximes que nous tenons de l'antiquité, si nous n'y sommes obligés par des preuves indubitables et invincibles; mais en ce cas je tiens que ce seroit une extrême foiblesse d'en faire le moindre scrupule.* On a osé l'accuser de trop de timidité et de lenteur : on voudroit que du premier pas il eût proscrit le système de l'horreur du vide. Mais écartons pour un moment le ridicule qu'on a jeté sur l'expression : pesons la chose en elle-même. Où est donc l'absurdité palpable de supposer que, lorsqu'un corps vient à être déplacé, il existe dans la nature une puissance, une vertu active qui tend à rétablir le plein? Les phénomènes ne nous forcent-ils pas d'admettre aujourd'hui, entre tous les corps qui composent l'univers, une attraction réciproque non moins incompréhensible? Qui peut affirmer cependant que la cause de cette attraction demeurera toujours cachée, et qu'un jour on ne la rapportera pas à quelque mécanisme jusqu'ici absolument inconnu? Or si, par similitude d'hypothèse, on admet dans la nature une tendance active au plein, pourquoi refuseroit-on d'attribuer à cette tendance l'élévation de l'eau dans les pompes, ou celle du mercure dans le tube de Torricelli, lorsque la partie supérieure du tuyau est vide d'air grossier? la réserve de Pascal est donc celle d'un homme sage qui ne veut ni se tromper, ni s'exposer à tromper les autres. Il fait voir, par ses premières expériences, que la nature n'a pas d'horreur pour le vide; mais, d'après l'expérience du Puy-de-Dôme, il prononce affirmativement que la suspension de l'eau dans les pompes, ou celle du mercure dans le tube de Torricelli, est produite par le poids de l'air. Rien n'est plus lié ni plus conséquent. Telle a été, quarante ans après, la méthode de Newton : c'est ainsi que le philosophe anglois a enrichi de nombreuses découvertes toutes les parties de la physique. Descartes a suivi une route très-différente. Nous avons déjà remarqué sa passion pour les systèmes. Infidèle lui-même aux excellents préceptes qu'il a donnés, dans sa *Méthode*, pour chercher la vérité, il songeoit moins à interroger qu'à deviner la nature. Son ambition étoit de fonder une secte ; et pour y parvenir promptement, il detruisoit les opinions reçues, et proposoit les siennes sans examiner, avec trop de scrupule, si elles étoient conformes ou non aux phénomènes. Les erreurs où il est tombé ont égaré plusieurs savants ; mais en le condamnant à cet égard, on est forcé d'avouer que son audace a été très-utile au progrès de la philosophie : car, lorsqu'il parut, toutes les écoles, esclaves d'Aristote, étoient plongées dans les ténèbres du péripatétisme ; et on ne pouvoit espérer d'y introduire la lumière qu'en renversant d'abord les autels que la superstition et l'ignorance avoient élevés depuis deux mille ans au philosophe grec. Si Descartes eût été plus modéré, les qualités occultes auroient résisté plus long-temps ; et du moins son idée d'expliquer les effets physiques, par la matière et le mouvement, est très-belle et très-vraie en général. Mais dans un temps où les esprits se porteroient à la recherche de la vérité par la voie de l'observation et de l'expérience, il faudroit soigneusement réprimer ou contenir l'esprit de système, parce qu'il substitue trop souvent les réponses précipitées d'une imagination ardente à celle de la nature, qu'il devroit attendre.

Les recherches de Pascal sur la pesanteur de l'air le conduisirent insensiblement à l'examen des lois générales auxquelles l'équilibre des liqueurs est assujetti. Archimède avoit déterminé la perte de poids que font les corps solides plongés dans un fluide, et la position que ces corps doivent prendre relativement à leur masse et à leur figure; Stévin, mathématicien flamand, avoit remarqué que la pression d'un fluide sur sa base est comme le produit de cette base par la hauteur du fluide; enfin on savoit que les liqueurs pressent en tous sens les parois des vases où elles sont contenues : mais il restoit encore à connoître exactement la mesure de cette pression pour en déduire les conditions générales de l'équilibre des liqueurs.

Pascal établit pour fondement de la théorie dont il s'agit, que si l'on fait à un vase plein de liqueur et fermé de tous côtés deux ouvertures différentes, et qu'on y applique deux pistons poussés par des forces proportionnelles à ces ouvertures, la liqueur demeurera en équilibre. Il prouve ce théorème de deux manières non moins ingénieuses que convaincantes. Dans la première démonstration, il observe que la pression d'un piston se communique à toute la liqueur, de manière qu'il ne pourroit s'enfoncer sans que l'autre piston se soulevât. Or, le volume du fluide demeurant le même, ont voit que les espaces parcourus par les deux pistons seroient réciproquement proportionnels à leurs bases, ou aux forces qui les poussent : d'où il résulte, par les lois connues de la mécanique, que les deux pistons se contrebalancent mutuellement. La seconde démonstration est appuyée sur ce principe évident par lui-même, que jamais un corps ne peut se mouvoir par son poids sans que son centre de gravité descende. Ce principe posé, l'auteur fait voir facilement que, si les deux pistons, considérés comme un même poids, venoient à se mouvoir, le centre de gravité de leur système demeureroit néanmoins immobile : d'où il conclut que les pistons n'ont aucun mouvement, et que par conséquent le fluide est aussi en repos. Les différents cas d'équilibre des liqueurs, et les phénomènes qui en dépendent ne sont plus que des corollaires du théorème que je viens d'indiquer : Pascal entre à ce sujet dans des détails fort curieux.

L'état permanent de l'atmosphère s'explique par les mêmes moyens. Pascal remarque ici de plus que l'air est un fluide compressible et élastique. Cette vérité, déjà connue depuis long-temps, avoit été confirmée, au Puy-de-Dôme, par la voie de l'expérience. Un ballon à demi plein d'air, transporté du pied au sommet de cette montagne, s'enfla peu à peu en montant, c'est-à-dire, à mesure que le poids de la colonne d'air dont il étoit chargé diminuoit; puis se désenfla, ou se réduisit en un moindre volume, suivant l'ordre inverse, en descendant, c'est-à-dire, à mesure qu'il étoit plus chargé.

On doit rapporter à peu près au même temps les premières observations qu'on ait faites sur les changements de hauteur auxquels la colonne mercurielle est sujette en un même lieu, par les divers changements de temps. C'est de là que le tube de Torricelli et les autres instruments destinés au même usage, ont été appelés *baromètres*. M. Périer observa ces variations à Clermont, pendant les années 1649, 1650, et les trois premiers mois de l'année 1651. Il avoit engagé M. Chanut, ambassadeur de France en Suède, à faire de semblables expériences à Stockholm. Descartes, qui se trouvoit dans la même ville sur la fin de l'année 1649, prit part à ce travail; et c'est à cette occasion qu'il indiqua l'idée d'un baromètre double, contenant du mercure et de l'eau, afin de rendre plus sensibles les variations du poids de l'air, en les mesurant par celles de la colonne d'eau. Pascal se hâta d'avancer, d'après quelques observations informes, ou d'après une théorie vague et précaire, que l'air devient plus pesant à mesure qu'il est plus chargé de vapeurs : mais si cette proposition étoit vraie, Pascal se seroit trompé en attribuant la suspension du mercure dans le tube de Torricelli immédiatement à la pesanteur de l'air; car le plus souvent le mercure baisse dans les temps pluvieux. Quoi qu'il en soit, les premières explications qu'on a données des variations du mercure dans le baromètre méritent d'autant plus d'indulgence, qu'aujourd'hui même la cause de ces variations est encore assez peu connue, et qu'elles sont sujettes à plusieurs irrégularités qui troublent quelquefois les conséquences qu'on veut tirer de l'état du baromètre.

Il paroît que les deux traités de Pascal sur l'*équilibre des liqueurs* et sur la *pesanteur de la masse de l'air*, furent achevés en l'année 1653; mais ils n'ont été imprimés pour la première fois qu'en 1663, un an après la mort de l'auteur.

A la théorie des fluides Pascal fit succéder différents traités sur la géométrie. Dans l'un, qui avoit pour titre: *Promotus Apollonius Gallus*, il étendoit la théorie des sections coniques, et il en découvroit plusieurs propriétés entièrement inconnues aux anciens; dans d'autres, intitulés: *Tactiones sphæricæ*; *Tactiones conicæ*; *Loci plani ac solidi*; *Perspectivæ Methodus*, etc., il s'étoit pareillement ouvert des routes nouvelles. Il y a apparence que tous ces ouvrages sont perdus; du moins je n'ai pu parvenir à me les procurer: je n'en parle que sur une indication générale que l'auteur en donne lui-même, et sur une lettre de M. Leibnitz à l'un des fils de M. Périer, en date du 30 août 1676.

Les héritiers des manuscrits de Pascal sont très-blâmables de n'avoir pas publié ces recherches géométriques en même temps que les traités sur l'équilibre des liqueurs, et la pesanteur de l'air; car elles auroient alors contribué au progrès de la géométrie, et nous connoîtrions le point précis où Pascal les avoit portées. D'ailleurs les productions d'un homme de génie, en cessant même d'être nouvelles par le fond des choses, peuvent toujours être instructives par l'ordre des idées et des raisonnements. Mais n'exagérons pas des pertes, ou déjà réparées, ou aisément réparables quant à l'objet essentiel, c'est-à-dire, quant aux connoissances qu'on pourroit espérer de puiser dans ces ouvrages. Considérons que, si on les retrouvoit aujourd'hui, ils ne nous offriroient tout au plus que des vérités de détail, et non pas des secours pour avancer la science. En effet, depuis le temps où ils furent écrits, les mathématiques se sont enrichies d'une foule de découvertes; les méthodes sont devenues plus simples, plus faciles et plus fécondes. Les grands géomètres de notre temps ne lisent pas Archimède, ni même Newton, pour y apprendre de nouveaux secrets de l'art. Il y a dans ces recherches un progrès continuel de connoissances qui, aux anciens ouvrages, en fait succéder d'autres plus profonds et plus complets. On étudie ces derniers, parce qu'ils représentent l'état actuel de la science; mais ils auront à leur tour la même destinée que ceux dont ils ont pris la place. Il n'en est pas ainsi dans les arts qui dépendent de l'imagination. Une tragédie telle que Zaïre sera lue dans tous les temps avec le même plaisir, tant que la langue françoise durera, parce qu'il ne reste rien à découvrir ni à peindre dans la jalousie d'Orosmane et la tendresse de Zaïre. Le poète et l'orateur ont un autre avantage : leurs noms, répétés sans cesse par la multitude, parviennent très-promptement à la célébrité. Cependant la gloire des inventeurs dans les sciences semble avoir un éclat plus fixe, plus imposant. Les vérités qu'ils ont découvertes circulent de siècle en siècle pour l'utilité de tous les hommes, sans être assujetties à la vicissitude des langues. Si leurs ouvrages cessent de servir immédiatement à l'instruction de la postérité, ils subsistent comme des monuments destinés à marquer, pour ainsi dire, la borne de l'esprit humain à l'époque où ils ont paru.

Il reste de Pascal plusieurs morceaux qui font connoître son génie pour les sciences, et qui l'ont placé parmi les plus grands mathématiciens. Je veux dire son triangle arithmétique, ses recherches sur les propriétés des nombres, son traité de la roulette, etc. Nous parlerons de tous ces ouvrages suivant l'ordre des temps où ils ont été écrits. Commençons par le triangle arithmétique, qui se présente le premier.

Si on veut se faire quelque idée de ce fameux triangle, qu'on se représente deux lignes perpendiculaires entre elles ; qu'on les divise en parties égales, et qu'on leur mène des parallèles qui partent de tous les points de division. Il est évident qu'on formera, par cette construction, deux espèces de bandes ou rangées, les unes horizontales, les autres verticales ; que chaque rangée horizontale ou verticale contiendra plusieurs carrés ou cellules ; que chaque cellule sera commune à une rangée horizontale et à une rangée verticale. Cela posé, Pascal écrit dans la première cellule qui est à l'angle droit, un nombre qu'on appelle *générateur*, et d'où dépend le reste du triangle. Ce nombre générateur est arbitraire ; mais étant une fois fixé, les autres nombres destinés à remplir les autres cellules sont forcés ; et en général le nombre d'une cellule quelconque est égal à celui de la cellule qui la précède dans une rangée horizontale, plus à celui de la cellule qui la précède dans une rangée verticale. De là l'auteur tire plusieurs conséquences intéressantes : il trouve le rapport des nombres écrits dans deux cellules données ; il somme la suite des nombres contenus dans une rangée quelconque ; il détermine les combinaisons dont plusieurs quantités sont susceptibles, etc. On voit naître ici, sans effort et tout naturellement, touchant les nombres, une foule de théorèmes qu'on démontreroit difficilement par toute autre méthode.

L'invention du triangle arithmétique est vraiment originale, et notre auteur n'en partage la gloire avec personne. Dans le temps qu'il étoit occupé de ces recherches, Fermat, conseiller au parlement de Toulouse, et l'un des plus célèbres mathématiciens du siècle passé, trouva une très-belle propriété des nombres figurés, laquelle n'est qu'un corollaire du triangle arithmétique : Pascal n'oublia pas de le citer à cette occasion, en lui donnant les plus grands éloges. On voit, par les lettres qui nous restent de ces deux grands hommes, avec quel plaisir ils se rendoient réciproquement justice.

Parmi les propriétés du triangle arithmétique il y en a une très-remarquable : celle de donner les coëfficients des différents termes d'un binome élevé à une puissance entière et positive. Newton a généralisé depuis cette idée de Pascal ; et en substituant aux expressions radicales la notation des exposants, imaginée par Wallis, il a trouvé la formule pour élever un binome à une puissance quelconque, entière ou rompue, positive ou négative.

Les mêmes principes donnèrent naissance à une nouvelle branche de l'analyse, qui a été très-féconde dans la suite ; et c'est encore à Pascal qu'on en doit les éléments. Cette branche est le calcul des probabilités dans la théorie des jeux de hasard. Le chevalier de Meré, grand joueur, nullement géomètre, avoit proposé sur ce sujet deux problèmes à Pascal. L'un consistoit à trouver en combien de coups on peut espérer d'amener sonnez avec deux dés ; l'autre, à déterminer le sort de deux joueurs après un certain nombre de coups, c'est-à-dire, à fixer la proportion suivant laquelle ils doivent partager l'enjeu, supposé qu'ils consentent à se séparer sans achever la partie. Pascal eut bientôt résolu ces deux questions. Il n'a pas donné l'analyse de la première : on voit seulement, par l'une de ses lettres à Fermat, que, suivant le résultat de son calcul, il y auroit du désavantage à entreprendre d'amener, en vingt-quatre coups, sonnez avec deux dés ; ce qui est vrai en effet, comme il est également vrai qu'il y auroit de l'avantage à tenter la même chose en vingt-cinq coups. Mais il nous a laissé, relativement à la seconde question, un écrit pour déterminer en général les *partis* qu'on doit faire entre deux joueurs qui jouent en plusieurs parties ; et il a encore traité la même matière dans ses lettres à Fermat. Le chevalier de Meré, qui avoit résolu, avec le secours de la logique naturelle, quelques cas particuliers et faciles de ces problèmes, incapable d'apprécier les recherches de Pascal, mais enorgueilli d'y avoir donné occasion, se crut en droit de les rabaisser ; et poussant à l'excès la risible liberté que la plupart des gens du monde s'arrogent de tout juger, de tout improuver, sans avoir rien approfondi, il osa dire à Pascal que *les démonstrations de la géométrie sont le plus souvent fausses*; qu'elles empêchent *d'entrer dans des connoissances plus hautes qui ne trompent jamais*; qu'elles font perdre dans le monde l'avantage *de remarquer à la mine et à l'air des personnes qu'on voit, quantité de choses qui peuvent beaucoup servir, etc.* Si cette lettre ridicule a quelque sens, on entrevoit que l'auteur regarde l'art de saisir les foiblesses des hommes, et d'en profiter, comme la suprême science : opinion d'une âme avide et dépravée, que personne n'oseroit énoncer ouvertement, mais qui a toujours été la croyance et la règle des intrigants et des ambitieux, parce qu'en effet, dans un gouvernement corrompu, les richesses et les dignités ne sont, pour l'ordinaire, que des usurpations de l'adresse sur le mérite et sur la sottise.

On sent que le jugement du chevalier de Meré sur les découvertes de Pascal ne pouvoit exciter que la pitié, et non pas l'indignation. Fermat, Roberval, et les autres grands géomètres du temps, applaudirent à ces mêmes découvertes, et leur suffrage eût consolé l'auteur, s'il avoit eu besoin de l'être. Il ne se borna pas à traiter la question sur les *partis* pour deux joueurs seulement : il étendit ses recherches à un nombre quelconque de joueurs. Roberval, frappé de la beauté de ces problèmes, essaya, mais en vain, de les résoudre. Fermat y réussit, en faisant usage de la théorie des combinaisons. Pascal, qui avoit employé une méthode différente, crut d'abord que celle des combinaisons étoit défectueuse pour le cas où il y auroit plus de deux joueurs ; mais il revint bientôt de cette légère méprise, et il reconnut que la solution de Fermat, d'ailleurs conforme à la sienne quant au résultat, étoit aussi exacte dans les principes qu'élégante par la simplicité du calcul.

Toute la théorie du problème des *partis* est fondée sur deux principes fort simples. Le premier, que si l'un des joueurs se trouve dans une position telle, que dans tous les cas de gain ou de perte il lui appartienne une certaine somme sur l'enjeu, il doit prendre cette somme entière, et n'en faire aucun partage avec l'autre joueur. Le second, que si l'enjeu doit appartenir tout entier à celui des deux joueurs qui gagnera, en sorte qu'avant la partie ils y aient l'un et l'autre un droit égal, ils doivent prendre chacun la moitié de l'enjeu, en cas qu'ils veuillent se séparer sans jouer. De ces deux principes combinés ensemble, résultent toutes les règles qui sont nécessaires pour déterminer le sort de plusieurs joueurs, ou pour calculer les probabilités de gain ou de perte qui leur restent, au moment que la partie est interrompue. Il ne s'agit point ici d'examiner si, relativement à la fortune des joueurs, ou par d'autres considérations, soit physiques, soit morales, ces règles ne doivent pas être modifiées dans la pratique. M. Daniel Bernoulli a discuté le premier objet (*), et M. d'Alembert a proposé, sur le second, un grand nombre de réflexions qui méritent toute l'attention des géomètres (**).

Le *Traité du triangle arithmétique*, et les autres qui y sont relatifs, furent trouvés tout imprimés, quoique non publiés, parmi les papiers de Pascal, après sa mort, arrivée en 1662. Mais ils avoient été composés en l'année 1654, comme on le voit par les dates des lettres de Pascal et de Fermat.

Quelques auteurs ont écrit que Huyghens avoit donné, en même temps que Pascal, et d'une manière encore plus rigoureuse, la théorie des jeux de hasard. Mais la vérité est que l'ouvrage de Huyghens, *de Ratiociniis in ludo aleae*, ne parut qu'en 1657, et que sa méthode n'est autre dans le fond que celle de Pascal, déjà répandue parmi les géomètres dès l'année 1654. Voici comment Huyghens s'exprime lui-même dans sa préface, avec une candeur bien digne d'un si grand homme : « Il faut qu'on sache que » toutes ces questions ont déjà été agitées parmi les plus » grands géomètres de la France, afin qu'on ne m'attribue » pas mal à propos la gloire de la première invention (***) ». En effet, celui qui a trouvé le tautochronisme de la cycloïde, la théorie des développées, celle des forces centrales, etc., n'a pas besoin qu'on lui fasse de présents.

Ce fut encore à peu près dans ce temps-là que Pascal

(*) *Voyez* les *Anciens Mémoires de l'Académie de Pétersbourg*, années 1730 et 1731, tome V, page 175.

(**) *Voyez* ses *Mélanges de littérature*, tome V, et ses *Opuscules mathématiques*, tomes II et V.

(***) « Sciendum verò quòd jam pridem inter præstantissimos » totâ Galliâ geometras calculus hic agitatus fuerit, ne quis inde- » bitam mihi primæ inventionis gloriam hac in re tribuat. »

fit la découverte de deux machines très-simples et très-usuelles : l'une est cette espèce de chaise roulante, traînée à bras d'homme, que l'on appelle vulgairement *brouette* ou *vinaigrette* (*) ; l'autre est cette charrette à longs brancards, connue sous le nom de *haquet* (**).

Tous ces ouvrages ruinoient insensiblement la santé de Pascal. La foiblesse de son corps ne pouvoit suffire à l'activité de son esprit. Dès la fin de l'année 1647, il avoit été attaqué, pendant trois mois, d'une paralysie qui lui ôtoit presque entièrement l'usage de ses jambes. Quelque temps après il vint demeurer à Paris avec son père et sa sœur Jacqueline. Tant qu'il fut environné de sa famille, il mettoit quelque relâche à ses études ; on l'obligeoit à prendre de la dissipation ; on lui fit faire quelques voyages en Auvergne et en d'autres provinces. Mais il eut le malheur de perdre son père en 1651 ; et sa sœur Jacqueline, occupée depuis long-temps du désir de se consacrer toute entière à Dieu, embrassa l'état de religieuse, à Port-Royal-des-Champs, en 1653. Il étoit d'ailleurs éloigné de

----

(*) La suspension de la brouette est ingénieuse, relativement à son objet. Deux ressorts de fer attachés solidement chacun par l'une de leurs extrémités au bas de la partie antérieure de la caisse, portent à l'autre extrémité qui est libre, et qui va en relevant, deux espèces d'étriers ; ces étriers soutiennent deux plateaux qui sont enfilés par l'essieu, et qui ont la liberté de monter ou de descendre le long de deux coulisses verticales, ce qui empêche ou diminue les secousses que produiroient les inégalités du terrain.

(**) Le haquet sert, comme on sait, à transporter des ballots pesants, des tonneaux pleins de liqueur, etc. Les deux brancards forment bascule et deviennent des plans inclinés quand on veut faire monter ou descendre les fardeaux : un moulinet placé à l'avant du haquet reçoit un câble qui soutient le poids ascendant ou descendant. Il y a d'autres espèces de haquets : celle-là est la principale ; elle contient, comme on voit, une combinaison heureuse du treuil et du plan incliné.

monsieur et de madame Périer, que la charge de M. Périer retenoit à Clermont. Ainsi resté seul de sa famille à Paris, sans avoir personne qui pût le contenir, il se livra à des excès de travail qui l'auroient conduit en peu de temps au tombeau, s'il ne se fût enfin arrêté. La défaillance de la nature, plus puissante que les conseils des médecins, le força de s'interdire absolument toute étude, toute contention d'esprit. Aux méditations du cabinet il substitua la promenade et d'autres semblables exercices modérés et salutaires. Il vit le monde; et quoiqu'il y portât quelquefois une humeur un peu mélancolique, il y plaisoit par une raison supérieure, toujours accommodée à la portée de ceux qui l'écoutoient. Cette espèce d'empire s'établit avec plus de lenteur que celui des agréments; mais il est plus respecté et plus durable. Pascal prit à son tour du goût pour la société : il songea même à s'y attacher par les liens du mariage, espérant que les soins d'une compagne aimable et sensible adouciroient ses souffrances, augmentées encore par l'ennui de la solitude; mais un événement imprévu changea tous ses projets.

Un jour du mois d'octobre 1654, étant allé se promener, suivant sa coutume, au pont de Neuilly, dans un carrosse à quatre chevaux, les deux premiers prirent le mors aux dents vis-à-vis d'un endroit où il n'y avoit point de parapet, et se précipitèrent dans la Seine. Heureusement la première secousse de leur poids rompit les traits qui les attachoient au train de derrière, et le carrosse demeura sur le bord du précipice : mais on se représente sans peine la commotion que dut recevoir la machine frêle et languissante de Pascal. Il eut beaucoup de peine à revenir d'un long évanouissement; son cerveau fut tellement ébranlé, que, dans la suite, au milieu de ses insomnies et de ses exténuations, il croyoit voir de temps en temps, à côté de son lit, un précipice prêt à l'engloutir.

On attribue à la même cause une espèce de vision ou d'extase qu'il eut peu de temps après, et dont il conserva la mémoire le reste de sa vie, dans un papier qu'il portoit toujours sur lui, entre l'étoffe et la doublure de son habit.

Son père lui avoit inspiré dès l'enfance l'amour et la croyance intime de la religion. Ces sentiments gravés au fond de son cœur, mais un peu assoupis par l'étude des sciences, se réveillèrent en ce moment, et reprirent toute leur force. Il regarda l'événement dont nous venons de parler comme un avis que le ciel lui donnoit de rompre tous les engagements humains, et de ne vivre à l'avenir que pour Dieu. Sa sœur Jacqueline l'avoit déjà préparé, par son exemple et par ses discours, à ce pieux dessein. Il renonça donc entièrement au monde, et ne conserva de liaison qu'avec quelques amis remplis des mêmes principes. La vie réglée qu'il menoit dans sa retraite apporta quelques adoucissements à ses maux : elle lui procura même d'assez longs intervalles de santé ; et c'est alors qu'il composa plusieurs ouvrages d'un genre bien opposé aux mathématiques et à la physique ; nouveaux prodiges de son génie, et de la facilité incroyable avec laquelle il saisissoit tous les objets qu'on lui présentoit.

L'abbaye de Port-Royal, après un long état de langueur et de relâchement, s'étoit élevée en peu de temps à la plus haute réputation de vertu et de régularité, sous le gouvernement de la mère Angélique Arnauld. Cette fille célèbre, soigneuse d'augmenter la gloire de son petit empire, par tous les moyens que pouvoit avouer la religion, avoit attiré, dans une maison particulière attenante au monastère des champs, plusieurs hommes éminents en savoir et en piété, qui, dégoûtés du monde, venoient chercher au désert le recueillement et la tranquillité chrétienne : tels étoient ses deux frères, Arnauld d'Andilli et Antoine Arnauld ; ses neveux, Le Maître, et Saci ;

le traducteur de la Bible; Nicole, Lancelot, Hermant, etc. La principale occupation de ces illustres solitaires étoit d'instruire la jeunesse : c'est dans leur école que Racine puisa la connoissance des langues grecque et latine, le goût de la saine antiquité, et les principes de ce style harmonieux et enchanteur qui le caractérise, et qui lui a donné la première place sur le Parnasse françois. Pascal désira de les connoître, et bientôt il fut admis à leur familiarité la plus intime. Sans prendre parmi eux d'établissement fixe, il leur faisoit, par intervalles, des visites de trois ou quatre mois. Il trouvoit dans leurs entretiens tout ce qui pouvoit l'intéresser : raison, éloquence, dévotion sincère et éclairée. De leur côté, ils ne tardèrent pas à reconnoître l'étendue et la profondeur de son génie. Rien ne lui paroissoit étranger : la variété de son savoir, et l'esprit d'invention qui dominoit en lui, le mettoient à portée de s'exprimer avec intelligence, et même de répandre des idées neuves sur toutes les matières que l'on agitoit. Il s'acquit l'admiration et l'amour de tous les solitaires. Saci, en particulier, avoit pour lui une estime remarquable dans son genre. Ce savant laborieux, qui passoit sa vie à étudier l'Écriture sainte et les ouvrages des Pères, s'étoit pris d'une passion violente pour saint Augustin : il y trouvoit, par réminiscence, tout ce qu'il entendoit dire d'extraordinaire. Dans cette pieuse illusion, aussitôt que Pascal laissoit échapper quelques-uns de ces traits sublimes qui lui étoient familiers, Saci se rappeloit avoir lu la même chose dans son auteur favori; mais il ne faisoit qu'en admirer davantage Pascal, et il ne pouvoit comprendre comment un jeune homme, sans avoir jamais lu les Pères, se rencontroit néanmoins toujours, par la seule pénétration de son esprit, avec le plus célèbre docteur de l'Église. On ne se doutoit pas encore que ce jeune homme dût être bientôt le défenseur et le plus ferme appui de Port-Royal. Je demande la permission d'entrer, à ce sujet, dans un certain détail, et de reprendre les choses d'un peu haut. Ce n'est pas comme théologien que Pascal est le plus grand aux yeux de la postérité ; mais c'est par là qu'il a eu peut-être le plus de réputation dans son temps ; et le tableau succinct des opinions qu'il a combattues ou embrassées offre un point de vue qui peut fournir la matière de plusieurs réflexions philosophiques.

Tout le monde connoît la fameuse querelle du molinisme et du jansénisme, qui a si long-temps agité l'Église de France, troublé l'état, et fait le malheur d'une foule d'hommes respectables dans les deux partis. Il s'agissoit d'expliquer l'action de la grâce sur notre volonté, et de concilier la prédestination avec le libre arbitre : grands problèmes qui, sous des noms divers, ont été dans tous les temps le tourment et l'écueil de la curiosité humaine.

Nous avons la conviction intérieure que nous sommes libres : c'est d'après cette conviction que l'homme ose apprécier ses actions et celles des autres, qu'il approuve ou qu'il blâme, qu'il jouit du témoignage d'une conscience pure, ou qu'il est déchiré par ses remords : c'est d'après elle qu'il voit d'un œil bien différent le traître qui l'assassine et la pierre qui le blesse par sa chute. Mais comment l'homme est-il libre ? Comment cette liberté se concilie-t-elle avec l'influence des motifs sur la volonté, avec l'action universelle et continue de la cause première et toute-puissante dont chaque chose tient l'être et la manière d'être, avec la connoissance certaine qu'a la Divinité, non-seulement du passé et du présent, mais encore de l'avenir ? L'examen de ces questions occupa, et bientôt divisa les premiers philosophes grecs. Les uns se déclarèrent pour la liberté absolue de l'homme ; les autres ne virent en lui qu'un instrument passif, sans cesse entraîné par la force irrésistible d'une puissance aveugle, appelée *destin*, qui, selon eux, gouvernoit l'univers. Ces deux systèmes eurent à peu près un nombre égal de partisans. Et dès lors on put observer que les défenseurs du dogme de la fatalité faisoient profession de la morale la plus rigide dans la spéculation et dans la pratique : comme si, à force de vertus, et en portant l'austérité jusqu'à l'excès, ils avoient voulu expier envers la société les conséquences destructives de toute morale, qu'on imputoit à leur doctrine métaphysique !

Les hommes, même en soumettant leur raison à des dogmes qu'ils respectoient comme enseignés immédiatement par la Divinité, n'ont pu renoncer à cette curiosité ardente et indiscrète qui les pousse à raisonner sur tout, et à vouloir tout expliquer. La même diversité d'opinions qui avoit régné entre les philosophes de l'antiquité a partagé les écoles des théologiens, et a formé, dans toutes les religions, des sectes rivales. Parmi les mahométans, les questions de la prédestination et du libre arbitre sont un des principaux points qui divisent les sectateurs d'Omar et ceux d'Ali. C'étoit chez les Juifs un des objets de dispute entre les pharisiens et les saducéens. Dans le christianisme, la foi enseignant d'un côté que l'homme est libre, qu'il a le pouvoir de mériter et de démériter ; de l'autre, que la sanctification est un don de Dieu, que les hommes ne peuvent rien sans son secours, que la vocation à la foi et au salut est absolument gratuite ; l'opposition apparente entre ces vérités a redoublé encore l'épaisseur du voile qui couvre cet abîme.

Cependant les premiers chrétiens, occupés à la pratique des vertus, adoroient en paix des mystères qu'ils ne pouvoient pénétrer. Les dissensions ne s'élevèrent que lorsque, cette ferveur venant à diminuer, l'attention commença à se fixer sur les parties spéculatives de la religion. C'est alors que, dans l'embarras d'accorder le libre arbitre avec l'action de la grâce, on vit les esprits se partager, adopter et exagérer les vérités qui étoient les plus analogues à leur caractère, à leur manière de voir et de sentir, et surtout celles qui paroissoient se prêter le plus aux explications systématiques qu'ils se permettoient d'imaginer. De là tous ces écarts qui, tantôt d'un côté, tantôt de l'autre, ont altéré la pureté du dogme, et qui, se reproduisant sous différentes formes dans la suite des siècles, ont été tour à tour frappés des anathèmes de l'Église.

Saint Augustin, par le zèle et les lumières qu'il déploya dans sa dispute contre Pélage, partisan outré de la liberté, mérita d'être appelé par excellence le *docteur de la grâce*. Avant cette dispute, il avoit combattu les erreurs des manichéens, contraires au libre arbitre. Par cette circonstance-là même, les théologiens des écoles opposées ont pu puiser des armes dans ses ouvrages; mais comme la controverse qu'il soutint contre les pélagiens fut plus longue et plus animée, le parti dont les opinions s'éloignoient le plus des erreurs pélagiennes a trouvé plus de facilité à s'appuyer de son autorité, et s'est toujours particulièrement fait gloire de marcher sous sa bannière.

Les ténèbres et l'ignorance qui suivirent la condamnation des pélagiens, et les guerres où les chrétiens furent occupés, semblèrent amortir la curiosité sur ces questions. On en disputa cependant encore dans les couvents des moines, et depuis dans les universités, lorsque les études scolastiques se ranimèrent. L'école de saint Thomas-d'Aquin, qui adopta ce que la doctrine de saint Augustin avoit de plus rigide, parut y ajouter quelque chose de plus rigide encore, en voulant l'expliquer par le système de la prémotion physique : système suivant lequel Dieu lui-même imprimeroit à la volonté le mouvement qui la

détermine. Les franciscains et d'autres théologiens s'élevèrent fortement contre cette doctrine. On accusoit les
thomistes d'introduire le fatalisme, de rendre Dieu auteur
du péché, de le représenter comme un tyran qui, après
après avoir défendu le crime à l'homme, le nécessite à
devenir coupable, et le punit de l'avoir été. Les thomistes
à leur tour reprochoient à leurs adversaires de transporter
à la créature une puissance qui n'appartient qu'à Dieu,
et de renouveler les erreurs de Pélage en anéantissant le
pouvoir de la grâce, et en faisant l'homme auteur de son
salut.

Malgré l'aigreur de ces imputations réciproques, et
l'animosité qu'elles devoient inspirer, un concours heureux de circonstances en modéra les effets. Les deux opinions opposées avoient partagé les universités, et chaque
parti avoit à sa tête deux ordres rivaux, tous deux puissants, tous deux recommandables par une égale réputation de science et de piété, tous deux également chers
au siége de Rome par le zèle infatigable avec lequel ils
travailloient à étendre son autorité. Les papes avoient un
trop grand intérêt à conserver ces deux appuis de leur
puissance pour faire pencher la balance en faveur de l'un
ou de l'autre. Le peuple ne prit aucune part à ces disputes
qu'il n'entendoit pas; la foi n'y étoit point intéressée;
Rome gardoit le silence; et jamais une question sur laquelle l'autorité a laissé librement soutenir le pour et le
contre n'a occasionné et n'occasionnera de troubles.

Luther et Calvin parurent : ces deux nouveaux réformateurs, ardents à chercher des contrariétés entre la
croyance de l'Église catholique et la doctrine des premiers
siècles du christianisme, prétendirent embrasser, mais
outre-passèrent beaucoup les principes que saint Augustin avoit développés contre les pélagiens. Il est vrai que
les luthériens ne furent pas long-temps sans revenir à des

principes plus doux, et que, même parmi les calvinistes, Arminius et ses sectateurs abandonnèrent tout-à-fait la doctrine de Calvin pour prendre celle de Pélage. Mais, lors de l'établissement du protestantisme, le système de la prédestination la plus rigide étoit un des points que les novateurs prêchoient avec le plus d'enthousiasme, et que les théologiens catholiques s'attachèrent le plus à réfuter.

Les jésuites, dont la société avoit pris naissance dans ces temps d'orage et de dissensions, se livrèrent à la controverse avec toute l'activité que pouvoit inspirer l'ambition d'acquérir la prépondérance dans l'Église. Une métaphysique ingénieuse et séduisante leur attira des élèves et des sectateurs. Fiers de leurs succès, ils ne se bornèrent pas à combattre Luther et Calvin : ils voulurent élever une nouvelle école contre celle de saint Thomas. Le système du jésuite espagnol Molina, sur l'accord de la grâce et du libre arbitre, balança la prémotion physique. Dans ce système, Dieu voit d'abord, par une prévision de simple intelligence, toutes les choses possibles ; il voit, par une autre prévision, que Molina appelle la *science moyenne*, ou la science des *futurs conditionnels*, non-seulement ce qui arrivera en conséquence de telle ou telle condition, mais encore ce qui seroit arrivé (et qui n'arrivera pas), si telle ou telle condition avoit eu lieu ; tous les hommes sont continuellement munis de grâces suffisantes pour opérer leur salut, grâces qui deviennent efficaces ou qui demeurent sans effet, selon le libre usage qu'ils en font ; lorsque Dieu veut convertir ou sauver un pécheur, il lui accorde les grâces auxquelles il prévoit, par la science moyenne, que le pécheur consentira, et qui le feront persévérer dans le bien. On voit par ce précis, que Molina, cherchant à sauver la liberté humaine, lui donne une étendue trop illimitée, trop indépendante du Créateur. Il n'a même fait que substituer à la première difficulté une difficulté semblable, et peut-être plus grande : car, suivant ses principes, la prescience d'un événement conditionnel qui ne doit pas arriver est fondée sur une connexion entre cet événement et la condition dont il dépendoit ; connexion absolument incompréhensible, et cependant nécessaire par elle-même, puisque, la condition n'ayant point été et ne devant point être réalisée, il n'a existé, ni n'existera aucun exercice de la liberté, aucune détermination qui puisse en être l'effet.

Suarez fit quelques corrections au système de Molina, et crut pouvoir expliquer, par le concours simultané de Dieu et de l'homme, comment la grâce opère infailliblement son effet, sans que l'homme en soit moins libre d'y céder ou d'y résister ; mais cette association de la Divinité aux actes de notre volonté foible et changeante, est encore un mystère non moins inpénétrable que tous les autres points de la dispute.

Malgré les objections qui démontroient l'incertitude ou même la fausseté de leur doctrine, les jésuites la produisoient partout avec confiance, comme le véritable dénoûment des difficultés que les saints Pères avoient trouvées à concilier la liberté des actions humaines avec la prescience divine. Cette orgueilleuse prétention blessa les anciennes écoles. On fut indigné de la supériorité que ces nouveaux docteurs vouloient s'attribuer, pour avoir introduit dans la théologie quelques subtilités métaphysiques, qui, dans le fond, n'éclaircissoient rien, et qui même se contredisoient réciproquement. Les combats qu'ils eurent à soutenir en particulier contre les dominicains, s'animèrent au point, que le saint-siége crut devoir s'en occuper : les théologiens des deux ordres débattirent leurs opinions devant ces assemblées si connues sous le nom de congrégations *de Auxiliis*. Rome eut encore cette fois la sagesse de ne rien prononcer; mais l'éclat de ces thèses solennelles ne fit qu'augmenter l'acharnement des deux partis.

Pendant que ces funestes divisions troubloient l'Église, Corneille Jansen, évêque d'Ypres, si connu sous le nom de *Jansénius*, homme respecté pour sa science et pour ses mœurs, et fort éloigné de prévoir qu'un jour son nom deviendroit un signal de discorde et de haine, s'occupoit, dans le silence du cabinet, à méditer et à rédiger en corps de système les principes qu'il avoit cru reconnoître dans les livres du docteur de la grâce. Il écrivit son ouvrage en latin, sous le titre d'*Augustinus*, et le soumit au jugement de l'Église. A peine venoit-il de l'achever, lorsqu'il mourut (en 1638) de la peste, dont il fut atteint en examinant des papiers qui avoient appartenu à quelques-uns de ses diocésains enlevés par ce fléau.

L'*Augustinus* vit le jour, pour la première fois, en 1640 : c'étoit un énorme *in-folio*, écrit sans ordre et sans méthode, non moins obscur par le style et par une diffusion accablante que par le fond même des matières. Quelle sensation, quel mal pouvoit il produire, si on l'eût abandonné à sa destinée naturelle? Il dut tout son malheureux éclat aux hommes célèbres qui le mirent en évidence, et à l'animosité implacable de leurs ennemis.

L'abbé de Saint-Cyran (*), ami de Jansénius, imbu de la même doctrine, abhorrant les jésuites et leur science moyenne, vantoit l'*Augustinus*, même avant qu'il ne fût achevé, comme le dépôt des secrets de la prédestination; et il en répandoit les principes dans les lettres spirituelles qu'il écrivoit de tous côtés. Bientôt après, les solitaires de Port-Royal firent profession publique des mêmes sentiments. Alors Jansénius devint l'oracle des écoles les

-----

(*) Jean Duverger de Hauranne, né en 1581, mort en 1643.

plus renommées : c'étoit un homme suscité de Dieu, disoient-elles, pour servir d'interprète à saint Augustin. Les jésuites, irrités de l'abandon où ils voyoient tomber insensiblement leur théologie, et jaloux des savants de Port-Royal, qui les effaçoient dans tous les genres de littérature, se soulevèrent avec emportement contre l'ouvrage de Jansénius. La matière prêtoit aux équivoques : en pressant les paroles de l'auteur, ils parviennent à former cinq propositions qui présentoient un sens évidemment faux et erroné; ils les dénoncent au saint-siége, et sollicitent à grands cris la condamnation de l'*Augustinus*. Innocent X censura, le 31 mai 1653, les cinq propositions, sans décider d'ailleurs d'une manière précise si elles étoient exactement contenues dans le livre inculpé. Le clergé de France, dans son assemblée de 1655, demanda un nouveau jugement au pape, en lui peignant les jansénistes comme des sujets rebelles et hérétiques. Alexandre VII rendit, le 16 octobre 1656, une bulle qui condamnoit encore les cinq propositions, mais avec la clause expresse qu'elles étoient fidèlement extraites de Jansénius, et hérétiques dans le sens qu'il leur attribuoit. Cette bulle servit de base à un formulaire que le clergé dressa en 1657, et dont la cour entreprit d'exiger rigoureusement la signature quatre ans après. Alexandre VII donna, en 1665, une seconde bulle, avec un formulaire, sur le même sujet.

Il est vraisemblable que les jésuites auroient succombé dans leur poursuite contre les disciples de Jansénius, si des hommes tout-puissants dans l'Europe n'eussent eu intérêt de se joindre à eux. Le cardinal de Richelieu, qui haïssoit personnellement l'abbé de Saint-Cyran, avoit d'abord tenté de faire condamner ses écrits par le saint-siége; mais il mit peu de suite et peu de chaleur dans cette négociation : il n'étoit pas homme à essuyer les lenteurs ordinaires à la cour de Rome, pour un objet aussi frivole à ses yeux que la censure de quatre ou cinq propositions systématiques, hasardées par un théologien sans appui : il trouva plus simple et plus commode de faire enfermer l'abbé de Saint-Cyran au château de Vincennes.

Mazarin, moins violent, plus adroit dans l'art de cacher et d'assurer les effets de la haine, porta en secret de plus rudes coups aux jansénistes. Il étoit indifférent au fond sur toutes les matières théologiques ; il aimoit peu les jésuites, mais il savoit que les solitaires de Port-Royal conservoient des liaisons avec le cardinal de Retz, son ennemi, qui l'avoit fait trembler. Sans approfondir la nature de ces liaisons, formées anciennement, et très-innocentes en elles-mêmes, il les jugea criminelles ; et pour s'en venger, il excita sourdement le clergé à demander la bulle de 1656. Ainsi une question qui ne devoit jamais être remuée, ou qui auroit dû naître et mourir dans l'obscurité des écoles, acquit de l'importance et troubla l'état pendant plus de cent ans, parce que les défenseurs d'un livre inintelligible et destiné à l'oubli étoient les amis d'un archevêque de Paris, qui avoit voulu faire chasser le premier ministre du roi de France ! Mazarin ne prévit pas sans doute les funestes suites de sa foiblesse à mêler l'autorité dans une guerre théologique dont il auroit fallu ignorer l'existence ; mais son exemple doit être une grande leçon pour les souverains et les ministres.

Les solitaires de Port-Royal, et plusieurs autres théologiens, sans défendre le sens littéral des cinq propositions condamnées, prétendirent qu'elles n'étoient point contenues dans l'*Augustinus*, ou que, si elles s'y trouvoient, c'étoit dans un sens catholique. On leur répondit par des assertions contraires. La querelle devint alors plus vive qu'elle n'avoit jamais été : on écrivit, de part et d'autre, une multitude d'ouvrages où les passions humaines, étouffant la charité si fort recommandée aux chrétiens, fournirent aux ennemis de la religion un triste sujet de triomphe.

De tous ceux qui combattirent pour Jansénius, aucun ne montra tant de zèle et de véhémence que le docteur Arnauld. Il avoit l'âme élevée et les mœurs austères. Lorsqu'il s'engagea dans le sacerdoce, il donna presque tout son bien à la maison de Port-Royal, disant qu'un ministre de Jésus-Christ doit être pauvre. Son attachement à ce qu'il croyoit la vérité étoit inflexible comme elle. Il détestoit la morale corrompue des jésuites, et il étoit encore plus haï d'eux ; tant parce que ses sentiments leur étoient bien connus, que parce qu'il étoit né d'un père qui avoit plaidé avec chaleur, au nom de l'Université, pour qu'on leur interdît l'enseignement de la jeunesse, et qu'on les chassât même du royaume. On jugera, par le trait suivant, de l'intérêt qu'il mettoit à l'affaire du jansénisme. Un jour Nicole, son ami et son compagnon d'armes pour la même cause, mais né d'ailleurs avec un caractère doux et accommodant, lui représentoit qu'il étoit las de cette guerre, et qu'il vouloit se reposer. *Vous reposer !* répond Arnauld : *eh ! n'aurez-vous pas pour vous reposer l'éternité tout entière ?*

Dans ces dispositions, Arnauld publia, en 1655, une lettre où il disoit qu'il n'avoit pas trouvé dans Jansénius les propositions condamnées ; et discutant en général la question de la grâce, il ajouta *que saint Pierre offroit dans sa chute l'exemple d'un juste à qui la grâce, sans laquelle on ne peut rien, avoit manqué.* La première de ces deux assertions parut injurieuse au saint-siége ; la seconde fut regardée comme suspecte d'hérésie : elles excitèrent l'une et l'autre une grande rumeur dans la Sorbonne, dont Arnauld étoit membre. Les ennemis de ce docteur mirent tout en usage pour lui attirer une censure humiliante. Ses amis lui représentèrent la nécessité de se défendre. Il étoit né avec une grande éloquence, mais il n'en régloit pas assez les mouvements : son style négligé et dogmatique nuisoit quelquefois à la solidité de ses écrits ; car dans les matières qu'on ne peut soumettre à la démonstration géométrique, le charme de l'expression est l'un des principaux moyens pour persuader. Il composa une longue apologie de ses sentiments et de sa doctrine ; mais, en rendant justice au fond, on trouva que cet écrit étoit pesant, monotone et peu propre à mettre le public dans ses intérêts. Il en convint lui-même de sang-froid, et il fut le premier à indiquer Pascal comme le seul homme capable de traiter le sujet d'une matière solide et piquante. Pascal consentit volontiers à prêter le secours de sa plume pour une cause qui intéressoit des savants vertueux, infiniment chers à son cœur.

Le 23 janvier 1656, il publia, sous le nom de *Louis de Montalte*, sa première lettre *à un Provincial* (*), dans laquelle il se moque des assemblées qui se tenoient alors en Sorbonne, pour l'affaire d'Arnauld, avec une finesse, une légèreté dont il n'y avoit pas encore de modèle. Cette lettre eut un succès prodigieux ; elle entraîna tout le public indifférent : mais la cabale qui vouloit opprimer Arnauld avoit si bien pris ses mesures, on fit venir aux assemblées tant de moines et de docteurs mendiants dévoués à l'autorité, que non-seulement les deux propositions de ce docteur furent condamnées à la pluralité des voix, mais que lui-même fut exclus pour toujours de la faculté de théologie par un décret du 31 janvier 1656.

(*) Les lettres qu'on appelle (par une expression fort impropre, mais que l'usage a consacré) *Lettres provinciales*, parurent d'abord sous ce titre : « Lettres écrites par Louis de Montalte à » un Provincial de ses amis, et aux RR. PP. Jésuites, sur la mo- » rale et la politique de ces pères. »

Le triomphe de ses ennemis fut un peu troublé par la seconde, la troisième et la quatrième lettre *au Provincial*, qui suivirent de près le jugement de la Sorbonne. Elles jetèrent un ridicule ineffaçable sur plusieurs théologiens séculiers, et sur les dominicains, qui, pour ménager leur crédit et pour satisfaire de petites haines, sembloient avoir abandonné en cette occasion la doctrine de saint Thomas. Mais les jésuites, en particulier, qui avoient le plus contribué à faire condamner Arnauld, expièrent chèrement la joie que ce succès leur avoit causée : ils furent immolés à la risée et à l'indignation publique dans les lettres suivantes. C'est dans leurs écrits de théologie morale que Pascal alla chercher les traits qui devoient les rendre à jamais odieux et ridicules, et préparer de loin leur destruction.

On sait que toute la religion chrétienne roule sur deux pivots : la croyance du dogme et la pratique des vertus. L'Église a toujours regardé comme ses ennemis ceux qui ont osé attaquer ou même interpréter le dogme. Elle a porté la même vigilance et la même sévérité dans l'observation des principes généraux de la morale : mais dans les applications particulières de ces principes, il peut y avoir des modifications qu'elle a permis de soumettre à l'examen. En effet, s'il existe des actions humaines visiblement criminelles, il en est d'autres qui paroissent indifférentes, et qui tirent leur vrai caractère de l'intention ou des circonstances. Il a donc fallu que la morale eût ses interprètes, chargés de poser la limite entre le crime et la vertu, d'effrayer le coupable audacieux, et de rassurer quelquefois l'âme timide et ingénue qui s'exagère à elle-même ses foiblesses.

Les théologiens, obligés par état d'expliquer la religion au peuple, ne pouvoient laisser échapper cette occasion de signaler leur science et leur zèle. Toutes les écoles, tous les ordres religieux produisirent des docteurs qui, sous le nom de *casuistes*, jugeoient les consciences, et mettoient, pour ainsi dire, un tarif aux actions humaines. Ils furent utiles tant qu'ils prirent eux-mêmes pour guide la morale simple et consolante de l'Évangile : ils finirent par semer le désordre dans la société chrétienne en voulant subordonner cette morale à leurs opinions systématiques, ou à des intérêts humains. On se rappelle les questions impertinentes sur les universaux, sur les catégories, etc., que l'on a agitées, pendant des siècles d'ignorance, dans l'oisiveté et l'ennui des cloîtres. Le même esprit s'introduisit dans la théologie morale. On vit des auteurs graves épuiser leur subtilité à tourner une action sur toutes les faces; à faire que, vicieuse par le côté matériel, elle parût innocente par l'intention, ou dans un certain point de vue métaphysique ; à mettre l'homme qui venoit les consulter, toujours dans l'incertitude s'il étoit digne de haine ou d'amour, et à se rendre ensuite, par la voie de la confession, les arbitres souverains des consciences. Une foule de questions extravagantes ou scandaleuses furent proposées, et souvent décidées contre les plus simples lumières du sens commun. Rien n'auroit été sans doute plus nuisible aux mœurs que de pareilles décisions, si l'excès du ridicule n'avoit écarté le danger.

La société des jésuites ne s'étoit pas moins adonnée à la théologie morale qu'à la controverse. Je ne finirois point, si je voulois seulement rapporter ici les noms de leurs casuistes. On prétend qu'ils ont inventé ou perfectionné les fameux systèmes du *probabilisme*, des *restrictions mentales*, de la *direction d'intention*, etc. Tous ceux qui ont lu ces auteurs disent qu'on y trouve de l'esprit, une dialectique subtile, et quelquefois même une sorte de sagacité à proposer et à résoudre des cas de conscience qui surprennent par leur singularité. Par exemple, on cite le traité *de Matrimonio*, par le jésuite espagnol Sanchez, comme un ouvrage achevé dans son genre : on assure que l'auteur a examiné la matière à fond, prévu tous les cas, et discuté toutes les questions que la nature, excitée par la chaleur du climat, pouvoit offrir à l'imagination errante d'un solitaire.

Les décisions burlesques ou scandaleuses des moralistes de la *société* fournissoient donc à Pascal une ample moisson de plaisanteries et de sarcasmes. Mais il falloit un génie tel que le sien pour employer ces matériaux, et pour en former un ouvrage qui pût intéresser, non pas seulement les théologiens, mais le public de tous les états. On a tant parlé de ces fameuses *Lettres provinciales*, que nous pouvons presque nous dispenser d'en parler ici. Tout le monde sait et répète que cet ouvrage n'avoit aucun modèle chez les anciens, ni chez les modernes, et que l'auteur a deviné et fixé la langue françoise. Voltaire dit en propres termes que les meilleures comédies de Molière n'ont pas plus de sel que les premières *Lettres provinciales*, et que Bossuet n'a rien de plus sublime que les dernières. A ces éloges, consacrés par la voix publique, j'ajouterai une observation. L'un des plus grands mérites des *Lettres provinciales* est, ce me semble, l'art admirable avec lequel Pascal a su ménager les transitions dans le sujet qui présentoit peut-être à cet égard le plus de difficulté, par l'incohérence de ses parties. Il passe d'un objet à un autre tout différent sans qu'on s'en aperçoive. La destruction des jésuites pourra diminuer un peu l'empressement de certains lecteurs pour cet ouvrage; mais il subsistera toujours, parmi les gens de lettres et de goût, comme un chef-d'œuvre de style, de bonne plaisanterie et d'éloquence.

Il semble qu'on ne pouvoit rien répondre à ce livre foudroyant : les jésuites montrèrent un courage qu'on n'attendoit pas ; ils défendirent hardiment leurs casuistes. On a écrit qu'ils auroient dû les abandonner, et rire eux-mêmes les premiers des plaisanteries de Pascal, puisque après tout, les opinions relâchées qu'on leur reprochoit ne leur appartenoient pas exclusivement, et qu'on les auroit aussi trouvées dans la plupart des autres théologiens. Mais la *société*, accoutumée à se conduire par les principes d'une fierté inflexible et d'une politique conséquente, ne put se résoudre à condamner des auteurs qu'elle-même avoit autorisés, et qui travailloient à l'agrandissement de sa domination; car, dans cet ordre singulier, tous les membres étoient conduits par une même impulsion qui dirigeoit les talents et les occupations de chacun d'eux vers une fin unique, la gloire de l'institut. Jamais les jésuites n'eurent l'intention de corrompre les mœurs; mais ils vouloient gouverner les consciences des rois et des grands. Pour y parvenir, ils s'étoient fait une espèce de théologie, moitié chrétienne, moitié mondaine; mélange adroit de rigorisme et de condescendance aux foiblesses des hommes : sans détruire le péché, elle facilitoit le moyen de l'éviter, ou au moins d'en mériter le pardon. Ce système combiné avec art, qui a eu pendant cent cinquante ans le plus grand succès dans toute l'Europe, maintiendroit peut-être encore les jésuites dans leur premier éclat, s'ils se fussent toujours conduits avec la sagesse et la réserve de leurs fondateurs.

Malheureusement pour eux, dans le temps que les *Lettres provinciales* parurent, ils n'avoient aucun bon écrivain. Les réponses qu'ils opposèrent à cet ouvrage étoient aussi dépourvues de style que répréhensibles du côté des choses. Elles ne pouvoient donc avoir, et n'eurent en effet aucun succès, tandis qu'au contraire toute la France dévoroit les *Lettres provinciales*, et que les jansénistes, pour les répandre encore davantage, s'empressoient de les traduire en plusieurs langues. Bientôt une clameur universelle s'éleva contre les jésuites. On ne voulut point se prêter aux raisons qu'ils avoient eues d'adoucir la morale : ils en furent regardés comme les corrupteurs. Parmi les différents ouvrages qu'ils firent paroître pour la défense de leurs casuistes, il y en eut un qui révolta généralement le public ; il étoit intitulé : *Apologie des nouveaux casuistes contre les calomnies des jansénistes*. Les curés de Paris, et, peu de temps après, ceux de plusieurs autres villes considérables, attaquèrent ce livre pernicieux par des écrits solides, véhéments, et d'une éloquence semblable à celle de Démosthènes. Ces écrits étoient composés par Arnauld, Nicole et Pascal : les deux premiers fournissoient les matériaux, et Pascal tenoit la plume. Ils produisirent dans le monde une sensation très-désagréable pour les jésuites ; et malgré tout le crédit que ces pères avoient dans le clergé, plusieurs évêques d'une grande science et d'une haute vertu, publièrent des mandements exprès contre l'*Apologie des casuistes*.

Après tant d'humiliations et tant de revers dans les combats de plume, le seul parti raisonnable que les jésuites eussent à prendre, étoit de dévorer dans le fond du cœur des chagrins passagers, et de n'opposer à leurs adversaires d'autres armes qu'un profond silence. On eût regardé cette conduite prudente et dictée par l'intérêt, comme l'effet de la modération. Il est vrai qu'en ce moment les dispositions du peuple ne leur étoient pas favorables : on se souvenoit encore confusément des troubles qu'ils avoient excités autrefois dans le royaume, au temps de la Ligue ; la morale de leurs casuistes scandalisoit et éloignoit d'eux les âmes timorées. Mais la nation françoise oublie tout avec le temps. Bientôt elle n'eût considéré dans les jésuites, ou que des victimes de l'oppression, dignes de sa pitié et de son appui, ou que des hommes supérieurs à l'injure, dignes de son estime. Les jansénistes auroient perdu insensiblement les avantages de leurs victoires passées ; et jamais ils n'eussent obtenu, au milieu d'une vie tranquille, l'existence et la célébrité que la persécution leur donna dans la suite. L'orgueil et la haine en ordonnèrent autrement. Aveuglée par ces deux sentiments et par son crédit à la cour, la *société* saisit les moyens les plus prompts et les plus violents de nuire à ses ennemis. Les jansénistes ne furent pas le seul objet de sa vengeance. Tous les particuliers, tous les corps même qui ne lui étoient pas entièrement dévoués, furent exposés à des vexations qu'elle leur suscitoit. Elle abusa sans honte et sans mesure, pendant un siècle entier, d'un pouvoir usurpé et précaire, mobile comme l'opinion qui l'avoit fait naître ; mais enfin elle en a trouvé le terme et la punition dans ces derniers temps. La plupart des princes chrétiens, et le pape lui-même, fatigués de ses intrigues, et de servir d'instruments à son intolérance, ont été forcés de la proscrire dans tous les pays de leur domination. Quelquefois la simple réforme a suffi pour ramener à leurs principes et à leur première ferveur des monastères corrompus par l'oisiveté et la mollesse. Mais quand un ordre nombreux, sous les étendards de la religion, n'est réellement qu'un corps politique, livré par système à une ambition toute mondaine ; quand il cabale dans les cours, trouble les gouvernements, se rend même redoutable aux souverains, la réforme n'offriroit qu'un remède inutile : elle laisseroit subsister la racine du mal, et on ne peut l'extirper que par la destruction de l'Institut.

La guerre que Pascal fit aux jésuites dura environ trois ans. Elle l'empêcha de travailler, aussitôt qu'il l'auroit désiré, à un grand ouvrage qu'il méditoit depuis plusieurs années pour prouver la vérité de la religion. En différents temps, il avoit jeté sur le papier quelques pensées qui devoient entrer dans son plan : il songeoit tout de bon, en 1658, à exécuter cet ouvrage; mais ses infirmités augmentèrent dès lors au point qu'il n'a jamais pu l'achever, et qu'il ne nous en reste que des fragments.

L'accroissement de ses maux commença par un horrible mal de dents, qui lui ôtoit presque entièrement le sommeil. Durant l'une de ses longues veilles, le souvenir de quelques problèmes touchant la *roulette* vint travailler son génie mathématique. Il avoit renoncé depuis long-temps aux sciences purement humaines ; mais la beauté de ces problèmes, et la nécessité de faire quelque diversion à ses douleurs par une forte application, le plongèrent dans une recherche qu'il poussa si loin, qu'aujourd'hui même les découvertes qu'il y fit sont comptées parmi les plus grands efforts de l'esprit humain.

La courbe, nommée vulgairement *roulette* ou *cycloïde*, est très-connue des géomètres. Elle se décrit en l'air par le mouvement d'un clou attaché à la circonférence d'une roue de voiture. On ne sait pas au juste, et cette connoissance seroit d'ailleurs fort indifférente en elle-même, quel est celui qui a remarqué d'abord la génération de cette courbe dans la nature; mais il est certain que les François sont les premiers qui aient commencé à découvrir ses propriétés. En 1637, Roberval démontra que l'aire de la roulette ordinaire est triple de celle de son cercle générateur. Il détermina aussi, peu de temps après, le solide que la roulette décrit en tournant autour de sa base; et même, ce qui étoit beaucoup plus difficile pour la géométrie de ce temps-là, le solide que la même courbe décrit en tournant autour du diamètre de son cercle générateur. Torricelli publia la plupart de ces problèmes, comme de son invention, dans un livre imprimé en 1644; mais on prétendit en France que Torricelli avoit trouvé les solutions de Roberval parmi les papiers de Galilée, à qui Beaugrand les avoit envoyées quelques années auparavant : et Pascal, dans son *Histoire de la roulette*, traita sans détour Torricelli de plagiaire. J'ai lu avec beaucoup de soin les pièces du procès, et j'avoue que l'accusation de Pascal me paroît un peu hasardée. Il y a apparence que Torricelli avoit réellement découvert les propositions qu'il s'attribuoit, ignorant que Roberval l'eût précédé de plusieurs années. Descartes, Fermat et Roberval résolurent un problème d'un autre genre, au sujet de la même courbe; ils donnèrent des méthodes pour en mener les *tangentes*.

Roberval et Torricelli avoient déterminé la mesure de la cycloïde et de ses solides par des moyens très-ingénieux, mais sujets à l'inconvénient d'être trop bornés, et de ne pouvoir s'étendre au-delà des cas qu'ils avoient considérés. Il falloit traiter les mêmes questions d'une manière générale et uniforme : il falloit aller plus loin, et s'en proposer d'autres ; il restoit à trouver la longueur et le centre de gravité de la roulette, les centres de gravité des solides, demi-solides, quarts de solides, etc., de la même courbe, tant autour de la base qu'autour de l'axe, etc. Ces recherches demandoient une nouvelle géométrie, ou du moins un usage tout nouveau des principes déjà connus. Pascal trouva en moins de huit jours, au milieu des plus cruelles souffrances, une méthode qui embrassoit tous les problèmes que je viens d'indiquer : méthode fondée sur la *sommation* de certaines suites, dont il avoit donné les éléments dans quelques écrits qui accompagnent le traité du triangle arithmétique. De là aux calculs différentiel et intégral il n'y avoit plus qu'un pas : et on a lieu de présumer fortement que, si Pascal eût pu donner encore quelque temps à la géométrie, il auroit enlevé à Leibnitz et à Newton la gloire d'inventer ces calculs.

Ayant parlé de sa méditation géométrique à quelques amis, et en particulier au duc de Roannez, celui-ci conçut le projet de la faire servir au triomphe de la religion. L'exemple de Pascal étoit une preuve incontestable qu'on pouvoit être un géomètre du premier ordre et un chrétien soumis. Mais, pour donner à cette preuve tout son éclat, les amis de Pascal arrêtèrent qu'on proposeroit publiquement les mêmes questions, en y attachant des prix; car, disoient-ils, si d'autres géomètres résolvent ces problèmes, ils en sentiront au moins la difficulté; la science y gagnera, et le mérite d'en avoir accéléré le progrès appartiendra toujours au premier inventeur: si au contraire ils ne peuvent y atteindre, les incrédules n'auront plus aucun prétexte d'être plus difficiles, par rapport aux preuves de la religion, que l'homme le plus profond dans une science toute fondée en démonstrations.

En conséquence, on publia, au mois de juin 1658, un programme dans lequel on proposoit de trouver la mesure et le centre de gravité d'un segment quelconque de cycloïde; les dimensions et les centres de gravité des solides, demi-solides, quarts de solides, etc., qu'un pareil segment produit en tournant autour de l'abscisse ou de l'ordonnée. Et comme les calculs pour la solution complète et développée de tous ces problèmes pouvoient demander beaucoup de temps et de travail, il falloit du moins qu'au défaut d'une telle solution, les concurrents envoyassent quelques applications de leurs méthodes à des cas particuliers et remarquables, comme, par exemple, quand l'abscisse est égale au rayon ou au diamètre du cercle générateur. On promit deux prix : l'un de quarante pistoles pour celui qui résoudroit le premier ces problèmes; l'autre, de vingt pistoles pour le second : on choisit, pour examiner les pièces du concours, les plus fameux géomètres résidant à Paris : les pièces, souscrites par un notaire, devoient être remises, avant le premier octobre suivant, à M. de Carcavi, l'un des juges et le dépositaire de l'argent des prix. Pascal se tint caché, dans toute cette affaire, sous le nom de A. Dettonville (*).

Le programme en question attira de nouveau les regards des géomètres sur la cycloïde, que l'on commençoit un peu à oublier. Hughens carra le segment compris depuis le sommet jusqu'à l'ordonnée qui répond au quart du diamètre du cercle générateur; Sluze, chanoine de la cathédrale de Liége, mesura l'aire de la courbe par une méthode nouvelle et très-ingénieuse; Wren, géomètre anglois et grand architecte, puisqu'il a bâti l'église de Saint-Paul de Londres (**), fit voir qu'un arc quelconque de cycloïde, compté depuis le sommet, est double de la corde correspondante du cercle générateur; il détermina de plus le centre de gravité de l'arc cycloïdal, et les surfaces des solides de révolution que cet arc produit. Fermat et Roberval, sur le simple énoncé des théorèmes de Wren, en donnèrent aussitôt la démonstration, chacun de leur côté. Mais toutes ces recherches, quoique très-belles en elles-mêmes, ne répondoient pas, au moins entièrement, aux questions du programme. Aussi leurs auteurs, en les envoyant, n'avoient pas le dessein de les soumettre au concours. Il n'y eut que deux géomètres qui, ayant traité sans exception tous les problèmes proposés, crurent avoir droit de prétendre aux prix. Le premier fut le P. Lal-

---

(*) C'est-à-dire, Amos Dettonville, anagramme de Louis de Montalte, qui est le nom sous lequel Pascal avoit publié les *Lettres provinciales*.

(**) Il est enterré dans cette église, et voici son épitaphe :

Hic jacet CHRISTOPHORUS WREN
Hujus Ecclesiæ Conditor et Artifex
Viator
Si monumentum requiris
Circumspice.

louère (*), jésuite toulousain, qui avoit de la réputation dans les mathématiques, surtout parmi ses confrères; le second fut Wallis, dont nous avons déjà parlé, justement célèbre par son *Arithmétique des infinis*, publiée en 1655. Ils eurent l'un et l'autre une dispute fort vive à ce sujet avec Dettonville : on a écrit, et on répète encore, qu'il avoit fait injustice à tous les deux. Ce reproche, auquel les jésuites ont cherché à donner de la consistance, seroit une tache à la mémoire de Pascal, s'il avoit quelque fondement solide : le lecteur en jugera; je commence par Lallouère.

Nous lisons dans le jugement des commissaires pour les prix, et le P. Lallouère le raconte également dans son traité latin *de Cycloïde*, que, vers les derniers jours du mois de septembre 1658, il écrivit à M. de Carcavi qu'il avoit résolu tous les problèmes de Dettonville, et qu'il envoyoit pour échantillon le calcul de l'un des cas proposés. Malheureusement ce calcul, qui n'étoit accompagné d'aucune méthode, se trouva faux. Lallouère reconnut lui-même cette erreur, qui sautoit aux yeux, mais sans la corriger, dans plusieurs lettres écrites à la fin de septembre et au commencement d'octobre. Il est clair par là qu'il ne lui restoit plus de droit légitime aux prix, puisqu'à l'expiration du terme fixé par le programme il n'avoit produit ni méthode qui, par sa bonté, pût faire pardonner un calcul défectueux, ni calcul qui, par sa justesse, pût être censé dériver d'une bonne méthode. Il fut forcé d'en convenir. On l'avertit de plus en particulier, et même publiquement, dans l'*Histoire de la Roulette*, qui parut le 10 octobre 1658, que les cas dont il faisoit mention étoient déjà résolus par Roberval. Dettonville terminoit

______

(*) C'est le nom de ce jésuite, et non pas Laloubère, comme quelques auteurs l'ont écrit.

cette même histoire en proposant de nouveaux problèmes qui n'étoient plus l'objet d'aucun prix, mais qui tendoient à compléter la théorie de la roulette : il demandoit le centre de gravité d'un arc quelconque de cycloïde ; les dimensions et les centres de gravité de la surface, demi-surface, quart de surface, etc., que cet arc décrit en tournant autour de l'axe ou de la base : si, au premier janvier 1659, personne n'avoit résolu ces problèmes, il s'engageoit à publier alors ses propres solutions.

En avouant modestement sa méprise, Lallouère pouvoit, au défaut d'un prix, s'attirer de la gloire par son travail ; car un tel aveu lui donnoit le droit de perfectionner à loisir ses recherches, et le traité que nous avons cité de lui fait juger qu'il étoit capable, non pas d'une grande invention, mais d'ajouter au moins des choses intéressantes aux découvertes des inventeurs. Mais, par une jactance mal entendue, il donna lieu à un fâcheux examen de son talent et de ses connoissances mathématiques. La réputation de savoir d'un géomètre médiocre est (si on me permet ce parallèle) comme l'honneur d'une femme : lorsqu'on y porte la plus légère atteinte, la blessure est presque toujours mortelle. L'orgueilleux jésuite continua d'écrire que, nonobstant sa première inadvertance, il avoit trouvé des choses très-extraordinaires touchant la cycloïde, mais qu'il ne vouloit les mettre au jour qu'après que Dettonville auroit donné ses propres solutions, faisant entendre que celui-ci n'avoit peut-être pas résolu lui-même les questions qu'il proposoit aux autres. Dettonville répondit à cette espèce de défi en homme supérieur et bien instruit des forces de l'athlète qui osoit le provoquer : il déclara qu'il renonçoit à l'honneur d'avoir résolu le premier ces problèmes, et qu'il le cédoit tout entier au jésuite toulousain, si ce jésuite vouloit publier ses solutions avant le premier janvier 1659.

Cette déclaration ne permettoit plus à Lallouère de reculer, s'il avoit réellement possédé les méthodes qu'il s'attribuoit; mais on ne put jamais rien arracher de lui.

Le premier janvier étant arrivé, Dettonville fit imprimer son traité de la *Roulette;* il envoya le commencement de cet ouvrage à Lallouère, afin qu'il y vît le calcul du cas sur lequel il s'étoit trompé : mais celui-ci, au lieu de marquer sa reconnoissance, répondit qu'il avoit précisément ainsi rectifié lui-même sa première solution. Dettonville, qui avoit prévu la réponse, se moqua de lui, comme il s'étoit moqué de ses confrères les casuistes, avec cette différence néanmoins, que les décisions d'Escobar et de Tambourin étoient un peu plus plaisantes que les prétentions de Lallouère en géométrie.

Le jésuite humilié n'opposa à ces railleries que son immense traité *de Cycloïde*, qu'il fit imprimer en 1660. Mais cet ouvrage trop long-temps attendu, et fondé sur une synthèse prolixe et laborieuse, eut d'autant moins de succès auprès des géomètres, qu'il ne contenoit rien qui n'eût été donné, du moins en substance, par Dettonville. D'ailleurs l'auteur y rappeloit sans nécessité une promesse magnifique, déjà mal accueillie lorsqu'il la fit pour la première fois dix ans auparavant, celle de publier incessamment la quadrature du cercle. Que pouvoit-on penser d'un homme qui, pour me servir d'une expression ingénieuse de Fontenelle, avoit eu le malheur de faire une pareille découverte?

Wallis n'approcha guère davantage du but. On avoit eu soin de lui envoyer le programme de Dettonville, aussitôt qu'il fut imprimé. La difficulté de ces problèmes l'effraya d'abord, et ne croyant pas sans doute pouvoir en trouver la solution, et la faire parvenir ensuite à Paris dans le temps prescrit, il demanda que le concours fût fermé à une époque plus éloignée pour les savants étran-

gers, ou du moins qu'en les obligeant de faire partir leurs
solutions avant le premier octobre, on n'exigeât pas à la
rigueur qu'elles arrivassent au plus tard ce même jour à
Paris : car il peut se faire, écrivoit-il, qu'elles demeurent
long-temps en chemin, ou par les incommodités de la
guerre, ou par celles de la saison, ou par des vents contraires, si elles ont la mer à traverser : il est même possible
que, d'une manière ou d'autre, elles viennent à se perdre,
et alors ne seroit-il pas juste qu'on pût en envoyer de
nouvelles copies, pourvu que les officiers publics attes-
tassent légalement la conformité de ces copies avec les
premières? Dettonville répondit qu'un pareil arrangement
étoit illusoire ; qu'en l'adoptant le concours n'auroit pas
de fin, puisqu'on seroit toujours incertain du temps où
des solutions qu'on supposeroit parties des pays étrangers
avant le premier octobre, pourroient arriver à Paris ; que
par là on s'exposeroit à des discussions embarrassantes
sur la priorité des dates ; qu'afin d'éviter ces discussions,
il avoit cru devoir fixer un lieu et un temps pour recevoir
les pièces du concours ; qu'à la vérité ces conditions
étoient plus avantageuses aux François, surtout à ceux
de Paris, qu'aux étrangers ; mais qu'en faisant faveur aux
uns il n'avoit pas fait d'injustice aux autres ; qu'il laissoit
à tout le monde le mérite de l'invention ; qu'il ne disposoit
point de la gloire ; mais que, donnant l'argent des prix,
il avoit le droit d'en régler la dispensation ; qu'il auroit
pu proposer ces prix uniquement pour les François,
comme en d'autres occasions il pourroit en proposer, ou
pour les Allemands, ou pour les Chinois ; qu'enfin il avoit
établi les lois du concours de la manière qui lui avoit paru
la plus équitable et la plus exempte d'inconvénients.

Il y a apparence que Wallis comptoit peu sur le succès
de sa demande ; car, sans attendre de réponse, il prit le
parti le plus certain et le plus noble, celui de chercher

incontinent la solution des problèmes proposés. Le résultat de ce travail fut la matière d'un ouvrage auquel il
fit apposer la date du 19 août (vieux style) 1658, par
un notaire d'Oxford, et qu'il fit remettre à Paris, chez
M. de Carcavi, dans les premiers jours du mois de septembre suivant. Durant le cours du même mois Wallis
écrivit quelques lettres aux juges des prix, pour corriger
des erreurs qu'il avoit remarquées dans son écrit. La dernière de ces lettres portoit que tout le mal n'étoit peut-
être pas encore réparé. Les juges examinèrent avec attention l'ouvrage et les corrections de l'auteur. Cet examen
leur prouva que Wallis n'avoit pas déterminé d'une manière exacte les dimensions des solides de la cycloïde
autour de l'axe, ni le centre de gravité de cette courbe,
ni ceux de ses parties, ni les centres de gravité des solides,
demi-solides, etc., tant autour de la base que de l'axe;
qu'outre les fautes qu'il avoit remarquées dans son ouvrage, il y en avoit encore d'autres, et que ses corrections
mêmes en contenoient de nouvelles : que toutes ces fautes
n'étoient pas de calcul, mais de méthodes, puisque les
calculs étoient faits exactement d'après les méthodes ; que
l'auteur s'étoit principalement trompé, en ce qu'il traitoit
certaines surfaces, indéfinies en nombre, et qui n'étoient
pas également distantes les unes des autres, de la même
manière que si elles l'étoient ; ce qui l'avoit nécessairement conduit à de faux résultats. D'où les juges conclurent
que Wallis n'avoit non plus aucun droit aux prix.

Cette décision le piqua vivement. Il s'en plaint avec
amertume dans la préface de son traité *de Cycloïde*, et
dans plusieurs autres endroits de ses ouvrages ; il montre
en toute occasion les sentiments d'une vive haine contre
la nation françoise : il voudroit être plaisant, il n'est que
chagrin, au sujet de la faveur qu'il prétend que Dettonville
a faite à *ses François* dans les conditions des prix. Cepen-

dant il est forcé d'avouer que son premier écrit contenoit des fautes, et que ses corrections mêmes n'en étoient pas exemptes : il ajoute seulement qu'il n'avoit pas cru devoir indiquer en quoi consistoient ces dernières fautes, parce qu'il soupçonnoit qu'on étoit malintentionné envers lui : mais on sent tout le ridicule de cette défaite. Comment auroit-on pu lui dénier la justice, si, au terme fixé pour la clôture du concours, il avoit fourni des solutions exactes ? Toute son apologie ne prouve autre chose, sinon qu'il a été jugé et condamné suivant la rigueur de la loi. Peut-être aurait-on pu lui accorder quelques délais pour rectifier ses méthodes et ses calculs ; mais ces délais n'eussent été qu'un simple acte d'indulgence qu'il n'étoit pas en droit d'exiger. Plusieurs historiens de la Cycloïde, et entre autres *Groningius*, ont épousé son ressentiment, sans remonter aux pièces originales qui en démontrent évidemment l'injustice.

A ces preuves positives se joignent des considérations morales qui n'ont pas moins de force. Est-il croyable que Pascal, qui dépensoit la plus grande partie de son bien en aumônes, eût manqué à l'obligation plus essentielle d'acquitter une dette légitime ? Ignoroit-il que la justice est le premier devoir de l'homme ? Auroit-il osé transgresser publiquement ce précepte ? En auroit-il eu le pouvoir, et n'y avoit-il pas d'autres juges des prix ? Qu'auroient pensé ces hommes austères auxquels il étoit en spectacle ? Supposera-t-on que l'esprit de parti ait pu les aveugler tous au point que, pour assurer à un janséniste l'honneur d'avoir résolu seul des problèmes difficiles, on ait formé le projet de soutenir cette prétention par un mensonge impossible à cacher ?

Les recherches de Wallis sur la Cycloïde ne parurent, en 1659, qu'après celles de Pascal. Wallis s'y borna d'abord aux problèmes du programme : il ne résolut ceux qui avoient été proposés au mois d'octobre, dans l'histoire de la roulette, qu'en 1670, dans la seconde partie de son traité de mécanique, où il parle du centre de gravité. Il craignoit, dit-il, que, s'il eût donné la solution de ces derniers problèmes dans son premier écrit, immédiatement après que le livre de Dettonville venoit de paroître, on ne le soupçonnât d'avoir profité de cet ouvrage ; ce qui l'avoit déterminé à publier d'abord son traité, tel à peu près qu'il avoit été envoyé pour le concours.

Je n'ajouterai plus qu'une réflexion sur ce sujet. Wallis, quelque temps après avoir reçu le *Traité de la Roulette* de Pascal, écrivit à Hughens que cet ouvrage lui paroissoit *plein de génie* ; et qu'il l'avoit lu avec d'autant plus de plaisir et de facilité, que la méthode de l'auteur n'étoit pas fort différente de la sienne, fondée sur *l'arithmétique des infinis*, dont il avoit donné un traité en 1655 : mais il faut observer que les principes de ce traité sont les mêmes que ceux du triangle arithmétique inventé par le géomètre françois, dès l'année 1654 : au lieu qu'en 1658 même, Wallis ne savoit pas encore les employer d'une manière sûre, puisqu'il avoit commis plusieurs fautes dans ses solutions.

Cependant Pascal s'avançoit à grands pas vers le tombeau. Les trois dernières années de sa vie ne furent plus, pour ainsi dire, qu'une agonie continuelle ; il devint presque entièrement incapable de méditation. Dans les courts intervalles où il lui restoit quelque liberté d'esprit, il s'occupoit de son ouvrage concernant la religion ; il écrivoit ses pensées sur les premiers morceaux de papier qui lui tomboient sous la main ; et quand il ne pouvoit pas tenir lui-même la plume, il les dictoit à un domestique intelligent, toujours assidu auprès de lui.

Ces fragments furent recueillis après sa mort ; et MM. de Port-Royal, choisissant ce qui étoit le plus conforme à leur goût et aux intérêts de la religion, en formèrent un petit volume qui parut en 1670, sous ce titre : *Pensées de M. Pascal sur la religion et sur quelques autres sujets.*

Il y a dans ce recueil plusieurs morceaux très-imparfaits, trop courts, trop peu développés, souvent vicieux par l'expression : il y en a d'autres d'une profondeur et d'une éloquence inimitable. Quelquefois l'auteur n'expose sa pensée qu'à demi, et on a de la peine à la deviner; d'autres fois il s'énonce avec toute la clarté possible, sans tomber dans la diffusion : ces alternatives dépendent de la disposition physique où ses organes se trouvoient. En général, sa marche est fière et imposante; il attache et subjugue le lecteur; il discute et approfondit plusieurs grands objets, comme la nécessité d'étudier la religion, les preuves historiques et morales qui en démontrent la vérité, les caractères distinctifs auxquels on doit la connoître, la divinité de Jésus-Christ, etc. Nous ne pouvons pas le suivre ici en détail : contentons-nous de donner une idée générale et abrégée de son plan.

Quel sentiment doit éprouver l'homme jeté sur la terre, pourvu d'intelligence, et environné de toutes les merveilles de la nature? Tout lui annonce sans doute un Être suprême qui a tiré l'univers du néant, et qui le gouverne à sa volonté. Mais se bornera-t-il à une admiration stérile de tant de prodiges? Est-ce là le seul hommage que la créature intelligente puisse rendre au Créateur? Ne lui doit-elle pas un tribut perpétuel de reconnoissance et d'adoration? Mais quel culte cet être souverain exige-t-il de nous? Interrogeons les philosophes; parcourons l'histoire des peuples; examinons leurs lois, leurs usages, leurs opinions religieuses : nous trouverons d'abord des sectes de philosophes qui se contredisent les unes les autres sur la nature du souverain Être, sur la destination de l'homme, sur les récompenses et les peines qu'il doit espérer ou craindre; des religions où l'on adore plusieurs dieux, et souvent des dieux plus corrompus et plus ridicules que les hommes; des cultes qui naissent et meurent avec les empires; partout le mensonge et la superstition répandant leurs ténèbres sur la terre. Dans cette nuit d'erreurs, un peuple caché dans la Palestine, non loin des bords de la Méditerranée, vient attirer notre attention par les circonstances extraordinaires de son histoire, et par sa manière d'exister parmi tous les autres peuples. Il se présente avec un seul livre, qui contient tout à la fois l'histoire de son origine, les lois politiques de son institution, et le culte religieux qu'il rend au Créateur. Tous les autres peuples avoient défiguré l'image de Dieu; lui seul nous la présente dans son intégrité; lui seul enseigne clairement que l'univers est l'ouvrage de ce Dieu; que l'homme avoit reçu une portion de son intelligence infinie, mais que la créature s'étant révoltée contre le Créateur, elle a perdu en grande partie les avantages qu'elle tenoit de sa bonté; que dès lors elle est devenue sujette au péché, à la douleur et à la mort. Ces notions si simples, si naturelles, expliquent mieux que tous les systèmes des philosophes l'origine du mal qui existe sur la terre, et fondent nos espérances pour une meilleure vie. En approfondissant de plus en plus l'histoire du peuple juif, on reconnoît qu'il possède la vérité; qu'il l'a reçue immédiatement de son auteur même : on est frappé de la divinité des Écritures; on admire l'accomplissement des prophéties; on voit naître et s'élever sur des fondements inébranlables la religion chrétienne, qui est la fin et le complément de celle que Dieu avoit donnée aux Juifs pour un temps limité dans ses décrets.

Pascal ne regardoit pas seulement la religion chrétienne comme vraie, il la croyoit nécessaire aux hommes pour fixer leur incertitude, pour adoucir les maux de la vie, et surtout pour nous consoler dans ces derniers moments où l'âme, dénuée de tout appui, est prête à tomber dans les abîmes de l'éternité. Aussi a-t-il établi sur la connoissance du cœur humain plusieurs arguments en faveur de la religion. Il pensoit même que, pour le commun des hommes, il vaut mieux s'attacher à la faire aimer et désirer, que de chercher à la prouver par des raisonnements dont tous les esprits ne peuvent pas sentir la force et les conséquences (*).

Les premiers éditeurs de ce recueil en avoient rejeté plusieurs pensées très-intéressantes, et même des dissertations assez étendues et complètes dans leur genre : tels sont un écrit sur l'autorité en matière de philosophie, des réflexions sur la géométrie en général, un petit traité de l'art de persuader, plusieurs pensées morales détachées, etc. Tous ces morceaux sont infiniment précieux par la justesse, la saine raison et les vues nouvelles qui y règnent. J'ai réparé le tort qu'on avoit eu de les supprimer. Les manuscrits de l'auteur nous ayant été conservés par M. l'abbé Périer, son neveu, je m'en suis procuré une copie exacte ; et c'est d'après cette copie qu'on a inséré dans la collection complète des *OEuvres de Pascal*, imprimée en 1779, un très-grand nombre de choses qui ne sont point dans l'édition de Port-Royal, ni même dans le supplément publié par le P. Desmolets.

Tout ce qui reste de notre auteur montre en général la préférence qu'il donnoit à la méthode des géomètres sur les autres moyens de chercher la vérité. L'avantage de cette méthode consiste en ce qu'elle définit clairement toutes les choses obscures ou inconnues ; qu'elle n'emploie jamais dans ses définitions que des termes justes et

----

(*) Nous supprimons ici plusieurs passages cités des Pensées, pour éviter de répéter de longs morceaux qui se trouvent dans le cours de l'ouvrage.

bornés à la seule acception qu'on leur attribue; qu'elle évite soigneusement la redondance des mots et des idées, ayant soin de faire connoître chaque objet par une seule propriété. Si on appliquoit ces règles à plusieurs questions de métaphysique ou de théologie, on couperoit la racine à bien des disputes: mais alors de quoi s'occuperoit-on dans un grand nombre d'écoles?

L'ouvrage que Pascal destinoit à la défense du christianisme étoit l'expression d'une foi active et constante qui lui faisoit pratiquer toutes les austérités de la morale évangélique. Nous avons ici pour témoin madame Périer, sa sœur : nous la prendrons pour guide dans cette partie de son histoire. On a déjà fait remarquer, et ce récit montrera encore mieux l'injustice de ceux qui accusent la géométrie de nous porter à l'incrédulité et au déréglement. Pourquoi, en effet, imputer à cette science même l'erreur coupable de certains géomètres qui, ne distinguant pas assez les différentes sortes de preuves dont chaque sujet est susceptible, méprisent ou affectent de mépriser celles de la religion ? N'y a-t-il pas dans tous les genres des hommes qui abusent de leurs lumières? Les poètes, les orateurs, les peintres, etc., sont-ils, en général, plus croyants, plus dévots que les savants proprement dits? Ne seroit-il pas raisonnable de penser que l'étude des sciences exactes, peu destinée à exciter les applaudissements de la multitude, nous prépare aux vertus chrétiennes, en inspirant le goût de la réflexion, l'amour du travail, le mépris des honneurs et de la fortune, en humiliant même l'orgueil humain par les difficultés insurmontables que l'esprit trouve à chaque pas dans ses recherches, et qui lui font sentir combien il est borné?

Pascal remplissoit tous les devoirs du chrétien comme le plus simple et le plus humble des fidèles. Il ne manquoit jamais d'assister aux offices divins de sa paroisse, à moins que ses infirmités ne l'en empêchassent absolument. Dans la vie privée, il étoit sans cesse occupé à mortifier ses sens, et à élever son âme à Dieu. Il avoit pour maxime de renoncer à tout plaisir, à toute superfluité. Il retranchoit avec tant de soin ce qui lui paroissoit inutile, dit madame Périer, qu'il finit par faire ôter de sa chambre toutes les tapisseries, comme des meubles de luxe, uniquement destinés à réjouir la vue. Quand on l'obligeoit de faire pour sa santé quelque chose qui pouvoit flatter ses sens, il avoit soin d'en distraire son esprit, et d'en écarter toute idée de plaisir. Il ne pouvoit souffrir qu'on louât en sa présence la bonne chère : il vouloit qu'on mangeât uniquement pour satisfaire l'appétit, et non pour contenter le goût. Dès le commencement de sa retraite, il avoit examiné la quantité d'aliments nécessaire pour son estomac; il ne la passoit jamais, et quelque dégoût qu'il y trouvât, il la mangeoit toujours : méthode respectable par son principe, mais souvent bien contraire à l'état physique et variable du corps humain.

Sa charité étoit extrême : il regardoit les pauvres comme ses véritables frères : l'affection qu'il leur portoit alloit si loin, qu'il ne pouvoit jamais leur refuser l'aumône, quoiqu'il la fît souvent sur son nécessaire : car il avoit peu de bien, et ses infirmités l'obligeoient à des dépenses qui surpassoient son revenu. Lorsqu'on lui faisoit des représentations sur ses succès en ce genre, il répondoit : *J'ai remarqué que, quelque pauvre qu'on soit, on laisse toujours quelque chose en mourant.*

Il n'approuvoit point ces projets de règlements que certains particuliers proposent quelquefois pour prévenir tous les besoins des malheureux : il disoit que ces projets généraux regardent l'administration, et que l'homme privé doit chercher à servir les pauvres pauvrement, c'est-à-dire, selon son pouvoir actuel, sans se livrer à des idées spéculatives et infructueuses, dont la recherche n'est pour l'ordinaire que l'aliment de l'oisiveté ou de l'avarice.

Quelque temps avant sa mort, il logeoit dans sa maison un pauvre homme et son fils, uniquement par commisération chrétienne; car il n'en retiroit aucune espèce de service. L'enfant fut attaqué de la petite-vérole, et on ne pouvoit guère le transporter ailleurs sans danger. Pascal étoit déjà lui-même très-malade: il avoit un besoin continuel des secours de madame Périer, que des affaires de famille, et surtout le désir de voir son frère, avoient amenée à Paris depuis un certain temps. Et comme elle habitoit une maison particulière, avec ses enfants, qui n'avoient pas eu la petite-vérole, Pascal ne voulut pas qu'elle s'exposât au danger de la leur apporter. Il prononça contre lui-même en faveur du pauvre: il quitta sa maison pour ne plus y rentrer, et vint occuper, chez madame Périer, un petit appartement, peu commode pour son état.

Nous citerons un autre trait non moins remarquable de sa charité. Un matin, en revenant de Saint-Sulpice, où il avoit entendu la messe, il rencontra une jeune fille de la campagne, très-belle, qui lui demanda l'aumône. Frappé du danger auquel elle étoit exposée, et ayant appris que son père étoit mort depuis peu, et que sa mère mourante venoit d'être transportée ce jour-là même à l'hôpital, il crut que Dieu lui envoyoit cette fille précisément au moment qu'elle avoit besoin de secours. Il la mena sur-le-champ à un vénérable ecclésiastique du séminaire; et sans se faire connoître, donna de l'argent pour la nourrir et la vêtir, jusqu'à ce qu'on pût lui trouver une condition avantageuse: il dit à ce bon prêtre, en le quittant, que le lendemain il lui enverroit une femme pour l'aider dans cette œuvre pieuse. Le succès fut heureux et prompt; la jeune fille fut placée. On ne sut qu'après la mort de Pascal qu'il étoit l'auteur de cette bonne action. Madame Périer, en la racontant, n'ajoute pas, ce qu'on a appris depuis, qu'elle en avoit partagé le mérite avec son frère.

Je me dispenserai de louer Pascal sur la pureté de ses

mœurs : on conçoit qu'avec un corps exténué par les maladies et les macérations chrétiennes il devoit fuir sans effort les plaisirs des sens ; mais il ne cessoit de remercier Dieu de l'avoir réduit à cet état d'abattement et de langueur qui lui paroissoit la situation la plus désirable pour un chrétien. Son amour pour la chasteté étoit si grand, qu'il ne pouvoit souffrir les discours qui y portoient la plus légère atteinte. Il poussoit le scrupule sur ce point jusqu'à désapprouver les embrassements que madame Périer faisoit quelquefois à ses enfants : il croyoit que cette manière de leur témoigner de la tendresse pouvoit avoir des suites dangereuses pour les mœurs.

On remarque qu'il étoit un peu enclin à la vanité. Et comment en effet ne se seroit-il pas quelquefois livré au sentiment de sa supériorité ? Mais il portoit toujours sur lui une ceinture de fer, hérissée de pointes : et quand il se surprenoit quelque mouvement d'orgueil, *il se donnoit*, dit madame Périer, *des coups de coude pour redoubler la violence des piqûres*, et pour se rappeler ainsi à la modestie et à l'humilité chrétienne.

Persuadé que la loi de Dieu défend de trop abandonner son cœur aux créatures, il s'efforçoit de modérer l'affection qu'il avoit pour ses parents. Il ne montroit donc à personne ces attachements vifs et empressés auxquels le monde semble mettre un si grand prix, et il ne vouloit pas qu'on en eût pour lui. Madame Périer, née avec une âme douce et sensible, se plaignoit quelquefois de ses froideurs à leur sœur Jacqueline, religieuse à Port-Royal, qui la consoloit et la rassuroit. En effet, s'il se présentoit quelque occasion où madame Périer eût besoin de son frère, il la servoit avec tant de chaleur et tant d'intérêt, qu'elle ne pouvoit plus douter qu'il ne l'aimât sincèrement. Elle attribuoit donc aux maux qu'il souffroit la manière indifférente dont il recevoit les soins qu'elle lui rendoit ; ignorant que cette espèce d'insensibilité avoit une source pure et plus élevée : elle en fut instruite, le soir même qu'il mourut, par ces paroles qu'il avoit écrites sur un papier détaché : « Il est injuste qu'on s'attache à » moi, quoiqu'on le fasse avec plaisir et volontairement: » je tromperois ceux en qui je ferois naître ce désir ; car » je ne suis la fin de personne, et n'ai de quoi le satisfaire. » Ne suis-je pas prêt à mourir? et ainsi l'objet de leur » attachement mourra. Donc comme je serois coupable » de faire croire une fausseté, quoique je la persuadasse » doucement, qu'on la crût avec plaisir, et qu'en cela on » me fît plaisir : de même je suis coupable si je me fais » aimer, et si j'attire les gens à s'attacher à moi. Je dois » avertir ceux qui seroient prêts à consentir au mensonge, » qu'ils ne le doivent pas croire, quelque avantage qu'il » m'en revienne : et de même, qu'ils ne doivent pas s'at- » tacher à moi : car il faut qu'ils passent leur vie à plaire » à Dieu, ou à le chercher. »

Les prodiges opérés dans l'établissement de la religion lui avoient prouvé que Dieu a plus d'une fois interrompu le cours ordinaire des lois de la nature pour instruire les hommes : convaincu que la même Providence ne cesse point de veiller sur son Église, il pensoit qu'elle se manifeste encore quelquefois par des miracles ; et il crut en remarquer un exemple dans un événement extraordinaire qui arriva pendant qu'il combattoit la morale corrompue des jésuites. Une fille de M. et madame Périer, nommée *Marguerite*, pensionnaire au monastère de Port-Royal de Paris, âgée de dix à onze ans, étoit affligée depuis trois ans et demi d'une fistule lacrymale de la plus mauvaise espèce : elle jetoit par l'œil, par le nez et par la bouche une matière d'une puanteur insupportable. Le vendredi 24 mars 1656, on lui fit toucher la relique de la sainte Épine, que M. de La Poterie, ecclésiastique d'une haute dévotion, avoit prêtée au monastère de Port-Royal ; et l'on prétend qu'aussitôt la jeune fille se trouva guérie.

Racine dit, dans l'*Histoire de Port-Royal*, que le silence étoit si grand dans ce monastère, que plus de six jours après ce miracle, il y avoit des sœurs qui n'en avoient point entendu parler. Il n'est pas dans le cours ordinaire des choses que les personnes dont la foi est la plus ardente voient s'opérer, sous leurs yeux, un miracle, sans être frappées d'étonnement, sans se presser de le communiquer, et d'en rendre gloire à Dieu. La réserve des religieuses de Port-Royal pourra donc paroître à certains esprits jeter des doutes sur le fait même : à des esprits plus favorablement disposés, elle prouvera que la guérison de la jeune Périer n'étoit point un de ces ressorts préparés d'avance, un de ces artifices pieux que les chefs de parti se sont trop souvent permis pour attirer à eux la multitude crédule.

Les directeurs de Port-Royal, sincèrement persuadés du miracle, ne crurent pas qu'il leur fût permis de taire une faveur de la Providence aussi signalée, aussi glorieuse pour la religion catholique, et aussi propre à faire triompher leur cause. Ils voulurent donner au fait la plus grande authenticité. Quatre médecins célèbres et plusieurs chirurgiens, qui avoient examiné et traité la maladie, attestèrent qu'elle étoit incurable par tous les moyens humains, et que la guérison ne pouvoit en être que surnaturelle. Le miracle fut publié avec l'approbation solennelle des vicaires-généraux qui gouvernoient le diocèse de Paris en l'absence du cardinal de Retz. La manière dont il fut reçu dans le monde désespéra les jésuites. Ils entreprirent de le nier : pour motiver leur incrédulité, ils employoient ce ridicule argument : Le Port-Royal est hérétique, et Dieu ne fait pas des miracles pour les hérétiques. On leur répondit : Le miracle de Port-Royal est très-certain ; vous ne pouvez révoquer en doute un fait avéré : donc les jansénistes soutiennent la bonne cause, et vous êtes des calomniateurs. Une circonstance particulière vint à l'appui de ce raisonnement. La sainte relique n'opéroit des miracles qu'à Port-Royal : ayant été transportée chez les ursulines et chez les carmélites, elle n'y en fit aucun, *parce que ces religieuses n'avoient point d'ennemis, et qu'ainsi elles n'avoient pas besoin, comme quelques-unes d'elles ont dit, que Dieu fît un miracle pour prouver qu'il est avec elles* (*). Les jésuites scandalisèrent les personnes pieuses, et les railleurs se moquèrent d'eux. Rien ne manqua en cette occasion au triomphe des jansénistes. Pascal demeura convaincu que la guérison de sa nièce étoit l'œuvre de Dieu, et cette fille en eut la même persuasion, qu'elle a conservée pendant toute sa vie, qui a été très-longue. La croyance à un miracle particulier, qui n'est ni rapporté dans les livres saints, ni consacré par les décisions de l'Église, n'intéresse point la foi : la question se réduit à un simple point de fait sur lequel les opinions peuvent se partager. Mais ce qu'il n'est pas permis ici de révoquer en doute, c'est la sincérité et la candeur de Pascal, dont la droiture et l'amour pour la vérité ne se sont jamais démentis. Certainement il n'y a personne à qui son autorité ne doive paroître d'un grand poids. S'il s'est trompé, il faut le respecter encore dans son erreur : il faut considérer que le sentiment naturel d'un chrétien souffrant, à qui la religion semble envoyer des consolations, est de les recevoir avec une foi humble et reconnoissante, et non pas de les soumettre à l'examen du scepticisme.

Pendant les deux dernières années de sa vie, Pascal fut tourmenté par tous les maux du corps et de l'esprit. Il eut, en 1661, la douleur de voir naître cette longue persécution sous laquelle la maison de Port-Royal succomba enfin dans la suite. La faveur publique étoit pour les jansénistes ; mais cette faveur-là même ne faisoit qu'irriter davantage les jésuites, qui, ayant

---

(*) *Voyez* tome III de cette édition.

trouvé le moyen de surprendre l'autorité, en portèrent l'abus au dernier excès. Pour parvenir sûrement à perdre les savants de Port-Royal, la Société imagina de faire imposer aux religieuses de cette abbaye la loi de signer le formulaire de 1657 : bien certaine que l'avis de leurs directeurs seroit ou de ne point signer, ou de ne signer qu'avec des restrictions également favorables à ses projets de vengeance et de destruction. Les grands-vicaires de Paris eurent ordre, en conséquence, de se rendre aux deux monastères, et d'y faire exécuter cette loi en toute rigueur. Je n'ai pas besoin de peindre ici le déplorable embarras où se trouvèrent les religieuses, forcées de porter leur jugement sur le livre de Jansénius, dont elles n'entendoient ni la langue, ni la matière : respectant d'une part l'autorité qui les pressoit, de l'autre craignant de trahir la vérité ; rebelles aux yeux du gouvernement, si elles refusoient de signer, et coupables aux yeux de leurs directeurs, si elles paroissoient donner leur approbation à un écrit qu'ils présentoient comme arraché au clergé et au pape par les intrigues des jésuites. Ces cruelles perplexités coûtèrent la vie à Jacqueline Pascal : lors de la visite des grands-vicaires elle étoit sous-prieure à Port-Royal-des-Champs ; les combats violents qu'elle essuya, placée entre le désir de se soumettre et les terreurs de sa conscience, firent en elle une si grande révolution qu'elle tomba malade, et mourut le 4 octobre 1661, *première victime du Formulaire*, comme elle disoit elle-même. Tous ceux qui la connoissoient la pleurèrent sincèrement. Elle avoit beaucoup d'esprit et de sensibilité ; elle faisoit bien des vers ; à l'âge de quatorze ans elle avoit remporté le prix de poésie qui se distribue à Rouen le jour de la Conception. On nous a conservé (*) d'elle plusieurs pièces où l'on trouve

---

(*) *Voyez* le livre qui a pour titre : *Recueil de plusieurs pièces pour servir à l'Histoire de Port-Royal* (1740).

de la facilité, du naturel, et quelquefois de l'élégance. Pascal aimoit tendrement cette sœur : lorsqu'il apprit sa mort, il dit en poussant un profond soupir : *Dieu nous fasse la grâce de mourir comme elle !*

Dans ce combat de l'obéissance et des scrupules, les religieuses de Port-Royal adressèrent à la cour quelques plaintes modérées : mais ces plaintes, interprétées par les jésuites, eurent la couleur d'une résistance coupable ; et on se persuada que les directeurs du monastère y fomentoient une hérésie dangereuse. Cependant ils n'avoient jamais balancé à condamner les cinq propositions en elles-mêmes ; ils avoient seulement distingué, dans la CONSTITUTION d'Alexandre VII, deux questions, l'une de droit, l'autre de fait : ils recevoient comme une règle de foi la question de droit, c'est-à-dire, la censure des cinq propositions dans le sens qu'elles offroient immédiatement, et abstraction faite de toutes les circonstances qui pouvoient les restreindre ou les modifier ; mais ils ne se croyoient pas obligés d'adhérer à l'assertion du pape, lorsqu'il disoit que les cinq propositions étoient formellement contenues dans Jansénius, et hérétiques dans le sens de cet auteur, parce qu'il étoit possible, selon eux, que les papes et l'Église même se trompassent sur les questions de fait. Si on n'avoit réellement cherché dans ces disputes que la vérité et la concorde, il semble que cette distinction auroit pu rapprocher les esprits. Pascal l'avoit adoptée pleinement ; elle sert de base aux deux dernières *Lettres provinciales* qui parurent en 1657. Quatre ans après, lorsqu'on voulut obliger les religieuses de Port-Royal de souscrire au Formulaire, les jansénistes montrèrent une nouvelle condescendance : ils consentirent que les religieuses signassent, en déclarant simplement qu'elles ne pouvoient pas juger si les propositions condamnées par le pape, et qu'elles condamnoient sincèrement, étoient tirées ou non de Jansénius. Mais cette restriction légère et raisonnable ne put contenter les jésuites, qui vouloient absolument perdre les solitaires de Port-Royal, ou les forcer à une rétractation déshonorante. C'est ce que Pascal avoit prévu. Aussi, loin d'approuver la facilité des jansénistes, il ne cessoit de leur dire : *Vous cherchez à sauver Port-Royal; vous ne le sauverez point, et vous trahissez la vérité!* Il en vint jusqu'à changer d'avis au sujet de la distinction du fait et du droit. La doctrine de Jansénius sur les cinq propositions lui parut être exactement la même que celle de saint Paul, de saint Augustin et de saint Prosper. D'où il concluoit que les papes, en condamnant le sens de Jansénius, s'étoient trompés, non pas seulement sur le fait, mais encore sur le droit, et qu'on ne pouvoit signer en conscience le Formulaire, qu'en exceptant d'une manière bien prononcée ce même sens de Jansénius. Il accusa de foiblesse les solitaires de Port-Royal : il leur dit nettement que dans leurs différents écrits ils avoient eu trop d'égard à l'utilité présente, et que, comme elle avoit changé selon les divers temps, ils s'étoient trop prêtés aux circonstances. L'élévation de son âme et la droiture de son esprit ne voyoient plus dans tous ces tempéraments que des subterfuges inventés par le besoin, condamnables aux yeux des hommes, et absolument indignes des véritables défenseurs de l'Église. On répondit à ces reproches en expliquant au long, et d'une manière ingénieuse, les moyens de souscrire au Formulaire sans blesser sa conscience, et peut-être sans déplaire au gouvernement. Mais toutes ces explications ne firent point changer de sentiment à Pascal : elles eurent même un effet opposé à celui qu'on désiroit; elles occasionnèrent quelque refroidissement dans ses liaisons avec les solitaires de Port-Royal. Cette petite mésintelligence, qu'on ne cacha point de part et d'autre, fut dans la suite la source d'un malentendu assez singulier, dont les jésuites voulurent tirer avantage. M. Beurier, curé de Saint-Étienne-du-Mont, homme pieux, mais d'ailleurs peu instruit, qui assista Pascal dans sa dernière maladie, ayant entendu dire vaguement à cet homme célèbre qu'il ne pensoit pas comme les solitaires de Port-Royal sur les matières de la grâce, crut que ces paroles signifioient qu'il pensoit comme leurs adversaires. Il n'imaginoit pas qu'on pût être plus janséniste, s'il est permis de parler ainsi, que Nicole et Arnauld. Trois années environ s'étoient écoulées depuis la mort de Pascal, lorsque M. Beurier, sur le témoignage confus de sa mémoire, attesta par écrit à l'archevêque de Paris, Hardouin de Péréfixe, moliniste zélé, que Pascal lui avoit dit qu'il s'étoit séparé des solitaires de Port-Royal sur la question du Formulaire, et qu'il ne leur trouvoit pas assez de soumission pour le saint-siége. C'étoit précisément tout le contraire. Les jésuites firent un pompeux étalage de cette déclaration : ils n'avoient pu répondre aux Lettres provinciales ; ils cherchoient à persuader que l'auteur les avoit rétractées, surtout les deux dernières, et qu'il avoit fini par adopter leur théologie. Mais les jansénistes confondirent aisément cette ridicule prétention. On opposa au témoignage de M. Beurier des témoignages contraires, infiniment plus circonstanciés et plus positifs ; et, ce qui ne laissoit aucun doute, on produisit les écrits dans lesquels Pascal expliquoit lui-même ses sentiments. Frappé de ces preuves victorieuses, et rappelant mieux ses esprits, M. Beurier reconnut qu'il avoit mal pris les paroles de son pénitent, et rétracta formellement sa déclaration. Enfin les jésuites furent forcés de convenir que Pascal étoit mort dans les principes du jansénisme le plus rigoureux.

Revenons à sa dernière maladie. Il fut attaqué, au mois de juin 1662, d'une colique très-aiguë et presque continuelle, qui ne lui permettoit que des moments de sommeil. Les médecins qui le traitoient, témoins de ses douleurs, jugeoient bien qu'elles affoiblissoient beaucoup son corps; mais comme elles n'étoient accompagnées d'aucun symptôme de fièvre, ils ne regardèrent pas son état comme dangereux. Il étoit fort éloigné d'avoir la même sécurité; du premier moment, il dit qu'on y seroit trompé, et qu'il mourroit de cette maladie. Il se confessa plusieurs fois, il voulut qu'on lui apportât le viatique; mais, pour ne pas effrayer ses amis, il consentit aux délais qu'on lui demandoit, sur la parole des médecins qui ne cessoient d'assurer que d'un jour à l'autre il seroit en état d'aller recevoir la communion à l'église. Cependant ses douleurs augmentoient toujours : à la colique qui déchiroit ses entrailles se joignirent de violents maux de tête, et des étourdissements très-fréquents; bientôt ses souffrances devinrent insupportables. Il étoit néanmoins tellement résigné à la volonté de Dieu, qu'il ne laissa jamais échapper le moindre mouvement de plainte ou d'impatience. Son imagination, échauffée par l'ardeur du mal, n'étoit occupée que de projets de bienfaisance et de charité. Il fit son testament, où les pauvres eurent la meilleure part : il auroit même désiré leur laisser tout son bien, si une telle disposition n'eût été trop nuisible aux enfants de M. et madame Périer, qui n'étoient pas riches. Du moins, s'il ne pouvoit faire davantage pour les pauvres, il vouloit mourir parmi eux : il demanda avec instance, pendant plusieurs jours, qu'on le transportât aux Incurables; et on ne put le faire revenir de cette idée qu'en lui promettant que, s'il guérissoit, il seroit libre de consacrer entièrement sa vie et ses biens au service des pauvres. Durant toutes ces agitations, il lui prit, le 17 août, une convulsion si forte, qu'on le crut mort. Ceux qui l'assistoient étoient désespérés de s'être refusés au désir ardent qu'il avoit témoigné tant de fois de recevoir l'Eucharistie. Mais ils eurent la consolation de le voir revenir en pleine connoissance. Alors M. le curé de Saint-Étienne-du-Mont, entrant avec le Saint-Sacrement : *Voici*, lui dit-il, *celui que vous avez tant désiré*. Pascal se souleva de son lit de douleurs, et reçut le Viatique avec un respect et une résignation qui arrachèrent des larmes à tous les assistants. Un moment après, ses convulsions le reprirent et ne le quittèrent plus : il mourut le 19 août 1662, à l'âge de trente-neuf ans et deux mois.

Son corps ayant été ouvert, on trouva qu'il avoit l'estomac et le foie flétris, les intestins gangrenés : on remarqua avec étonnement que son crâne contenoit une quantité énorme de cervelle, dont la substance étoit fort solide et fort condensée.

Tel fut cet homme extraordinaire, qui reçut en partage de la nature tous les dons de l'esprit : géomètre du premier ordre ; dialecticien profond, écrivain éloquent et sublime. Si on se rappelle que dans une vie très-courte, accablée de souffrances presque continuelles, il a inventé la machine arithmétique, les principes du calcul des probabilités, la méthode pour résoudre les problèmes de la roulette ; qu'il a fixé d'une manière irrévocable les opinions encore flottantes des savants par rapport aux effets du poids de l'air ; qu'il a établi le premier, sur des démonstrations géométriques, les lois générales de l'équilibre des liqueurs ; qu'il a écrit un des ouvrages les plus parfaits qui ait paru dans la langue françoise ; que dans ses *Pensées* il y a des morceaux d'une profondeur et d'une éloquence incomparables : on sera porté à croire que chez aucun peuple, dans aucun temps, il n'a existé de plus grand génie.

Tous ceux qui l'approchoient, dans le commerce ordinaire de la vie, reconnoissoient sa supériorité : on la lui pardonnoit, parce qu'il ne la faisoit jamais sentir. Sa conversation instruisoit sans qu'on s'en aperçût et qu'on pût en être humilié. Il étoit d'une indulgence extrême pour les défauts d'autrui. Seulement, par une suite de l'attention qu'il avoit de réprimer en lui-même les mouvements de l'amour-propre, il en auroit souffert difficilement dans les autres l'expression trop marquée. Il disoit à ce sujet qu'un honnête homme doit éviter de se nommer; que la piété chrétienne anéantit le *moi* humain, et que la civilité humaine le cache et le supprime. On voit par les *Lettres provinciales*, et par plusieurs autres ouvrages, qu'il étoit né avec un grand fonds de gaîté : ses maux même n'avoient pu parvenir à la détruire entièrement. Il se permettoit volontiers dans la société ces railleries douces et ingénieuses qui n'offensent point, et qui réveillent la langueur des conversations : elles avoient ordinairement un but moral; ainsi, par exemple, il se moquoit avec plaisir de ces auteurs qui disent sans cesse : *Mon livre, mon commentaire, mon histoire; ils feroient mieux*, ajoutoit-il plaisamment, *de dire : Notre livre, notre commentaire, notre histoire, vu que d'ordinaire il y a en cela plus du bien d'autrui que du leur.*

Il étoit en vénération dans sa famille, à qui il avoit inspiré son goût pour les sciences, ses opinions théologiques, et surtout son amour pour la vertu. M. Périer, son beau-frère, mourut en 1672, avec la réputation d'un excellent magistrat et d'un saint : les sciences conserveront le souvenir de ce qu'il fit pour elles, en secondant les vues de Pascal sur la pesanteur de l'air. Madame Périer mourut au mois d'avril 1687, à Paris, pendant un voyage qu'elle y fit, ayant rempli tous les devoirs d'une femme forte et d'une mère chrétienne. Jamais l'union de ces deux époux ne fut troublée, parce qu'elle avoit la religion pour base.

ÉPITAPHE

DE BLAISE PASCAL (*).

PRO columnâ superiori,
Sub tumulo marmoreo,

Jacet BLASIUS PASCAL Claramontanus, Stephani Pascal in supremâ apud Arvernos Subsidiorum Curiâ Præsidis filius : post aliquot annos in severiori secessu et divinæ legis meditatione transactos, feliciter et religiosè in pace Christi, vitâ functus anno 1662, ætatis 39, die 19 augusti. Optasset ille quidem præ paupertatis et humilitatis studio etiam his sepulcri honoribus carere, mortuusque etiamnùm latere, qui vivus semper latere voluerat. Verùm ejus hâc in parte votis cùm cedere non posset Florinus Perier in eâdem Subsidiorum Curiâ Consiliarius, ac Gilbertæ Pascal, Blasii Pascal sororis, conjux amantissimus, hanc tabulam posuit, quâ et suam in illum pietatem significaret, et christianos ad christiana precum officia sibi et defuncto profutura cohortaretur.

(*) Pascal est enterré à Paris, à Saint-Étienne-du-Mont, sa paroisse, derrière le maître-autel, en face et près du pilier à main gauche en entrant dans la chapelle de la Vierge. Cette épitaphe, qui dans le principe avoit été appliquée à ce même pilier, fut depuis, et à cause de quelques réparations nécessaires à l'église, transportée près de la principale entrée au-dessus de la porte latérale à droite. Pendant le cours de la révolution elle fut recueillie au Musée des Monuments françois, rue des Petits-Augustins ; et, le 21 avril 1818, elle a été rétablie dans son ancienne place près du tombeau de Pascal, en présence de M. le Préfet de la Seine, d'une députation de l'Académie Françoise, et de plusieurs parents du défunt. Le procès-verbal de cette cérémonie est déposé aux archives de la préfecture du département de la Seine.

(*Note de l'Éditeur.*)

TRADUCTION

DE LA PRÉCÉDENTE ÉPITAPHE.

Devant ce pilier,
Et sous ce marbre,
Repose Blaise Pascal, natif de Clermont, fils d'Étienne Pascal, Premier Président de la Cour Souveraine des Aides, dans l'Auvergne : après avoir passé quelques années dans une plus sévère retraite, et dans la méditation de la loi divine, il quitta cette vie par une mort également heureuse et édifiante, s'étant endormi dans la paix de Jésus-Christ, l'an 1662, quarantième de son âge, le 19 d'août. Il auroit désiré, par amour de la pauvreté et de l'humilité, d'être privé de ces honneurs du tombeau, et de demeurer caché, même après sa mort, comme il avoit voulu être caché pendant sa vie ; mais Florin Périer, conseiller en la même Cour des Aides, et époux très-affectionné de Gilberte Pascal, sœur de Blaise Pascal, n'ayant pu céder, en cette partie, aux vœux de son beau-frère, a fait placer ici cette épitaphe pour montrer sa vénération envers le défunt, et pour exhorter les chrétiens à offrir à Dieu le tribut de leurs prières qui puissent profiter à lui-même et au défunt.

----

                    f

TUMULUS

Nobilissimi Scutarii BLASII *PASCALIS* (*).

D. O. M.

BLASIUS PASCALIS Scutarius nobilis hìc jacet.
Pietas si non moritur, æternùm vivet
Vir conjugii nescius,
Religione sanctus, Virtute clarus,
Doctrinâ celebris,
Ingenio acutus,
Sanguine et animo pariter illustris,
Doctus, non Doctor,
Æquitatis amator,
Veritatis defensor,
Virginum ultor,
Christianæ Moralis Corruptorum acerrimus hostis.
Hunc Rhetores amant facundum,
Hunc Scriptores nôrunt elegantem,
Hunc Mathematici stupent profundum,
Hunc Philosophi quærunt Sapientem,
Hunc Doctores laudant Theologum,
Hunc Pii venerantur austerum.
Hunc omnes mirantur, omnibus ignotum,
Omnibus licèt notum.
Quid plura? Viator, quem perdidimus,
PASCALEM,

(*) Cette seconde épitaphe se voyoit à terre, au-dessus du caveau où sont déposés les restes de Pascal. Comme elle se trouvoit sur le passage, à l'entrée de la chapelle de la Vierge, elle a été, avec le temps, effacée : aujourd'hui il n'en reste pas même de vestige.

(*Note de l'Éditeur.*)

TRADUCTION

DE LA PRÉCÉDENTE ÉPITAPHE.

A LA GLOIRE DU DIEU TRÈS-BON ET TRÈS-GRAND.

Ici repose le noble Écuyer BLAISE PASCAL.
Si la piété ne meurt point, il vivra éternellement.
Il renonça au mariage
Pour se consacrer entièrement à la religon :
Il l'honora par sa vertu.
Il fut
Illustre par sa naissance,
Célèbre par sa doctrine,
Distingué par la pénétration de son génie,
Docte sans être docteur,
Amateur de l'équité,
Défenseur de la vérité,
Vengeur des vierges,
Ennemi déclaré des corrupteurs de la morale chrétienne.
Il est admiré
Des orateurs pour la force de son éloquence,
Des gens de lettres pour l'élégance de son style,
Des mathématiciens pour sa profondeur,
Des philosophes pour la justesse de son esprit,
Des théologiens pour sa précision,
Des chrétiens pour l'austérité de sa vie.
Tous le considèrent avec étonnement,
Inconnu à tous et connu de tous.
Passant, que puis-je te dire de plus ?
PASCAL, que nous avons perdu,

Is Lᴜᴅᴏᴠɪᴄᴜs erat Mᴏɴᴛᴀʟᴛɪᴜs.
Heu!
Satis dixi : urgent lacrymæ :
Sileo.
Ei qui benè precaberis, benè tibi eveniat,,
Et vivo et mortuo.
Vixit an. 39, m. 2. Obiit an. rep. sal. 1662, 14 kal. sept.
ΩΛΕΤΟ ΠΑΣΚΑΛΙΟΣ.
ΦΕΥ! ΦΕΥ! ΠΕΝΘΟΣ ΟΣΟΝ!
Cecidit Pascalis.
Heu! heu! qualis luctus!
Posuit *A. P. D. C. mœrens Aurelian.*
Canonista.

Étoit Louis de Montalte.
Hélas !
J'en ai assez dit : les larmes m'accablent :
Je me tais.
Prie pour son bonheur, et sois toi-même heureux,
Durant ta vie et après ta mort.
Il a vécu 39 ans et 2 mois : il est mort le 19 août de l'an de J.-C. 1662.
Pascal est décédé :
Hélas ! hélas ! quel deuil !
Aimon Proust de Chambourg,
Professeur en droit dans l'université d'Orléans,
Lui a dressé cette épitaphe.

ELOGIUM

D. BLASII PASCALII,

A D. NICOLE.

INGENIUM Pascalii etsi communis eruditorum fama cele-
braverit, quale tamen et quantum esset, paucis omninò
notum fuit. Non enim eruditione multiplici laborisque
diligentiâ censendum est; sit doctorum vulgaris illa laus,
non ejus sanè qui ad inveniendas potiùs quàm ad discendas
scientias natus erat; quique quod aliis ex antiquorum
monumentis hauriendum est, ex uberrimo proprii in-
genii fonte petebat.

Valuit quidem memoriâ ad prodigium usque, sed eâ
rerum potiùs quàm verborum, ut nihil unquàm semel
ratione comprehensum sibi excidisse non jactanter dice-
ret. Propria ergo Pascalii præstantia in mente sita est,
quam ità vastam, lucidam et sagacem habuit, ut haud
scias an ullum his animi dotibus parem habuerit. Hinc
illa existebat in penetrandis rei cujusque recessibus incre-
dibilis perspicacia et stupendus in indagandâ veritate
sensus acutus adeò et exquisitus, ut quantùm alios vide-
batur fugere, tantùm se veritas illi facilem ac nudam
ultrò præbere videretur. Hinc illa in explicandis seu voce,
seu scripto, rebus eloquentia ardens et incitata, non con-
tentione quâdam, sed ipsâ vi et luce veritatis, exquisitis

ÉLOGE

DE M. BLAISE PASCAL,

PAR M. NICOLE (*).

QUOIQUE tous les gens instruits soient d'un sentiment
unanime sur le génie de Pascal, il en est peu cependant
qui en ayent bien connu et la nature et l'étendue. En
effet, le degré d'estime mesuré sur la variété seule des
connoissances et l'abondance des productions peut être
un juste partage pour le commun des savants ; mais qu'un
pareil éloge seroit peu digne de celui que la nature avoit
formé moins pour apprendre les sciences que pour les
inventer, et qui savoit puiser dans la fécondité de son
génie ce que d'autres vont chercher dans les monuments
qui nous restent des anciens !

Pascal avoit une mémoire prodigieuse où les choses,
encore mieux que les mots, se gravoient à tel point, que
lui-même avouoit franchement n'avoir jamais oublié ce
qu'une fois le raisonnement lui avoit fait comprendre.
Sa supériorité eut donc pour fondement la nature même
de son esprit, qui étoit si étendu, si lumineux et si subtil,
que peut-être il n'eut jamais d'égal. De là cette pénétration incroyable avec laquelle il découvroit ce que chaque
partie de la science avoit de plus caché ; de là cette dis-

(*) Quoique dans cette traduction je sois loin d'avoir atteint
l'élégance de l'original, je crois faire une chose agréable à quelques
lecteurs en la donnant ici. (*L'Éditeur.*)

item ac vividis verbis et sententiis abundans, iis denique
sponte fluentibus et naturæ potiùs facilitatem quàm artis
industriam redolentibus.

Nec deerant tamen artis præcepta, non illa quidem
vulgaria quæ in libris extant, sed alia longè secretiora et
reconditiora quæ sibi ipse ex ipsâ naturâ expressa formaverat, quibusque in dijudicandis et suis et aliorum scriptis feliciter utebatur. Atque adeò cùm in nonnullorum
scripta quæ pro elegantibus circumferuntur, severiùs
libebat inquirere, tot in illis nævos ad oculum demonstrabat, ut judicium ultrò suum reprehenderent, quibus
illa nimiùm placuerant. Sed quam rarò in alienis operibus, hanc in suis semper adhibebat severitatem, ut
eamdem sæpè scriptionem, quam vel ab initio absolutam
undique cæteri judicaverant, sexies ac decies facere de
integro non cunctaretur; adeò ex fecundissimæ mentis
sinu novæ subindè cogitationes aliæ aliis ornatiores efflorescebant.

Geometriam ac cæteras matheseos partes cùm pueru-
lus sine magistro didicisset, et, penè dixerim, excogitasset,
adolescens supra omnes magistros excoluit, nec impari
gradu provehebatur in physicis, ni illarum disciplinarum
inanitatem fugiens, earum studia juvenis penitùs abjecis-
set, exindè se totum in theologiam transferens morumque

position si étonnante et si parfaite qui, dans la recherche de la vérité, la lui montroit à découvert, lorsqu'elle sembloit se dérober aux autres ; de là, enfin, dans ses paroles comme dans ses écrits, cette éloquence vive et entraînante qui, dédaignant les apprêts, savoit, par la force seule et l'éclat de la vérité, donner à ses raisonnements une telle profondeur et une telle justesse, qu'il sembloit en avoir trouvé les principes secrets plutôt dans la nature que dans les règles communes.

On y retrouvoit cependant les préceptes de l'art ; non pas ces règles vulgaires qu'enseignent les livres, mais une doctrine beaucoup plus profonde et plus exquise qu'il s'étoit formée lui-même en la puisant dans la nature, et dont il se servoit avec succès pour juger ses propres écrits comme ceux des autres. Aussi quand il vouloit examiner plus sévèrement certains ouvrages qui passoient alors pour être composés avec élégance, il y faisoit voir clairement tant de défauts, que ceux mêmes qui avoient cru y reconnoître les plus grandes beautés rétractoient volontiers leur propre jugement. Mais cette sévérité dont il usoit rarement envers les ouvrages des autres, il ne manqua jamais de l'exercer sur les siens, au point même que telle rédaction qui d'abord avoit réuni l'assentiment général, il n'hésitoit pas de la refaire entièrement jusqu'à six et dix fois, tant il sortoit à l'envi d'une âme si féconde des pensées nouvelles qui se présentoient en foule, et qui étoient toutes plus fleuries et plus ornées les unes que les autres.

Dès son enfance, il apprit sans maître, je dirais presque il inventa la géométrie et les autres parties des mathématiques, dans lesquelles, parvenu à l'adolescence, il surpassa tous ceux qui en donnoient des leçons : ses progrès en physique n'étoient pas moins rapides ; mais bientôt, dédaignant la vanité de ces sciences, tout jeune qu'il

disciplinam, quam unam christiano, immò homine, dignam esse censebat. Nec verò in illâ aut ostentationem doctrinæ aut curiositatis voluptatem quæsivit, sed vivendi tautùm normam et caritatis alimentum. In sacris litteris tractandis et meditandis sic assiduus fuit, ut illas penè memoriter teneret. Supplente vires imbecillo corpori religionis amore, quam unam habebat in animo, colebat, amplexabatur. Eam quantùm mente penetravit, tam sedulò moribus exprimere conatus est; et quos ipsa natura ingenuitate mirè suaves in proclivi fecit, spirante gratiâ habuit christianos.

Quanquam autem post relictas vigesimo quinto ætatis anno seculares litteras, ad quindecim insuper annos vitam protraxerit, vix tamen tribus aut quatuor tolerabili valetudine usus est, atque in iis lucubrationibus collocavit, quas nullum licèt autoris nomen præferentes, ipsi tamen non ambiguus doctorum consensus asseruit: ità proprio nec ullis imitabili dicendi charactere insignitæ sunt. Sed longè majora ad religionis gloriam moliebatur, cùm præmaturâ morte interceptus, anno 1662, ætatis 40, ingens bonis omnibus suî desiderium reliquit (*).

(*) Cet *Éloge* est tiré du *Recueil de Pièces pour servir à l'Histoire de Port-Royal*, vol. *in*-12, imprimé en 1740. Il a été revu sur quelques manuscrits par l'éditeur de 1779, M. Bossut.

étoit, il y renonça tout-à-fait pour se livrer entièrement à l'étude de la théologie et de la science des mœurs, seule occupation qui lui parût digne d'un chrétien, et même de tout homme. Dans cette étude il ne fut guidé ni par le désir de faire parade de son érudition, ni par l'attrait d'une vaine curiosité ; il n'y chercha que des règles de conduite et des encouragements à la charité. Il s'appliqua si assidument à l'étude et à la méditation des saintes écritures, qu'il les grava presque entièrement dans sa mémoire. L'amour de la religion ranimoit chez lui les forces d'un corps valétudinaire ; elle devint l'objet de toutes ses pensées et de toutes ses affections. Autant elle absorba ses méditations, autant il s'appliqua à conformer sa conduite à ses préceptes ; et ses mœurs, que déjà une candeur naturelle rendoit si douces, devinrent chrétiennes par l'inspiration de la grâce.

Pascal avoit, dès l'âge de vingt-cinq ans, renoncé aux sciences profanes ; quoique, depuis, il ait encore vécu quinze années, à peine sur ce nombre en eut-il trois ou quatre d'un santé passable. Il les employa à des ouvrages qui, quoique ne portant pas son nom, lui furent néanmoins attribués, de l'avis unanime des savants, tant on y reconnut le caractère propre de son style, inimitable par tout autre. Il méditoit une entreprise beaucoup plus importante pour la gloire de la religion, lorsque enlevé par une mort prématurée, en 1662, dans la quarantième année de son âge, il laissa tous les gens de bien plongés dans les regrets de sa perte.

ESSAI

SUR

LES MEILLEURS OUVRAGES

ÉCRITS EN PROSE

DANS LA LANGUE FRANÇOISE,

ET PARTICULIÈREMENT

SUR LES LETTRES PROVINCIALES DE PASCAL,

REVU, CORRIGÉ, ET PRÉCÉDÉ D'UNE LETTRE A MESSIEURS
DE L'ACADÉMIE FRANÇOISE,

PAR M. LE COMTE FRANÇOIS DE NEUFCHATEAU.

LETTRE

A

MESSIEURS DE L'ACADÉMIE FRANÇOISE,

EN LEUR ADRESSANT LA PREMIÈRE ÉDITION DE CET ESSAI.

MESSIEURS,

UNE nouvelle édition des *Lettres Provinciales*, donnée par M. DIDOT l'aîné, et qui fait partie de sa belle collection des meilleurs ouvrages de la langue françoise, est précédée d'un essai que j'ai hasardé sur cette collection et sur l'ouvrage même de PASCAL. On a tiré de mon Essai quelques exemplaires séparés. L'hommage de ce foible travail vous appartient de droit, et je m'empresse d'avoir l'honneur de vous l'offrir.

J'ai tâché, Messieurs, de présenter en raccourci le tableau des progrès de la langue françoise, et le choix des meilleurs ouvrages écrits en cette langue dans le quinzième et le seizième siècle, et dans la première moitié du dix-septième, jusqu'à l'époque des *Provinciales*. J'ai rangé ces ouvrages suivant l'ordre des temps où ils ont paru, ce qui n'avoit pas encore été tenté. Vous excuserez donc les erreurs ou les fautes échappées à mon attention dans une entreprise si nouvelle, et pour laquelle j'avois si peu d'espace.

Mon plan ne s'étendoit point à la poésie, je me suis seulement occupé de la prose. Pour ne pas remonter trop haut, je pars de la découverte de l'art de l'imprimerie. C'est alors que les livres en papier de chiffon, d'un prix accessible au commun des lecteurs, succèdent aux manuscrits en parchemin, qui n'étoient que l'objet d'un luxe dispendieux, et ne servoient guère qu'à une vaine montre de la grandeur et de l'opulence. Nous voyons d'abord notre langue lutter long-temps péniblement contre l'intrusion et la prééminence d'une langue morte, seule enseignée dans les universités, seule employée dans tous les actes, seule en possession des tribunes publiques. Nos premiers livres du quinzième siècle ne sont presque tous que des romans, et n'ont que le caractère de la naïveté, sans règle et sans correction. Cependant ces livres mêmes font déjà circuler quelques idées, et tout annonce le désir de nos pères d'avoir une littérature à eux. Au seizième siècle, un Roi, père des Lettres, réveille l'esprit national, et rend à notre langue le droit de naturalité qu'elle avoit perdu même dans nos tribunaux. Le calvinisme fait cultiver cette langue, et en révèle les ressources. Les ouvrages d'Amyot la mettent en honneur; de bons esprits suivent ses traces, et j'ai pu indiquer jusqu'à trente écrivains de cette époque, pris dans le nombre de ceux que vos prédécesseurs avoient jugés dignes de fournir des autorités pour la premiere ébauche du *Dictionnaire de l'Académie*. En effet, Messieurs, après Amyot, on écrit en françois sur toute sorte de matières; mais il n'y a point encore de règles uniformes, et l'on en sent vivement le besoin. Telle est la disposition des esprits, lorsque la philosophie de Descartes ouvre avec éclat le dix-septième siècle. La secousse qu'il imprime à l'esprit humain influe sur notre langue; elle y occasionne une grande et importante révolution, qui est la dernière. Quelques bons esprits la préparent; leur réunion dans l'Académie Françoise l'affermit; le succès des *Provinciales* la consomme, et la langue est fixée.

J'ai exposé aussi les réclamations faites contre cette réforme, qu'on accuse d'avoir été, comme toutes les réformes, au-delà du but qu'elle devoit se contenter d'atteindre.

Je crois avoir établi par la série des faits, et par quelques citations choisies, la preuve que nous avons en quelque sorte deux langues françoises ; celle de MAROT et d'AMYOT, qui n'est plus que dans les livres ; et celle de MALHERBE et de PASCAL, qui est encore vivante. Je demande qu'on rende justice à la langue du seizième siècle ; mais qu'on se garde bien d'abandonner et d'altérer celle du dix-septième, que l'on pourroit cependant rajeunir, sans la défigurer, en lui restituant avec goût ses anciennes richesses, trop peu connues et trop négligées. J'en indique les sources principales.

Mon sujet m'a reporté souvent vers les travaux de l'Académie Françoise, c'est-à-dire, vers les services que vous avez déjà rendus à notre langue, et ceux que vous pouvez lui rendre encore. Je serois bien flatté, Messieurs, que vous daignassiez examiner cet Essai, et m'honorer de vos conseils pour l'améliorer, si vous jugez qu'il en soit susceptible, et qu'il en vaille la peine.

J'ai l'honneur d'être, etc.

Signé FRANÇOIS DE NEUFCHATEAU.

N. B. L'Académie a fait transcrire cette lettre dans le procès-verbal de la séance du 10 décembre 1816.

ESSAI

SUR
LES MEILLEURS OUVRAGES

ÉCRITS EN PROSE

DANS LA LANGUE FRANÇOISE,

ET PARTICULIÈREMENT

SUR LES PROVINCIALES DE PASCAL (*).

———

C'EST sans doute une heureuse idée que celle d'offrir aux amateurs de la littérature et de la typographie une collection soignée des meilleurs ouvrages de la langue françoise : mais quels sont les ouvrages qui méritent d'entrer dans la suite magnifique de cette galerie nationale? à quelle époque les fera-t-on remonter? quel est l'espace de temps qu'embrassera cette collection? Voilà ce qu'on n'a point encore suffisamment examiné.

Ce recueil doit comprendre naturellement deux divisions : celle des ouvrages en vers, et celle des livres écrits en prose.

Nous mettons au premier rang les ouvrages en vers, parce que la poésie a été perfectionnée la première. Aussi cette partie de la collection commence par les poésies de Malherbe. On pourroit placer à la tête de cette division l'Histoire de la poésie françoise, par l'abbé Massieu ; celle du théâtre, par M. Suard ; quelques Mémoires de l'Académie des Belles-

———

(*) Cet Essai a paru la première fois à la tête d'une édition des *Provinciales*, qui fait partie de la collection des *Classiques François*, publiée par M. P. Didot l'aîné. L'on n'a pas cru devoir retrancher ici quelques détails propres à cette collection, mais qui sont toujours relatifs à l'histoire de notre langue, et qui préparent ce que l'auteur de l'Essai doit dire spécialement de Pascal.

Lettres sur les fabliaux et sur divers sujets relatifs à notre versification et à notre poésie ; des Extraits de l'abbé Millot sur les Troubadours, et de quelques autres écrits du même genre. Nous avons, à cet égard, beaucoup plus de secours et de matériaux qu'il n'en faut pour former une introduction curieuse et instructive à la lecture de nos poètes, et pour reconnoître que, sans remonter jusqu'au Roman de la Rose, nous avons en vers deux langues françoises : celle de Marot et de quelques autres poètes antérieurs à Malherbe, laquelle a donné lieu à ce que nous appelons le style marotique ; et celle de Malherbe et des autres grands poètes qui ont *reconnu ses lois et l'ont pris pour modèle.*

Nous ne sommes pas, à beaucoup près, aussi avancés relativement au choix à faire dans l'immense trésor de nos bons ouvrages en prose. Tous ceux qui ont voulu nous donner l'histoire des différens siècles de notre littérature n'ont fait que des espèces de dictionnaires ou de catalogues alphabétiques, dont le désordre ne présente aucune suite et ne laisse aucune idée nette. Il nous manque un tableau chronologique des degrés par lesquels a passé successivement cette partie de notre littérature avant d'être arrivée au terme où l'on peut croire que notre langue, long-temps variable et inconstante, a pris en quelque sorte une forme assurée et définitive.

C'est à Pascal que l'on paroît en avoir attribué la gloire. La publication de ses *Lettres à un Provincial* (que l'on est convenu d'appeler plus brièvement les *Provinciales*, quoique ce titre n'ait aucun rapport réel avec l'objet de cet ouvrage), cette publication est de la même année où parut *le Pucelle* de Chapelain, c'est-à-dire, de l'année 1656 ; c'est l'époque commune à laquelle on rapporte cette fixation précise de la langue françoise, parce que ces Lettres fameuses passent pour être le premier ouvrage en prose, si purement écrit et si correct, qu'après cent soixante ans il ne s'y trouve ni mot qui ait vieilli, ni tour de phrase qui répugne au génie actuel et à l'usage de notre langue.

Est-il vrai que cet éloge appartienne exclusivement aux

Lettres Provinciales ? Si l'auteur ne doit , en effet, le partager avec personne , comment est-il parvenu le premier à ce degré de perfection ? Pourquoi cette épuration de notre langue est-elle arrivée si tard ? Que devons-nous penser de ceux qui avoient écrit en françois avant l'année 1656 , dans laquelle ces Lettres furent imprimées pour la première fois , et parurent séparément et successivement dans le format *in-quarto*, dont les exemplaires complets sont aujourd'hui très-rares ? N'en résulte-t-il pas que nous avons aussi en prose deux langues françoises ; savoir : celle du seizième siècle, conservée dans quelques excellents livres antérieurs aux *Lettres Provinciales* , et celle du dix-septième siècle , qui subsiste et vit encore telle qu'elle a été consacrée par cet ouvrage de Pascal, et par ceux des autres grands auteurs qui l'ont suivi ? Sans doute on a raison de rappeler et de vanter sans cesse le siècle de Louis XIV ; mais rend-on assez de justice au siècle de François Ier ? Ces questions embrassent toute l'histoire de notre littérature ; leur examen rapide nous a paru devoir précéder le livre auquel elles s'appliquent ; livre unique, par l'influence qu'il a eue , et sur les formes générales de la prose françoise , et sur le mouvement des esprits , et sur la destinée d'une société dont il a dévoilé la morale et la politique. La satire qu'il contenoit contre cette société peut bien rendre raison du succès extraordinaire que l'ouvrage a obtenu dans le temps ; mais il faut que cet ouvrage ait un autre mérite intrinsèque , pour avoir conservé son prix si long-temps après les circonstances qui l'avoient fait naître. Il est bien vrai que , de nos jours , un homme à paradoxes (*) a osé appeler ce chef-d'œuvre *les presque défuntes Lettres Provinciales ;* mais il n'a réussi qu'à se faire donner un démenti universel, et l'on a persisté à regarder ce livre comme étant le premier de ceux qui sont venus composer la bibliothéque classique de la prose françoise dans le grand siècle de Louis XIV.

______

(*) M. Linguet.

Sous ce point de vue, il est important de discuter les problèmes que nous venons de proposer. Nous ne nous flattons pas de les résoudre. Nous essaierons seulement de mettre sous les yeux des lecteurs les faits et les réflexions qui pourront les mettre à portée de juger par eux-mêmes.

Nous ne commencerons nos recherches qu'à l'époque de la découverte de l'imprimerie, vers le milieu du quinzième siècle. Ce n'est pas que, long-temps avant cette époque, on n'écrivît en françois, que la langue ne fût déjà parlée et fort accréditée hors des limites de la France, et qu'on ne possédât, en cette même langue, quelques manuscrits, plus ou moins curieux ou intéressants; mais ce petit nombre d'ouvrages étoient peu répandus. On peut juger de la rareté des bons livres, en langue vulgaire surtout, par les catalogues qui nous restent des premières bibliothéques de nos rois. Celle du sage Charles V, inventoriée en 1380, comprenoit neuf cents volumes. En 1422, Charles VI n'en avoit que huit cent cinquante-trois. La lenteur des copistes et la cherté du parchemin faisoient des livres un objet de luxe et de magnificence, avant que la découverte du papier de chiffon, et ensuite l'admirable invention de Guttemberg en eussent fait un objet de commerce et d'usage. L'ignorance de ces copistes altéroit les ouvrages. L'histoire du roi saint Louis, composée vers la fin du treizième siècle par le sénéchal de Champagne, Jean, sire de Joinville, avoit été gâtée par tant d'interpolations, que l'on pouvoit douter qu'elle fût, en effet, sortie d'une plume contemporaine. Ce n'est que de nos jours (en 1761) que plusieurs savants réunis, Melot, Sallier, Capperonier, en ont enfin donné un texte incontestable. D'ailleurs, notre langue éprouva long-temps des contradictions et des obstacles qu'elle a eu beaucoup de peine à surmonter, et qui expliquent comment notre littérature est venue si tard. Il convient donc de jeter d'abord un coup d'œil sur son origine et sur les circonstances qui ont retardé et comprimé son développement; d'examiner ensuite quels sont les premiers livres françois imprimés dans le quinzième siècle; de donner plus d'attention à ceux qui ont paru depuis l'époque de la renaissance des lettres en France, sous le roi qui a mérité d'en être nommé le père, jusqu'à l'époque de l'établissement de l'Académie Françoise, en 1635; d'apprécier la réforme qui fut alors commencée par cette compagnie, et d'en voir l'effet, depuis 1635 jusqu'à la publication des *Provinciales*, en 1656; de chercher par quels moyens Pascal étoit parvenu à se former un style si pur; d'examiner les reproches qu'on lui a faits; de terminer enfin cet Essai par quelques considérations sur le choix des ouvrages postérieurs, par leur date, aux *Provinciales*, qui paroissent devoir entrer dans cette collection des meilleurs ouvrages de la langue françoise, et sur les recherches et les notes dont il seroit à désirer qu'ils pussent être accompagnés.

§. I. *Origine de la langue françoise, et cause principale de la lenteur de ses progrès.*

Nous sommes heureusement dispensés d'entrer ici dans un détail qui ne pourroit être que la répétition affoiblie de ce qui a été dit; 1°. par Duclos, dans son *Mémoire sur l'origine et les révolutions de la langue françoise*, inséré dans le *Recueil de l'Académie des Inscriptions et Belles-Lettres* (*); 2°. par Voltaire, dans l'article *français*, de ses *Questions sur l'Encyclopédie*; 3°. par Bullet, dans son *Histoire de la langue celtique*; et 4°. par M. Raynouard, dans ce qu'il publie aujourd'hui sur la langue romane (**).

Ces origines sont obscures, et leur incertitude prête à bien des systèmes qui ne s'accordent pas ensemble. Nous manquons de monuments nationaux et domestiques pour établir

---

(*) Tome XVII, *in-4°*, pages 171-190.

(**) Ce savant académicien répand un jour nouveau sur la question. Il refait la langue romane, d'après les monuments qui en existent; et prouve ingénieusement que le roman a été le moule intermédiaire et la transition du latin au françois, à l'italien, et à l'espagnol.

l'histoire des Gaules primitives, car les Gaulois n'écrivoient pas. Nous ne savons sur eux que le peu que nous en apprennent les Romains qui les subjuguèrent, et qui ne les ont pas flattés. Une société d'antiquaires françois, récemment établie, s'occupe à rechercher les traces qui peuvent rester de ces temps reculés, dans quelques médailles gauloises, dans les tombeaux, dans les ruines, et enfin dans les origines, trop peu connues jusqu'à présent, de la langue celtique.

Cette langue étoit-elle, comme les hommes éclairés persistent à le croire, le fonds primitif de la nôtre? de combien d'autres langues, ou d'autres dialectes, s'étoit-elle formée?

Le Beau, faisant l'éloge de Lévesque de La Ravalière, cherche à tourner en ridicule l'opiniâtreté de cet académicien à soutenir les priviléges de la langue françoise. Lévesque de La Ravalière étoit persuadé que notre langue n'a rien emprunté, qu'elle ne doit rien à la langue latine, et que les mots qui la composent lui appartiennent tous, à titre patrimonial. Selon lui, nous parlons encore celtique; si quelques-uns de nos termes ont de l'affinité avec ceux du latin, ce n'est pas qu'ils en sortent, c'est qu'ils sont nés ensemble. Cette opinion, pour laquelle Lévesque de La Ravalière avoit rompu plus d'une lance dans le sein de l'Académie des Inscriptions et Belles-Lettres, n'est pas peut-être un paradoxe aussi insoutenable qu'il le semble au premier coup d'œil de ceux qui voient tout dans le latin.

César et Strabon nous apprennent que l'ancienne Gaule avoit pour limites le Rhin, les Alpes, la Méditerranée, les Pyrénées et l'Océan. Ce pays comprenoit quatre cents nations, ou peuplades diverses, mais qui se rapportoient à ces trois principales : 1°. les Belges, du Rhin jusqu'à la Marne et à la Seine ; 2°. les Celtes, ou les Gaulois proprement dits, de la Marne et de la Seine jusqu'à la Garonne ; 3°. les Aquitains, de la Garonne aux Pyrénées.

Ces peuplades nombreuses devoient s'entendre entre elles, ne fût-ce que pour concerter les émigrations guerrières, les colonies, et les conquêtes par lesquelles elles se portèrent dans toutes les parties du monde alors connu. On voit les Celtes aller en Espagne, d'où vinrent les Celtibères ; les Belges passer dans la Grande-Bretagne ; les Gaulois fondre en Italie, sous Bellovèse, d'où l'Italie supérieure fut appelée par les Romains la Gaule Cisalpine ; dans le même temps Sigovèse conduisoit une autre colonie au-delà du Rhin ; les Tectosages allèrent dans la forêt d'Hercinie ; les Scordisques, dans la Pannonie ; enfin les Gaulois fondèrent dans l'Asie mineure le royaume de Galatie. Certainement, tous ces guerriers avoient une langue commune ; mais quel étoit cet idiome ? De tant d'exploits, de tant de gloire, de ces destinées si brillantes, à peine nous reste-t-il une mémoire confuse.

Les seuls qui auroient pu nous en transmettre le souvenir, c'étoient les Druides et les Bardes.

Les Druides étoient armés de deux pouvoirs terribles ; car ils étoient prêtres et juges. Leur doctrine étoit renfermée dans vingt mille vers, non écrits, qui subsistoient encore dans la mémoire des Gaulois du temps de Cicéron. L'on présume que la croyance de la métempsycose entroit dans le système de ces traditions secrètes ; on ne peut donner sur ce point que des conjectures savantes : mais pourquoi donc n'aurions-nous pas un Macpherson françois, qui sût retrouver quelque jour les lambeaux long-temps oubliés de ces mystères druidiques, comme l'Écossois a recouvré, ou même supposé, les chansons d'Ossian ? Est-il donc invraisemblable que Cicéron ait été tenté d'écrire ses conversations avec Divitiac, et que l'on puisse au moins nous en retracer quelque idée ?

Les Bardes étoient les poètes ou les chantres qui suivoient les Gaulois à la guerre, célébroient leurs exploits, et transmettoient aux descendants la mémoire de leurs aïeux. Les chants belliqueux de ces bardes n'étoient pas encore perdus du temps de Charlemagne, qui fit recueillir avec soin tout ce qu'on put en retrouver. De ces chansons guerrières, on tira celle de Roland, qui a été long-temps célèbre ; mais rien de tout cela n'est venu jusqu'à nous.

Les Gaules ont perdu jusqu'à leur nom ; et nous ne savons pas au juste si nous avons gardé quelques vestiges de leur langue.

Le grec des Phocéens, le tudesque des Allemands, le roman corrompu des Goths, je ne sais combien d'autres éléments peu connus, sont venus se mêler au fond de la langue vulgaire. Elle est demeurée plusieurs siècles dans un état de barbarie qui n'a pas empêché qu'elle n'eût des moments d'éclat, quand elle prêchoit la croisade par l'organe de saint Bernard ; ou quand elle dictoit au dehors les lois d'une foule de princes sortis de notre France pour aller occuper des trônes étrangers : elle passa en Angleterre, quand Guillaume-le-Conquérant s'empara de cette île, en 1066 ; elle suivit le duc de Bourgogne, qui fut roi de Portugal, en 1090 ; Godefroy de Bouillon, qui fut roi de Jérusalem, en 1099 ; les comtes de Flandre, les Courtenay, qui furent empereurs de Constantinople, en 1206 et 1216 ; le comte de Champagne, qui devint roi de Navarre, en 1234 ; le prince d'Anjou, roi de Naples, en 1245 et 1265, etc.

Au milieu de tant de triomphes, cette pauvre langue françoise n'étoit encore qu'un jargon qui n'avoit ni lois, ni grammaire. Nous croyons devoir insister sur un point qu'il ne faut pas perdre de vue ; c'est que notre langue a dû vaincre un obstacle perpétuel et presque insurmontable, car elle a eu à soutenir une lutte inégale contre la langue des Romains, qui d'abord l'emporta sur elle, et l'étouffa pendant long-temps après la conquête des Gaules, mais qui est revenue ensuite, armée de la prédominance de la religion, et protégée par l'influence des doctrines ultramontaines.

Les Francs et les Goths avoient bien détruit le colosse de l'empire romain ; mais des événements nouveaux rendirent à Rome chrétienne une partie de la puissance arrachée à Rome païenne.

Les papes avoient eu besoin du secours de nos rois. Étienne II avoit fait écrire à Pepin, par saint Pierre et par tous les saints, une lettre éloquente pour engager Pepin dans une guerre contre Astolphe. Les François n'étoient pas très-ardents pour cette entreprise ; Pepin la tenta de son chef. L'expédition fut heureuse. Le vainqueur donna au pontife l'exarchat de Ravenne avec la Pentapole, pour être absous de ses péchés et racheter son âme. Le pape lui fit présent de la vie éternelle (*). Pepin se fit sacrer par le pape, au lieu de se faire élever sur le pavois des Francs. Ces changements eurent des suites qu'on ne prévoyoit pas alors.

Cependant tout étoit barbare. Charlemagne essaya de ranimer les lettres en établissant des écoles à Paris et à Tours en 793, et dans tous les évêchés et abbayes de son empire en 789. Les docteurs qu'il employoit étoient des ecclésiastiques qui ne savoient qu'un peu de latin. Charlemagne, inspiré par eux, paya plus d'un tribut à la grossièreté et à la rudesse du siècle où il vivoit. Par un de ses capitulaires, il prescrit le duel pour découvrir les crimes ; il admet, par un autre, l'épreuve des charbons ardents. Le testament de ce grand homme offre une disposition peut-être encore plus bizarre : il veut que, s'il survient des différends entre ses fils, la dispute soit terminée par le jugement de la croix ; c'est-à-dire que le vainqueur soit celui qui pourra se tenir plus long-temps les bras en l'air, faisant la croix. Dans le concile d'Ingelhem, l'empereur Louis-d'Outremer offre de se battre en champ clos pour démontrer son innocence. Si les princes et les prélats étoient si peu instruits, que devoit-ce être alors du reste de la nation ? On croyoit que c'étoient les sorciers qui excitoient les tempêtes : il fallut qu'un archevêque de Lyon (**) fît un livre exprès pour prouver le contraire. L'ignorance devint si générale que, vers l'an 1000, chacun s'attendoit à voir la fin du monde. En 1209, un concile de Paris condamna au feu la métaphysique d'Aristote, avec défense de la lire et de l'avoir chez soi, sous

---

(*) ÉTIENNE II, épîtres 7 et 8. PAUL Ier, épître 15. *Voyez* le *Code Carolin*, dans Duchesne, tome III.

(**) Agobard, mort en 840.

peine d'excommunication. Cependant, dès l'an 1200, l'université de Paris commençoit à être célèbre, et il y avoit déjà une foule d'étudiants de toutes les parties de l'Europe. Mais cette université étoit toute pontificale et purement latine. Vers ce temps, les Vaudois, les pauvres de Lyon, les Albigeois, avoient voulu lire la Bible que Pierre Valdo avoit fait traduire en françois. Ce fut un crime qu'on ne put leur pardonner. Il y eut un grand nombre de Vaudois condamnés au feu en 1209, 1210 et 1211. Cette version de la Bible en langue vulgaire étoit informe, parce que la langue elle-même n'étoit pas formée; mais ce premier ouvrage répandoit le goût du françois : on eut grand soin de le proscrire. Le latin seul resta en possession de l'Église, des tribunaux et des conseils, et des actes de toute espèce. Notre langue ainsi négligée n'étoit qu'un idiome agreste, et qui n'auroit pu se réhabiliter, s'il eût été toujours abandonné et repoussé par le gouvernement.

Le préjugé pour le latin étoit si fortement enraciné chez nous, même encore sous Louis XIV, que Ménage ne craignoit pas de dire : « Il y a plus de sûreté à écrire en latin » qu'en françois, pour faire un ouvrage de durée. » Et il ajoutoit que c'étoit le sentiment de Ducange. Cependant, l'exemple donné depuis trois siècles par les auteurs célèbres qui avoient écrit en italien, avoit dû ébranler cette prévention contre les langues vivantes. Joachim du Bellay, qui mourut jeune, en 1560, avoit été à Rome. La gloire des écrivains de l'Italie l'avoit frappé, et il développa, en assez beaux vers, l'opinion *qu'il faut écrire dans sa langue.* Quelques strophes de cette ode appartiennent à notre sujet, et nous croyons pouvoir les transcrire.

> Qui grec et latin veut écrire,
> Semble un Icare, un Phaëton,
> Et semble, à le voir, qu'il désire
> A la mer donner nouveau nom.
>
> Il y met de l'eau, ce me semble ;
> Et pareil (peut-être) encore est

A celui qui du bois assemble
Pour le porter à la forest.

   Princesse, je ne veux point suivre
D'une telle mer les dangers,
Aimant mieux entre les miens vivre
Que mourir chez les étrangers.

   Mieux vaut que les siens on précède,
Le nom d'Achille poursuivant,
Que d'estre ailleurs un Diomède,
Voire un Thersite bien souvent.

   Quel siècle esteindra ta mémoire
O Bocace? et quels durs hivers
Pourront jamais sécher la gloire,
Pétrarque, de tes lauriers verds?

   Qui verra la vostre muette
Dante, Bembe, à l'esprit hautain?
Qui fera taire la musette
Du pasteur Néapolitain? etc.

§. II. *Des premiers livres françois imprimés dans le quinzième siècle.*

La découverte de l'imprimerie, qui date de 1440, ne fut pas d'abord appliquée à des livres en langue vulgaire. Les premiers ouvrages françois qui parurent dans le quinzième siècle ne sont recherchés que comme des raretés typographiques ; on les paye fort cher dans les ventes de livres, et il n'y en a pas un seul que l'on puisse relire aujourd'hui avec quelque plaisir, par la difficulté de leurs caractères gothiques, par le peu de valeur du fonds de leur doctrine, et par les défauts de la forme. Cependant on est curieux de connoître ces premiers essais, et de pouvoir juger quels furent les ouvrages écrits en notre langue, qui attirèrent d'abord l'attention des imprimeurs. Nous avons essayé d'en dresser une liste, suivant l'ordre des dates, et, tout incomplète qu'elle puisse être, nous croyons devoir la présenter aux lecteurs, avec un petit nombre d'observations propres à tempérer la sécheresse du catalogue. D'ailleurs, ce catalogue même doit faire penser les lecteurs.

LISTE DES PRINCIPAUX OUVRAGES

EN PROSE FRANÇOISE

Qui ont paru depuis la découverte de l'imprimerie, en 1440, jusqu'à la fin du quinzième siècle, rangés par ordre de dates.

1473.

LE JARDIN DE DÉVOTION, auquel l'ame dévote quiert son amoureux Jhesucrist. Bruges, Colard Mansion, vers 1473, *in-fol.*

Ouvrage très-rare, mais qui n'a d'autre mérite que d'être la première impression faite à Bruges, par Colard Mansion.

Cet imprimeur, homme de lettres, est connu par une notice que M. Van-Praët a consacrée à sa mémoire, dans l'*Esprit des journaux*, du mois de février 1780, et dans l'ouvrage de M. Lambinet, sur l'origine de l'imprimerie. Notre langue lui a de grandes obligations; car c'est un des premiers typographes qui s'en soit occupé, et qui lui ait voué ses presses dans une ville de la Flandre, alors très-florissante par l'industrie et le commerce, tandis que la langue françoise paroissoit négligée par les imprimeurs de Paris.

On conserve à la Bibliothéque du Roi la *Pénitence d'Adam*, manuscrit, traduit du latin en françois par ce même Colard Mansion.

1475.

LE LIVRE DE MAISTRE ALDOBRANDIN, pour la santé du corps garder; composé à la requeste du Roi de France; sans nom de ville et d'imprimeur; gothique.

M. Debure cite cette édition comme paroissant avoir été exécutée aux environs de l'année 1475. Il a soin d'observer qu'elle se trouve à la Bibliothéque du Roi, R 143.

Aldobrandin étoit un savant médecin de Florence, mort en 1327. Il y a eu depuis plusieurs Florentins célèbres, portant le même nom, et dont l'un a été pape, sous le nom de Clément VIII.

On voit que la liste commence par un livre de piété, et un livre de médecine. Cette gradation est assez naturelle. Il faut d'abord songer à l'âme, et ne pas oublier le corps; mais après ces soins nécessaires, il faut alimenter et amuser l'esprit : on aura des livres d'histoires et beaucoup de romans.

1476.

LES GRANDES CHRONIQUES DE FRANCE, appelées Chroniques de Saint-Denis, depuis les Troyens jusqu'à la mort de Charles VII, en 1461.

Paris, en l'ostel de Pasquier Bonhomme, le xvie jour de janvier, l'an de grâce 1476, 3 vol. *in-fol.*, goth. Le dernier volume contient les règnes de Charles V, VI et VII.

Bonhomme étoit l'un des quatre principaux libraires de l'université de Paris.

Il y a une autre édition de ce livre, donnée à Paris par Jean Maurand, pour Antoine Vérard, le dernier août 1493, et qui va jusqu'à la mort de Charles VIII. Elle est mieux imprimée que la précédente, et il y a des gravures en bois.

M. de La Curne de Sainte-Palaye a donné à l'Académie des Inscriptions et Belles-Lettres un Mémoire curieux concernant les principaux monuments de l'*Histoire de France*. On y trouve une notice exacte sur ces *Chroniques de Saint-Denis*. (*Mémoires de l'Académie des Inscriptions et Belles-Lettres*, tome XV, *in-4°.* pages 580-617.)

C'étoient des religieux Bénédictins qui étoient chargés de rassembler ces matériaux de notre histoire. Il est à croire qu'ils s'en acquittoient avec soin, et qu'ils disoient la vérité, autant que leur robe pouvoit le permettre. On peut en juger par la manière édifiante dont ces bons pères expliquent les amours de Charles VII et d'Agnès Sorel, qui eut deux enfants de ce prince, en tout bien tout honneur, comme on va le voir.

Extrait de l'Histoire de Saint-Denis.

« Moy chronicqueur, désirant escrire le vray, me suis deubment
» informé, et sans fiction, de la vérité; et ay trouvé tant par cheva-
» liers, conseillers, phisiciens, chirurgiens et autres serviteurs domes-
» tiques, examinés par serment comme à mon office appartient, afin
» d'oster l'abus du peuple, que, durant cinq ans que la belle Agnès
» demeura avec la Reyne, le Roy ne la fréquentoit aucunement qu'en
» grande compagnie, et jamais en l'absence de la Reyne, n'ayant jamais
» usé envers elle d'aucune contenance libre, non pas mesme lui toucher
» au-dessoubs du menton; et après les esbats, Charles se retiroit en
» son logis, et la belle Agnès au sien; mais il l'aimoit à cause qu'elle
» estoit joyeuse, et entre les plus belles la plus jeune, et qu'il cherchoit
» toutes sortes d'esbats pour tromper ses pensements et ennuis. »

La grande Légende dorée, *dite* La Vie des Saints, traduite en françois par Jehan Batallier, dominicain. Lyon, Barthélemy Buyer, 1476, *in-fol.*

La Légende des Saints nouveaux, qui ne sont pas insérés dans la *grande Légende*, par les P. P. Maistre Julien (Macho) et Maistre Jean Batallier. Lyon, chez le même, 1477, *in-fol.*

Jacques de Voragine est l'auteur de cette *Légende d'or*, qu'on devroit appeler plutôt *de fer*, suivant quelques savants critiques, indignés des fraudes pieuses et des absurdités qui remplissent ce livre, autrefois si fameux. Cependant il seroit possible que l'auteur n'eût voulu composer que des apologues moraux et des romans mystiques. Jugeons-en par ce trait, que nous détachons au hasard de la *Vie de saint Macaire*.

« Saint Machaire pria pour le dyable à ce qu'il feust en paradis.
» Nostre Seigneur ouit sa prière, et lui envoya un ange, lequel dist si
» luy vouloit dire ung verset du *Miserere*, lequel se commence ainsi :
» *Quoniam iniquitatem meam ego cognosco, et peccatum meum contra*
» *me est semper*, et qu'il yroit en paradis. Saint Machaire vinst au dya-
» ble, et luy dist, que s'il vouloit confesser et dire ce verset chascun
» jour, qu'il yroit en paradis. Le dyable luy dist qu'il n'en feroit rien,
» et que oncques ne pécha. Ainsi le dyable ne fut point à paradis. Adonc
» l'ange dist à saint Machaire que jamais ne priast pour créature qui
» fust dampnée en enfer, ne pour ceux qui sont obstinés en leur mal,
» lesquels ne veulent pas pardonner. »

Ou nous nous trompons fort, ou cette partie de *la Légende de saint Macaire* n'est qu'une parabole contre ceux qui sont opiniâtrés à mal faire, et qui ne veulent pas convenir qu'ils ont péché. En relisant, sous ce point de vue, *la Légende dorée* et plusieurs autres anciens ouvrages du même genre, on verroit peut-être que, s'ils doivent être décriés comme histoire, ces récits ont quelquefois toute la finesse de l'allégorie, et souvent tout le sel de la satire.

Cette considération n'est-elle pas la clef de tant d'autres miracles, racontés sérieusement par Grégoire de Tours, et par des auteurs non moins graves ? Comment expliquer autrement ce que l'on dit être arrivé à Clermont, en Auvergne, sous l'évêque Népotien ? Une femme qui avoit vécu en perpétuelle virginité pendant le cours de son mariage, vint à mourir. Lorsqu'on la mettoit au tombeau, son mari protesta qu'il la rendoit vierge comme il l'avoit reçue. A cette exclamation, la femme reprenant la vie pour un moment, lui répondit, en souriant, du fond de son cercueil : « qu'il n'étoit pas besoin de révéler un secret » qu'on ne lui demandoit pas. » (*Origine des Églises de France*, 1688, *in*-8°.)

Le père Mabillon rapporte un autre exemple merveilleux, destiné à faire valoir la discipline monastique : « Saint Bernard faisoit tant » de miracles après sa mort, que les religieux qu'il avoit laissés après » lui le supplièrent de n'en plus faire, parce que l'affluence des peuples » troubloit le repos de leur solitude. Enfin, l'abbé de Cîteaux fut » contraint de lui enjoindre, en vertu de l'obéissance qu'il devoit aux » supérieurs de son ordre, de ne plus faire de miracles ; et la Chronique » atteste que saint Bernard obéit... »

Le Livre de Jean Bogace, du déchiet des nobles hommes et femmes, trad. du latin en françois. Bruges, 1476, *in-folio.* (*Biblioth. du Roi*, P 102.)

Les malheurs des grands personnages sont un des lieux communs, les plus tragiques, de l'histoire. Bocace en avoit fait un recueil assez curieux, imprimé en latin à Ulm, en 1473. Colard Mansion s'empressa de le publier en françois; mais ce n'est pas sur cet ouvrage que Bocace a fondé sa réputation. Il est plus connu par ses *Contes* en langue italienne. Nous les retrouverons à la fin de ce catalogue.

VERS 1475-1477.

VALERIUS MAXIMUS, translaté de latin en françois par maître Simon de Hesdin et Nicolas de Gonesse, sans nom d'imprimeur, sans date, etc., *in-fol.*

Les recueils d'anecdotes et de traits, dans le genre de Valère Maxime, ont été long-temps à la mode. Ce sont des répertoires que l'ignorance et la paresse aiment à parcourir. Nous aurions pu grossir cette petite liste de beaucoup de lieux communs semblables; mais nous avons dû nous borner.

1477.

LE LIVRE DE MAISTRE REGNARD ET DE DAME HERSANT SA FEMME. Livre plaisant et facétieux contenant maints propos et subtils passages couverts et celés, pour monstrer les conditions et mœurs de plusieurs estats et offices. A Paris, par Philippe Lenoir, libraire, et l'un des deux relieurs de livres, jurés de l'université de Paris, petit *in-4°.*

Nous avons parlé de cet ouvrage singulier dans les notes de *la Vulpéide*, poëme-apologue, qui termine le recueil de nos Fables et Contes, en deux volumes.

Un extrait de ce livre seroit curieux; mais il est rempli de traits contre le clergé, que nous ne croyons pas devoir reproduire. Quand le roi lion tient sa cour, *l'âne archevêque dit la messe;* c'est là un des sarcasmes, *couverts et celés*, du livre de maître Regnard.

L'auteur étoit Jean Tenessat, ou Tenessax, ou Tenessay; il n'a fait que traduire en prose les rimes de Jacquemard Gielée.

BOECE, LIVRE DE LA CONSOLATION DE LA PHILOSOPHIE. Bruges, Colard Mansion, 1477, *in-fol.* sur deux colonnes.

La traduction a été faite *par un honneste clerc désolé, quérant sa consolation en la translation de cestui livre.* Le correcteur ou compilateur, comme il s'intitule, étoit maître Reynier de Saint-Trudon, docteur en sainte théologie.

Ce livre de Boëce a été traduit plusieurs fois, et entre autres, par Jean de Meung, de l'ordre de Philippe IV, roi de France. (LE GRAND BOECE, Paris, Vérard, 1494, *in-folio. Bibliothéque du Roi.* R 144.)

Il a fait naître d'autres livres, appelés *Consolations*, et qui ne sont pas toujours dignes d'un si beau titre.

L'Ancien Testament, translaté en françois. Lyon, chez Barthelemy Buyer, vers l'an 1477, *in-fol.*

Le Nouveau Testament, vu et corrigé par les PP. Julien Macho et Pierre Farget. Lyon, chez le même, sans date (vers 1477), *in-fol.*

Première édition de la sainte Écriture en françois. Les traducteurs étoient des religieux augustins du couvent de Lyon-sur-le-Rosne.

On ne s'offensa point, à ce qu'il paroît, de leur entreprise ; mais, par la suite, on devint plus difficile. A la renaissance des lettres, Jacques Lefèvre, d'Étaples, publia la sainte Bible en françois, *translatée selon la pure et entière traduction* (latine) *de saint Hierosme*. Il commença par *le Nouveau Testament*, imprimé en la maison Simon de Colines, à Paris, l'an 1523. La Sorbonne et le parlement prirent feu contre ces traductions ; les exemplaires en furent supprimés, et l'auteur fut forcé d'envoyer la suite à Anvers. René Benoît, autre docteur, curé de Saint-Eustache, qui depuis fut nommé à l'évêché de Troyes, n'obtint point ses bulles de Rome, parce qu'il avoit publié une traduction de la Bible en françois, en 1566 et 1568. Cette version fut aussi censurée en Sorbonne. René Benoît se défendit contre les sages maîtres qui ne vouloient pas que le peuple pût lire l'Évangile dans la langue qu'il entendoit ; mais il fut obligé de souscrire lui-même à sa condamnation, en 1598.

Dans le siècle suivant, un docteur de Sorbonne écrivoit à M. de Gondy, évêque de Paris, que la Bible seroit *contemnée* en françois, *parce que la langue françoise est une langue barbare, qui ne peut être assujettie à aucune règle de grammaire*

En 1641, le syndic de Sorbonne avoit déjà dit au cardinal de Richelieu que *toutes ces versions de la Bible devoient être ensevelies sous le sable, afin qu'il n'en parût aucun vestige, comme Moyse y enterra l'Égyptien dont il se défit.*

Enfin, en 1660, l'assemblée de la Faculté déclaroit à celle du Clergé, par un décret exprès, *qu'elle avoit en horreur toutes les traductions de l'Écriture, des offices de l'Église, et des Pères.*

Le Miroir de la vie humaine, fait par Roderigue, Hispaignol, évêque de Zamoresis, translaté de latin en françois, par frère Julien (Macho). Lyon, Barthol. Buyer, 1477, *in-fol.*

C'est là ce fameux *speculum vitæ humanæ*, de Rodrigue Sancio ou Sanchez, qui parut à Rome, en latin, en 1468, et dont il y a plusieurs éditions également latines, toutes du quinzième siècle, rares et recherchées.

La traduction du frère Farget et Julien Macho reparut à Strasbourg, en 1482, *in-fol.*, goth., figures en bois.

L'intention louable de l'évêque de Zamora étoit que « toute créature
» humaine mortelle, en quelque Estat que elle fust établie, ou en
» Office spirituel ou temporel, pust voir, dans ce mirouër, de chascun
» art et manière de vivre les prospérités et adversités, et les enseigne-
» ments de droitement vivre. » Il parcourt donc tous les états. La
première partie est pour les séculiers ; la seconde, pour les ecclésiastiques. La morale en est très-rigide. Les casuistes n'avoient pas encore
trouvé l'art de chicaner avec Dieu, comme l'a si bien dit, depuis, le
précepteur de Louis XIII.

1478.

Le Livre de Sapience, traduit du latin (de Gui de Roye) par un
religieux de Cluny, pour les simples prestres, qui n'entendent ni le
latin, ni les Escritures. Imprimé à Genève MCCCCLXXVIII, le 9 jour
d'octobre, *in-fol.*

Gui de Roye, archevêque de Reims, avoit composé en 1388, le
Doctrinale sapientiæ. Le religieux de Cluny, qui le traduisit l'année
suivante, y ajouta des exemples naïfs et des historiettes quelquefois assez
drôles, surtout quand on songe au motif qui le faisoit écrire, pour aider à
ces simples prêtres qui n'entendoient pas le latin. Voici une de ces histoires : « On lit d'une femme qui souvent alloit au Monstier ; le prêtre
» de l'église avoit très-mauvaise voix, et toutes fois qu'il chantoit,
» cette femme plouroit. Le prêtre ne se put plus tenir ; mais lui alla
» demander pourquoi elle plouroit en l'église quand il chantoit ? Hélas !
» sire, dit-elle, je dois bien plourer ; car je avois un âne qui me fai-
» soit moult de bien, que j'ai perdu, et il me semble, quand je vous
» oy chanter, que ce soit lui. Le prêtre qui cuidoit avoir louange, s'en
» alla tout confus et moqué. »

Il y eut plusieurs autres éditions de cet ouvrage dans le quinzième
siècle. Celle de Lyon, chez Guillaume Le Roy, en 1485, est intitulée : *Le
Doctrinal de sapience, fait briévement et grossement, pour les simples
gens.*

Le Livre des saints Anges. Geneve, 1478, *in-folio*, goth. Premier
livre imprimé à Genève ; réimprimé à Lyon en 1486, petit *in-folio.*

L'auteur, appelé Ximenez ou Eximenez, religieux de l'ordre des
Frères mineurs, puis évêque de Perpignan et patriarche d'Alexandrie,
florissoit vers l'an 1400. Il composa cet ouvrage en catalan, puis en
espagnol. C'est un auteur très-pieux, mais qui a des idées singulières.

Le Roman de Fier a bras, le Géant. Geneve, 1478, *in-fol.* goth.
(*Bibliothéque du Roi,* Y 2, 142.)

Voilà le premier, ou du moins un des premiers romans qui furent si
fort à la mode, et qui ont passé à la fin dans la Bibliothéque bleue.

Nous verrons beaucoup d'autres livres du même genre, plus merveilleux et plus étranges les uns que les autres, et qui, par ces bizarreries mêmes, attachoient fortement l'attention de leurs lecteurs.

Ce roman a donné à la langue françoise le mot de *fier à bras*, qui est toujours d'usage.

Baudouin, comte de Flandres. Lyon, Barthelémy Buyer, 1478, *in-fol.* (*Bibliothéque du Roi*, Y 2, 195.)

Ce livre ne parle pas seulement de Baudouin, mais encore *de Ferrant, filz au roi de Portugal, qui depuis fut comte de Flandre*. Il contient de plus *aulcunes croniques du roi Philippe de France et de ses quatre filz; et aussy du roy saint'Loys et son fils Jehan Tristan, qu'ilz firent encontre les Sarrasins.* C'est un mélange assez confus d'histoires dont le fond est fort intéressant. Ce Baudouin, comte de Flandre, offre un grand caractère; Philippe Auguste et saint Louis sout encore au-dessus; mais ces récits sont bien informes.

La réimpression de cet ouvrage, à Chambéry, par Ant. Neyret, en 1484, *in-fol.*, est le premier livre imprimé à Chambéry.

1479.

Somme rurale, compilée par Jehan Boutillier. Bruges, Colard Mansion, 1479, *in-fol.*, sur deux colonnes, sans chiffres, signatures, ni réclames. Les lettres initiales sont faites à la main.

La copie sur laquelle ce livre fut imprimé avoit été écrite par un *auditeur du roi, commis à ce par monseigneur le bailli d'Amiens.* Le copiste y avoit employé *treize mois et neuf jours.*

La *Somme rurale*, louée par Cujas et citée par Montesquieu, est un des plus anciens ouvrages sur le fond de nos Coutumes. Il y auroit beaucoup à dire sur cette matière importante, devenue très-heureusement moins utile à approfondir depuis que les François ont enfin un Code civil, et n'ont plus de droit féodal. Chrarondas Le Charon avoit travaillé sur la *Somme rurale;* mais la première édition est encore la plus recherchée, et ce sera toujours un monument fort curieux des degrés par lesquels notre droit s'est traîné, avant d'être élevé à l'uniformité et à la clarté d'un vrai Code.

1480.

Doctrine pour l'instruction de tous Chrétiens. (Utrecht, Jean Valdener, vers l'an 1480, *in-4°.*)

C'est un ouvrage de Jean Charlier, célèbre chancelier de l'université de Paris, plus connu sous le nom de Gerson, du nom d'un village du diocèse de Reims où il étoit né. Ce grand homme mourut à Lyon, en 1429, dans une espèce d'exil qu'il avoit dû s'imposer, parce que le duc de Bourgogne ne pouvoit pas lui pardonner d'avoir fait condamner l'exécrable apologie du meurtre du duc d'Orléans. Gerson se fit maître d'école, et il a mérité qu'on lui attribuât le beau livre de l'*Imitation de Jésus-Christ*.

Gerson est un des hommes dont l'éloge seroit le digne objet de nos concours académiques, ainsi que ce Boylesve, prévôt de Paris, sous saint Louis, qui organisa la police de cette ville; ce Jacques Cœur, le modèle des négociants; et quelques autres personnages, vertueux ou utiles, dont la mémoire est trop négligée.

Le livre appelé MANDEVILLE, fait et composé par M. Jehan de Mandeville, parle de la terre de promission, et de plusieurs autres isles de mer, etc. Lyon, Barth. Buyer, 1480, *in-fol.*

Jean de Mandeville, médecin anglois, voyagea pendant trente-quatre ans en Asie et en Afrique; il publia lui-même son ouvrage en françois, en anglois et en latin. Il mourut à Liége le 17 novembre 1372.

L'abbé Denina dit que Mandeville mêla dans sa relation angloise une foule de mots étrangers, surtout françois; « et comme son ouvrage fut » lu avec avidité de toute la nation, ces mots sont restés dans le lan- » gage du peuple; et c'est de là que date l'anglois moderne. »

Les livres de voyages sont agréables et utiles; nous en avons peu en françois dans le quinzième siècle, mais il y en eut beaucoup dans le siècle suivant.

1482.

LE TRÉSOR DES HUMAINS. Ce livre est appelé *le Trésor des Humains*, lequel traite de la manière d'instruire les enfants en la foi catholique, et de leur descliner toutes les lois tant chrestiennes que sarrazines, tous arts et toutes sciences tant praticiennes que spéculatives, de tous estats, metiers, et marchandises.... Lequel livre a esté veu et corigé, à Paris, par plusieurs grands clercs docteurs, tant en théologie que en autre science. — A Paris, en l'an de l'incarnation de Notre Seigneur mil quatre cens quatre vingts et deux, *in-fol.*, goth.

Voici un livre élémentaire. Nous en avons beaucoup; il y en a peu de bien faits et de vraiment utiles. Il est à desirer qu'on prenne les moyens d'en faire composer de bons et de les répandre partout où ils sont nécessaires. On ne sait pas assez combien les livres de ce genre peuvent exercer d'influence, et mériter le titre de *trésor des humains*; mais ce *trésor* est peu commun, et il devroit le devenir.

OLIVIER DE CASTILLE. Cy commence le livre de Olivier de Castille et de Artus d'Algarbe, son très royal compaignon, qui grands faits d'armes firent en leur temps (translaté du latin en françois, par Phil. Camus). Geneve 1482, *in-fol.*, goth. (*Bibliothéque du Roi*, Y 2, 193.)

Il semble que Genève ait eu la première fabrique de nos romans en prose; mais nous allons bientôt les voir se propager et se répandre partout où pourra s'établir le bel art de l'imprimerie.

PROCÈS FAIT ET DEMENÉ ENTRE BELIAL, PROCUREUR D'ENFER, ET JHESUS, FILS DE LA VIERGE MARIE, translaté de latin en commun langage, par vénérable et discrette personne Pierre Farget, de l'ordre des Augustins. A Lyon, *in-fol.*, goth., et avec figures en bois, mal faites et grossières. (*Bibliothéque du Roi*, Y 2, 1357.)

C'est la traduction du *Processus Luciferi contra Jesum coràm Judice Salomone*, de Jacques Palladino, d'Ancharano, né en 1349, mort en 1417 : roman de piété, qui présente les arguments de Satan dans toute leur force, et qui eut un cours incroyable. M. de Jaucourt en a donné un extrait curieux dans la grande *Encyclopédie*, article TERAME, tome XVI, page 145.

Il y en eut deux versions françoises dans le quinzième siècle. La seconde est intitulée :

LA CONSOLATION DES POURES PECHEURS, où le procès de Belial à l'encontre de Jhesus ; à Lyon, par Jean Fabri, en 1485, *in-4°*, en 1490 et en 1512.

Sur le modèle de ce livre, on en publia d'autres dont la naïveté égale la bizarrerie ; tels, par exemple, que LE PROCÈS DE SATAN, CONTRE LA VIERGE MARIE, EN PRESENCE DE JESUS, JUGE, etc.

1484.

L'HISTOIRE DE LA CONSTANCE ET PATIENCE DE GRISELIDIS, traduite du latin de François Petrarcha. A Brehant-Lodeac, Robin Foucquet, et Jehan Cres, 1484, *in-4°*.

Cet opuscule de Pétrarque est ici proposé par le traducteur à *l'exemplaire des femmes mariées et de toutes autres*. Cette histoire touchante a été souvent reproduite ; mais on aime à revoir les traits du tableau primitif, que l'immortel Pétrarque avoit exquissé en latin pour Jean de Médicis, et qui avoit paru, dès 1470, sous ce titre : *Epistola Domini Francisci Petrarchæ, laureati poëtæ, ad dominum Johannem Florentinum de historia Griselidis mulieris maximæ constantiæ et pátientiæ ;* et, en 1473, avec cet autre titre : *Incipit Epistola Francisci Petrarchæ de insigni patientiá et fide uxoriá Griseldis in Waltherum.*

LE MYSTÈRE DE GRISELIDIS, marquise de Saluces, fut mis sur la scène, à Paris, dans le temps de ces farces que l'on jouoit *par personnages*, et que l'on décoroit du beau nom de *Moralités ;* mais c'est une pièce rimée, et je ne dois parler ici que de la prose.

LES MÉTAMORPHOSES D'OVIDE, moralisées par Thomas Walleys (Vallois), et translatées par Colard Mansion. Bruges, Colard Mansion, 1484, *in-fol.*, fig. grav. en bois.

Le même ouvrage reparut à Paris, chez Anth. Verard, en 1493, sous ce titre : *La Bible des poëtes de Métamorphose* ; et, en 1530, sous cet autre titre : *Le grand Olympe des histoires poétiques du prince de poésie, Ovide Naso, en sa Métamorphose.*

Il y a loin sans doute de ces premières versions à la traduction en vers des *Métamorphoses d'Ovide* par Thomas Corneille ou Saint-Ange ; mais on ne peut être surpris de l'espèce d'avidité avec laquelle on rechercha cette image, quoique imparfaite, d'un des plus grands poëmes et des plus séduisants ouvrages que nous ayons sauvés des débris de l'antiquité. Le charme de ce livre est tel, qu'il attache et qu'il intéresse par la variété et la fraîcheur de ses tableaux, même dans les copies où l'on a peine à reconnoître l'éclat et le talent du peintre original.

1486.

Les Fables d'Esope. Lyon, Math. Husz, *in-fol.* ; lettres goth., fig. grav. en bois.

On lit à la fin : *Imprimées à Lyon sur le Rosne par maistre Mathis Husz. L'an de grace mil* ccccLxxxvi, *le neufvieme jour d'aout.*

Ces Fables sont aussi un des plus beaux présents que le génie ait faits au monde, pour l'instruction des enfants et pour l'amusement des sages. Nous croyons avoir fait valoir tous les titres d'Ésope à l'admiration, et même à la reconnoissance de la postérité, dans l'épître dédicatoire du Recueil de nos Fables qui sont sorties des presses de M. Didot l'aîné, et nous prenons la liberté d'y renvoyer les lecteurs.

Cette année 1486 vit éclore, à l'envi, trois ouvrages dignes d'attention, chacun dans leur genre ; celui que nous venons d'indiquer et les deux suivants.

Le Livre des Prouffits champestres et ruraux, compilé par maître Pierre de Crescences, et translaté depuis en langage françois. Paris, Anth. Vérard, 1486, le dixieme jour de juillet, *in-fol.*

Il y en a des exemplaires datés du 15 octobre, qui portent le nom de Jean Bonhomme.

Ouvrage remarquable, et qui doit faire époque dans nos siècles modernes, pour ceux qui écriront l'histoire de l'agriculture. L'original latin, composé avec soin par un citoyen de Bologne, dans le quatorzième siècle, a été jugé digne de faire partie du recueil des *Rei rusticæ scriptores*, de Gesner. La version italienne est un livre classique. M. Philippo Re a publié une notice curieuse sur Pierre de Crescences.

Le plan de cet ouvrage est net, et l'exécution en est aussi très-estimable. L'auteur suit le détail des opérations champêtres, mois par mois, saison par saison. Il finit par un livre qui récapitule et réduit la substance des autres livres dans un cadre assez bien tracé.

Ce livre auroit produit un excellent effet ; mais les habitants des campagnes auxquels il étoit destiné étoient alors bien loin d'en pouvoir profiter ; ils vivoient sous un joug de fer, et aucun d'eux ne savoit lire.

Les cent Nouvelles nouvelles, composées et récitées par nouvelles gents depuis nagueres, et imprimées à Paris, le xxiiie jour de décembre 1486, par Ant. Vérard, petit *in-fol.* gothique.

Première édition, avec une gravure en bois à chaque nouvelle.

Notre langue commence à sortir de ses langes, et à s'élever au-dessus d'un patois populaire. C'est le roi Louis XI qui a fait recueillir ces histoires, contées par des seigneurs de sa cour, avec une gaieté et une aisance qui semblent aujourd'hui un peu licencieuses. A l'imitation de ces *cent Nouvelles nouvelles*, Marguerite de Valois, sœur de François Ier, composa plus heureusement son *Heptaméron*, ou *les Nouvelles de la Reine de Navarre*. Ces contes sont absolument dans le goût de ceux de Bocace. On les a recrépis en françois plus moderne ; cependant on doit préférer les premières éditions, et avoir le courage d'y chercher les traces naïves des efforts qu'on faisoit pour façonner et pour polir peu à peu la langue françoise.

Le Livre du Roy Modus et de la Royne Racio, sa femme, lequel fait mention comment on doit deviser de toutes manieres de chasses. Chamberry, Ant. Neyret, 1486, *in-fol.*, goth., figures.

Les interlocuteurs de ces entretiens sur la chasse ont des noms significatifs tirés de la langue latine, *modus* et *ratio*.

Il ne faut pas être surpris de voir de bons livres françois sortis de la Savoie : il est peu de pays où notre langue ait été plus eu honneur. Nous en trouverons d'autres preuves en avançant dans ces recherches.

La Cité de Dieu de S. Augustin, traduite en françois, à la réquisition de Charles V, roi de France, par Raoul de Praesles. Abbeville, Jean Dupré et Pierre Gerard, 1486, 2 vol., *in-fol.*, goth. (*Biblioth. du Roi*, C 701.)

Première édition de cette version, et premier ouvrage imprimé à Abbeville.

Saint Augustin y est qualifié de *monseigneur saint Augustin*.

Raoul de Presles, avocat-général, puis maître des requêtes de l'hôtel du roi Charles V, traduisit *la Cité de Dieu* par ordre de ce prince. On trouve à ce sujet des détails très-intéressants dans les réflexions de M. Dupuy, sur les moyens de perfectionner les bonnes traductions françoises des anciens auteurs. (*Mémoires de l'Académie des Inscriptions et Belles-Lettres*, tome XXIX, pages 322-331.)

Raoul de Presles étoit un enfant naturel ; devenu vieux, il fut légitimé par le Roi, et mourut en 1382. (*Voyez* deux Mémoires de M. Lancelot, insérés dans le même recueil de *l'Académie des Inscriptions*, tome XIII, pages 607-665.)

1487.

Les Cronicques de Normandie, petit *in-fol.*, goth.

C'est le premier livre imprimé à Rouen, par Guillaume Le Tailleur, demeurant en la paroisse Saint-Lo.

Cependant il y a une édition de la coutume de Normandie, *in-fol.*, goth., qui pourroit être de l'an 1483.

Toutes les provinces n'étoient pas si avancées à cette époque. Leurs histoires et leurs coutumes n'ont été imprimées, commentées, éclaircies, que dans le seizième, ou même le dix-septième siècle.

Un trait fort remarquable de la rédaction de ces anciennes coutumes, relativement à la langue, c'est la suppression des articles devant presque tous les noms substantifs. C'étoit un latinisme, qui sembloit ajouter quelque chose de plus formel à la volonté de la loi; mais si l'expression en étoit plus impérieuse, elle en étoit moins nette; et la clarté, qui est le premier avantage de la langue françoise, a fait rétablir les articles, ou adjectifs prépositifs, dont la suppression, ou l'ellipse, n'a lieu que dans des cas très-rares, surtout en prose et dans le style qui convient à la gravité des ordonnances et des lois. C'est là que la construction doit presque toujours être pleine, afin de ne laisser aucune espèce d'ouverture au doute sur l'intention et sur le sens formel des mots.

Le Triumphe des neuf preux, contenant leurs faits et gestes, avec l'histoire de Bertrand de Guesclin. Abbeville, Pierre Gerard, 1487, *in-fol.*, goth.

Les neuf Preux, autrement *les neuf Paladins de la Renommée*, sont trois juifs : Josué, David, Judas Machabée; trois païens, Hector, Alexandre, Jules César; trois chrétiens, Charlemagne, Artus et Godefroy de Bouillon. Ils rivalisoient avec les douze Pairs de France dans l'estime de Don Quichotte.

Gy commence listoire du tres vaillant chevalier Paris et de la Belle Vienne, fille du dauphin, traduite du provençal en françois par Pierre de La Sippade. A Anvers, par Gerard Leer, 1487, le xve jour du mois de mai, petit *in-fol.*, goth., figures. (*Bibliothèque du Roi*, Y 2, 222.)

Ceci est pur roman. Ce genre de lecture étoit dès lors le plus en vogue. Cependant la dévotion l'emportoit quelquefois, comme le montre le succès constant et soutenu du livre dont on va parler dans l'article suivant.

1488.

Cy comance le livre très salutaire, la ymitation de Jhesu-Christ et mesprisement de ce monde, premièrement composé en latin par saint Bernard, ou par autre dévote personne; attribué à maistre Jehan Gerson... et après translaté en françois en la cité de Toulouze. — Imprimé à Tholose par maistre Henric Mayar Alaman, l'an de grace mil ᴄᴄᴄᴄ ʟxxxᴠɪɪɪ, et le xxᴠɪɪɪᵉ jour de mai. *In-4*, goth.

Première édition de l'Imitation en françois, et qui est importante pour fixer la date de l'établissement de l'imprimerie à Toulouse.

Cette traduction, un peu changée, fut réimprimée à Paris, chez Jean Lambert, en 1493.

Quel est l'auteur de l'Imitation ? Est-ce Jean Gerson ? est-ce Thomas A-Kempis ? il y a là-dessus beaucoup d'incertitude; notre opinion, qu'il seroit facile de justifier, est que la question est décidée en faveur d'A-Kempis, par la comparaison qu'on peut faire du style de l'Imitation avec celui de ses autres ouvrages latins, formant trois volumes *in-4°*.

Voyez une savante dissertation de M. Barbier sur soixante traductions françoises de l'Imitation.

Lᴀ Mᴇʀ ᴅᴇs ʜɪsᴛᴏɪʀᴇs. Paris, Pierre Le Rouge, 1488, 2 vol. *in-fol.* (*Bibliothèque du Roi*, G 751.)

C'est une traduction du *Rudimentum novitiorum* ou du *Rudiment des novices*, épitome divisé en six parties, suivant les six âges du monde; ouvrage attribué à Jean de Columna, Romain, ou plutôt à un théologien, nommé Brochart.

On aimoit les titres pompeux. Nous avons vu un ᴀ ʙ ᴄ qu'on décoroit du titre de *Trésor des humains;* voilà des éléments d'histoire, assez secs et mal dirigés, qu'on nomme *la Mer des histoires !* Charles Guillaume, libraire de Paris, a donné, en 1733, ʟᴀ Nᴏᴜᴠᴇʟʟᴇ Mᴇʀ ᴅᴇs ʜɪsᴛᴏɪʀᴇs, réduite à 4 vol. *in-12.* Lecteurs, défiez-vous des titres ! et vous, auteurs, soyez modestes. Souvenez-vous de la maxime d'un de nos anciens poètes :

> Je hais l'Architecteur qui, privé de raison,
> Fait plus grand le portail que toute la maison.

Lᴇ ʀᴏᴍᴀɴ ᴅᴜ ɢʀᴀɴᴅ Aʀᴛᴜs. Rouën, Jean Le Bourgeois, 1488, 5 parties, 2 vol. *in-fol.* goth. (*Bibliothèque du Roi*, Y 2, ɪɪɪ.)

On lit à la fin du premier volume qu'il a été imprimé : *à l'exaltacion de la noblesse et de la bonne chevalerie, que fut en la Grande-Bretaigne en temps du très noble et vaillant roy Artus et de la table ronde. Et à l'exaltacion des courages des jeunes nobles ou autres qui se veullent exerciter aux armes et acquérir l'ordre de chevalerie.*

Cette fameuse Table ronde a été réparée à neuf, tout récemment, dans un poëme de M. Creusé de Lesser. Nous recueillons ainsi, en les embellissant, les idées qui avoient déja enchanté nos ancêtres. L'imagination brode les mêmes canevas, suivant le goût de chaque siècle.

1489.

HISTOIRE DU TRÈS VAILLANT, NOBLE ET EXCELLENT CHEVALIER TRISTAN, fils du roi Meliadus de Leonois (compilée par Luce, chevalier, seigneur du château de Gast). Rouen, Jean Le Bourgeois, 1489, *in-fol.* goth., sur deux colonnes, sans chiffres et réclames, avec signatures. (*Bibliothéque du Roi*, Y 2, 121.)

Les auteurs de ces grands romans ne sont pas très-connus. La plupart n'ont pas dit leur nom. Le seigneur du château du Gast nous a transmis le sien, et nous n'en sommes guère plus avancés. Son roman a de l'intérêt ; mais il n'a fait que copier et retourner à sa manière le roman de Tristan, qui avoit été composé en 1190, et qui avoit eu dès lors un succès prodigieux. Nous ne remontons pas si haut, parce que notre plan n'embrasse que les livres imprimés dans le quinzième siècle.

VERS 1490.

JASON ET MÉDÉE (le roman de), contenant différentes aventures, chevaleresques et amoureuses, sans nom de lieu et d'imprimeur, et sans date, *in-fol.* goth. (*Bibliothéque du Roi*, Y 2, 212.)

Le même ouvrage fut imprimé à Lyon, chez Jacques Maillet, avec la date de 1491, *in-fol.* goth.

On lit à la fin cette souscription :

« Cy finist le livre du preux et vaillant chevalier Jason et de la belle » Médée. Imprimé à Lyon-sur-le-Rosne par Jacques Maillet, le iij jour » de novembre l'an mil cccc LXXXJ. »

Nous nous lassons de copier des titres de romans, parmi lesquels il n'y en a aucun de bien écrit. Ils abondent, de plus en plus, vers la fin de ce siècle et au commencement de l'autre. Pour y trouver du style, il faut aller jusqu'à la traduction d'Amadis, dont nous parlerons ci-après.

LE GRAND RECUEIL DES HISTOIRES TROYENNES, contenant la généalogie de Saturne et de Jupiter son fils, avec leurs faits et gestes, les prouësses du vaillant Hercules, avec les trois destructions et réédifications de la cité de Troyes ; par Raoul Lefebvre. A Lyon, par Michel Topie et Jacques Herenberch, le dixième d'octobre mil quatre cent quatre-vingt et dix, avec fig. *in-fol.*

Il y en a d'autres éditions postérieures. Celle-là est la première avec date, et avec le nom du lieu et de l'imprimeur.

Les Anglois avoient traduit cet ouvrage de 1468 à 1471. Ils n'ont cessé d'avoir cette émulation envers notre littérature, et se sont vite approprié, par la traduction, tout ce qui avoit l'air de réussir en France. Mais, quand à notre tour nous avons traduit leurs auteurs, nous les avons mieux fait valoir.

L'auteur (Raoul Lefèvre) étoit chapelain des ducs de Bourgogne. Il a fait aussi le roman de Jason et Médée, dont on vient de parler.

Livre dit : MANIPULUS CURATORUM (ou *le Manuel des Curés*) de Guis-du-Mont-du-Rocher, translaté de latin en françois. Orléans, chez Mathurin Vivian, 1490, *in-4°*.

C'est la première impression faite dans la ville d'Orléans.

Ce livre a été réimprimé plus de cinquante fois dans le quinzième siècle. Il a même été traduit en grec. On y trouve des choses curieuses et singulières sur l'ancienne discipline et sur les fêtes de l'Église.

L'auteur, théologien françois, florissoit en 1330.

LE LIVRE DES POLITIQUES D'ARISTOTE, traduit en françois, par ordre de Charles V, roi de France, avec les gloses. Paris, Verard, 1489, *in-folio*.

Nicolas Oresme, auteur de cette traduction, fut le précepteur de Charles-le-Sage, et mourut en 1383. Il traduisit aussi pour son élève *les Éthiques d'Aristote*, imprimées, avec les gloses, chez le même Antoine Verard, 1486, *in-folio*, en caractères lombards.

Ces ouvrages furent fort estimés de leur temps. On cherchoit tout dans Aristote : on y trouvoit des vérités, parmi beaucoup d'erreurs; mais il ne faut pas oublier que le précepteur d'Alexandre a ouvert la carrière de toutes les sciences. Ce vaste champ est susceptible d'être toujours mieux cultivé, sans que l'on soit en droit de mépriser celui qui l'a défriché le premier. Machiavel et Montesquieu avoient bien lu *les Politiques*, et tous deux en ont profité, mais non pas dans le même sens. L'édition des *Politiques* se trouve à la Bibliothéque du Roi, ✠ E 32. La traduction de Champagne est infiniment préférable à ce premier essai de Nicolas Oresme; mais nous croyons devoir donner ces indications pour ceux qui seroient curieux de suivre les progrès et l'histoire de notre langue.

<h2 style="text-align:center">1491.</h2>

LE SONGE DU VERGIER, qui parle de la dispute du clerc et du chevalier (dédié à Charles V, Roi de France). Imprimé à Paris, par Jacques Maillet, petit *in-fol.*

Cet ouvrage regarde les différends des deux puissances. Il fit beaucoup de bruit. Dans l'édition latine, il est appelé un Livre d'or (*).

On raconte, au commencement de ce livre, que Charles V se faisoit lire chaque jour quelque ouvrage sur le gouvernement.

Celui-ci est attribué à plusieurs auteurs, Philippe de Maizières, Raoul de Presles, Jean de Vertu, Charles Jacques de Louviers, ou

---

(*) *Aureus de utraque potestate libellus.*

Nicolas Oresme. On l'a réimprimé dans les *Preuves des libertés de l'Église gallicane*, recueillies par le savant Pierre Dupuy.

1492.

L'Hystoire de Josephus, de la bataille judaïque, translatée de latin en françoys (par le traducteur de *Paul Orose*), et accomplie le 7ᵉ jour de décembre 1492, et imprimée à Paris, pour Anthoine Verard, *in-fol.* goth. fig.

C'est le premier ouvrage traduit d'un auteur grec, mais qui n'a été fait que sur la version latine de Josèphe.

La traduction des *Histoires de Paul Orose*, par le même auteur, avoit été imprimée à Paris l'année précédente.

Ce qu'on pouvoit faire de mieux, c'étoit de transporter dans notre langue les richesses des langues anciennes; il falloit commencer par des traductions; mais Orose et Josèphe n'étoient peut-être pas les modèles à préférer.

1493.

Le Jouvencel. Paris, Ant. Verard, le xxvii mars 1493, *in-fol.* goth. (*Bibliothéque du Roi*, Y 2, 217 A.)

Ce roman allégorique contient des maximes pour la conduite d'un militaire.

Son auteur est Jean du Beuil, amiral de France, sous Charles VII.

Lacurne de Sainte-Palaye a donné l'extrait de ce roman dans le tome XXVI des *Mémoires de l'Académie des Inscriptions et Belles-Lettres*.

Orloge de sapience (*l'Horloge de la sagesse*), traduit en françois dès 1389, par un cordelier de Neufchâteau en Lorraine. Paris, 1493, *in-fol.*

L'auteur latin étoit Henri de Souabe. La traduction du franciscain lorrain fut retouchée pour le style par les chartreux de Paris. Cependant nous aimons à voir un de nos bons compatriotes figurer si tôt dans le nombre de ceux qui travailloient avec zèle du moins à défricher, en quelque sorte, le champ long-temps inculte de la langue françoise.

Le Livre du petit Artus, sans nom de lieu et d'imprimeur, 1493, *in-fol.*

Les romans se multiplioient, fruit d'un esprit chevaleresque dont on resta infatué, jusqu'à ce qu'un dernier roman (celui de Don Quichotte) enterra tous les autres.

Cy commence listoire de la passion douloureuse de nostre très doulx sauveur et rédempteur Ihus (J. C.), remémoirée ès sacrés et saints mystères de la Messe, ordonnée et composée par le beau père révérend frère Olivier Maillard. Imprimée à Paris, par Jehan Lambert, 1493, *in-4*, goth.

Les sermons de Maillard, de Menot, de Barlette, etc. , sont célèbres par le mélange de choses basses et bouffonnes que ces religieux joignoient aux vérités de l'Évangile. Leurs sermons auroient pu former l'esprit du peuple et servir aux progrès de la raison en France ; mais la langue vulgaire n'y est guère employée que par petits mots décousus, à travers le latin ridicule et macaronique qui en fait toute la substance. Quoi qu'il en soit, il conviendroit de relire aujourd'hui tous ces vieux sermonnaires, non plus pour y chercher des exemples de mauvais goût et d'une gaieté scandaleuse, mais pour trier et pour extraire les façons de parler populaires, mais énergiques, essentiellement françoises, dont leur mauvais latin se trouve entrelardé. On seroit étonné de la riche récolte de vieux mots expressifs que l'on feroit dans ces ouvrages, où il y a d'ailleurs des singularités piquantes et en très-grand nombre ; mais qui, pour la raison, la décence et le style, sont infiniment au-dessous des sermons de Calvin, de Beze, et des autres réformateurs.

Les quatre fils Aymon (trad. de rime en prose). A Lyon, 1493, *in-fol.* goth. fig.

Réimprimé à Paris, chez Denys Janot, sous ce titre : « Histoire » singulière et fort récréative, contenant les faitz et gestes des quatre » filz Aymon et de leur cousin Maugis, lequel fut pape de Rome, sem-» blablement la chronique du chevalier Mabrian, roy de Jerusalem. » Quand on redonna de nouveau ce roman à Lyon, en 1581, il fut annoncé comme étant « réduit de vieil langage corrompu au bon vul-» gaire françois. »

1494.

Les faits et gestes du noble et puissant chevalier Lancelot du Lac, compagnon de la Table ronde, translaté de latin en romance de messire Gauthier de Montbelliard, par messire Robert de Borron, ou Bourron. Paris, Ant. Verard, 1494, 3 vol. *in-fol.* goth. , avec figures.

Cette édition est fort belle. L'ouvrage n'est pas sans mérite ; et l'on doit lire, à ce sujet, le *Dialogue de Chapelain*, adressé au cardinal de Retz, sur les anciens romans de chevalerie ; bon morceau de critique conservé dans la *Continuation des Mémoires de Litterature et d'Histoire*. Paris, 1728, tome VI, pages 281-342.

La Bibliothèque du Roi a un magnifique exemplaire de ce roman, imprimé sur vélin, décoré d'ornements en or et en couleurs, Y 2, 112.

Ce n'est pas d'aujourd'hui que le luxe des autres arts s'applique aux monuments de l'art typographique.

VERS 1494.

Le Roman de Gyron le Courtois. Paris, Ant. Verard, sans date, *in-fol.* goth. (*Bibliothéque du Roi*, Y 2, 117.)

L'auteur de ce roman a fait tous ses efforts pour attirer l'attention par le titre seul de l'ouvrage. Ce titre dit donc que le livre « est » translaté de Branor Le Brun, le vieil chevalier, qui avoit plus de » cent ans d'âge, lequel vint à la cour du roi Artus, accompagné » d'une demoiselle, pour s'éprouver à l'encontre des jeunes chevaliers, » les plus vaillants, ou les plus jeunes.

» On verra aussi comment il abattit le roi Artus, et quatorze rois » qui en sa compagnie étoient, et pareillement tous les chevaliers de » la Table ronde.

» Et traite, ledit livre, des plus grandes aventures que jadis advin- » rent aux chevaliers errants.

» Avec la devise et les armes de tous les chevaliers de la Table » ronde ».

Ce roman a eu le mérite d'inspirer un poète, Louis Alamanni, réfugié en France dans le temps de François Ier, et qui publia à Paris, en 1548, son *Girone il Cortese*, poëme italien, connu des amateurs de cette belle langue. On peut en voir l'extrait dans la *Bibliothéque des Romans*, et mieux encore dans l'*Histoire littéraire de l'Italie*, par feu M. Ginguené.

1496.

La Vie du terrible Robert le Diable, lequel après fut nommé *l'Omme-Dieu.* Lyon, P. Mareschal, 1496, *in-4* gothique. (*Bibliothéque du Roi*, Y 2, 233.)

L'on a aussi l'Histoire de Richard sans Paour, duc de Normandie, lequel fut fils de Robert le Diable. Paris, sans date, goth.

Robert le Diable et Richard sans Peur sont presque aussi fameux que Fier-à-Bras; ils sont relégués avec lui dans la Bibliothéque bleue, qui a été assez long-temps la seule lecture du peuple. Il ne seroit pas inutile de faire l'histoire critique des livres de madame Oudot, et d'examiner l'influence de ces mauvais ouvrages; mais il seroit encore mieux de faire stéréotyper quelques bons livres françois qui pussent circuler à peu de frais dans les campagnes : la morale et la politique y gagneroient également.

1497.

Le Compost et Kalendrier des Bergiers; l'Arbre des vices, l'Arbre des vertus et la Tour de Sapience figurée ; la Physique et régime de santé desdits Bergiers, avec leur astrologie et physionomie. Paris, Marchant, *in-fol.* goth., avec figures.

Je ne connois que le titre de cet ouvrage, par la *Bibliographie* très-instructive de M. De Bure, volume de la Jurisprudence, des Sciences et Arts, nº 1532. Je ne l'ajoute à cette liste que pour la rendre plus complète, et augmenter le nombre des indications utiles à ceux qui aiment ces recherches, et qui sont curieux de l'histoire de notre langue.

La Règle des Marchands, de Jean le Liseur, des frères prescheurs, par Guillaume Tavernier, à Provins, 1497.

Ce livre, que je n'ai pas vu plus que le précédent, reculeroit beaucoup la date de l'établissement de l'imprimerie à Provins. Maittaire indique cet ouvrage, (premier volume de ses *Annales typographiques*, page 339.) Il parle d'après Caille ; c'est peut-être une erreur. Il existe une Règle des Marchands, imprimée seulement dans le seizième siècle, et qui est un livre, non de commerce, mais de controverses théologiques. C'est une satire des prêtres.

Gouvernement des Princes. Paris, Verard, 1497, *in-fol.*

Gilles Colonne, Gilles de Rome, augustin, précepteur du fils de Philippe-le-Hardi, composa pour son élève le traité *de Regimine principum.* On y a ajouté, dans cette édition françoise, « la Controverse » de noblesse, plaidoyée entre Publius Cornelius Scipion, d'une part, et » Caïus Flaminius, de l'autre, laquelle a été faite et composée par un » notable docteur en lois et grand orateur, nommé Surse de Pistoye. »

Ainsi, dans notre catalogue, se trouve aussi un livre d'institution politique, fort supérieur à l'idée que l'on se formeroit du siècle où ce livre a paru. Les hommes ont presque toujours vu à peu près la règle à suivre ; mais l'art d'appliquer cette règle est bien plus difficile que son invention. L'élève de Gilles Colonne fut le roi Philippe-le-Bel, et il fit honneur à son maître.

Le trésor de la cité des dames (contenant plusieurs histoires et enseignements notables aux roys, roynes, princesses, et chevaliers, etc.), selon la dame Cristine. Paris, 1497, pour Anth. Verard, *in-fol.* goth.

Il auroit manqué quelque chose à cette bibliographie du quinzième siècle, s'il ne s'y fût trouvé aucun ouvrage composé par quelque femme illustre. Christine de Pisan faisoit des vers et de la prose. Elle a eu pour historiens MM. Boivin, l'abbé Lebeuf, etc.

1498.

La Nef des Fols du Monde, translatée de rime françoise en prose, par Jehan Drouyn. Lyon, Balsarin, 1498, *in-folio.* (*Bibliothéque du Roi*, Y 6416.)

Le navire ou vaisseau des fous, poëme satirique, composé originairement en allemand par Sébastien Brandt, jurisconsulte de Strasbourg, qui se nommoit l'ami des Muses; traduit en latin, dès 1488, par Jacques Locher; mis en rimes françoises, à Paris, en 1497, et enfin translaté en prose par maistre Jehan Drouyn, est un ouvrage que les contemporains croyoient ne pouvoir jamais assez louer. L'idée en est originale, et il y a quelques détails hardis et singuliers.

Josse Badius, célèbre imprimeur à Paris, crut que ce n'étoit pas assez d'avoir construit un grand vaisseau pour les fous, il en fit un petit pour les folles (*), qui fut traduit aussi par le même maistre Jehan Drouyn, sous ce titre : La Nef des Folles, selon les cinq sens de nature, etc.

Les Chroniques de France, d'Angleterre, de Bourgogne, etc. (par Enguerrand de Monstrelet), depuis l'an 1400, où finit Froissard, et additionnées jusqu'en 1498 (par Pierre Desrey). Paris, Antoine Verard, 1498, *in-fol.* goth.

Froissard, Monstrelet et Commines sont des écrivains que la Flandre a donnés à la France. Philippe de Commines, le Polybe françois, ne doit pas être confondu avec Froissard et Monstrelet, qui ne sont que des chroniqueurs, moins judicieux que Commines et moins agréables à lire.

De l'interiore conversacion. — Cy finist le livre *de Imitatione Christi....* translaté de latin en françois, et imprimé à Rouën l'an mil quatre cent quatre-vingtz et dix-huit, *in-4° goth.*

Cette traduction diffère de celle qui parut à Toulouse en 1488, et dont nous avons parlé ci-dessus.

Histoire de la vie, miracles et prophéties de Merlin, par Robert de Borron. Paris, Ant. Verard, 1498, 3 vol. *in-fol.* goth. (*Bibliothéque du Roi*, Y 2, 204.)

Ce roman extraordinaire a un fondement historique : car Ambroise Merlin a existé en Angleterre, vers la fin du cinquième siècle; mais sa magie, et ses miracles, et ses absurdes prophéties, sont des tissus d'extravagances. Cependant ces folies ont trouvé des commentateurs. Et qu'y a-t-il au monde de si sot et de si risible, que de certaines gens ne puissent prendre au sérieux? Mais heureusement on peut rire de l'enchanteur Merlin; et ceux qui ont la patience de dévorer les trois volumes de sa vie et de ses prodiges ne forcent personne à y croire.

(*) *Navicula stultarum mulierum.*

Ce Béron, Bosron, Borron, ou Bourron, qui a mis en françois les romans de Merlin et de Lancelot du Lac, est aussi le traducteur de l'histoire du SAINT-GRÉAL « qui est le fondement et le premier livre » de la Table ronde ». M. De Bure dit que le *Saint-Gréal* est un des plus rares de la classe des romans de chevalerie, et qu'on le trouve à la Bibliothéque du Roi, Y 22 + 101.

1499.

LE CATHOLICON, lequel contient trois langages, savoir, breton, françois, et latin. A Autreguier, 1499, *in-fol.*

M. de Laserna-Santander dit que cette édition est recherchée uniquement parce que c'est la seule impression faite à Autreguier, ou Treguier, en Bretagne, au quinzième siècle; mais il nous paroît, au contraire, que ce livre étant le premier des dictionnaires connus, où le breton et le françois se trouvent avec le latin, seroit pour nous un monument extrêmement intéressant, s'il étoit mieux exécuté. Tel qu'il est, il mérite d'être considéré de ceux qui cherchent à fouiller dans les mines du vieux langage.

L'auteur est appelé Auffret Quoatqueveran ; c'est tout ce qu'on en sait.

VERS 1500.

LE JARDIN DE SANTÉ, ou *Traité des Bestes, Oyseaulx, Pierres précieuses, Herbes, Plantes, Reptiles, Poissons, etc.*, translaté du latin de *l'Ortus sanitatis*, de Jean Cuba; imprimé à Paris, sans date d'année, ni nom d'auteur, par Anth. Verard, *in-fol.* goth., avec plus de 600 figures.

Cet ouvrage est tout à la fois un essai dans le genre du *Spectacle de la nature*, et un ample traité de *la matière médicale*. L'édition latine faite à Mayence, à très-grands frais, par Jacques Maydenbach, en 1491, est ornée des mêmes figures, passablement enluminées. Ainsi donc, l'art de la gravure s'unissoit dès ce temps à l'art de la typographie. Un livre de ce genre, s'il eût été bien fait, auroit pu être fort utile.

1500.

GALIEN RETHORÉ (restauré), noble et hardy chevalier, filz du vaillant et bien renommé Olivier de Vienne, pair de France. Paris, Anth. Vérard, 1500, petit *in-fol.*, goth.

Il faut finir par des romans ; c'est un trait caractéristique du goût de ce temps-là, et peut-être de tous les temps. On a toujours aimé les contes.

« Une des plus grandes naïvetés qu'on ait jamais écrites, c'est, » dans le roman de Galien restauré, la réception que le roi Hugon » empereur de Constantinople, fit à Charlemagne, accompagné de

» ses douze pairs, et ce qui s'ensuivit. Charlemagne et ses douze
» pairs, au retour du Saint-Sépulchre, passant à Constantinople, y
» furent reçus au palais du roi Hugon qui, après un magnifique festin,
» où étoient la reine, son épouse, et la belle Jaqueline, sa fille, les
» fit conduire dans une salle pour y reposer. Lorsqu'ils furent cou-
» chés, Charlemagne se trouvant de belle humeur, proposa aux pairs
» de dire le mot pour rire avant de s'endormir, et, pour les mettre
» en train, commença le beau premier. Le roman appelle cela *gaber*.
» Les treize *gabs* qu'on y lit, sont autant de rotomontades » plus
extraordinaires les unes que les autres. Mais ceux qui voudront les
connoître, peuvent recourir au *Ménagiana*, ou au conte en vers que
Chénier a tiré de ce roman.

VERS LA FIN DU QUINZIÈME SIÈCLE.

Le Décameron, ou *les cent Nouvelles de Bocace*, translaté en françois par maistre Laurens du Premier-fait. Imprimé à Paris, par
Anthoine Vérard, *in-fol.* goth. (*Bibliothéque du Roi*, Y 2, 999.)

Cette traduction du *Décameron* de Bocace est loin de nous représenter l'élégance de cet auteur, qui créa de son temps la prose italienne. Nous avons du *Décameron* des versions modernes, mais qui
ont été corrigées ; et l'on recherche encore cette vieille translation,
parce qu'elle a été faite sur un texte non mufilé. Convenons cependant
que ces nouvelles ne sont rien, sans les agréments du récit et la perfection du style.

Cette courte revue des principaux ouvrages imprimés
au quinzième siècle auroit été bien plus piquante si notre
plan ne nous avoit renfermés strictement dans les limites
da la prose. Nous avons dû nous abstenir de citer les poètes,
qui nous auroient fourni une liste plus riche et plus intéressante.

Nous nous sommes bornés à environ soixante articles,
choisis de manière qu'ils donnent une idée assez juste du
goût de nos aïeux ; de leur amour pour les romans, qui ont
toujours été leurs lectures de préférence ; de l'ardeur très-
louable qui portoit les auteurs à traduire dans notre langue
les livres anciens, ou étrangers, les plus célèbres ; enfin de
la direction que prenoit insensiblement l'esprit national,

quoique abandonné à lui-même ; car, malgré la frivolité du plus grand nombre des ouvrages qui paroissoient avoir la vogue, on en voyoit éclore aussi de plus utiles, et qui ne seroient pas indignes d'être rajeunis et réimprimés de nos jours.

Le seul caractère précis que ces livres présentent relativement à la langue, c'est celui d'une sorte de naïveté qui paroît surtout dans les narrations, et qui leur donne quelquefois un charme inimitable. Mais il faut racheter quelques récits heureux par un si grand fatras et par tant d'incorrections, qu'il y a de quoi rebuter les lecteurs les plus intrépides.

Hâtons-nous d'arriver au règne de François Ier; « heu-
» reuse époque, dit Duclos, à laquelle il faut rapporter
» non-seulement la gloire d'avoir réveillé les esprits assoupis
» dans l'ignorance, mais encore les progrès que l'esprit a
» faits depuis dans les différents genres de connoissances ;
» car les grands hommes appartiennent moins au siècle qui
» les a vus naître et qui jouit de leurs talents, qu'au siècle
» qui les a formés, soit en leur laissant des modèles, soit
» en leur préparant des secours. »

§. III. *Des meilleurs écrivains en prose dans le seizième siècle.*

Continuons de nous servir des termes de M. Duclos.

« Ce ne fut guère que sous François Ier que notre versi-
» fication prit à peu près la forme qu'elle a aujourd'hui.
» C'est ce prince qui a tiré la langue de la barbarie ; et
» peut-être dans le seul cours de son règne la langue fran-
» çoise fit-elle autant de progrès, eu égard à l'état où elle
» étoit lorsqu'il monta sur le trône, qu'elle en a fait
» depuis. Ce n'est pas qu'il ne soit arrivé de prodigieux
» changements dans la langue ; mais on pourroit assurer
» qu'ils ne sont ni aussi considérables, ni aussi essentiels
» que ceux qui se firent sous le règne de François Ier. »

Dès ce temps-là, les étrangers du rang le plus illustre rendoient hommage à notre langue, et la possédoient beaucoup mieux que les nobles françois eux-mêmes.

« Charles-Quint, d'ailleurs ennemi mortel de la France, » aimoit si fort la langue françoise, qu'il s'en servit pour » haranguer les états du Pays-Bas, le jour qu'il fit son » abdication, et pour écrire les Mémoires de sa vie.... » Après cela, il ne doit pas être surprenant qu'Henri VIII, » roi d'Angleterre, sût si bien le françois, qu'il écrivît » ordinairement en cette langue à Anne de Boulen. On peut » bien insérer ici cette particularité concernant ces billets » de galanterie, puisque la Bibliothéque du Vatican leur » fait l'honneur de les garder parmi ses autres manu- » scrits. » C'est une remarque de Bayle.

François Ier n'avoit point partagé la honteuse indifférence des grands de son siècle pour toutes les belles connoissances. L'auteur de son Oraison funèbre parle, avec enthousiasme, de l'esprit de ce prince. « Le feu Roy, dit-il, n'a pas seule- » ment honoré les lettres magnifiquement en son royaume » et au dehors, mais les a édifiées et plantées en son peuple, » par sa largesse et libéralité. Il a entretenu et rémunéré » excellemment hommes esleus pour leur doctrine, lesquels » lisent à présent en tous arts et toutes langues ; et s'il ne » fust mort sitost, il eust fait, comme il avoit désigné, un » collége de toutes disciplines et langues, fondé de cent mil » livres de rentes, pour six cents boursiers, pauvres esco- » liers.... Il a remis les ornements de la Grèce en vie et » vigueur, la poésie, l'histoire, la philosophie ; a fait cher- » cher les livres par tout le monde.... Il a fait mouler, » acheter et chercher partout, tous les ouvrages excellents » de statues antiques et images, en quoy la mémoire de » l'antiquité se conserve ; toutes les exquises peintures. Il a » restitué en son royaume l'art statuaire de la sculpture et » la peinture. Son estude et volonté de savoir estoit telle » que dès le commencement de son jeune age, il n'a jamais » cessé de faire lire devant luy les livres sacrez, les histoires ;

» faire translater ; faire disputer continuellement à sa table,
» en beuvant et mangeant, à son lever, à son coucher,
» des plus intérieures choses et plus difficiles de l'érudition
» grecque, latine et hébraïque, et en tous genre et espèce
» d'autheurs et de lettres, tant sacrées que prophanes : la
» mémoire si retenante, que je croy certainement qu'en
» ce monde n'en y ait une telle pour le présent, dont est venu
» le savoir inestimable dont il estoit plein. Premièrement, il
» savoit et parloit la langue françoise mieux que homme
» qui fust vivant en son royaume, etc. (*). »

Le bienfait inappréciable de ce prince envers notre langne
fut l'ordonnance par laquelle il proscrivit le latin des jugements et actes publics, pour y substituer le françois.

« L'usage de se servir du latin dans les lois, les traités,
» et même beaucoup de contrats particuliers, subsista, en
» effet, jusqu'au règne de François Ier, qui, par deux or-
» donnances (dont la dernière est de 1539), voulut que la
» langue françoise fût uniquement et exclusivement à toute
» autre employée dans les actes publics et privés. Dès l'an
» 1542, Louis XII avoit rendu une pareille ordonnance. »

Mais les premières lois étoient restées sans aucune exécution. Le préjugé étoit si fort pour le latin, quoique barbare,
dont on se servoit au barreau, que ni les magistrats, ni
les jurisconsultes, ne vouloient déroger jusqu'au langage
populaire. Les gens d'église firent encore une plus longue
résistance ; et ce ne fut qu'au bout d'un siècle (après l'ordonnance de 1629) que les officialités consentirent enfin à
instrumenter en françois.

Le monde avoit changé de face à l'époque où François Ier
monta sur le trône de France. Un grand mouvement venoit

(*) Extrait du discours prononcé, à Paris, en 1547, par Pierre Du
Châtel, lecteur et bibliothécaire de François Ier, homme savant, grand
prédicateur, évêque d'Orléans, où il mourut d'apoplexie, dans sa chaire,
au milieu d'un sermon, en 1552. Son Oraison funèbre de François Ier
se trouve dans un livre imprimé par Robert Estienne, sous ce titre :
Le Trespas, obseques et enterrement de François Ier, 1547, in-4°.

d'être imprimé à l'esprit humain par l'invention de l'imprimerie en 1440, par la découverte de l'Amérique à la fin du quinzième siècle, et par les controverses de religion qui signalèrent le commencement du seizième.

En même temps, tous les beaux-arts renaissoient parmi nous, à la voix de François Ier. L'architecture, la peinture, la sculpture, etc., nous donnoient des idées et des jouissances nouvelles.

Au milieu de ces changements, un esprit d'émulation s'établissoit dans tous les genres. La nation ouvroit les yeux, les lumières se répandoient; enfin, la langue prit l'essor, et une foule d'écrivains la cultivèrent à l'envi.

Dans cette foule, peu surnagent et méritent d'être cités. Nous ne nous engagerons point dans le détail immense des auteurs médiocres. Nous voulons distinguer ceux qui seuls sont dignes de l'être; et nous avons heureusement, pour faire notre choix, la liste de ceux des auteurs du siècle de François Ier qui avoient paru pouvoir faire autorité pour notre langue, lorsque l'Académie françoise forma, dans l'origine, le plan de son *Dictionnaire*. Pelisson nous a conservé cette liste classique, d'après laquelle nous allons indiquer environ trente écrivains en prose, que nous essaierons de ranger suivant l'ordre des temps où leurs ouvrages ont paru. Nous ne nous étendrons que sur ceux à l'égard desquels nous croirons pouvoir dire quelque chose de neuf, et nous nous contenterons de faire mention des autres.

I. CALVIN (Jean),

Né en 1509, mort à Genève en 1564.

Jean Calvin, de Noyon, à peine âgé de vingt-six ans, et déjà fugitif pour cause de religion, composa l'*Institution de la Religion chrétienne*, en vingt et un chapitres. Il dédia ce livre à notre grand François Ier. Son épître est datée de Bâle, le premier jour d'août mil cinq cent trente-cinq. Cette dédicace célèbre est trop longue pour être rapportée en entier ; nous croyons devoir en offrir quelques passages aux lecteurs.

Au Roy de France très chrestien FRANÇOIS, premier de ce nom, son Prince et souverain Seigneur,

Jean Calvin,
Paix et salut en Dieu.

Au commencement que je m'appliquay à escrire ce présent livre, je ne pensoye rien moins, Sire, que d'escrire choses qui fussent présentées à Vostre Majesté. Seulement 'mon propos estoit d'enseigner quelques rudiments : par lesquels ceux qui seroyent touchés d'aucune bonne affection de Dieu, fussent instruits à vraye piété ; et principalement vouloye, par ce mien labeur, servir à noz François : desquels j'en voioye plusieurs avoir faim et soif de Jesus-Christ, et bien peu qui en eussent receu droite cognoissance. Laquelle mienne deliberation on pourra facilement appercevoir du livre ; en tant que l'ay accommodé à la plus simple forme d'enseigner qu'il m'a esté possible. Mais voyant que la fureur d'aucuns iniques s'estoit tant élevée en vostre royaume, qu'elle n'avoit laissé lieu aucun à toute saine doctrine : il m'a semblé estre expédient de faire servir ce présent livre tant d'instruction à ceux que premierement j'avoye deliberé d'enseigner, que aussi de confession de foy envers vous : dont vous cognoissiez quelle est la doctrine contre laquelle, d'une telle rage, furieusement sont enflambez ceux qui par feu et par glaive troublent aujourd'hui vostre royaume.

Or, c'est vostre office, Sire, de ne destourner ne voz oreilles, ne vostre courage d'une si juste défense, principalement quand il est question de si grande chose. C'est à savoir comment la gloire de Dieu sera maintenue sur terre ; comment sa vérité retiendra son honneur et dignité ; comment le regne du Christ demeurera en son entier. O matiere digne de voz oreilles, digne de vostre jurisdiction, digne de vostre throsne royal !.....

Considerez, Sire, toutes les parties de nostre cause : et nous jugez estre les plus pervers des pervers, si vous ne trouvez manifestement que nous travaillons et recevons injures et opprobrès, pour tant que nous mettons nostre espérance en Dieu vivant, pour tant que nous croyons ceste estre la vie éternelle, cognoistre un seul vray Dieu, et celui qu'il a envoyé Jesus-Christ. A cause de ceste espérance, aucuns de nous sont détenuz en prison, les autres fouëttez, les autres menez à faire amendes honorables, les autres banniz, les autres cruellement affligez, les autres eschappent par fuite ; tous sommes en tribulation, tenuz pour maudits et execrables, injuriez et traitez inhumainement.

Contemplez d'autre part nos adversaires (je parle de l'estat des prestres, à l'aveu et appetit desquels tous les autres nous contrarient), etc..... Mais je retourne à vous, Sire, vous ne vous devez esmouvoir de ces faux rapports par lesquels noz adversaires s'efforcent de vous jetter en quelque crainte et terreur..... Maintenant, estant chassez de nos maisons, nous ne laissons point de prier Dieu pour vostre prosperité et celle de vostre regne.....

Vous avez, Sire, la venimeuse iniquité de nos calomniateurs exposée par assez de paroles, afin que vous n'incliniez pas trop l'oreille, pour adjouster foy à leurs rapports : et mesme je doute que je n'aye esté trop long; veu que ceste préface a quasi la grandeur d'une défense entiere. Combien que par icelle je n'aye prétendu composer une défense, mais seulement adoucir vostre cœur, pour donner audience à nostre cause. Lequel vostre cœur, combien qu'il soit à présent destourné et aliéné de nous, j'adjouste mesmes enflambé : toutesfois j'espère que nous pouvons regagner sa grace, s'il vous plaist une fois, hors d'indignation et de courroux, lire ceste nostre confession, laquelle nous voulons estre pour défense envers Vostre Majesté; mais si, au contraire, les détractions des malveuillants empeschent tellement voz oreilles, que les accusez n'ayent aucun lieu de se défendre : d'autre part, si ces impétueuses furies, sans que vous y mettiez ordre, exercent tousjours cruauté par prison, fouëts, gehennes, couppures, bruleures; nous certes, comme brebis dévouées à la boucherie, serons jettez en toute extremité, etc.

Le Seigneur, Roy des Roys, veuille establir vostre throsne en justice, et vostre siége en équité !

Nous avons écarté avec soin de l'extrait de cette épître tout ce qui auroit rapport à la controverse : car nous ne parlons pas ici du chef de secte, mais de l'écrivain, de l'homme dont Patru dit expressément qu'il a été un *des pères de notre langue.* Il faut que cela soit bien vrai, puisque de zélés catholiques lui en font un crime formel. Un historien dit que les prétendus réformés sont les premiers, en France, qui ont commencé à bien parler et à bien écrire, afin d'accréditer leur secte; sur quoi même on a fait contre eux ces vers macaroniques :

> *Parvos semando libellos,*
> *Sucratis populumque rudem amorçando parolis.*

Nous avions desiré donner aussi l'échantillon de la manière

de prêcher de ce fameux Calvin, qui supprima en chaire l'usage des citations et des textes latins, dont les anciens sermonnaires et même les modernes sont souvent bigarrés; mais nous n'avons pu trouver dans Paris aucun exemplaire de ses *Sermons françois*, qui eurent cependant de nombreuses éditions, ainsi que son *Traité de l'Institution chrétienne*, et qui contribuèrent fortement à répandre au loin la connoissance et la culture de la langue françoise. Quand on réfléchit à la date de l'extrait que l'on vient de lire (1er août 1535), et quand on songe que personne alors en France n'avoit encore écrit de ce style, on n'est plus étonné de ce que Pasquier et Patru ont dit et répété des obligations que notre langue eut à Calvin, et l'on ne sauroit s'empêcher de le mettre à la tête de tous nos écrivains en prose.

On pourroit demander où Calvin s'étoit formé le premier un style si clair et si nouveau dans notre langue. Il avoit suivi d'avance le conseil que notre abbé d'Olivet a proclamé depuis dans un de ses discours à l'Académie Françoise : *Lisez Cicéron! Lisez Cicéron!* On dit, en effet, que Calvin relisoit les *OEuvres de Cicéron* tous les ans. Nous avons eu plusieurs auteurs que leurs premières habitudes avoient ainsi accoutumés à penser en latin. On dit même que les *Mémoires du cardinal de Retz* avoient été écrits d'abord en cette langue, et que ce cardinal, les ayant composés de tête, les savoit par cœur en latin, avant que sa retraite lui laissât le loisir de les rédiger en françois.

2. RABELAIS (François),

Né à Chinon en 1483, mort à Paris en 1553.

Rabelais s'est moqué de tout, et son livre, que bien des gens trouvent extravagant et inintelligible, est un chef-d'œuvre singulier, que l'on ne peut apprécier qu'autant que l'on est plus instruit. *Pantagruel* doit être dans toutes les bibliothéques. Les étrangers qui l'ont compris l'ont lu avidement, et lui ont bien rendu justice. Le savant Barthius a fait une ode en son honneur, où il n'hésite pas de dire que ni les Grecs, ni les Latins n'ont rien de plus persuasif et de plus agréable en fait de satire des vices et d'image fidèle de ce qui se passe dans les sphères les plus élevées de ce monde (*).

Scévole de Sainte-Marthe, contemporain de Rabelais, l'a compris avec honneur dans le nombre des hommes illustres dont il a fait l'éloge.

En 1649, Antoine Le Roy a fait un autre panégyrique de Rabelais, étendu et motivé, dans un ouvrage où l'on n'iroit pas le chercher : c'est à la suite de son *Floretum philosophicum*, et de ses *Descriptions de Meudon*.

La lecture de Rabelais ne convient qu'à un certain âge. Étant très-jeune, et dévorant toute espèce de livres, nous avions cru nous divertir avec *Gargantua, Panurge, etc.*; mais la grossièreté de quelques mots nous rebuta, et les allusions historiques, philosophiques, dont cette satire est remplie, nous échappèrent tellement que nous jetâmes avec dégoût ce livre, qui depuis nous a paru aussi instructif et aussi profond qu'il est gai. Beaucoup d'autres hommes de lettres ont éprouvé la même chose, et nous ont confirmé dans notre opinion.

Ce livre, si connu, a été utile aux progrès de la langue françoise, à laquelle d'ailleurs Rabelais a rendu le service de s'opposer à ceux qui, de son temps, tâchoient de la corrompre en croyant l'enrichir par leur sotte affectation de parler latin en françois. Dans le chapitre VI de son deuxième livre, Rabelais introduit certain écolier limousin, dont le baragouin est tout-à-fait risible. Sous le nom de cet

---

(*)   Notatur istic quicquid extremis modis
             Bacchatur hodiè sceleris orbe in maximo.
                  Tale nil Graiis Venus,
             Nihil Latinis anteà indulsit potens
             Suadela morum.
                  (C. BARTHII, Lyric. II, 5.)

écolier, Rabelais eut en vue, suivant Pasquier, une pédante, nommée Hélisène de Crenne, qui croyoit s'attirer l'admiration du public en répétant à tout propos les termes de *pigricité, timeur, ultime deliberation, amenicule passion, chien tricipite, le refulgent carre du soleil, les rutiles asires, la populeuse et inclite cité*, et une foule d'autres mots de même fabrique; mais Rabelais avoit eu, en ce genre, un trop grand nombre de modèles. Un médecin de Périgueux, traduisant Galien, sur la vertu des simples, se vantoit, dans son titre, de déclarer sur chaque plante son analogie *potissime*, et de dire lesquelles, par leur affinité, sont *anti-ballomènes*, « c'est-à-dire, *surrogeables*, que l'on » appelle QUID PRO QUOD, le tout mis en laugage françois. » (Limoges, chez Guill. de Noulke, 1548, *in-8°*.)» Il y avoit même à Paris une confrérie littéraire qui proposoit des prix pour les meilleurs vers en l'honneur de la Vierge *assumptée* (*). Les railleries de Rabelais nous délivrèrent de ces *grands excoriateurs de la langue latiale*, ainsi qu'il les nomme lui-même; mais il fallut du temps pour nous désabuser ensuite du grécisme, non moins savant et plus hétéroclite encore, des du Bartas et des Ronsard.

3. HERBERAY DES ESSARTS (Nicolas),

Né en Picardie, mort vers 1552.

Traducteur d'*Amadis de Gaule* et de *la Chronique de*

(*) Cette fureur du latinisme n'étoit pas encore extirpée au dixseptième siècle. Le cardinal de Richelieu, qui avoit de grandes idées, voulut faire traduire l'Écriture sainte en françois. Il fit pensionner quatre fameux docteurs, chargés par lui de ce travail. Ils savoient de l'hébreu, du grec et du latin; mais si peu de françois, que l'un d'eux, professeur de l'Écriture sainte, disoit à ses amis qu'on lui avoit donné pour tâche de *translater les Psalmes*. Un autre se plaignit, en chaire, de ce qu'on n'avoit pas traduit dans les Heures françoises, *Virtus Altissimi obumbrabit tibi*, par ces mots : La vertu du TrèsHaut vous *obombrera*. « Oui, disoit-il, *vous obombrera*. C'est comme » il falloit mettre : quoi qu'en veuillent dire les nouveaux puristes! » (*OEuvres d'Antoine Arnauld*, tome VIII, *in-4°*, page 288.)

Flores de Grèce, surnommé *le Chevalier des Cignes*.

Nicolas de Herberay, seigneur des Essarts, est, suivant Patru, « le premier qui a eu quelque connoissance de la » langue françoise (*) ». Nous dirions seulement un des premiers; car l'*Institution chrétienne* de Calvin est antérieure aux *Amadis*, dont le premier livre ne parut qu'en 1540.

François Ier, étant prisonnier à Madrid, avoit eu connoissance de l'*Amadis* en espagnol : ce fut par l'ordre de ce prince que des Essarts en entreprit la traduction en françois. Cette traduction eut un succès prodigieux; mais elle excita presque autant de bruit et de scandale que les ouvrages de Calvin. L'auteur de l'*Amadis* sembloit avoir prévu l'orage; et, pour le conjurer, il avoit dit très-gravement dans sa préface, « que, par ces surprenantes aventures de tant de » merveilleux paladins, on seroit excité à se rendre digne de » la grâce de Dieu et de la béatitude éternelle ». Aussi, le roman d'*Amadis* circula librement en Espagne, et sous les yeux de l'inquisition. Mais quand il fut mis en françois, son succès éveilla le zèle des théologiens. On prétendit que ce roman avoit favorisé les progrès du luthéranisme, et que le poison s'en étoit glissé jusque dans les couvens. C'est ce que dit Brantôme, et c'est peu en comparaison de la colère avec laquelle s'exprime à ce sujet le père Possevin, jésuite, qui composoit à Rome sa *Bibliothèque choisie*. Il regardoit comme un stratagème de Satan, pour corrompre la noblesse et les gens de guerre, l'invention de ces romans et livres de chevalerie, dont toutes les cours de l'Europe étoient empoisonnées. Où n'ont pas pénétré, dit-il, *Lancelot-du-Lac*, *Perce-forét*, *Tristan*, *Giron le Courtois*, *Amadis*, *Primaléon*, *le Décameron de Bocace*, et le poëme d'Arioste; ouvrages dans lesquels le diable a infusé une partie de son esprit, afin que le poison s'insinuât plus doucement, *ut suavius venena influerent?* Bornons-nous au seul *Amadis*,

---

(*) Remarques de Patru sur les Remarques de Vaugelas.

k

ajoute le jésuite. Ce livre étoit écrit dans une langue étrangère à la France. Satan, par l'organe de Luther, avoit déjà ou fait tomber, ou ébranlé presque toute l'Allemagne ; pour attaquer la France dont la foi étoit très-solide, il n'eut pas de meilleur moyen que de faire traduire *Amadis* en françois d'une manière très-élégante, *elegantissimè*. Ce fut là la première amorce, et comme le sifflet dont il endormit les gens de cour ; car il avoit répandu dans ce livre des amours honteux, des tournois inouïs, et des artifices magiques. Alors on oublia l'étude des choses divines et de l'histoire sainte, etc. Nous supprimons le reste de cette déclamation qui continue en beau latin avec la même véhémence.

M. Maugard a fait un juste éloge d'*Amadis*, sous le rapport de notre langue (*). Ce livre réconcilia nos savants même avec leur langue maternelle, et on la crut fixée (**). Mais elle avoit encore bien des difficultés à vaincre et des progrès à faire pour arriver au but que l'on croyoit avoir atteint, parce qu'on l'avoit entrevu.

On vouloit cependant trouver dans le seul *Amadis* des modèles de tous les genres d'éloquence. Il parut à Lyon, en 1606, deux volumes *in-seize*, qui sont intitulés : « *Le » Trésor des* xxi *premiers livres du Roman d'Amadis, »* contenant les harangues, épîtres, narrations, descriptions *»* de ce fameux roman » ; et ce recueil peut faire encore plaisir à la lecture. (Il est à la Bibliothéque du Roi, Y 2, 173.)

On peut voir, dans les *Lettres de madame de Sévigné,* les couplets de Coulanges sur le grand événement des *vingt-quatre tomes de l'*Amadis, *trouvés à Ancy-le-Franc, en* 1694.

Notre littérature a commencé par des emprunts que nous

(*) A la tête de son *Cours de langue françoise et de langue latine comparées*, l'un des meilleurs ouvrages élémentaires qui existent.

(**) *Gallica lingua vel nunc perfectionem nacta est, vel numquàm nanciscetur.* C'est ce que disoit, en 1555, l'auteur d'un livre latin dédié à Henri II.

faisions surtout aux auteurs espagnols. Herberay des Essarts avoit tiré aussi de cette langue : « l'Horloge des Princes , avec » le très-renommé livre de Marc-Aurèle , recueilli par An- » toine de Guevarre ». Un duc de Saxe a pris la peine de traduire en latin cet *Horloge des Princes* , auxquels on ne sauroit sans doute offrir un plus digne sujet de méditation et d'émulation que le portrait de Marc-Aurèle. Tel a été aussi le but de feu M. Thomas , quand il a composé l'éloge de cet empereur ; mais il s'est bien gardé de prendre à Gue- varre son titre d'*Horloge des Princes* , ni ses autres figures un peu trop recherchées pour réussir dans notre langue.

Herberay des Essarts avoit pour devise ces deux mots espagnols : Acuerdo, Olvido, c'est-à-dire, *Souvenir, Oubli*. Plusieurs écrivains ont fait , à ce sujet , une méprise plai- sante : ils ont pris ces deux mots pour les noms de l'auteur d'*Amadis* , qu'ils ont baptisé : Acuerdus Olivo.

4. AMYOT (Jacques).

Né à Melun en 1513, mort en 1593.

Si quelqu'un avoit pu se flatter de l'honneur d'avoir fixé sa langue , c'eût été sans doute Amyot ; mais il étoit bien éloigné de cette vanité. Voyez avec quelle modestie il parle de son travail, en offrant à son roi les *OEuvres de Plutarque* , qu'il avoit traduites du grec :

Il y a tant de plaisir , d'instruction et de profit en la substance du livre , qu'en quelque style qu'il soit mis , pourvu qu'il s'entende , il ne peut faillir à être bien reçu de toute personne de bon jugement, parce que c'est en somme un recueil abrégé de tout ce qui a été de plus mémorable et de plus digne fait ou dit par les plus grands rois, plus grands capitaines et plus sages hommes des deux plus nobles, plus vertueuses et plus puissantes nations qui furent jamais au monde.

C'est le jugement qu'Amyot porte lui-même de *Plutarque* dans l'épître dédicatoire de sa traduction , datée de Fontaine- bleau , au mois de février 1559.

Dans sa préface, Amyot compte d'autant plus sur l'in-

dulgence des lecteurs, qu'il est le premier qui ait entièrement achevé de traduire *Plutarque*, en quelque langue que
ce soit.

Il semble qu'Amyot se soit mis tout-à-fait à la place de
son auteur, tant il se plaît à rendre et son esprit et sa
pensée. Voyez encore, pour exemple, cet admirable préambule des *Vies de Paul Émile* et de *Timoléon* :

Quand je me mis à écrire ces vies, ce fut au commencement pour
profiter aux autres ; mais depuis j'y ai persévéré et continué pour
profiter à moi-même, regardant en cette histoire comme dans un mi-
rouer, et tâchant à raccoustrer aucunement ma vie et la former au
moule des vertus de ces grands personnages. Car cette façon de rechercher leurs mœurs et écrire leurs vies, me semble proprement un han-
ter familierement et pratiquer avec eux ; et m'est avis que je les loge
tous chez moi les uns après les autres, quand je viens à contempler en
leurs histoires, et à considérer quelles qualités ils avoient et ce qui
étoit de grand en chacun d'eux, en élisant et prenant ce qui fait principalement à noter et qui est plus digne d'être su et conu en leurs dits
et faits.

O dieux ! plus grand plaisir pourroit-il être au monde, ne qui eust
plus de force à faire que l'homme veuille corriger et emender les vices
de ses mœurs !

Comme cela est bien senti ! comme rien ne respire l'asservissement et la gêne de la traduction ! Amyot semble tout-
à-fait transformé en Plutarque lui-même.

Qu'on nous permette encore quelques citations choisies,
pour donner au moins une idée du charme naturel du style
d'Amyot, à ceux de nos lecteurs qui pourroient ne pas le
connoître, ou n'y avoir pas fait assez d'attention. La fin de
la *Vie de Numa* nous paroît surtout admirable.

Janus avoit à Rome un temple, ayant deux portes, lesquelles on appelle les portes de la guerre, pourceque la coutume est de l'ouvrir
quand les Romains ont guerre en quelque part, et de le clorre quand
il y a paix universelle, ce qui est bien mal aisé à voir, et advient bien
peu souvent. Mais, durant le regne de Numa, il ne fut jamais ouvert
une seule journée, ains demeura fermé l'espace de quarante et trois
ans entiers, tant étoient toutes occasions de guerre et par-tout éteintes
et amorties ; à cause que non seulement à Rome le peuple se trouva

amolli et adouci par l'exemple de la justice, clémence et bonté de Numa, mais aussi ès villes d'alenviron commença une merveilleuse mutation de mœurs, ne plus ne moins que si c'eût été quelque douce haleine d'un vent salubre et gratieux qui leur eût soufflé du côté de Rome pour les rafraîchir : et se coula tout doucement ès cœurs des hommes un desir de vivre en paix, de labourer la terre, d'élever des enfans en repos et tranquillité, et de servir et honorer les dieux ; de manière que par toute l'Italie n'y avoit que fêtes, jeux, sacrifices et banquets. Les peuples hantoient et trafiquoient les uns avec les autres sans crainte ne danger, et s'entre-visitoient en toute cordiale hospitalité, comme si la sapience de Numa eût été une vive source de toutes bonnes et honnêtes choses, de laquelle plusieurs ruisseaux se fussent dérivés pour arroser toute l'Italie, et que la tranquillité de sa prudence se fût de main en main communiquée à tout le monde, tellement que les excessives figures de parler, dont les poëtes ont accoutumé d'user, ne seroient pas encore assez amples pour suffisamment exprimer le repos de ce regne là.

Ce tableau est délicieux, et l'on ne peut le contempler sans en être attendri ; mais on a d'autant plus de peine à en considérer la suite dans le parallèle de *Lycurgue* et de *Numa*.

Plutarque blâme Numa de n'avoir point ordonné de la nourriture (c'est-à-dire de l'éducation) des enfans.

Il laissa, dit-il, à la discretion des peres, selon leur avarice ou leur besoin, la liberté de faire nourrir et élever leurs enfans ainsi que bon leur sembloit, comme si l'on ne devoit pas former les mœurs des enfans et les duire et adresser dès et depuis leur naissance à une même fin, et que si c'estoient ne plus ne moins que des passagers en un même navire, lesquels y étant l'un pour une affaire, l'autre pour une autre, et tous à diverses intentions, ne communiquent jamais ensemble, sinon en tourmente, pour la crainte qu'ils ont de leur propre et particulier peril ; car autrement chacun d'eux ne pense que pour soi-même.

Et encore est-il pardonnable aux autres établisseurs des lois, s'ils ont omis quelque chose, ou par ignorance, ou quelquefois pour n'avoir pas assez d'autorité et de puissance ; mais un sage philosophe ayant reçu le royaume d'un peuple nouvellement amassé, qui ne lui contredisoit en rien, à quoi devoit-il plutôt employer son étude qu'à faire bien nourrir les enfans, et à faire exerciter les jeunes gens, afin qu'ils ne fussent différens de mœurs, ains fussent tous accordans ensemble, pour avoir été dès leur enfance acheminés à une même trace et moulés à une même vertu ? Cela, outre les autres utilités, servit encore à

maintenir les lois de Lycurgus ; par l'institution et la nourriture, il
avoit teint les mœurs des enfans, et leur avoit, avec le lait de leurs
nourrices, presque fait sucer l'amour de ses lois et de sa police, ce
qui a tant eu de force que, l'espace de plus de 500 ans durant, ses
principales institutions et ordonnances sont demeurées en leur entier,
comme une bonne et forte teinture qui auroit atteint jusqu'au fond et
tranché tout outre. Et au contraire, ce qui étoit le but et la fin principale où tendoit Numa, de maintenir la ville de Rome en paix et
amitié, faillit incontinent avec lui ; car il ne fut pas plutôt mort,
qu'ils ouvrirent toutes les deux portes du temple de Janus, qu'il avoit
de son tems si soigneusement tenues fermées, comme si à la vérité il y
eut tenu la guerre enserrée, et emplirent toute l'Italie de meurtre et
de sang ; et ne dura rien ce tant beau, tant saint et tant juste gouvernement, auquel son royaume avoit été de son tems, pour autant qu'il
n'avoit pas le lien de la nourriture et de la discipline des enfans, qui le
maintînt.

Nous pardonnera-t-on de joindre encore à ces extraits une
charmante image de la bonté, qui est une des premières
vertus, et dont Plutarque-Amyot parle avec un sentiment
profond ?

Nous voyons que bonté s'étend bien plus loin que ne fait justice, par-
ceque nature nous enseigne à user d'équité et de justice envers les
hommes seulement, et de grace et de bénignité quelquefois jusqu'aux
bêtes brutes ; ce qui procede de la fontaine de douceur et d'humanité,
laquelle ne doit jamais tarir en l'homme.

Du tems qu'on bâtissoit le temple appelé Hecatompedon, le peuple
d'Athenes voulut et ordonna qu'on laissât aller francs et libres les mules
et mulets qui avoient longuement travaillé à l'achevement de cette
fabrique, et qu'on les souffrît paître, sans leur faire empêchement,
là où ils pourroient : et dit-on qu'il y eut une mule de celles qui avoient
été ainsi délivrées, qui d'elle-même se vint présenter au travail, en
se mettant au-devant des autres bêtes de voiture qui traînoient les
chariots chargés vers le château, en marchant quand et elles, comme
si elle les eut voulu inciter et encourager à tirer ; ce que le peuple prit
tant à gré, qu'il ordonna qu'elle seroit nourrie aux depens de la chose
publique, tant qu'elle vivroit. Et voit-on encore les sépultures des
jumens de Cimon, avec lesquelles il gagna par trois fois le prix de la
course ès jeux olympiques ; et sont les dites sépultures tout joignant
celle de Cimon. L'ancien Xantippus enterra son chien sur un chef
(un cap) en la côte de la mer, qu'on appelle encore aujourd'hui le
chef de la sépulture du chien, pourceque quand le peuple d'Athenes

à la venue des Perses abandonna la ville, ce chien suivit toujours son maître, nageant en mer côte à côte de sa galère, depuis la côte de Terre-Ferme jusqu'à l'isle de Salamine.

Il n'est pas raisonnable d'user des choses qui ont vie et sentiment tout ainsi que nous ferions d'un soulier, ou de quelque autre ustensile, en les jettant après qu'elles sont toutes usées et rompues de nous avoir servi : ains quand ce ne seroit pour autre cause que pour nous duire et exerciter toujours à l'humanité, il nous faut accoutumer à être doux et charitables, jusques à tels petits et menus offices de bonté. Et quant à moi, je n'aurois jamais le cœur de vendre le bœuf qui auroit longuement labouré ma terre pourcequ'il ne pourroit plus travailler à cause de sa vieillesse, etc.

Plutarque fait ces réflexions sur ce que Marcus Caton vouloit que « l'on vendît les serfs quand ils devenoient vieux, afin qu'on ne les » nourrît point inutiles ». *Vie de M. Cato.*

Indépendamment du plaisir que l'on est sûr de trouver dans la lecture d'Amyot, il peut offrir encore aux amateurs de notre langue deux utilités principales, dont nous croyons devoir leur présenter l'idée.

1°. La première est fondée sur des exemples qui peut-être ne sont pas assez connus.

Senault, fameux prédicateur et général de l'Oratoire, relisoit sans cesse Amyot, pour former d'après lui ses phrases et ses périodes.

Quand notre illustre d'Aguesseau, étant très-jeune encore, voulut s'exercer à écrire et se former un style, il prit le *Plutarque* d'Amyot, surtout le volume de ses œuvres morales, et se proposa d'abréger les différents traités dont ce volume se compose. Il avoit soin de conserver dans son analyse les traits saillants, les mots heureux, les tournures même du style d'Amyot, mais il faisoit en sorte que plusieurs pages *in-folio* de l'édition de Vascosan se trouvassent réduites, de manière à tenir dans le moindre espace possible. Nous avons une copie de cette espèce de sommaire de *Plutarque*, et nous nous proposons de le publier, avec des remarques.

Bernardin de Saint-Pierre nous apprend que Jean-Jacques Rousseau avoit puisé son éloquence dans la lecture d'*Amyot*.

Jean-Jacques dit lui-même, dans ses confessions, que lorsqu'il étoit jeune, il ne pouvoit se rassasier de *Plutarque.*

2°. Un travail très-utile pour la connoissance de la langue françoise seroit d'extraire d'Amyot les passages les plus frappants où se trouvent les mots qui ne sont pas dans le *Dictionnaire de l'Académie*, soit parce qu'on les a omis, soit parce qu'on n'avoit jamais fait le dépouillement de ce trésor fondamental de nos expressions françoises.

Donnons quelques exemples de ces citations, qu'Amyot pourroit nous fournir dans une très-grande abondance.

AFFRANCHISSEUR. Lorsque Titus Quintius, consul romain, fit proclamer par le héraut dans la fête des Jeux isthmiques, que le sénat de Rome permettoit désormais aux Grecs de vivre suivant les lois anciennes, en pleine liberté; incontinent tout le monde se leva en pied, sans plus se soucier des jeux, et s'en allerent tous à grande joye saluer, embrasser et remercier leur bienfaiteur et le protecteur et AFFRANCHISSEUR de la Grèce. *Vie de T. Q. Flaminius.*

EMMURÉ. L'entrée de l'Épire est une longue vallée, EMMURÉE, de côté et d'autre, de grandes et hautes montagnes. *Ibid.*

ENTREJETTER. Titus ENTREJETTANT opportunément la paix entre les deux guerres des Romains contre Philippe et Antiochus, etc. *Ibid.*

MALAISANCE. Crassus marchant contre les Parthes dans un pays de sable, la soif et la MALAISANCE des chemins travailloient les Romains. *Vie de M. Crassus.*

MÉPRISEUR. Pyrrhus étoit grand MÉPRISEUR de ceux qui étoient au-dessous de lui. *Vie de Pyrrhus.*

PLI de, etc. Les Romains marient les filles à douze ans et encore plus jeunes, disant que par ce moyen les corps et les mœurs sont entièrement à ceux qui les épousent, et que cela leur donne le PLI des conditions qu'on veut qu'elles retiennent tout le temps de leur vie. *Parallèle de Lycurgue et de Numa.*

Cassandre de Mantinée dressa et institua Philopœmen, demeuré orphelin, de la manière qu'Homere dit qu'Achille fut institué et nourri par le vieillard Phénix. Si prit incontinent le naturel de l'enfant un PLI de nourriture veritablement généreuse et royale, en croissant toujours de bien en mieux. *Vie de Philopœmen.*

PROUESSE. Homère parle sagement et en homme bien expérimenté, quand il dit que la PROUESSE seule, entre toutes les vertus morales, est celle qui aucune fois a des saillies de mouvement, inspirées divinement, et de certaines fureurs qui transportent l'homme hors de soi-même. *Vie de Pyrrhus.*

. . . . Agesilaus avoit accoutumé de dire que la justice est la première de toutes les vertus, pour autant que la PROUESSE ne vaut rien,
si elle n'est conjointe avec la justice, et que si tous les hommes étoient
justes, alors on n'auroit que faire de la PROUESSE. *Vie d'Agesilaüs.*

Amyot a traduit aussi du grec *Longus, Heliodore,* et
Diodore de Sicile ; les premières éditions de ces ouvrages
sont fort belles. Tout s'étoit perfectionné. Les vieux caractères gothiques avoient cédé la place à ces types romains,
arrondis, et flatteurs à l'œil, qu'Amerbach avoit d'abord
essayés à Bâle, et que Garamond avoit ensuite régularisés
et améliorés à Paris. Le *Plutarque* de Vascosan est aussi
remarquable pour la typographie que pour le travail littéraire, ou, comme dit Boileau, *le françois d'Amyot.*

Le françois d'Amyot! Ce mot suffit à sa gloire.

Si l'on faisoit l'extrait de toutes les expressions, bonnes
à recueillir, que l'on peut remarquer dans ce qui nous
reste de lui, on auroit l'inventaire des richesses de notre
langue ; richesses qu'elle oublie et qu'elle a tort de négliger. Le sage Rollin nous conseille de les reprendre, et croit
qu'il seroit facile de les remettre en honneur. « Il y a, dit-
» il, dans les vieux auteurs françois, d'excellents mots qui,
» par je ne sais quelle bizarrerie, n'ont pas été adoptés des
» modernes. Parmi ces mots, les uns sont clairs, simples,
» naturels ; les autres pleins de force et d'énergie. J'ai
» toujours souhaité qu'une main habile fît un recueil de
» ces mots, c'est-à-dire de ce qui nous manque et de ce
» que nous pouvons acquérir, pour nous montrer que nous
» avons tort de négliger ainsi le progrès et l'avancement de
» notre langue (*). » Cet emploi de nos propres biens vaudroit beaucoup mieux que les recherches hasardeuses de la
néologie.

On n'a point encore proposé l'éloge public d'Amyot pour
sujet d'un concours académique. En attendant, il a trouvé,
de son temps même, un panégyriste digne de lui : c'est

(*) *Histoire ancienne,* tome XI, p. 2.

Montaigne qui lui a consacré ces lignes remarquables :
« Je donne avec raison, ce me semble, la palme à Jacques
» Amyot sur tous nos écrivains françois, non-seulement
» pour la naïveté et pureté du langage, en quoi il surpasse
» tous autres, ni pour la constance d'un si long travail, ni
» pour la profondeur de son savoir, ayant pu développer
» si heureusement un auteur si épineux et ferré ; mais sur-
» tout je lui sais bon gré d'avoir su trier et choisir un livre
» si digne et si à propos, pour en faire présent à son pays.
» Nous autres ignorants étions perdus, si ce livre ne nous
» eût retirés du bourbier. Sa mercy (grace à lui) nous
» osons à cette heure et parler et écrire ; les dames en ré-
» gentent les maîtres d'école ; c'est notre breviaire. »

5. DE BÈZE (Théodore).

Né à Vézelay en 1519, mort à Genève en 1605.

On sait avec quelle éloquence il parla dans le colloque
de Poissy, en 1561. Ces conférences solennelles, tenues
devant toute la cour, eurent lieu en langue françoise ;
c'étoit une chose nouvelle, qui eut beaucoup d'éclat, mais
ne produisit aucun fruit. Théodore de Bèze, orateur et poète,
appelé le phénix de son siècle, avoit plus d'un talent. Pasquier dit que, dans sa jeunesse, il n'avoit pu s'empêcher
de pleurer en lisant la tragédie de Théodore de Bèze, intitulée *Abraham sacrifiant*. Cette pièce paroît n'avoir pas
été connue des rédacteurs des *Annales poétiques*. On y
trouve surtout un monologue de Satan d'une singulière
énergie. En voici quelques vers, qui pourront varier un
peu la suite trop uniforme de ces recherches sur la prose.

SATAN, *en habit de moyne.*

Je vay, je vien, jour et nuit je travaille,
Et m'est avis, en quelque part que j'aille,
Que je ne pers ma peine aucunement.
Règne le Dieu en son haut firmament ?
Mais pour le moins la terre est toute à moy ;

Et n'en déplaise à Dieu, ni à sa loy ;
Dieu est aux cieux par les siens honoré ;
Des miens je suis en la terre adoré.
Dieu est au ciel ; et bien, je suis en terre.
Dieu fait la paix ; et moi, je fais la guerre.
Dieu règne en haut ; et bien, je règne en bas ;
Dieu fait la paix, et je fais les débats.
Dieu a créé et la terre et les cieux ;
J'ai bien plus fait, car j'ai créé les Dieux.

. . . .

Dieu ne fit onc chose, tant soit parfaite,
Qui soit égale à celui qui l'a faite ;
Mais moi j'ai fait, dont vanter je me puis,
Beaucoup de gens pires que je ne suis.

. . . .

O froc ! ô froc ! tant de maux tu feras,
Et tant d'abus en plein jour couvriras,
Que, si n'estoit l'envie dont j'abonde,
J'aurois pitié moy-mesme de ce monde ;
Car moy qui suis de tous meschants le pire,
En te portant, moy-mesme je m'empire....

Théodore de Bèze a fait en françois des sermons, des
histoires, et des livres de controverse. Il a écrit, en latin,
sur la prosodie et la prononciation de la langue françoise (*).
Il a été cité avec honneur par l'abbé d'Olivet. C'est une
chose bien remarquable que presque tous les savants de ce
siècle, qui s'occupoient le plus de perfectionner la langue
françoise et sa grammaire, ne s'en expliquèrent long-temps
qu'en langue latine.

Le traité de Théodore de Bèze, n'a, selon d'Olivet,
» qu'un défaut, mais défaut qu'on a rarement occasion de
» reprocher à ceux qui se mêlent d'écrire, c'est d'être trop
» court. » Cette matière de notre prosodie avoit été cu-
rieusement examinée dans le seizième siècle. Dès 1570,
» une académie fut établie pour travailler à l'avancement
» du langage françois, et à remettre sus, tant la façon de la
» poésie, que la mesure et le règlement de la musique

____

(*) *De Francicæ linguæ rectá pronuntiatione tractatus.* Gen. , 1584.

» anciennement usitée par les Grecs et les Romains. » Jean-Antoine de Baïf étoit à la tête de cette académie. Avant lui, Jacques de la Taille avoit fait un traité exprès sur les vers mesurés ; mais il s'étoit borné à des vues théoriques. Baïf avoit donné en 1573 « des *Etrenes de poëzie franseze* » en vers mesurés. » L'orthographe de ces essais était aussi bizarre que le reste de ses idées. Il appelait ces vers *des vers Baïfins*. Nicolas de Nancel voulut aussi assujettir la poésie françoise aux règles de la poésie grecque et de la poésie latine, « afin de la rendre plus difficile et moins commune (*). » On a dû renoncer à cette chimère des vers mesurés ; mais les recherches sur la prosodie n'en sont pas moins intéressantes. Les pasteurs protestants, obligés de parler souvent en public, se sont occupés avec plus de soin de la déclamation oratoire. Durand, ministre à Londres, a publié un *Entretien sur la Prosodie*, qui est digne d'occuper une place après la prosodie de l'abbé d'Olivet ; mais il a échappé à d'Olivet et à Durand un passage très-curieux de l'abbé de Saint-Réal, le seul des écrivains du siècle de Louis XIV qui ait traité à fond cette matière. Saint-Réal a posé sept règles de prosodie françoise dans son livre intitulé *de la Critique*, Lyon, 1691, *in*-12. Ce n'est pas ici le lieu de les examiner.

6. BODIN (Jean).

Né à Angers en 1529, mort à Laon en 1596.

Sa *Méthode pour étudier l'histoire*, et surtout ses *VI Livres de la République*, ont été estimés de son temps, en France et dans l'étranger, quoiqu'il y ait beaucoup à dire et à reprendre ; mais il ne faut pas juger à la rigueur ceux qui labourent les premiers un champ depuis long-temps inculte. On a été trop loin quand on a dit que Montesquieu n'avoit fait, dans l'*Esprit des Lois*, que suivre les traces de

---

(*) *Stichologia græca latinaque informanda et reformanda*, in-8°.

la République de Bodin ; seulement ce grand homme a pu profiter de cet ouvrage, ainsi que des Lois civiles de Domat, et de quelques autres écrivains venus avant lui, qui lui ont aplani la route, mais qui n'avoient pas son génie.

Bodin n'avoit pu réussir au barreau comme avocat; cependant il étoit fort savant, et parloit sur toutes sortes de matières avec beaucoup de feu et d'abondance. Il écrivoit trop vite ; sa *Démonomanie* et son *Théâtre de la nature* contiennent trop de choses hasardées. Il croit que les comètes sont destinées à recevoir les âmes des héros ; mais cette imagination n'est rien au prix des folies qu'il entasse dans son livre sur les sorciers. Il croit à la magie, et en donne pour preuve les enchantements de Circé. Il ajoute que de son temps, il étoit commun dans les Alpes que les femmes, chargées de garder les étables, eussent l'art de faire un fromage qu'elles servoient aux voyageurs, et qui changeoit ceux-ci en des bêtes de somme, employées par ces femmes au transport de leurs marchandises, et ensuite rendues à leur forme ordinaire, quand ces mauvaises fées n'en avoient plus besoin. Et le commentateur d'Horace, *ad usum Delphini*, a cité ce trait de Bodin comme une autorité.

Ses six livres *de la République*, imprimés à Paris en 1576, furent enseignés publiquement dans l'Université de Cambridge. Lescalopier de Nourar, et le président de La Vie en ont fait des extraits assez curieux.

C'est un des écrivains contre lesquels s'est élevé avec le plus de force et de détail le jésuite Possevin dans le premier volume de sa *Bibliothéque choisie*, imprimée au Vatican en 1593. Parmi beaucoup de reproches fondés que lui fait ce théologien, il y en a de bien singuliers. Bodin avoit dit que les prélats et les prêtres sont soumis à l'autorité des magistrats. Ainsi, dit le jésuite, le seigneur séculier sera plus que le pontife romain ! les princes seront au-dessus des évêques, c'est-à-dire que les brebis l'emporteront sur les bergers, et que la puissance humaine prévaudra sur la puissance divine et sur les clefs du ciel !

Bodin s'étoit efforcé de démontrer que les maux de l'Église sont venus surtout de ce que le souverain pontife est électif et célibataire : il eût mieux valu, selon lui, que les papes se fussent mariés, et eussent continué leur monarchie par le droit héréditaire. Il faut voir comme Possevin se fâche à ce sujet, et triomphe de ce que la papauté duroit alors depuis seize siècles en dépit de tout l'univers, *universo mundo oblatrante et obsistente ;* tandis que chaque mariage des ministres luthériens n'avoit produit que de nouveaux monstres, etc.

Boccalini veut qu'Apollon ait condamné Bodin à être brûlé vif, et pour quel crime ? pour avoir soutenu, dans sa *République,* que les princes doivent accorder la liberté de conscience à leurs sujets. Bodin ne s'étoit pas contenté d'écrire en faveur de la tolérance ; il se fit honneur de la soutenir aux premiers États de Blois ; il s'opposa à la motion de Versoris, qui fit décréter, le 15 décembre 1576, qu'on ne souffriroit dans le royaume que la religion catholique, à quoi Bodin fit enfin apposer cette restriction : « que le Roi seroit supplié de n'avoir point recours à la » force, pour faire rentrer ses sujets dans le sein de l'Église.» Bodin avoit de bonnes raisons pour défendre ce système. Il ne s'étoit sauvé du massacre de la Saint-Barthélemi qu'en sautant par une fenêtre.

7. VIGENÈRE (Blaise de).

Né dans le Bourbonnois en 1522, mort en 1596.

Ce traducteur infatigable de plusieurs auteurs anciens n'avoit pas à beaucoup près le talent d'Amyot, mais il eut la très-louable habitude de joindre à ses traductions des notes curieuses, écrites en françois, et qui mériteroient peut-être que l'on recherchât encore aujourd'hui ses ouvrages. Dans ses annotations sur les *Commentaires de Cé-*

sar, il a inséré un *Traité sur l'ancienne langue gauloise*, où il se plaint du peu de soin avec lequel on écrivoit en prose (vers 1576).

Il y a tant d'écrivains aujourd'hui qui s'accablent les uns les autres, qu'on ne peut guères bien discerner les bons des mauvais qui les éteignent et suffoquent, à guise des méchantes herbes qui surcroissent parmi les utiles et salutaires, et les surmontent et étouffent : quand chacun, sans aucun choix ni jugement, sans rien élabourer, ne sarcler, se transporte le nez au vent, selon que sa fantaisie le pousse. Car n'y ayant point de grammaires ni de regles établies jusqu'aujourd'hui, cela s'en va indistinctement, et varie tout de même que la main d'un jeune garçon auquel, si dès lors qu'on veut lui apprendre à écrire, on abandonnoit en pleine liberté son papier, sans le regler pour le faire aller droit, tout s'en iroit à vauderoute, haut et bas, tortu, bossu, sans aucune proportion, etc.

On pourroit tirer beaucoup de choses utiles des notes de Blaise de Vigenère sur Tite-Live, sur César, sur Onosander, Calchondyle, etc. Il faut convenir que cette méthode d'éclaircir les auteurs anciens par des commentaires françois auroit dû être préférée à la manie ambitieuse de coudre du latin moderne à celui des auteurs classiques de l'antiquité, comme on l'a fait dans les éditions *variorum* et dans les éditions *ad usum*. Ces dernières surtout renferment une sorte de profanation du texte des grands poètes, que l'on s'est attaché à défigurer et à disloquer en mauvaise prose latine, ce qui n'est propre qu'à corrompre le goût, et à fausser le jugement des jeunes lecteurs.

8. PITHOU (Pierre).

Né à Troyes en 1539, mort en 1596.

Il fut le Varron de la France.

Son *Traité des libertés de l'Église gallicane* auroit dû lui faire ériger une statue. Ce traité sert de fondement à tout ce qu'on a écrit sur cette matière ; et, quoique ce soit l'ouvrage d'un simple particulier, il a été regardé et cité comme une autorité dans nos tribunaux.

Pithou fut utile à Henri IV, et comme magistrat, et comme un des auteurs de la *Satire Menippée*. Quand ce prince voulut lui marquer sa reconnoissance, Pithou ne lui parla que de la ville de Troyes, *sa chère patrie*.

9. ESTIENNE (Henry).

Né en 1528, mort en 1598.

Fils de Robert Estienne, très-digne d'un tel père, et de cette famille qui a rendu tant de services à la typographie et à la littérature.

Jeune encore, il eut le bonheur de retrouver, et le talent de traduire en latin les *Odes d'Anacréon*.

Son père s'étoit immortalisé par son *Trésor de la langue latine*. Henry voulut ériger un pareil monument à la langue grecque. Il s'aperçut alors des conformités de notre langue avec cette langue savante; il en fit un traité, imprimé par lui en 1569, auquel M. Dacier a fait un supplément. (*Histoire de l'Académie des Inscriptions et Belles-Lettres*, tome XXXVIII, *in-4°*, pages 56–59.) L'abbé Batteux a fait aussi des réflexions sur la langue françoise, comparée avec la langue grecque. On les trouve à la suite du *Traité de l'arrangement des mots*, traduit de Denys d'Halicarnasse, 1788, *in-8°*.

Plusieurs autres ouvrages françois de Henry Estienne ont été réimprimés avec des notes de Jacob Le Duchat. Il seroit utile de reproduire aussi le *Traité des conformités du françois et du grec*, avec les augmentations dont il est susceptible. Cette édition exigeroit le concours de plusieurs connoissances diverses, afin de distinguer sûrement ce qui est vraiment hellénisme dans le gallicisme, de ce que nous avons pu emprunter d'ailleurs. Peu d'ouvrages seroient plus importants pour nous, et plus propres à caractériser le vrai génie de notre langue. Henry Estienne l'avoit bien étudiée. Il a fait un traité exprès, pour montrer la supériorité, ou, comme il le dit, la *précellence* du françois sur l'italien ; il a prouvé, dans un autre traité, que le françois n'a pas moins de brièveté que le grec et le latin ; il a examiné nos proverbes, nos divers dialectes, etc.

10. MONTAIGNE (Michel de).

Né en 1533, mort en 1592.

Cet homme de génie a trouvé parmi nous des détracteurs injustes. Pascal même, en le copiant, tâche de le rabaisser. Des savants étrangers, échos de la voix de l'Europe, ont été plus impartiaux, et Gesner le nomme le Socrate françois (*). Enfin, en 1774, l'Académie de Bordeaux, et, plus récemment, l'Académie Françoise, ont mis son éloge au concours. Montaigne a été dignement apprécié par l'abbé Talbert, qui avoit mieux étudié l'écrivain, et par M. Villemain, qui a mieux connu et mieux peint le philosophe.

On avoit formé le projet de donner aux Essais une tournure plus moderne. Cette entreprise, présentée d'une manière séduisante (**), n'a point eu de succès, et ne pouvoit en avoir. L'énergie de Montaigne tient fortement à son langage, et à l'emploi qu'il sait en faire ; elle se dénatureroit dans une traduction.

On ne possède pas encore une édition des Essais qui puisse satisfaire complétement les amateurs (***). Nous avions procuré à feu M. Naigeon le manuscrit original, sur lequel il a publié l'édition stéréotype (****) ; mais il n'a donné que le texte, auquel il devoit joindre des développements, qui manquent à cette édition ; nous ignorons pourquoi. Ces

---

(*) *Michael Montanus, quem vocare soleo Galliæ Socratem.* Gesnerus, ad Isag., 284.

(**) Second volume du *Mercure de France*, du mois de juin 1733.

(***) C'est ce que nous disions en 1816 ; mais il vient de paroître, en 1818, chez M. Lefèvre, une belle édition des *Essais*, en cinq volumes *in-8°*, et qui réunit, à peu près, tout ce que nous avions indiqué et demandé pour bien faire connoître Montaigne.

(****) En quatre volumes *in-8°*, chez M. Didot l'aîné, 1802.

développements étoient d'autant plus nécessaires que le chef-d'œuvre de Montaigne, comme celui de La Bruyère, n'avoit été d'abord qu'un petit volume assez mince, devenu plus considérable à chaque édition donnée du vivant des auteurs. Montaigne nous dit de lui-même :

> J'ajoute, mais je ne corrige pas ; parceque celui qui a hypothéqué au monde son ouvrage, je trouve apparence qu'il n'y ait plus de droit. Qu'il die, s'il peut, mieux ailleurs, et ne corrompe la besogne qu'il a vendue ! De telles gents, il ne faudroit rien acheter qu'après leur mort : Qu'ils y pensent bien, avant de se produire ! Qui les hâte ? Mon livre est toujours un, sauf qu'à mesure qu'on se met à le renouveller, afin que l'acheteur ne s'en aille les mains du tout vuides, je me donne loy d'y attacher (comme ce n'est qu'une marquetterie mal jointe) quelque emblème supernuméraire. Ce ne sont que surpoids, qui ne condamnent point la première forme, mais donnent quelque prix particulier à chacune des suivantes, par une petite subtilité ambitieuse.

Montaigne avoit écrit ses dernières additions sur un exemplaire *in-4°* de l'édition des *Essais* imprimés par Simon Millange, à Bordeaux, 1588 ; mais quand on a fait relier ce volume chargé de notes marginales, on a ébarbé les feuillets, ce qui a détruit en partie les annotations si précieuses de l'auteur.

On connoîtroit parfaitement sa manière de travailler, les progrès de son style et ceux de son esprit, ou, comme il dit, « de ses humeurs », si l'on prenoit la peine de collationner et de comparer les *Essais*, tels que nous les avons dans l'édition de Naigeon, avec ceux qui parurent du vivant de l'auteur, de 1580 à 1588. Et l'on devroit en faire autant sur l'ouvrage de La Bruyère. Un travail de ce genre a été exécuté par le père Brotier sur les maximes de La Rochefoucauld.

Montaigne auroit besoin aussi qu'on joignît aux *Essais* un glossaire particulier des mots qui ne se trouvent point dans nos dictionnaires, et qui ne sont plus familiers au commun des lecteurs. Cette table seroit très-importante pour l'étude de la langue françoise. L'abbé Talbert a compté dans les *Essais* plus de deux cent soixante expressions qu'on a retranchées ou mutilées depuis Montaigne ; il les a rappelées dans une note remarquable de son *Eloge de Montaigne*, et nous avons vérifié qu'il en a oublié plusieurs, comme *dénéantise*, *ensuairer*, *immodération*, etc. Ces mots, présentés isolés, ne paroissent pas ce qu'ils sont de la manière dont Montaigne les place et les enchâsse.

Outre ces mots qui sont à lui, Montaigne savoit employer les mots qui sont à tout le monde, si bien et si heureusement qu'il se les rendoit propres et les « clouoit à » soi », comme il le dit lui-même. Il n'y a pas d'auteur chez qui l'on puisse recueillir autant de métaphores, souvent justes, toujours saillantes. Il en connoissoit le prix. Il dit que « les formes de parler, comme les herbes, s'amen-» dent et fortifient en les transplantant. » Et ailleurs, il ajoute :

Le maniment et employte des beaux esprits donne prix à la langue ; non pas l'innovant tant, comme la remplissant de plus vigoureux et divers services, l'estirant et la ployant. Ils n'y apportent point de mots ; mais ils enrichissent les leurs, appesantissent et enfoncent leur signification et leur usage ; lui apprennent des mouvements inaccoutumés, mais prudemment et ingénieusement, etc. etc.

Quelquefois son style s'élève. Voyez comme il exalte la ville de Paris :

Je ne me mutine jamais tant contre la France, que je ne regarde Paris de bon œil. Elle (cette ville) a mon cœur dès mon enfance, et m'en est advenu comme des choses excellentes : plus j'ai vu depuis d'autres villes belles, plus la beauté de cette-cy peut et gagne sur mon affection. Je l'aime par elle-même, et plus en son être seul, que rechargée de pompe étrangere. Je l'aime tendrement, jusques à ses verrues et à ses taches. Je ne suis François, que par cette grande cité : grande en peuples, grande en félicité de son assiette ; mais sur-tout grande et incomparable en variété et diversité de commodités ; la gloire de la France, et l'un des plus nobles ornements du monde.

Il faut le répéter ici, l'auteur des *Provinciales* doit beaucoup à Montaigne. Celui-ci n'eut point de modèle, et il créa sa langue. Pascal vint après lui, le combattit beaucoup ;

mais c'est en l'imitant, que Pascal emprunta chez lui les moyens de le surpasser, et d'être à son tour le modèle qu'ont suivi, dans la prose, La Bruyère, Bayle et Voltaire.

La hardiesse des figures, familière à Montaigne, a rendu sa lecture utile à plusieurs de nos poètes, qui n'ont fait souvent que transporter ses idées dans leurs vers. Montaigne avoit dit que « la vieillesse nous attache plus de rides en » l'esprit qu'au visage. » C'est l'origine de ce beau vers de Corneille :

> Et les rides du front passent jusqu'à l'esprit.

Et la fameuse image de Malherbe sur la garde qui veille aux barrières du Louvre, et qui ne défend pas nos rois de la mort, n'étoit-elle pas d'avance renfermée dans cet autre tableau de Montaigne ?

> L'empereur, duquel la pompe vous éblouit en public, voyez-le derrière le rideau ! La fièvre, la migraine, la goutte, l'épargnent-elles non plus que nous ? Quand la vieillesse lui sera sur les épaules, les archers de sa garde l'en déchargeront-ils ? Quand la frayeur de la mort le transira, se rassurera-t-il par l'assistance de ses gentilhommes de la chambre ? etc.

Cette phrase de Montaigne, « Combien de belles actions » particulières s'ensevelissent dans la foule d'une bataille », n'a-t-elle pas inspiré ce que Racine fait dire à Alexandre de sa rencontre avec Porus ?

> Lorsqu'un gros de soldats, se mettant entre nous,
> Nous a fait dans la foule ensevelir nos coups.

De notre temps, l'auteur de la tragédie de *Barneveldt* a aussi très-heureusement employé l'esprit de ce passage de Montaigne, « La mort est effroyable à Cicéron, désirable » à Caton, indifférente à Socrate », dans ce vers, si bien dialogué, qui finit un acte de cette pièce :

> Caton se la donna (la mort). — Socrate l'attendit.

Nos grands poètes n'ont pas même toujours embelli les

larcins qu'ils ont faits à Montaigne. On connoît, par exemple, cette strophe de l'*Ode à la Fortune* :

> Vous chez qui la guerrière audace
> Tient lieu de toutes les vertus,
> Concevez Socrate à la place
> Du *fier* meurtrier de Clitus !
> Vous verrez un roi respectable,
> Humain, généreux, équitable,
> Un roi digne de vos autels ;
> Mais, à la place de Socrate,
> Le *fameux* vainqueur de l'Euphrate
> Sera le dernier des mortels.

Ici, Jean-Baptiste Rousseau n'a fait que délayer et para-
phraser foiblement ces mots, si justes et si précis, de Montaigne : « Je conçois facilement Socrate à la place d'Alexan-
» dre ; mais Alexandre à la place de Socrate, je ne le
» puis. ».

On a le journal du voyage de Montaigne en Italie ; il
dictoit à un domestique cette relation informe, qu'il n'avoit
pas l'intention de donner au public : cependant il faudroit
en joindre un extrait détaillé à l'édition des *Essais*. L'abbé
Talbert en a tracé une courte analyse ; nous n'en citerons
que le morceau sur Rome. Le style de Montaigne s'échauffe
et redevient éloquent, lorsqu'à l'aspect de la nouvelle Rome
il se rappelle l'ancienne ; c'est par ses débris qu'il en donne
l'idée la plus sublime. Il dit que ce qu'on en voit n'en est
pas même le reste ; « que les ruines d'une si épouvantable
» machine rapporteroient plus de révérence et d'honneur
» à sa mémoire, et qu'on n'en voit que le sépulchre ; que le
» monde, ennemi de sa longue domination, avoit brisé
» et fracassé toutes les pieces de ce corps admirable, et
» parcequ'encore tout mort, renversé et défiguré, il lui
» fesoit horreur, il en avoit enseveli la ruine même, etc. »

Il est à remarquer que la magnificence des ruines de
Rome antique et l'aspect de Rome moderne inspiroient les
mêmes idées à tous ceux de nos écrivains qui la visitoient
dans ce siècle. Plusieurs de nos poètes exprimèrent alors les

mêmes sentiments qu'avoit si bien rendus la prose de
Montaigne. Joachim du Bellay paroît être celui qui sentit
le plus vivement l'impression de ce spectacle , et son sonnet
à ce sujet n'est pas indigne d'être joint à la prose du philosophe :

> Ni la fureur de la flamme enragée ;
> Ni le tranchant du fer victorieux ;
> Ni le dégât du soldat furieux
> Qui tant de fois , Rome , t'a saccagée ;
>
> Ni , coup sur coup , ta fortune changée ;
> Ni le ronger des siècles envieux ;
> Ni le dépit des hommes et des dieux ;
> Ni , contre toi , ta puissance rangée ;
>
> Ni l'ébranler des vents impétueux ;
> Ni le débord de ce Dieu tortueux
> Qui tant de fois t'a couvert de son onde,
>
> N'ont tellement ton orgueil abaissé ,
> Que la grandeur du rien qu'ils t'ont laissé
> Ne fasse encor émerveiller le monde !

Enfin pour compléter une édition de Montaigne , et ne
laisser rien perdre des fruits de ce génie singulier et original , il faudroit faire aussi l'extrait de sa version de la *Théologie naturelle* , traduite de l'espagnol de Raymond Sebond. Ce livre n'est pas de nature à être réimprimé ; mais
comme c'est le premier ouvrage de Montaigne , il n'est pas
inutile d'y rechercher les couleurs primitives de son style
et le commencement de ses études. Ce n'est donc pas le
fond des choses que nous devons considérer dans la version
de Sebond, mais seulement la forme dont les a revêtues
notre célèbre philosophe.

Aucun éditeur de Montaigne ne paroît avoir pris la peine
de lire cette traduction de la *Théologie naturelle de Sebond*. Ils se sont tous bornés à transcrire la dédicace de cet
ouvrage , faite par Michel Montaigne à *monseigneur* son
père. Ceux qui auront plus de courage , en seront amplement dédommagés par une foule de tournures et d'expres-

sions pittoresques, auxquelles on ne sauroit méconnoître notre Montaigne.

Il définit l'amour, « la boucle générale du monde ».

Ailleurs, il dit que « la tribulation est à l'ame comme un marteau qui la frappe, et qui, en la battant, la fourbit et dérouille. C'est la fournaise à recuire l'ame ».

Le baptême est l'hameçon de Dieu ; la conscience, sa maison.

Au jugement dernier, le livre de notre conscience sera lu, à haute voix, devant toute la compagnie.

A propos de l'obligation des hommes envers Dieu, il dit que « Dieu l'a écrite de sa main en papier et encre immortels ; qu'il l'a écrite en nous, en notre ame, en notre corps, et puis l'a cousue éternellement en la liasse du livre de nature ».

Au sujet de la gloire, il dit encore que « celui qui la cherche bâtit hors de soi, sur le rien et le vuide ; qu'il se fait serviteur et valet de l'inanité même, etc. »

Dans la préface, avec quelle magnificence et quelle précision de style l'objet de la théologie naturelle n'est-il pas énoncé ? « Dieu nous a donné deux livres, celui de l'universel ordre de choses, ou de la nature, et celui de la Bible. Chaque créature n'est que comme une lettre tirée par la main de Dieu. Le monde visible est le livre naturel des hommes ; l'homme en est la lettre capitale. Le second livre, celui des saintes Écritures, a été depuis donné à l'homme. Le premier est commun à tout le monde, et non pas le second, car il faut être clerc pour le pouvoir lire. En outre, le livre de nature ne se peut ni falsifier, ni effacer, ni faussement interpréter, et nul en celui-là ne devient hérétique : là, où il va tout autrement de celui de la Bible, etc. »

Le chapitre intitulé : « Comme tout ce qui est au monde est fait pour l'homme », mérite d'être lu en entier. Nous n'en détacherons que cette belle apostrophe : « Homme, jette hardiment ta vue bien loin autour de toi, et contemple si de tant de membres, de tant de diverses pieces de cette grande machine, il y en a aucune qui ne te serve. Ce ciel, cette terre, cet air, cette mer, et tout ce qui est en eux, est continuellement embesogné pour ton service. Ce branle divers du soleil, cette constante variété des saisons de l'an, ne regardent que ta nécessité. Écoute la voix de toutes les créatures, qui te crie : Le ciel te dit : je te fournis de lumières le jour, afin que tu veilles ; d'ombres la nuit, afin que tu dormes et réposes. Pour ta recréation et commodité, je renouvelle les saisons ; je bigarre mes jours ; je te donne la florissante douceur du printemps, la chaleur de l'été, la fertilité de l'automne, les froidures de l'hyver. L'air : je te communique la respiration vitale, et offre à ton obéissance tout le genre de mes oiseaux. L'eau, etc. »

Dans le chapitre « de l'Estimation de l'homme par la considération de son corps », avec quel soin décrit-il « le corps de l'homme, bâti et façonné par artifice très-parfait et excellent, au-dessus des autres corps du monde ? Considérons l'accomplie proportion de sa constitution, le juste assemblage et contact de ses pieces ; comme elles s'entr'aident, comme elles s'entre-servent ! comme il n'y a rien de superflu, rien d'inutile ; sa droite stature, la beauté singuliere de sa face, la souplesse de ses mains et de ses pieds. Qui pourroit justement peser et estimer l'entière valeur de cette fabrique ? »

Le chapitre « de l'Estimation de l'homme par l'excellence du libéral arbitre », est un de ceux où l'on retrouve le plus l'énergie et le caractère particulier du style de Montaigne. Il avoit dit d'abord, par une argumentation très-pressée : « L'homme peut faillir ; il y a donc un Dieu. L'homme peut bien faire ; il y a donc un Dieu. »

Il développe ensuite ces idées. « Voilà donc le libéral arbitre fait siége et domicile de son Dieu : l'ordre des créatures le montre évidemment. C'est lui qui coud et qui enchaîne le monde avec Dieu. Voilà comme notre souverain créateur a monté l'homme de degré en degré, et comme par une échelle, jusques à soi ; car le libéral arbitre est la vraie image de Dieu. Et que peut tomber à notre imagination de plus noble, plus digne et meilleur, que l'image de Dieu vivant ? Il nous donna beaucoup quand, du non-être, il nous donna l'être ; plus, quand il nous pourvut de vie ; plus encore, quand il l'accompagna du sentiment ; mais le comble de sa libéralité et de sa magnificence, fut de nous étrenner du libéral arbitre, immortel et incorruptible ; car, par ce moyen, il nous fit semblables à sa grandeur et quasi de son genre, etc. »

Il nous semble que ces passages ne seroient pas mieux écrits aujourd'hui, et qu'on y distingue déjà, quoique dans un ouvrage de sa grande jeunesse, la touche vigoureuse de Montaigne. Mais on peut regretter qu'il se soit exercé sur un livre comme celui de Sebond, qui n'est plus guère supportable, quand il sort de la théologie naturelle pour entrer dans l'explication de nos mystères. Par exemple, il se flatte d'éclaircir le mystère de la Trinité par la comparaison du verbe actif et passif.

Tout ainsi que le verbe actif se porte vers le passif, et au contraire, ainsi se porte, en la Divinité, le Pere envers le Fils, et le Fils envers le Pere. Le pere est l'agissant et la personne active ; le Fils, le pâtissant et personne passive. Quant au Saint-Esprit, ou la tierce personne de la Trinité, c'est le verbe impersonnel, ou un tiers verbe produit de l'actif et du passif, qui tient d'eux tout ce qu'il a; et si, a sa particuliere qualité et propriété, de façon qu'il n'est ni actif, ni passif, etc.

Il se sert également de l'exemple de l'alphabet pour montrer la conjonction des deux natures, divine et humaine, en une seule personne. « Chaque voyelle fait un son d'elle-même et quasi une personne, car par soi elle sonne, etc. »

Ce livre renferme bien d'autres singularités, sur les conditions du péché originel, sur le diable, sur ce que le Rédempteur du monde a dû naître sans aucune tache de concupiscence charnelle, etc. Ces passages sont si naïvement et si crûment exprimés que nous n'oserions les transcrire. Si les bibliomanes les avoient connus, ce livre seroit poussé dans les ventes à un prix considérable, parce qu'il y en a peu de ce genre où l'on trouve des choses plus bizarres et plus pieusement scandaleuses.

Bornons-nous à citer le chapitre 238, « du Péché originel, et comme la femme en est la plus coupable ». L'auteur cherche dans ce chapitre « lequel ce fut des deux, l'homme ou la femme, qui faillit le premier, et le plus. Ce que nous pouvons argumenter par la mesure de la peine que nous voyons être sans comparaison plus grande et quasi double dans la femme; par quoi ce fut certainement elle qui premiere ébranla notre nature de sa droite carriere ».

Le livre de Raymond Sebond est qualifié par Montaigne de *livre d'excellente doctrine*; et cette version faite avec tant de soin, de gravité, et de candeur, auroit dû épargner à notre philosophe les reproches de scepticisme et d'irréligion que des zélateurs indiscrets n'ont pas craint de lui prodiguer; mais rien n'est si commun que ces jugements téméraires :

> Et condamner sans lire, et juger sans entendre,
> De l'esprit de parti c'est ce qu'on peut attendre.

Nous espérons que les lecteurs excuseront l'étendue de nos deux articles sur Amyot et Montaigne; nous allons être beaucoup plus succincts sur le reste des écrivains françois du seizième siècle, dans lesquels l'Académie avoit eu autrefois l'intention de puiser des exemples pour son Dictionnaire.

11. LA NOUE (FRANÇOIS DE),

Surnommé *Bras-de-Fer*, parce qu'on remplaça par un bras mécanique le bras gauche qu'il avoit perdu à la guerre.

Né en 1531, mort en 1591.

Ses vingt-six *Discours politiques et militaires*, imprimés à Genève, *in-4°*, et à Bâle, *in-8°*, en 1587, sont remplis de connoissances et quelquefois d'éloquence. Il réclamoit fortement la tolérance pour le calvinisme. Le père Possevin, jésuite, l'appelle un pseudopolitique, plein de l'astuce de Satan. Il est vrai que La Noue ménage peu la cour de Rome, et qu'il s'exprime plaisamment sur les sommes d'argent qu'il en coûtoit aux bénéficiers pour obtenir du Pape leurs bulles scellées en plomb. A cette occasion, La Noue, dans son vingt-troisième discours, qui traite de la pierre philosophale ou de la transmutation des métaux, dit qu'à le bien prendre, il n'y a que le Pape qui ait trouvé ce grand secret, « parce que tous les ans, ajoute-t-il, seulement en France, » il transmue et multiplie quarante livres de plomb, qui » peuvent valoir deux écus, en quatre mille livres d'or, » qui valent six cent mille écus, puis en fait une attraction » à Rome. » Mais nous ne recommandons La Noue que sous le rapport de la langue, à laquelle il donnoit une énergie vraiment militaire.

Sa vie, écrite avec soin par Moyse Amyrault, a été imprimée à Leyde, J. Elzevier, 1661, *in-4°*.

12. PASQUIER (ÉTIENNE).

Né en 1528, mort en 1615.

Ses *Recherches de la France* sont un des recueils les plus curieux et les plus agréables à lire, quoique le style en ait vieilli. Son *Catéchisme des jésuites* excita contre lui la fureur du père Garasse. Ses lettres renferment beaucoup d'anecdotes. Ses œuvres *in-folio* ne contiennent pas tout ce qu'il a fait. On pourroit donner un *Esprit de Pasquier*, qui seroit plus court, et qui offriroit une lecture variée, instructive et amusante.

13. OSSAT (ARNAUD D').

Né près d'Auch en 1526, mort à Rome en 1604.

Ses lettres ne parurent qu'après sa mort. Elles passent pour un chef-d'œuvre de politique. Les jeunes gens qui se destinent aux négociations feroient bien de les étudier, et de se former spécialement sur le caractère honnête et loyal de leur auteur. C'est lui qui disoit à Henri IV : « Sire, » gagnez des batailles en deçà, et vous aurez des absolu- » tions en delà ! »

D'Ossat avoit été secrétaire du célèbre Paul de Foix, dont on a aussi un volume de lettres politiques, regardées comme l'ouvrage de d'Ossat.

14. NICOD (JEAN).

Né à Nismes, mort à Paris en 1600.

Son *Trésor de la langue françoise, tant ancienne que moderne*, a été long-temps le seul dictionnaire de notre langue. Il est beaucoup plus complet que le *Lexicon Gallico-latinum* de Robert Estienne, et que le *Trésor* d'Aimar de Ranconnet. Il faut encore y recourir, quand on veut constater des locutions usitées de son temps.

15. AUBIGNÉ (THÉODORE AGRIPPA D').

Né en 1550, mort à Genève en 1630.

La *Confession de Sancy*, satire amère, a été réimprimée avec des notes de Jacob Le Duchat, ainsi que le *Baron de Féneste*, autre satire.

L'*Histoire universelle* de 1550 jusqu'en 1601 , 3 volumes *in-folio*, est aussi virulente et déclamatoire; mais il y a une foule de particularités qui la font rechercher.

Henri III pressa d'Aubigné d'écrire l'histoire de son règne. « Sire, lui répondit d'Aubigné, je suis trop votre » serviteur, pour être votre historien. » Il a fait aussi des vers, plus satiriques encore et plus hardis que sa prose.

16. SERRES DU PRADEL (Olivier de).

Né en 1539, mort en 1619.

Le *Théâtre d'agriculture et mesnage des champs*, dédié à Henri IV, eut beaucoup de succès quand il parut; mais, sous Louis XIV, il fut oublié, peut-être parce que l'auteur étoit protestant; enfin il a été remis en honneur et réimprimé *in-4°* avec des notes et un vocabulaire (*), par la Société d'agriculture de Paris, devant laquelle nous avons eu l'honneur de prononcer l'éloge de l'auteur et de l'ouvrage.

C'est un des livres les plus utiles et les mieux rédigés, à considérer l'état où étoit de son temps la langue françoise. On a essayé de le traduire en françois moderne; mais le public n'a point goûté ce changement, et l'on s'en est tenu au texte.

17. DU PERRON (Jacques d'Avy).

Né dans le canton de Berne en 1556, mort à Bagnolet en 1618.

Fils d'un ministre protestant, devenu cardinal.

Huet dit que ce cardinal avoit peu de fond, beaucoup d'art, une éloquence animée et une physionomie *solaire*. Ses ambassades, ses négociations, et ses lettres, sont sur la même ligne que celles d'Arnaud d'Ossat, quoique son caractère fût moins solide et moins estimable que celui du cardinal d'Ossat. Ses ouvrages de controverse sont oubliés; on voudroit pouvoir oublier aussi qu'aux états-généraux de 1614 il se montra mauvais François, et prétendit sacri-

---

(*) Paris, madame Huzard, 1804, 2 vol. *in-4°*, fig.

fier aux doctrines ultramontaines l'autorité des rois et la fidélité des peuples.

Il ne réussit pas dans l'introduction de quelques mots de vanité qui lui tenoient à cœur. « Lorsque M. le cardinal du » Perron revint de Rome, après la négociation de Venise, » il en apporta l'*illustrissime* cardinal et la *seigneurie* » illustrissime. Mais personne n'en voulut. Il fut leur in— » troducteur à la cour; il leur donna place à la tête de ses » dépêches; il les imprima dans ses livres : il n'eut pas assez » de crédit pour faire naturaliser ces nouveaux venus, et les » faveurs particulières qu'il leur faisoit ne purent leur » acquérir celle du public. » (Balzac, *Socrate chrétien,* discours 10.)

On lui attribuoit les *Hermaphrodites*, libelle satirique contre Henri III et ses mignons ; mais il paroît que cette satire n'est pas de lui.

La coutume du cardinal du Perron étoit de revoir ses ouvrages sur les feuilles imprimées qu'il en faisoit tirer exprès : c'étoit pour cette raison qu'il avoit une imprimerie dans sa maison de campagne, au village de Bagnolet.

Il a fait aussi des poésies galantes. En offrant des *Étrennes à Henri IV*, il lui parle ainsi de la belle Gabrielle :

> Heureuse mille fois l'angélique beauté
> Qui voit dessous ses piés tant de gloire captive,
> Et domte avec ses yeux ton esprit indomté
> Qui, pour chérir ses fers, de liberté se prive !

Au surplus, Fontenelle observe que le nom et le mérite de Malherbe furent connus de Henri-le-Grand, par le rapport avantageux que lui en fit le cardinal du Perron; ce dernier trait lui fait beaucoup d'honneur.

18. SAVARON (Jean).

Né à Clermont en Auvergne, mort en 1622.

Député du tiers-état à l'assemblée de 1614, il soutint avec zèle les droits du corps de la nation, contre les ordres

privilégiés qui avoient l'orgueil maladroit de *s'en* séparer.
C'étoit un bon François, et un homme éloquent. Sa *Chronique des États-généraux* et ses autres ouvrages sont bons
à consulter.

19. PLESSIS-MORNAY (PHILIPPE DU).

*Né dans la Haute-Normandie en 1549, mort en Poitou le 11 no-
vembre 1623.*

Connu par le beau rôle que Voltaire lui fait jouer dans
la Henriade, et qui est fondé sur l'histoire. Il fut sauvé
de la Saint-Barthélemi par le brave Hubert Languet. Sa
vie, imprimée chez les Elzeviers, est fort curieuse.

Ses ouvrages de controverse en faveur du protestantisme
firent beaucoup de bruit.

Son histoire des papes porte le titre violent de *Mystère
d'iniquité*. C'est un des livres les plus forts que l'on ait
jamais faits contre la cour de Rome, qui n'ignoroit pas elle-
même les abus qu'elle avoit dans son sein. Du temps du pape
Innocent VIII, il parut un autre livre sanglant contre ces
abus. Ce livre fut mis entre les mains du Pape, qui, après
l'avoir lu, dit tout haut, en présence des prélats du saint-
office : « Cet auteur dit vrai, c'est pourquoi il faut que nous
» nous réformions, afin que nous le fassions mentir : *Questo
» libro dice il vero, e pero bisogna riformar noi istessi,
» per far bugiardo l'autore.* »

L'ouvrage capital de du Plessis-Mornay, est un *Traité
de la vérité de la religion chrétienne.* Voici comme il a
été apprécié par l'abbé Houteville, qui, depuis, a traité le
même sujet.

« Au milieu de la chaleur des controverses (de Luther et
» de Calvin), quelques esprits imaginèrent que les deux
» communions avoient l'une sur l'autre des avantages réci-
» proques; bientôt ils en prirent occasion de les tenir pour
» indifférentes; puis faisant un pas de plus, la plupart
» mirent en problème la divinité même du christianisme.
» Cette gradation est plus ordinaire qu'on ne peut penser;

» et c'est le malheur des combats théologiques, d'occasionner
» souvent l'incrédulité dans certaines âmes imprudentes et
» mal préparées à de tels spectacles. Pour arrêter ou pré-
» venir ce désordre, Philippe de Mornay, sous le règne
» de Henri-le-Grand, donna le livre *de la Vérité de la
» Religion chrétienne ;* titre, ce me semble, un peu trop
» resserré, vu le grand terrain que l'auteur embrasse. Il
» prouve l'existence de Dieu, contre les athées ; son unité,
» contre les idolâtres ; sa providence, contre les épicuriens ;
» l'immortalité de l'âme, contre les impies ; la nécessité
» d'un nouveau culte, contre les juifs ; et enfin, la divinité
» de Jésus-Christ, contre tous les infidèles. Cet écrit, le pre-
» mier qui ait paru sur ce sujet en langue françoise, eut
» un applaudissement universel, et il le méritoit. On y voit
» de la méthode, du raisonnement, du feu dans l'élocu-
» tion, des images assez vives, de l'érudition, et de celle-
» ci peut-être même un peu trop : excès qu'on ne sauroit
» blâmer qu'avec respect, et qui pourtant se tourne quel-
» quefois en défaut, etc. »

On lit encore les *mémoires* de du Plessis-Mornay, et ses
lettres, imprimées aussi chez les Elzeviers.

Il faut surtout admirer celle que lui adressa Henri IV,
pour le consoler d'une injure bien lâche, qu'avoit osé lui
faire un brutal accompli, nommé Saint-Fal, qui l'avoit
attiré dans un piége obscur :

Monsieur du Plessis, j'ai un extrême déplaisir de l'outrage que vous
avez reçu, auquel je participe comme roi et comme votre ami. Pour le
premier, je vous en ferai justice et à moi aussi. Si je ne portois que le
second titre, vous n'en avez nul de qui l'épée fût plus prête à dégaîner,
ni qui y portât sa vie plus gaiement que moi. Tenez cela pour constant,
qu'en effet je vous rendrai office de roi, de maître et d'ami.

Henri IV, élevé dans les prêches des protestans, parloit
et écrivoit sa langue beaucoup mieux qu'aucun prince contemporain, et même beaucoup mieux que certains savans
de son siècle, qui ne s'étoient adonnés qu'au latin, et ne
daignoient pas descendre jusqu'à l'idiome vulgaire.

20. CHARRON (Pierre).

Né à Paris en 1541, mort en 1603.

Ce digne élève de Montaigne, sans avoir pourtant son imagination, imita de loin son style et sa philosophie indépendante et courageuse.

Son livre *de la Sagesse* a eu un grand nombre d'éditions, et mérite d'être encore mieux soigné. Les citations latines dont cet ouvrage est rempli, ne sont pas traduites, et les sources n'en sont pas indiquées ; ce qui rend la lecture de cet excellent ouvrage moins agréable et moins généralement utile qu'elle ne pourroit l'être. Nous croyons, en outre, qu'on devroit y joindre au moins un extrait de ses *trois vérités* et de ses *discours chrétiens*, premiers essais de sermons raisonnables parmi nos catholiques.

Dans ses *trois vérités*, la première traite de la religion en général, contre les athées ; la seconde établit que de toutes les religions la chrétienne est la meilleure, contre les gentils, les juifs, et les mahométans ; la troisième, opposée surtout au livre de du Plessis-Mornay sur l'*Eglise*, montre que « de toutes les parts qui sont en la chrestienté, la ca-» tholique romaine est la meilleure. » Ce dernier livre contribua, dit-on, à la conversion de Henri IV, à qui Charron en a fait une très-noble dédicace.

Voici comme il débute dans sa *vérité seconde :*

Il y a cinq religions, qui ont eu grand crédit et réputation au monde, comme capitales et maîtresses, introduites l'une après l'autre, selon l'ordre qui s'ensuit, et ce qui est bien remarquable, presqu'en même endroit et petit circuit de la terre.

La naturelle, commençant avec le genre humain en la Palestine ;

La gentile, inventée après le déluge, et par ainsi plus jeune que la naturelle et que le monde, près de deux mille ans, et mise en pratique premièrement en Chaldée ;

La judaïque, conçue du temps d'Abraham et avec lui, environ cent ans après la gentile, en Palestine, puis éclose et publiée par Moyse en l'Arabie déserte ;

La chrestienne, par Jésus-Christ, environ quatre mille ans après la naissance du monde, au pays de la Palestine ;

La mahométane, en Arabie, six cents ans après la chrestienne ; et la Chaldée, l'Arabie, la Palestine sont fort voisines.

Voilà les cinq religions capitales et fameuses du monde, qui sont essentiellement différentes.

Ces religions débattent entre elles, et se veulent défendre et autoriser par mêmes raisons. Chacune allegue ses miracles, ses saints, ses victoires. Particulièrement chacune se veut prévaloir contre les autres de quelque droit et prérogative ;

La naturelle, de son origine, antiquité et simplicité, laquelle estant suffisante, dit tout le reste n'estre qu'addition et surcharge, matiere de disputes et de débats ;

La gentile, plus polie, se brave des sciences, des beaux discours et règlements moraux et politiques, par lesquels, et de tres bonne grace, est présentée l'image de la vertu, toute république est bien dressée et bien conduite ;

La judaïque et puis la mahométane alleguent pour elles en commun la simplicité d'un Dieu, tant en créance qu'en représentation externe, contre la Trinité chrestienne et la pluralité gentile ; mais la judaïque, en outre, se glorifie de l'antiquité et noblesse de sa gent et race, des miracles et des faveurs célestes tant en son établissement et fondation qu'en son progrès, et de là grande suite de ses prophètes ;

La mahométane, la derniere venue, s'enfle de sa prospérité et de ses grandes victoires ; ayant ravalé beaucoup et en peu de temps la grandeur des autres, même de la chrestienne ;

Les prérogatives de la chrestienne se diront plus au long ; car ce livre n'est fait que pour cela.

D'autre part aussi chacune souffre quelque reproche des autres.

La naturelle, que ce n'est point vraiment religion, estant vague, incertaine, et n'ayant rien de prescrit, ni ordonné ;

La gentile, à cause des sacrifices des corps humains, de l'adoration des choses muettes, de l'infâme multitude, généalogie et accointance de ses dieux, et de la vilaine et ingrate oubliance du vrai Dieu souverain ;

La judaïque, de la cruauté envers ses prophètes, et que c'est une gent superstitieuse, odieuse et déplaisante à toutes les nations ;

La chrestienne, de ce qu'elle donne un fils, égal et compagnon à Dieu, qu'elle adore les images, et que la vie des chrestiens est toute infectée de jeux d'hasard, d'adultères et de blasphèmes ;

La mahométane, à cause de la grossiere et charnelle vanité qui est en elle, estant l'Alcoran tout farci de sottises insupportables ; et à cause de son progrès et de sa procédure, qui est toute par le glaive, guerres, meurtres, captivités, etc.

L'auteur ne parle ici que de cinq religions principales,

parce qu'il croyoit qu'il n'y en avoit pas d'autres répandues dans le monde. On n'avoit pas alors des idées bien nettes sur l'Inde, la Chine, le Japon, etc. C'est ainsi que sous Louis XIV, Bossuet a borné son discours sur l'histoire à celle d'une partie du globe, et l'a faussement décorée du titre d'*Histoire universelle*.

On peut voir par ce livre de Charron, par celui de Duplessis-Mornay, et par celui que Montaigne avoit traduit de Raymond de Sebond, que long-temps avant Pascal des philosophes religieux s'étoient proposé le même but dans lequel Pascal a jeté sur le papier ses pensées, restées imparfaites, et recueillies seulement après sa mort.

21. JEANNIN (Pierre).

Né à Autun en 1540, mort en 1622.

Il étoit bailli d'Autun, lorsqu'il reçut l'ordre de Charles IX pour faire arrêter et égorger les protestants. Il écrivit à la cour, et motiva son refus. Le chancelier de l'Hôpital s'écria : C'est un juge de village qui nous apprend notre devoir !

Ce juge de village fut ligueur, et cependant il devint le ministre et l'ami de Henri IV.

Ce fut lui qui conçut le premier dessein du canal par lequel on a réuni et fait communiquer la Saône avec la Loire (aujourd'hui le canal du centre). Deux siècles se sont écoulés avant que cette belle idée ait été mise à exécution. Les pensées du génie sont des legs faits à l'avenir ; mais il manque à ce grand ouvrage ce qui avoit été projeté aussi par Jeannin et approuvé par Henri IV, pour faire de Digoin une ville centrale et vraiment importante pour le commerce intérieur.

Les *négociations* du président Jeannin ont servi d'instruction au cardinal de Richelieu pendant sa retraite à Avignon. Le duc de Nivernois les a étudiées, et en a fait des extraits.

Souvenons-nous que l'on vouloit condamner et proscrire

la Sagesse de Charron. Le Parlement, l'Université, la Sorbonne, étoient soulevés. Jeannin fit voir dans le conseil que c'étoit un *livre d'état*, et il nous épargna la honte de cette persécution.

22. BRANTÔME (Pierre Bourdeille, abbé de).

Né en 1527, mort en 1614.

Ses Mémoires sur les *capitaines françois et étrangers*, sur les *femmes galantes*, sur les *femmes illustres*, et sur les *duels*, sont curieux et hardis, assaisonnés pourtant d'une liberté trop cynique ; il ne faut les lire qu'avec précaution, et ils auroient besoin d'un bon commentaire : car les notes de Le Duchat et de Prosper Marchand ne sont pas suffisantes.

23. FRANÇOIS DE SALES (Saint).

Né en 1567, mort en 1622, canonisé en 1665.

Ce fut à la sollicitation et sur les idées de Henri IV qu'il fit son *Introduction à la Vie dévote*, ouvrage d'un homme d'esprit, qui respire quelquefois la douceur et l'onction de l'Évangile.

On a de lui deux volumes *in folio* ; c'est beaucoup trop. Camus, évêque du Bellay, en a fait un abrégé, encore trop long, en six volumes *in-8°*, sous le titre de l'*Esprit de saint François de Sales*. Mais en 1727, Pierre Collet, docteur de Sorbonne, en a tiré un seul volume, qui a eu plusieurs éditions.

C'étoit au sein de la Savoie que ce saint faisoit parler la piété en françois d'une manière si tendre.

24. BERGIER (Nicolas).

Né en 1557, mort en 1623.

Son *Histoire des grands chemins de l'Empire romain* parut en 1622 ; elle a été réimprimée en françois, traduite en latin, et sera toujours méditée avec fruit par les administrateurs et les hommes d'état. On pourroit la resserrer un peu, et y mettre plus d'ordre; mais enfin c'est un bon ouvrage et un livre utile.

Il avoit aussi composé un *Dessein de l'Histoire de Rheims*, avec des remarques sur l'établissement des peuples et la fondation des villes de France, publié à Rheims, 1635, *in-4°*. Il seroit bon que chaque ville eût soin de recueillir ainsi son histoire particulière et ses antiquités locales.

25. GOULARD (Simon).

Né à Senlis en 1543, mort en 1628.

Ministre à Genève, pendant soixante-six ans; auteur des *Mémoires de la Ligue;* homme trop peu connu, qui a beaucoup travaillé dans notre langue. Il avoit composé une *Philosophie de l'Histoire*, titre remarquable, et que Voltaire a rempli depuis, sans se douter qu'un autre l'eût déjà employé.

Le style de Goulard est naturel et sans recherche. Il narre surtout assez bien. Nous en donnerons une idée, en citant quelques récits, traduits par lui des *Méditations historiques* de Camerarius.

Pouvoir de la musique. Nicéphore raconte que le tyran Eugène ayant ému la périlleuse guerre, en Levant, l'argent vint à défaillir à l'empereur Théodose, qui délibéra d'en exiger et amasser de toutes parts. Ceux d'Antioche portèrent si mal volontiers cette recharge, qu'après avoir dégorgé beaucoup d'outrages contre l'empereur, ils abattirent ses statues et celles de l'impératrice. Tôt après, cette fureur de colère appaisée, ils commencèrent à se repentir de leur folie, et comprirent le danger auquel leur ville avoit été réduite. Ce fut donc à maudire cette témérité, à confesser la faute, supplier à chaudes larmes la bonté de Dieu qu'il lui plût adoucir le courage de l'empereur. Ces prières et supplications étoient chantées publiquement en voix lamentables. L'évêque (Flavianus) s'employa courageusement pour la ville en ce besoin, et, s'étant acheminé vers Théodose, fit tout son possible pour l'appaiser. Se voyant rebuté, et sachant que l'empereur meditoit quelque grieve punition, d'autre part n'osant plus lui en parler, et fort perplex en sa pensée à cause du peuple, il s'avisa d'un expédient. Durant le repas de l'empereur, quelques jeunes enfans souloient chanter en musique pour le réjouir. Flavianus fit tant qu'il obtint de ceux qui en avoient la charge, qu'ils permettroient que ces enfans chanteroient les supplications des Antiochiens. Théodose, prêtant l'oreille à cette musique grave, en fut tellement ému et si avant touché de compassion, que, tenant lors une tasse en sa main, il arrosa de ses larmes le vin qui étoit dans icelle; puis, oubliant toute son indignation, pardonna aux Antiochiens.

Ce trait auroit pu fournir à J.-B. Rousseau le sujet d'une belle cantate.

Trésor de l'empereur Maximilien. L'empereur Maximilien Ier, pensant à la mort imminente, inventa un moyen de l'avoir toujours devant les yeux. Cinq ans devant sa mort, quoique environné d'importantes affaires de l'empire et de ses royaumes, il agença lui-même son cercueil, avec tout le meuble nécessaire pour ensevelir un mort, disant qu'il se bâtissoit une maison la plus agréable de toutes. Cela faisoit-il à cachette, pour ne sembler rechercher la vue des hommes. Ses domestiques et autres, voire les principaux officiers de la cour et de l'empire, cuidoient qu'il y avoit quelque trésor en ce coffre; les autres pensoient que ce fût une petite bibliotheque d'histoires anciennes; les autres, que là étoient serrées des choses de grande conséquence. L'empereur, sachant la vérité du fait, au reste prince de fort agréable rencontre, en souriant, disoit que ce coffre, qu'on portoit en quelque part qu'il allât, contenoit chose qui lui étoit chère et précieuse entre toutes autres, et dont il prétendoit bien se servir. Je demande maintenant d'où procédoit cette joye et allégresse en un si puissant prince au monde, ayant toujours la mort devant les yeux? Ce n'étoient pas les instructions payennes, mais la continuelle espérance et croyance de vie bienheureuse qui emplissoit sa pensée de fermes consolations. Aussi notre plus grand soulas en la mort, c'est le désir qui nous porte par-delà la mort; ou, comme dit encore mieux et plus chrétiennement saint Jérôme: Rien ne sert tant à nous attremper en toutes affaires, et à nous contenir en modestie, que la pensée de cette courte vie.

Sur ce coffre, Young auroit médité une nuit bien sombre; et Horace, une ode charmante.

Remède de l'empereur Paléologue. Paléologue II, empereur de Constantinople, étoit fort malade, et n'y avoit vigueur de nature ni remède qui le remît au-dessus; plutôt tels moyens lui nuisoient, en lieu de le fortifier et guérir. Ayant gardé le lit un an entier et environ, au grand intérêt de l'état, certaine femme avertit l'impératrice que son mari ne pourroit recouvrer santé si on ne le harassoit par continuelles fâcheries, pource que par tels moyens s'écouleroient les humeurs d'où procédoit la maladie. Cet expédient approuvé, et suivant une méthode toute contraire à celle des médecins, l'impératrice commence à rabrouer son mari de façon du tout étrange, sans vouloir lui obéir en la plupart de ce qu'il requéroit d'elle. Ces fréquentes et importunes querelles écartèrent les humeurs malignes, augmentèrent la chaleur naturelle, et allégèrent tellement l'empereur, qu'il vécut encore une vingtaine d'années après cette épreuve, et jusques au bout de sa course de soixante ans fut sain et dispos. Voilà une bonne recette, mais fort douteuse, fondée ès-riotes et crieries d'une femme, mal plus grand que la maladie même.

Cette dernière histoire, contée par La Fontaine, auroit pu devenir une de ses meilleures fables.

26. LE ROY (Pierre),

Aumônier du cardinal de Bourbon,

ET LES AUTRES AUTEURS DE LA SATIRE MENIPPÉE.

Pierre Le Roy, Nicolas Rapin, Jean Passerat, Pierre Pithou, Florent Chrestien, etc., se réunirent pour composer le *Catholicon*, mélange de vers piquants et de prose maligne, qui aida puissamment au retour des François vers Henri IV. La Ligue ne put résister, lorsque son atrocité fut combattue par le ridicule.

Il y a un article très-curieux, dans le *Vigneul-Marvilliana*, sur le *Catholicon d'Espagne* et ses diverses éditions. *La Vertu du Catholicon d'Espagne*, publiée par Pierre Le Roy en 1593, fut la première pièce qui donna lieu au reste de la satire Menippée.

27. ROHAN (Henri de).

Né en Bretagne, mort en 1638.

Grand guerrier et bon écrivain. Ses *Mémoires*, ses *Lettres*, ses *Discours politiques*, ses *Intérêts des princes*, etc., ont dû perdre de leur mérite, par le laps de temps qui s'est écoulé et par le changement des circonstances; mais on peut lire encore avec fruit son *parfait Capitaine*, ou l'*Abrégé des Commentaires de César.*

Balzac dit qu'il ne faut pas confondre les grands hommes avec les grands seigneurs. Henri de Rohan étoit l'un et l'autre, et par là bien supérieur aux ducs et princes de son temps ; mais il avoit été formé dans les écoles protestantes, qui n'inspirèrent que plus tard de l'émulation à nos écoles catholiques.

28. AUDIGUIER (VITAL).

Né en 1565, mort en 1630.

Mauvais poète, auteur d'un gros livre, *le vrai et ancien usage des Duels*, que Bayle n'estime pas indigne des bibliothèques. C'étoit sans doute la raison pour laquelle l'Académie l'avoit mis sur sa liste où se trouvoient encore d'autres noms aussi peu connus aujourd'hui.

Il avoit traduit de l'espagnol, cette *Vie de l'écuyer dom Marc Obregon*, roman de Vincent Espinel, dans lequel Voltaire a cru et a dit mal à propos que Le Sage avoit pris le roman de Gilblas. Nous avons lu à l'Académie un examen de ce problème littéraire, et nous croyons avoir démontré que si Le Sage a pu emprunter la première idée de Gilblas à la littérature espagnole, ce n'est pas du moins à la *Vie d'Obregon* qu'il en a été redevable.

On peut être étonné de trouver au nombre des auteurs que l'Académie Françoise vouloit citer, des hommes devenus aussi obscurs que d'Audiguier, Durefuge, Molin, et d'autres, et de n'y pas trouver les noms illustres de Sully, La Vieille-Ville, etc. ; mais il faut observer que les *Economies royales*, les *Mémoires* de La Vieille-Ville, et d'autres bons ouvrages d'écrivains du seizième siècle, n'ont été imprimés ou n'ont été répandus que dans le dix-septième ; qu'ainsi l'Académie n'en avoit pas de connoissance dans ses premiers commencements. La publication tardive de ces livres n'a pas permis qu'ils influassent sur la littérature et sur la langue, du vivant même de leurs auteurs.

29. URFÉ (HONORÉ D').

Né à Marseille en 1567, mort en 1625.

Auteur du roman de l'*Astrée*, bergerie trop peu pastorale, remplie d'allusions qui charmoient ses contemporains, et mêlée de prose et de vers. L'*Astrée*, qui fit pendant long-temps la folie de la France, est aujourd'hui presque entièrement oubliée. Il faudroit beaucoup l'abréger, si l'on vouloit la reproduire et nous ramener aux bords du Lignon. Cette entreprise a été déjà exécutée deux fois; 1°. en 1713, par l'abbé de Choisy, qui donna la *Nouvelle Astrée*, dédiée à S. A. R. Madame, en un seul volume *in-12*; et 2°. en 1723, par l'abbé Souchay, qui publia pour lors, en dix volumes, du même format, la pastorale allégorique de l'*Astrée*, avec la clef, etc. etc. Ces deux abbés n'ont pas réussi. En général, les admirateurs de d'Urfé ont été malheureux dans ce qu'ils ont tiré de son ouvrage. La Fontaine lui-même y a échoué. Il avoit dit, dans son *Épître à l'évêque d'Avranches:*

> Des bergères d'Urfé chacun est idolâtre.

Et suivant l'abbé d'Olivet : « Après Marot et Rabelais, » La Fontaine n'estimoit rien tant que l'*Astrée* de M. d'Urfé; » c'est d'où il tiroit ces images champêtres qui lui sont familières et qui font toujours un si bel effet dans la poésie. » Eh bien! La Fontaine a pris l'*Astrée* pour le sujet d'un opéra qui n'a point eu de succès, et dans lequel il est impossible de reconnoître ce grand peintre. J'ai lu cette pièce, et n'y ai pas trouvé un vers à citer, tandis que l'on en rencontre d'assez agréables dans le fatras même de d'Urfé. Voici, par exemple, ce que dit un berger auquel sa maîtresse prescrivoit de feindre de l'amour pour une autre bergère :

> S'il faut mourir d'amour extrême,
> Je puis dissimuler que j'aime;
> Mais pour feindre d'autres ardeurs,
> S'il le faut ou mourir, je meurs.

D'Urfé avoit tenté de composer des vers sans rime, à la manière italienne. *Sylvanire* est le nom de la pièce qu'il a faite dans cette idée. Elle est à la Bibliothèque du Roi ; nous en avons donné l'analyse dans une des séances extraordinaires de l'Académie Françoise. D'Urfé n'étoit pourtant pas le premier qui eût tenté de faire des vers blancs. Nous avons prouvé que Jean de La Jessée, Blaise de Vigenère, et d'autres, avoient eu la même idée. Enfin, l'on voit une lettre de Balzac à Chapelain, du 15 mars 1639, où il dit que « les vers sans rime sont morts pour jamais avec leur ami de » La Tournelle », qui avoit eu sans doute la même fantaisie que d'Urfé, et à qui elle n'avoit pas mieux réussi.

3o. DUVAIR (Guillaume).

Né à Paris en 1556, mort en 1621.

Évêque et magistrat, qui a eu le mérite de sentir le premier ce qui manquoit à notre langue, et de faire du moins quelques efforts pour la tirer de l'état de langueur et d'abandon où elle étoit dans les seules tribunes qui lui fussent ouvertes, la chaire et le barreau.

Il composa beaucoup d'ouvrages, où il tâchoit d'être éloquent ; mais il tomba lui-même dans le défaut, alors si commun, de vouloir trop latiniser notre langue nationale. On lui a reproché de fabriquer des mots, comme « sponsion, » cogitation, contumélie, des sanctimoniales, se conta- » miner, macilent, orbité, dilucidité, contemnement, » un sol amène, etc. » Ce dernier mot plaisoit beaucoup au cardinal du Perron ; mais le public a reçu le substantif *aménité*, et n'a point voulu de l'adjectif *amène*, qui auroit fait équivoque avec la troisième personne de l'indicatif du verbe *amener*.

Cependant Duvair publia, en 1614, un *Traité de l'Eloquence françoise, et des raisons pourquoi elle est demeurée si basse*, et cet ouvrage fait époque ; car c'est là que commencent les efforts, plus ou moins heureux, de beaucoup d'écrivains pour dénouer la langue, suivant l'expression de Guillaume Duvair lui-même.

Dans son *Traité*, il examine pourquoi notre éloquence est encore si éloignée de la perfection où elle auroit pu aspirer, même parmi les prédicateurs, « qui ont de plus » grands avantages pour devenir éloquents que les avocats, » à qui la chose est plus difficile. » Il trouve trois raisons principales de l'infériorité de nos orateurs : « La première, » le défaut des grandes affaires, et en même temps celui » d'une juste récompense ; la seconde, le peu d'attachement » de la noblesse françoise pour cette étude ; la troisième, » la difficulté de l'art, qui demande tant de talent et tant » d'exercice pour le faire valoir. »

A la voix de Duvair, ceux qui se sentoient du talent entrèrent à l'envi dans la lice nouvelle qu'il désiroit de leur ouvrir ; et l'on crut aisément qu'on en avoit atteint le but ; car on vit, dès 1625, paroître « le Bouquet des plus belles » fleurs de l'Éloquence, cueilli dans les jardins des sieurs du » Perron, Coëffeteau, Duvair, Bertaud, Malherbe, d'Au- » diguier, La Brosse, Roussel, La Serre. »

Ce bouquet étoit composé de fleurs assez communes. Malherbe avoit eu la prétention de donner aussi des lois à la prose, et d'en laisser des modèles ; mais on le comparoit à l'hirondelle « qui marche mal, quoiqu'elle vole bien ». La gloire de Malherbe ne peut en souffrir. C'est assez pour lui d'avoir commencé en France un nouvelle ère poétique ; il étoit réservé à d'autres écrivains de relever et de former la prose.

Ce changement date de 1625, temps où parurent les premières épîtres de Balzac, et où les gens de lettres, qui se réunissoient pour entendre la lecture des ouvrages de Godeau, donnèrent l'idée de la formation de l'Académie Françoise, plusieurs années avant que ce corps fût adopté et autorisé par le cardinal de Richelieu. Nous nous bornerons à parler des auteurs les plus remarquables de cette époque, et de ceux dont les ouvrages antérieurs aux Provinciales sont encore aujourd'hui considérés comme bien écrits, et peuvent être réimprimés et relus tels qu'ils ont été composés. C'est, dans le style noble, Balzac, Descartes, Patru, Vaugelas, Mézeray, Pelisson; pour les grands romans, Gomberville et La Calprenède; et dans le genre plaisant, Scarron et Cyrano de Bergerac.

§. IV. *Des meilleurs ouvrages en prose depuis Balzac jusqu'à Pascal.*

1. BALZAC (Jean-Louis Guez de).

Né à Angoulême en 1595, mort en 1654.

Balzac avoit pris à la lettre les réflexions de Duvair sur la trop grande bassesse de notre éloquence. Il s'en forma une haute idée; mais il se trompa d'abord dans l'application, car il porta dans le style épistolaire, qui doit être familier et léger, l'enflure hyperbolique, la pompe et le nombre qui ne conviennent qu'aux grandes déclamations et aux harangues oratoires.

En décrivant la beauté de sa retraite, près d'Angoulême, Balzac dit : « Il ne s'y voit jamais de lézards, ni de cou- » leuvres; et de toutes les sortes de reptiles, nous ne » connoissons que les melons et les fraises. » Livre Ier, lettre 15. Toute la lettre est de ce style.

Ce défaut de Balzac contribua peut-être à son succès; car le goût n'étoit pas formé; mais il se corrigea dans la suite, et en parcourant son recueil on s'aperçoit des progrès sensibles qu'il faisoit avec l'âge. Ce recueil, si précieux pour l'histoire de notre littérature, a eu long-temps une vogue extraordinaire. Nos plus grands auteurs l'avoient bien étudié; Molière lui a emprunté quelques idées. Dans une lettre à Chapelain, du 23 novembre 1637, Balzac parle d'un homme de qualité qui faisoit des livres malgré Minerve. « Est-il possible qu'un homme qui n'a pas appris » l'art d'écrire, et à qui il n'a point été fait de comman- » dement de par le roi, et sur peine de la vie, de faire » des livres, veuille quitter son rang d'honnête homme » qu'il tient dans le monde, pour aller prendre celui d'im-

» pertinent et de ridicule parmi les docteurs et les écoliers. »

Il n'y a personne qui ne reconnoisse à l'instant, dans ce passage de Balzac, ces vers que Molière a mis dans la bouche du Misanthrope :

> Et n'allez point quitter, de quoi que l'on vous somme,
> Le nom que dans la cour vous avez d'honnête homme,
> Pour prendre de la main d'un avide imprimeur,
> Celui de ridicule et méprisable auteur.
>
> *Le Misanth.*, act. I, sc. 2.

Dans une de ses lettres, Balzac s'écrie : « O bienheureux » écrivains ! M. de Saumaize en latin, et M. de Scudéry en » françois ; j'admire votre facilité, et j'admire votre abon- » dance ! Vous pouvez écrire plus de calepins, que moi » d'almanachs. » Chacun sait que Boileau a pris exactement ce tour :

> Bienheureux Scudéry, dont la fertile plume
> Peut tous les mois, sans peine, enfanter un volume, etc.

N'oublions pas que c'est Balzac qui, dans son testament, a fondé le prix d'éloquence distribué tous les deux ans par notre Académie Françoise, et qui a inspiré une émulation générale et utile à la littérature. C'est ce concours qui a formé les Tourreil, les Thomas, les Garat, les La Harpe, etc.

Voltaire n'a point mis Balzac dans le Temple du goût ; mais d'ailleurs, il lui rend justice, et le venge de ce fatras d'injures dégoûtantes dont il fut accablé, quand ses pre- mières lettres parurent, en 1624. Des Feuillans lui lancè- rent plusieurs tomes d'injures. On alla plus loin ; l'on tâcha de le brouiller avec son père. Celui-ci rendit justice à son fils, par une lettre qu'on sera peut-être bien aise de lire, parce qu'elle honore à la fois le caractère de Balzac, et le véné- rable vieillard, qui avoit quatre-vingt-neuf ans lorsqu'il écri- voit cette lettre.

Lettre du père de Balzac à son fils.

MON TRÈS-CHER FILS,

Depuis le temps que je commence à vous solliciter de faire un pré- sent au public des fruits de votre travail, douze années se sont insensiblement écoulées, et les miennes en sont augmentées d'autant, étant à présent entré dans la quatre-vingt-neuvième année de mon âge; et bien que ce soit un terme où je dois plus penser à mourir qu'à nulle autre chose, néanmoins, parce qu'il s'attache toujours à l'infirmité humaine quelque désir d'allonger ses jours, je suis fait comme les autres hommes, et ne hais pas encore la vie; mais il est certain que je désire particulièrement de vivre pour avoir la consolation dans ce reste de vieillesse, et avant que de partir de ce monde, de voir publier les beaux ouvrages que j'ai déjà vus écrits à la main. Il me semble, mon très-cher fils, que vous ne pouvez pas raisonnablement me dénier ce dernier contentement que je vous demande; et, vous obstinant davantage à ne me l'accorder pas, il y aurait en vos excuses plus de chagrin que de modestie. Si l'envie d'être loué des hommes ne vous tente point, pour le moins celle de me plaire doit faire quelque impression sur votre esprit; et je veux croire qu'en cette occasion vous considérerez un peu ma personne, qui se dépouille de l'autorité paternelle pour agir par prières et par remontrances auprès de vous. Je sais que vous êtes riche d'une infinité de choses rares; mais c'est être avare que de les garder toujours dans votre cassette : et je vous conjure avec autant d'affection que j'en désire rendre à votre bon naturel, qui n'a jamais manqué d'obéissance en mon endroit, de ne me faire pas languir davantage. Contentez l'impatience d'un homme pressé, qui se hâte d'achever ce qui lui reste à faire en ce monde. Avant toutes choses, mon très-cher fils, envoyez au plus tôt à votre imprimeur les deux livres de vos *Apologies*, qui, à mon jugement, sont deux livres admirables, et que j'ai lus et relus plusieurs fois, et toujours avec un nouveau plaisir. Vous devez cela non-seulement à la gloire du public et à votre propre réputation, mais aussi à l'honneur de notre famille et à votre intérêt particulier, afin de désabuser certaines gens qui pourroient croire, sur la foi d'un faux témoin, que vous ne m'avez pas toujours extrêmement estimé, voire même que vous m'avez voulu rayer du nombre des personnes raisonnables. Ainsi fut très-mal conclu par la ridicule subtilité du docteur qui a voulu nous brouiller; mais c'est une chose qui n'est pas au pouvoir de toutes les subtilités de l'école, et il n'y a point de mauvaise conclusion qui vous puisse mettre mal avec moi, au préjudice d'une infinité de bons offices que mes vieux ans ont reçus et reçoivent continuellement de votre assistance. Sur ce, je prie Dieu, mon très-cher fils, de vous continuer ses saintes grâces.

A Angoulême, ce 2 novembre 1642.

Votre très-affectionné père à vous servir,

GUEZ.

Cette lettre d'un bon vieillard n'a point l'apprêt et la re-

cherche des lettres de son fils ; mais elle est naturelle et noble.
C'étoit le vrai style du genre.

2. DESCARTES (René).

Né dans la Touraine en 1596 , mort à Stockholm en 1650.

Les lettres de Balzac opérèrent ou plutôt commencèrent
la réforme de la prose ; mais ce qui décida la révolution ,
ce fut l'esprit de méthode et de philosophie, réveillé par
le génie de Descartes : et l'on peut en juger d'après l'opinion très-saine que ce grand homme manifesta sur les
lettres de Balzac , et d'après la supériorité qu'il montra
dans sa correspondance avec celui qu'on appeloit le *grand
épistolier de France.* Nous en avons la preuve dans les
deux lettres suivantes :

Lettre de Balzac à Descartes.

Monsieur, votre lettre m'a trouvé dans la plus noire humeur où je
fus jamais. De vous dire qu'en cet état-là elle m'ait donné de la joie, ce
seroit parler trop hardiment pour un malheureux ; mais il est vrai
qu'elle a tempéré un peu ma tristesse, et m'a rendu capable de consolation. Je ne vis plus que de l'espérance que j'ai de vous aller voir à
Amsterdam, et d'embrasser cette chère tête, qui est si pleine de raison
et d'intelligence ; c'est ce qui m'empêche de venir ici, où ****. Il est
toujours dans la servitude des cérémonies et des complimens, et fait
le coyon avec une répugnance d'esprit qui ne se sauroit imaginer. Il a
l'ame d'un rebelle, et rend les soumissions d'un esclave. A ce qu'il
dit, il n'a point d'ambition, mais il consent à celle d'un autre, et
meurt d'une maladie qui n'est pas sienne. Voilà que c'est d'être com-
plaisant et de faillir par obéissance. Pour vous, monsieur, vous avez
mis votre esprit au-dessus de ces considérations vulgaires ; et quand je
me représente le sage des stoïques, qui étoit seul libre, seul riche, et
seul roi, je vois bien que vous avez été prédit il y a long-temps, et que
Zénon n'a été que la figure de M. Descartes.

> *Felix qui potuit rerum cognoscere causas ,*
> *Atque metus omnes et inexorabile fatum*
> *Subjecit pedibus , etc.*

Vous êtes cet heureux, ou il ne se trouve point dans le monde, et la
conquête de la vérité, à laquelle vous travaillez avec tant de force et
de courage, me semble bien quelque chose de plus noble que tout ce
qui se fait avec tant de bruit et de tumulte en Allemagne et en Italie.

Je ne suis pas si vain que je prétende devoir être compagnon de vos travaux, mais j'en serai pour le moins le spectateur, et m'enrichirai assez du reste de la proye et des superfluités de votre abondance. Ne pensez pas que je fasse cette proposition au hasard ; je parle fort sérieusement ; et pour peu que vous demeuriez au lieu où vous êtes, je suis Hollandais aussi bien que vous, et Messieurs des Etats n'auront point un meilleur citoyen que moi, ni qui ait plus de passion pour la liberté. Quoique j'aime extrêmement le ciel d'Italie et la terre qui porte les orangers, votre vertu serait capable de m'attirer sur les bords de la mer Glaciale et jusqu'au fond du septentrion. Il y a trois ans que mon imagination vous cherche, et que je meurs d'envie de me réunir à vous, afin de ne m'en séparer jamais, et de vous témoigner, par une sujetion continue, que je suis passionnément,

Monsieur,

Votre, etc.

A Paris, le xxv avril MDCXXXI, (en chiffres romains).

Réponse de Descartes à Balzac.

Monsieur, j'ai porté ma main contre mes yeux pour voir si je ne dormois point, lorsque j'ai lu dans votre lettre que vous aviez dessein de venir ici ; et maintenant encore je n'ose me réjouir autrement de cette nouvelle, que comme si je l'avois seulement songée. Toutes fois je ne trouve pas fort étrange qu'un esprit grand et généreux comme le vôtre ne se puisse accommoder à ces craintes serviles auxquelles on est obligé dans la cour ; et puisque vous m'assurez tout de bon que Dieu vous a inspiré de quitter le monde, je croirois pécher contre le Saint-Esprit si je tâchois à vous détourner d'une si sainte résolution. Même vous devez pardonner à mon zèle, si je vous convie de choisir Amsterdam pour votre retraite, et de le préférer, je ne dirai pas seulement à tous les couvents des capucins et des chartreux, où force honnêtes gens se retirent, mais aussi à toutes les plus belles demeures de France et d'Italie, et même à ce célèbre hermitage dans lequel vous étiez l'année passée. Quelque accomplie que puisse être une maison des champs, il y manque toujours une infinité de commodités qui ne se trouvent que dans les villes ; et la solitude même qu'on y espère ne s'y rencontre jamais toute parfaite. Je veux bien que vous y trouviez un canal qui fasse rêver les plus grands parleurs ; une vallée si solitaire qu'elle puisse leur inspirer des transports et de la joie ; mais malaisément se peut-il faire que vous n'ayez aussi quantité de petits voisins qui vous vont quelquefois importuner, et de qui les visites sont encore plus incommodes que celles que vous recevez à Paris : au lieu qu'en cette grande ville où je suis, n'y ayant aucun homme, excepté moi, qui n'exerce la marchandise, chacun y est tellement attentif à son profit, que j'y pourrois demeurer toute ma vie sans être jamais vu de personne. Je me vais promener tous les jours parmi la confusion d'un grand peuple, avec autant de liberté et de repos que vous sauriez faire dans vos allées, et je n'y considère pas autrement les hommes que j'y vois que je ferois les arbres qui se rencontrent en vos forêts, ou les animaux qui y paissent; le bruit même de leur tracas n'interrompt pas plus mes rêveries que feroit celui de quelque ruisseau. Que si je fais quelquefois réflexion sur leurs actions, j'en reçois le même plaisir que vous feriez de voir les paysans qui cultivent vos campagnes; car je vois que tout leur travail sert à embellir le lieu de ma demeure et à faire que je n'y manque d'aucune chose. Que s'il y a du plaisir à voir croître les fruits en vos vergers, et à y être dans l'abondance jusques aux yeux, pensez-vous qu'il n'y en ait pas bien autant à voir venir ici des vaisseaux qui nous apportent abondamment tout ce que produisent les Indes et tout ce qu'il y a de rare dans l'Europe? Quel autre lieu pourrait-on choisir au reste du monde, où toutes les commodités de la vie et toutes les curiosités qui peuvent être souhaitées soient si faciles à trouver qu'en celui-ci? Quel autre pays où l'on puisse jouir d'une liberté si entière, où l'on puisse dormir avec moins d'inquiétude? où il y ait toujours des armées sur pied, exprès pour nous garder? où les empoisonnemens, les trahisons, les calomnies, soient moins connus, et où il soit demeuré plus de restes de l'innocence de nos ayeuls? Je ne sais comment vous pouvez tant aimer l'air d'Italie, avec lequel on respire si souvent la peste, et où toujours la chaleur du jour est insupportable, la fraîcheur du soir malsaine, et où l'obscurité de la nuit couvre des larcins et des meurtres. Que si vous craignez les hivers du septentrion, dites-moi quelles ombres, quel éventail, quelles fontaines, vous pourroient si bien préserver à Rome des incommodités de la chaleur, comme un poesle et un grand feu vous exempteront ici d'avoir froid! Au reste, je vous dirai que je vous attends avec un petit recueil de rêveries, qui ne vous seront peut-être pas désagréables; et, soit que vous veniez, ou que vous ne veniez pas, je serai toujours passionnément, etc.

Amsterdam, le 15 mai 1631, (en chiffres arabes).

A la lecture de ces lettres, et d'après les autres témoignages contemporains, on ne sauroit disconvenir que c'est à Descartes qu'il faut attribuer la principale gloire du changement qui se fit alors dans le style, comme dans toutes les autres parties de nos connoissances. Jusque-là l'on n'avoit connu que l'érudition et l'imitation servile de l'antiquité; Descartes fit briller un jour tout nouveau. Grâce à lui, la philosophie, qui est tout à la fois la clef du raisonnement, la règle de la morale, et l'interprétation de la nature, devint aussi le flambeau de la critique et l'oracle du goût. Nous ne voulons pas disconvenir de l'impulsion que donnèrent les premiers chefs-d'œuvre dramatiques de Corneille. Le *Cid* parut en 1636. Tout fermentoit à cette époque dans notre république des lettres; et, si l'on veut bien revoir les noms des premiers académiciens françois, ou en trouvera plusieurs qui ont laissé des ouvrages estimables, et qu'on lit encore, quoique leur publication soit antérieure aux *Provinciales;* mais la correction et l'exactitude que l'on introduisit alors dans la prose, dut particulièrement son origine à cet esprit philosophique dont la France et l'Europe savante eurent obligation à Descartes.

Au surplus, on peut lire son livre intitulé, *les passions de l'âme,* imprimé chez les Elzeviers, petit *in-*12, 1650.

3. PATRU (Olivier).

Né à Paris en 1614, mort en 1681.

Un des hommes qui, les premiers, s'attachèrent à épurer la langue, fut Olivier Patru, critique sévère et un peu minutieux, mais qui a mérité d'être désigné par l'auteur de l'*Art poétique,* dans ces vers si connus :

> Faites choix d'un censeur solide et salutaire,
> Que la raison conduise et le savoir éclaire.

En 1640, les Elzeviers, célèbres imprimeurs de Leyde, voulurent offrir au cardinal de Richelieu une belle édition *in-folio* de la traduction françoise du *Nouveau Monde* de Laët; ils eurent recours à Patru, jeune avocat, qui leur composa l'épître dédicatoire qu'on va lire; elle est remarquable par plusieurs endroits, surtout par sa date (année séculaire de l'invention de l'imprimerie).

Épître dédicatoire à M. le cardinal de Richelieu.

Au nom des Elzeviers, pour la traduction françoise du *Nouveau Monde,* ou de *la Description de l'Amérique,* par de Laët. (Leyde, 1640, *in-folio.*)

Monseigneur, l'amour extrême que vous avez pour les beaux-arts et pour toutes les connoissances honnêtes nous donne la hardiesse de paroître devant vous et de présenter à votre éminence des fruits de notre travail, en lui dédiant cet ouvrage.

Le vulgaire, dont les jugements presque toujours sont aveugles, regarde l'imprimerie sans l'admirer, parce qu'en effet il la regarde et en juge sans la connoître. C'est pourtant un don du ciel, réservé, ce semble, pour glorifier ou pour embellir les derniers siècles. L'esprit humain n'a rien inventé de plus heureux, rien de plus utile pour l'instruction des hommes; et depuis tantôt deux cents ans que cette merveille s'est fait voir enfin dans l'Europe, les princes, les rois, les plus illustres personnages, en ont jugé tout autrement que le vulgaire.

Et certainement, monseigneur, si les poètes, si les orateurs donnent l'immortalité aux actions héroïques, nous pouvons dire que le divin secret de nos presses donne l'immortalité aux savantes veilles de ces grands génies. Ainsi, dans la république des lettres, après la louange de bien parler ou de bien écrire, la louange de bien imprimer, tout visiblement, est la première. De là vient que tant d'hommes doctes n'ont point dédaigné une occupation si noble, et que les Aldes, les Vascosans, les Étiennes, les Plantins, ne sont guère moins célèbres dans le monde des sciences que les auteurs même qu'ils nous ont donnés. Ce n'est pas, monseigneur, que nous prétendions quelque rang parmi ces héros de notre profession; mais, aujourd'hui que les muses vous doivent toute leur prospérité, tout leur lustre, il n'y a point de si petit ouvrier dans tout le Parnasse qui ne se sente obligé de travailler à votre gloire.

C'est donc ici un devoir, c'est un hommage que nous rendons à votre éminence; et le livre que nous osons lui dédier est d'ailleurs si curieux, que peut-être pourra-t-elle quelquefois s'y délasser avec plaisir. Vous y verrez, monseigneur, une nouvelle peinture de cette belle partie de l'univers qui, depuis près de deux siècles, gémit en secret sous la pesanteur de ses chaînes, et qui demande tous les jours au ciel un libérateur comme vous. Le soleil y forme bien encore l'or, les émeraudes, l'ambre et les perles; mais il n'y voit presque partout que des reliques misérables de tant de massacres si inhumains dont les Espagnols ont ensanglanté tout ce vaste continent. Je ne doute point, monseigneur, que ces peuples infortunés ne soient instruits des merveilles de votre vie, et que le bruit de tant d'immortelles actions n'ait franchi il y a long-temps l'immense abîme qui les sépare des autres hommes. Mais quand ils entendent que l'Europe, revenue enfin de son assoupissement, a changé de face; que maintenant elle est libre, triomphante, et qu'une révolution si heureuse est l'ouvrage du grand cardinal de Richelieu; je me persuade que ces malheureux commencent d'espérer, et qu'ils vous regardent comme un ange du Seigneur, qui doit bientôt affranchir l'un et l'autre hémisphère.

Pour nous, monseigneur, qui goûtons déja les fruits de votre divine sagesse, et qui nous voyons à la veille d'un repos que rien ne pourra troubler (*), nous sommes certes des ingrats, si jour et nuit nous ne bénissons votre nom et ces conseils magnanimes qui ont affermi si puissamment la commune liberté. Ce prince si redoutable à tous les peuples, qui naguère se vantoit de voir coucher et lever le soleil dans ses royaumes, cette orgueilleuse nation n'est plus aujourd'hui la terreur des nations. Votre éminence a détrompé tout l'univers et détruit ces grands desseins qui menaçoient d'une indigne servitude toutes les parties de la chrestienté. Nous ne dirons point ce que la France vous doit, ce que vous doivent tous ses alliés, pour tant de travaux si glorieux; mais il a fallu une grandeur d'âme, une fermeté plus qu'humaine, pour ne point craindre, ou pour attaquer une puissance si formidable. Fasse le ciel qu'une vie si nécessaire à toute la terre ne finisse qu'avec les siècles; ou si la terre n'est pas digne d'un bonheur si rare, que du moins votre éminence ne retourne que bien tard là haut recueillir toutes les couronnes que mérite sa vertu! C'est, monseigneur, ce que tous les gens de bien espèrent; ce sont les souhaits, ce sont les vœux que nous faisons à toute heure, à tous moments; et nous sommes trop heureux, si votre éminence agrée le zèle plein de respect qui nous inspire pour elle de si douces et de si justes pensées,

Monseigneur,

Vos très h. tr. o. et très fidèles serviteurs,

B. ET A. ELZEVIERS.

[*OEuvres diverses* de Patru, *in-4°*, pag. 455-457] (**).

On voit dans l'*Histoire de l'Académie* que Patru se fit connoître par la belle dédicace qu'on vient de transcrire; que les Elzeviers, au nom de qui cette épître étoit faite, l'ayant présentée au cadinal de Richelieu, celui-ci « la lut » et relut à plusieurs reprises, et que, sachant le nom de » l'auteur, il lui destina sur-le-champ une place d'acadé-

---

(*) La Hollande avoit vu son indépendance reconnue, surtout par la médiation et l'influence de la France.

(**) On y trouve aussi de très-curieux éclaircissements sur l'histoire de l'*Astrée* d'Honoré d'Urfé, et qui paroissent avoir été écrits en 1651 (pages 557-567).

» micien. » Mais d'ailleurs il ne fit rien pour sa fortune ;
et Boileau eut sujet de s'honorer long-temps après, en
disant dans son épître V :

> J'estime autant Patru, même dans l'indigence,
> Qu'un commis engraissé des malheurs de la France.

Patru fut très-utile à Vaugelas, et aussi scrupuleux que
lui. Cette timidité influa sur la réforme de notre langue,
et peut-être leur retenue fut-elle excessive.

4. VAUGELAS (CLAUDE FAVRE DE).

Né en 1545, mort en 1649.

Il étoit né à Bourg en Bresse, alors Savoie : cependant
il devint l'oracle de la langue françoise ; mais cette langue
étoit aimée et très-cultivée en Savoie, surtout depuis le
mariage de Marguerite de France avec Emmanuel-Phili-
bert.

Dès l'année 1607, il s'étoit formé à Annecy une société d'amis des
lettres, sous le titre d'*Académie florimontane*, et sous la protection
de Henri de Savoie, duc de Nemours; elle eut pour fondateurs saint
François de Sales, le président Favre (dit de Vaugelas), et divers
membres des plus distingués du chapitre de Genève, alors réfugiés
dans cette ville. L'Académie florimontane avoit pris pour symbole un
oranger chargé de fleurs et de fruits, avec cette devise : *Flores fruc-
tusque perennes*. Elle s'occupoit de tout ce qui avoit rapport à la belle
littérature. L'auteur du *Code fabricien* y récita une tragédie de sa
composition (*), et plusieurs quatrains qui ont été imprimés avec ceux
de Pibrac. Il est remarquable que, d'après les règlements de cette société, son principal but étoit d'épurer la langue françoise, et d'en
rédiger une grammaire, ainsi qu'un dictionnaire. C'est dans son sein
que se forma le jeune Vaugelas, fils du président Favre, devenu si
célèbre par ses remarques sur la même langue, et l'un des premiers
membres distingués de l'Académie françoise. (*Statistique du département du Mont-Blanc*, par M. de Verneilh, in-4, 1807, page 354.)

Vaugelas fut reçu à l'Académie en 1634, et publia ses

(*) *Les Gordians et Maximin*, ou *l'Ambition*, tragédie, de quatre
à cinq mille vers, 1596, *in-4*.

Remarques sur la langue françoise en 1647. Cet ouvrage fut attaqué par François de La Mothe Le Vayer et par Scipion Dupleix ; mais il n'en fut pas moins reçu avec un applaudissement général. La Mothe Le Vayer, qui l'avoit combattu, se corrigea ensuite d'après les observations de Vaugelas. Celui-ci devint en quelque sorte le législateur de la langue. L'excellente préface de ce livre, le ton de décence qui règne dans ses critiques, la justesse des observations, tout concourut à son succès. Il fit autorité, même du vivant de l'auteur. Il a été depuis le texte des observations de l'Académie, et on le consulte encore. Il est à regretter seulement que l'auteur ait préféré l'irrégularité des anomalies à la méthode de l'analogie, et qu'il n'ait pas eu de meilleurs écrivains à louer et à critiquer.

Son héros était Coëffeteau. Balzac a dit : « Au jugement » de M. Vaugelas, il n'y a point de salut hors de l'*Histoire* » *romaine* (de Coëffeteau), non plus que hors de l'Église » romaine. » Mais la traduction de *Florus* par Coëffeteau, et son *Histoire romaine*, et son *Tableau des Passions*, et son roman de *Poliarque* et d'*Argénis*, quoique estimables pour leur temps, étoient bien loin d'être des modèles.

Cependant, quand Vaugelas eut vu les traductions de d'Ablancourt, il en goûta tellement le style qu'il recommença et refondit sa traduction de *Quinte-Curce*. La première édition de cette *Vie d'Alexandre* fut donnée par Duryer, en 1653. La seconde fut revue par Conrard et Chapelain. Patru en a donné une troisième, bien différente des premières. Vaugelas y avoit travaillé trente ans. Il n'y avoit aucune page où il n'eût mis deux ou trois diverses leçons de chaque période, tant il avoit de scrupules et de doutes sur les façons de parler ! Il choisissoit toujours les plus claires, les plus naïves, et en même temps les plus courtes et les plus françoises. Souvent il ne pouvoit se résoudre sur le choix ; alors il soumettoit toutes ces leçons à la discussion et au jugement des amis qu'il ne manquoit pas de consulter. Enfin Balzac décida que « l'*Alexandre* de Quinte-Curce

» étoit invincible, et celui de Vaugelas, inimitable. »

Nos premiers écrivains ne plaignoient pas leurs peines, pour arriver au degré de perfection qu'ils avoient en vue. Malherbe pâlissoit trois mois et usoit quatre rames de papier, pour polir une seule stance ; mais je ne parle pas des vers. La prose, et surtout les simples traductions, n'étoient pas moins laborieuses. Patru avoit mis quatre ans à traduire la première période de l'Oraison de Cicéron pour le poète Archias, encore n'a-t-il pas rendu cette incise si remarquable : *Quod sentio quàm sit exiguum.* Perrot d'Ablancourt retouchoit six fois ses ouvrages avant de les donner au public. Robert Arnauld d'Andilly, qui fut, suivant Voltaire, l'un des plus grands écrivains de Port-Royal, refit jusqu'à dix fois sa traduction de l'*Histoire des Juifs*, par Josèphe ; et il avoit atteint l'âge de quatre-vingt-cinq ans, lorsqu'il eut enfin l'honneur de présenter cet ouvrage à Louis XIV.

Peut-être eût-il mieux valu que tant de soins eussent été appliqués à autre chose qu'à des traductions ; car l'asservissement au sens de l'original augmentoit encore les difficultés que Vaugelas avoit à combattre. A cet égard, nos premiers écrivains françois ont été fort partagés. Les uns vouloient que l'on s'attachât uniquement à traduire les anciens ; et Boileau même étoit de cet avis. Joachim Dubellay avoit combattu fortement ce système dans ses « Illustrations » de la langue françoise », en 1549 ; il vouloit que l'on étudiât les anciens, mais que, sans les traduire, on se bornât à les imiter et à transporter dans des ouvrages originaux le choix qu'on auroit su faire de leurs idées les plus justes et de leurs expressions les plus heureuses. Et ce dernier parti étoit sans doute le plus raisonnable.

Les deux ouvrages de Vaugelas subsistent, comme deux monuments des progrès de notre langue ; on les relira toujours avec fruit. Peut-être les *Remarques sur la langue* pourroient-elles devenir plus utiles encore, si l'on prenoit la peine de ramener toutes ses observations éparses à un système général et raisonné de grammaire françoise. Mais si personne n'ose se charger de cette refonte méthodique des remarques de Vaugelas pour le public, chaque lecteur, jaloux de s'instruire, feroit bien de l'essayer au moins pour son usage particulier. Ce qui manquoit à Vaugelas, à Ménage, au père Bouhours, et à tant d'autres écrivains du siècle de Louis XIV, qui firent à l'envi des observations plus ou moins curieuses sur la langue françoise, c'étoit la connoissance des principes généraux de la grammaire universelle, dont ils auroient dû faire la base de leurs remarques. Lancelot, en rendant justice au travail de Vaugelas, a raison de se plaindre que ce grammairien ait trouvé si souvent nos façons de parler *d'autant plus belles, qu'elles sont,* dit-il, *contraires à la grammaire et sans raison.* « Car il seroit facile, ajoute Lancelot, de faire voir que les » exemples les plus recherchés qu'il rapporte ont leur fon- » dement; et qu'encore que l'usage soit le maître des lan- » gues, pour ce qui est de l'analogie, le discours n'étant » néanmoins que l'image de la pensée, il ne peut pas for- » mer des expressions qui ne soient conformes à leur origi- » nal, pour ce qui est du sens, et par conséquent, qui ne » soient fondées dans la raison » (*).

Vaugelas vécut presque caché et mourut pauvre. Il avoit rédigé les premiers cahiers du *Dictionnaire de l'Académie.* Ces cahiers furent saisis par un créancier de sa succession : il fallut une sentence du Châtelet pour rendre ce manuscrit à l'Académie.

N. B. Nous ne consacrons point d'articles à quelques écrivains qui fleurissoient dès lors, et qui ont honoré les premières listes de l'Académie Françoise, tels que Voiture, dont cette compagnie porta le deuil; Sarrazin, dont les ouvrages ne parurent qu'après sa mort; d'Ablancourt, que Boileau cite avec Patru comme un modèle de l'art d'é-

---

(*) *Nouvelle Méthode latine*, édition de 1653, *in-8º*, page 938.

crire ; La Mothe Le Vayer, qui aspiroit à la gloire d'être le Plutarque françois, par la multiplicité de ses livres et de ses connoissances, etc. Ces auteurs n'ont pas laissé des ouvrages corrects qu'on réimprime et qu'on relise tels qu'ils les ont faits ; c'est à ceux-là que nous devons nous attacher. D'ailleurs, Voiture et Sarrazin ont place parmi les poètes.

5. MÉZERAY (François-Eudes de).

Né en 1610, mort en 1683.

Auteur de la première *Histoire de France* qu'on ait pu lire, et dont l'abrégé surtout est encore estimé.

Il avoit trente-deux ans lorsqu'il publia son premier volume *in-folio*, en 1643 ; le second parut en 1646 ; le troisième, qui est le meilleur, en 1651. Il fut puni de la franchise avec laquelle il avoit parlé de l'origine de quelques impôts levés sans le consentement de la nation, et par lui qualifiés de maltôtes. Colbert fit supprimer sa pension. Qu'on joigne à cet exemple celui de Philippe de Commines, enfermé plusieurs années dans une cage de fer, quoiqu'il fût innocent (*). Cela n'encourage pas à écrire l'histoire.

Le style de Mézeray est quelquefois énergique, mais fort inégal. Il avoit eu l'idée de faire un dictionnaire critique de l'*Histoire de France* ; et ce genre de mélange eût été plus proportionné à la nature de son esprit qu'un corps d'histoire suivie.

6. PELISSON-FONTANIER (Paul).

Ses *Relations concernant l'Histoire de l'Académie Françoise* furent imprimées en 1651. Elles ont été depuis continuées par d'Olivet et d'Alembert, et trouveront sans

---

(*) On punissoit Philippe de Commines d'avoir dit que déjà du temps de Louis XI, « les *courtisans flatteurs* soutenoient que c'étoit un » crime de lèse-majesté, que de parler d'assembler les états-généraux, » et d'avoir fait une digression sur le pouvoir des rois, *pour leur endoctrinement.*

doute quelque ami zélé de la littérature et de l'Académie, qui reprendra ce travail où d'Alembert s'est arrêté, et le poursuivra jusqu'à notre temps.

Lorsque Pelisson communiqua son ouvrage, on fut étonné de trouver tant d'agrément et tant d'intérêt dans l'histoire d'un simple établissement littéraire. L'Académie Françoise en fut si contente, qu'elle réserva pour Pelisson la première place qui vaqueroit, et, en attendant, lui permit d'assister à ses assemblées. Il y entra pour la première fois, en qualité de surnuméraire, le 30 décembre 1652.

Ses *Factums pour Fouquet* et ses autres ouvrages sont postérieurs à l'époque des *Provinciales;* son *Histoire de l'Académie Françoise* les précéda de plusieurs années. Ce n'est pas une satire; il s'en faut de beaucoup; elle ne flatte nullement la malignité humaine, et cependant on la lit avec plaisir.

La belle préface de Pelisson pour les *OEuvres de Sarrazin* parut en 1655.

Pelisson avoit voulu rendre aux lettres et à notre langue un service plus essentiel, dont on a trop perdu la mémoire. Il avoit heureusement consigné son vœu par écrit, et nous ne cesserons de le reproduire, jusqu'à ce qu'on y ait fait attention.

Louis XIV conçut, ou adopta la noble idée de proposer des travaux aux gens de lettres, dans le même temps où il leur accordoit aussi de nobles récompenses. Mais la langue latine étoit toujours dominante; les savants, entêtés de cette langue, firent préférer le projet des éditions des auteurs classiques latins, *ad usum Delphini*. Pelisson avoit été consulté, et avoit fourni une idée qui auroit été plus utile et plus glorieuse pour la France. Voici le sommaire de sa proposition :

Extrait du Mémoire de Pelisson sur quelques travaux à proposer aux gens de lettres.

De toutes les grandes choses qu'on entreprend pour la gloire des rois, les ouvrages de l'esprit sont les plus durables et leur coûtent le moins.

Il ne faut pas mettre seulement de ce nombre les histoires de leur vie, ou leurs panégyriques en vers et en prose.

Tout ce qui se fera par les ordres de sa majesté d'utile et d'illustre dans les lettres parlera d'elle hautement jusqu'à la fin du monde. Toutes les pierres du Louvre la louent, encore qu'elles ne portent pas toutes des inscriptions en son honneur.

Quant à la matière, il semble qu'on la doit choisir importante, d'une vaste étendue, aussi différente d'elle-même en ses diverses parties, que le sont entre eux les esprits et les talents des gens de lettres.

Tout ce qu'on peut souhaiter se rencontreroit peut-être dans un ouvrage qu'on appelleroit l'*Histoire des Sciences et des Arts*; titre qui embrassera autant de matières qu'on voudra, puisqu'en la plupart des choses nous ne savons rien qu'historiquement.

Je n'entendrois pas toutefois par là une de ces encyclopédies, ou sciences universelles, qu'on a déjà. Ces travaux, quoiqu'ils aient leur usage, tiennent presque toujours beaucoup moins qu'ils ne promettent; réduits ordinairement et par nécessité aux simples définitions, divisions et subdivisions des choses, et si secs, en un mot, que l'esprit n'y trouve rien qui le mène à l'utilité par le plaisir, ni dont il puisse se divertir et se nourrir; et l'on s'aperçoit avec douleur, à la fin de sa lecture, qu'en voulant tout apprendre à peine a-t-on rien appris.

Je prétendrois donc qu'en l'ouvrage dont il s'agit, sans expliquer tout le détail de ce que chaque science contient, on traitât en autant de chapitres, sections ou parties, les articles suivants :

1. Quel est le but de chaque science, son utilité pour les particuliers et pour le public; une description générale des moyens qu'elle emploie pour parvenir à ce but.

2. Quels ont été ses premiers inventeurs dont nous ayons mémoire; par quels commencements elle fut réduite peu à peu en science et en art.

3. Son progrès historique dans les siècles suivants, et chez les autres nations; combien de fois elle a changé de face par les diverses sectes, ce qui se trouvera en toutes, aussi-bien qu'en la médecine, physique, et morale. Les principes généraux et opposés sur lesquels chaque secte s'est fondée; la vie abrégée des fondateurs ou restaurateurs des sectes; caractères de leurs génies divers tirés de leurs écrits, ou de ce qui nous en reste; jugement de ce que chaque secte a eu de louable, soit pour être conforme aux principes indubitables de la foi, soit pour être commode et utile à la société. Si cet article est trop grand pour un chapitre, on en fera plusieurs.

4. Ce qu'il y a d'imparfait en chaque science, et par quels obstacles elle ne peut aller aussi loin qu'on le voudroit.

5. Méthode pour étudier en chacune avec succès, suivant le degré de perfection dont la science et l'esprit humain sont capables. Jugement des meilleurs livres qui en ont traité, et des meilleurs endroits d'un chacun. Ordre général et préceptes particuliers à observer en leur lecture.

6. Avis de ce que les rois, princes, ministres, et de ce que les savants et gens d'excellent esprit peuvent contribuer à l'avenir pour rendre cette science plus parfaite, etc.

On n'a point exécuté l'ouvrage que Pelisson avoit si bien conçu. Nous n'avons dans notre langue que deux morceaux qui soient relatifs à cette grande idée. L'un est à la fin de l'*Histoire ancienne de Rollin*, et, quoique très-incomplet, ne laisse pas d'être fort estimable. L'Essai de Juvenel de Carlencas, sur l'Histoire des Belles-Lettres, des Sciences et des Arts, est plus développé : il a eu du succès. Les Allemands l'ont traduit, et y ont ajouté des notes ; mais on ne peut guère regarder cet Essai que comme une table des matières. C'est un beau canevas à remplir, surtout pour la partie, encore peu connue, de l'histoire des arts mécaniques, dont la connoissance, suivant Locke, « renferme » plus de vraie philosophie que les systèmes, les hypothèses, » et les spéculations de tous les philosophes. »

L'histoire des sciences et des arts ne sauroit être la tâche d'un seul homme ; il en faut revenir à l'idée de Pelisson, et regarder cette entreprise comme « un des plus grands, » des plus nobles, et des plus utiles travaux à proposer aux » gens de lettres. »

On va voir qu'ils ne choisissent pas toujours bien leurs sujets, lorsqu'ils sont abandonnés à eux-mêmes.

7. LA CALPRENÈDE (Gauthier de Costes de).

Né à Cahors en 1612 , mort aux Andelys en 1663.

Le vers satirique de Boileau sur le gasconisme de La Calprenède n'empêche pas que ce romancier n'eût un très-grand mérite. Il avoit été employé dans les négociations, et s'étoit essayé au théâtre. Son *Comte d'Essex* n'a pas été inutile à

Thomas Corneille. Son imagination élevée et féconde le jeta dans les grands romans, qui sont des espèces d'épopées en prose. Celui de Cassandre est son chef-d'œuvre ; il parut en 1644, composé de dix gros volumes que l'on a réduits à trois tomes de 500 pages chacun. (A Paris, 1752, *in*-12.) La Rochefoucauld-Surgère, auteur de ces abrégés, a fait aussi celui du roman de Pharamond.

On dit que le grand Condé, dans sa jeunesse, aimoit la conversation de La Calprenède et se plaisoit à lui fournir des épisodes. Il y en a un bien beau dans Pharamond ; c'est celui de Viridomare, prince des Suèves. La situation en est admirable. (*Bibliothèque des Romans*, juillet 1776, page 197.)

La Calprenède a fait de singulières tragédies. Celle d'*Herménégilde* fut représentée et imprimée en 1643. Le sujet en est tiré de l'*Histoire des Visigoths*. C'est un fils que son père fait mourir pour la querelle du christianisme et de l'arianisme. Herménégilde étoit fils de Leuvigilde, et petit-fils d'Athanagilde. Ces noms avoient paru à l'auteur peu propres à mettre en vers, et il fit sa pièce en prose. Cette innovation, imitée depuis par l'abbé d'Aubignac et par La Mothe, a été justement combattue par Voltaire, et réprouvée par les gens de goût.

Les romans de La Calprenède ont inspiré des pièces de théâtre bien supérieures aux siennes. Crébillon, père, avoit une grande passion pour ces romans ; il admiroit surtout celui de Cléopâtre. Il convenoit d'avoir tiré de ces livres beaucoup de secours pour ses tragédies.

8. GOMBERVILLE (Marin le Roi de).

Né à Chevreuse en 1599, mort en 1674.

Il avoit publié dès 1620 son *Discours sur les vertus et les vices de l'histoire*, dont le courageux abbé Lenglet Dufresnoy parle avec un grand éloge.

Quoique personne n'ait mieux connu ce qu'il faudroit

pour faire un bon historien, il s'est borné, comme La Calprenède, à composer de vastes romans, où son imagination
étoit plus à son aise. Les solitaires de Port-Royal l'éloignèrent
de ce genre, qui leur sembloit licencieux. Il se convertit,
et il auroit voulu pouvoir effacer de ses larmes son roman
de Polexandre; mais ce même Polexandre a encore des
lecteurs; et, il faut l'avouer, quelque prévention que l'on
ait contre ces romans héroïques, quelque complication et
quelques défauts que l'on puisse y reprendre, cependant les
caractères en sont si fiers, il y a un tel fonds de noblesse et
d'intérêt, qu'ils attachent et subjuguent l'attention, de
manière qu'on ne les quitte pas sans les finir, lorsqu'on
les a commencés. On regrette que tant d'esprit et de talent
n'ait pas été employé à quelque chose de plus substantiel et
de meilleur.

L'usage de la prose pour ces ouvrages romanesques s'étoit
si bien accrédité, que Chapelain avoit d'abord composé sa
Pucelle en prose; et peut-être s'il l'eût laissée en cet état,
elle auroit été plus lisible. Il semble que Boileau fasse allu-
sion à cette circonstance, quand il dit de Chapelain :

> Il se tue à rimer, que n'écrit-il en prose !

9. SCARRON (Paul).

Né en 1601, mort en 1660.

Les extrêmes se touchent. Notre littérature, dans son
enfance, alloit constamment d'un excès dans un autre. Les
lettres de Balzac, trop oratoires et trop tendues, amenèrent
les lettres de Voiture, trop familières et trop remplies de
pointes. Les terribles romans de La Calprenède et de Gomberville, si longs et si surnaturels, donnèrent lieu à Scarron
d'essayer un genre tout opposé; et cela lui réussit infiniment mieux que lorsqu'il voulut travestir et défigurer la
poésie de l'*Énéide*. Le burlesque a été proscrit; *le Roman
comique* est resté. Ce genre étoit celui qui convenoit le
mieux à son tour d'esprit particulier. « En quoi il excelloit

» surtout, c'étoit à narrer. Il le faisoit d'une manière agréa-
» ble et toujours la plus naturelle du monde (*). » Le *Roman
comique* parut en 1655. Il a un peu souffert du décri affecté
dans lequel le nom de Scarron tomba, lorsque sa veuve eut
fait une si grande fortune; cependant il y a peu de lectures
plus amusantes.

Il faudroit, en réimprimant le *Roman comique*, y
joindre ce qu'on a proposé pour le finir, avec le RAGOTIN,
comédie en cinq actes et en vers, que La Fontaine en a
tirée, et qui ne se trouve pas communément dans le recueil
de ses œuvres diverses. Cette comédie, presque toute en
récits, convenoit aussi particulièrement au talent de conter
en vers, qui fut l'apanage de La Fontaine.

10. CYRANO DE BERGERAC (SAVINIEN).

Né à Bergerac en 1620, mort à Paris en 1655.

C'étoit une espèce de fou de beaucoup d'esprit, et même
de beaucoup d'instruction. La lecture des ouvrages de Descartes avoit allumé son imagination; elle lui a inspiré deux
idées aussi capables de faire faire des réflexions philosophiques que de faire rire par leur extravagance apparente.
Ce sont, 1°. des « voyages et histoires comiques des états
» et empires de la Lune », et 2°. une « histoire comique
» des états du Soleil et de l'empire des Oiseaux. » Ces récits
singuliers eurent tant de succès de leur temps qu'on ne
parloit d'autre chose. On a remarqué que la comédie d'*Ar-
lequin empereur dans la Lune*, farce jouée en 1684, réussit
uniquement parce qu'elle étoit regardée comme une imitation de Cyrano.

On prétend que sa comédie du *Pédant joué*, qui fut assez
bien reçue du public en 1654, et dont Molière a profité

(*) *Ménagiana.* Despréaux dit aussi, dans le *Bolœana*, que Scarron
est parfait dans son *Roman comique*; qu'il n'y eut jamais de style
plus plaisant, ni plus varié que celui-là; que Scarron tire les plus
petites choses de leur bassesse, par la manière dont il les conte, etc.

dans *les Fourberies de Scapin*, offrit deux innovations : 1°. on la regarde comme la première comédie en prose, ce qui n'est nullement vrai, puisqu'il y en avoit eu beaucoup d'autres, témoin le théâtre entier de Larrivey, dans le seizième siècle, théâtre composé de neuf comédies en cinq actes et en prose, où Molière et Regnard ont puisé ; 2°. comme la première où l'on ait fait parler aux paysans leur langage ; ce qui ne plaisoit pas à Boileau, parce qu'on n'en trouve point d'exemples dans les anciens, et ce qui pourtant a été imité depuis par Molière, Dancourt et beaucoup d'autres. Le paysan de la pièce de Cyrano de Bergerac s'appelait *Matthieu Gareau* ; et La Fontaine s'en est souvenu dans sa fable *du Gland et de la Citrouille*.

Cyrano vit le règne des pointes et des équivoques. Il eut le malheur de se distinguer dans ce mauvais genre, et d'infecter la cour de ses plats quolibets et de ses *Entretiens pointus*. C'étoit une sottise que le cavalier Marin et Voiture avoient mise à la mode, même dans la bonne compagnie, et dont Molière et Despréaux firent enfin justice.

Au surplus, il ne faut pas croire que la pureté du style et l'exactitude de la langue ne fussent connues dès lors que du petit nombre d'auteurs que nous venons de citer. La réforme étoit générale. Quelques érudits y résistoient, ou se prêtoient difficilement au mouvement général de leur siècle, et par cela même ils se rendoient ridicules, lorsqu'ils vouloient écrire en françois. On peut en juger par la rédaction emphatique et incorrecte de « l'Apologie royale de l'infortuné Charles Ier, roi d'Angleterre, » par Saumaise, en 1650. » Mais ces exceptions étoient rares. L'émulation avoit gagné tous les esprits, même parmi les gens du monde. On n'a qu'à lire dans le recueil de madame de Sévigné sa première lettre au comte de Bussy, datée du 15 mars 1647 ; et l'on verra que tout ce qui avoit été bien élevé se piquoit déjà de bien écrire.

L'école de Port-Royal avoit surtout contribué à cette révolution, par des leçons savantes, par de bons traités élémentaires, et par des livres bien faits. Celui de la *Fré-quente Communion*, dont l'auteur étoit le fameux docteur Antoine Arnauld, imprimé en 1643, *in-4°*, excita la haine des jésuites, qui prêchèrent et écrivirent avec emportement contre cet ouvrage ; c'étoit pourtant le premier livre de dévotion écrit en françois d'une manière raisonnable. Dès ce temps-là Balzac appeloit les habitants de Port-Royal : « Nos admirables solitaires de Port-Royal. » Les jésuites, leurs adversaires, étoient fort éloignés d'écrire en françois aussi bien qu'eux. Le fameux docteur de Launoy disoit plaisamment des jésuites qu'il craignoit beaucoup plus leur canif que leur plume. En 1650 parurent les *Heures fran-çoises de Port-Royal*, ou les *Offices de l'Église*, avec les Hymnes, traduites en vers par Le Maistre de Sacy, sous le nom de Dumont. Ce livre eut un succès et une vogue extraordinaire ; il s'en fit en un an quatre éditions. Les jésuites voulurent partager ce triomphe. Leur père Adam fit aussi des Heures, qui parurent pitoyables. La jalousie du talent auroit suffi pour diviser les deux partis ; mais il s'y mêloit une autre ambition, celle de régner sur le monde par le gouvernement des consciences. Les jésuites croyoient s'en assurer l'empire en confessant le roi et les grands ; et en leur facilitant les voies étroites du salut. Le père Pierre Le Moyne avoit publié, en 1652, *la Dévotion aisée*, et des *Peintures morales*, qui prêtoient un peu au ridicule. On s'en moqua. Le jésuite se fâcha, et sa colère lui dicta l'*Etrille du Pégase janséniste* ; car les opinions de Jansénius sur la grâce étoient devenues, dès 1641, le champ de ba-taille de la théologie. Jansénius étoit mort en 1638, sans se douter du fracas qu'il feroit quand il ne seroit plus. Son nom même étoit un cri de guerre parmi les docteurs. Bal-zac avoit vu naître les controverses et les animosités fu-rieuses de ces *âmes célestes*, et il avoit essayé plusieurs fois de les ramener à la raison et à la concorde. Nous ne pouvons nous empêcher de rappeler la lettre, vraiment noble et judicieuse, qu'il adressoit, le 20 février 1653, au révérend père Vavasseur, théologien de la Compagnie de Jésus, (qui étoit un grand latiniste).

Mon révérend père, conservez-vous pour l'honneur de notre siècle ; mais conservez-vous avec le soin que demande un corps ébranlé comme le vôtre. Il n'est rien de plus vrai que cet oracle, *Quod mecum olim Romæ communicavit et ita in manuscripto codice legisse se dicebat Julius Menochius*, SANITAS SANITATUM ET OMNIA SANITAS. Ce bien est le fondement des autres biens ; sans lui Alexandre ne sauroit vaincre, ni Aristote philosopher. La douleur encloue l'esprit comme le courage ; et j'ai vu le cardinal du Perron, estropié de bras et de jambes, qui demandoit à changer tous ses bénéfices, toute sa science, pour la santé du curé de Bagnolet. Grâces à Dieu, vous n'êtes pas en cet état-là. Je vois d'ailleurs par la Dissertation que vous m'avez envoyée que, pour avoir un genou malade, vous n'êtes pas moins fort, ni moins vigoureux à la lutte : vous êtes toujours un redoutable adversaire. Mais vos guerres ne finiront-elles jamais ? Faudra-t-il que je die, dans les querelles de mes amis du collège de Clermont et de mes amis de Port-Royal, ce que disoit un Romain dans la rupture d'Auguste et de Marc Antoine : *Discrimini vestro me subtraham, et ero præda victoris ?* La paix, la paix, mon révérend père ; elle vaut mieux que la victoire, etc.

Ces exhortations furent inutiles. La guerre ne fit que redoubler ; et enfin il éclata dans le sein de la Sorbonne une tempête violente au sujet de quelques propositions du célèbre docteur Arnauld sur la grâce. Un prêtre de Saint-Sulpice refusa l'absolution au duc de Liancourt, parce que ce seigneur avoit dans sa maison des écrivains de Port-Royal ; Arnauld combattit cette tyrannie. La Sorbonne voulut censurer Arnauld et l'exclure de son sein : ce fut l'occasion des lettres, écrites sous le nom de Louis de Montalte, chef-d'œuvre de Blaise Pascal, qu'il nous reste à examiner.

§. V. *Des Lettres Provinciales, et des sources de la perfection du style de Pascal.*

Le titre de *Lettres Provinciales* est consacré par le temps ; mais il ne signifie rien, et n'a aucun rapport avec l'objet de l'ouvrage. Nicole, qui a traduit ces lettres en latin, les a mieux caractérisées en les intitulant : *Litteræ de morali et politicâ Jesuitarum disciplinâ.* Les jésuites vouloient arriver à une sorte de domination universelle. Leurs constitutions les y portoient; mais c'étoit encore un secret : ces constitutions n'étoient pas connues alors, et ne l'ont été que beaucoup plus tard. Leur conduite et leurs écrits révéloient seuls le mystère de leur ambition; et ce mystère a été dévoilé d'une manière éclatante dans les *Lettres Provinciales.*

Ainsi la morale et la politique des jésuites sont le vrai sujet de ces lettres. La censure prononcée par une partie de la Sorbonne contre le docteur Arnauld n'en a été que le prétexte. Le père Gabriel Daniel, jésuite, qui a voulu réfuter les *Provinciales* quarante ans après leur publication, convient que « ce livre seul a fait plus de jansénistes » que l'Augustin de Jansénius, et que tous les ouvrages de » M. Arnauld ensemble »; il prévoit, en outre, « que les » jésuites se sentiront long-temps de ce coup que le jansé » nisme leur a porté. » Ici, Daniel a été prophète; mais notre objet à nous n'est pas d'entrer dans le détail des controverses théologiques sur la prédestination et sur la grâce. Nous avons promis d'examiner ce bel ouvrage sous ses rapports purement littéraires; nous devons donc chercher comment l'auteur parvint à se former un style si net et si pur, et comment il s'étoit préparé d'avance la supériorité incontestable qu'il acquit, par la publication de ses lettres, sur tous nos écrivains en prose. Il avoit reçu de la nature un génie précoce et peu commun; mais ce génie, abandonné à lui-même, auroit pu être étouffé. Toutes les circonstances le favorisèrent; l'aisance de sa famille en conserva le germe, la philosophie en régla la culture, et sa manière de travailler en améliora les fruits.

On sait assez communément que Pascal, né en 1623, avoit en quelque sorte deviné, dès son enfance, les premières propositions d'Euclide; mais on devroit savoir aussi que cette aptitude prématurée pour les sciences mathématiques avoit jeté le jeune Pascal dans une carrière où il eut bien des moyens de se perfectionner, et surtout de se former un esprit vraiment philosophique.

Il est très-présumable que ce jeune homme si étonnant assista aux premières représentations du *Cid* en 1636, et qu'il dût être frappé de la prodigieuse impression que fit cette belle tragédie. Il avoit une sœur qui déclamoit et récitoit des vers avec force et avec grâce; elle fut admise, ainsi que sa famille, aux spectacles du cardinal de Richelieu, passionné pour les représentations théâtrales. Le goût du premier ministre pour l'art dramatique influa sur le goût public, et ne contribua pas peu à polir la nation : il faut en revenir à l'expression d'Olivier Duvair, ce fut la poésie qui *nous dénoua la langue*, comme Horace a dit qu'elle forme et qu'elle façoune l'organe encore tendre et mal assuré des enfants :

Os tenerum pueri balbumque poëta figurat.
De Art. poët., v. 126.

Mais l'esprit du jeune Pascal, naturellement sérieux, eut bientôt besoin d'un autre aliment. Il le trouva dans une circonstance dont on a trop peu tenu compte. Le goût de la littérature avoit porté les écrivains à se réunir chez Valentin Conrart, dès 1629, et leurs assemblées avoient reçu la sanction de l'autorité en 1635. L'Académie Françoise étoit illustre dès sa naissance; mais elle paroissoit ne s'occuper que des mots. Les savants, qui s'occupoient des choses, furent en quelque sorte électrisés par cet exemple. Dès 1640, il se forma dans Paris une société de physique et de mathématiques, composée d'hommes instruits dans les sciences, qui se donnèrent d'abord rendez-vous chez le père Mersenne, minime. De ce nombre étoient nos célèbres philosophes, René Descartes, Pierre Gassendi, Gilles Personne de Roberval, Pierre Fermat, Claude Gaspard Bachet, et Gérard Desargues, excellent géomètre. Thomas Hobbes, anglois; Henri Oldenbourg, allemand; Robert Boyle, anglois; Nicolas Stenon, danois; et divers autres illustres étrangers, s'y trouvèrent dans leurs voyages, et portèrent le goût de ces assemblées savantes dans leurs pays. Telle fut la première origine de la Société royale de Londres, de notre Académie royale des Sciences, etc. Formée d'abord dans la cellule du père Mersenne, la réunion des savants de Paris passa dans l'hôtel du maître des requêtes Montmor, ensuite chez Melchisedech Thevenot, fameux voyageur, garde de la Bibliothèque du Roi, etc. Enfin, lorsque ces premières conférences scientifiques eurent lieu, en 1640, MM. Pascal père et fils eurent l'honneur d'y être admis, et le fils n'avoit alors que dix-sept ans.

Ses premiers travaux furent consacrés aux sciences exactes, et contribuèrent à leurs progrès. Ce n'est pas ici le lieu de nous en occuper, ni de parler de la cycloïde, de l'expérience du Puy-de-Dôme, de la presse hydraulique, etc.; mais en cultivant les fruits il ne négligeoit pas les fleurs. Tous ses ouvrages sont bien écrits en françois, et dès 1650, âgé de vingt-sept ans, Pascal adressa une lettre éloquente à la reine Christine de Suède. Cette lettre est digne d'être lue, et nous la consignons ici, en regrettant de n'avoir pas la réponse de la reine.

Lettre de Pascal à la reine Christine (de Suède) en lui envoyant la machine arithmétique (*), en 1650.

Madame, si j'avois autant de santé que de zèle, j'irois moi-même présenter à Votre Majesté un ouvrage de plusieurs années, que j'ose lui offrir de si loin; et je ne souffrirois pas que d'autres mains que les miennes eussent l'honneur de le porter aux pieds de la plus grande princesse du monde. Cet ouvrage, madame, est une machine pour faire les règles d'arithmétique sans plume et sans jetons. Votre Majesté n'ignore pas la peine et le temps que coûtent les productions nouvelles, surtout lorsque les inventeurs veulent les porter eux-mêmes à la dernière perfection; c'est pourquoi il seroit inutile de dire combien il y a que je travaille à celle-ci; et je ne pourrois mieux l'exprimer qu'en

---

(*) La machine arithmétique de Pascal a été parfaitement décrite par Diderot, dans le premier volume de l'*Encyclopédie*. Le privilége du roi pour cette machine est donné à Compiègne, le 22 mai 1640.

disant que je m'y suis attaché avec autant d'ardeur que si j'eusse prévu qu'elle devoit paroître un jour devant une personne si auguste. Mais, madame, si cet honneur n'a pas été le véritable motif de mon travail, il en sera du moins la récompense ; et je m'estimerai trop heureux, si, à la suite de tant de veilles, il peut donner à Votre Majesté une satisfaction de quelques moments. Je n'importunerai pas non plus Votre Majesté du particulier de ce qui compose cette machine : si elle en a quelque curiosité, elle pourra se contenter dans un discours que j'ai adressé à M. de Bourdelot (*). J'y ai touché en peu de mots toute l'histoire de cet ouvrage, l'objet de son invention, l'occasion de sa recherche, les difficultés de son exécution, les degrés de son progrès, le succès de son accomplissement, et les règles de son usage. Je dirai donc seulement ici le sujet qui me porte à l'offrir à Votre Majesté, ce que je considère comme le couronnement et le dernier bonheur de son aventure. Je sais, madame, que je pourrai être suspect d'avoir recherché de la gloire en le présentant à Votre Majesté, puisqu'il ne sauroit passer que pour extraordinaire, quand on verra qu'il s'adresse à elle ; et qu'au lieu qu'il ne devroit lui être offert que par la considération de son excellence, on jugera qu'il est excellent par cette seule raison qu'il lui est offert. Ce n'est pas néanmoins cette espérance qui m'a inspiré un tel dessein. Il est trop grand, madame, pour avoir d'autre objet que Votre Majesté même. Ce qui m'y a véritablement porté est l'union qui se trouve en sa personne sacrée de deux choses qui me comblent également d'admiration et de respect, qui sont l'autorité souveraine et la science solide. Car j'ai une vénération toute particulière pour ceux qui sont élevés au suprême degré, ou de puissance, ou de connoissance. Les derniers peuvent, si je ne me trompe, aussi bien que les premiers, passer pour des souverains. Les mêmes degrés se rencontrent entre les génies qu'entre les conditions ; et le pouvoir des rois sur leurs sujets n'est, ce me semble, qu'une image du pouvoir des esprits sur les esprits qui leur sont inférieurs, sur lesquels ils exercent le droit de persuader, ce qui est, parmi eux, ce que le droit de commander est dans le gouvernement politique. Ce second empire me paroît même d'un ordre d'autant plus élevé, que les esprits sont d'un ordre plus élevé que les corps ; et d'autant plus équitable qu'il ne peut être départi et conservé que par le mérite, au lieu que l'autre peut l'être par la naissance ou la fortune. Il faut donc avouer que chacun de ces empires est grand en soi ; mais, madame, que Votre Majesté me permette de le dire, elle n'y est pas blessée ; l'un sans l'autre me

---

(*) L'abbé Bourdelot (dont le vrai nom étoit Pierre Michon), savant médecin, avoit obtenu du Pape une permission d'exercer cette profession, quoique prêtre. Il fut appelé en Suède par la reine Christine, et devint ensuite médecin du grand Condé.

paroît défectueux. Quelque puissant que soit un monarque, il manque quelque chose à sa gloire, s'il n'a la prééminence de l'esprit ; et, quelque éclatant que soit un sujet, sa condition est toujours rabaissée par sa dépendance. Les hommes qui désirent naturellement ce qui est le plus parfait, avoient jusqu'ici continuellement aspiré à rencontrer ce souverain par excellence. Tous les rois et tous les savants en étoient autant d'ébauches, qui ne remplissoient qu'à demi leur attente ; ce chef-d'œuvre étoit réservé à notre siècle. Et afin que cette grande merveille parût accompagnée de tous les sujets possibles d'étonnement, le degré où les hommes n'avoient pu atteindre est rempli par une jeune Reine, dans laquelle se rencontrent ensemble l'avantage de l'expérience avec la tendresse de l'âge (*), le loisir de l'étude avec l'occupation d'une royale naissance, et l'éminence de la science avec la foiblesse du sexe. C'est Votre Majesté, madame, qui fournit à l'univers cet exemple unique qui lui manquoit ; c'est elle en qui la puissance est dispensée par les lumières de la science, et la science relevée par l'éclat de l'autorité. C'est cette union si merveilleuse qui fait que, comme Votre Majesté ne voit rien qui soit au dessus de sa puissance, elle ne voit rien aussi qui soit au-dessus de son esprit, et qu'elle sera l'admiration de tous les siècles. Régnez donc, incomparable princesse, d'une manière toute nouvelle ; que votre génie vous assujettisse tout ce qui n'est pas soumis à vos armes ; régnez par le droit de la naissance, pendant une longue suite d'années, sur tant de triomphantes provinces ; mais régnez toujours par la force de votre mérite sur toute l'étendue de la terre. Pour moi, n'étant pas né sous le premier de vos empires, je veux que tout le monde sache que je fais gloire de vivre sous le second ; et c'est pour le témoigner que j'ose lever les yeux jusqu'à ma Reine, en lui donnant cette première preuve de ma dépendance. Voilà, madame, ce qui me porte à faire à Votre Majesté ce présent, quoique indigne d'elle. Ma foiblesse n'a pas arrêté mon ambition. Je me suis figuré qu'encore que le seul nom de Votre Majesté semble éloigner d'elle tout ce qui lui est disproportionné, elle ne rejette pas néanmoins tout ce qui lui est inférieur ; autrement sa grandeur seroit sans hommages, et sa gloire sans éloges. Elle se contente de recevoir un grand effort d'esprit, sans exiger qu'il soit l'effort d'un esprit grand comme le sien. C'est par cette condescendance qu'elle daigne entrer en communication avec le reste des hommes ; et toutes ces considérations jointes me font lui protester, avec toute la soumission dont l'un des plus grands admirateurs de ses héroïques qualités est capable, que je ne souhaite rien

---

(*) Christine, fille de Gustave-Adolphe, roi de Suède, et de Marie-Éléonore de Brandebourg, étoit née en 1626. Elle succéda à son père en 1632. Elle avoit vingt-quatre ans lorsque Pascal lui adressoit cette lettre tout à la fois élégante, respectueuse et fière.

avec tant d'ardeur, que de pouvoir être adopté, madame, de Votre Majesté, pour son très-humble, très-obéissant, et très-fidèle serviteur.
BLAISE PASCAL.

Peu de temps après cette lettre, lorsque Pascal atteignoit l'âge de trente ans, il se fit dans sa vie un très-grand changement. La cruelle maladie dont il est mort si jeune, commençoit à le tourmenter. Il avoit une sœur religieuse à Port-Royal-des-Champs. A la persuasion de cette pieuse fille, il renonça aux sciences humaines, pour ne s'occuper que de son salut. Il se lia spécialement avec les deux coryphées de Port-Royal, Antoine Arnauld et Pierre Nicole. Lorsque la Sorbonne fut soulevée contre Arnauld par l'influence du parti jésuitique, Pascal fut naturellement appelé à la défense de cet illustre docteur, son ami intime. Ce fut l'occasion de ces dix-huit lettres, composées par Pascal, mais revues avec soin par Arnauld et par Nicole, qui lui en avoient aussi fourni les matériaux.

La perfection de ce chef-d'œuvre de notre langue s'explique aisément par le concours des efforts de ces trois grands collaborateurs ; mais la perfection particulière du style de Pascal tient à la manière dont il travailloit. Nicole nous a mis dans la confidence de ce rare génie, par quelques mots de l'éloge latin qu'il lui a consacré. On y voit qu'il s'étoit fait un art et des règles au-dessus de l'art commun et des règles vulgaires qu'on trouve dans les livres ; qu'il en avoit trouvé les principes secrets dans la nature ; qu'il se servoit heureusement de cette doctrine exquise pour juger ses ouvrages et ceux des autres : aussi, quand il vouloit examiner à fond et à la rigueur certains écrits qui passoient alors pour avoir beaucoup d'élégance, il y montroit au doigt et à l'œil tant de taches, que ceux à qui ces mêmes écrits avoient paru si agréables se repentoient de leur indulgence, et rétractoient volontiers leur première approbation. Mais cette sévérité qu'il déployoit rarement à l'égard des ouvrages des autres, il ne manquoit jamais de l'exercer sur les siens ; de manière que la même rédaction que tout le monde avoit jugée parfaite au premier coup d'œil, Pascal, plus difficile pour lui-même, n'hésitoit pas de la retravailler et de la recommencer entièrement jusqu'à six ou dix reprises ; tant il sortoit à l'envi, du sein de cette âme si féconde, des pensées nouvelles qui se présentoient en foule, et qui étoient toutes plus fleuries et plus ornées les unes que les autres (*) !

Nous ne nous flattons pas d'avoir rendu toute la force du latin de Nicole ; mais en voilà le sens. Nicole dit aussi, en parlant des *Provinciales* : « Il étoit souvent vingt jours entiers sur une seule lettre. Il en recommençoit même quelques-unes jusqu'à sept ou huit fois, afin de les mettre au degré de perfection que nous les voyons ». (*Histoire des Provinciales*, dans la préface de Wendrock.)

De tout ce que nous venons de dire, on doit conclure que le style de Pascal étoit surtout le résultat d'une raison très-cultivée ; c'est une nouvelle preuve de la vérité du vers d'Horace, qu'on ne sauroit trop méditer,

Scribendi rectè sapere est et principium et fons ;

et de la sagesse du conseil que Boileau donne à tous les auteurs, dans cet autre vers, qu'on oublie trop souvent,

Avant donc que d'écrire, apprenez à penser !

Ces lettres, ainsi travaillées, méritèrent leur grand succès. Elles parurent d'abord séparément, et furent appelées les

---

(*) *Nec deerant tamen artis præcepta, non illa quidem vulgaria, quæ in libris extant, sed alia longè secretiora et reconditiora, quæ sibi ipse ex ipsâ naturâ expressa formaverat, quibusque in dijudicandis et suis et aliorum scriptis feliciter utebatur. Atque adeò cùm in nonnullorum scripta quæ pro elegantibus circumferuntur, severiùs libebat inquirere, tot in illis nævos ad oculum demonstrabat, ut judicium ultrò suum reprehenderent quibus illa nimiùm placuerunt. Sed quàm rarò in alienis operibus, hanc in suis semper adhibebat severitatem, ut eamdem sæpè scriptionem, quam vel initio absolutam cæteri judicaverant, sexies ac decies facere de integro non cunctaretur, adeò ex fecundissimæ mentis sinu novæ subindè cogitationes aliæ aliis ornatiores efflorescebant !* (Elogium D. Blasii Pascal à D. Nicole.)

Petites Lettres, parce que chacune ne contenoit qu'une feuille d'impression de huit pages *in-4°.*, excepté les trois dernières qui sont un peu plus étendues. Les Elzeviers les réunirent et en donnèrent une jolie édition, sous le titre de *Cologne*, 1657, *in-12*. On leur fit les honneurs de la polyglotte; car il y en eut une belle édition en quatre langues, 1684, *in-8°.* Elles furent lues dans ces quatre langues, au Conclave de 1689.

La publication de ces lettres fit tomber dans le mépris les ouvrages des casuistes relâchés. La *Théologie morale d'Escobar*, qui avoit été imprimée trente-neuf fois, comme bonne, avant les *Provinciales*, fut imprimée une quarantième fois après, comme mauvaise. La Fontaine dit alors, dans une *Ballade* qui fut fort courue :

> Veut-on monter sur les célestes tours ?
> Escobar fait un chemin de velours;

et le nom de ce jésuite fournit même à notre langue un verbe familier (escobarder), qui n'est pas plus honorable pour l'auteur qui l'a fait naître, que le mot de machiavélisme n'est flatteur pour la mémoire de Machiavel.

On peut voir ce que Boileau, Racine, Voltaire, et tous nos critiques ont dit de la perfection du style des *Provinciales*. C'est un concert d'éloges si unanime, qu'il est impossible d'y rien ajouter. Les jésuites, atterrés du succès de ce livre, furent quarante ans sans oser y répondre en forme; car eux-mêmes comptoient pour rien la mauvaise réplique publiée par le père Annat, sous ce titre : *La bonne-foi des Jansénistes*. Depuis, on prétend qu'ils avoient eu recours à la plume de Bussi-Rabutin, qui, après avoir essayé cette entreprise, jugea qu'il étoit impossible d'y réussir. En 1694, le père Daniel, aidé, à ce qu'on dit, de Bouhours et d'un autre, hasarda ses *Entretiens de Cléandre et d'Eudoxe sur les Lettres au Provincial :* le père Jouvenci les traduisit en latin; mais les jésuites se hâtèrent de supprimer ce livre qui venoit, après coup, rallumer des querelles non encore assoupies. Daniel avoit voulu réfuter Perrault, qui, dans son

Parallèle des anciens et des modernes, avoit donné de grands éloges aux *Lettres Provinciales*. D'autres voulurent réfuter Daniel ; et, dès 1696, il parut une apologie victorieuse des *Provinciales*, par Matthieu Petit-Didier, bénédictin de Lorraine ; ainsi, tout le fruit de l'ouvrage du jésuite Daniel fut de réveiller l'attention en faveur de celui de Pascal, de faire réimprimer les lettres qu'on vouloit combattre, et de leur procurer, en quelque sorte, un nouveau succès et une seconde existence.

Ce n'est pas que l'on n'eût cherché, du vivant de Pascal même, à lui inspirer quelques alarmes, ou du moins quelques scrupules sur la nature satirique et hardie de cette immortelle production. Il manqueroit quelque chose à l'histoire de ces lettres, si nous ne rapportions ici les réponses que Pascal fit lui-même à ces objections, dans une conversation qu'il eut un an avant sa mort, et dont on nous a conservé le récit.

On m'a demandé, dit-il, si je ne me repens pas d'avoir fait les *Provinciales*. J'ai répondu que, bien loin de m'en repentir, si j'étois à les faire, je les ferois encore plus fortes.

On m'a demandé pourquoi j'ai mis le nom des auteurs où j'ai pris toutes ces propositions abominables que j'y ai citées. J'ai répondu que, si j'étois dans une ville où il y eût douze fontaines, et que je susse certainement qu'il y en eût une d'empoisonnée, je serois obligé d'avertir tout le monde de n'aller point puiser de l'eau à cette fontaine ; et, comme on pourroit croire que c'est une pure imagination de ma part, je serois obligé de nommer celui qui l'a empoisonnée, plutôt que d'exposer toute une ville à s'empoisonner.

On m'a demandé pourquoi j'ai employé un style agréable, railleur, et divertissant. J'ai répondu que, si j'avois écrit d'un style dogmatique, il n'y auroit eu que les savants qui auroient lu ces lettres, et ceux-là n'en avoient pas besoin, en sachant pour le moins autant que moi là-dessus ; ainsi j'ai cru qu'il falloit écrire d'une manière propre à faire lire mes lettres par les femmes et les gens du monde, afin qu'ils connussent le danger de toutes ces maximes et de toutes ces propositions qui se répandoient alors, et dont on se laissoit facilement persuader.

On m'a demandé si j'ai lu moi-même tous les livres que j'ai cités. J'ai répondu que non. Certainement il auroit fallu que j'eusse passé une grande partie de ma vie à lire de très-mauvais livres. J'ai lu deux fois Escobar tout entier ; et, pour les autres, je les ai fait lire par quelques-uns de mes amis ; mais je n'en ai pas employé un passage sans l'avoir lu moi-même dans le livre cité, examiné la matière sur laquelle il est avancé, et lu ce qui précède et ce qui suit, pour ne point hasarder une objection pour une réponse, ce qui auroit été reprochable et injuste.

Ici notre tâche seroit finie, si nous ne devions porter encore notre examen sur les critiques littéraires dont le style des *Provinciales* a paru susceptible.

§. VI. *Des reproches qu'on a faits,* 1°. *au style des* Provinciales; 2°. *à la réforme qui s'est opérée dans la langue, et dont ce livre passe pour être le premier modèle.*

Il faut que la difficulté d'écrire purement en françois soit bien grande, puisqu'en y regardant de près on peut trouver à reprendre, même dans le chef-d'œuvre de Pascal.

Il n'a pas tenu au père Daniel de détruire, à cet égard, la réputation de ces lettres; il a employé près de trente pages à faire l'anatomie de la première, et il prétend que l'auteur manque tout à la fois à la pureté du langage et à l'art du dialogue; mais il ne le prouve pas, et ne fait guère que des chicanes minutieuses sur des QUI et des QUE trop près les uns des autres, comme dans cette phrase de la première lettre :

« Si je ne craignois d'être aussi téméraire, je crois *que*
» je suivrois l'avis de la plupart des gens *que* je vois, *qui*,
» ayant cru jus*qu'ici* sur la foi publique, *que* ces proposi-
» tions sont dans Jansénius, commencent à se défier du
» contraire, par le refus bizarre *qu'on* fait de les montrer,
» *qui* est tel *que* je n'ai encore vu personne *qui* m'ait dit
» les y avoir vues » (*).

(*) La consonnance vicieuse des *qui* et des *que* redoublés n'est pas seulement un écueil de la langue françoise. Leur répétition ne fait pas un meilleur effet dans la langue latine. On cite, à ce sujet, un passage de Cicéron, où ce grand orateur paroît s'être un peu oublié, par le grand nombre de *quis*, de *qui* et de *quo* qu'on y trouve. C'est dans son traité

Condorcet a fait un *Éloge de Pascal*, où il propose en ces mots ses doutes sur le même sujet :

Si l'on osoit trouver des défauts au style des *Provinciales*, on lui reprocheroit de manquer quelquefois d'élégance et d'harmonie ; on pourroit se plaindre de trouver dans le dialogue un trop grand nombre d'expressions familières et proverbiales qui maintenant paroissent manquer de noblesse.

Condorcet justifie son assertion par la note suivante :

Ce jugement, dit-il, paroîtra peut-être trop sévère. Voici cependant quelques passages qui pourroient le justifier.

« Je les viens de quitter sur cette dernière raison pour vous écrire ce récit, *par où* vous voyez qu'il ne s'agit *d'aucun* des points suivants, et *qu'ils ne sont* condamnés de part ni d'autre.

» De sorte qu'il n'y a plus que le mot de *prochain*, sans aucun sens, qui *court risque.*

» Mais je vois qu'elle ne fera point d'autre mal que de rendre la Sorbonne moins considérable par ce procédé, *qui lui* ôtera l'autorité *qui lui* est nécessaire en d'autres rencontres.

» Le bon père, se trouvant aussi empêché de soutenir son opinion *au regard* des justes qu'*au regard* des méchants, ne perdit pas courage.

» Comme je fermois la lettre que je vous ai écrite, *je fus* visité par M. N***, notre ancien ami, le plus heureusement du monde pour ma curiosité, car il est très-informé des questions du temps ; il sait parfaitement le secret des jésuites, *chez qui* il est à toute heure, et *avec* les principaux. »

Condorcet ajoute que « quand Pascal, après avoir cité un passage des casuistes jésuites, demande sérieusement si ce sont *des Chrétiens* ou *des Turcs qui parlent;* si *leurs textes sont des inspirations de l'Agneau, ou des abominations suggérées par le Dragon;* quand, après avoir rapporté je ne sais quelles sottises du père Le Moyne, il s'écrie : *Cette comparaison vous paroît-elle fort chrétienne dans une bouche qui consacre le corps adorable de Jésus-Christ;* quand il fait un long parallèle de *Jésus* et du *Diable;* quand, pour s'excuser d'avoir plaisanté les jésuites, il rapporte que *Dieu le père s'est moqué d'Adam* dans le paradis terrestre, et *qu'au jour du jugement il plaisantera les damnés,* etc. ; on est obligé de convenir que ces traits ne sont ni d'assez

---

De Finibus bonorum et malorum. De QUO, dit-il, *omnis haec* QUÆSTIO est : QUASI QUIS, *inquit, sit* QUI QUID *sit voluptas nesciat, aut* QUI QUO, etc.

bon goût, ni d'assez bon sens. Il ne faut pas accuser notre auteur de manquer de respect à Pascal, en remarquant quelques défauts, etc. »

Le marquis d'Argens s'étoit déjà récrié avec force contre l'apologie que Pascal a faite de son style railleur et satirique. « Est-il possible, dit-il, qu'un homme qui avoit autant de
» génie, de science et d'érudition, ait voulu justifier les excès
» les plus criminels par les choses les plus respectables ? Non
» content de rendre les prophètes et les saints des plaisants
» antiques, il n'a pas tenu à lui qu'on n'ait cru que Dieu
» même avoit donné des exemples qui autorisoient les plai-
» santeries les plus piquantes. C'est là une preuve bien évi-
» dente qu'il n'est rien qu'un auteur qui suit sa passion ne
» croie pouvoir justifier (*). »

Ces reproches, plus ou moins fondés, n'empêchent pas que les *Lettres Provinciales* ne soient encore le meilleur ouvrage en prose du siècle de Louis XIV, comme Boileau l'a décidé et proclamé hautement ; mais, par cette raison-là même, il seroit bien à désirer que l'Académie Françoise réalisât l'idée qu'elle a eue si souvent de faire des remarques de grammaire et de goût sur nos auteurs classiques, et qu'elle commençât, pour la prose, par l'examen des *Lettres Provinciales*. Quel service elle rendroit à la littérature !

Mais en convenant du mérite et de la prééminence de cet ouvrage, que faut-il penser des plaintes de plusieurs écrivains célèbres contre l'excès de la réforme opérée dans la langue après l'établissement de l'Académie Françoise, réforme dont Vaugelas avoit proposé les règles, et dont les *Provinciales* de Pascal furent la plus solennelle et la première exécution ? Chapelle, dans une lettre en vers à mademoiselle de Saint-Christophe, se plaint de l'épuration de la langue par l'Académie Françoise :

> A votre lettre en vieux gaulois
> Faire réponse est difficile,

(*) *Mémoires secrets de la République des Lettres*, Tome III, pages 412-415.

Tant excellez en ce patois,
Comme en tout autre êtes habile !
On dit ce qu'on veut dans ce style,
Et non dans notre beau françois
Que messieurs de l'Académie
Ont tant décharné, que leurs lois
L'ont fait du françois la momie, etc.

Racine, La Bruyère, Fénelon, Bayle et Rollin regrettent tous la naïveté et l'énergie de la langue d'Amyot. Et la même opinion a été fortement exprimée par un savant anonyme, du temps même de Louis XIV, dans ces réflexions sur l'usage de la langue françoise, qui méritent d'être plus connues.

Examen de cette question :

Si l'on a corrompu la langue françoise depuis le temps d'Amyot. (Extrait de la Bibliothéque universelle et historique de l'année 1687.)

Vaugelas a eu sans doute raison de dire que l'usage de la cour et des bons auteurs étoit l'arbitre souverain de la langue françoise. C'est un principe incontestable ; mais il est cause que le françois que l'on parle aujourd'hui est, au goût de bien des gens, inférieur à celui que l'on parloit du temps d'Amyot. Cela paroîtra peut-être un paradoxe à ceux qui n'ont pas fait assez de réflexion sur le changement qui est arrivé à notre langue depuis ce temps-là ; mais voici les raisons sur lesquelles on se fonde.

Pendant que la langue grecque et la langue latine étoient florissantes, l'usage des personnes de qualité en étoit l'arbitre aussi-bien qu'aujourd'hui. Mais, dans ces heureux temps, les gens de qualité se faisoient honneur d'étudier leurs langues avec plus de soin que nous ne le faisons présentement qu'elles sont mortes. Ils lisoient soigneusement les poètes et les livres de ceux qui avoient écrit en prose, avec l'approbation de leur siècle. Ils tâchoient d'imiter ce qu'ils avoient de bon, et d'éviter les fautes qu'ils pouvoient avoir commises. Ils étudioient outre cela toutes sortes de sciences, et s'entretenoient souvent de sujets sérieux. Enfin ils passoient leur vie également dans l'étude des choses et dans celle des mots. C'est ce qui a rendu ces deux langues, et particulièrement la grecque, si douces, si fortes, et si étendues en même temps. Pour parler de tout avec facilité, il falloit nécessairement avoir une infinité de mots ; et il falloit parler et écrire correctement et avec quelque politesse, si l'on vouloit passer pour une personne bien élevée. Ceux qui ont quelque connoissance de l'ancienne Grèce et du siècle de Cicéron et d'Auguste, savent qu'il n'y a point d'exagération dans ce que l'on vient de dire. On sait aussi que, dans les siècles suivants où l'on négligea l'étude des Sciences et des Belles-Lettres parmi les gens de qualité, la langue latine perdit et sa politesse et son abondance, ce qui arriva aussi à la langue grecque, quoiqu'elle se soit conservée dans sa pureté plus long-temps que la latine. Mais au moins, et dans l'une et dans l'autre, il étoit permis d'imiter dans les livres, autant qu'on le pouvoit, les auteurs qui avoient écrit dans les siècles de pureté, et de prendre leurs mots et leurs phrases, sans se mettre en peine si le langage présent des personnes ignorantes s'y accommodoit, ou non. Les écrits des auteurs des bons siècles avoient si bien fixé l'usage, pour ce qui regarde les livres, qu'il ne changeoit point, quoique le langage commun fût changé. Du temps de Lactance, par exemple, et de Sulpice Sévère, on ne parloit ni on n'écrivoit communément comme ils ont écrit; cependant on admiroit leur style, parce qu'ils l'avoient formé sur les auteurs de la pure latinité.

Voilà en peu de mots l'histoire de l'usage des langues grecque et latine. Tout le contraire est arrivé à l'égard de l'usage de la langue françoise : quand on a commencé à la cultiver, ç'a été véritablement à l'occasion de la renaissance des belles-lettres, sous le règne de François Ier. Mais les princes et les personnes de la première qualité n'ont guère plus étudié, depuis ce temps-là, qu'auparavant. La noblesse a employé tout son temps à jouer, ou à s'entretenir avec des femmes. Elle a regardé l'étude sérieuse des sciences et des belles-lettres plutôt comme une pédanterie, que comme une occupation digne des gentils-hommes; et si quelques personnes de qualité s'y sont appliquées, ce n'a été pour l'ordinaire que pour en acquérir une connoissance très-superficielle. Ces lumières confuses et générales n'ont pas laissé de les remplir d'une sotte vanité qui leur a fait mépriser les connoissances exactes, comme s'ils en avoient effectivement découvert le néant, après les avoir pénétrées à fond. Ils ont cru que c'étoit parler avec esprit que de parler de tout d'une manière vague et superficielle sans venir jamais à rien de distinct et de solide. Enfin, on a vu les personnes du premier ordre passer leur vie dans les plaisirs et les divertissements, et faire consister ce qu'on appelle le bel esprit à entretenir agréablement une femme dont les lumières bornées se trouvoient à peu près de la même étendue que les leurs. Cependant l'usage de ces gens-là n'a pas moins été la règle de la langue françoise que s'ils avoient été très-savants; et qu'ils se fussent appliqués avec soin à étudier. Les auteurs les plus estimés ont cru les devoir imiter, particulièrement en notre siècle, où l'on s'est fait une règle d'écrire comme on parle, et de ne parler presque jamais que de bagatelles, à l'imitation des personnes de qualité.

Cette conduite de la nation françoise a ôté à notre langue l'abondance des mots et des phrases, la force de l'expression et la cadence majestueuse des périodes que l'on remarque dans les langues grecque et latine.

1. Pour reconnoître que la langue françoise est fort appauvrie, il ne faut que lire Amyot, ou quelques autres livres comme les siens, où l'on trouvera une infinité de mots qui ne sont plus en usage, sans qu'on leur en ait substitué d'autres. Il est vrai que pour l'ordinaire nous avons d'autres mots pour exprimer la même chose; mais nos pères les avoient aussi, et, outre cela, ceux que nous avons retranchés.

Ceux qui écrivent s'aperçoivent souvent qu'ils auroient besoin de ces mots qui ont vieilli ou qui vieillissent, quoique dans la conversation on ne s'en aperçoive point, parce qu'on ne fait pas difficulté de redire plusieurs fois le même mot. Les dames surtout se mettent peu en peine de varier leurs expressions; et les cavaliers, qui sont aussi savants qu'elles, ne s'en soucient guère plus.

Il en est des phrases de même que des mots. Il étoit autrefois permis d'en transposer un peu l'ordre, de mettre le verbe à la fin, et de retrancher les articles, sans qu'il fût défendu de ranger les mots comme nous le faisons présentement, et de mettre aussi les articles. Mais nous n'avons plus la même liberté, ni par conséquent le moyen de varier nos expressions autant qu'on le pouvoit faire autrefois. Outre cela, nous n'osons pas prendre la même hardiesse à l'égard des métaphores que l'on remarque dans nos bons auteurs du siècle passé (Montaigne, etc.), et du commencement de celui-ci (Balzac, etc.). Notre langue est devenue à cet égard non-seulement chaste, mais même précieuse, si j'ose m'exprimer ainsi.

2. Ce qu'on appelle l'ordre naturel de la phrase, c'est-à-dire celui de la construction, selon lequel on place le nominatif le premier, et ensuite le verbe, et enfin le cas (régime ou complément), ce qui est presque perpétuel en françois; cet ordre, dis-je, rend souvent notre langue plate et languissante, comme on peut le voir en la comparant à la latine, ainsi que M. l'abbé Danet l'a montré dans la judicieuse préface de son *Dictionnaire latin*.

3. Dans la conversation, on ne s'attache point à faire des périodes justes. Les personnes du grand monde ne savent même ordinairement ce que c'est; de sorte que leurs discours ne sont que de petites phrases coupées, où chaque période, si l'on peut lui donner ce nom, est une seule expression qui ne contient qu'un seul verbe et qu'un seul régime. Il est arrivé de là que ceux qui ont voulu écrire comme parlent les gens du bel air, n'ont fait qu'entasser phrases sur phrases, sans y mettre aucune liaison et sans se soucier de la cadence. Dans les histoires mêmes et dans les narrations, on se sert d'un style si coupé, qu'on ne peut plus raconter une chose avec la même grâce et la même force que nos anciens historiens l'ont racontée. C'est ce qui a fait avouer à l'illustre M. Racine qu'un événement qui est dans le *Plutarque* d'Amyot a *une grâce dans le style de ce vieux traducteur que l'on ne sauroit égaler*

dans notre langage moderne. On peut lire cet endroit dans la préface de son *Mithridate*, et essayer si l'on pourra venir à bout de ce que M. Racine a déclaré lui être impossible.

C'est ainsi que le bel usage de la langue françoise l'a enrichie depuis cent ans. Ce n'est pas qu'on veuille nier qu'elle ne se soit embellie à quelques égards, ou blâmer ceux qui suivent l'usage moderne ; mais on soutient qu'à tout compter elle a plus perdu qu'elle n'a gagné, et que, si l'on parle comme font les autres, ce ne doit pas être dans la pensée que nous parlions mieux que nos pères, mais que c'est un mal nécessaire, et auquel on ne sauroit remédier. Peut-être que notre postérité, plus heureuse que nous, réunira dans son style toutes les richesses et toutes les beautés que notre langue a possédées et perdues depuis qu'on a commencé à la polir. C'est ainsi que font les Italiens, qui, en suivant le style d'aujourd'hui, ne laissent pas de regarder comme des mots et des tours de leur langue ceux dont Pétrarque et Bocace se sont servis, quoiqu'ils ne soient plus dans la bouche des dames et des cavaliers. Ils ne font pas difficulté de les employer, au moins dans leur poésie, et d'en conserver ainsi l'usage parmi les savants, malgré l'ignorance de ceux qui ne lisent pas les ouvrages de leurs anciens auteurs.

Il ne laisse pas d'y avoir du vrai dans ces réflexions, quoique tout n'en soit pas également incontestable.

A peu près dans le même temps, Danet avoit décrié notre langue, dans la préface d'un dictionnaire où il la mettoit fort au-dessous de la langue latine. Il comparoit du françois très-plat à du latin plus choisi. Cette manière d'argumenter a été renouvelée par Pluche et par quelques autres. Voltaire y a répondu victorieusement dans ses *Questions sur l'Encyclopédie* (*) ; mais, sous Louis XIV même, un célèbre avocat au parlement de Paris (**), indigné contre ceux qui affectoient encore de rabaisser notre langue, publia un *Discours sur le génie de la langue françoise ;* et nous devons aussi en donner une idée.

« L'auteur s'en prend surtout aux traducteurs, qui ont

(*) Article *Génie des Langues*, où il combat le président de Brosses, qui, en copiant les erreurs de Danet et de Pluche, a voulu faire croire que les inversions du latin sont naturelles, et que c'est la construction naturelle du françois qui est forcée.

(**) *Plaidoyers de Gillet*, in-4°, 1696.

cherché à s'excuser aux dépens de leur langue, et qui ont demandé grâce pour elle, comme si elle n'étoit pas assez riche, ni assez féconde, pour exprimer les beautés de l'original. Il les blâme d'accuser la langue françoise de la foiblesse et de la stérilité qui est dans leur génie, et de rejeter sur elle les fautes dont ils devroient se charger eux-mêmes. Il croit que cette langue peut soutenir noblement les traits les plus hardis de la plus sublime éloquence; car elle est simple sans bassesse, libre sans indécence, élégante et fleurie sans fard, majestueuse sans faste, harmonieuse sans enflûre, délicate sans mollesse, abondante sans barbarie, et énergique sans rudesse. Elle ne souffre ni les synonymes inutiles, ni les épithètes superflues; elle bannit les périphrases trop longues, les hyperboles trop hardies, et les métaphores outrées, et toutes ces fougues d'imagination, et ces transports déréglés qui donnent dans le galimatias. Elle ne prend point pour des ornements de froides antithèses, de ridicules allusions, des équivoques, des pointes ou des jeux de mots; bien loin d'approuver ce badinage, elle ne pardonne pas même un style trop fleuri, des locutions trop ornées ou trop figurées, des phrases trop brillantes, des périodes trop étudiées et trop compassées. En un mot, son caractère principal, c'est la netteté et la clarté dans le discours; c'est en quoi elle excelle par-dessus toutes les langues. Elle évite avec soin tout ce qui peut laisser quelque doute et quelque ambiguité. Elle ne veut point devoir sa cadence et l'arrondissement de ses périodes à des transpositions, ni à un arrangement bizarre, ni à ces inversions qui causent tant d'embarras et tant d'obscurité dans la langue latine. Elle épargne à l'esprit jusqu'aux moindres efforts; le nominatif précède toujours le verbe, et le verbe marche toujours devant les cas obliques qu'il régit (*). Elle expose les pensées dans le même

---

(*) L'auteur parle ici dans le sens des grammaires de ce temps-là, qui supposoient des cas dans la langue françoise. On diroit aujourd'hui que le verbe est toujours précédé de son sujet, et suivi de ses compléments.

ordre que l'imagination les a conçues, et cette construction naturelle ne fatigue point le lecteur. Il n'y a point de langue dont le tour soit plus simple, plus facile et plus naïf; il n'y en a point qui réussisse plus heureusement à copier les pensées, à lier les expressions aux choses avec une juste proportion, et à observer exactement toutes les bienséances.

» Après cela, il est évident que les traducteurs ne doivent point faire leur apologie, en ravalant la langue françoise au-dessous de la latine. On a beau dire qu'ils font des paraphrases ou des commentaires plutôt que des versions, et qu'ils ne sauroient garder la brièveté du latin, qui dit en un mot ce que le françois ne peut exprimer que par circonlocution; le françois n'a-t-il pas aussi ses expressions courtes et significatives, que le latin ne peut abréger? De plus, cette brièveté tant vantée n'est pas toujours une perfection: on n'est point trop long, quand on ne dit rien de superflu, et qu'en retranchant exactement les paroles perdues, toutes celles qui composent la phrase sont nécessaires, pour mettre la pensée dans tout son jour. Bien loin que cette abondance qu'on nous reproche soit un défaut, c'est un avantage de la langue françoise, qui, préférant la clarté à tout le reste, veut qu'on développe nettement tout ce qu'on pense, et qu'on le présente à l'esprit sans embarras. Comme elle ne souffre rien d'obscur, ni de confus, elle ne s'accommode ni de ces fréquentes parenthèses qui interrompent le discours, ni de ces phrases tronquées dont il faut deviner le sens, et qu'on n'entend qu'après y avoir long-temps rêvé. Tout ce qui a besoin de réflexion pour être compris, tout ce qui demande de l'application pour être entendu, ne convient point au génie vif et prompt de la nation françoise.

» Il est vrai encore qu'il est nécessaire de tempérer en françois les figures et les métaphores trop poussées en latin; mais il ne faut point regarder comme un défaut de notre langue ce qui est l'effet de ce goût raisonnable qui lui est propre, et qui ne s'éloigne jamais de la nature et de la vérité.

» Si les défenseurs de la latinité vouloient juger équitablement, et rabattre un peu de la vénération qu'on leur a imprimée pour les anciens, ils reconnoîtroient de bonne foi que si le latin traduit perd quelques-unes de ses beautés, il en est quelquefois dédommagé par des expressions françoises très-élégantes et très-heureuses. On pourroit défier les latins à leur tour de traduire tel de nos bons ouvrages françois : il leur échapperoit peut-être bien des grâces et bien des finesses que la langue latine ne sauroit exprimer. »

Soyons donc justes, pour nous-mêmes ! ne calomnions pas les ressources de notre langue, faute de les connoître ! Sachons jouir de ce que nous avons, sans nous plaindre au hasard de ce qui pourroit nous manquer ! On ne sauroit tout réunir. Les langues sont des méthodes analytiques, plus ou moins parfaites. La nôtre est éminemment douée de ce privilége ; elle semble être calculée exprès pour la lucidité de l'élocution. Or, cette clarté qu'elle possède par excellence, est peut-être incompatible avec les autres qualités dont on peut regretter qu'elle soit privée. Nous pouvons convenir des obstacles qu'elle oppose à l'enthousiasme du poète et à la véhémence de l'orateur, quoiqu'elle leur permette les longues périodes qui lui conviennent mal dans le discours ordinaire. Les articles l'embarrassent, les inversions la troublent, les ellipses lui répugnent, la moindre impropriété dans les termes l'effarouche ; enfin, sa syntaxe, asservie à l'ordre naturel, ne peut presque rien déranger dans la marche des mots, sans s'exposer à rompre la liaison des idées ; chargée de tant de chaînes, elle doit procéder avec plus de lenteur que les langues transpositives ; mais ce qu'elle perd sur la célérité du mouvement, elle le regagne par l'éclat de la lumière. Elle rend la raison et la vérité comme transparentes ; elle en est le miroir le plus exact ; car son génie ne se prête ni aux pensées louches, ni aux phrases équivoques, ni aux arguments captieux. Elle n'admet rien d'embrouillé, avantage inappréciable qui la rend plus propre qu'aucun autre idiome connu à être, dans la société et la conversation, l'écho familier de la confiance ; dans les affaires publiques et privées, l'interprète fidèle de la justice; dans les sciences, les lettres et les arts, l'organe méthodique de la philosophie.

Notre langue, à ce titre, étoit l'instrument le plus propre à être manié par un homme tel que Pascal. Ce grand homme avoit fait un *Traité de l'esprit géométrique*, dont Arnauld a tiré plusieurs règles de l'Art de penser (*. Ces règles, destinées à former le jugement, étoient surtout à l'usage de celui qui les avoit établies; mais on peut dire que son génie étoit bien secondé ici par le génie particulier de notre langue. Pascal ne vouloit rien admettre qui ne fût démontré jusqu'à l'évidence; et notre langue aussi ne tolère dans les paroles rien qui puisse obscurcir la pensée : on ne peut tergiverser avec elle; elle veut qu'on soit clair, à quelque prix que ce puisse être, dût-on même, pour atteindre à ce but unique, suivre à la lettre le grand précepte de Boileau :

> Vingt fois sur le métier remettez votre ouvrage;
> Polissez-le sans cesse, et le repolissez.

Ce fut aussi par ce moyen, ce fut avec cette arme victorieuse que Pascal sortit triomphant de la lutte qu'il soutint contre les sophismes et les paralogismes derrière lesquels se retranchoient les opinions probables, les restrictions mentales et tous les autres subterfuges de la morale relâchée. Ces ténébreuses doctrines avoient pu passer long-temps à la faveur du vague et de l'obscurité dont les enveloppoit le latin de l'école; mais elles ne purent soutenir le jour que répandit sur elles la rectitude lumineuse de la langue françoise.

Attachons-nous donc à l'étude de cette langue de la raison, dans laquelle nous avons tant d'ouvrages classiques, tous venus à la suite des *Provinciales*; mais ces chefs-d'œuvres ne doivent pas nous faire oublier les autres bons ouvrages françois, qui étoient venus précédemment à la suite du *Plutarque* d'Amyot.

(*) *Voyez* la préface de la *Logique de Port-Royal*, *OEuvres d'Antoine Arnauld*, tome **XXXVI**, *in-4°*, pages 110-111.

Ces réflexions doivent servir du moins à nous justifier du soin que nous avons pris d'esquisser, quoique d'une manière rapide et imparfaite, le tableau des bons ouvrages en prose qui parurent dans notre langue à l'époque de François Ier. La poésie françoise employe quelquefois le dialecte de Marot. Nous ne demandons pas que la prose reprenne aussi le langage d'Amyot; ce seroit pousser trop loin la passion de cet archaïsme que notre goût moderne ne supporte qu'à peine dans les vers même d'Hamilton et de J.-B. Rousseau, quoiqu'il ait tant de grâce dans ceux de La Fontaine; mais nous désirons que l'on recherche, que l'on étudie, que l'on relise enfin les auteurs du seizième siècle; que l'on tienne note de celles de leurs expressions qu'on a eu tort de laisser perdre, et que l'on s'attache à les faire revivre, sans s'écarter néanmoins de la forme sage et précise que Pascal a imprimée à notre prose dans cet admirable livre des *Provinciales*, dont Bossuet a pu envier la composition, et qui a eu la gloire de fixer la langue.

FRANÇOIS DE NEUFCHATEAU.

TABLE DES MATIÈRES

CONTENUES DANS CET ESSAI.

FIN DE LA TABLE DE L'ESSAI.

LETTRES ÉCRITES

A UN PROVINCIAL

PAR

DE SES AMIS.

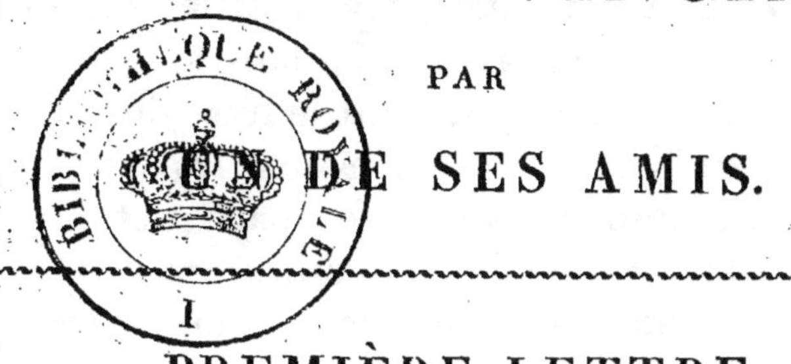

PREMIÈRE LETTRE.

Des disputes de Sorbonne, et de l'invention du Pouvoir prochain,
dont les molinistes se servirent pour faire conclure la censure
de M. Arnauld.

De Paris, ce 23 janvier 1656.

Monsieur,

Nous étions bien abusés. Je ne suis détrompé
que d'hier ; jusque-là j'ai pensé que le sujet
des disputes de Sorbonne étoit bien important,
et d'une extrême conséquence pour la religion.
Tant d'assemblées d'une compagnie aussi célèbre qu'est la Faculté de Théologie de Paris, et
où il s'est passé tant de choses si extraordinaires
et si hors d'exemple , en font concevoir une
si haute idée, qu'on ne peut croire qu'il n'y en
ait un sujet bien extraordinaire. Cependant vous
serez bien surpris, quand vous apprendrez , par
ce récit, à quoi se termine un si grand éclat ; et

c'est ce que je vous dirai en peu de mots, après m'en être parfaitement instruit.

On examine deux questions ; l'une de fait, et l'autre de droit.

Celle de fait consiste à savoir si M. Arnauld est téméraire, pour avoir dit dans sa seconde lettre : « Qu'il a lu exactement le livre de Jansé-» nius, et qu'il n'y a point trouvé les proposi-» tions condamnées par le feu pape, et néan-» moins que, comme il condamne ces proposi-» tions en quelque lieu qu'elles se rencontrent, » il les condamne dans Jansénius, si elles y » sont. »

La question sur cela est de savoir s'il a pu, sans témérité, témoigner par là qu'il doute que ces propositions soient de Jansénius, après que messieurs les évêques ont déclaré qu'elles sont de lui.

On propose l'affaire en Sorbonne. Soixante et onze docteurs entreprennent sa défense, et sou-tiennent qu'il n'a pu répondre autre chose à ceux qui, par tant d'écrits, lui demandoient s'il tenoit que ces propositions fussent dans ce livre, sinon qu'il ne les y a pas vues, et que néanmoins il les y condamne, si elles y sont.

Quelques-uns même, passant plus avant, ont déclaré que, quelque recherche qu'ils en aient faite, ils ne les y ont jamais trouvées, et que même ils y en ont trouvé de toutes contraires. Ils ont demandé ensuite avec instance que, s'il y avoit quelque docteur qui les y eût vues, il voulût les montrer ; que c'étoit une chose si facile, qu'elle ne pouvoit être refusée, puisque c'étoit un moyen sûr de les réduire tous , et M. Arnauld même : mais on le leur a toujours refusé. Voilà ce qui s'est passé de ce côté-là.

De l'autre part se sont trouvés quatre-vingts docteurs séculiers, et quelque quarante religieux mendiants, qui ont condamné la proposition de M. Arnauld, sans vouloir examiner si ce qu'il avoit dit étoit vrai ou faux ; et ayant même déclaré qu'il ne s'agissoit pas de la vérité, mais seulement de la témérité de sa proposition.

Il s'en est de plus trouvé quinze qui n'ont point été pour la censure, et qu'on appelle indifférents.

Voilà comment s'est terminée la question de fait, dont je ne me mets guère en peine : car, que M. Arnauld soit téméraire, ou non, ma conscience n'y est pas intéressée. Et si la curiosité me prenoit de savoir si ces propositions sont dans Jansénius, son livre n'est pas si rare, ni si gros, que je ne le puisse lire tout entier pour m'en éclaircir, sans en consulter la Sorbonne.

Mais, si je craignois aussi d'être téméraire, je crois que je suivrois l'avis de la plupart des gens que je vois, qui, ayant cru jusqu'ici sur la foi publique, que ces propositions sont dans Jansénius, commencent à se défier du contraire, par le refus bizarre qu'on fait de les montrer, qui est tel, que je n'ai encore vu personne qui m'ait dit les y avoir vues. De sorte que je crains que cette censure ne fasse plus de mal que de bien, et qu'elle ne donne à ceux qui en sauront l'histoire une impression tout opposée à la conclusion ; car, en vérité, le monde devient méfiant, et ne croit les choses que quand il les voit. Mais, comme j'ai déjà dit, ce point-là est peu important, puisqu'il ne s'y agit point de la foi.

Pour la question de droit, elle semble bien plus considérable, en ce qu'elle touche la foi. Aussi j'ai pris un soin particulier de m'en informer. Mais vous serez bien satisfait de voir que c'est une chose aussi peu importante que la première.

Il s'agit d'examiner ce que M. Arnauld a dit dans la même lettre : « Que la grâce, sans laquelle » on ne peut rien, a manqué à saint Pierre dans » sa chute. » Sur quoi nous pensions, vous et moi, qu'il étoit question d'examiner les plus grands principes de la grâce, comme, si elle n'est pas donnée à tous les hommes, ou bien si elle est efficace ; mais nous étions bien trompés. Je suis devenu grand théologien en peu de temps, et vous en allez voir des marques.

Pour savoir la chose au vrai, je vis monsieur N., docteur de Navarre, qui demeure près de chez moi, qui est, comme vous le savez, des plus zélés contre les jansénistes : et comme ma curiosité me rendoit presque aussi ardent que lui, je lui demandai s'ils ne décideroient pas formellement « que la grâce est donnée à tous, » afin qu'on n'agitât plus ce doute. Mais il me rebuta rudement, et me dit que ce n'étoit pas là le point ; qu'il y en avoit de ceux de son côté qui tenoient que la grâce n'est pas donnée à tous ; que les examinateurs mêmes avoient dit en pleine Sorbonne que cette opinion est *problématique* ; et qu'il étoit lui-même dans ce sentiment ; ce qu'il me confirma par ce passage, qu'il dit être célèbre, de saint Augustin : « Nous savons que la » grâce n'est pas donnée à tous les hommes. »

Je lui fis excuse d'avoir mal pris son sentiment, et le priai de me dire s'ils ne condamneroient donc pas au moins cette autre opinion des jansénistes qui fait tant de bruit, « que la » grâce est efficace, et qu'elle détermine notre » volonté à faire le bien. » Mais je ne fus pas plus heureux en cette seconde question. Vous n'y entendez rien, me dit-il ; ce n'est pas là une hérésie : c'est une opinion orthodoxe : tous les thomistes la tiennent ; et moi-même je l'ai soutenue dans ma Sorbonique.

Je n'osai lui proposer mes doutes ; et même je ne savois plus où étoit la difficulté, quand, pour m'en éclaircir, je le suppliai de me dire en quoi consistoit donc l'hérésie de la proposition de M. Arnauld. C'est, me dit-il, en ce qu'il ne reconnoît pas que les justes aient le pouvoir d'accomplir les commandements de Dieu en la manière que nous l'entendons.

Je le quittai après cette instruction ; et, bien glorieux de savoir le nœud de l'affaire, je fus trouver monsieur N., qui se portoit de mieux en mieux, et qui eut assez de santé pour me conduire chez son beau-frère, qui est janséniste, s'il y en eut jamais, et pourtant fort bon homme. Pour en être mieux reçu, je feignis d'être fort des siens, et lui dis : Seroit-il bien possible que la Sorbonne introduisît dans l'Église cette erreur, « que tous les justes ont toujours le pouvoir d'ac-» complir les commandements? » Comment parlez-vous? me dit mon docteur. Appelez-vous erreur un sentiment si catholique, et que les seuls luthériens et calvinistes combattent? Et quoi! lui dis-je, n'est-ce pas votre opinion? Non, me dit-il, nous l'anathématisons comme hérétique et impie. Surpris de cette réponse, je connus bien que j'avois trop fait le janséniste, comme j'avois l'autre fois été trop moliniste; mais, ne pouvant m'assurer de sa réponse, je le priai de me dire confidemment s'il tenoit « que les justes eussent toujours un pouvoir vé-» ritable d'observer les préceptes. » Mon homme s'échauffa là-dessus, mais d'un zèle dévot, et dit qu'il ne déguiseroit jamais ses sentiments pour quoi que ce fût; que c'étoit sa créance; et que lui et tous les siens la défendroient jusqu'à la mort, comme étant la pure doctrine de saint Thomas et de saint Augustin leur maître.

Il m'en parla si sérieusement, que je n'en pus douter; et, sur cette assurance, je retournai chez mon premier docteur, et lui dis, bien satisfait, que j'étois sûr que la paix seroit bientôt en Sorbonne : que les jansénistes étoient d'accord du

pouvoir qu'ont les justes d'accomplir les préceptes ; que j'en étois garant, et que je leur ferois signer de leur sang. Tout beau ! me dit-il ; il
faut être théologien pour en voir le fin. La différence qui est entre nous est si subtile, qu'à peine
pouvons-nous la marquer nous-mêmes ; vous
auriez trop de difficulté à l'entendre. Contentez-
vous donc de savoir que les jansénistes vous diront bien que tous les justes ont toujours le pouvoir d'accomplir les commandements : ce n'est
pas de quoi nous disputons ; mais ils ne vous diront pas que ce pouvoir soit *prochain* : c'est là le
point.

Ce mot me fut nouveau et inconnu. Jusque-là
j'avois entendu les affaires ; mais ce terme me jeta
dans l'obscurité, et je crois qu'il n'avoit été inventé que pour brouiller. Je lui en demandai
donc l'explication ; mais il m'en fit un mystère,
et me renvoya, sans autre satisfaction, pour demander aux jansénistes s'ils admettoient ce pouvoir *prochain*. Je chargeai ma mémoire de ce
terme ; car mon intelligence n'y avoit aucune
part. Et de peur de l'oublier, je fus promptement
retrouver mon janséniste, à qui je dis incontinent, après les premières civilités : Dites-moi,
je vous prie, si vous admettez *le pouvoir prochain ?* Il se mit à rire, et me dit froidement :
Dîtes-moi vous-même en quel sens vous l'entendez ; et alors je vous dirai ce que j'en crois. Comme
ma connoissance n'alloit pas jusque-là, je me
vis en terme de ne lui pouvoir répondre ; et néan-

moins, pour ne pas rendre ma visite inutile, je lui dis au hasard : Je l'entends au sens des molinistes. A quoi mon homme, sans s'émouvoir : Auxquels des molinistes, me dit-il, me renvoyez-vous ? Je les lui offris tous ensemble, comme ne faisant qu'un même corps et n'agissant que par un même esprit.

Mais il me dit : Vous êtes bien peu instruit. Ils sont si peu dans les mêmes sentiments, qu'ils en ont de tout contraires. Étant tout unis dans le dessein de perdre M. Arnauld, ils se sont avisés de s'accorder de ce terme de *prochain*, que les uns et les autres diroient ensemble, quoiqu'ils l'entendissent diversement ; afin de parler un même langage, et que, par cette conformité apparente, ils pussent former un corps considérable , et composer un plus grand nombre, pour l'opprimer avec assurance.

Cette réponse m'étonna ; mais, sans recevoir ces impressions des méchants desseins des molinistes, que je ne veux pas croire sur sa parole, et où je n'ai point d'intérêt, je m'attachai seulement à savoir les divers sens qu'ils donnent à ce mot mystérieux de *prochain*. Il me dit : Je vous en éclaircirois de bon cœur ; mais vous y verriez une répugnance et une contradiction si grossière, que vous auriez peine à me croire. Je vous serois suspect. Vous en serez plus sûr en l'apprenant d'eux-mêmes, et je vous en donnerai les adresses. Vous n'avez qu'à voir séparément un nommé M. Le Moine et le père Nicolaï. Je ne connois ni l'un ni l'autre., lui dis-je. Voyez donc, me dit-il, si vous ne connoîtrez point quelqu'un de ceux que je vous vas nommer ; car ils suivent les sentiments de M. Le Moine. J'en connus en effet quelques-uns. Et ensuite il me dit : Voyez si vous ne connoissez point des dominicains, qu'on appelle nouveaux thomistes ; car ils sont tous comme le père Nicolaï. J'en connus aussi entre ceux qu'il me nomma ; et, résolu de profiter de cet avis, et de sortir d'affaire, je le quittai, et allai d'abord chez un des disciples de M. Le Moine.

Je le suppliai de me dire ce que c'étoit qu'*avoir le pouvoir prochain de faire quelque chose*. Cela est aisé, me dit-il ; c'est avoir tout ce qui est nécessaire pour la faire, de telle sorte qu'il ne manque rien pour agir. Et ainsi, lui dis-je, avoir le *pouvoir prochain* de passer une rivière, c'est avoir un bateau, des bateliers, des rames, et le reste, en sorte que rien ne manque. Fort bien, me dit-il. Et avoir le pouvoir prochain *de voir*, lui dis-je, c'est avoir bonne vue, et être en plein jour ; car qui auroit bonne vue dans l'obscurité, n'auroit pas le pouvoir prochain de voir, selon vous, puisque la lumière lui manqueroit, sans quoi on ne voit point. Doctement, me dit-il. Et par conséquent, continuai-je, quand vous dites que tous les justes ont toujours le pouvoir prochain d'observer les commandements, vous entendez qu'ils ont toujours toute la grâce nécessaire pour les accomplir ; en sorte qu'il ne leur manque rien de la part de Dieu. Attendez, me dit-il, ils ont toujours tout ce qui est nécessaire pour les observer, ou du moins pour le demander à Dieu. J'entends bien, lui dis-je, ils ont tout ce qui est nécessaire pour prier Dieu de les assister, sans qu'il soit nécessaire qu'ils aient aucune nouvelle grâce de Dieu pour prier. Vous l'entendez, me dit-il; mais il n'est donc pas nécessaire qu'ils aient une grâce efficace pour prier Dieu? Non, me dit-il, suivant M. Le Moine.

Pour ne point perdre de temps, j'allai aux Jacobins, et demandai ceux que je savois être des nouveaux thomistes. Je les priai de me dire ce que c'est que *pouvoir prochain*. N'est-ce pas celui, leur dis-je, auquel il ne manque rien pour agir? Non, me dirent-ils. Mais quoi! mon père, s'il manque quelque chose à ce pouvoir, l'appelez-vous *prochain*, et direz-vous, par exemple, qu'un homme ait, la nuit, et sans aucune lumière, *le pouvoir prochain de voir?* Oui-dà, il l'auroit selon nous, s'il n'est pas aveugle. Je le veux bien, leur dis-je; mais M. Le Moine l'entend d'une manière contraire. Il est vrai, me dirent-ils, mais nous l'entendons ainsi. J'y consens, leur dis-je; car je ne dispute jamais du nom, pourvu qu'on m'avertisse du sens qu'on lui donne. Mais je vois par là que, quand vous dites que les justes ont toujours *le pouvoir prochain* pour prier Dieu, vous entendez qu'ils ont besoin d'un autre secours pour prier, sans quoi ils ne prieront jamais. Voilà qui va bien, me répondirent mes pères en m'embrassant, voilà qui va bien : car il leur faut de plus une grâce efficace qui n'est pas donnée à tous, et qui détermine leur volonté à prier ; et c'est une hérésie de nier la nécessité de cette grâce efficace pour prier.

Voilà qui va bien, leur dis-je à mon tour ; mais, selon vous, les jansénistes sont catholiques, et M. Le Moine hérétique ; car les jansénistes disent que les justes ont le pouvoir de prier, mais qu'il faut pourtant une grâce efficace ; et c'est ce que vous approuvez. Et M. Le Moine dit que les justes prient sans grâce efficace ; et c'est ce que vous condamnez. Oui, dirent-ils ; mais M. Le Moine appelle ce pouvoir, *pouvoir prochain.*

Quoi ! mes pères, leur dis-je, c'est se jouer des paroles, de dire que vous êtes d'accord à cause des termes communs dont vous usez, quand vous êtes contraires dans le sens. Mes pères ne répondirent rien ; et sur cela, mon disciple de M. Le Moine arriva par un bonheur que je croyois extraordinaire ; mais j'ai su depuis que leur rencontre n'est pas rare, qu'ils sont continuellement mêlés les uns avec les autres.

Je dis donc à mon disciple de M. Le Moine : Je connois un homme qui dit que tous les justes ont toujours le pouvoir de prier Dieu ; mais que néanmoins ils ne prieront jamais sans une grâce efficace qui les détermine, et laquelle Dieu ne donne pas toujours à tous les justes. Est-il hérétique ? Attendez, me dit mon docteur, vous me pourriez surprendre. Allons doucement, *distin-guo* : s'il appelle ce pouvoir, *pouvoir prochain*, il sera thomiste, et partant catholique ; sinon, il sera janséniste, et partant hérétique. Il ne l'appelle, lui dis-je, ni prochain, ni non prochain. Il est donc hérétique, me dit-il : demandez-le à ces bons pères. Je ne les pris pas pour juges ; car ils consentoient déjà d'un mouvement de tête ; mais je leur dis : Il refuse d'admettre ce mot de *prochain*, parce qu'on ne le veut pas expliquer. A cela, un de ces pères voulut en apporter sa définition ; mais il fut interrompu par le disciple de M. Le Moine, qui lui dit : Voulez-vous donc recommencer nos brouilleries ? Ne sommes-nous pas demeurés d'accord de ne point expliquer ce mot de *prochain*, et de le dire de part et d'autre sans dire ce qu'il signifie ? A quoi le jacobin consentit.

Je pénétrai par là dans leur dessein, et leur dis en me levant pour les quitter : En vérité, mes pères, j'ai grand'peur que tout ceci ne soit une pure chicanerie ; et quoi qu'il arrive de vos assemblées, j'ose vous prédire que, quand la censure seroit faite, la paix ne seroit pas établie. Car, quand on auroit décidé qu'il faut prononcer les syllabes *pro chain*, qui ne voit que, n'ayant point été expliquées, chacun de vous voudra jouir de la victoire ? Les jacobins diront que ce mot s'entend en leur sens. M. Le Moine dira que c'est au sien ; et ainsi il y aura bien plus de disputes pour l'expliquer que pour l'introduire : car, après tout, il n'y auroit pas grand péril à le recevoir sans aucun sens, puisqu'il ne peut nuire que par le sens. Mais ce seroit une chose indigne de la Sorbonne et de la théologie, d'user de mots équivoques et captieux sans les expliquer. Enfin, mes pères, dites-moi, je vous prie, pour la dernière fois, ce qu'il faut que je croie pour être catholique? Il faut, me dirent-ils tous ensemble, dire que tous les justes ont le *pouvoir prochain*, en faisant abstraction de tout sens : *abstrahendo à sensu thomistarum, et à sensu aliorum theologorum.*

C'est-à-dire, leur dis-je en les quittant, qu'il faut prononcer ce mot des lèvres, de peur d'être hérétique de nom. Car est-ce que le mot est de l'Écriture? Non, me dirent-ils. Est-il donc des pères, ou des conciles, ou des papes? Non. Est-il donc de saint Thomas? Non. Quelle nécessité y a-t-il donc de le dire, puisqu'il n'a ni autorité, ni aucun sens de lui-même? Vous êtes opiniâtre, me dirent-ils : vous le direz, ou vous serez hérétique, et M. Arnauld aussi; car nous sommes le plus grand nombre : et, s'il est besoin, nous ferons venir tant de cordeliers, que nous l'emporterons.

Je les viens de quitter sur cette dernière raison, pour vous écrire ce récit, par où vous voyez qu'il ne s'agit d'aucun des points suivants, et qu'ils ne sont condamnés de part ni d'autre. « 1. Que la grâce n'est pas donnée à tous les » hommes. 2. Que tous les justes ont toujours le

» pouvoir d'accomplir les commandements de
» Dieu. 3. Qu'ils ont néanmoins besoin pour les
» accomplir, et même pour prier, d'une grâce
» efficace qui détermine invinciblement leur vo-
» lonté. 4. Que cette grâce efficace n'est pas tou-
» jours donnée à tous les justes, et qu'elle dépend
» de la pure miséricorde de Dieu. » De sorte qu'il
n'y a plus que le mot de *prochain* sans aucun
sens qui court risque.

Heureux les peuples qui l'ignorent ! heureux
ceux qui ont précédé sa naissance ! car je n'y vois
plus de remède, si messieurs de l'Académie, par
un coup d'autorité, ne bannissent de la Sorbonne
ce mot barbare qui cause tant de divisions. Sans
cela, la censure paroît assurée : mais je vois
qu'elle ne fera point d'autre mal que de rendre
la Sorbonne moins (*) considérable par ce procédé, qui lui ôtera l'autorité qui lui est si nécessaire en d'autres rencontres.

Je vous laisse cependant dans la liberté de tenir pour le mot *prochain*, ou non ; car je vous
aime trop pour vous persécuter sous ce prétexte.
Si ce récit ne vous déplaît pas, je continuerai de
vous avertir de tout ce qui se passera.

Je suis, etc.

(*) L'édition de 1657 porte *méprisable*, expression plus
juste, et qu'on n'aura osé laisser subsister.

SECONDE LETTRE.

DE LA GRACE SUFFISANTE.

De Paris, ce 29 janvier 1656.

MONSIEUR,

Comme je fermois la lettre que je vous ai écrite, je fus visité par monsieur N., notre ancien ami, le plus heureusement du monde pour ma curiosité ; car il est très-informé des questions du temps, et il sait parfaitement le secret des jésuites, chez qui il est à toute heure, et avec les principaux. Après avoir parlé de ce qui l'amenoit chez moi, je le priai de me dire, en un mot, quels sont les points débattus entre les deux partis.

Il me satisfit sur l'heure, et me dit qu'il y en avoit deux principaux : le premier, touchant *le pouvoir prochain* ; le second, touchant *la grâce suffisante*. Je vous ai éclairci du premier par la précédente : je vous parlerai du second dans celle-ci.

Je sus donc, en un mot, que leur différend, touchant *la grâce suffisante*, est en ce que les jésuites prétendent qu'il y a une grâce donnée généralement à tous les hommes, soumise de telle sorte au libre arbitre, qu'il la rend efficace ou inefficace à son choix, sans aucun nouveau secours de Dieu, et sans qu'il manque rien de sa part pour agir effectivement : ce qui fait qu'ils l'appellent *suffisante*, parce qu'elle seule suffit pour agir. Et que les jansénistes, au contraire, veulent qu'il n'y ait aucune grâce actuellement suffisante, qui ne soit aussi efficace, c'est-à-dire que toutes celles qui ne déterminent point la volonté à agir effectivement, sont insuffisantes pour agir, parce qu'ils disent qu'on n'agit jamais sans *grâce efficace*. Voilà leur différend.

Et m'informant après de la doctrine des nouveaux thomistes : Elle est bizarre, me dit-il ; ils sont d'accord avec les jésuites d'admettre *une grâce suffisante* donnée à tous les hommes ; mais ils veulent néanmoins que les hommes n'agissent jamais avec cette seule grâce, et qu'il faille, pour les faire agir, que Dieu leur donne *une grâce efficace* qui détermine réellement leur volonté à l'action, et laquelle Dieu ne donne pas à tous. De sorte que, suivant cette doctrine, lui dis-je, cette grâce est *suffisante* sans l'être. Justement, me dit-il ; car, si elle suffit, il n'en faut pas davantage pour agir ; et si elle ne suffit pas, elle n'est pas *suffisante*.

Mais, lui dis-je, quelle différence y a-t-il donc entre eux et les jansénistes ? Ils diffèrent, me dit-il, en ce qu'au moins les dominicains ont cela de bon, qu'ils ne laissent pas de dire que tous les hommes ont *la grâce suffisante*. J'entends bien, répondis-je ; mais ils le disent sans le penser, puisqu'ils ajoutent qu'il faut nécessairement, pour agir, avoir *une grâce efficace, qui n'est pas donnée à tous :* ainsi, s'ils sont conformes aux jésuites par un terme qui n'a pas de sens, ils leur sont contraires, et conformes aux jansénistes dans la substance de la chose. Cela est vrai, dit-il. Comment donc! lui dis-je, les jésuites sont-ils unis avec eux? et que ne les combattent-ils aussi bien que les jansénistes, puisqu'ils auront toujours en eux de puissants adversaires, lesquels, soutenant la nécessité de la grâce efficace qui détermine, les empêcheront d'établir celle qu'ils veulent être seule suffisante?

Les dominicains sont trop puissants, me dit-il, et la société des jésuites est trop politique pour les choquer ouvertement. Elle se contente d'avoir gagné sur eux qu'ils admettent au moins le nom de *grâce suffisante*, quoiqu'ils l'entendent en un autre sens. Par là elle a cet avantage, qu'elle fera passer leur opinion pour insoutenable, quand elle le jugera à propos, et cela lui sera aisé; car, supposé que tous les hommes aient des grâces suffisantes, il n'y a rien de plus naturel que d'en conclure que la grâce efficace n'est donc pas nécessaire pour agir, puisque la suffisance de ces grâces générales excluroit la nécessité de toutes les autres. Qui dit *suffisant*, marque tout ce qui est nécessaire pour agir; et il serviroit de peu aux dominicains de s'écrier qu'ils donnent un autre sens au mot de *suffisant :* le peuple, accoutumé à l'intelligence commune de ce terme, n'écouteroit pas seulement leur explication. Ainsi la société

profite assez de cette expression que les dominicains reçoivent, sans les pousser davantage ; et si
vous aviez la connoissance des choses qui se sont
passées sous les papes Clément VIII et Paul V,
et combien la société fut traversée dans l'établissement de la grâce suffisante, par les dominicains, vous ne vous étonneriez pas de voir
qu'elle ne se brouille pas avec eux, et qu'elle
consent qu'ils gardent leur opinion, pourvu que
la sienne soit libre, et principalement quand les
dominicains la favorisent par le nom de *grâce
suffisante*, dont ils ont consenti de se servir publiquement.

Elle est bien satisfaite de leur complaisance.
Elle n'exige pas qu'ils nient la nécessité de la
grâce efficace ; ce seroit trop les presser : il ne faut
pas tyranniser ses amis ; les jésuites ont assez
gagné. Car le monde se paye de paroles : peu
approfondissent les choses ; et ainsi, le nom de
grâce suffisante étant reçu des deux côtés, quoique avec divers sens, il n'y a personne, hors les
plus fins théologiens, qui ne pense que la chose
que ce mot signifie soit tenue aussi-bien par
les jacobins que par les jésuites, et la suite
fera voir que ces derniers ne sont pas les plus
dupes.

Je lui avouai que c'étoient d'habiles gens ; et,
pour profiter de son avis, je m'en allai droit aux
Jacobins, où je trouvai à la porte un de mes bons
amis, grand janséniste, car j'en ai de tous les partis, qui demandoit quelque autre père que celui

que je cherchois. Mais, à force de prières, je l'engageai à m'accompagner, et demandai un de mes nouveaux thomistes. Il fut ravi de me revoir : Eh bien! mon père, lui dis-je, ce n'est pas assez que tous les hommes aient un *pouvoir prochain*, par lequel pourtant ils n'agissent en effet jamais, il faut qu'ils aient encore une *grâce suffisante*, avec laquelle ils agissent aussi peu. N'est-ce pas là l'opinion de votre école? Oui, dit le bon père; et je l'ai bien dit ce matin en Sorbonne. J'y ai parlé toute ma demi-heure, et sans le *sable* j'eusse bien fait changer ce malheureux proverbe qui court déjà dans Paris : « Il opine du bonnet comme » un moine en Sorbonne. » Et que voulez-vous dire par votre demi-heure et par votre sable? lui répondis-je; taille-t-on vos avis à une certaine mesure? Oui, me dit-il, depuis quelques jours. Et vous oblige-t-on de parler demi-heure? Non. On parle aussi peu qu'on veut. Mais non pas tant que l'on veut, lui dis-je. O la bonne règle pour les ignorants! O l'honnête prétexte pour ceux qui n'ont rien de bon à dire! Mais enfin, mon père, cette grâce donnée à tous les hommes est *suffisante?* Oui, dit-il. Et néanmoins elle n'a nul effet *sans grâce efficace?* Cela est vrai, dit-il. Et tous les hommes ont *la suffisante*, continuai-je, et tous n'ont pas *l'efficace?* Il est vrai, dit-il. C'est-à-dire, lui dis-je, que tous ont assez de grâce, et que tous n'en ont pas assez; c'est-à-dire que cette grâce suffit, quoiqu'elle ne suffise pas; c'est-à-dire qu'elle est suffisante de nom, et insuffisante en effet. En bonne foi, mon père, cette doctrine est bien subtile. Avez-vous oublié, en quittant le monde, ce que le mot de *suffisant* y signifie ? ne vous souvient-il pas qu'il enferme tout ce qui est nécessaire pour agir ? Mais vous n'en avez pas perdu la mémoire ; car, pour me servir d'une comparaison qui vous sera plus sensible, si l'on ne vous servoit à table que deux onces de pain et un verre d'eau par jour, seriez-vous content de votre prieur qui vous diroit que cela seroit suffisant pour vous nourrir, sous prétexte qu'avec autre chose qu'il ne vous donneroit pas, vous auriez tout ce qui vous seroit nécessaire pour vous nourrir ? Comment donc vous laissez-vous aller à dire que tous les hommes ont *la grâce suffisante* pour agir, puisque vous confessez qu'il y en a une autre absolument nécessaire pour agir, que tous n'ont pas ? Est-ce que cette créance est peu importante, et que vous abandonnez à la liberté des hommes de croire que la grâce efficace est nécessaire ou non ? Est-ce une chose indifférente de dire qu'avec la grâce suffisante on agit en effet ? Comment, dit ce bon homme, indifférente ! C'est *une hérésie*, c'est *une hérésie* formelle. La nécessité de *la grâce efficace* pour agir effectivement est *de foi* ; il y a *hérésie* à la nier.

Où en sommes-nous donc ? m'écriai-je, et quel parti dois-je ici prendre ? Si je nie la grâce suffisante, je suis janséniste. Si je l'admets comme les jésuites, en sorte que la grâce efficace ne soit pas nécessaire, je serai *hérétique*, dites-vous. Et si je l'admets comme vous, en sorte que la grâce efficace soit nécessaire, je pèche contre le sens commun, et je suis *extravagant*, disent les jésuites. Que dois-je donc faire dans cette nécessité inévitable, d'être ou extravagant, ou hérétique, ou janséniste? Et en quels termes sommes-nous réduits, s'il n'y a que les jansénistes qui ne se brouillent ni avec la foi, ni avec la raison, et qui se sauvent tout ensemble de la folie et de l'erreur?

Mon ami janséniste prenoit ce discours à bon présage, et me croyoit déjà gagné. Il ne me dit rien néanmoins; mais en s'adressant à ce père : Dites-moi, je vous prie, mon père, en quoi vous êtes conformes aux jésuites? C'est, dit-il, en ce que les jésuites et nous reconnoissons les *grâces suffisantes* données à tous. Mais, lui dit-il, il y a deux choses dans ce mot de *grâce suffisante* : il y a le son, qui n'est que du vent, et la chose qu'il signifie, qui est réelle et effective. Et ainsi, quand vous êtes d'accord avec les jésuites touchant le mot de *suffisante*, et que vous leur êtes contraires dans le sens, il est visible que vous êtes contraires touchant la substance de ce terme, et que vous n'êtes d'accord que du son. Est-ce là agir sincèrement et cordialement? Mais quoi! dit le bon-homme, de quoi vous plaignez-vous, puisque nous ne trahissons personne par cette manière de parler? Car, dans nos écoles, nous disons ouvertement que nous l'entendons d'une manière contraire aux jésuites. Je me plains, lui dit mon ami, de ce que vous ne publiez pas de toutes parts que vous entendez par grâce suffisante la grâce qui n'est pas suffisante. Vous êtes obligés en conscience, en changeant ainsi le sens des termes ordinaires de la religion, de dire que, quand vous admettez une *grâce suffisante* dans tous les hommes, vous entendez qu'ils n'ont pas de grâces suffisantes en effet. Tout ce qu'il y a de personnes au monde entendent le mot de *suffisant* en un même sens : les seuls nouveaux thomistes l'entendent en un autre. Toutes les femmes, qui font la moitié du monde, tous les gens de la cour, tous les gens de guerre, tous les magistrats, tous les gens de palais, les marchands, les artisans, tout le peuple ; enfin toutes sortes d'hommes, excepté les dominicains, entendent par le mot de *suffisant* ce qui enferme tout le nécessaire. Presque personne n'est averti de cette singularité. On dit seulement par toute la terre que les jacobins tiennent que tous les hommes ont des *grâces suffisantes*. Que peut-on conclure de là, sinon qu'ils tiennent que tous les hommes ont toutes les grâces qui sont nécessaires pour agir, et principalement en les voyant joints d'intérêt et d'intrigue avec les jésuites, qui l'entendent de cette sorte ? L'uniformité de vos expressions, jointe à cette union de parti, n'est-elle pas une interprétation manifeste et une confirmation de l'uniformité de vos sentiments ?

Tous les fidèles demandent aux théologiens quel est le véritable état de la nature depuis sa corruption ? Saint Augustin et ses disciples répondent qu'elle n'a plus de grâce suffisante qu'autant qu'il plaît à Dieu de lui en donner. Les jésuites sont venus ensuite, et disent que tous ont des grâces effectivement suffisantes. On consulte les dominicains sur cette contrariété. Que font-ils là-dessus ? ils s'unissent aux jésuites ; ils font par cette union le plus grand nombre ; ils se séparent de ceux qui nient ces grâces suffisantes ; ils déclarent que tous les hommes en ont. Que peut-on penser de là, sinon qu'ils autorisent les jésuites ? Et puis ils ajoutent que néanmoins ces grâces suffisantes sont inutiles sans les efficaces, qui ne sont pas données à tous.

Voulez-vous voir une peinture de l'Église dans ces différents avis ? Je la considère comme un homme qui, partant de son pays pour faire un voyage, est rencontré par des voleurs qui le blessent de plusieurs coups, et le laissent à demi mort. Il envoie querir trois médecins dans les villes voisines. Le premier, ayant sondé les plaies, les juge mortelles, et lui déclare qu'il n'y a que Dieu qui lui puisse rendre ses forces perdues. Le second, arrivant ensuite, voulut le flatter, et lui dit qu'il avoit encore des forces suffisantes pour arriver en sa maison, et, insultant contre le premier qui s'opposoit à son avis, forma le dessein de le perdre. Le malade, en cet état douteux, apercevant de loin le troisième, lui tend les mains, comme à celui qui le devoit déterminer. Celui-ci, ayant considéré ses blessures, et su l'avis des deux premiers, embrasse le second, s'unit à lui, et tous deux ensemble se liguent contre le premier, et le chassent honteusement, car ils étoient plus forts en nombre. Le malade juge à ce procédé qu'il est de l'avis du second; et le lui demandant en effet, il lui déclare affirmativement que ses forces sont suffisantes pour faire son voyage. Le blessé néanmoins, ressentant sa foiblesse, lui demande à quoi il les jugeoit telles. C'est, lui dit-il, parce que vous avez encore vos jambes; or, les jambes sont les organes qui suffisent naturellement pour marcher. Mais, lui dit le malade, ai-je toute la force nécessaire pour m'en servir? car il me semble qu'elles sont inutiles dans ma langueur. Non certainement, dit le médecin, et vous ne marcherez jamais effectivement, si Dieu ne vous envoie un secours extraordinaire pour vous soutenir et vous conduire. Eh quoi! dit le malade, je n'ai donc pas en moi les forces suffisantes, et auxquelles il ne manque rien pour marcher effectivement? Vous en êtes bien éloigné, lui dit-il. Vous êtes donc, dit le blessé, d'avis contraire à votre compagnon touchant mon véritable état? Je vous l'avoue, lui répondit-il.

Que pensez-vous que dit le malade? Il se plaignit du procédé bizarre et des termes ambigus de ce troisième médecin. Il le blâma de s'être uni au second, à qui il étoit contraire de sentiment, et avec lequel il n'avoit qu'une conformité apparente; et d'avoir chassé le premier, auquel il étoit conforme en effet. Et après avoir fait essai de ses forces, et reconnu par expérience la vérité de sa foiblesse, il les renvoya tous deux; et, rappelant le premier, se mit entre ses mains, et, suivant son conseil, il demanda à Dieu les forces qu'il confessoit n'avoir pas; il en reçut miséricorde, et, par son secours, arriva heureusement dans sa maison.

Le bon père, étonné d'une telle parabole, ne répondoit rien. Et je lui dis doucement pour le rassurer : Mais, après tout, mon père, à quoi avez-vous pensé de donner le nom de *suffisante* à une grâce que vous dites qu'il est de foi de croire qu'elle est insuffisante en effet? Vous en parlez, dit-il, bien à votre aise. Vous êtes libre et particulier; je suis religieux et en communauté. N'en savez-vous pas peser la différence? Nous dépendons des supérieurs; ils dépendent d'ailleurs. Ils ont promis nos suffrages : que voulez-vous que je devienne? Nous l'entendîmes à demi-mot, et cela nous fit souvenir de son confrère, qui a été relégué à Abbeville pour un sujet semblable.

Mais, lui dis-je, pourquoi votre communauté s'est-elle engagée à admettre cette grâce? C'est un autre discours, me dit-il. Tout ce que je vous puis dire, en un mot, est que notre ordre a soutenu autant qu'il a pu la doctrine de saint Thomas touchant la grâce efficace. Combien s'est-il opposé ardemment à la naissance de la doctrine de Molina! Combien a-t-il travaillé pour l'établissement de la nécessité de la grâce efficace de Jésus-Christ! Ignorez-vous ce qui se fit sous Clément VIII et Paul V, et que, la mort prévenant l'un, et quelques affaires d'Italie empêchant l'autre de publier sa bulle, nos armes sont demeurées au Vatican? Mais les jésuites, qui, dès le commencement de l'hérésie de Luther et de Calvin, s'étoient prévalus du peu de lumière qu'a le peuple pour en discerner l'erreur d'avec la vérité de la doctrine de saint Thomas, avoient en peu de temps répandu partout leur doctrine avec un tel progrès, qu'on les vit bientôt maîtres de la créance des peuples; et nous en état d'être décriés comme des calvinistes et traités comme les jansénistes le sont aujourd'hui, si nous ne tempérions la vérité de la grâce efficace par l'aveu, au moins apparent, d'une *suffisante*. Dans cette extrémité, que pouvions-nous mieux faire pour sauver la vérité sans perdre notre crédit, sinon d'admettre le nom de grâce suffisante, en niant qu'elle soit telle en effet? Voilà comment la chose est arrivée.

Il nous dit cela si tristement, qu'il me fit pitié; mais non pas à mon second, qui lui dit: Ne vous flattez point d'avoir sauvé la vérité : si elle n'avoit point eu d'autres protecteurs, elle seroit périe en des mains si foibles. Vous avez reçu dans l'Église le nom de son ennemi : c'est y avoir reçu l'ennemi même. Les noms sont inséparables des choses. Si le mot de grâce *suffisante* est une fois affermi, vous aurez beau dire que vous entendez par là une grâce qui est insuffisante, vous n'y serez pas reçus. Votre explication seroit odieuse dans le monde ; on y parle plus sincèrement des choses moins importantes ; les jésuites triompheront ; ce sera leur grâce suffisante en effet, et non pas la vôtre, qui ne l'est que de nom, qui passera pour établie ; et on fera un article de foi du contraire de votre créance.

Nous souffririons tous le martyre, lui dit le père, plutôt que de consentir à l'établissement de *la grâce suffisante au sens des jésuites*; saint Thomas, que nous jurons de suivre jusqu'à la mort, y étant directement contraire. A quoi mon ami, plus sérieux que moi, lui dit : Allez, mon père, votre ordre a reçu un honneur qu'il ménage mal. Il abandonne cette grâce qui lui avoit été confiée, et qui n'a jamais été abandonnée depuis la création du monde. Cette grâce victorieuse qui a été attendue par les patriarches, prédite par les prophètes, apportée par Jésus-Christ, prêchée par saint Paul, expliquée par saint Augustin, le plus grand des pères, embrassée par ceux qui l'ont suivi, confirmée par saint Bernard, le dernier des pères, soutenue par saint Thomas, l'ange de l'école, transmise de lui à votre ordre, maintenue par tant de vos pères, et si glorieusement défendue par vos religieux sous les papes Clément et Paul : cette grâce efficace, qui avoit été mise comme en dépôt entre vos mains, pour avoir dans un saint ordre à jamais durable, des prédicateurs qui la publiassent au monde jusqu'à la fin des temps, se trouve comme délaissée pour des intérêts si indignes. Il est temps que d'autres mains s'arment pour sa querelle ; il est temps que Dieu suscite des disciples intrépides au docteur de la grâce, qui, ignorant les engagements du siècle, servent Dieu pour Dieu. La grâce peut bien n'avoir plus les dominicains pour défenseurs ; mais elle ne manquera jamais de défenseurs ; car elle les forme elle-même par sa force toute-puissante. Elle demande des cœurs purs et dégagés ; et elle-même les purifie et les dégage des intérêts du monde, incompatibles avec les vérités de l'Évangile. Pensez-y bien, mon père, et prenez garde que Dieu ne change ce flambeau de sa place, et qu'il ne vous laisse dans les ténèbres, et sans couronne, pour punir la froideur que vous avez pour une cause si importante à son Église,

Il en eût bien dit davantage, car il s'échauffoit de plus en plus ; mais je l'interrompis, et dis en me levant : En vérité, mon père, si j'avois du crédit en France, je ferois publier à son de trompe : « On fait a savoir que, quand » les jacobins disent que la grâce suffisante est » donnée à tous, ils entendent que tous n'ont

» pas la grâce qui suffit effectivement. » Après quoi vous le diriez tant qu'il vous plairoit; mais non pas autrement. Ainsi finit notre visite.

Vous voyez donc par là que c'est ici une *suffisance* politique, pareille au *pouvoir prochain*. Cependant je vous dirai qu'il me semble qu'on peut sans péril douter du *pouvoir prochain*, et de cette grâce *suffisante*, pourvu qu'on ne soit pas jacobin.

En fermant ma lettre, je viens d'apprendre que la censure est faite; mais comme je ne sais pas encore en quels termes, et qu'elle ne sera publiée que le 15 février, je ne vous en parlerai que par le premier ordinaire. Je suis, etc.

RÉPONSE

DU PROVINCIAL AUX DEUX PREMIÈRES LETTRES
DE SON AMI.

Du 2 février 1656.

MONSIEUR,

Vos deux lettres n'ont pas été pour moi seul. Tout le monde les voit ; tout le monde les entend ; tout le monde les croit. Elles ne sont pas seulement estimées par les théologiens ; elles sont encore agréables aux gens du monde, et intelligibles aux femmes même.

Voici ce que m'en écrit un de messieurs de l'Académie, des plus illustres entre ces hommes tous illustres, qui n'avoit encore vu que la première : « Je voudrois que la Sorbonne, qui doit
» tant à la mémoire de feu M. le cardinal, vou-
» lût reconnoître la juridiction de son Académie
» françoise. L'auteur de la lettre seroit content ;
» car, en qualité d'académicien, je condamne-
» rois d'autorité, je bannirois, je proscrirois,
» peu s'en faut que je ne die, j'exterminerois de
» tout mon pouvoir ce pouvoir prochain, qui
» fait tant de bruit pour rien, et sans savoir
» autrement ce qu'il demande. Le mal est que
» notre pouvoir académique est un pouvoir
» fort éloigné et borné. J'en suis marri ; et je

» le suis encore beaucoup de ce que tout mon
» petit pouvoir ne sauroit m'acquitter envers
» vous, etc. »

Et voici ce qu'une personne, que je ne vous
marquerai en aucune sorte, en écrit à une
dame qui lui avoit fait tenir la première de vos
lettres :

« Je vous suis plus obligée que vous ne pouvez
» vous l'imaginer de la lettre que vous m'avez
» envoyée : elle est tout-à-fait ingénieuse, et
» tout-à-fait bien écrite. Elle narre sans narrer ;
» elle éclaircit les affaires du monde les plus
» embrouillées ; elle raille finement ; elle in-
» struit même ceux qui ne savent pas bien les
» choses ; elle redouble le plaisir de ceux qui
» les entendent. Elle est encore une excellente
» apologie, et, si l'on veut, une délicate et in-
» nocente censure. Et il y a enfin tant d'art, tant
» d'esprit et tant de jugement en cette lettre,
» que je voudrois bien savoir qui l'a faite, etc. »

Vous voudriez bien aussi savoir qui est la
personne qui en écrit de la sorte ; mais contentez-vous de l'honorer sans la connoître, et,
quand vous la connoîtrez, vous l'honorerez
bien davantage.

Continuez donc vos lettres sur ma parole, et
que la censure vienne quand il lui plaira : nous
sommes fort bien disposés à la recevoir. Ces
mots de *pouvoir prochain* et de *grâce suffisante*,
dont on nous menace, ne nous feront plus de
peur. Nous avons trop appris des jésuites, des

jacobins, et de M. Le Moine, en combien de façons on les tourne, et combien il y a peu de solidité en ces mots nouveaux, pour nous en mettre en peine. Cependant je serai toujours, etc.

TROISIÈME LETTRE.

Pour servir de réponse à la précédente.

INJUSTICE, ABSURDITÉ ET NULLITÉ DE LA CENSURE DE M. ARNAULD.

De Paris, ce 9 février 1656.

MONSIEUR,

Je viens de recevoir votre lettre, et en même temps l'on m'a apporté une copie manuscrite de la censure. Je me suis trouvé aussi bien traité dans l'une, que M. Arnauld l'est mal dans l'autre. Je crains qu'il n'y ait de l'excès des deux côtés, et que nous ne soyons pas assez connus de nos juges. Je m'assure que, si nous l'étions davantage, M. Arnauld mériteroit l'approbation de la Sorbonne, et moi la censure de l'Académie. Ainsi nos intérêts sont tout contraires. Il doit se faire connoître pour défendre son innocence; au lieu que je dois demeurer dans l'obscurité pour ne pas perdre ma réputation. De sorte que, ne pouvant paroître, je vous remets le soin de m'acquitter envers mes célèbres approbateurs, et je prends celui de vous informer des nouvelles de la censure.

Je vous avoue, monsieur, qu'elle m'a extrêmement surpris. J'y pensois voir condamner les plus horribles hérésies du monde; mais vous admirerez, comme moi, que tant d'éclatantes préparations se soient anéanties sur le point de produire un si grand effet.

Pour l'entendre avec plaisir, ressouvenez-vous, je vous prie, des étranges impressions qu'on nous donne depuis si long-temps des jansénistes. Rappelez dans votre mémoire les cabales, les factions, les erreurs, les schismes, les attentats qu'on leur reproche depuis si long-temps ; de quelle sorte on les a décriés et noircis dans les chaires et dans les livres ; et combien ce torrent, qui a eu tant de violence et de durée, étoit grossi dans ces dernières années, où on les accusoit ouvertement et publiquement d'être non-seulement hérétiques et schismatiques, mais apostats et infidèles : « de nier le mystère de la trans-» substantiation, et de renoncer à Jésus-Christ » et à l'Évangile. »

Ensuite de tant d'accusations si surprenantes (*), on a pris le dessein d'examiner leurs livres pour en faire le jugement. On a choisi la seconde lettre de M. Arnauld, qu'on disoit être remplie des plus grandes (**) erreurs. On lui donne pour examinateurs ses plus déclarés ennemis. Ils emploient toute leur étude à rechercher ce qu'ils y pourroient reprendre ; et ils en rapportent une proposition touchant la doctrine, qu'ils exposent à la censure.

(*) Édit. de 1657. *Si atroces.*
(**) Id. *Détestables.*

Que pouvoit-on penser de tout ce procédé, sinon que cette proposition, choisie avec des circonstances si remarquables, contenoit l'essence des plus noires hérésies qui se puissent imaginer ? Cependant elle est telle, qu'on n'y voit rien qui ne soit si clairement et si formellement exprimé dans les passages des pères que M. Arnauld a rapportés en cet endroit, que je n'ai vu personne qui en pût comprendre la différence. On s'imaginoit néanmoins qu'il y en avoit beaucoup, puisque les passages des pères étant sans doute catholiques, il falloit que la proposition de M. Arnauld y fût extrêmement (*) contraire pour être hérétique.

C'étoit de la Sorbonne qu'on attendoit cet éclaircissement. Toute la chrétienté avoit les yeux ouverts pour voir dans la censure de ces docteurs ce point imperceptible au commun des hommes. Cependant M. Arnauld fait ses apologies, où il donne en plusieurs colonnes sa proposition, et les passages des pères d'où il l'a prise, pour en faire paroître la conformité aux moins clairvoyants.

Il fait voir que saint Augustin dit en un endroit qu'il cite : « Que Jésus-Christ nous montre » un juste, en la personne de saint Pierre, qui » nous instruit par sa chute de fuir la présomp- » tion. » Il en rapporte un autre du même père, qui dit : « Que Dieu, pour montrer que sans

---

(*) Édit. de 1657. *Horriblement.*

» la grâce on ne peut rien, a laissé saint Pierre
» sans grâce. » Il en donne un autre de saint
Chrysostôme, qui dit : « Que la chute de saint
» Pierre n'arriva pas pour avoir été froid envers
» Jésus-Christ, mais parce que la grâce lui man-
» qua ; et qu'elle n'arriva pas tant par sa négli-
» gence que par l'abandon de Dieu, pour appren-
» dre à toute l'Église que sans Dieu l'on ne peut
» rien. » Ensuite de quoi il rapporte sa proposition accusée, qui est celle-ci : « Les pères nous
» montrent un juste, en la personne de saint
» Pierre, à qui la grâce, sans laquelle on ne peut
» rien, a manqué. »

C'est sur cela qu'on essaie en vain de remarquer comment il se peut faire que l'expression
de M. Arnauld soit autant différente de celles des
pères que la vérité l'est de l'erreur, et la foi de
l'hérésie ; car où en pourroit-on trouver la différence ? Seroit-ce en ce qu'il dit : « Que les pères
» nous montrent un juste, en la personne de
» saint Pierre ? » Mais saint Augustin l'a dit en
mots propres. Est-ce en ce qu'il dit : « Que la
» grâce lui a manqué ? » Mais le même saint Augustin, qui dit « que saint Pierre étoit juste »,
dit « qu'il n'avoit pas eu la grâce en cette ren-
» contre. » Est-ce en ce qu'il dit : « Que sans la
» grâce on ne peut rien ? » Mais n'est-ce pas ce
que saint Augustin dit au même endroit, et ce
que saint Chrysostôme même avoit dit avant lui,
avec cette seule différence, qu'il l'exprime d'une
manière bien plus forte, comme en ce qu'il dit :

« Que sa chute n'arriva pas par sa froideur, ni
» par sa négligence, mais par le défaut de la
» grâce, et par l'abandon de Dieu. »

Toutes ces considérations tenoient tout le monde en haleine, pour apprendre en quoi consistoit donc cette diversité, lorsque cette censure si célèbre et si attendue a enfin paru après tant d'assemblées. Mais, hélas! elle a bien frustré notre attente. Soit que les docteurs molinistes n'aient pas daigné s'abaisser jusqu'à nous en instruire, soit pour quelque autre raison secrète, ils n'ont fait autre chose que prononcer ces paroles : « Cette proposition est téméraire, » impie, blasphématoire, frappée d'anathème et » hérétique. »

Croiriez-vous, monsieur, que la plupart des gens, se voyant trompés dans leur espérance, sont entrés en mauvaise humeur, et s'en prennent aux censeurs mêmes? Ils tirent de leur conduite des conséquences admirables pour l'innocence de M. Arnauld. Eh quoi! disent-ils, est-ce là tout ce qu'ont pu faire, durant si long-temps, tant de docteurs si acharnés sur un seul, que de ne trouver dans tous ses ouvrages que trois lignes à reprendre, et qui sont tirées des propres paroles des plus grands docteurs de l'Église grecque et latine? Y a-t-il un auteur qu'on veuille perdre, dont les écrits n'en donnent un plus spécieux prétexte? Et quelle plus haute marque peut-on produire de la foi de cet illustre accusé?

D'où vient, disent-ils, qu'on pousse tant d'imprécations qui se trouvent dans cette censure, où l'on assemble tous ces termes « de poison, de
» peste, d'horreur, de témérité, d'impiété, de
» blasphème, d'abomination, d'exécration, d'ana-
» thème, d'hérésie », qui sont les plus horribles expressions qu'on pourroit former contre Arius, et contre l'Antechrist même, pour combattre une hérésie imperceptible, et encore sans la découvrir? Si c'est contre les paroles des pères qu'on agit de la sorte, où est la foi et la tradition? Si c'est contre la proposition de M. Arnauld, qu'on nous montre en quoi elle en est différente, puisqu'il ne nous en paroît autre chose qu'une parfaite conformité. Quand nous en reconnoîtrons le mal, nous l'aurons en détestation : mais tant que nous ne le verrons point, et que nous n'y trouverons que les sentiments des saints pères, conçus et exprimés en leurs propres termes, comment pourrions-nous l'avoir sinon en une sainte vénération ?

Voilà de quelle sorte ils s'emportent; mais ce sont des gens trop pénétrants. Pour nous, qui n'approfondissons pas tant les choses, tenons-nous en repos sur le tout. Voulons-nous être plus savants que nos maîtres? n'entreprenons pas plus qu'eux. Nous nous égarerions dans cette recherche. Il ne faudroit rien pour rendre cette censure hérétique. La vérité est si délicate, que, pour peu qu'on s'en retire, on tombe dans l'erreur : mais cette erreur est si déliée, que, pour peu qu'on s'en éloigne, on se trouve dans la vérité. Il n'y a qu'un point imperceptible entre cette proposition et la foi. La distance en est si insensible, que j'ai eu peur, en ne la voyant pas, de me rendre contraire aux docteurs de l'Église, pour me rendre trop conforme aux docteurs de Sorbonne ; et, dans cette crainte, j'ai jugé nécessaire de consulter un de ceux qui, par politique, furent neutres dans la première question, pour apprendre de lui la chose véritablement. J'en ai donc vu un fort habile, que je prirai de me vouloir marquer les circonstances de cette différence, parce que je lui confessai franchement que je n'y en voyois aucune.

A quoi il me répondit en riant, comme s'il eût pris plaisir à ma naïveté : Que vous êtes simple de croire qu'il y en ait ! Et où pourroit-elle être ? Vous imaginez-vous que, si l'on en eût trouvé quelqu'une, on ne l'eût pas marquée hautement, et qu'on n'eût pas été ravi de l'exposer à la vue de tous les peuples dans l'esprit desquels on veut décrier M. Arnauld ? Je reconnus bien, à ce peu de mots, que tous ceux qui avoient été neutres dans la première question ne l'eussent pas été dans la seconde. Je ne laissai pas néanmoins de vouloir ouïr ses raisons, et de lui dire : Pourquoi donc ont-ils attaqué cette proposition ? A quoi il me repartit : Ignorez-vous ces deux choses, que les moins instruits de ces affaires connoissent ? l'une, que M. Arnauld a toujours évité de dire rien qui ne fût puissamment fondé sur la tradition de l'Église ; l'autre, que ses ennemis ont néanmoins résolu de l'en retrancher à quelque prix que ce soit, et qu'ainsi les écrits de l'un ne donnant aucune prise aux desseins des autres, ils ont été contraints, pour satisfaire leur passion, de prendre une proposition telle quelle, et de la condamner sans dire en quoi, ni pourquoi. Car ne savez-vous pas comment les jansénistes les tiennent en échec et les pressent si furieusement, que la moindre parole qui leur échappe contre les principes des pères, on les voit incontinent accablés par des volumes entiers, où ils sont forcés de succomber ? De sorte qu'après tant d'épreuves de leur foiblesse, ils ont jugé plus à propos et plus facile de censurer que de repartir, parce qu'il leur est bien plus aisé de trouver des moines que des raisons.

Mais quoi ! lui dis-je, la chose étant ainsi, leur censure est inutile ; car quelle créance y aura-t-on en la voyant sans fondement, et ruinée par les réponses qu'on y fera ? Si vous connoissiez l'esprit du peuple, me dit mon docteur, vous parleriez d'une autre sorte. Leur censure, toute censurable qu'elle est, aura presque tout son effet pour un temps ; et quoiqu'à force d'en montrer l'invalidité, il soit certain qu'on la fera entendre, il est aussi véritable que d'abord la plupart des esprits en seront aussi fortement frappés que de la plus juste du monde. Pourvu qu'on crie dans les rues : « Voici la censure de » M. Arnauld, voici la condamnation des jansé-

» nistes », les jésuites auront leur compte. Combien y en aura-t-il peu qui la lisent? Combien peu de ceux qui la liront qui l'entendent? Combien peu qui aperçoivent qu'elle ne satisfait point aux objections? Qui croyez-vous qui prenne les choses à cœur, et qui entreprenne de les examiner à fond? Voyez donc combien il y a d'utilité en cela pour les ennemis des jansénistes. Ils sont sûrs par là de triompher, quoique d'un vain triomphe à leur ordinaire, au moins durant quelques mois: c'est beaucoup pour eux; ils chercheront ensuite quelque nouveau moyen de subsister. Ils vivent au jour la journée. C'est de cette sorte qu'ils se sont maintenus jusqu'à présent, tantôt par un catéchisme où un enfant condamne leurs adversaires; tantôt par une procession où la grâce suffisante mène l'efficace en triomphe; tantôt par une comédie où les diables emportent Jansénius; une autre fois par un almanach; maintenant par cette censure.

En vérité, lui dis-je, je trouvois tantôt à redire au procédé des molinistes; mais, après ce que vous m'avez dit, j'admire leur prudence et leur politique. Je vois bien qu'ils ne pouvoient rien faire de plus judicieux ni de plus sûr. Vous l'entendez, me dit-il : leur plus sûr parti a toujours été de se taire. Et c'est ce qui a fait dire à un savant théologien : « Que les plus habiles d'entre » eux sont ceux qui intriguent beaucoup, qui » parlent peu, et qui n'écrivent point. »

C'est dans cet esprit que, dès le commencement des assemblées, ils avoient prudemment ordonné que si M. Arnauld venoit en Sorbonne, ce ne fût que pour y exposer simplement ce qu'il croyoit, et non pas pour y entrer en lice contre personne. Les examinateurs s'étant voulu un peu écarter de cette méthode, ils ne s'en sont pas bien trouvés. Ils se sont vus trop fortement (*) réfutés par son second apologétique.

C'est dans ce même esprit qu'ils ont trouvé cette rare et toute nouvelle invention de la demi-heure et du sable. Ils se sont délivrés par là de l'importunité de ces fâcheux docteurs qui entreprenoient de réfuter toutes leurs raisons, de produire les livres pour les convaincre de fausseté, de les sommer de répondre, et de les réduire à ne pouvoir répliquer.

Ce n'est pas qu'ils n'aient bien vu que ce manquement de liberté qui avoit porté un si grand nombre de docteurs à se retirer des assemblées, ne feroit pas de bien à leur censure; et que l'acte de protestation de nullité qu'en avoit fait M. Arnauld, dès avant qu'elle fût conclue, seroit un mauvais préambule pour la faire recevoir favorablement. Ils croient assez que ceux qui ne sont pas préoccupés considèrent pour le moins autant le jugement de soixante-dix docteurs, qui n'avoient rien à gagner en défendant M. Arnauld, que celui d'une centaine d'autres, qui n'avoient rien à perdre en le condamnant:

(*) Édit. de 1657. *Vertement.*

Mais, après tout, ils ont pensé que c'étoit toujours beaucoup d'avoir une censure, quoiqu'elle ne soit que d'une partie de la Sorbonne, et non pas de tout le corps ; quoiqu'elle soit faite avec peu ou point de liberté, et obtenue par beaucoup de menus moyens qui ne sont pas des plus réguliers ; quoiqu'elle n'explique rien de ce qui pouvoit être en dispute ; quoiqu'elle ne marque point en quoi consiste cette hérésie, et qu'on y parle peu, de crainte de se méprendre. Ce silence même est un mystère pour les simples ; et la censure en tirera cet avantage singulier, que les plus critiques et les plus subtils théologiens n'y pourront trouver aucune mauvaise raison.

Mettez-vous donc l'esprit en repos, et ne craignez point d'être hérétique en vous servant de la proposition condamnée. Elle n'est mauvaise que dans la seconde lettre de M. Arnauld. Ne vous en voulez-vous pas fier à ma parole ? croyez-en M. Le Moine, le plus ardent des examinateurs, qui, en parlant encore ce matin à un docteur de mes amis, qui lui demandoit en quoi consiste cette différence dont il s'agit, et s'il ne seroit plus permis de dire ce qu'ont dit les pères : « Cette proposition, lui a-t-il excel- » lemment répondu, seroit catholique dans une » autre bouche : ce n'est que dans M. Arnauld » que la Sorbonne l'a condamnée. » Et ainsi admirez les machines du molinisme, qui font dans l'Église de si prodigieux renversements, que ce qui est catholique dans les pères devient hérétique dans M. Arnauld ; que ce qui étoit hérétique dans les semi-pélagiens devient orthodoxe dans les écrits des jésuites ; que la doctrine si ancienne de saint Augustin est une nouveauté insupportable ; et que les inventions nouvelles qu'on fabrique tous les jours à notre vue passent pour l'ancienne foi de l'Eglise. Sur cela il me quitta.

Cette instruction m'a servi. J'y ai compris que c'est ici une hérésie d'une nouvelle espèce. Ce ne sont pas les sentiments de M. Arnauld qui sont hérétiques ; ce n'est que sa personne. C'est une hérésie personnelle. Il n'est pas hérétique pour ce qu'il a dit ou écrit, mais seulement pour ce qu'il est M. Arnauld. C'est tout ce qu'on trouve à redire en lui. Quoi qu'il fasse, s'il ne cesse d'être, il ne sera jamais bon catholique. La grâce de saint Augustin ne sera jamais la véritable tant qu'il la défendra. Elle le deviendroit, s'il venoit à la combattre. Ce seroit un coup sûr, et presque le seul moyen de l'établir, et de détruire le molinisme ; tant il porte de malheur aux opinions qu'il embrasse.

Laissons donc là leurs différends. Ce sont des disputes de théologiens, et non pas de théologie. Nous qui ne sommes point docteurs, n'avons que faire à leurs démêlés. Apprenez des nouvelles de la censure à tous nos amis, et aimez-moi autant que je suis, Monsieur,

Votre très-humble et très-obéissant serviteur,

E. A. A. B. P. A. F. D. E. P.

QUATRIÈME LETTRE.

DE LA GRACE ACTUELLE TOUJOURS PRÉSENTE, ET DES PÉCHÉS D'IGNORANCE.

De Paris, ce 25 février 1656.

MONSIEUR,

Il n'est rien tel que les jésuites. J'ai bien vu des jacobins, des docteurs, et de toute sorte de gens ; mais une pareille visite manquoit à mon instruction. Les autres ne font que les copier. Les choses valent toujours mieux dans leur source. J'en ai donc vu un des plus habiles, et j'y étois accompagné de mon fidèle janséniste, qui vint avec moi aux jacobins. Et comme je souhaitois particulièrement d'être éclairci sur le sujet d'un différend qu'ils ont avec les jansénistes, touchant ce qu'ils appellent la *grâce actuelle*, je dis à ce bon père que je lui serois fort obligé s'il vouloit m'en instruire ; que je ne savois pas seulement ce que ce terme signifioit : je le priai donc de me l'expliquer. Très-volontiers, me dit-il ; car j'aime les gens curieux. En voici la définition. Nous appelons « grâce » actuelle, une inspiration de Dieu par laquelle » il nous fait connoître sa volonté, et par la- » quelle il nous excite à la vouloir accomplir. » Et en quoi, lui dis-je, êtes-vous en dispute avec les jansénistes sur ce sujet? C'est, me répondit-il, en ce que nous voulons que Dieu donne des grâces actuelles à tous les hommes à chaque tentation, parce que nous soutenons que, si l'on n'avoit pas à chaque tentation la grâce actuelle pour n'y point pécher, quelque péché que l'on commît, il ne pourroit jamais être imputé. Et les jansénistes disent, au contraire, que les péchés commis sans grâce actuelle ne laissent pas d'être imputés : mais ce sont des rêveurs. J'entrevoyois ce qu'il vouloit dire ; mais, pour le lui faire encore expliquer plus clairement, je lui dis : Mon père, ce mot de *grâce actuelle* me brouille ; je n'y suis pas accoutumé : si vous aviez la bonté de me dire la même chose sans vous servir de ce terme, vous m'obligeriez infiniment. Oui, dit le père ; c'est-à-dire, que vous voulez que je substitue la définition à la place du défini, cela ne change jamais le sens du discours ; je le veux bien. Nous soutenons donc, comme un principe indubitable, « qu'une action ne peut être imputée » à péché, si Dieu ne nous donne, avant que de » la commettre, la connoissance du mal qui y est, » et une inspiration qui nous excite à l'éviter. » M'entendez-vous maintenant?

Étonné d'un tel discours, selon lequel tous les péchés de surprise, et ceux qu'on fait dans un entier oubli de Dieu, ne pourroient être imputés, je me tournai vers mon janséniste, et je connus bien, à sa façon, qu'il n'en croyoit rien.

Mais, comme il ne répondoit mot, je dis à ce père : Je voudrois, mon père, que ce que vous dites fût bien véritable, et que vous en eussiez de bonnes preuves. En voulez-vous ? me dit-il aussitôt. Je m'en vas vous en fournir, et des meilleures ; laissez-moi faire. Sur cela, il alla chercher ses livres. Et je dis cependant à mon ami : Y en a-t-il quelque autre qui parle comme celui-ci ? Cela vous est-il si nouveau ? me répondit-il. Faites état que jamais les pères, les papes, les conciles, ni l'Écriture, ni aucun livre de piété, même dans ces derniers temps, n'ont parlé de cette sorte : mais que pour des casuistes, et des nouveaux scolastiques, il vous en apportera un beau nombre. Mais quoi ! lui dis-je, je me moque de ces auteurs-là, s'ils sont contraires à la tradition. Vous avez raison, me dit-il. Et à ces mots, le bon père arriva chargé de livres ; et m'offrant le premier qu'il tenoit : Lisez, me dit-il, la Somme des péchés du père Bauny, que voici, et de la cinquième édition encore, pour vous montrer que c'est un bon livre. C'est dommage, me dit tout bas mon janséniste, que ce livre-là ait été condamné à Rome, et par les évêques de France. Voyez, dit le père, la page 906. Je lus donc, et je trouvai ces paroles : « Pour » pécher et se rendre coupable devant Dieu, il » faut savoir que la chose qu'on veut faire ne » vaut rien, ou au moins en douter, craindre, » ou bien juger que Dieu ne prend plaisir à » l'action à laquelle on s'occupe, qu'il la défend,

» et nonobstant la faire, franchir le saut et
» passer outre. »

Voilà qui commence bien, lui dis-je. Voyez
cependant, me dit-il, ce que c'est que l'envie.
C'étoit sur cela que M. Hallier, avant qu'il fût
de nos amis, se moquoit du père Bauny, et lui
appliquoit ces paroles : *Ecce qui tollit peccata
mundi*; « voilà celui qui ôte les péchés du monde. »
Il est vrai, lui dis-je, que voilà une rédemption
nouvelle, selon le père Bauny.

En voulez-vous, ajouta-t-il, une autorité plus
authentique ? Voyez ce livre du père Annat. C'est
le dernier qu'il a fait contre M. Arnauld ; lisez
la page 34, où il y a une oreille, et voyez les
lignes que j'ai marquées avec du crayon ; elles
sont toutes d'or. Je lus donc ces termes : « Celui
» qui n'a aucune pensée de Dieu, ni de ses pé-
» chés, ni aucune appréhension, c'est-à-dire, à
» ce qu'il me fit entendre, aucune connoissance
» de l'obligation d'exercer des actes d'amour de
» Dieu, ou de contrition, n'a aucune grâce ac-
» tuelle pour exercer ces actes ; mais il est vrai
» aussi qu'il ne fait aucun péché en les omettant,
» et que, s'il est damné, ce ne sera pas en pu-
» nition de cette omission. » Et quelques lignes
plus bas : « Et on peut dire la même chose d'une
» coupable commission. »

Voyez-vous, me dit le père, comme il parle
des péchés d'omission, et de ceux de commission ? car il n'oublie rien. Qu'en dites-vous ? O
que cela me plaît ! lui répondis-je ; que j'en vois

de belles conséquences ! Je perce déjà dans les suites : que de mystères s'offrent à moi ! Je vois, sans comparaison, plus de gens justifiés par cette ignorance et cet oubli de Dieu que par la grâce et les sacrements. Mais, mon père, ne me donnez - vous point une fausse joie ? N'est - ce point ici quelque chose de semblable à cette *suffisance* qui ne suffit pas ? J'appréhende furieusement le *distinguo* : j'y ai déjà été attrapé. Parlez-vous sincèrement ? Comment ! dit le père en s'échauffant ; il n'en faut pas railler. Il n'y a point ici d'équivoque. Je n'en raille pas, lui dis-je ; mais c'est que je crains à force de désirer.

Voyez donc, me dit-il, pour vous en mieux assurer, les écrits de M. Le Moine, qui l'a enseigné en pleine Sorbonne. Il l'a appris de nous, à la vérité, mais il l'a bien démêlé. O qu'il l'a fortement établi ! Il enseigne que, pour faire qu'une action *soit péché*, il faut que *toutes ces choses se passent dans l'âme*. Lisez et pesez chaque mot. Je lus donc en latin ce que vous verrez ici en françois. « 1. D'une part, Dieu répand dans » l'âme quelque amour qui la penche vers la » chose commandée ; et de l'autre part, la con- » cupiscence rebelle la sollicite au contraire. » 2. Dieu lui inspire la connoissance de sa foi- » blesse. 3. Dieu lui inspire la connoissance du » médecin qui la doit guérir. 4. Dieu lui inspire » le désir de sa guérison. 5. Dieu lui inspire le » désir de le prier et d'implorer son secours. »

Et si toutes ces choses ne se passent dans

l'âme, dit le jésuite, l'action n'est pas proprement péché, et ne peut être imputée, comme M. Le Moine le dit en ce même endroit et dans toute la suite.

En voulez-vous encore d'autres autorités? En voici; mais toutes modernes, me dit doucement mon janséniste. Je le vois bien, dis-je, et, en m'adressant à ce père, je lui dis : O mon père, le grand bien que voici pour des gens de ma connoissance! il faut que je vous les amène. Peut-être n'en avez-vous guère vu qui aient moins de péchés; car ils ne pensent jamais à Dieu; les vices ont prévenu leur raison : « Ils » n'ont jamais connu ni leur infirmité, ni le » médecin qui la peut guérir. Ils n'ont jamais » pensé à désirer la santé de leur âme, et encore » moins à prier Dieu de la leur donner » : de sorte qu'ils sont encore dans l'innocence du baptême, selon M. Le Moine. « Ils n'ont jamais » eu de pensée d'aimer Dieu, ni d'être contrits » de leurs péchés »; de sorte que, selon le père Annat, ils n'ont commis aucun péché par le défaut de charité et de pénitence : leur vie est dans une recherche continuelle de toutes sortes de plaisirs, dont jamais le moindre remords n'a interrompu le cours. Tous ces excès me faisoient croire leur perte assurée; mais, mon père, vous m'apprenez que ces mêmes excès rendent leur salut assuré. Béni soyez-vous, mon père, qui justifiez ainsi les gens! Les autres apprennent à guérir les âmes par des austérités pénibles :

mais vous montrez que celles qu'on auroit crues le plus désespérément malades se portent bien. O la bonne voie pour être heureux en ce monde et en l'autre! j'avois toujours pensé qu'on péchoit d'autant plus, qu'on pensoit moins à Dieu. Mais à ce que je vois, quand on a pu gagner une fois sur soi de n'y plus penser du tout, toutes choses deviennent pures pour l'avenir. Point de ces pécheurs à demi, qui ont quelque amour pour la vertu. Ils seront tous damnés ces demi-pécheurs; mais pour ces francs pécheurs, pécheurs endurcis, pécheurs sans mélange, pleins et achevés, l'enfer ne les tient pas : ils ont trompé le diable à force de s'y abandonner.

Le bon père, qui voyoit assez clairement la liaison de ces conséquences avec son principe, s'en échappa adroitement; et, sans se fâcher, ou par douceur, ou par prudence, il me dit seulement : Afin que vous entendiez comment nous sauvons ces inconvénients, sachez que nous disons bien que ces impies, dont vous parlez, seroient sans péché, s'ils n'avoient jamais eu de pensées de se convertir, ni de désirs de se donner à Dieu. Mais nous soutenons qu'ils en ont tous; et que Dieu n'a jamais laissé pécher un homme sans lui donner auparavant la vue du mal qu'il va faire, et le désir, ou d'éviter le péché, ou au moins d'implorer son assistance pour le pouvoir éviter : et il n'y a que les jansénistes qui disent le contraire.

Eh quoi! mon père, lui repartis-je, est-ce là

l'hérésie des jansénistes, de nier qu'à chaque fois qu'on fait un péché, il vient un remords troubler la conscience, malgré lequel on ne laisse pas de *franchir le saut et de passer outre*, comme dit le père Bauny ? C'est une assez plaisante chose d'être hérétique pour cela. Je croyois bien qu'on fût damné pour n'avoir pas de bonnes pensées ; mais qu'on le soit pour ne pas croire que tout le monde en a, vraiment je ne le pensois pas. Mais, mon père, je me tiens obligé en conscience de vous désabuser, et de vous dire qu'il y a mille gens qui n'ont point ces désirs, qui pèchent sans regret, qui pèchent avec joie, qui en font vanité. Et qui peut en savoir plus de nouvelles que vous ? Il n'est pas que vous ne confessiez quelqu'un de ceux dont je parle ; car c'est parmi les personnes de grande qualité qu'il s'en rencontre d'ordinaire. Mais prenez garde, mon père, aux dangereuses suites de votre maxime. Ne remarquez - vous pas quel effet elle peut faire dans ces libertins qui ne cherchent qu'à douter de la religion ? Quel prétexte leur en offrez-vous, quand vous leur dites, comme une vérité de foi, qu'ils sentent, à chaque péché qu'ils commettent, un avertissement et un désir intérieur de s'en abstenir ! Car n'est-il pas visible qu'étant convaincus, par leur propre expérience, de la fausseté de votre doctrine en ce point, que vous dites être de foi, ils en étendront la conséquence à tous les autres ? Ils diront que, si vous n'êtes pas véritables en un article, vous êtes suspects en tous : et ainsi vous les obligerez à conclure, ou que la religion est fausse, ou du moins que vous en êtes mal instruits.

Mais mon second soutenant mon discours, lui dit : Vous feriez bien, mon père, pour conserver votre doctrine, de n'expliquer pas aussi nettement que vous nous avez fait ce que vous entendez par grâce *actuelle*. Car comment pourriez-vous déclarer ouvertement, sans perdre toute créance dans les esprits, « que personne » ne péche qu'il n'ait auparavant la connois- » sance de son infirmité, celle du médecin, le » désir de la guérison, et celui de la demander » à Dieu ? » Croira-t-on, sur votre parole, que ceux qui sont plongés dans l'avarice, dans l'impudicité, dans les blasphèmes, dans le duel, dans la vengeance, dans les vols, dans les sacriléges, aient véritablement le désir d'embrasser la chasteté, l'humilité, et les autres vertus chrétiennes ?

Pensera-t-on que ces philosophes, qui vantoient si hautement la puissance de la nature, en connussent l'infirmité et le médecin ? Direz-vous que ceux qui soutenoient, comme une maxime assurée, « que ce n'est pas Dieu qui » donne la vertu, et qu'il ne s'est jamais trouvé » personne qui la lui ait demandée », pensassent à la lui demander eux-mêmes ?

Qui pourra croire que les épicuriens, qui nioient la Providence divine, eussent des mou-

vements de prier Dieu ? eux qui disoient, « que
» c'étoit lui faire injure de l'implorer dans nos
» besoins, comme s'il eût été capable de s'amuser
» à penser à nous. »

Et enfin, comment s'imaginer que les idolâtres et les athées aient dans toutes les tenta-
tions qui les portent au péché, c'est-à-dire, une
infinité de fois en leur vie, le désir de prier le
vrai Dieu, qu'ils ignorent, de leur donner les
vraies vertus qu'ils ne connoissent pas ?

Oui, dit le bon père d'un ton résolu, nous le
dirons ; et plutôt que de dire qu'on pèche sans
avoir la vue que l'on fait mal, et le désir de la
vertu contraire, nous soutiendrons que tout le
monde, et les impies et les infidèles, ont ces
inspirations et ces désirs à chaque tentation ;
car vous ne sauriez me montrer, au moins par
l'Écriture, que cela ne soit pas.

Je pris la parole à ce discours pour lui dire :
Et quoi ! mon père, faut-il recourir à l'Écriture
pour montrer une chose si claire ? Ce n'est pas
ici un point de foi, ni même de raisonnement ;
c'est une chose de fait : nous le voyons, nous le
savons, nous le sentons.

Mais mon janséniste, se tenant dans les termes
que le père avoit prescrits, lui dit ainsi : Si vous
voulez, mon père, ne vous rendre qu'à l'Écriture, j'y consens ; mais au moins ne lui résistez
pas, et puisqu'il est écrit, « que Dieu n'a pas
» révélé ses jugements aux gentils, et qu'il les
» a laissé errer dans leurs voies », ne dites pas

que Dieu a éclairé ceux que les livres sacrés nous assurent « avoir été abandonnés dans les ténè- » bres et dans l'ombre de la mort. »

Ne vous suffit-il pas, pour entendre l'erreur de votre principe, de voir que saint Paul se dit *le premier des pécheurs*, pour un péché qu'il déclare avoir commis *par ignorance*, *et avec zèle ?*

Ne suffit-il pas de voir par l'Évangile que ceux qui crucifioient Jésus-Christ avoient besoin du pardon qu'il demandoit pour eux, quoiqu'ils ne connussent point la malice de leur action, et qu'ils ne l'eussent jamais faite, selon saint Paul, s'ils en eussent eu la connoissance !

Ne suffit-il pas que Jésus-Christ nous avertisse qu'il y aura des persécuteurs de l'Église qui croiront rendre service à Dieu en s'efforçant de la ruiner ; pour nous faire entendre que ce péché, qui est le plus grand de tous, selon l'apôtre, peut être commis par ceux qui sont si éloignés de savoir qu'ils pèchent, qu'ils croiroient pécher en ne le faisant pas ? Et enfin ne suffit-il pas que Jésus-Christ lui-même nous ait appris qu'il y a deux sortes de pécheurs, dont les uns pè- chent avec connoissance, et les autres sans con- noissance ; et qu'ils seront tous châtiés, quoiqu'à la vérité différemment ?

Le bon père, pressé par tant de témoignages de l'Écriture, à laquelle il avoit eu recours, commença à lâcher le pied ; et laissant pécher les impies sans inspiration, il nous dit : Au moins vous ne nierez pas que les justes ne pèchent jamais sans que Dieu leur donne...... Vous reculez, lui dis-je en l'interrompant, vous reculez, mon père : vous abandonnez le principe général, et, voyant qu'il ne vaut plus rien à l'égard des pécheurs, vous voudriez entrer en composition, et le faire au moins subsister pour les justes. Mais cela étant, j'en vois l'usage bien raccourci ; car il ne servira plus à guère de gens ; et ce n'est quasi pas la peine de vous le disputer.

Mais mon second, qui avoit, à ce que je crois, étudié toute cette question le matin même, tant il étoit prêt sur tout, lui répondit : Voilà, mon père, le dernier retranchement où se retirent ceux de votre parti qui ont voulu entrer en dispute. Mais vous y êtes aussi peu en assurance. L'exemple des justes ne vous est pas plus favorable. Qui doute qu'ils ne tombent souvent dans des péchés de surprise sans qu'ils s'en aperçoivent ? N'apprenons-nous pas des saints mêmes combien la concupiscence leur tend de piéges secrets, et combien il arrive ordinairement que, quelque sobres qu'ils soient, ils donnent à la volupté ce qu'ils pensent donner à la seule nécessité, comme saint Augustin le dit de soi-même dans ses Confessions ?

Combien est-il ordinaire de voir les plus zélés s'emporter dans la dispute à des mouvements d'aigreur pour leur propre intérêt, sans que leur conscience leur rende sur l'heure d'autre témoignage, sinon qu'ils agissent de la sorte pour le seul intérêt de la vérité, et sans qu'ils s'en aperçoivent quelquefois que long-temps après ?

Mais que dira-t-on de ceux qui se portent avec ardeur à des choses effectivement mauvaises, parce qu'ils les croient effectivement bonnes, comme l'histoire ecclésiastique en donne des exemples; ce qui n'empêche pas, selon les pères, qu'ils n'aient péché dans ces occasions ?

Et sans cela, comment les justes auroient-ils des péchés cachés ? Comment seroit-il véritable que Dieu seul en connoît et la grandeur et le nombre; que personne ne sait s'il est digne d'amour ou de haine, et que les plus saints doivent toujours demeurer dans la crainte et dans le tremblement, quoiqu'ils ne se sentent coupables en aucune chose, comme saint Paul le dit de lui-même ?

Concevez donc, mon père, que les exemples et des justes et des pécheurs renversent également cette nécessité que vous supposez pour pécher, de connoître le mal et d'aimer la vertu contraire, puisque la passion que les impies ont pour les vices témoigne assez qu'ils n'ont aucun désir pour la vertu; et que l'amour que les justes ont pour la vertu témoigne hautement qu'ils n'ont pas toujours la connoissance des péchés qu'ils commettent chaque jour selon l'Écriture.

Et il est si vrai que les justes pèchent en cette

sorte, qu'il est rare que les grands saints pèchent autrement. Car comment pourroit-on concevoir que ces âmes si pures, qui fuient avec tant de soin et d'ardeur les moindres choses qui peuvent déplaire à Dieu aussitôt qu'elles s'en aperçoivent, et qui pèchent néanmoins plusieurs fois chaque jour, eussent à chaque fois avant que de tomber, « la connoissance de leur infir- » mité en cette occasion, celle du médecin, le » désir de leur santé, et celui de prier Dieu de » les secourir », et que, malgré toutes ces inspi- rations, ces âmes si zélées *ne laissassent pas de passer outre* et de commettre le péché ?

Concluez donc, mon père, que ni les pé- cheurs, ni même les plus justes, n'ont pas tou- jours ces connoissances, ces désirs, et toutes ces inspirations, toutes les fois qu'ils pèchent ; c'est-à-dire, pour user de vos termes, qu'ils n'ont pas toujours la grâce actuelle dans toutes les occasions où ils pèchent. Et ne dites plus, avec vos nouveaux auteurs, qu'il est impossible qu'on pèche quand on ne connoît pas la justice ; mais dites plutôt avec saint Augustin, et les anciens pères, qu'il est impossible qu'on ne pèche pas quand on ne connoît pas la justice : *Necesse est ut peccet, à quo ignoratur justitia.*

Le bon père, se trouvant aussi empêché de soutenir son opinion au regard des justes qu'au regard des pécheurs, ne perdit pas pourtant courage ; et après avoir un peu rêvé : Je m'en vas bien vous convaincre, nous dit-il. Et reprenant son père Bauny à l'endroit même qu'il nous avoit montré : Voyez, voyez la raison sur laquelle il établit sa pensée. Je savois bien qu'il ne manquoit pas de bonnes preuves. Lisez ce qu'il cite d'Aristote, et vous verrez qu'après une autorité si expresse, il faut brûler les livres de ce prince des philosophes, ou être de notre opinion. Écoutez donc les principes qu'établit le père Bauny : il dit premièrement « qu'une » action ne peut être imputée à blâme lorsqu'elle » est involontaire. » Je l'avoue, lui dit mon ami. Voilà la première fois, leur dis-je, que je vous ai vus d'accord. Tenez-vous en là, mon père, si vous m'en croyez. Ce ne seroit rien faire, me dit-il ; car il faut savoir quelles sont les conditions nécessaires pour faire qu'une action soit volontaire. J'ai bien peur, répondis-je, que vous ne vous brouilliez là-dessus. Ne craignez point, dit-il, ceci est sûr ; Aristote est pour moi. Écoutez bien ce que dit le père Bauny : « Afin qu'une » action soit volontaire, il faut qu'elle procède » d'homme qui voie, qui sache, qui pénètre ce » qu'il y a de bien et de mal en elle. VOLUNTA- » RIUM EST, dit-on communément avec le phi- » losophe (vous savez bien que c'est Aristote, » me dit-il en me serrant les doigts), *quod fit à* » *principio cognoscente singula, in quibus est actio :* » si bien que, quand la volonté, à la volée et » sans discussion, se porte à vouloir ou abhor- » rer, faire ou laisser quelque chose, avant que » l'entendement ait pu voir s'il y a du mal à la

» vouloir ou à la fuir, la faire ou la laisser,
» telle action n'est ni bonne ni mauvaise, d'au-
» tant qu'avant cette perquisition, cette vue et
» réflexion de l'esprit dessus les qualités bonnes
» ou mauvaises de la chose à laquelle on s'oc-
» cupe, l'action avec laquelle on la fait n'est
» volontaire. »

Et bien ! me dit le père, êtes-vous content ?
Il semble, repartis-je, qu'Aristote est de l'avis
du père Bauny ; mais cela ne laisse pas de me
surprendre. Quoi, mon père ! il ne suffit pas,
pour agir volontairement, qu'on sache ce que
l'on fait, et qu'on ne le fasse que parce qu'on le
veut faire ? mais il faut de plus « que l'on voie,
» que l'on sache et que l'on pénètre ce qu'il y a
» de bien et de mal dans cette action ? » Si cela
est, il n'y a guère d'actions volontaires dans la
vie ; car on ne pense guère à tout cela. Que de
juremens dans le jeu, que d'excès dans les dé-
bauches, que d'emportemens dans le carnaval
qui ne sont point volontaires, et par conséquent
ni bons, ni mauvais, pour n'être point accompagnés de ces *réflexions d'esprit sur les qualités
bonnes ou mauvaises* de ce que l'on fait ! Mais
est-il possible, mon père, qu'Aristote ait eu
cette pensée ? car j'avois ouï dire que c'étoit un
habile homme. Je m'en vas vous en éclaircir,
me dit mon janséniste. Et ayant demandé au
père la Morale d'Aristote, il l'ouvrit au commencement du troisième livre, d'où le père Bauny
a pris les paroles qu'il en rapporte, et dit à ce

bon père : Je vous pardonne d'avoir cru, sur la foi du père Bauny, qu'Aristote ait été de ce sentiment. Vous auriez changé d'avis, si vous l'aviez lu vous-même. Il est bien vrai qu'il enseigne « qu'afin qu'une action soit volontaire, il faut » connoître les particularités de cette action : » SINGULA *in quibus est actio*. » Mais qu'entend-il par là, sinon les circonstances particulières de l'action, ainsi que les exemples qu'il en donne le justifient clairement, n'en rapportant point d'autre que de ceux où l'on ignore quelqu'une de ces circonstances, comme « d'une personne » qui, voulant monter une machine, en décoche » un dard qui blesse quelqu'un ; et de Mérope » qui tua son fils en pensant tuer son ennemi », et autres semblables ?

Vous voyez donc par là quelle est l'ignorance qui rend les actions involontaires ; et que ce n'est que celle des circonstances particulières qui est appelée par les théologiens, comme vous le savez fort bien, mon père, l'*ignorance du fait*. Mais, quant à celle *du droit*, c'est-à-dire, quant à l'ignorance du bien et du mal qui est en l'action, de laquelle seule il s'agit ici, voyons si Aristote est de l'avis du père Bauny. Voici les paroles de ce philosophe : « Tous les méchants » ignorent ce qu'ils doivent faire et ce qu'ils » doivent fuir ; et c'est cela même qui les rend » méchants et vicieux. C'est pourquoi on ne » peut pas dire que, parce qu'un homme ignore » ce qu'il est à propos qu'il fasse pour satisfaire

» à son devoir, son action soit involontaire. Car
» cette ignorance dans le choix du bien et du
» mal ne fait pas qu'une action soit involontaire,
» mais seulement qu'elle est vicieuse. L'on doit
» dire la même chose de celui qui ignore en
» général les règles de son devoir, puisque cette
» ignorance rend les hommes dignes de blâme,
» et non d'excuse. Et ainsi l'ignorance, qui rend
» les actions involontaires et excusables, est
» seulement celle qui regarde le fait en parti-
» culier, et ses circonstances singulières : car
» alors on pardonne à un homme, et on l'excuse,
» et on le considère comme ayant agi contre son
» gré. »

Après cela, mon père, direz-vous encore
qu'Aristote soit de votre opinion ? Et qui ne
s'étonnera de voir qu'un philosophe païen ait
été plus éclairé que vos docteurs en une matière
aussi importante à toute la morale, et à la conduite même des âmes, qu'est la connoissance des
conditions qui rendent les actions volontaires
ou involontaires, et qui ensuite les excusent ou
ne les excusent pas de péché ? N'espérez donc
plus rien, mon père, de ce prince des philosophes, et ne résistez plus au prince des théologiens, qui décide ainsi ce point, au liv. I de
ses Rétr., ch. 15 : « Ceux qui pèchent par igno-
» rance, ne font leur action que parce qu'ils la
» veulent faire, quoiqu'ils pèchent sans qu'ils
» veuillent pécher. Et ainsi ce péché même
» d'ignorance ne peut être commis que par la

» volonté de celui qui le commet, mais par une
» volonté qui se porte à l'action, et non au
» péché ; ce qui n'empêche pas néanmoins que
» l'action ne soit péché, parce qu'il suffit pour
» cela qu'on ait fait ce qu'on étoit obligé de ne
» point faire. »

Le père me parut surpris, et plus encore du passage d'Aristote, que de celui de saint Augustin. Mais, comme il pensoit à ce qu'il devoit dire, on vint l'avertir que madame la maréchale de...... et madame la marquise de...... le demandoient. Et ainsi, en nous quittant à la hâte : J'en parlerai, dit-il, à nos pères ; ils y trouveront bien quelque réponse. Nous en avons ici de bien subtils. Nous l'entendîmes bien ; et quand je fus seul avec mon ami, je lui témoignai d'être étonné du renversement que cette doctrine apportoit dans la morale. A quoi il me répondit qu'il étoit bien étonné de mon étonnement. Ne savez-vous donc pas encore que leurs excès sont beaucoup plus grands dans la morale que dans les autres matières ? Il m'en donna d'étranges exemples, et remit le reste à une autre fois. J'espère que ce que j'en apprendrai sera le sujet de notre premier entretien.

Je suis, etc.

CINQUIÈME LETTRE.

Dessein des jésuites en établissant une nouvelle morale. Deux sortes de casuistes parmi eux : beaucoup de relâchés, et quelques-uns de sévères : raison de cette différence. Explication de la doctrine de la Probabilité. Foule d'auteurs modernes et inconnus mis à la place des saints pères.

De Paris, ce 20 mars 1656.

MONSIEUR,

Voici ce que je vous ai promis ; voici les premiers traits de la morale de ces bons pères jésuites, « de ces hommes éminents en doctrine » et en sagesse qui sont tous conduits par la » sagesse divine, qui est plus assurée que toute » la philosophie. » Vous pensez peut-être que je raille : je le dis sérieusement, ou plutôt ce sont eux-mêmes qui le disent dans leur livre intitulé, *Imago primi sæculi.* Je ne fais que copier leurs paroles, aussi-bien que dans la suite de cet éloge : « C'est une société d'hommes, ou plutôt d'anges, » qui a été prédite par Isaïe en ces paroles : » Allez, anges prompts et légers. » La prophétie n'en est-elle pas claire ? « Ce sont des esprits » d'aigles ; c'est une troupe de phénix, un auteur » ayant montré depuis peu qu'il y en a plusieurs. » Ils ont changé la face de la chrétienté. » Il le faut croire, puisqu'ils le disent. Et vous l'allez bien voir dans la suite de ce discours, qui vous apprendra leurs maximes.

J'ai voulu m'en instruire de bonne sorte. Je ne me suis pas fié à ce que notre ami m'en avoit appris. J'ai voulu les voir eux-mêmes ; mais j'ai trouvé qu'il ne m'avoit rien dit que de vrai. Je pense qu'il ne ment jamais. Vous le verrez par le récit de ces conférences.

Dans celle que j'eus avec lui, il me dit de si étranges choses, que j'avois peine à le croire ; mais il me les montra dans les livres de ces pères : de sorte qu'il ne me resta à dire pour leur défense, sinon que c'étoient les sentiments de quelques particuliers qu'il n'étoit pas juste d'imputer au corps. Et en effet, je l'assurai que j'en connoissois qui sont aussi sévères que ceux qu'il me citoit sont relâchés. Ce fut sur cela qu'il me découvrit l'esprit de la Société, qui n'est pas connu de tout le monde ; et vous serez peut-être bien aise de l'apprendre. Voici ce qu'il me dit.

Vous pensez beaucoup faire en leur faveur de montrer qu'ils ont de leurs pères aussi conformes aux maximes évangéliques que les autres y sont contraires ; et vous concluez de là que ces opinions larges n'appartiennent pas à toute la Société. Je le sais bien ; car si cela étoit, ils n'en souffriroient pas qui y fussent si contraires. Mais puisqu'ils en ont aussi qui sont dans une doctrine si licencieuse, concluez-en de même, que l'esprit de la Société n'est pas celui de la sévérité chrétienne; car, si cela étoit, ils n'en souffriroient pas qui y fussent si opposés. Et quoi! lui répondis-je, quel peut donc être le dessein du corps entier? C'est sans doute qu'ils n'en ont aucun d'arrêté, et que chacun a la liberté de dire à l'aventure ce qu'il pense. Cela ne peut pas être, me répondit-il; un si grand corps ne subsisteroit pas dans une conduite téméraire, et sans une âme qui le gouverne et qui règle tous ses mouvements : outre qu'ils ont un ordre particulier de ne rien imprimer sans l'aveu de leurs supérieurs. Mais quoi! lui dis-je, comment les mêmes supérieurs peuvent-ils consentir à des maximes si différentes? C'est ce qu'il faut vous apprendre, me répliqua-t-il.

Sachez donc que leur objet n'est pas de corrompre les mœurs : ce n'est pas leur dessein. Mais ils n'ont pas aussi pour unique but celui de les réformer : ce seroit une mauvaise politique. Voici quelle est leur pensée. Ils ont assez bonne opinion d'eux-mêmes pour croire qu'il est utile et comme nécessaire au bien de la religion que leur crédit s'étende partout, et qu'ils gouvernent toutes les consciences. Et parce que les maximes évangéliques et sévères sont propres pour gouverner quelques sortes de personnes, ils s'en servent dans ces occasions où elles leur sont favorables. Mais comme ces mêmes maximes ne s'accordent pas au dessein de la plupart des gens, ils les laissent à l'égard de ceux-là, afin d'avoir de quoi satisfaire tout le monde. C'est pour cette raison qu'ayant affaire à des personnes de toutes sortes de conditions et de nations si différentes, il est nécessaire qu'ils aient des casuistes assortis à toute cette diversité.

De ce principe vous jugez aisément que s'ils n'avoient que des casuistes relâchés, ils ruineroient leur principal dessein, qui est d'embrasser tout le monde, puisque ceux qui sont véritablement pieux cherchent une conduite plus sévère. Mais comme il n'y en a pas beaucoup de cette sorte, ils n'ont pas besoin de beaucoup de directeurs sévères pour les conduire. Ils en ont peu pour peu ; au lieu que la foule des casuistes relâchés s'offre à la foule de ceux qui cherchent le relâchement.

C'est par cette conduite *obligeante et accommodante*, comme l'appelle le père Petau, qu'ils tendent les bras à tout le monde : car, s'il se présente à eux quelqu'un qui soit tout résolu de rendre des biens mal acquis, ne craignez pas qu'ils l'en détournent ; ils loueront, au contraire, et confirmeront une si sainte résolution : mais qu'il en vienne un autre qui veuille avoir l'absolution sans restituer, la chose sera bien difficile, s'ils n'en fournissent des moyens dont ils se rendront les garants.

Par là ils conservent tous leurs amis, et se défendent contre tous leurs ennemis ; car, si on leur reproche leur extrême relâchement, ils produisent incontinent au public leurs directeurs austères, avec quelques livres qu'ils ont faits de la rigueur de la loi chrétienne ; et les simples, et ceux qui n'approfondissent pas plus avant les choses, se contentent de ces preuves.

Ainsi, ils en ont pour toutes sortes de personnes, et répondent si bien selon ce qu'on leur demande, que, quand ils se trouvent en des pays où un Dieu crucifié passe pour folie, ils suppriment le scandale de la croix, et ne prêchent que Jésus-Christ glorieux, et non pas Jésus-Christ souffrant : comme ils ont fait dans les Indes et dans la Chine, où ils ont permis aux chrétiens l'idolâtrie même, par cette subtile invention, de leur faire cacher sous leurs habits une image de Jésus-Christ, à laquelle ils leur enseignent de rapporter mentalement les adorations publiques qu'ils rendent à l'idole Cachinchoam et à leur Keum-fucum, comme Gravina, dominicain, le leur reproche ; et comme le témoigne le Mémoire, en espagnol, présenté au roi d'Espagne Philippe IV, par les cordeliers des îles Philippines, rapporté par Thomas Hurtado dans son livre *du Martyre de la foi*, page 427. De telle sorte que la congrégation des cardinaux *de Propagandâ fide* fut obligée de défendre particulièrement aux jésuites, sur peine d'excommunication, de permettre des adorations d'idoles sous aucun prétexte, et de cacher le mystère de la croix à ceux qu'ils instruisent de la religion, leur commandant expressément de n'en recevoir aucun au baptême qu'après cette connoissance, et leur ordonnant d'exposer dans leurs églises l'image du Crucifix, comme il est porté amplement dans le décret de cette congrégation, donné le 9ᵉ juillet 1646, signé par le cardinal Capponi.

Voilà de quelle manière ils se sont répandus par toute la terre à la faveur *de la doctrine des opinions probables*, qui est la source et la base de tout ce dérèglement. C'est ce qu'il faut que vous appreniez d'eux-mêmes ; car ils ne le cachent à personne, non plus que tout ce que vous venez d'entendre, avec cette seule différence, qu'ils couvrent leur prudence humaine et politique du prétexte d'une prudence divine et chrétienne ; comme si la foi et la tradition qui la maintient n'étoit pas toujours une et invariable dans tous les temps et dans tous les lieux ; comme si c'étoit à la règle à se fléchir pour convenir au sujet qui doit lui être conforme ; et comme si les âmes n'avoient, pour se purifier de leurs taches, qu'à corrompre la loi du Seigneur ; au lieu « que la loi du Seigneur, qui est » sans tache et toute sainte, est celle qui doit » convertir les âmes », et les conformer à ses salutaires instructions !

Allez donc, je vous prie, voir ces bons pères, et je m'assure que vous remarquerez aisément, dans le relâchement de leur morale, la cause de leur doctrine touchant la grâce. Vous y verrez les vertus chrétiennes si inconnues et si dépourvues de la charité, qui en est l'âme et la vie ;

vous y verrez tant de crimes palliés, et tant de désordres soufferts, que vous ne trouverez plus étrange qu'ils soutiennent que tous les hommes ont toujours assez de grâce pour vivre dans la piété de la manière qu'ils l'entendent. Comme leur morale est toute païenne, la nature suffit pour l'observer. Quand nous soutenons la nécessité de la grâce efficace, nous lui donnons d'autres vertus pour objet. Ce n'est pas simplement pour guérir les vices par d'autres vices; ce n'est pas seulement pour faire pratiquer aux hommes les devoirs extérieurs de la religion; c'est pour une vertu plus haute que celle des pharisiens et des plus sages du paganisme. La loi et la raison sont des grâces suffisantes pour ces effets. Mais pour dégager l'âme de l'amour du monde, pour la retirer de ce qu'elle a de plus cher, pour la faire mourir à soi-même, pour la porter et l'attacher uniquement et invariablement à Dieu, ce n'est l'ouvrage que d'une main toute-puissante. Et il est aussi peu raisonnable de prétendre que l'on a toujours un plein pouvoir, qu'il le seroit de nier que ces vertus, destituées d'amour de Dieu, lesquelles ces bons pères confondent avec les vertus chrétiennes, ne sont pas en notre puissance.

Voilà comme il me parla, et avec beaucoup de douleur; car il s'afflige sérieusement de tous ces désordres. Pour moi, j'estimai ces bons pères de l'excellence de leur politique, et je fus, selon son conseil, trouver un bon casuiste

de la Société. C'est une de mes anciennes connoissances, que je voulus renouveler exprès ;
et comme j'étois instruit de la manière dont
il les falloit traiter, je n'eus pas de peine à le
mettre en train. Il me fit d'abord mille caresses,
car il m'aime toujours ; et après quelques discours indifférents, je pris occasion du temps où
nous sommes pour apprendre de lui quelque
chose sur le jeûne, afin d'entrer insensiblement
en matière. Je lui témoignai donc que j'avois
de la peine à le supporter. Il m'exhorta à me
faire violence : mais, comme je continuai à me
plaindre, il en fut touché, et se mit à chercher
quelque cause de dispense. Il m'en offrit en
effet plusieurs qui ne me convenoient point,
lorsqu'il s'avisa enfin de me demander si je
n'avois pas de peine à dormir sans souper. Oui,
lui dis-je, mon père, et cela m'oblige souvent
à faire collation à midi et à souper le soir. Je
suis bien aise, me répliqua-t-il, d'avoir trouvé
ce moyen de vous soulager sans péché : allez,
vous n'êtes point obligé à jeûner. Je ne veux
pas que vous m'en croyiez, venez à la bibliothèque. J'y fus, et là, en prenant un livre : En
voici la preuve, me dit-il, et Dieu sait quelle !
C'est Escobar. Qui est Escobar, lui dis-je, mon
père ? Quoi ! vous ne savez pas qui est Escobar
de notre Société, qui a compilé cette Théologie
morale de vingt-quatre de nos pères ; sur quoi
il fait, dans la préface, une allégorie de ce livre
« à celui de l'Apocalypse qui étoit scellé de sept

» sceaux ? Et il dit que Jésus l'offre ainsi scellé
» aux quatre animaux, Suarez, Vasquez, Molina,
» Valentia, en présence de vingt-quatre jésuites
» qui représentent les vingt-quatre vieillards ? »
Il lut toute cette allégorie, qu'il trouvoit bien
juste, et par où il me donnoit une grande idée
de l'excellence de cet ouvrage. Ayant ensuite
cherché son passage du jeûne : Le voici, me
dit-il, au tr. 1, ex. 13, n. 67. « Celui qui ne peut
» dormir s'il n'a soupé, est-il obligé de jeûner ?
» Nullement. »N'êtes-vous pas content ? Non pas
tout-à-fait, lui dis-je ; car je puis bien supporter
le jeûne en faisant collation le matin et soupant
le soir. Voyez donc la suite, me dit-il ; ils ont
pensé à tout. « Et que dira-t-on, si on peut bien
» se passer d'une collation le matin en soupant
» le soir ? *Me voilà*. On n'est point encore obligé
» à jeûner ; car personne n'est obligé à changer
» l'ordre de ses repas. » O la bonne raison ! lui
dis-je. Mais dites-moi, continua-t-il, usez-vous
de beaucoup de vin ? Non, mon père, lui dis-je,
je ne le puis souffrir. Je vous disois cela, me
répondit-il, pour vous avertir que vous en
pourriez boire le matin, et quand il vous plairoit, sans rompre le jeûne ; et cela soutient toujours. En voici la décision au même lieu, n. 75 :
« Peut-on, sans rompre le jeûne, boire du vin
» à telle heure qu'on voudra, et même en grande
» quantité ? On le peut, et même de l'hypocras. »
Je ne me souvenois pas de cet hypocras, dit-il ;
il faut que je le mette sur mon recueil. Voilà un

honnête homme, lui dis-je, qu'Escobar. Tout le monde l'aime, répondit le père : il fait de si jolies questions ! Voyez celle-ci qui est au même endroit, n. 38 : « Si un homme doute qu'il ait » vingt-un ans, est-il obligé de jeûner ? Non. » Mais si j'ai vingt-un ans cette nuit à une heure » après minuit, et qu'il soit demain jeûne, » serai-je obligé de jeûner demain ? Non ; car » vous pourriez manger autant qu'il vous plai- » roit depuis minuit jusqu'à une heure, puisque » vous n'auriez pas encore vingt-un ans : et ainsi » ayant droit de rompre le jeûne, vous n'y êtes » point obligé ». O que cela est divertissant ! lui dis-je. On ne s'en peut tirer, me répondit-il ; je passe les jours et les nuits à le lire, je ne fais autre chose. Le bon père, voyant que j'y prenois plaisir, en fut ravi ; et continuant : Voyez, dit-il, encore ce trait de Filiutius, qui est un de ces vingt-quatre jésuites, tom. II, tr. 27, part. 2, c. 6, n. 143 : « Celui qui s'est fatigué à quelque » chose, comme à poursuivre une fille, *ad in-* » *sequendam amicam*, est-il obligé de jeûner ? » Nullement. Mais s'il s'est fatigué exprès pour » être par là dispensé du jeûne, y sera-t-il tenu ? » Encore qu'il ait eu ce dessein formé, il n'y » sera point obligé. » Eh bien ! l'eussiez-vous cru ? me dit-il. En vérité, mon père, lui dis-je, je ne le crois pas bien encore. Eh quoi ! n'est-ce pas un péché de ne pas jeûner quand on le peut ? Et est-il permis de rechercher les occasions de pécher ? ou plutôt n'est-on pas obligé de les fuir ?

Cela seroit assez commode. Non pas toujours, me dit-il ; c'est selon. Selon quoi ? lui dis-je. Ho ! ho ! repartit le père. Et si on recevoit quelque incommodité en fuyant les occasions, y seroit-on obligé à votre avis ? Ce n'est pas au moins celui du père Bauny que voici, p. 1084 : « On ne doit » pas refuser l'absolution à ceux qui demeurent » dans les occasions prochaines du péché, s'ils » sont en tel état qu'ils ne puissent les quitter » sans donner sujet au monde de parler, ou sans » qu'ils en reçussent eux-mêmes de l'incommo-» dité. » Je m'en réjouis, mon père ; il ne reste plus qu'à dire qu'on peut rechercher les occasions de propos délibéré, puisqu'il est permis de ne les pas fuir. Cela même est aussi quelquefois permis, ajouta-t-il. Le célèbre casuiste Basile Ponce l'a dit, et le père Bauny le cite et approuve son sentiment, que voici dans le Traité de la Pénitence, q. 4, p. 94 : « On peut recher-» cher une occasion directement et pour elle-» même ; *primò et per se*, quand le bien spiri-» tuel ou temporel de nous ou de notre prochain » nous y porte. »

Vraiment, lui dis-je, il me semble que je rêve, quand j'entends des religieux parler de cette sorte ! Eh quoi, mon père, dites-moi, en conscience, êtes-vous dans ce sentiment-là ? Non vraiment, me dit le père. Vous parlez donc, continuai-je, contre votre conscience ? Point du tout, dit-il : je ne parlois pas en cela selon ma conscience, mais selon celle de Ponce et du père

Bauny ; et vous pourriez les suivre en sûreté, car ce sont d'habiles gens. Quoi ! mon père, parce qu'ils ont mis ces trois lignes dans leurs livres, sera-t-il devenu permis de rechercher les occasions de pécher ? Je croyois ne devoir prendre pour règle que l'Écriture et la tradition de l'Église, mais non pas vos casuistes. O bon Dieu, s'écria le père, vous me faites souvenir de ces jansénistes ! Est-ce que le père Bauny et Basile Ponce ne peuvent pas rendre leur opinion probable ? Je ne me contente pas du probable, lui dis-je, je cherche le sûr. Je vois bien, me dit le bon père, que vous ne savez pas ce que c'est que la doctrine des opinions probables ; vous parleriez autrement si vous le saviez. Ah ! vraiment, il faut que je vous en instruise. Vous n'aurez pas perdu votre temps d'être venu ici, sans cela vous ne pouviez rien entendre. C'est le fondement et l'A B C de toute notre morale. Je fus ravi de le voir tombé dans ce que je souhaitois ; et, le lui ayant témoigné, je le priai de m'expliquer ce que c'étoit qu'une opinion probable. Nos auteurs vous y répondront mieux que moi, dit-il. Voici comme ils en parlent tous généralement, et entre autres, nos vingt-quatre, *in princ.* ex. 3, n. 8 : « Une opinion est appelée » probable, lorsqu'elle est fondée sur des rai- » sons de quelque considération. D'où il arrive » quelquefois qu'un seul docteur fort grave peut » rendre une opinion probable. » Et en voici la raison : « car un homme adonné particulière-

» ment à l'étude ne s'attacheroit pas à une opi-
» nion, s'il n'y étoit attiré par une raison bonne
» et suffisante. » Et ainsi, lui dis-je, un seul
docteur peut tourner les consciences et les bou-
leverser à son gré, et toujours en sûreté. Il n'en
faut pas rire, me dit-il, ni penser combattre
cette doctrine. Quand les jansénistes l'ont voulu
faire, ils y ont perdu leur temps. Elle est trop
bien établie. Écoutez Sanchez, qui est un des
plus célèbres de nos pères, *Som.* l. 1, c. 9, n. 7 :
« Vous douterez peut-être si l'autorité d'un seul
» docteur bon et savant rend une opinion pro-
» bable : à quoi je réponds que oui ; et c'est ce
» qu'assurent Angelus, Sylv. Navarre, Emma-
» nuel Sa, etc. Et voici comme on le prouve.
» Une opinion probable est celle qui a un
» fondement considérable : or, l'autorité d'un
» homme savant et pieux n'est pas de petite
» considération, mais plutôt de grande consi-
» dération ; car, écoutez bien cette raison : Si
» le témoignage d'un tel homme est de grand
» poids pour nous assurer qu'une chose se soit
» passée, par exemple, à Rome, pourquoi ne
» le sera-t-il pas de même dans un doute de
» morale ? »

La plaisante comparaison, lui dis-je, des
choses du monde à celles de la conscience !
Ayez patience ; Sanchez répond à cela dans les
lignes qui suivent immédiatement : « Et la res-
» triction qu'y apportent certains auteurs ne
» me plaît pas, que l'autorité d'un tel docteur

» est suffisante dans les choses de droit humain,
» mais non pas dans celles de droit divin ; car
» elle est de grand poids dans les unes et dans
» les autres. »

Mon père, lui dis-je franchement, je ne puis faire cas de cette règle. Qui m'a assuré que dans la liberté que vos docteurs se donnent d'examiner les choses par la raison, ce qui paroîtra sûr à l'un le paroisse à tous les autres ? La diversité des jugements est si grande...... Vous ne l'entendez pas, dit le père en m'interrompant ; aussi sont-ils fort souvent de différents avis : mais cela n'y fait rien ; chacun rend le sien probable et sûr. Vraiment l'on sait bien qu'ils ne sont pas tous de même sentiment ; et cela n'en est que mieux. Ils ne s'accordent au contraire presque jamais. Il y a peu de questions où vous ne trouviez que l'un dit, oui ; l'autre dit, non. Et en tous ces cas-là, l'une et l'autre des opinions contraires est probable ; et c'est pourquoi Diana dit sur un certain sujet, part. 3, tom. IV, r. 244 : « Ponce et Sanchez sont de contraires » avis : mais, parce qu'ils étoient tous deux » savants, chacun rend son opinion probable. »

Mais, mon père, lui dis-je, on doit être bien embarrassé à choisir alors ! Point du tout, dit-il, il n'y a qu'à suivre l'avis qui agrée le plus. Eh quoi ! si l'autre est plus probable ? Il n'importe, me dit-il. Et si l'autre est plus sûr ? Il n'importe, me dit encore le père ; le voici bien expliqué. C'est Emmanuel Sa de notre Société, dans son

Aphorisme *de dubio*, p. 183 : « On peut faire ce » qu'on pense être permis selon une opinion » probable : quoique le contraire soit plus sûr. » Or, l'opinion d'un seul docteur grave y suffit. » Et si une opinion est tout ensemble et moins probable et moins sûre, sera-t-il permis de la suivre, en quittant ce que l'on croit être plus probable et plus sûr ? Oui, encore une fois, me dit-il ; écoutez Filiutius, ce grand jésuite de Rome, *Mort. Quæst.* tr. 21, c. 4, n. 128 : « Il est » permis de suivre l'opinion la moins probable, » quoiqu'elle soit la moins sûre : c'est l'opinion » commune des nouveaux auteurs. » Cela n'est-il pas clair ? Nous voici bien au large, lui dis-je, mon révérend père. Grâces à vos opinions probables, nous avons une belle liberté de conscience. Et vous autres casuistes, avez-vous la même liberté dans vos réponses ? Oui, me dit-il, nous répondons aussi ce qu'il nous plaît, ou plutôt ce qu'il plaît à ceux qui nous interrogent ; car voici nos règles, prises de nos pères, Layman, *Theol. Mor.*, l. 1, tr. 1, c. 2, §. 2, n. 7 ; Vasquez, *Dist.* 62, c. 9, n. 47 ; Sanchez, *in Sum.*, l. 1, c. 9, n. 23 ; et de nos vingt-quatre, *in princ. ex.* 3, n. 24. Voici les paroles de Layman, que le livre de nos vingt-quatre a suivies : « Un doc- » teur étant consulté, peut donner un conseil, » non-seulement probable selon son opinion, » mais contraire à son opinion, s'il est estimé » probable par d'autres, lorsque cet avis con- » traire au sien se rencontre plus favorable et

» plus agréable à celui qui le consulte : Si forté
» *et illi favorabilior seu exoptatior sit.* Mais je dis
» de plus, qu'il ne sera point hors de raison
» qu'il donne à ceux qui le consultent un avis
» tenu pour probable par quelque personne sa-
» vante, quand même il s'assureroit qu'il seroit
» absolument faux. »

Tout de bon, mon père, votre doctrine est bien commode. Quoi ! avoir à répondre oui et non à son choix ? On ne peut assez priser un tel avantage. Et je vois bien maintenant à quoi vous servent les opinions contraires que vos docteurs ont sur chaque matière ; car l'une vous sert toujours, et l'autre ne vous nuit jamais. Si vous ne trouvez votre compte d'un côté, vous vous jetez de l'autre, et toujours en sûreté. Cela est vrai, dit-il ; et ainsi nous pouvons toujours dire avec Diana, qui trouva le père Bauny pour lui, lorsque le père Lugo lui étoit contraire :

Sæpè, premente Deo, fert Deus alter opem.

Si quelque Dieu nous presse, un autre nous délivre.

J'entends bien, lui dis-je ; mais il me vient une difficulté dans l'esprit : c'est qu'après avoir consulté un de vos docteurs, et pris de lui une opinion un peu large, on sera peut-être attrapé si on rencontre un confesseur qui n'en soit pas, et qui refuse l'absolution, si on ne change de sentiment. N'y avez-vous point donné ordre, mon père ? En doutez-vous ? me répondit-il. On les a obligés à absoudre leurs pénitents qui ont des opinions probables, sur peine de péché mortel, afin qu'ils n'y manquent pas. C'est ce qu'ont bien montré nos pères, et entre autres le père Bauny, tr. 4, *de Pœnit.* q. 13, p. 93. « Quand le pénitent, dit-il, suit une opinion » probable, le confesseur le doit absoudre, » quoique son opinion soit contraire à celle du » pénitent. » Mais il ne dit pas que ce soit un péché mortel de ne le pas absoudre. Que vous êtes prompt! me dit-il; écoutez la suite; il en fait une conclusion expresse : « Refuser l'abso- » lution à un pénitent qui agit selon une opinion » probable, est un péché qui, de sa nature, est » mortel. » Et il cite, pour confirmer ce senti- ment, trois des plus fameux de nos pères, Suarez, tom. IV, dist. 32, sect. 5; Vasquez, disp. 62, c. 7; et Sanchez, n. 29.

O mon père! lui dis-je, voilà qui est bien pru- demment ordonné! Il n'y a plus rien à craindre. Un confesseur n'oseroit plus y manquer. Je ne savois pas que vous eussiez le pouvoir d'ordonner sur peine de damnation. Je croyois que vous ne saviez qu'ôter les péchés; je ne pensois pas que vous en sussiez introduire; mais vous avez tout pouvoir, à ce que je vois. Vous ne parlez pas proprement, me dit-il. Nous n'introduisons pas les péchés, nous ne faisons que les remarquer. J'ai déjà bien reconnu deux ou trois fois que vous n'êtes pas bon scolastique. Quoi qu'il en soit, mon père, voilà mon doute bien résolu.

Mais j'en ai un autre encore à vous proposer : c'est que je ne sais comment vous pouvez faire, quand les pères de l'Église sont contraires au sentiment de quelqu'un de vos casuistes.

Vous l'entendez bien peu, me dit-il. Les pères étoient bons pour la morale de leur temps ; mais ils sont trop éloignés pour celle du nôtre. Ce ne sont plus eux qui la règlent, ce sont les nouveaux casuistes. Écoutez notre père Cellot, *de Hier.* lib. 8, cap. 16, p. 714, qui suit en cela notre fameux père Reginaldus : « Dans les questions de » morale, les nouveaux casuistes sont préférables » aux anciens pères, quoiqu'ils fussent plus pro- » chès des apôtres. » Et c'est en suivant cette maxime que Diana parle de cette sorte, pag. 5, tr. 8, reg. 31. « Les bénéficiers sont-ils obligés » de restituer leur revenu dont ils disposent mal ? » Les anciens disoient qu'oui, mais les nouveaux » disent que non : ne quittons donc pas cette opi- » nion qui décharge de l'obligation de restituer. » Voilà de belles paroles, lui dis-je, et pleines de consolation pour bien du monde. Nous laissons les pères, me dit-il, à ceux qui traitent la posi- tive ; mais, pour nous qui gouvernons les con- sciences, nous les lisons peu, et ne citons dans nos écrits que les nouveaux casuistes. Voyez Diana, qui a tant écrit ; il a mis à l'entrée de ses livres la liste des auteurs qu'il rapporte. Il y en a deux cent quatre-vingt-seize, dont le plus ancien est depuis quatre-vingts ans. Cela est donc venu au monde depuis votre Société ? lui dis-je. Environ, me répondit-il. C'est-à-dire, mon père, qu'à votre arrivée on a vu disparoître saint Augustin, saint Chrysostôme, saint Ambroise, saint Jérôme, et les autres pour ce qui est de la morale. Mais au moins que je sache les noms de ceux qui leur ont succédé; qui sont-ils ces nouveaux auteurs? Ce sont des gens bien habiles et bien célèbres, me dit-il. C'est Villalobos, Conink, Llamas, Achokier, Dealkozer, Dellacrux, Veracruz, Ugolin, Tambourin, Fernandez, Martinez, Suarez, Henriquez, Vasquez, Lopez, Gomez, Sanchez, de Vechis, de Grassis, de Grassalis, de Pitigianis, de Graphæis, Squilanti, Bizozeri, Barcola, de Bobadilla, Simancha, Perez de Lara, Aldretta, Lorca, de Scarcia, Quaranta, Scophra, Pedrezza, Cabrezza, Bisbe, Dias, de Clavasio, Villagut, Adam à Manden, Iribarne, Binsfeld, Volfangi à Vorberg, Vosthery, Strevesdorf. O mon père! lui dis-je tout effrayé, tous ces gens-là étoient-ils chrétiens? Comment, chrétiens! me répondit-il. Ne vous disois-je pas que ce sont les seuls par lesquels nous gouvernons aujourd'hui la chrétienté? Cela me fit pitié, mais je ne lui en témoignai rien, et lui demandai seulement si tous ces auteurs-là étoient jésuites. Non, me dit-il, mais il n'importe; ils n'ont pas laissé de dire de bonnes choses. Ce n'est pas que la plupart ne les aient prises ou imitées des nôtres, mais nous ne nous piquons pas d'honneur, outre qu'ils citent nos pères à toute heure et avec éloge. Voyez Diana, qui n'est pas de notre Société, quand il parle de Vasquez, il l'appelle *le phénix des esprits*. Et quelquefois il dit «que Vasquez seul lui » est autant que tout le reste des hommes en- » semble. *Instar omnium.* » Aussi tous nos pères se servent fort souvent de ce bon Diana ; car si vous entendez bien notre doctrine *de la Probabilité*, vous verrez que cela n'y fait rien. Au contraire, nous avons bien voulu que d'autres que les jésuites puissent rendre leurs opinions probables, afin qu'on ne puisse pas nous les imputer toutes. Et ainsi, quand quelque auteur que ce soit en a avancé une, nous avons droit de la prendre, si nous le voulons, par la doctrine des opinions probables, et nous n'en sommes pas les garants quand l'auteur n'est pas de notre corps. J'entends tout cela, lui dis-je. Je vois bien par là que tout est bien venu chez vous, hormis les anciens pères, et que vous êtes les maîtres de la campagne. Vous n'avez plus qu'à courir.

Mais je prévois trois ou quatre grands inconvénients, et de puissantes barrières qui s'opposeront à votre course. Et quoi? me dit le père tout étonné. C'est, lui répondis-je, l'Écriture sainte, les papes et les conciles, que vous ne pouvez démentir, et qui sont tous dans la voie unique de l'Évangile. Est-ce là tout? me dit-il. Vous m'avez fait peur. Croyez-vous qu'une chose si visible n'ait pas été prévue, et que nous n'y ayons pas pourvu? Vraiment je vous admire, de penser que nous soyons opposés à l'Écriture, aux papes ou aux conciles ! Il faut que je vous éclaircisse du contraire. Je serois bien marri que vous crussiez que nous manquons à ce que nous leur devons. Vous avez sans doute pris cette pensée de quelques opinions de nos pères qui paroissent choquer leurs décisions, quoique cela ne soit pas. Mais, pour en entendre l'accord, il faudroit avoir plus de loisir. Je souhaite que vous ne demeuriez pas mal édifié de nous. Si vous voulez que nous nous revoyions demain, je vous en donnerai l'éclaircissement.

Voilà la fin de cette conférence, qui sera celle de cet entretien ; aussi en voilà bien assez pour une lettre. Je m'assure que vous en serez satisfait en attendant la suite. Je suis, etc.

SIXIÈME LETTRE (*).

Différents artifices des jésuites pour éluder l'autorité de l'Évangile, des conciles et des papes. Quelques conséquences qui suivent de leur doctrine sur la Probabilité. Leurs relâchements en faveur des bénéficiers, des prêtres, des religieux et des domestiques. Histoire de Jean d'Alba.

De Paris, ce 10 avril 1656.

Monsieur,

Je vous ai dit, à la fin de ma dernière lettre, que ce bon père jésuite m'avoit promis de m'apprendre de quelle sorte les casuistes accordent les contrariétés qui se rencontrent entre leurs opinions et les décisions des papes, des conciles et de l'Écriture. Il m'en a instruit, en effet, dans ma seconde visite, dont voici le récit.

Ce bon père me parla de cette sorte : Une des manières dont nous accordons ces contradictions apparentes, est par l'interprétation de quelque terme. Par exemple, le pape Grégoire XIV a déclaré que les assassins sont indignes de jouir de l'asile des églises, et qu'on les en doit arracher. Cependant nos vingt-quatre vieillards disent, tr. 6, ex. 4, n. 27 : « Que tous ceux qui » tuent en trahison ne doivent pas encourir la

---

(*) Cette lettre a été revue par M. Nicole.

» peine de cette bulle. » Cela vous paroît être contraire, mais on l'accorde, en interprétant le mot d'*assassin*, comme ils font par ces paroles : « Les assassins ne sont-ils pas indignes de jouir » du privilége des églises ? Oui, par la bulle de » Grégoire XIV. Mais nous entendons par le mot » d'assassins, ceux qui ont reçu de l'argent pour » tuer quelqu'un en trahison. D'où il arrive que » ceux qui tuent sans en recevoir aucun prix, » mais seulement pour obliger leurs amis, ne » sont pas appelés assassins. ». De même, il est dit dans l'Évangile : « Donnez l'aumône de votre » superflu. » Cependant plusieurs casuistes ont trouvé moyen de décharger les personnes les plus riches de l'obligation de donner l'aumône. Cela vous paroît encore contraire ; mais on en fait voir facilement l'accord, en interprétant le mot de *superflu ;* en sorte qu'il n'arrive presque jamais que personne en ait ; et c'est ce qu'a fait le docte Vasquez en cette sorte, dans son Traité de l'Aumône, c. 4, n. 14 : « Ce que les personnes du » monde gardent pour relever leur condition et » celle de leurs parents n'est pas appelé superflu; » et c'est pourquoi à peine trouvera-t-on qu'il y » ait jamais de superflu chez les gens du monde, » et non pas même chez les rois. »

Aussi Diana ayant rapporté ces mêmes paroles de Vasquez, car il se fonde ordinairement sur nos pères, il en conclut fort bien : « Que, dans la » question, si les riches sont obligés de donner » l'aumône de leur superflu, encore que l'affir-

» mative fût véritable, il n'arrivera jamais, ou
» presque jamais, qu'elle oblige dans la pra-
» tique. »

Je vois bien, mon père, que cela suit de la
doctrine de Vasquez ; mais que répondroit-on,
si l'on objectoit qu'afin de faire son salut, il
seroit donc aussi sûr, selon Vasquez, de ne
point donner l'aumône, pourvu qu'on ait assez
d'ambition pour n'avoir point de superflu ; qu'il
est sûr, selon l'Évangile, de n'avoir point d'ambition, afin d'avoir du superflu pour en pouvoir donner l'aumône ? Il faudroit répondre,
me dit-il, que toutes ces deux voix sont sûres
selon le même Évangile ; l'une, selon l'Évangile
dans le sens le plus littéral et le plus facile à
trouver ; l'autre, selon le même Évangile, inter-
prété par Vasquez. Vous voyez par là l'utilité
des interprétations.

Mais quand les termes sont si clairs qu'ils
n'en souffrent aucune, alors nous nous servons
de la remarque des circonstances favorables,
comme vous verrez par cet exemple. Les papes
ont excommunié les religieux qui quittent leur
habit, et nos vingt-quatre vieillards ne laissent pas de parler en cette sorte, tr. 6, ex. 7,
n. 103. « En quelles occasions un religieux
» peut-il quitter son habit sans encourir l'ex-
» communication ? » Il en rapporte plusieurs,
et entre autres celle-ci : « S'il le quitte pour une
» cause honteuse, comme pour aller filouter,
» ou pour aller *incognito* en des lieux de dé-

» bauche, le devant bientôt reprendre. » Aussi il est visible que les bulles ne parlent point de ces cas-là.

J'avois peine à croire cela, et je priai le père de me le montrer dans l'original ; je vis que le chapitre où sont ces paroles est intitulé : « Pra-» tique selon l'école de la Société de Jésus ; *Praxis* » *ex Societatis Jesu scholá ;* » et j'y vis ces mots : *Si habitum dimittat ut furetur occultè, vel fornicetur.* Et il me montra la même chose dans Diana, en ces termes : *Ut eat incognitus ad lupanar.* Et d'où vient, mon père, qu'ils les ont déchargés de l'excommunication en cette rencontre ? Ne le comprenez-vous pas ? me dit-il. Ne voyez-vous pas quel scandale ce seroit de surprendre un religieux en cet état avec son habit de religion ? Et n'avez-vous point ouï parler, continua-t-il, comment on répondit à la première bulle, *Contra sollicitantes ?* et de quelle sorte nos vingt-quatre, dans un chapitre aussi *de la Pratique de l'école de notre Société*, expliquent la bulle de Pie V, *Contra clericos*, etc. ? Je ne sais ce que c'est que tout cela, lui dis-je. Vous ne lisez donc guère Escobar ? me dit-il. Je ne l'ai que d'hier, mon père, et même j'eus de la peine à le trouver. Je ne sais ce qui est arrivé depuis peu, qui fait que tout le monde le cherche. Ce que je vous disois, repartit le père, est au tr. 1, ex. 8, n. 102. Voyez-le en votre particulier ; vous y trouverez un bel exemple de la manière d'interpréter favorablement les bulles. Je le vis en effet dès le soir même ;

mais je n'ose vous le rapporter, car c'est une chose effroyable.

Le bon père continua donc ainsi : Vous entendez bien maintenant comment on se sert des circonstances favorables? mais il y en a quelquefois de si précises, qu'on ne peut accorder par là les contradictions : de sorte que ce seroit bien alors que vous croiriez qu'il y en auroit. Par exemple, trois papes ont décidé que les religieux qui sont obligés par un vœu particulier à la vie quadragésimale, n'en sont pas dispensés, encore qu'ils soient faits évêques ; et cependant Diana dit « que, nonobstant leur décision, ils en sont dis- » pensés. » Et comment accorde-t-il cela ? lui dis-je. C'est, répliqua le père, par la plus subtile de toutes les nouvelles méthodes, et par le plus fin de la Probabilité. Je vas vous l'expliquer. C'est que, comme vous le vîtes l'autre jour, l'affirmative et la négative de la plupart des opinions ont chacune quelque probabilité, au jugement de nos docteurs, et assez pour être suivies avec sûreté de conscience. Ce n'est pas que le pour et le contre soient ensemble véritables dans le même sens, cela est impossible ; mais c'est seulement qu'ils sont ensemble probables, et sûrs par conséquent.

Sur ce principe, Diana notre bon ami parle ainsi en la part. 5, tr. 13, r. 39. « Je réponds à la » décision de ces trois papes, qui est contraire à » mon opinion, qu'ils ont parlé de la sorte en » s'attachant à l'affirmative, laquelle en effet est

» probable, à mon jugement même : mais il ne
» s'ensuit pas de là que la négative n'ait aussi sa
» probabilité. » Et dans le même traité, r. 65, sur
un autre sujet, dans lequel il est encore d'un sentiment contraire à un pape, il parle ainsi : « Que
» le pape l'ait dit comme chef de l'Église, je le
» veux ; mais il ne l'a fait que dans l'étendue de
» la sphère de probabilité de son sentiment. »
Or, vous voyez bien que ce n'est pas là blesser
les sentiments des papes : on ne le souffriroit
pas à Rome, où Diana est en un si grand crédit ;
car il ne dit pas que ce que les papes ont décidé
ne soit pas probable ; mais, en laissant leur
opinion dans toute la sphère de probabilité, il
ne laisse pas de dire que le contraire est aussi
probable. Cela est très-respectueux, lui dis-je.
Et cela est plus subtil, ajouta-t-il, que la réponse que fit le père Bauny quand on eut
censuré ses livres à Rome ; car il lui échappa
d'écrire contre M. Hallier, qui le persécutoit
alors furieusement : « Qu'a de commun la cen-
» sure de Rome avec celle de France ? » Vous
voyez assez par là que, soit par l'interprétation
des termes, soit par la remarque des circonstances favorables, soit enfin par la double
probabilité du pour et du contre, on accorde
toujours ces contradictions prétendues, qui
vous étonnoient auparavant, sans jamais blesser
les décisions de l'Écriture, des conciles ou des
papes, comme vous le voyez. Mon révérend
père, lui dis-je, que le monde est heureux de

vous avoir pour maîtres ! Que ces probabilités sont utiles ! Je ne savois pourquoi vous aviez pris tant de soin d'établir qu'un seul docteur, *s'il est grave*, peut rendre une opinion probable ; que le contraire peut l'être aussi ; et qu'alors on peut choisir du pour et du contre celui qui agrée le plus, encore qu'on ne le croie pas véritable, et avec tant de sûreté de conscience, qu'un confesseur qui refuseroit de donner l'absolution sur la foi de ces casuistes seroit en état de damnation : d'où je comprends qu'un seul casuiste peut à son gré faire de nouvelles règles de morale, et disposer, selon sa fantaisie, de tout ce qui regarde la conduite des mœurs. Il faut, me dit le père, apporter quelque tempérament à ce que vous dites. Apprenez bien ceci. Voici notre méthode, où vous verrez le progrès d'une opinion nouvelle, depuis sa naissance jusqu'à sa maturité.

D'abord le docteur *grave* qui l'a inventée l'expose au monde, et la jette comme une semence pour prendre racine. Elle est encore foible en cet état ; mais il faut que le temps la mûrisse peu à peu ; et c'est pourquoi Diana, qui en a introduit plusieurs, dit en un endroit : « J'avance » cette opinion ; mais parce qu'elle est nouvelle, » je la laisse mûrir au temps, *relinquo tempori* » *maturandam.* » Ainsi, en peu d'années, on la voit insensiblement s'affermir ; et, après un temps considérable, elle se trouve autorisée par la tacite approbation de l'Église, selon cette

grande maxime du père Bauny : « Qu'une opi-
» nion étant avancée par quelques casuistes, et
» l'Église ne s'y étant point opposée, c'est un
» témoignage qu'elle l'approuve. » Et c'est en
effet par ce principe qu'il autorise un de ses
sentiments dans són Traité 6, p. 312. Eh quoi !
lui dis-je, mon père, l'Église, à ce compte-là,
approuveroit donc tous les abus qu'elle souffre,
et toutes les erreurs des livres qu'elle ne censure point ? Disputez, me dit-il, contre le père
Bauny. Je vous fais un récit, et vous contestez
contre moi. Il ne faut jamais disputer sur un
fait. Je vous disois donc que, quand le temps a
ainsi mûri une opinion, alors elle est tout-à-fait
probable et sûre. Et de là vient que le docte
Caramuel, dans la lettre où il adresse à Diana
sa Théologie fondamentale, dit que ce grand
« Diana a rendu plusieurs opinions probables
» qui ne l'étoient pas auparavant, *quæ anteà*
» *non erant.* Et qu'ainsi on ne pèche plus en les
» suivant ; au lieu qu'on péchoit auparavant :
» *jàm non peccant, licèt antè peccaverint.* »

En vérité, mon père, lui dis-je, il y a bien à
profiter auprès de vos docteurs. Quoi ! de deux
personnes qui font les mêmes choses, celui qui
ne sait pas leur doctrine pèche, celui qui la sait
ne pèche pas ? Est-elle donc tout ensemble instructive et justifiante ? La loi de Dieu faisoit
des prévaricateurs, selon saint Paul ; celle-ci fait
qu'il n'y a presque que des innocents. Je vous
supplie, mon père, de m'en bien informer ; je

ne vous quitterai point que vous ne m'ayez dit les principales maximes que vos casuistes ont établies.

Hélas ! me dit le père, notre principal but auroit été de n'établir point d'autres maximes que celles de l'Évangile dans toute leur sévérité ; et l'on voit assez par le règlement de nos mœurs que, si nous souffrons quelque relâchement dans les autres, c'est plutôt par condescendance que par dessein. Nous y sommes forcés. Les hommes sont aujourd'hui tellement corrompus, que, ne pouvant les faire venir à nous, il faut bien que nous allions à eux : autrement ils nous quitteroient ; ils feroient pis, ils s'abandonneroient entièrement. Et c'est pour les retenir que nos casuistes ont considéré les vices auxquels on est le plus porté dans toutes les conditions, afin d'établir des maximes si douces, sans toutefois blesser la vérité, qu'on seroit de difficile composition si l'on n'en étoit content ; car le dessein capital que notre Société a pris pour le bien de la religion, est de ne rebuter qui que ce soit, pour ne pas désespérer le monde.

Nous avons donc des maximes pour toutes sortes de personnes, pour les bénéficiers, pour les prêtres, pour les religieux, pour les gentilshommes, pour les domestiques, pour les riches, pour ceux qui sont dans le commerce, pour ceux qui sont mal dans leurs affaires, pour ceux qui sont dans l'indigence, pour les femmes dévotes, pour celles qui ne le sont pas, pour les gens mariés, pour les gens déréglés : enfin, rien n'a échappé à leur prévoyance. C'est-à-dire, lui dis-je, qu'il y en a pour le clergé, la noblesse et le tiers - état ; me voici bien disposé à les entendre.

Commençons, dit le père, par les bénéficiers. Vous savez quel trafic on fait aujourd'hui des bénéfices, et que, s'il falloit s'en rapporter à ce que saint Thomas et les anciens en ont écrit, il y auroit bien des simoniaques dans l'Église. C'est pourquoi il a été fort nécessaire que nos pères aient tempéré les choses par leur prudence, comme ces paroles de Valentia, qui est l'un des quatre animaux d'Escobar, vous l'apprendront. C'est la conclusion d'un long discours, où il en donne plusieurs expédients, dont voici le meilleur à mon avis ; c'est en la p. 2039 du t. III. « Si l'on donne un bien temporel pour un bien » spirituel », c'est-à-dire, de l'argent pour un bénéfice, « et qu'on donne l'argent comme le » prix du bénéfice, c'est une simonie visible ; » mais, si on le donne comme le motif qui porte » la volonté du collateur à le conférer, ce n'est » point simonie, encore que celui qui le con- » fère considère et attende l'argent comme la fin » principale. » Tannerus, qui est encore de notre Société, dit la même chose dans son tome III, p. 1519, quoiqu'il avoue que « saint Thomas y » est contraire, en ce qu'il enseigne absolument » que c'est toujours simonie de donner un bien » spirituel pour un temporel, si le temporel en

» est la fin. » Par ce moyen, nous empêchons une infinité de simonies ; car qui seroit assez méchant pour refuser, en donnant de l'argent pour un bénéfice, de porter son intention à le donner comme *un motif* qui porte le bénéficier à le résigner, au lieu de le donner comme *le prix* du bénéfice ? Personne n'est assez abandonné de Dieu pour cela. Je demeure d'accord, lui dis-je, que tout le monde a des grâces suffisantes pour faire un tel marché. Cela est assuré, repartit le père.

Voilà comment nous avons adouci les choses à l'égard des bénéficiers. Quant aux prêtres, nous avons plusieurs maximes qui leur sont assez favorables. Par exemple, celle-ci de nos vingt-quatre, tr. 1, ex. 11, n. 96 : « Un prêtre » qui a reçu de l'argent pour dire une messe » peut-il recevoir de nouvel argent sur la même » messe ? Oui, dit Filiutius, en appliquant la » partie du sacrifice qui lui appartient comme » prêtre à celui qui le paye de nouveau, pourvu » qu'il n'en reçoive pas autant que pour une » messe entière, mais seulement pour une par- » tie, comme pour un tiers de messe. »

Certes, mon père, voici une de ces rencontres où le *pour* et le *contre* sont bien probables ; car ce que vous me dites ne peut manquer de l'être, après l'autorité de Filiutius et d'Escobar. Mais en le laissant dans sa sphère de probabilité, on pourroit bien, ce me semble, dire aussi le contraire, et l'appuyer par ces raisons. Lorsque l'Église permet aux prêtres qui sont pauvres de recevoir de l'argent pour leurs messes, parce qu'il est bien juste que ceux qui servent à l'autel vivent de l'autel, elle n'entend pas pour cela qu'ils échangent le sacrifice pour de l'argent, et encore moins qu'ils se privent eux-mêmes de toutes les grâces qu'ils en doivent tirer les premiers. Et je dirois encore « que les prêtres, » selon saint Paul, sont obligés d'offrir le sacri- » fice, premièrement pour eux-mêmes, et puis » pour le peuple ; » et qu'ainsi il leur est bien permis d'en associer d'autres au fruit du sacri- fice, mais non pas de renoncer eux-mêmes vo- lontairement à tout le fruit du sacrifice, et de le donner à un autre pour un tiers de messe, c'est-à-dire, pour quatre ou cinq sous. En vérité, mon père, pour peu que je fusse *grave*, je ren- drois cette opinion probable. Vous n'y auriez pas grande peine, me dit-il ; elle l'est visible- ment : la difficulté étoit de trouver de la proba- bilité dans le contraire des opinions qui sont manifestement bonnes ; et c'est ce qui n'appar- tient qu'aux grands hommes. Le père Bauny y excelle. Il y a du plaisir de voir ce savant ca- suiste pénétrer dans le pour et le contre d'une même question qui regarde encore les prêtres, et trouver raison partout, tant il est ingénieux et subtil.

Il dit en un endroit, c'est dans le traité 10, p. 474 : « On ne peut pas faire une loi qui obli- » geât les curés à dire la messe tous les jours,

» parce qu'une telle loi les exposeroit indubi-
» tablement, *haud dubiè*, au péril de la dire
» quelquefois en péché mortel. » Et néanmoins,
dans le même Traité 10, p. 441, il dit : «Que les
» prêtres qui ont reçu de l'argent pour dire la
» messe tous les jours, la doivent dire tous les
» jours, et qu'ils ne peuvent pas s'excuser sur
» ce qu'ils ne sont pas toujours assez bien pré-
» parés pour la dire, parce qu'on peut toujours
» faire l'acte de contrition ; et que, s'ils y man-
» quent, c'est leur faute, et non pas celle de
» celui qui leur fait dire la messe. » Et pour
» lever les plus grandes difficultés qui pourroient les en empêcher, il résout ainsi cette
question dans le même Traité, q. 32, p. 457 :
« Un prêtre peut-il dire la messe le même jour
» qu'il a commis un péché mortel et des plus
» criminels, en se confessant auparavant ? Non,
» dit Villalobos, à cause de son impureté. Mais
» Sancius dit que oui, et sans aucun péché ; je
» tiens son opinion sûre, et qu'elle doit être
» suivie dans la pratique : *et tuta et sequenda
» in praxi.* »

Quoi, mon père ! lui dis-je, on doit suivre
cette opinion dans la pratique ? Un prêtre qui
seroit tombé dans un tel désordre, oseroit-il
s'approcher le même jour de l'autel, sur la parole du père Bauny ? Et ne devroit-il pas déférer
aux anciennes lois de l'Église, qui excluoient
pour jamais du sacrifice, ou au moins pour un
long-temps, les prêtres qui avoient commis des

péchés de cette sorte, plutôt que de s'arrêter aux nouvelles opinions des casuistes, qui les y admettent le jour même qu'ils y sont tombés ? Vous n'avez point de mémoire, dit le père. Ne vous appris-je pas l'autre fois que, selon nos pères Cellot et Reginaldus, « on ne doit pas » suivre, dans la morale, les anciens pères, » mais les nouveaux casuistes ? » Je m'en souviens bien, lui répondis-je ; mais il y a plus ici, car il y a des lois de l'Église. Vous avez raison, me dit-il ; mais c'est que vous ne savez pas encore cette belle maxime de nos pères : « Que les » lois de l'Église perdent leur force quand on » ne les observe plus, cùm *jam desuetudine* » *abierunt* », comme dit Filiutius, t. II, tr. 25, n. 33. Nous voyons mieux que les anciens les nécessités présentes de l'Église. Si on étoit si sévère à exclure les prêtres de l'autel, vous comprenez bien qu'il n'y auroit pas un si grand nombre de messes. Or la pluralité des messes apporte tant de gloire à Dieu, et d'utilité aux âmes, que j'oserois dire, avec notre père Cellot, dans son livre de la Hiérarchie, p. 611 de l'impression de Rouen, qu'il n'y auroit pas trop de prêtres, « quand non-seulement tous les hommes » et les femmes, si cela se pouvoit, mais que les » corps insensibles, et les bêtes brutes même, » *bruta animalia*, seroient changés en prêtres » pour célébrer la messe. »

Je fus si surpris de la bizarrerie de cette imagination, que je ne pus rien dire, de sorte qu'il ontinua ainsi : Mais en voilà assez pour les prêtres ; je serois trop long ; venons aux religieux. Comme leur plus grande difficulté est en l'obéissance qu'ils doivent à leurs supérieurs, écoutez l'adoucissement qu'y apportent nos pères. C'est Castrus Palaüs, de notre Société, *Op. mor.* p. 1, disp. 2, pag. 6 : « Il est hors de » dispute, *non est controversia*, que le religieux » qui a pour soi une opinion probable n'est » point tenu d'obéir à son supérieur, quoique » l'opinion du supérieur soit la plus probable ; » car alors il est permis au religieux d'embrasser » celle qui lui est la plus agréable, *quæ sibi gra-* » *tior fuerit*, comme le dit Sanchez. Et encore » que le commandement du supérieur soit juste, » cela ne vous oblige pas de lui obéir : car il » n'est pas juste de tous points et en toutes ma- » nières, *non undequaquè justè præcipit*, mais » seulement probablement ; et ainsi vous n'êtes » engagé que probablement à lui obéir, et vous » en êtes probablement dégagé : *probabiliter* » *obligatus, et probabiliter deobligatus.* » Certes, mon père, lui dis-je, on ne sauroit trop estimer un si beau fruit de la double probabilité. Elle est de grand usage, me dit-il ; mais abrégeons. Je ne vous dirai plus que ce trait de notre célèbre Molina, en faveur des religieux qui sont chassés de leurs couvents pour leurs désordres. Notre père Escobar le rapporte, tr. 6, ex. 7, n. 111, en ces termes : « Molina assure qu'un » religieux chassé de son monastère n'est point

» obligé de se corriger pour y retourner, et qu'il
» n'est plus lié par son vœu d'obéissance. »

Voilà, mon père, lui dis-je, les ecclésiastiques
bien à leur aise. Je vois bien que vos casuistes les
ont traités favorablement. Ils y ont agi comme
pour eux-mêmes. J'ai bien peur que les gens des
autres conditions ne soient pas si bien traités. Il
falloit que chacun fît pour soi. Ils n'auroient
pas mieux fait eux-mêmes, me repartit le père.
On a agi pour tous avec une pareille charité,
depuis les plus grands jusques aux moindres ;
et vous m'engagez, pour vous le montrer, à
vous dire nos maximes touchant les valets.

Nous avons considéré, à leur égard, la peine
qu'ils ont, quand ils sont gens de conscience, à
servir des maîtres débauchés ; car s'ils ne font
tous les messages où ils les emploient, ils perdent leur fortune ; et s'ils leur obéissent, ils en
ont du scrupule. C'est pour les en soulager que
nos vingt-quatre pères, tr. 7, ex. 4, n. 223, ont
marqué les services qu'ils peuvent rendre en
sûreté de conscience. En voici quelques-uns :
« Porter des lettres et des présents ; ouvrir les
» portes et les fenêtres ; aider leur maître à
» monter à la fenêtre, tenir l'échelle pendant
» qu'il y monte : tout cela est permis et indif-
» férent. Il est vrai que pour tenir l'échelle il
» faut qu'ils soient menacés plus qu'à l'ordi-
» naire, s'ils y manquoient ; car c'est faire in-
» jure au maître d'une maison d'y entrer par la
» fenêtre. »

Voyez-vous combien cela est judicieux ? Je n'attendois rien moins, lui dis-je, d'un livre tiré de vingt-quatre jésuites. Mais, ajouta le père, notre père Bauny a encore bien appris aux valets à rendre tous ces devoirs-là innocemment à leurs maîtres, en faisant qu'ils portent leur intention, non pas aux péchés dont ils sont les entremetteurs, mais seulement au gain qui leur en revient. C'est ce qu'il a bien expliqué dans sa Somme des péchés, en la page 710 de la première impression : « Que les confesseurs, dit-il, » remarquent bien qu'on ne peut absoudre les » valets qui font des messages déshonnêtes, s'ils » consentent aux péchés de leurs maîtres ; mais » il faut dire le contraire, s'ils le font pour leur » commodité temporelle. » Et cela est bien facile à faire ; car pourquoi s'obstineroient-ils à consentir à des péchés dont ils n'ont que la peine ?

Et le même père Bauny a encore établi cette grande maxime en faveur de ceux qui ne sont pas contents de leurs gages ; c'est dans sa Somme, pag. 213 et 214 de la sixième édition : « Les valets qui se plaignent de leurs gages » peuvent-ils d'eux-mêmes les croître en se gar- » nissant les mains d'autant de bien apparte- » nant à leurs maîtres, comme ils s'imaginent » en être nécessaire pour égaler lesdits gages à » leur peine ? Ils le peuvent en quelques ren- » contres, comme lorsqu'ils sont si pauvres en » cherchant condition, qu'ils ont été obligés

» d'accepter l'offre qu'on leur a faite, et que les
» autres valets de leur sorte gagnent davantage
» ailleurs. »

Voilà justement, mon père, lui dis-je, le passage de Jean d'Alba. Quel Jean d'Alba? dit le
père. Que voulez-vous dire? Quoi! mon père,
ne vous souvenez-vous plus de ce qui se passa
en cette ville l'année 1647? Et où étiez-vous donc
alors? J'enseignois, dit-il, les cas de conscience
dans un de nos colléges assez éloigné de Paris.
Je vois donc bien, mon père, que vous ne savez
pas cette histoire; il faut que je vous la dise.
C'étoit une personne d'honneur qui la contoit
l'autre jour en un lieu où j'étois. Il nous disoit
que ce Jean d'Alba, servant vos pères du collége
de Clermont de la rue Saint-Jacques, et n'étant
pas satisfait de ses gages, déroba quelque chose
pour se récompenser; que, vos pères s'en étant
aperçus, le firent mettre en prison, l'accusant de
vol domestique, et que le procès en fut rapporté
au Châtelet, le sixième jour d'avril 1647, si j'ai
bonne mémoire; car il nous marqua toutes ces
particularités-là, sans quoi à peine l'auroit-on
cru. Ce malheureux, étant interrogé, avoua
qu'il avoit pris quelques plats d'étain à vos
pères; mais il soutint qu'il ne les avoit pas volés
pour cela, rapportant pour sa justification cette
doctrine du père Bauny, qu'il présenta aux juges
avec un écrit d'un de vos pères, sous lequel il
avoit étudié les cas de conscience, qui lui avoit
appris la même chose. Sur quoi M. de Montrouge,

l'un des plus considérés de cette compagnie, dit
en opinant : « Qu'il n'étoit pas d'avis que, sur
» des écrits de ces pères, contenant une doctrine
» illicite, pernicieuse et contraire à toutes les
» lois naturelles, divines et humaines, capable
» de renverser toutes les familles, et d'autoriser
» tous les vols domestiques, on dût absoudre
» cet accusé ; mais qu'il étoit d'avis que ce trop
» fidèle disciple fût fouetté devant la porte du
» collége, par la main du bourreau, lequel en
» même temps brûleroit les écrits de ces pères
» traitant du larcin, avec défense à eux de plus
» enseigner une telle doctrine, sur peine de la
» vie. »

On attendoit la suite de cet avis, qui fut fort
approuvé, lorsqu'il arriva un incident qui fit
remettre le jugement de ce procès. Mais cependant le prisonnier disparut, on ne sait comment,
sans qu'on parlât plus de cette affaire-là ; de
sorte que Jean d'Alba sortit, et sans rendre sa
vaisselle. Voilà ce qu'il nous dit, et il ajoutoit à
cela que l'avis de M. Montrouge est aux registres
du Châtelet, où chacun le peut voir. Nous prîmes
plaisir à ce conte.

A quoi vous amusez-vous ? dit le père. Qu'est-ce
que tout cela signifie ? Je vous parle des maximes
de nos casuistes ; j'étois prêt à vous parler de
celles qui regardent les gentilshommes, et vous
m'interrompez par des histoires hors de propos.
Je ne vous le disois qu'en passant, lui dis-je, et
aussi pour vous avertir d'une chose importante

sur ce sujet, que je trouve que vous avez oubliée
en établissant votre doctrine de la probabilité.
Eh quoi ! dit le père, que pourroit-il y avoir
de manque après que tant d'habiles gens y ont
passé ? C'est, lui répondis-je, que vous avez bien
mis ceux qui suivent vos opinions probables, en
assurance à l'égard de Dieu et de la conscience :
car, à ce que vous dites, on est en sûreté de ce
côté-là en suivant un docteur grave. Vous les
avez encore mis en assurance du côté des confesseurs ; car vous avez obligé les prêtres à les
absoudre sur une opinion probable, à peine de
péché mortel : mais vous ne les avez point mis
en assurance du côté des juges ; de sorte qu'ils
se trouvent exposés au fouet et à la potence en
suivant vos probabilités. C'est un défaut capital
que cela. Vous avez raison, dit le père, vous
me faites plaisir ; mais c'est que nous n'avons
pas autant de pouvoir sur les magistrats que sur
les confesseurs, qui sont obligés de se rapporter
à nous pour les cas de conscience : car c'est nous
qui en jugeons souverainement. J'entends bien,
lui dis-je ; mais si d'une part vous êtes les juges
des confesseurs, n'êtes-vous pas de l'autre les
confesseurs des juges ? Votre pouvoir est de
grande étendue : obligez-les d'absoudre les criminels qui ont une opinion probable, à peine
d'être exclus des sacrements ; afin qu'il n'arrive
pas, au grand mépris et scandale de la probabilité, que ceux que vous rendez innocents dans
la théorie soient fouettés ou pendus dans la

pratique. Sans cela, comment trouveriez-vous des disciples ? Il y faudra songer, me dit-il, cela n'est pas à négliger. Je le proposerai à notre père Provincial. Vous pouviez néanmoins réserver cet avis à un autre temps, sans interrompre ce que j'ai à vous dire des maximes que nous avons établies en faveur des gentilshommes, et je ne vous les apprendrai qu'à la charge que vous ne me ferez plus d'histoires.

Voilà tout ce que vous aurez pour aujourd'hui ; car il faut plus d'une lettre pour vous mander tout ce que j'ai appris en une seule conversation. Cependant je suis, etc.

SEPTIÈME LETTRE (*).

De la méthode de diriger l'intention, selon les casuistes. De la permission qu'ils donnent de tuer pour la défense de l'honneur et des biens, et qu'ils étendent jusqu'aux prêtres et aux religieux. Question curieuse proposée par Caramuel, savoir s'il est permis aux jésuites de tuer les jansénistes.

De Paris, ce 25 avril 1656.

Monsieur,

Après avoir apaisé le bon père, dont j'avois un peu troublé le discours par l'histoire de Jean d'Alba, il le reprit sur l'assurance que je lui donnai de ne lui en plus faire de semblables ; et il me parla des maximes de ces casuistes touchant les gentilshommes, à peu près en ces termes :

Vous savez, me dit-il, que la passion dominante des personnes de cette condition est ce point d'honneur qui les engage à toute heure à des violences qui paroissent bien contraires à la piété chrétienne ; de sorte qu'il faudroit les exclure presque tous de nos confessionaux, si nos pères n'eussent un peu relâché de la sévérité de la religion pour s'accommoder à la foiblesse des hommes. Mais comme ils vouloient demeurer

---

(*) La révision de cette lettre fut faite par M. Nicole.

attachés à l'Évangile par leur devoir envers Dieu, et aux gens du monde par leur charité pour le prochain, ils ont eu besoin de toute leur lumière pour trouver des expédients qui tempérassent les choses avec tant de justesse, qu'on pût maintenir et réparer son honneur par les moyens dont on se sert ordinairement dans le monde, sans blesser néanmoins sa conscience; afin de conserver tout ensemble deux choses aussi opposées en apparence, que la piété et l'honneur.

Mais autant que ce dessein étoit utile, autant l'exécution en étoit pénible; car je crois que vous voyez assez la grandeur et la difficulté de cette entreprise. Elle m'étonne, lui dis-je assez froidement. Elle vous étonne? me dit-il : je le crois, elle en étonneroit bien d'autres. Ignorez-vous que, d'une part, la loi de l'Évangile ordonne « de ne point rendre le mal pour le mal, » et d'en laisser la vengeance à Dieu? » et que, de l'autre, les lois du monde défendent de souffrir les injures, sans en tirer raison soi-même, et souvent par la mort de ses ennemis? Avez-vous jamais rien vu qui paroisse plus contraire? Et cependant, quand je vous dis que nos pères ont accordé ces choses, vous me dites simplement que cela vous étonne. Je ne m'expliquois pas assez, mon père. Je tiendrois la chose impossible, si, après ce que j'ai vu de vos pères, je ne savois qu'ils peuvent faire facilement ce qui est impossible aux autres hommes. C'est ce qui me fait croire qu'ils en ont bien trouvé quelque moyen, que j'admire sans le connoître, et que je vous prie de me déclarer.

Puisque vous le prenez ainsi, me dit-il, je ne puis vous le refuser. Sachez donc que ce principe merveilleux est notre grande méthode de *diriger l'intention*, dont l'importance est telle dans notre morale, que j'oserois quasi la comparer à la doctrine de la probabilité. Vous en avez vu quelques traits en passant, dans de certaines maximes que je vous ai dites ; car, lorsque je vous ai fait entendre comment les valets peuvent faire en conscience de certains messages fâcheux, n'avez-vous pas pris garde que c'étoit seulement en détournant leur intention du mal dont ils sont les entremetteurs, pour la porter au gain qui leur en revient ? Voilà ce que c'est que *diriger l'intention* ; et vous avez vu de même que ceux qui donnent de l'argent pour des bénéfices seroient de véritables simoniaques sans une pareille diversion. Mais je veux maintenant vous faire voir cette grande méthode dans tout son lustre sur le sujet de l'homicide, qu'elle justifie en mille rencontres, afin que vous jugiez par un tel effet tout ce qu'elle est capable de produire. Je vois déjà, lui dis-je, que par là tout sera permis, rien n'en échappera. Vous allez toujours d'une extrémité à l'autre, répondit le père : corrigez-vous de cela ; car, pour vous témoigner que nous ne permettons pas tout, sachez que, par exemple, nous ne souffrons jamais d'avoir l'intention formelle de pécher pour le seul dessein de pécher ; et que quiconque s'obstine à n'avoir point d'autre fin dans le mal que le mal même, nous rompons avec lui ; cela est diabolique : voilà qui est sans exception d'âge, de sexe, de qualité. Mais quand on n'est pas dans cette malheureuse disposition, alors nous essayons de mettre en pratique notre méthode de *diriger l'intention*, qui consiste à se proposer pour fin de ses actions un objet permis. Ce n'est pas qu'autant qu'il est en notre pouvoir, nous ne détournions les hommes des choses défendues ; mais, quand nous ne pouvons pas empêcher l'action, nous purifions au moins l'intention ; et ainsi nous corrigeons le vice du moyen par la pureté de la fin.

Voilà par où nos pères ont trouvé moyen de permettre les violences qu'on pratique en défendant son honneur ; car il n'y a qu'à détourner son intention du désir de vengeance, qui est criminel, pour la porter au désir de défendre son honneur, qui est permis selon nos pères. Et c'est ainsi qu'ils accomplissent tous leurs devoirs envers Dieu et envers les hommes. Car ils contentent le monde en permettant les actions ; et ils satisfont à l'Évangile en purifiant les intentions. Voilà ce que les anciens n'ont point connu, voilà ce qu'on doit à nos pères. Le comprenez-vous maintenant ? Fort bien, lui dis-je. Vous accordez aux hommes l'effet extérieur et matériel de l'action, et vous donnez à Dieu ce mouvement intérieur et spirituel de l'intention; et, par cet équitable partage, vous alliez les lois humaines avec les divines. Mais, mon père, pour vous dire la vérité, je me défie un peu de vos promesses, et je doute que vos auteurs en disent autant que vous. Vous me faites tort, dit le père; je n'avance rien que je ne prouve, et par tant de passages, que leur nombre, leur autorité et leurs raisons vous rempliront d'admiration.

Car, pour vous faire voir l'alliance que nos pères ont faite des maximes de l'Évangile avec celles du monde, par cette direction d'intention, écoutez notre père Reginaldus, *in praxi*, liv. 21, n. 62, p. 260 : « Il est défendu aux particuliers de » se venger; car saint Paul dit, Rom. ch. 12 : Ne » rendez à personne le mal pour le mal; et l'Eccl. » ch. 28 : Celui qui veut se venger attirera sur soi » la vengeance de Dieu, et ses péchés ne seront » point oubliés. Outre tout ce qui est dit dans » l'Évangile, du pardon des offenses, comme » dans les chapitres 6 et 18 de saint Matthieu. » Certes, mon père, si après cela il dit autre chose que ce qui est dans l'Écriture, ce ne sera pas manque de la savoir. Que conclut-il donc enfin? Le voici, dit-il : « De toutes ces choses, il paroît » qu'un homme de guerre peut sur l'heure même » poursuivre celui qui l'a blessé; non pas, à la » vérité, avec l'intention de rendre le mal pour » le mal, mais avec celle de conserver son hon- » neur : *Non ut malum pro malo reddat, sed ut » conservet honorem.* »

Voyez-vous comment ils ont soin de défendre d'avoir l'intention de rendre le mal pour le mal, parce que l'Écriture le condamne ? Ils ne l'ont jamais souffert. Voyez Lessius, *de Just.* liv. 2, c. 9, d. 12, n. 79 : « Celui qui a reçu un soufflet » ne peut pas avoir l'intention de s'en venger ; » mais il peut bien avoir celle d'éviter l'infamie, » et pour cela de repousser à l'instant cette in- » jure, et même à coups d'épée : *etiam cum gla-* » *dio.* » Nous sommes si éloignés de souffrir qu'on ait le dessein de se venger de ses ennemis, que nos pères ne veulent pas seulement qu'on leur souhaite la mort par un mouvement de haine. Voyez notre père Escobar, tr. 5, ex. 5, n. 145 : « Si votre ennemi est disposé à vous » nuire, vous ne devez pas souhaiter sa mort » par un mouvement de haine, mais vous le pou- » vez bien faire pour éviter votre dommage. » Car cela est tellement légitime avec cette inten- tion, que notre grand Hurtado de Mendoza dit : « Qu'on peut prier Dieu de faire promptement » mourir ceux qui se disposent à nous persécu- » ter, si on ne le peut éviter autrement. » C'est au liv. *de Spe*, vol. 2, d. 15, sect. 4, §. 48.

Mon révérend père, lui dis-je, l'Église a bien oublié de mettre une oraison à cette intention dans ses prières. On n'y a pas mis, me dit-il, tout ce qu'on peut demander à Dieu. Outre que cela ne se pouvoit pas ; car cette opinion-là est plus nouvelle que le bréviaire : vous n'êtes pas bon chronologiste. Mais, sans sortir de ce sujet,

écoutez encore ce passage de notre père Gaspar Hurtado, *de Sub. pecc. diff.* 9, cité par Diana, p. 5, tr. 14, r. 99 ; c'est l'un des vingt-quatre pères d'Escobar. « Un bénéficier peut, sans au-
» cun péché mortel, désirer la mort de celui qui
» a une pension sur son bénéfice ; et un fils celle
» de son père, et se réjouir quand elle arrive,
» pourvu que ce ne soit que pour le bien qui
» lui en revient, et non pas par une haine per-
» sonnelle. »

O mon père, lui dis-je, voilà un beau fruit de la direction d'intention ! Je vois bien qu'elle est de grande étendue : mais néanmoins il y a de certains cas dont la résolution seroit encore dif-ficile, quoique fort nécessaire pour les gentils-hommes. Proposez-les pour voir, dit le père. Montrez-moi, lui dis-je, avec toute cette direc-tion d'intention, qu'il soit permis de se battre en duel. Notre grand Hurtado de Mendoza, dit le père, vous y satisfera sur l'heure, dans ce pas-sage que Diana rapporte, pag. 5, tr. 14, r. 99. « Si un gentilhomme qui est appelé en duel est
» connu pour n'être pas dévot, et que les péchés
» qu'on lui voit commettre à toute heure sans
» scrupule fassent aisément juger que, s'il re-
» fuse le duel, ce n'est pas par la crainte de
» Dieu, mais par timidité ; et qu'ainsi on dise
» de lui que c'est une poule et non pas un
» homme, *gallina et non vir ;* il peut, pour con-
» server son honneur, se trouver au lieu assigné,
» non pas véritablement avec l'intention ex-

» presse de se battre en duel, mais seulement
» avec celle de se défendre, si celui qui l'a ap-
» pelé l'y vient attaquer injustement. Et son ac-
» tion sera toute indifférente d'elle-même. Car
» quel mal y a-t-il d'aller dans un champ, de s'y
» promener en attendant un homme, et de se
» défendre si on l'y vient attaquer ? Et ainsi il ne
» pèche en aucune manière, puisque ce n'est
» point du tout accepter un duel, ayant l'inten-
» tion dirigée à d'autres circonstances. Car l'ac-
» ceptation du duel consiste en l'intention ex-
» presse de se battre, laquelle celui-ci n'a pas. »

Vous ne m'avez pas tenu parole, mon père.
Ce n'est pas là proprement permettre le duel ; au
contraire, il le croit tellement défendu, que,
pour le rendre permis, il évite de dire que c'en
soit un. Ho ! ho ! dit le père, vous commencez à
pénétrer ; j'en suis ravi. Je pourrois dire néanmoins qu'il permet en cela tout ce que demandent ceux qui se battent en duel. Mais, puisqu'il
faut vous répondre juste, notre père Layman le
fera pour moi, en permettant le duel en mots
propres, pourvu qu'on dirige son intention à
l'accepter seulement pour conserver son honneur ou sa fortune. C'est au liv. 3, pag. 3, c. 3,
n. 2 et 3 : « Si un soldat à l'armée, ou un gen-
» tilhomme à la cour, se trouve en état de perdre
» son honneur ou sa fortune, s'il n'accepte un
» duel, je ne vois pas que l'on puisse condamner
» celui qui le reçoit pour se défendre. » Petrus
Hurtado dit la même chose, au rapport de notre

célèbre Escobar, au tr. 1, ex. 7, n. 96 et 98, il
ajoute ces paroles de Hurtado : « Qu'on peut se
» battre en duel pour défendre même son bien,
» s'il n'y a que ce moyen de le conserver ; parce
» que chacun a le droit de défendre son bien,
» et même par la mort de ses ennemis. » J'ad-
mirai sur ces passages de voir que la piété du
roi emploie sa puissance à défendre et à abolir
le duel dans ses états, et que la piété des jésuites
occupe leur subtilité à le permettre et à l'autoriser dans l'Église. Mais le bon père étoit si en
train, qu'on lui eût fait tort de l'arrêter, de sorte
qu'il poursuivit ainsi : Enfin, dit-il, Sanchez
(voyez un peu quels gens je vous cite!) passe
outre ; car il permet non-seulement de recevoir,
mais encore d'offrir le duel, en dirigeant bien
son intention. Et notre Escobar le suit en cela
au même lieu, n. 97. Mon père, lui dis-je, je le
quitte, si cela est ; mais je ne croirai jamais
qu'il l'ait écrit, si je ne le vois. Lisez-le donc
vous-même, me dit-il ; et je lus en effet ces mots
dans la théologie morale de Sanchez, liv. 2,
c. 39, n. 7 : « Il est bien raisonnable de dire
» qu'un homme peut se battre en duel pour sau-
» ver sa vie, son honneur, ou son bien en une
» quantité considérable, lorsqu'il est constant
» qu'on les lui veut ravir injustement par des
» procès et des chicaneries, et qu'il n'y a que ce
» seul moyen de les conserver. Et Navarrus dit
» fort bien qu'en cette occasion il est permis
» d'accepter et d'offrir le duel : *Licet acceptare*

» *et offerre duellum.*] Et aussi qu'on peut tuer en
» cachette son ennemi. Et même, en ces ren-
» contres-là, on ne doit point user de la voie du
» duel, si on peut tuer en cachette son homme,
» et sortir par là d'affaire : car, par ce moyen, on
» évitera tout ensemble, et d'exposer sa vie en
» un combat, et de participer au péché que notre
» ennemi commettroit par un duel. »

Voilà, mon père, lui dis-je, un pieux guet-
apens : mais, quoique pieux, il demeure toujours
guet-apens, puisqu'il est permis de tuer son ennemi en trahison. Vous ai-je dit, répliqua le
père, qu'on peut tuer en trahison ? Dieu m'en
garde ! Je vous dis qu'on peut tuer en cachette,
et de là vous concluez qu'on peut tuer en trahison, comme si c'étoit la même chose. Apprenez d'Escobar, tr. 6, ex. 4, n. 26, ce que c'est
que tuer en trahison, et puis vous parlerez. « On
» appelle tuer en trahison, quand on tue celui
» qui ne s'en défie en aucune manière. Et c'est
» pourquoi celui qui tue son ennemi n'est pas
» dit le tuer en trahison, quoique ce soit par
» derrière ou dans une embûche : *licèt per insi-*
» *dias, aut à tergo percutiat.* » Et au même Traité,
n. 56 : « Celui qui tue son ennemi avec lequel il
» s'étoit réconcilié, sous promesse de ne plus
» attenter à sa vie, n'est pas absolument dit le
» tuer en trahison, à moins qu'il n'y eût entre
» eux une amitié bien étroite : *arctior amicitia.* »

Vous voyez par là que vous ne savez pas seulement ce que les termes signifient, et cepen-

dant vous parlez comme un docteur. J'avoue, lui dis-je, que cela m'est nouveau ; et j'apprends de cette définition qu'on n'a peut-être jamais tué personne en trahison ; car on ne s'avise guère d'assassiner que ses ennemis : mais, quoi qu'il en soit, on peut donc, selon Sanchez, tuer hardiment, je ne dis plus en trahison, mais seulement par derrière, ou dans une embûche, un calomniateur qui nous poursuit en justice ? Oui, dit le père, mais en dirigeant bien l'intention ; vous oubliez toujours le principal. Et c'est ce que Molina soutient aussi, t. IV, tr. 3, disp. 12. Et même, selon notre docte Reginaldus, l. 21, cap. 5, n. 57 : « On peut tuer aussi les faux té-
» moins qu'il suscite contre nous. » Et enfin, selon nos grands et célèbres pères Tannerus et Emmanuel Sa, on peut de même tuer et les faux témoins et le juge, s'il est de leur intelli-gence. Voici ses mots, tr. 3, disp. 4, q. 8, n. 83 : « Sotus, dit-il, et Lessius, disent qu'il n'est pas
» permis de tuer les faux témoins et le juge qui
» conspirent à faire mourir un innocent ; mais
» Emmanuel Sa et d'autres auteurs ont raison
» d'improuver ce sentiment-là, au moins pour
» ce qui touche la conscience. » Et il confirme encore, au même lieu, qu'on peut tuer et té-moins et juge.

Mon père, lui dis-je, j'entends maintenant assez bien votre principe de la direction d'in-tention ; mais j'en veux bien entendre aussi les conséquences, et tous les cas où cette méthode

donne le pouvoir de tuer. Reprenons ceux que vous m'avez dits, de peur de méprise ; car l'équivoque seroit ici dangereuse. Il ne faut tuer que bien à propos, et sur bonne opinion probable. Vous m'avez donc assuré qu'en dirigeant bien son intention, on peut, selon vos pères, pour conserver son honneur, et même son bien, accepter un duel, l'offrir quelquefois, tuer en cachette un faux accusateur, et ses témoins avec lui, et encore le juge corrompu qui les favorise ; et vous m'avez dit aussi que celui qui a reçu un soufflet peut, sans se venger, le réparer à coups d'épée. Mais, mon père, vous ne m'avez pas dit avec quelle mesure. On ne s'y peut guère tromper, dit le père ; car on peut aller jusqu'à le tuer. C'est ce que prouve fort bien notre savant Henriquez, liv. 14, c. 10, n. 3, et d'autres de nos pères rapportés par Escobar, tr. 1, ex. 7, n. 48, en ces mots : « On peut tuer celui qui a donné
» un soufflet, quoiqu'il s'enfuie, pourvu qu'on
» évite de le faire par haine ou par vengeance,
» et que par là on ne donne pas lieu à des meur-
» tres excessifs et nuisibles à l'état. Et la raison
» en est, qu'on peut ainsi courir après son hon-
» neur, comme après du bien dérobé ; car encore
» que votre honneur ne soit pas entre les mains
» de votre ennemi, comme seroient des hardes
» qu'il vous auroit volées, on peut néanmoins
» le recouvrer en la même manière, en donnant
» des marques de grandeur et d'autorité, et
» s'acquérant par là l'estime des hommes. Et en

» effet, n'est-il pas véritable que celui qui a reçu
» un soufflet est réputé sans honneur, jusqu'à
» ce qu'il ait tué son ennemi? » Cela me parut
si horrible, que j'eus peine à me retenir; mais,
pour savoir le reste, je le laissai continuer ainsi:
Et même, dit-il, on peut, pour prévenir un
soufflet, tuer celui qui le veut donner, s'il n'y
a que ce moyen de l'éviter. Cela est commun
dans nos pères. Par exemple, Azor, *Inst. mor.*
part. 3, l. 2, p. 105 (c'est encore l'un des vingt-
quatre vieillards): « Est-il permis à un homme
» d'honneur de tuer celui qui lui veut donner
» un soufflet, ou un coup de bâton? Les uns
» disent que non ; et leur raison est que la vie
» du prochain est plus précieuse que notre hon-
» neur : outre qu'il y a de la cruauté à tuer un
» homme pour éviter seulement un soufflet. Mais
» les autres disent que cela est permis ; et cer-
» tainement je le trouve probable, quand on ne
» peut l'éviter autrement ; car, sans cela, l'hon-
» neur des innocents seroit sans cesse exposé à
» la malice des insolents. » Notre grand Filiutius, de même, t. II, tr. 29, c. 3, n. 50 ; et le
père Héreau, in 2, 2, dans ses écrits de l'Homicide; Hurtado de Mendoza, disp. 170, sect. 16,
§. 137 ; et Bécan, *Som.* t. I, q. 64, *de Homicid.*
Et nos pères Flahaut et Lecourt, dans leurs
écrits que l'Université, dans sa troisième requête, a rapportés tout au long pour les décrier,
mais elle n'y a pas réussi ; et Escobar, au même
lieu, n. 48, disent tous les mêmes choses. Enfin

cela est si généralement soutenu, que Lessius le décide comme une chose qui n'est contestée d'aucun casuiste, l. 2, c. 9, n. 76; car il en rapporte un grand nombre qui sont de cette opinion, et aucun qui soit contraire; et même il allègue, n. 77, Pierre Navarre, qui, parlant généralement des affronts, dont il n'y en a point de plus sensible qu'un soufflet, déclare que, selon le consentement de tous les casuistes, *ex sententiã omnium licet contumeliosum occidere, si aliter ea injuria arceri nequit.* En voulez-vous davantage?

Je l'en remerciai, car je n'en avois que trop entendu; mais, pour voir jusqu'où iroit une si damnable doctrine, je lui dis : Mais, mon père, ne sera-t-il point permis de tuer pour un peu moins? Ne sauroit-on diriger son intention en sorte qu'on puisse tuer pour un démenti? Oui, dit le père, et selon notre père Baldelle, liv. 3, disp. 24, n. 24, rapporté par Escobar au même lieu, n. 49 : « Il est permis de tuer celui qui vous » dit, Vous avez menti, si on ne peut le réprimer autrement. » Et on peut tuer de la même sorte pour des médisances, selon nos pères; car Lessius, que le père Héreau entre autres suit mot à mot, dit, au lieu déjà cité : « Si vous » tâchez de ruiner ma réputation par des ca- » lomnies devant les personnes d'honneur, et » que je ne puisse l'éviter autrement qu'en vous » tuant, le puis-je faire? Oui, selon des auteurs » modernes, et même encore que le crime que

» vous publiez soit véritable, si toutefois il est
» secret, en sorte que vous ne puissiez le dé-
» couvrir selon les voies de la justice ; et en voici
» la preuve. Si vous me voulez ravir l'honneur
» en me donnant un soufflet, je puis l'empêcher
» par la force des armes : donc la même défense
» est permise quand vous me voulez faire la
» même injure avec la langue. De plus, on peut
» empêcher les affronts : donc on peut empêcher
» les médisances. Enfin l'honneur est plus cher
» que la vie. Or, on peut tuer pour défendre
» sa vie : donc on peut tuer pour défendre son
» honneur. »

Voilà des arguments en forme. Ce n'est pas
là discourir, c'est prouver. Et enfin ce grand
Lessius montre au même endroit, n. 78, qu'on
peut tuer même pour un simple geste, ou un
signe de mépris. « On peut, dit-il, attaquer et
» ôter l'honneur en plusieurs manières, dans
» lesquelles la défense paroît bien juste ; comme
» si on veut donner un coup de bâton, ou un
» soufflet, ou si on veut nous faire affront par
» des paroles ou par des signes : *sive per signa.* »

O mon père ! lui dis-je, voilà tout ce qu'on
peut souhaiter pour mettre l'honneur à couvert ; mais la vie est bien exposée, si, pour de
simples médisances, ou des gestes désobligeants,
on peut tuer le monde en conscience. Cela est
vrai, me dit-il ; mais comme nos pères sont fort
circonspects, ils ont trouvé à propos de défendre de mettre cette doctrine en usage en ces

petites occasions ; car ils disent au moins « qu'à
» peine doit-on la pratiquer : *practicè vix pro-
» bari potest.* » Et ce n'a pas été sans raison ; la
voici. Je la sais bien, lui dis-je ; c'est parce que
la loi de Dieu défend de tuer. Ils ne le prennent
pas par là, me dit le père : ils le trouvent permis en conscience, et en ne regardant que la
vérité en elle-même. Et pourquoi le défendent-
ils donc ? Écoutez-le, dit-il. C'est parce qu'on
dépeupleroit un état en moins de rien, si on
en tuoit tous les médisants. Apprenez-le de
notre Reginaldus, liv. 21, n. 63, pag. 260 :
« Encore que cette opinion qu'on peut tuer pour
» une médisance ne soit pas sans probabilité
» dans la théorie, il faut suivre le contraire
» dans la pratique ; car il faut toujours éviter
» le dommage de l'état dans la manière de se
» défendre. Or, il est visible qu'en tuant le
» monde de cette sorte, il se feroit un trop grand
» nombre de meurtres. » Lessius en parle de
même au lieu déjà cité : « Il faut prendre garde
» que l'usage de cette maxime ne soit nuisible
» à l'état ; car alors il ne faut pas le permettre :
» *tunc enim non est permittendus.* »

Quoi ! mon père, ce n'est donc ici qu'une défense de politique, et non pas de religion ? Peu
de gens s'y arrêteront, et surtout dans la colère ;
car il pourroit être assez probable qu'on ne fait
point de tort à l'état de le purger d'un méchant
homme. Aussi, dit-il, notre père Filiutius joint
à cette raison-là une autre bien considérable,

tr. 29, c. 3, n. 51 : « C'est qu'on seroit puni en » justice, en tuant le monde pour ce sujet. » Je vous le disois bien, mon père, que vous ne feriez jamais rien qui vaille, tant que vous n'auriez point les juges de votre côté. Les juges, dit le père, qui ne pénètrent pas dans les consciences ne jugent que par le dehors de l'action, au lieu que nous regardons principalement à l'intention. Et de là vient que nos maximes sont quelquefois un peu différentes des leurs. Quoi qu'il en soit, mon père, il se conclut fort bien des vôtres qu'en évitant les dommages de l'état, on peut tuer les médisants en sûreté de conscience, pourvu que ce soit en sûreté de sa personne.

Mais, mon père, après avoir si bien pourvu à l'honneur, n'avez-vous rien fait pour le bien ? Je sais qu'il est de moindre considération, mais il n'importe. Il me semble qu'on peut bien diriger son intention à tuer pour le conserver. Oui, dit le père, et je vous en ai touché quelque chose qui vous a pu donner cette ouverture. Tous nos casuistes s'y accordent, et même on le permet, « encore que l'on ne craigne plus » aucune violence de ceux qui nous ôtent notre » bien, comme quand ils s'enfuient. » Azor, de notre Société, le prouve page 3, l. 2, c. 1, q. 20.

Mais, mon père, combien faut-il que la chose vaille pour nous porter à cette extrémité ? « Il » faut, selon Reginaldus, l. 21, c. 5, n. 66, et » Tannerus, in 2, 2, disp. 4, q. 8, d. 4, n. 69, que

» la chose soit de grand prix au jugement d'un
» homme prudent. » Et Layman et Filiutius en
parlent de même. Ce n'est rien dire, mon père :
où ira-t-on chercher un homme prudent, dont
la rencontre est si rare, pour faire cette estimation ? Que ne déterminent-ils exactement la
somme ? Comment, dit le père, étoit-il si facile,
à votre avis, de comparer la vie d'un homme et
d'un chrétien à de l'argent ? C'est ici où je veux
vous faire sentir la nécessité de nos casuistes.
Cherchez-moi, dans tous les anciens pères, pour
combien d'argent il est permis de tuer un homme.
Que vous diront-ils ? sinon, *non occides* : « Vous
» ne tuerez point. » Et qui a donc osé déterminer
cette somme ? répondis-je. C'est, me dit-il, notre
grand et incomparable Molina, la gloire de notre
Société, qui, par sa prudence inimitable, l'a
estimée « à six ou sept ducats, pour lesquels il
» assure qu'il est permis de tuer, encore que celui
» qui les emporte s'enfuie. » C'est en son t. IV,
tr. 3, disp. 16, d. 6. Et il dit de plus au même
endroit : « Qu'il n'oseroit condamner d'aucun
» péché un homme qui tue celui qui lui veut
» ôter une chose de la valeur d'un écu, ou moins :
» *unius aurei, vel minoris adhuc valoris.* » Ce qui
a porté Escobar à établir cette règle générale,
n. 44, « que régulièrement on peut tuer un
» homme pour la valeur d'un écu, selon Mo-
» lina. »

O mon père ! d'où Molina a-t-il pu être éclairé
pour déterminer une chose de cette importance

sans aucun secours de l'Écriture, des conciles, ni des pères? Je vois bien qu'il a eu des lumières bien particulières et bien éloignées de saint Augustin sur l'homicide, aussi-bien que sur la grâce. Me voici bien savant sur ce chapitre; et je connois parfaitement qu'il n'y a plus que les gens d'Église qui s'abstiendront de tuer ceux qui leur feront tort en leur honneur ou en leur bien. Que voulez-vous dire? répliqua le père. Cela seroit-il raisonnable, à votre avis, que ceux qu'on doit le plus respecter dans le monde fussent seuls exposés à l'insolence des méchants? Nos pères ont prévenu ce désordre; car Tannerus, t. 2, d. 4, q. 8, d. 4, n. 76, dit: « Qu'il est » permis aux ecclésiastiques, et aux religieux » même, de tuer, pour défendre non-seulement » leur vie, mais aussi leur bien, ou celui de leur » communauté. » Molina, qu'Escobar rapporte, n. 43; Bécan, in 2, 2, t. II, q. 7, *de Hom.* concl. 2, n. 5; Reginaldus, l. 21, c. 5, n. 68; Layman, l. 3, tr. 3, p. 3, c. 3, n. 4; Lessius, l. 2, c. 9, d. 11, n. 72; et les autres, se servent tous des mêmes paroles.

Et même, selon notre célèbre père Lamy, il est permis aux prêtres et aux religieux de prévenir ceux qui les veulent noircir par des médisances, en les tuant pour les en empêcher. Mais c'est toujours en dirigeant bien l'intention. Voici ses termes, t. V, disp. 36, n. 118: « Il est permis » à un ecclésiastique ou à un religieux, de tuer » un calomniateur qui menace de publier des

» crimes scandaleux de sa communauté, ou de
» lui-même, quand il n'y a que ce seul moyen
» de l'en empêcher, comme s'il est prêt à ré-
» pandre ses médisances si on ne le tue promp-
» tement : car, en ce cas, comme il seroit permis
» à ce religieux de tuer celui qui lui voudroit
» ôter la vie, il lui est permis aussi de tuer celui
» qui lui veut ôter l'honneur ou celui de sa
» communauté, de la même sorte qu'aux gens
» du monde. » Je ne savois pas cela, lui dis-je,
et j'avois cru simplement le contraire sans y
faire de réflexion, sur ce que j'avois ouï dire
que l'Église abhorre tellement le sang, qu'elle
ne permet pas seulement aux juges ecclésiastiques d'assister aux jugements criminels. Ne
vous arrêtez pas à cela, dit-il ; notre père Lamy
prouve fort bien cette doctrine, quoique, par
un trait d'humilité bienséant à ce grand homme,
il la soumette aux lecteurs prudents. Et Caramuel, notre illustre défenseur, qui la rapporte
dans sa Théologie fondamentale, p. 543, la croit
si certaine, qu'il soutient « que le contraire n'est
pas probable : » et il en tire des conclusions admirables, comme celle-ci, qu'il appelle « la
conclusion des conclusions, *conclusionum con-
clusio* : « Qu'un prêtre non-seulement peut, en
» de certaines rencontres, tuer un calomnia-
» teur, mais encore qu'il y en a où il le doit
» faire : *etiam aliquandò debet occidere.* » Il examine plusieurs questions nouvelles sur ce principe ; par exemple celle-ci : *Savoir si les jésuites*

peuvent tuer les jansénistes ? Voilà, mon père, m'écriai-je, un point de théologie bien surprenant ! et je tiens les jansénistes déjà morts par la doctrine du père Lamy. Vous voilà attrapé, dit le père : Caramuel conclut le contraire des mêmes principes. Et comment cela, mon père ? Parce, me dit-il, qu'ils ne nuisent pas à notre réputation. Voici ses mots, n. 1146 et 1147, p. 547 et 548 : « Les jansénistes appellent les jé- » suites pélagiens ; pourra-t-on les tuer pour » cela ? Non, d'autant que les jansénistes n'ob- » scurcissent non plus l'éclat de la Société qu'un » hibou celui du soleil ; au contraire, ils l'ont » relevée, quoique contre leur intention : *occidi* » *non possunt, quia nocere non potuerunt.* »

Hé quoi ! mon père, la vie des jansénistes dépend donc seulement de savoir s'ils nuisent à votre réputation ? Je les tiens peu en sûreté, si cela est. Car, s'il devient tant soit peu probable qu'ils vous fassent tort, les voilà tuables sans difficulté. Vous en ferez un argument en forme ; et il n'en faut pas davantage avec une direction d'intention pour expédier un homme en sûreté de conscience. O qu'heureux sont les gens qui ne veulent pas souffrir les injures, d'être instruits en cette doctrine ! Mais que malheureux sont ceux qui les offensent ! En vérité, mon père, il vaudroit autant avoir affaire à des gens qui n'ont point de religion, qu'à ceux qui en sont instruits jusqu'à cette direction. Car enfin l'intention de celui qui blesse ne soulage point celui qui est blessé. Il ne s'aperçoit point de cette direction secrète, et il ne sent que celle du coup qu'on lui porte. Et je ne sais même si on n'auroit pas moins de dépit de se voir tuer brutalement par des gens emportés, que de se sentir poignarder consciencieusement par des gens dévots.

Tout de bon, mon père, je suis un peu surpris de tout ceci ; et ces questions du père Lamy et de Caramuel ne me plaisent point. Pourquoi? dit le père : êtes-vous janséniste? J'en ai une autre raison, lui dis-je. C'est que j'écris de temps en temps à un de mes amis de la campagne ce que j'apprends des maximes de vos pères. Et quoique je ne fasse que rapporter simplement et citer fidèlement leurs paroles, je ne sais néanmoins s'il ne se pourroit pas rencontrer quelque esprit bizarre qui, s'imaginant que cela vous fait tort, ne tirât de vos principes quelque méchante conclusion. Allez, me dit le père, il ne vous en arrivera point de mal, j'en suis garant. Sachez que ce que nos pères ont imprimé eux-mêmes, et avec l'approbation de nos supérieurs, n'est ni mauvais, ni dangereux à publier.

Je vous écris donc sur la parole de ce bon père ; mais le papier me manque toujours, et non pas les passages. Car il y en a tant d'autres, et de si forts, qu'il faudroit des volumes pour tout dire. Je suis, etc.

HUITIÈME LETTRE (*).

Maximes corrompues des casuistes touchant les juges, les usuriers, le contrat Mohatra, les banqueroutiers, les restitutions, etc. Diverses extravagances des mêmes casuistes.

De Paris, ce 28 mai 1656.

Monsieur,

Vous ne pensiez pas que personne eût la curiosité de savoir qui nous sommes ; cependant il y a des gens qui essaient de le deviner, mais ils rencontrent mal. Les uns me prennent pour un docteur de Sorbonne : les autres attribuent mes lettres à quatre ou cinq personnes, qui, comme moi, ne sont ni prêtres, ni ecclésiastiques. Tous ces faux soupçons me font connoître que je n'ai pas mal réussi dans le dessein que j'ai eu de n'être connu que de vous, et du bon père qui souffre toujours mes visites, et dont je souffre toujours les discours, quoique avec bien de la peine. Mais je suis obligé à me contraindre ; car il ne les continueroit pas, s'il s'apercevoit que j'en fusse si choqué ; et ainsi je ne pourrois m'acquitter de la parole que je vous ai donnée, de vous faire savoir leur morale. Je vous assure que

---

(*) Ce fut encore M. Nicole qui revit cette lettre.

vous devez compter pour quelque chose la violence que je me fais. Il est bien pénible de voir renverser toute la morale chrétienne par des égarements si étranges, sans oser y contredire ouvertement. Mais, après avoir tant enduré pour votre satisfaction, je pense qu'à la fin j'éclaterai pour la mienne, quand il n'aura plus rien à me dire. Cependant je me retiendrai autant qu'il me sera possible ; car plus je me tais, plus il me dit de choses. Il m'en apprit tant la dernière fois, que j'aurai bien de la peine à tout dire. Vous verrez des principes bien commodes pour ne point restituer. Car, de quelque manière qu'il pallie ses maximes, celles que j'ai à vous dire ne vont en effet qu'à favoriser les juges corrompus, les usuriers, les banqueroutiers, les larrons, les femmes perdues et les sorciers, qui sont tous dispensés assez largement de restituer ce qu'ils gagnent chacun dans leur métier. C'est ce que le bon père m'apprit par ce discours.

Dès le commencement de nos entretiens, me dit-il, je me suis engagé à vous expliquer les maximes de nos auteurs pour toutes sortes de conditions. Vous avez déjà vu celles qui touchent les bénéficiers, les prêtres, les religieux, les domestiques et les gentilshommes ; parcourons maintenant les autres, et commençons par les juges.

Je vous dirai d'abord une des plus importantes et des plus avantageuses maximes que nos pères aient enseignées en leur faveur. Elle est de notre

savant Castro Palao, l'un de nos vingt-quatre
vieillards. Voici ses mots : « Un juge peut-il, dans
» une question de droit, juger selon une opinion
» probable, en quittant l'opinion la plus pro-
» bable? Oui, et même contre son propre sen—
» timent : *imò contra propriam opinionem.* » Et
c'est ce que notre père Escobar rapporte aussi au
tr. 6, ex. 6, n. 45. O mon père! lui dis je, voilà
un beau commencement! les juges vous sont
bien obligés : et je trouve bien étrange qu'ils
s'opposent à vos probabilités, comme nous
l'avons remarqué quelquefois, puisqu'elles leur
sont si favorables. Car vous leur donnez par là le
même pouvoir sur la fortune des hommes que
vous vous êtes donné sur les consciences. Vous
voyez, me dit-il, que ce n'est pas notre intérêt
qui nous fait agir, nous n'avons eu égard qu'au
repos de leurs consciences; et c'est à quoi notre
grand Molina a si utilement travaillé, sur le
sujet des présents qu'on leur fait. Car, pour lever
les scrupules qu'ils pourroient avoir d'en prendre
en de certaines rencontres, il a pris le soin de
faire le dénombrement de tous les cas où ils en
peuvent recevoir en conscience, à moins qu'il
n'y eût quelque loi particulière qui le leur dé-
fendît. C'est en son t. I, tr. 2, d. 88, n. 6. Les
voici : « Les juges peuvent recevoir des présents
» des parties, quand ils les leur donnent ou par
» amitié, ou par reconnoissance de la justice
» qu'ils ont rendue, ou pour les porter à la rendre
» à l'avenir, ou pour les obliger à prendre un

» soin particulier de leur affaire, ou pour les
» engager à les expédier promptement. » Notre
savant Escobar en parle encore au tr. 6, ex. 6,
n. 43, en cette sorte : « S'il y a plusieurs per-
» sonnes qui n'aient pas plus de droit d'être ex-
» pédiés l'un que l'autre, le juge qui prendra
» quelque chose de l'un, à condition, *ex pacto*,
» de l'expédier le premier, péchera-t-il? Non cer-
» tainement, selon Layman : car il ne fait aucune
» injure aux autres selon le droit naturel, lors-
» qu'il accorde à l'un, par la considération de
» son présent, ce qu'il pouvoit accorder à celui
» qui lui eût plu : et même, étant également
» obligé envers tous par l'égalité de leur droit,
» il le devient davantage envers celui qui lui fait
» ce don, qui l'engage à le préférer aux autres ;
» et cette préférence semble pouvoir être estimée
» pour de l'argent : *Quæ obligatio videtur pretio*
» *æstimabilis.* »

Mon révérend père, lui dis-je, je suis surpris
de cette permission, que les premiers magistrats
du royaume ne savent pas encore. Car M. le premier président a apporté un ordre dans le parlement pour empêcher que certains greffiers ne
prissent de l'argent pour cette sorte de préférence : ce qui témoigne qu'il est bien éloigné de
croire que cela soit permis à des juges, et tout le
monde a loué une réformation si utile à toutes
les parties. Le bon père, surpris de ce discours,
me répondit : Dites-vous vrai? je ne savois rien
de cela. Notre opinion n'est que probable, le

contraire est probable aussi. En vérité, mon père, lui dis-je, on trouve que M. le premier président a plus que probablement bien fait, et qu'il a arrêté par là le cours d'une corruption publique, et soufferte durant trop long-temps. J'en juge de la même sorte, dit le père; mais passons cela, laissons les juges. Vous avez raison, lui dis-je; aussi-bien ne reconnoissent-ils pas assez ce que vous faites pour eux. Ce n'est pas cela, dit le père; mais c'est qu'il y a tant de choses à dire sur tous, qu'il faut être court sur chacun.

Parlons maintenant des gens d'affaires. Vous savez que la plus grande peine qu'on ait avec eux, est de les détourner de l'usure, et c'est aussi à quoi nos pères ont pris un soin particulier; car ils détestent si fort ce vice, qu'Escobar dit au tr. 3, ex. 5, n. 1, « que de dire que l'usure » n'est pas péché, ce seroit une hérésie. » Et notre père Bauny, dans sa Somme des péchés, ch. 14, remplit plusieurs pages des peines dues aux usuriers. Il les déclare « infâmes durant leur » vie, et indignes de sépulture après leur mort. » O mon père! je ne le croyois pas si sévère. Il l'est quand il le faut, me dit-il : mais aussi ce savant casuiste ayant remarqué qu'on n'est attiré à l'usure que par le désir du gain, il dit au même lieu : « L'on n'obligeroit donc pas peu » le monde, si, le garantissant des mauvais effets » de l'usure, et tout ensemble du péché qui » en est la cause, on lui donnoit le moyen de

» tirer autant et plus de profit de son argent,
» par quelque bon et légitime emploi, que l'on
» en tire des usures. » Sans doute, mon père, il
n'y auroit plus d'usuriers après cela. Et c'est
pourquoi, dit-il, il en a fourni une « méthode
» générale pour toutes sortes de personnes ; gen-
» tilshommes, présidents, conseillers, etc. », et
si facile, qu'elle ne consiste qu'en l'usage de certaines paroles qu'il faut prononcer en prêtant
son argent : ensuite desquelles on peut en prendre du profit, sans craindre qu'il soit usuraire,
comme il est sans doute qu'il l'auroit été autrement. Et quels sont donc ces termes mystérieux,
mon père ? Les voici, me dit-il, et en mots propres ; car vous savez qu'il a fait son livre de la
Somme des péchés en françois, *pour être entendu de tout le monde*, comme il le dit dans la
préface : « Celui à qui on demande de l'argent
» répondra donc en cette sorte : Je n'ai point
» d'argent à prêter ; si ai bien à mettre à profit
» honnête et licite. Si désirez la somme que de-
» mandez pour la faire valoir par votre industrie
» à moitié gain, moitié perte, peut-être m'y
» résoudrai-je. Bien est vrai qu'à cause qu'il y a
» trop de peine à s'accommoder pour le profit,
» si vous m'en voulez assurer un certain, et
» quant et quant aussi mon sort principal, qu'il
» ne coure fortune, nous tomberions bien plu-
» tôt d'accord, et vous ferai toucher argent dans
» cette heure. » N'est-ce pas là un moyen bien
aisé de gagner de l'argent sans pécher ? Et le

père Bauny n'a-t-il pas raison de dire ces paroles, par lesquelles il conclut cette méthode :
« Voilà, à mon avis, le moyen par lequel quan-
» tité de personnes dans le monde, qui, par
» leurs usures, extorsions et contrats illicites, se
» provoquent la juste indignation de Dieu, se
» peuvent sauver en faisant de beaux, honnêtes
» et licites profits. »

O mon père ! lui dis-je, voilà des paroles bien
puissantes ! Sans doute elles ont quelque vertu
occulte pour chasser l'usure, que je n'entends
pas : car j'ai toujours pensé que ce péché consistoit à retirer plus d'argent qu'on n'en a prêté.
Vous l'entendez bien peu, me dit-il. L'usure ne
consiste presque, selon nos pères, qu'en l'intention de prendre ce profit comme usuraire.
Et c'est pourquoi notre père Escobar fait éviter
l'usure par un simple détour d'intention ; c'est
au tr. 3, ex. 5, n. 4, 33, 44. « Ce seroit usure,
» dit-il, de prendre du profit de ceux à qui on
» prête, si on l'exigeoit comme dû par justice :
» mais, si on l'exige comme dû par reconnois-
» sance, ce n'est point usure. » Et n. 3 : « Il n'est
» pas permis d'avoir l'intention de profiter de
» l'argent prêté immédiatement ; mais de le
» prétendre par l'entremise de la bienveillance
» de celui à qui on l'a prêté, *media benevolentia*,
» ce n'est point usure. »

Voilà de subtiles méthodes ; mais une des
meilleures, à mon sens (car nous en avons à
choisir), c'est celle du contrat Mohatra. Le con-

trat Mohatra, mon père ! Je vois bien, dit-il, que vous ne savez ce que c'est. Il n'y a que le nom d'étrange. Escobar vous l'expliquera au tr. 3, ex. 3, n. 36 : « Le contrat Mohatra est celui » par lequel on achète des étoffes chèrement et » à crédit, pour les revendre au même instant » à la même personne argent comptant et à bon » marché. » Voilà ce que c'est que le contrat Mohatra : par où vous voyez qu'on reçoit une certaine somme comptant, en demeurant obligé pour davantage. Mais, mon père, je crois qu'il n'y a jamais eu qu'Escobar qui se soit servi de ce mot-là : y a-t-il d'autres livres qui en parlent ? Que vous savez peu les choses ! me dit le père. Le dernier livre de théologie morale qui a été imprimé cette année même à Paris parle du Mohatra, et doctement ; il est intitulé *Epilogus Summarum.* C'est un abrégé de toutes les Sommes de théologie, pris de nos pères Suarez, Sanchez, Lessius, Fagundez, Hurtado, et d'autres casuistes célèbres, comme le titre le dit. Vous y verrez donc en la page 54 : « Le Mohatra est quand » un homme, qui a affaire de vingt pistoles, » achète d'un marchand des étoffes pour trente » pistoles, payables dans un an, et les lui » revend à l'heure même pour vingt pistoles » comptant. » Vous voyez bien par là que le Mohatra n'est pas un mot inouï. Eh bien ! mon père, ce contrat-là est-il permis ? Escobar, répondit le père, dit au même lieu, « qu'il y a » des lois qui le défendent sous des peines très-

» rigoureuses. » Il est donc inutile, mon père ? Point du tout, dit-il : car Escobar, en ce même endroit, donne des expédients pour le rendre permis. « Encore même, dit-il, que celui qui » vend et achète ait pour intention principale le » dessein de profiter, pourvu seulement qu'en » vendant il n'excède pas le plus haut prix des » étoffes de cette sorte, et qu'en rachetant il » n'en passe pas le moindre, et qu'on n'en con- » vienne pas auparavant en termes exprès ni » autrement. » Mais Lessius, *de Just.* l. 2, c. 21, d. 16, dit « qu'encore même qu'on eût vendu » dans l'intention de racheter à moindre prix, » on n'est jamais obligé à rendre ce profit, si » ce n'est peut-être par charité, au cas que celui » de qui on l'exige fût dans l'indigence, et en- » core pourvu qu'on le pût rendre sans s'in- » commoder »; *Si commodè potest.* Voilà tout ce qui se peut dire. En effet, mon père, je crois qu'une plus grande indulgence seroit vicieuse. Nos pères, dit-il, savent si bien s'arrêter où il faut ! Vous voyez assez par là l'utilité du Mo-hatra.

J'aurois bien encore d'autres méthodes à vous enseigner ; mais celles-là suffisent, et j'ai à vous entretenir de ceux qui sont mal dans leurs affai-res. Nos pères ont pensé à les soulager selon l'état où ils sont ; car, s'ils n'ont pas assez de bien pour subsister honnêtement, et tout en-semble pour payer leurs dettes, on leur permet d'en mettre une partie à couvert en faisant banqueroute à leurs créanciers. C'est ce que notre père Lessius a décidé, et qu'Escobar confirme au tr. 3, ex. 2, n. 163 : « Celui qui fait » banqueroute peut-il en sûreté de conscience » retenir de ses biens autant qu'il est nécessaire » pour faire subsister sa famille avec honneur, » *ne indecorè vivat?* Je soutiens que oui avec » Lessius ; et même encore qu'il les eût gagnés » par des injustices et des crimes connus de » tout le monde, *ex injustitiá et notorio delicto.*, » quoiqu'en ce cas il n'en puisse pas retenir » en une aussi grande quantité qu'autrement. » Comment! mon père, par quelle étrange charité voulez-vous que ces biens demeurent plutôt à celui qui les a gagnés par ses voleries, pour le faire subsister avec honneur, qu'à ses créanciers, à qui ils appartiennent légitimement? On ne peut pas, dit le père, contenter tout le monde, et nos pères ont pensé particulièrement à soulager ces misérables. Et c'est encore en faveur des indigents que notre grand Vasquez, cité par Castro Palao, t. I, tr. 6, d. 6, p. 6, n. 12, dit « que, quand on voit un voleur résolu et prêt » à voler une personne pauvre, on peut, pour » l'en détourner, lui assigner quelque personne » riche en particulier, pour la voler au lieu de » l'autre. » Si vous n'avez pas Vasquez, ni Castro Palao, vous trouverez la même chose dans votre Escobar : car, comme vous le savez, il n'a presque rien dit qui ne soit pris de vingt-quatre des plus célèbres de nos pères ; c'est au tr. 5, ex. 5,

n. 120 : « La pratique de notre Société pour la
» charité envers le prochain. »

Cette charité est véritablement extraordinaire,
mon père, de sauver la perte de l'un par le dommage de l'autre. Mais je crois qu'il faudroit la
faire entière, et que celui qui a donné ce conseil
seroit ensuite obligé en conscience de rendre à
ce riche le bien qu'il lui auroit fait perdre. Point
du tout, me dit-il, car il ne l'a pas volé lui-
même, il n'a fait que le conseiller à un autre.
Or, écoutez cette sage résolution de notre père
Bauny sur un cas qui vous étonnera donc encore bien davantage, et où vous croiriez qu'on
seroit beaucoup plus obligé de restituer. C'est
au ch. 13 de sa Somme. Voici ses propres termes
françois : « Quelqu'un prie un soldat de battre
» son voisin, ou de brûler la grange d'un homme
» qui l'a offensé. On demande si, au défaut du
» soldat, l'autre qui l'a prié de faire tous ces ou-
» trages doit réparer du sien le mal qui en sera
» issu. Mon sentiment est que non. Car à restitu-
» tion nul n'est tenu, s'il n'a violé la justice. La
» viole-t-on quand on prie autrui d'une faveur ?
» Quelque demande qu'on lui en fasse, il de-
» meure toujours libre de l'octroyer ou de la nier.
» De quelque côté qu'il incline, c'est sa volonté
» qui l'y porte ; rien ne l'y oblige que la bonté,
» que la douceur et la facilité de son esprit. Si
» donc ce soldat ne répare le mal qu'il aura fait,
» il n'y faudra astreindre celui à la prière duquel
» il aura offensé l'innocent. » Ce passage pensa

rompre notre entretien : car je fus sur le point d'éclater de rire de la *bonté* et *douceur* d'un brûleur de grange, et de ces étranges raisonnements qui exemptent de restitution le premier et véritable auteur d'un incendie, que les juges n'exempteroient pas de la mort : mais si je ne me fusse retenu, le bon père s'en fût offensé, car il parloit sérieusement, et me dit ensuite du même air :

Vous devriez reconnoître par tant d'épreuves combien vos objections sont vaines ; cependant vous nous faites sortir par là de notre sujet. Revenons donc aux personnes incommodées, pour le soulagement desquelles nos pères, comme entre autres Lessius, l. 2, c. 12, n. 12, assurent « qu'il » est permis de dérober non-seulement dans une » extrême nécessité, mais encore dans une nécessité grave, quoique non pas extrême. » Escobar le rapporte aussi au tr. 1, ex. 9, n. 29. Cela est surprenant, mon père : il n'y a guère de gens dans le monde qui ne trouvent leur nécessité grave, et à qui vous ne donniez par là le pouvoir de dérober en sûreté de conscience. Et quand, vous en réduiriez la permission aux seules personnes qui sont effectivement en cet état, c'est ouvrir la porte à une infinité de larcins, que les juges puniroient nonobstant cette nécessité grave, et que vous devriez réprimer à bien plus forte raison, vous qui devez maintenir parmi les hommes non-seulement la justice, mais encore la charité, qui est détruite par ce principe. Car enfin n'est-ce pas la violer, et faire tort à son prochain, que de lui faire perdre son bien pour en profiter soi-même? C'est ce qu'on m'a appris jusqu'ici. Cela n'est pas toujours véritable, dit le père; car notre grand Molina nous a appris, t. II, tr. 2, disp. 328, n. 8, « que l'ordre de la » charité n'exige pas qu'on se prive d'un profit » pour sauver par là son prochain d'une perte » pareille. » C'est ce qu'il dit pour montrer ce qu'il avoit entrepris de prouver en cet endroit-là. « Qu'on n'est pas obligé en conscience de » rendre les biens qu'un autre nous auroit don-» nés, pour en frustrer ses créanciers. » Et Lessius, qui soutient la même opinion, la confirme par ce même principe au liv. 2, ch. 20, dist. 19, n. 168.

Vous n'avez pas assez de compassion pour ceux qui sont mal à leur aise; nos pères ont eu plus de charité que cela. Ils rendent justice aux pauvres aussi-bien qu'aux riches. Je dis bien davantage, ils la rendent même aux pécheurs. Car encore qu'ils soient fort opposés à ceux qui commettent des crimes, néanmoins ils ne laissent pas d'enseigner que les biens gagnés par des crimes peuvent être légitimement retenus. C'est ce que Lessius enseigne généralement, l. 2, c. 14, d. 8. « On n'est point, dit-il, obligé, ni » par la loi de nature, ni par les lois positives, » *c'est-à-dire par aucune loi*, de rendre ce qu'on » a reçu pour avoir commis une action crimi-» nelle, comme pour un adultère, encore même

» que cette action soit contraire à la justice. »
Car, comme dit encore Escobar en citant Lessius,
tr. 1, ex. 8, n. 59 : « Les biens qu'une femme
» acquiert par l'adultère sont véritablement ga-
» gnés par une voie illégitime, mais néanmoins
» la possession en est légitime » : *Quamvis mulier
illicitè acquirat, licitè tamen retinet acquisita.* Et
c'est pourquoi les plus célèbres de nos pères dé-
cident formellement que ce qu'un juge prend
d'une des parties qui a mauvais droit pour rendre
en sa faveur un arrêt injuste, et ce qu'un soldat
reçoit pour avoir tué un homme, et ce qu'on
gagne par les crimes infâmes, peut être légitimement retenu. C'est ce qu'Escobar ramasse de nos
auteurs, et qu'il assemble au tr. 3, ex. 1, n. 23,
où il fait cette règle générale : « Les biens ac-
» quis par des voies honteuses, comme par un
» meurtre, une sentence injuste, une action
» déshonnête, etc., sont légitimement possédés,
» et on n'est point obligé à les restituer. » Et encore au tr. 5, ex. 5, n. 53 : « On peut disposer de
» ce qu'on reçoit pour des homicides, des sen-
» tences injustes, des péchés infâmes, etc., parce
» que la possession en est juste, et qu'on acquiert
» le domaine et la propriété des choses que l'on
» y gagne. » O mon père ! lui dis-je, je n'avois pas
ouï parler de cette voie d'acquérir ; et je doute
que la justice l'autorise, et qu'elle prenne pour
un juste titre l'assassinat, l'injustice et l'adultère. Je ne sais, dit le père, ce que les livres du
droit en disent : mais je sais bien que les nôtres,

qui sont les véritables règles des consciences, en parlent comme moi. Il est vrai qu'ils en exceptent un cas auquel ils obligent à restituer. C'est « quand on a reçu de l'argent de ceux qui » n'ont pas le pouvoir de disposer de leur bien, » tels que sont les enfants de famille et les reli- » gieux. » Car notre grand Molina les en excepte au t. I, *De Just.* tr. 2, disp. 94. *Nisi mulier accepisset ab eo qui alienare non potest, ut à religioso et filiofamilias.* Car alors il faut leur rendre leur argent. Escobar cite ce passáge au tr. 1, ex. 8, n. 59, et il confirme la même chose au tr. 3, ex. 1, n. 23.

Mon révérend père, lui dis-je, je vois les religieux mieux traités en cela que les autres. Point du tout, dit le père ; n'en fait-on pas autant pour tous les mineurs généralement, au nombre desquels les religieux sont toute leur vie ? Il est juste de les excepter. Mais, à l'égard de tous les autres, on n'est point obligé de leur rendre ce qu'on reçoit d'eux pour une mauvaise action. Et Lessius le prouve amplement au liv. 2 *de Just.* c. 14, d. 8, n. 52. « Car, dit-il, une méchante » action peut être estimée pour de l'argent, en » considérant l'avantage qu'en reçoit celui qui » la fait faire, et la peine qu'y prend celui qui » l'exécute : et c'est pourquoi on n'est point » obligé à restituer ce qu'on reçoit pour la faire, » dé quelque nature qu'elle soit, homicide, sen- » tence injuste, action sale (car ce sont les exem- » ples dónt il se sert dans toute cette matière),

» si ce n'est qu'on eût reçu de ceux qui n'ont pas
» le pouvoir de disposer de leur bien. Vous direz
» peut-être que celui qui reçoit de l'argent pour
» un méchant coup pèche, et qu'ainsi il ne peut
» ni le prendre, ni le retenir. Mais je réponds
» qu'après que la chose est exécutée, il n'y a
» plus aucun péché ni à payer, ni à en recevoir
» le payement. » Notre grand Filiutius entre plus
encore dans le détail de la pratique. Car il marque
« qu'on est obligé en conscience de payer diffé-
» remment les actions de cette sorte, selon les
» différentes conditions des personnes qui les
» commettent, et que les unes valent plus que
» les autres. » C'est ce qu'il établit sur de solides
raisons, au tr. 31, c. 9, n. 231 : *Occultæ fornica-
riæ debetur pretium in conscientiá, et multò ma-
jore ratione, quàm publicæ. Copia enim quam
occulta facit mulier sui corporis, multò plus valet
quàm ea quam publica facit meretrix ; nec ulla est
lex positiva quæ reddat eam incapacem pretii.
Idem dicendum de pretio promisso virgini, conju-
gatæ, moniali, et cuicumque alii. Est enim omnium eadem ratio.*

Il me fit voir ensuite, dans ses auteurs, des
choses de cette nature si infâmes, que je n'oserois les rapporter, et dont il auroit eu horreur
lùi-même (car il est bon-homme), sans le respect qu'il a pour ses pères, qui lui fait recevoir
avec vénération tout ce qui vient de leur part.
Je me taisois cependant, moins par le dessein de
l'engager à continuer cette matière, que par la

surprise de voir des livres de religieux pleins de décisions si horribles, si injustes et si extravagantes tout ensemble. Il poursuivit donc en liberté son discours, dont la conclusion fut ainsi. C'est pour cela, dit-il, que notre illustre Molina (je crois qu'après cela vous serez content) décide ainsi cette question : « Quand on a reçu de l'argent pour faire une méchante action, est-on » obligé à le rendre? Il faut distinguer, dit ce » grand homme : si on n'a pas fait l'action pour » laquelle on a été payé, il faut rendre l'argent; » mais si on l'a faite, on n'y est point obligé : *si* » *non fecit hoc malum, tenetur restituere; secùs,* » *si fecit.* » C'est ce qu'Escobar rapporte au tr. 3, ex. 2, n. 138.

Voilà quelques-uns de nos principes touchant la restitution. Vous en avez bien appris aujourd'hui, je veux voir maintenant comment vous en aurez profité. Répondez-moi donc. « Un juge » qui a reçu de l'argent d'une des parties pour » rendre un jugement en sa faveur est-il obligé » à le rendre? » Vous venez de me dire que non, mon père. Je m'en doutois bien, dit-il; vous l'ai-je dit généralement? Je vous ai dit qu'il n'est pas obligé de rendre, s'il a fait gagner le procès à celui qui n'a pas bon droit. Mais quand on a droit, voulez-vous qu'on achète encore le gain de sa cause, qui est dû légitimement? Vous n'avez pas de raison. Ne comprenez-vous pas que le juge doit la justice, et qu'ainsi il ne la peut pas vendre; mais qu'il ne doit pas l'injustice, et qu'ainsi il peut en recevoir de l'argent? Aussi tous nos principaux auteurs, comme Molina, disp. 94 et 99 ; Reginaldus, liv. 10, n. 184, 185 et 187 ; Filiutius, tr. 31, n. 220 et 228 ; Escobar, tr. 3, ex. 1, n. 21 et 23 ; Lessius, lib. 2, c. 14, d. 8, n. 55, enseignent tous uniformément : « Qu'un juge est bien obligé de rendre ce qu'il a » reçu pour faire justice, si ce n'est qu'on le lui » eût donné par libéralité : mais qu'il n'est jamais » obligé à rendre ce qu'il a reçu d'un homme en » faveur duquel il a rendu un arrêt injuste. »

Je fus tout interdit par cette fantasque décision ; et pendant que j'en considérois les pernicieuses conséquences, le père me préparoit une autre question, et me dit : Répondez donc une autre fois avec plus de circonspection. Je vous demande maintenant : « Un homme qui se mêle » de deviner est-il obligé de rendre l'argent qu'il » a gagné par cet exercice ? » Ce qu'il vous plaira, mon révérend père, lui dis-je. Comment, ce qu'il me plaira ! Vraiment vous êtes admirable ! Il semble, de la façon que vous parlez, que la vérité dépende de notre volonté. Je vois bien que vous ne trouveriez jamais celle-ci de vous-même. Voyez donc résoudre cette difficulté-là à Sanchez ; mais aussi c'est Sanchez. Premièrement il distingue en sa Som. liv. 2, c. 38, n. 94, 95 et 96 : « Si ce devin ne s'est servi que de l'astrologie » et des autres moyens naturels, ou s'il a em-» ployé l'art diabolique : car il dit qu'il est obligé » de restituer en un cas, et non pas en l'autre. »

Diriez-vous bien maintenant auquel ? Il n'y a pas là de difficulté, lui dis-je. Je vois bien, répliqua-t-il, ce que vous voulez dire. Vous croyez qu'il doit restituer au cas qu'il se soit servi de l'entremise des démons ? Mais vous n'y entendez rien ; c'est tout au contraire. Voici la résolution de Sanchez, au même lieu : « Si ce devin n'a » pris la peine et le soin de savoir, par le moyen » du diable, ce qui ne se pouvoit savoir autre- » ment, *si nullam operam apposuit ut arte diaboli* » *id sciret*, il faut qu'il restitue ; mais s'il en a » pris la peine, il n'y est point obligé. » Et d'où vient cela, mon père ? Ne l'entendez-vous pas ? me dit-il. C'est parce qu'on peut bien deviner par l'art du diable, au lieu que l'astrologie est un moyen faux. Mais, mon père, si le diable ne répond pas la vérité, car il n'est guère plus véritable que l'astrologie, il faudra donc que le devin restitue par la même raison ? Non pas toujours, me dit-il. *Distinguo*, dit Sanchez sur cela. « Car si le devin est ignorant en l'art diabolique, » *si sit artis diabolicæ ignarus*, il est obligé à res- » tituer : mais s'il est habile sorcier, et qu'il ait » fait ce qui est en lui pour savoir la vérité, il » n'y est point obligé ; car alors la diligence d'un » tel sorcier peut être estimée pour de l'argent : » *diligentia à mago apposita est pretio æstima-* » *bilis.* » Cela est de bon sens, mon père, lui dis-je, car voilà le moyen d'engager les sorciers à se rendre savants et experts en leur art, par l'espérance de gagner du bien légitimement, selon vos maximes, en servant fidèlement le public. Je crois que vous raillez, dit le père ; cela n'est pas bien : car si vous parliez ainsi en des lieux où vous ne fussiez pas connu, il pourroit se trouver des gens qui prendroient mal vos discours, et qui vous reprocheroient de tourner les choses de la religion en raillerie. Je me défendrois facilement de ce reproche, mon père ; car je crois que, si on prend la peine d'examiner le véritable sens de mes paroles, on n'en trouvera aucune qui ne marque parfaitement le contraire, et peut-être s'offrira-t-il un jour, dans nos entretiens, l'occasion de le faire amplement paroître. Ho ! ho ! dit le père, vous ne riez plus. Je vous confesse, lui dis-je, que ce soupçon que je me voulusse railler des choses saintes me seroit bien sensible, comme il seroit bien injuste. Je ne le disois pas tout de bon, repartit le père ; mais parlons plus sérieusement. J'y suis tout disposé, si vous le voulez, mon père ; cela dépend de vous. Mais je vous avoue que j'ai été surpris de voir que vos pères ont tellement étendu leurs soins à toutes sortes de conditions, qu'ils ont voulu même régler le gain légitime des sorciers. On ne sauroit, dit le père, écrire pour trop de monde, ni particulariser trop les cas, ni répéter trop souvent les mêmes choses en différents livres. Vous le verrez bien par ce passage d'un des plus graves de nos pères. Vous le pouvez juger, puisqu'il est aujourd'hui notre père provincial : c'est le révérend père Cellot,

en son livre 8 de la Hiérarch. c. 16, §. 2. « Nous
» savons , dit-il , qu'une personne qui portoit
» une grande somme d'argent pour la restituer
» par ordre de son confesseur, s'étant arrêtée
» en chemin chez un libraire , et lui ayant de-
» mandé s'il n'y avoit rien de nouveau, *num quid*
» *novi ?* il lui montra un nouveau livre de Théo-
» logie morale, et que , le feuilletant avec négli-
» gence et sans penser à rien , il tomba sur son
» cas , et y apprit qu'il n'étoit point obligé à res-
» tituer : de sorte que, s'étant déchargé du far-
» deau de son scrupule, et demeurant toujours
» chargé du poids de son argent , il s'en retourna
» bien plus léger en sa maison : *abjectá scrupuli*
» *sarciná , retento auri pondere, levior domum*
» *repetiit.* »

Et bien , dites-moi, après cela, s'il est utile de
savoir nos maximes ? En rirez-vous maintenant?
Et ne ferez-vous pas plutôt, avec le père Cellot,
cette pieuse réflexion sur le bonheur de cette
rencontre ? « Les rencontres de cette sorte sont
» en Dieu l'effet de sa providence , en l'ange gar-
» dien l'effet de sa conduite , et en ceux à qui
» elles arrivent, l'effet de leur prédestination.
» Dieu, de toute éternité, a voulu que la chaîne
» d'or de leur salut dépendît d'un tel auteur , et
» non pas de cent autres qui disent la même
» chose, parce qu'il n'arrive pas qu'ils les ren-
» contrent. Si celui-là n'avoit écrit, celui-ci ne
» seroit pas sauvé. Conjurons donc, par les en-
» trailles de Jésus-Christ, ceux qui blâment la

» multitude de nos auteurs, de ne leur pas en-
» vier les livres que l'élection éternelle de Dieu
» et le sang de Jésus-Christ leur a acquis. » Voilà
de belles paroles, par lesquelles ce savant homme
prouve si solidement cette proposition qu'il avoit
avancée : « Combien il est utile qu'il y ait un
» grand nombre d'auteurs qui écrivent de la
» Théologie morale : *quàm utile sit de theologiá*
» *morali multos scribere.* »

Mon père, lui dis-je, je remettrai à une autre
fois à vous déclarer mon sentiment sur ce passage ; et je ne vous dirai présentement autre
chose, sinon que, puisque vos maximes sont si
utiles, et qu'il est si important de les publier,
vous devez continuer à m'en instruire ; car je
vous assure que celui à qui je les envoie les fait
voir à bien des gens. Ce n'est pas que nous
ayons autrement l'intention de nous en servir,
mais c'est qu'en effet nous pensons qu'il sera
utile que le monde en soit bien informé. Aussi,
me dit-il, vous voyez que je ne les cache pas ; et
pour continuer, je pourrai bien vous parler, la
première fois, des douceurs et des commodités
de la vie que nos pères permettent pour rendre
le salut aisé et la dévotion facile, afin qu'après
avoir appris jusqu'ici ce qui touche les conditions particulières, vous appreniez ce qui est
général pour toutes, et qu'ainsi il ne vous manque rien pour une parfaite instruction. Après
que ce père m'eut parlé de la sorte, il me quitta.
Je suis, etc.

P. S. J'ai toujours oublié à vous dire qu'il y a des Escobars de différentes impressions. Si vous en achetez, prenez de ceux de Lyon, où il y a à l'entrée une image d'un agneau qui est sur un livre scellé de sept sceaux, ou de ceux de Bruxelles de 1651. Comme ceux-là sont les derniers, ils sont meilleurs et plus amples que ceux des éditions précédentes de Lyon des années 1644 et 1646.

« Depuis tout ceci, on en a imprimé une nouvelle édi-
» tion à Paris, chez Piget, plus exacte que toutes les autres.
» Mais on peut encore bien mieux apprendre les sentiments
» d'Escobar dans la grande Théologie morale, imprimée à
» Lyon. »

NEUVIÈME LETTRE (*).

De la fausse dévotion à la sainte Vierge que les jésuites ont introduite. Diverses facilités qu'ils ont inventées pour se sauver sans peine, et parmi les douceurs et les commodités de la vie. Leurs maximes sur l'ambition, l'envie, la gourmandise, les équivoques, les restrictions mentales, les libertés qui sont permises aux filles, les habits des femmes, le jeu, le précepte d'entendre la messe.

De Paris, ce 3 juillet 1656.

Monsieur,

Je ne vous ferai pas plus de compliment que le bon père m'en fit la dernière fois que je le vis. Aussitôt qu'il m'aperçut, il vint à moi, et me dit, en regardant dans un livre qu'il tenoit à la main : « Qui vous ouvriroit le paradis, ne » vous obligeroit-il pas parfaitement ? Ne don- » neriez-vous pas des millions d'or pour en avoir » une clef, et entrer dedans quand bon vous » sembleroit ? Il ne faut point entrer en de si » grands frais ; en voici une, voire cent à meil- » leur compte. » Je ne savois si le bon père li- soit, ou s'il parloit de lui-même. Mais il m'ôta de peine en disant : Ce sont les premières pa- roles d'un beau livre du père Barry de notre

---

(*) Le plan de cette lettre fut fourni à M. Pascal par M. Nicole.

Société; car je ne dis jamais rien de moi-même. Quel livre, lui dis-je, mon père? En voici le titre, dit-il : « Le paradis ouvert à Philagie, par » cent dévotions à la mère de Dieu, aisées à » pratiquer. » Eh quoi ! mon père, chacune de ces dévotions aisées suffit pour ouvrir le ciel? Oui, dit-il; voyez-le encore dans la suite des paroles que vous avez ouïes : « Tout autant de » dévotions à la mère de Dieu que vous trou- » verez en ce livre, sont autant de clefs du ciel » qui vous ouvriront le paradis tout entier, » pourvu que vous les pratiquiez » : et c'est pourquoi il dit dans la conclusion, « qu'il est » content si on en pratique une seule. »

Apprenez-m'en donc quelqu'une des plus faciles, mon père. Elles le sont toutes, répondit-il : par exemple, « saluer la sainte Vierge au ren- » contre de ses images ; dire le petit chapelet des » dix plaisirs de la Vierge ; prononcer souvent le » nom de Marie ; donner commission aux anges » de lui faire la révérence de notre part ; sou- » haiter de lui bâtir plus d'églises que n'ont fait » tous les monarques ensemble ; lui donner tous » les matins le bonjour, et sur le tard le bonsoir ; » dire tous les jours l'*Ave, Maria*, en l'honneur » du cœur de Marie. » Et il dit que cette dévotion-là assure, de plus, d'obtenir le cœur de la Vierge. Mais mon père, lui dis-je, c'est pourvu qu'on lui donne aussi le sien ? Cela n'est pas nécessaire, dit-il, quand on est trop attaché au monde. Écoutez-le : « Cœur pour cœur, ce seroit

» bien ce qu'il faut ; mais le vôtre est un peu
» trop attaché, et tient un peu trop aux créa-
» tures : ce qui fait que je n'ose vous inviter à
» offrir aujourd'hui ce petit esclave que vous
» appelez votre cœur. » Et ainsi il se contente
de l'*Ave*, *Maria*, qu'il avoit demandé. Ce sont
les dévotions des pages 33, 59, 145, 156, 172,
258 et 420 de la première édition. Cela est tout-
à-fait commode, lui dis-je, et je crois qu'il n'y
aura personne de damné après cela. Hélas ! dit
le père, je vois bien que vous ne savez pas jusqu'où va la dureté du cœur de certaines gens !
Il y en a qui ne s'attacheroient jamais à dire tous
les jours ces deux paroles, *bonjour*, *bonsoir*,
parce que cela ne se peut faire sans quelque
application de mémoire. Et ainsi il a fallu que
le père Barry leur ait fourni des pratiques encore
plus faciles, « comme d'avoir jour et nuit un
» chapelet au bras en forme de bracelet, ou de
» porter sur soi un rosaire, ou bien une image
» de la Vierge. » Ce sont là les dévotions des
pages 14, 326 et 447. « Et puis dites que je ne
» vous fournis pas des dévotions faciles pour
» acquérir les bonnes grâces de Marie », comme
dit le père Barry, p. 106. Voilà, mon père, lui
dis-je, l'extrême facilité. Aussi, dit-il, c'est tout
ce qu'on a pu faire, et je crois que cela suffira ;
car il faudroit être bien misérable pour ne vouloir pas prendre un moment en toute sa vie pour
mettre un chapelet à son bras, ou un rosaire
dans sa poche, et assurer par là son salut avec

tant de certitude, que ceux qui en font l'épreuve n'y ont jamais été trompés, de quelque manière qu'ils aient vécu, quoique nous conseillions de ne laisser pas de bien vivre. Je ne vous en rapporterai que l'exemple de la page 34, d'une femme qui, pratiquant tous les jours la dévotion de saluer les images de la Vierge, vécut toute sa vie en péché mortel, et mourut enfin en cet état, et qui ne laissa pas d'être sauvée par le mérite de cette dévotion. Et comment cela? m'écriai-je. C'est, dit-il, que notre Seigneur la fit ressusciter exprès. Tant il est sûr qu'on ne peut périr quand on pratique quelqu'une de ces dévotions.

En vérité, mon père, je sais que les dévotions à la Vierge sont un puissant moyen pour le salut, et que les moindres sont d'un grand mérite, quand elles partent d'un mouvement de foi et de charité, comme dans les saints qui les ont pratiquées. Mais de faire croire à ceux qui en usent sans changer leur mauvaise vie, qu'ils se convertiront à la mort, ou que Dieu les ressuscitera, c'est ce que je trouve bien plus propre à entretenir les pécheurs dans leurs désordres, par la fausse paix que cette confiance téméraire apporte, qu'à les en retirer par une véritable conversion que la grâce seule peut produire. « Qu'importe, dit le père, par où nous entrions » dans le paradis, moyennant que nous y en- » trions? » comme dit sur un semblable sujet notre célèbre père Binet, qui a été notre provincial, en son excellent livre *De la marque de prédestination*, n. 31, p. 130 de la quinzième édition. « Soit de bond ou de volée, que nous » en chaut-il, pourvu que nous prenions la ville » de gloire? » comme dit encore ce père au même lieu? J'avoue, lui dis-je, que cela n'importe; mais la question est de savoir si on y entrera. La Vierge, dit-il, en répond; voyez-le dans les dernières lignes du livre du père Barry : « S'il » arrivoit qu'à la mort l'ennemi eût quelque » prétention sur vous, et qu'il y eût du trouble » dans la petite république de vos pensées, vous » n'avez qu'à dire que Marie répond pour vous, » et que c'est à elle qu'il faut s'adresser. »

Mais, mon père, qui voudroit pousser cela vous embarrasseroit; car enfin qui nous a assuré que la Vierge en répond? Le père Barry, dit-il, en répond pour elle, p. 465 : « Quant au profit » et bonheur qui vous en reviendra, je vous » en réponds, et me rends pleige pour la bonne » mère. » Mais, mon père, qui répondra pour le père Barry? Comment! dit le père, il est de notre Compagnie. Et ne savez-vous pas encore que notre Société répond de tous les livres de nos pères? Il faut vous apprendre cela; il est bon que vous le sachiez. Il y a un ordre dans notre Société, par lequel il est défendu à toutes sortes de libraires d'imprimer aucun ouvrage de nos pères sans l'approbation des théolo-giens de notre Compagnie, et sans la permis-sion de nos supérieurs. C'est un règlement fait par Henri III, le 10 mai 1583, et confirmé par Henri IV, le 20 décembre 1603, et par Louis XIII, le 14 février 1612 : de sorte que tout notre corps est responsable des livres de chacun de nos pères. Cela est particulier à notre Compagnie ; et de là vient qu'il ne sort aucun ouvrage de chez nous qui n'ait l'esprit de la Société. Voilà ce qu'il étoit à propos de vous apprendre. Mon père, lui dis-je, vous m'avez fait plaisir, et je suis fâché seulement de ne l'avoir pas su plus tôt ; car cette connoissance engage à avoir bien plus d'attention pour vos auteurs. Je l'eusse fait, dit-il, si l'occasion s'en fût offerte ; mais profitez-en à l'avenir, et continuons notre sujet.

Je crois vous avoir ouvert des moyens d'assurer son salut assez faciles, assez sûrs et en assez grand nombre : mais nos pères souhaiteroient bien qu'on n'en demeurât pas à ce premier degré, où l'on ne fait que ce qui est exactement nécessaire pour le salut. Comme ils aspirent sans cesse à la plus grande gloire de Dieu, ils voudroient élever les hommes à une vie plus pieuse. Et parce que les gens du monde sont d'ordinaire détournés de la dévotion par l'étrange idée qu'on leur en a donnée, nous avons cru qu'il étoit d'une extrême importance de détruire ce premier obstacle ; et c'est en quoi le père Le Moine a acquis beaucoup de réputation par le livre de *la Dévotion aisée*, qu'il a fait à ce dessein. C'est là qu'il fait une peinture tout-à-fait charmante de la dévotion. Jamais personne ne l'a connue comme lui. Apprenez-le par les premières paroles de cet ouvrage : « La vertu ne s'est encore » montrée à personne ; on n'en a point fait de » portrait qui lui ressemble. Il n'y a rien d'é- » trange qu'il y ait eu si peu de presse à grimper » sur son rocher. On en a fait une fâcheuse qui » n'aime que la solitude ; on lui a associé la » douleur et le travail ; et enfin on l'a faite en- » nemie des divertissements et des jeux, qui sont » la fleur de la joie et l'assaisonnement de la » vie. » C'est ce qu'il dit, page 92.

Mais, mon père, je sais bien au moins qu'il y a de grands saints dont la vie a été extrèmement austère. Cela est vrai, dit-il ; mais aussi « il s'est » toujours vu des saints polis, et des dévots civi- » lisés », selon ce père, page 191 ; et vous verrez, page 86, que la différence de leurs mœurs vient de celle de leurs humeurs. Écoutez-le. « Je ne nie » pas qu'il ne se voie des dévots qui sont pâles et » mélancoliques de leur complexion, qui aiment » le silence et la retraite, et qui n'ont que du » flegme dans les veines, et de la terre sur le » visage. Mais il s'en voit assez d'autres qui sont » d'une complexion plus heureuse, et qui ont » abondance de cette humeur douce et chaude, » et de ce sang bénin et rectifié qui fait la joie. »

Vous voyez de là que l'amour de la retraite et du silence n'est pas commun à tous les dévots ; et que, comme je vous le disois, c'est l'effet de leur complexion plutôt que de la piété. Au lieu que ces mœurs austères dont vous parlez sont proprement le caractère d'un sauvage et d'un farouche. Aussi vous les verrez placées entre les mœurs ridicules et brutales d'un fou mélancolique, dans la description que le père Le Moine en a faite au septième livre de ses Peintures morales. En voici quelques traits. « Il est sans yeux » pour les beautés de l'art et de la nature. Il croi- » roit s'être chargé d'un fardeau incommode, s'il » avoit pris quelque matière de plaisir pour soi. » Les jours de fêtes, il se retire parmi les morts. » Il s'aime mieux dans un tronc d'arbre ou dans » une grotte que dans un palais ou sur un trône. » Quant aux affronts et aux injures, il y est aussi » insensible que s'il avoit des yeux et des oreilles » de statue. L'honneur et la gloire sont des idoles » qu'il ne connoît point, et pour lesquelles il n'a » point d'encens à offrir. Une belle personne lui » est un spectre. Et ces visages impérieux et sou- » verains, ces agréables tyrans qui font partout » des esclaves volontaires et sans chaînes, ont le » même pouvoir sur ses yeux que le soleil sur » ceux des hiboux, etc. »

Mon révérend père, je vous assure que, si vous ne m'aviez dit que le père Le Moine est l'auteur de cette peinture, j'aurois dit que c'eût été quelque impie qui l'auroit faite à dessein de tourner les saints en ridicule. Car, si ce n'est là l'image d'un homme tout-à-fait détaché des sentiments auxquels l'Évangile oblige de renoncer, je confesse que je n'y entends rien. Voyez donc, dit-il,

combien vous vous y connoissez peu, car ce sont
là « des traits d'un esprit foible et sauvage, qui
» n'a pas les affections honnêtes et naturelles
» qu'il devroit avoir », comme le père Le Moine
le dit à la fin de cette description. C'est par ce
moyen qu'il « enseigne la vertu et la philoso-
» phie chrétienne », selon le dessein qu'il en
avoit dans cet ouvrage, comme il le déclare
dans l'avertissement. Et en effet, on ne peut nier
que cette méthode de traiter de la dévotion
n'agrée tout autrement au monde que celle dont
on se servoit avant nous. Il n'y a point de comparaison, lui dis-je, et je commence à espérer
que vous me tiendrez parole. Vous le verrez
bien mieux dans la suite, dit-il ; je ne vous ai
encore parlé de la piété qu'en général. Mais,
pour vous faire voir en détail combien nos pères
en ont ôté de peines, n'est-ce pas une chose bien
pleine de consolation pour les ambitieux, d'apprendre qu'ils peuvent conserver une véritable
dévotion avec un amour désordonné pour les
grandeurs? Et quoi! mon père, avec quelque
excès qu'ils les recherchent? Oui, dit-il ; car ce
ne seroit toujours que péché véniel, à moins
qu'on ne désirât les grandeurs pour offenser
Dieu ou l'état plus commodément. Or, les péchés
véniels n'empêchent pas d'être dévot, puisque
les plus grands saints n'en sont pas exempts.
Écoutez donc Escobar, tr. 2, ex. 2, n. 17. « L'am-
» bition, qui est un appétit désordonné des
» charges et des grandeurs, est de soi-même un

» péché véniel : mais, quand on désire ces gran-
» deurs pour nuire à l'état, ou pour avoir plus de
» commodité d'offenser Dieu, ces circonstances
» extérieures le rendent mortel. »

Cela est assez commode, mon père. Et n'est-ce pas encore, continua-t-il, une doctrine bien douce pour les avares de dire, comme fait Escobar, au tr. 5, ex. 5, n. 154 : « Je sais que les » riches ne pèchent point mortellement quand » ils ne donnent point l'aumône de leur superflu » dans les grandes nécessités des pauvres : *scio* » *in gravi pauperum necessitate divites non dando* » *superflua, non peccare mortaliter.* » En vérité, lui dis-je, si cela est, je vois bien que je ne me connois guère en péchés. Pour vous le montrer encore mieux, dit-il, ne pensez-vous pas que la bonne opinion de soi-même, et la complaisance qu'on a pour ses ouvrages, est un péché des plus dangereux ? Et ne serez-vous pas bien surpris si je vous fais voir qu'encore même que cette bonne opinion soit sans fondement, c'est si peu un péché, que c'est au contraire un don de Dieu ? Est-il possible, mon père ? Oui, dit-il, et c'est ce que nous a appris notre grand père Garasse, dans son livre françois intitulé : *Somme des vérités capitales de la religion*, part. 2, p. 419. « C'est » un effet, dit-il, de la justice commutative, que » tout travail honnête soit récompensé ou de » louange, ou de satisfaction..... Quand les bons » esprits font un ouvrage excellent, ils sont jus- » tement récompensés par les louanges publi-

» ques. Mais quand un pauvre esprit travaille
» beaucoup pour ne rien faire qui vaille, et qu'il
» ne peut ainsi obtenir des louanges publiques,
» afin que son travail ne demeure pas sans ré-
» compense, Dieu lui en donne une satisfaction
» personnelle qu'on ne peut lui envier sans une
» injustice plus que barbare.. C'est ainsi que
» Dieu, qui est juste, donne aux grenouilles de
» la satisfaction de leur chant. »

Voilà, lui dis-je, de belles décisions en faveur
de la vanité, de l'ambition et de l'avarice. Et
l'envie, mon père, sera-t-elle plus difficile à excuser? Ceci est délicat, dit le père. Il faut user
de la distinction du père Bauny, dans sa Somme
des péchés. Car son sentiment, c. 7, p. 123, de
la cinquième et sixième édition, est « que l'envie
» du bien spirituel du prochain est mortelle,
» mais que l'envie du bien temporel n'est que
» vénielle. » Et par quelle raison, mon père?
Écoutez-la, me dit-il. « Car le bien qui se trouve
» ès choses temporelles est si mince, et de si
» peu de conséquence pour le ciel, qu'il est de
» nulle considération devant Dieu et ses saints. »
Mais, mon père, si ce bien est si *mince* et de si
petite considération, comment permettez-vous
de tuer les hommes pour le conserver? Vous
prenez mal les choses, dit le père : on vous dit
que le bien est de nulle considération devant
Dieu, mais non pas devant les hommes. Je ne
pensois pas à cela, lui dis-je; et j'espère que,
par ces distinctions-là, il ne restera plus de

péchés mortels au monde. Ne pensez pas cela, dit le père, car il y en a qui sont toujours mortels de leur nature, comme par exemple la paresse.

O mon père! lui dis-je, toutes les commodités de la vie sont donc perdues? Attendez, dit le père, quand vous aurez vu la définition de ce vice qu'Escobar en donne, tr. 2, ex. 2, n. 81, peut-être en jugerez-vous autrement; écoutez-la. « La paresse est une tristesse de ce que les » choses spirituelles sont spirituelles, comme » seroit de s'affliger de ce que les sacrements » sont la source de la grâce; et c'est un péché » mortel. » O mon père! lui dis-je, je ne crois pas que personne se soit jamais avisé d'être paresseux en cette sorte. Aussi, dit le père, Escobar dit ensuite, n. 105 : « J'avoue qu'il est bien rare » que personne tombe jamais dans le péché de » paresse. » Comprenez-vous bien par là combien il importe de bien définir les choses? Oui, mon père, lui dis-je, et je me souviens sur cela de vos autres définitions de l'assassinat, du guet-apens, et des biens superflus. Et d'où vient, mon père, que vous n'étendez pas cette méthode à toutes sortes de cas, pour donner à tous les péchés des définitions de votre façon, afin qu'on ne péchât plus en satisfaisant ses plaisirs?

Il n'est pas toujours nécessaire, me dit-il, de changer pour cela les définitions des choses. Vous l'allez voir sur le sujet de la bonne chère, qui passe pour un des plus grands plaisirs de

la vie, et qu'Escobar permet en cette sorte,
n. 102, dans la Pratique selon notre Société :
« Est-il permis de boire et de manger tout son
» saoul sans nécessité, et pour la seule volupté ?
» Oui certainement, selon Sanchez, pourvu que
» cela ne nuise point à la santé, parce qu'il est
» permis à l'appétit naturel de jouir des actions
» qui lui sont propres : [AN COMEDERE, *et bibere*
» *usque ad satietatem absque necessitate ob solam*
» *voluptatem, sit peccatum? Cum Sanctio nega-*
» *tivè respondeo, modò non obsit valetudini, quia*
» *licitè potest appetitus naturalis suis actibus frui.* »
O mon père ! lui dis-je, voilà le passage le plus
complet, et le principe le plus achevé de toute
votre morale, et dont on peut tirer d'aussi commodes conclusions. Eh quoi ! la gourmandise
n'est donc pas même un péché véniel ? Non pas,
dit-il, en la manière que je viens de dire : mais
elle seroit péché véniel selon Escobar, n. 56,
« si, sans aucune nécessité, on se gorgeoit du
» boire et du manger jusqu'à vomir : *si quis se*
» *usque ad vomitum ingurgitet.* »

Cela suffit sur ce sujet ; et je veux maintenant
vous parler des facilités que nous avons apportées pour faire éviter les péchés dans les conversations et dans les intrigues du monde. Une
chose des plus embarrassantes qui s'y trouve,
est d'éviter le mensonge, et surtout quand on
voudroit bien faire accroire une chose fausse.
C'est à quoi sert admirablement notre doctrine
des équivoques, par laquelle « il est permis

» d'user de termes ambigus, en les faisant en-
» tendre en un autre sens qu'on ne les entend
» soi-même », comme dit Sanchez, *Op. mor.*
p. 2, l. 3, c. 6, n. 13. Je sais cela, mon père, lui
dis-je. Nous l'avons tant publié, continua-t-il,
qu'à la fin tout le monde en est instruit. Mais
savez-vous bien comment il faut faire quand on
ne trouve point de mots équivoques ? Non, mon
père. Je m'en doutois bien, dit-il, cela est nouveau : c'est la doctrine des restrictions mentales.
Sanchez la donne au même lieu : « On peut
» jurer, dit-il, qu'on n'a pas fait une chose,
» quoiqu'on l'ait faite effectivement, en enten-
» dant en soi-même qu'on ne l'a pas faite un
» certain jour, ou avant qu'on fût né, ou en
» sous-entendant quelque autre circonstance
» pareille, sans que les paroles dont on se sert
» aient aucun sens qui le puisse faire connoître ;
» et cela est fort commode en beaucoup de ren-
» contres, et est toujours très-juste quand cela
» est nécessaire ou utile pour la santé, l'honneur
» ou le bien. »

Comment ! mon père, et n'est-ce pas là un
mensonge, et même un parjure ? Non, dit le
père : Sanchez le prouve au même lieu, et notre
père Filiutius aussi, tr. 25, c. 11, n. 331 ; parce,
dit-il, que c'est « l'intention qui règle la qualité
» de l'action. » Et il y donne encore, n. 328, un
autre moyen plus sûr d'éviter le mensonge : c'est
qu'après avoir dit tout haut, *Je jure que je n'ai
point fait cela*, on ajoute tout bas, *aujourd'hui ;*

ou qu'après avoir dit tout haut, *Je jure*, on dise tout bas, *que je dis*, et que l'on continue ensuite tout haut, *que je n'ai point fait cela*. Vous voyez bien que c'est dire la vérité. Je l'avoue, lui dis-je ; mais nous trouverions peut-être que c'est dire la vérité tout bas, et un mensonge tout haut : outre que je craindrois que bien des gens n'eussent pas assez de présence d'esprit pour se servir de ces méthodes. Nos pères, dit-il, ont enseigné au même lieu, en faveur de ceux qui ne sauroient pas user de ces restrictions, qu'il leur suffit pour ne point mentir, de dire simplement *qu'ils n'ont point fait* ce qu'ils ont fait, pourvu « qu'ils aient en général l'intention de » donner à leurs discours le sens qu'un habile » homme y donneroit. »

Dites la vérité, il vous est arrivé bien des fois d'être embarrassé, manque de cette connois-sance ? Quelquefois, lui dis-je. Et n'avouerez-vous pas de même, continua-t-il, qu'il seroit souvent bien commode d'être dispensé en con-science de tenir de certaines paroles qu'on don-ne ? Ce seroit, lui dis-je, mon père, la plus grande commodité du monde ! Écoutez donc Es-cobar au tr. 3, ex. 3, n. 48, où il donne cette règle générale : « Les promesses n'obligent point, » quand on n'a point intention de s'obliger en » les faisant. Or, il n'arrive guère qu'on ait cette » intention, à moins que l'on les confirme par » serment ou par contrat : de sorte que, quand » on dit simplement, Je le ferai, on entend qu'on

» le fera si l'on ne change de volonté ; car on ne » veut pas se priver par là de sa liberté. » Il en donne d'autres que vous y pouvez voir vous-même ; et il dit à la fin, « que tout cela est pris » de Molina et de nos autres auteurs : *Omnia ex* » *Molina et aliis*. Et ainsi on n'en peut pas » douter. »

O mon père ! lui dis-je, je ne savois pas que la direction d'intention eût la force de rendre les promesses nulles. Vous voyez, dit le père, que voilà une grande facilité pour le commerce du monde : mais ce qui nous a donné le plus de peine, a été de régler les conversations entre les hommes et les femmes ; car nos pères sont plus réservés sur ce qui regarde la chasteté. Ce n'est pas qu'ils ne traitent des questions assez curieuses et assez indulgentes, et principalement pour les personnes mariées ou fiancées. J'appris sur cela les questions les plus extraordinaires qu'on puisse s'imaginer ; il m'en donna de quoi remplir plusieurs lettres : mais je ne veux pas seulement en marquer les citations, parce que vous faites voir mes lettres à toutes sortes de personnes, et je ne voudrois pas donner l'occasion de cette lecture à ceux qui n'y chercheroient que leur divertissement.

La seule chose que je puis vous marquer de ce qu'il me montra dans leurs livres, même françois, est ce que vous pouvez voir dans la Somme des péchés du père Bauny, p. 165, de certaines petites privautés qu'il y explique, pourvu qu'on dirige bien son intention, *comme à passer pour galant* : et vous serez surpris d'y trouver, p. 148, un principe de morale touchant le pouvoir qu'il dit que les filles ont de disposer de leur virginité sans leurs parents. Voici ses termes : « Quand » cela se fait du consentement de la fille, quoi-» que le père ait sujet de s'en plaindre, ce n'est » pas néanmoins que ladite fille, ou celui à qui » elle s'est prostituée, lui aient fait aucun tort, » ou violé pour son égard la justice ; car la fille » est en possession de sa virginité aussi-bien » que de son corps ; elle en peut faire ce que bon » lui semble, à l'exclusion de la mort, ou du » retranchement de ses membres. » Jugez par là du reste. Je me souvins, sur cela, d'un passage d'un poëte païen, qui a été meilleur casuiste que ces pères, puisqu'il a dit : « Que la virginité » d'une fille ne lui appartient pas tout entière ; » qu'une partie appartient au père, et l'autre à » la mère, sans lesquels elle n'en peut disposer » même pour le mariage. » Et je doute qu'il y ait aucun juge qui ne prenne pour une loi le contraire de cette maxime du père Bauny.

Voilà tout ce que je puis dire de tout ce que j'entendis, et qui dura si long-temps, que je fus obligé de prier enfin le père de changer de ma-tière. Il le fit, et m'entretint de leurs règle-ments pour les habits des femmes en cette sorte. Nous ne parlerons point, dit-il, de celles qui au-roient l'intention impure ; mais pour les autres, Escobar dit au tr. 1, ex. 8, n. 5 : « Si on se pare

» sans mauvaise intention, mais seulement pour
» satisfaire l'inclination naturelle qu'on a à la
» vanité, *ob naturalem fastús inclinationem*, ou
» ce n'est qu'un péché véniel, ou ce n'est point
» péché du tout. » Et le père Bauny, en sa Somme
des péchés, c. 46, pag. 1094, dit : « Que bien
» que la femme eût connoissance du mauvais
» effet que sa diligence à se parer opéreroit et
» au corps et en l'âme de ceux qui la contem-
» pleroient ornée de riches et précieux habits,
» qu'elle ne pécheroit néanmoins en s'en ser-
» vant. » Et il cite entre autres notre père Sanchez pour être du même avis.

Mais, mon père, que répondent donc vos auteurs aux passages de l'Écriture, qui parlent
avec tant de véhémence contre les moindres
choses de cette sorte? Lessius, dit le père, y a
doctement satisfait, *De Just.* l. 4, c. 4, d. 14,
n. 114, en disant : « Que ces passages de l'Écri-
» ture n'étoient des préceptes qu'à l'égard des
» femmes de ce temps-là, pour donner par leur
» modestie un exemple d'édification aux païens. »
Et d'où a-t-il pris cela, mon père? Il n'importe
pas d'où il l'ait pris ; il suffit que les sentiments
de ces grands hommes-là sont toujours probables d'eux-mêmes. Mais le père Le Moine a apporté une modération à cette permission générale ; car il ne le veut point du tout souffrir aux
vieilles : c'est dans sa Dévotion aisée, et entre
autres pag. 127, 157, 163. « La jeunesse, dit-il,
» peut être parée de droit naturel. Il peut être

» permis de se parer en un âge qui est la fleur
» et la verdure des ans. Mais il en faut demeurer
» là : le contre-temps seroit étrange de chercher
» des roses sur la neige. Ce n'est qu'aux étoiles
» qu'il appartient d'être toujours au bal, parce
» qu'elles ont le don de jeunesse perpétuelle.
» Le meilleur donc en ce point seroit de prendre
» conseil de la raison et d'un bon miroir ; de se
» rendre à la bienséance et à la nécessité, et de
» se retirer quand la nuit approche. » Cela est
tout-à-fait judicieux, lui dis-je. Mais, continua-
t-il, afin que vous voyiez combien nos pères ont
eu soin de tout, je vous dirai que, donnant permission aux femmes de jouer, et voyant que
cette permission leur seroit souvent inutile, si
on ne leur donnoit aussi le moyen d'avoir de
quoi jouer, ils ont établi une autre maxime en
leur faveur, qui se voit dans Escobar, au chap.
du Larcin, tr. 1, ex. 91, n. 13. « Une femme, dit-il,
» peut jouer, et prendre pour cela de l'argent à
» son mari. »

En vérité, mon père, cela est bien achevé. Il
y a bien d'autres choses néanmoins, dit le père ;
mais il faut les laisser pour parler des maximes
plus importantes, qui facilitent l'usage des choses
saintes, comme, par exemple, la manière d'assister à la messe. Nos grands théologiens, Gaspard Hurtado, *De Sacr.* t. 2, d. 5, dist. 2, et
Coninck, q. 83, a. 6, n. 197, ont enseigné sur
ce sujet, « qu'il suffit d'être présent à la messe
» de corps, quoiqu'on soit absent d'esprit, pour-

» vû qu'on demeure dans une contenance res-
» pectueuse extérieurement. » Et Vasquez passe
plus avant, car il dit « qu'on satisfait au pré-
» cepte d'ouïr la messe, encore même qu'on ait
» l'intention de n'en rien faire. » Tout cela est
aussi dans Escobar, tr. 1, ex. 11, n. 74 et 107 ; et
encore au tr. 1, ex. 1, n. 116, où il l'explique par
l'exemple de ceux qu'on mène à la messe par
force, et qui ont l'intention expresse de ne la
point entendre. Vraiment, lui dis-je, je ne le
croirois jamais, si un autre me le disoit. En
effet, dit-il, cela a quelque besoin de l'autorité de
ces grands hommes ; aussi-bien que ce que dit
Escobar, au tr. 1, ex. 11, n. 31 : « Qu'une méchante
» intention, comme de regarder des femmes
» avec un désir impur, jointe à celle d'ouïr la
» messe comme il faut, n'empêche pas qu'on
» n'y satisfasse : *Nec obest alia prava intentio,*
» *ut aspiciendi libidinosè fœminas.* »

Mais on trouve encore une chose commode
dans notre savant Turrianus, *Select.* p. 2, d. 16,
dub. 7 : « Qu'on peut ouïr la moitié d'une messe
» d'un prêtre, et ensuite une autre moitié d'un
» autre, et même qu'on peut ouïr d'abord la fin
» de l'une, et ensuite le commencement d'une
» autre. » Et je vous dirai de plus qu'on a permis
encore « d'ouïr deux moitiés de messe en même
» temps de deux différents prêtres, lorsque l'un
» commence la messe, quand l'autre en est à
» l'élévation ; parce qu'on peut avoir l'attention
» à ces deux côtés à la fois, et que deux moitiés

» de messe font une messe entière : *duæ medie-*
» *tates unam missam constituunt.* » C'est ce qu'ont
décidé nos pères Bauny, tr. 6 , q. 9 , p. 312 ; Hurtado , *De Sacr.* t. II , *De Missá* , d. 5 , diff. 4; Azo-
rius , p. 1, l. 7, cap. 3 , q. 3 ; Escobar, tr. 1, ex. 11,
n. 73 , dans le chapitre « De la Pratique pour
» ouïr la messe selon notre Société. » Et vous
verrez les conséquences qu'il en tire dans ce
même livre , des éditions de Lyon , des années
1644 et 1646, en ces termes : « De là je conclus
» que vous pouvez ouïr la messe en très-peu de
» temps : si, par exemple, vous rencontrez quatre
» messes à la fois qui soient tellement assorties ,
» que , quand l'une commence , l'autre soit à
» l'évangile , une autre à la consécration , et la
» dernière à la communion. » Certainement,
mon père , on entendra la messe dans Notre-
Dame en un instant par ce moyen. Vous voyez
donc , dit-il , qu'on ne pouvoit pas mieux faire
pour faciliter la manière d'ouïr la messe.

Mais je veux vous faire voir maintenant comment on a adouci l'usage des sacrements , et surtout de celui de la pénitence ; car c'est là où vous
verrez la dernière bénignité de la conduite de
nos pères ; et vous admirerez que la dévotion
qui étonnoit tout le monde , ait pu être traitée
par nos pères avec une telle prudence, « qu'ayant
» abattu cet épouvantail que les démons avoient
» mis à sa porte, *ils l'aient rendue* plus facile que
» le vice, et plus aisée que la volupté ; *en sorte*
» que le simple vivre est incomparablement plus

» malaisé que le bien vivre, » pour user des termes du père Le Moine, p. 244 et 291 de sa Dévotion aisée. N'est-ce pas là un merveilleux changement? En vérité, lui dis-je, mon père, je ne puis m'empêcher de vous dire ma pensée. Je crains que vous ne preniez mal vos mesures, et que cette indulgence ne soit capable de choquer plus de monde que d'en attirer. Car la messe, par exemple, est une chose si grande et si sainte, qu'il suffiroit, pour faire perdre à vos auteurs toute créance dans l'esprit de plusieurs personnes, de leur montrer de quelle manière ils en parlent. Cela est bien vrai, dit le père, à l'égard de certaines gens : mais ne savez-vous pas que nous nous accommodons à toute sorte de personnes? Il semble que vous ayez perdu la mémoire de ce que je vous ai dit si souvent sur ce sujet. Je veux donc vous en entretenir la première fois à loisir, en différant pour cela notre entretien des adoucissements de la confession. Je vous le ferai si bien entendre, que vous ne l'oublierez jamais. Nous nous séparâmes là-dessus; et ainsi je m'imagine que notre première conversation sera de leur politique. Je suis, etc.

Depuis que j'ai écrit cette lettre, j'ai vu le livre du *Paradis ouvert par cent dévotions aisées à pratiquer*, par le père Barry, et celui de *la Marque de prédestination*, par le père Binet : ce sont des pièces dignes d'être vues.

DIXIÈME LETTRE (*).

Adoucissements que les jésuites ont apportés au sacrement de pénitence, par leurs maximes touchant la confession, la satisfaction, l'absolution, les occasions prochaines de pécher, la contrition et l'amour de Dieu.

De Paris, ce 2 août 1656.

MONSIEUR,

Ce n'est pas encore ici la politique de la Société, mais c'en est un des plus grands principes. Vous y verrez les adoucissements de la confession, qui sont assurément le meilleur moyen que ces pères aient trouvé pour attirer tout le monde et ne rebuter personne. Il falloit savoir cela avant que de passer outre ; et c'est pourquoi le père trouva à propos de m'en instruire en cette sorte.

Vous avez vu, me dit-il, par tout ce que je vous ai dit jusques ici, avec quel succès nos pères ont travaillé à découvrir, par leurs lumières, qu'il y a un grand nombre de choses permises qui passoient autrefois pour défendues ; mais, parce qu'il reste encore des péchés qu'on n'a pu excuser, et que l'unique remède en est la confession, il a été bien nécessaire d'en

_____

(*) Cette lettre fut faite de concert avec M. Arnauld.

adoucir les difficultés par les voies que j'ai maintenant à vous dire. Et ainsi, après vous avoir
montré, dans toutes nos conversations précédentes, comment on a soulagé les scrupules qui
troubloient les consciences, en faisant voir que
ce qu'on croyoit mauvais ne l'est pas, il reste à
vous montrer en celle-ci la manière d'expier
facilement ce qui est véritablement péché, en
rendant la confession aussi aisée qu'elle étoit
difficile autrefois. Et par quel moyen, mon père ?
C'est, dit-il, par ces subtilités admirables qui
sont propres à notre Compagnie, et que nos
pères de Flandre appellent, dans l'Image de
notre premier siècle, l. 3, or. 1, p. 401, et l. 1,
c. 2, « de pieuses et saintes finesses, et un saint
» artifice de dévotion : *piam et religiosam calli-*
» *ditatem, et pietatis solertiam* », au l. 3, c. 8.
C'est par le moyen de ces inventions « que les
» crimes s'expient aujourd'hui *alacriùs*, avec
» plus d'allégresse et d'ardeur qu'ils ne se com-
» mettoient autrefois ; en sorte que plusieurs
» personnes effacent leurs taches aussi prompte-
» ment qu'ils les contractent : *plurimi vix citiùs*
» *maculas contrahunt, quàm eluunt* », comme il
est dit au même lieu. Apprenez-moi donc, je vous
prie, mon père, *ces finesses* si salutaires. Il y en
a plusieurs, me dit-il ; car, comme il se trouve
beaucoup de choses pénibles dans la confession,
on a apporté des adoucissements à chacune ; et
parce que les principales peines qui s'y rencontrent sont la honte de confesser de certains

péchés, le soin d'en exprimer les circonstances, la pénitence qu'il en faut faire, la résolution de n'y plus tomber, la fuite des occasions prochaines qui y engagent, et le regret de les avoir commis ; j'espère vous montrer aujourd'hui qu'il ne reste presque rien de fâcheux en tout cela, tant on a eu soin d'ôter toute l'amertume et toute l'aigreur d'un remède si nécessaire.

Car, pour commencer par la peine qu'on a de confesser de certains péchés, comme vous n'ignorez pas qu'il est souvent assez important de se conserver dans l'estime de son confesseur, n'est-ce pas une chose bien commode de permettre, comme font nos pères, et entre autres Escobar, qui cite encore Suarez, tr. 7, a. 4, n. 135, « d'avoir deux confesseurs, l'un pour les » péchés mortels, et l'autre pour les véniels, » afin de se maintenir en bonne réputation au- » près de son confesseur ordinaire, *uti bonam* » *famam apud ordinarium tueatur*, pourvu qu'on » ne prenne pas de là occasion de demeurer dans » le péché mortel. » Et il donne ensuite un autre subtil moyen pour se confesser d'un péché, même à son confesseur ordinaire, sans qu'il s'aperçoive qu'on l'a commis depuis la dernière confession. « C'est, dit-il, de faire une confession » générale, et de confondre ce dernier péché » avec les autres dont on s'accuse en gros. » Il dit encore la même chose, princ. ex. 2, n. 73. Et vous avouerez, je m'assure, que cette décision du père Bauny, Théol. mor. tr. 4, q. 15,

p. 137, soulage encore bien la honte qu'on a de
confesser ses rechutes : « Que, hors de certaines
» occasions, qui n'arrivent que rarement, le
» confesseur n'a pas droit de demander si le
» péché dont on s'accuse est un péché d'habi-
» tude, et qu'on n'est pas obligé de lui répondre
» sur cela, parce qu'il n'a pas droit de donner à
» son pénitent la honte de déclarer ses rechutes
» fréquentes. »

Comment, mon père ! j'aimerois autant dire
qu'un médecin n'a pas droit de demander à son
malade s'il y a long-temps qu'il a la fièvre. Les
péchés ne sont-ils pas tous différents selon ces
différentes circonstances ? et le dessein d'un
véritable pénitent ne doit-il pas être d'exposer
tout l'état de sa conscience à son confesseur
avec la même sincérité et la même ouverture
de cœur que s'il parloit à Jésus-Christ, dont le
prêtre tient la place ? Or, n'est-on pas bien
éloigné de cette disposition quand on cache ses
rechutes fréquentes, pour cacher la grandeur
de son péché ? Je vis le bon père embarrassé
là-dessus : de sorte qu'il pensa à éluder cette
difficulté plutôt qu'à la résoudre, en m'apprenant une autre de leurs règles, qui établit seulement un nouveau désordre, sans justifier en
aucune sorte cette décision du père Bauny, qui
est, à mon sens, une de leurs plus pernicieuses
maximes, et des plus propres à entretenir les
vicieux dans leurs mauvaises habitudes. Je demeure d'accord, me dit-il, que l'habitude aug-

mente la malice du péché, mais elle n'en change pas la nature : et c'est pourquoi on n'est pas obligé à s'en confesser, selon la règle de nos pères, qu'Escobar rapporte, princ. ex. 2, n. 39 : « Qu'on n'est obligé de confesser que les circon- » stances qui changent l'espèce du péché, et non » pas celles qui l'aggravent. »

C'est selon cette règle que notre père Granados dit, *in 5 part.* cont. 7, t. IX, d. 9, n. 22, « que si on a mangé de la viande en carême, il » suffit de s'accuser d'avoir rompu le jeûne, sans » dire si c'est en mangeant de la viande, ou en » faisant deux repas maigres. » Et selon notre père Reginaldus, tr. 1, l. 6, c. 4, n. 114 : « Un » devin qui s'est servi de l'art diabolique n'est » pas obligé à déclarer cette circonstance; mais » il suffit de dire qu'il s'est mêlé de deviner, » sans exprimer si c'est par la chiromancie, ou » par un pacte avec le démon. » Et Fagundez, de notre Société, p. 2, l. 4, c. 3, n. 17, dit aussi : « Le rapt n'est pas une circonstance qu'on soit » tenu de découvrir quand la fille y a consenti. » Notre père Escobar rapporte tout cela au même lieu, n. 41, 61, 62, avec plusieurs autres décisions assez curieuses des circonstances qu'on n'est pas obligé de confesser. Vous pouvez les y voir vous-même. Voilà, lui dis-je, des *artifices de dévotion* bien accommodants.

Tout cela néanmoins, dit-il, ne seroit rien, si on n'avoit de plus adouci la pénitence, qui est une des choses qui éloignoit davantage de la confession. Mais maintenant les plus délicats ne la sauroient plus appréhender, après ce que nous avons soutenu dans nos thèses du collége de Clermont : « Que, si le confesseur impose » une pénitence convenable, *convenientem*, et » qu'on ne veuille pas néanmoins l'accepter, on » peut se retirer en renonçant à l'absolution et » à la pénitence imposée. » Et Escobar dit encore dans la Pratique de la pénitence, selon notre Société, tr. 7, ex. 4, n. 188 : « Que, si le pénitent » déclare qu'il veut remettre à l'autre monde à » faire pénitence, et souffrir en purgatoire toutes » les peines qui lui sont dues, alors le confesseur » doit lui imposer une pénitence bien légère » pour l'intégrité du sacrement, et principale- » ment s'il reconnoît qu'il n'en accepteroit pas » une plus grande. » Je crois, lui dis-je, que, si cela étoit, on ne devroit plus appeler la confes- sion le sacrement de pénitence. Vous avez tort, dit-il ; car au moins on en donne toujours quel- qu'une pour la forme. Mais, mon père, jugez- vous qu'un homme soit digne de recevoir l'ab- solution quand il ne veut rien faire de pénible pour expier ses offenses ? Et quand des personnes sont en cet état, ne devriez-vous pas plutôt leur retenir leurs péchés que de les leur remettre ? Avez-vous l'idée véritable de l'étendue de votre ministère ? et ne savez-vous pas que vous y exercez le pouvoir de lier et de délier ? Croyez- vous qu'il soit permis de donner l'absolution indifféremment à tous ceux qui la demandent, sans reconnoître auparavant si Jésus-Christ délie dans le ciel ceux que vous déliez sur la terre? Eh quoi! dit le père, pensez-vous que nous ignorions « que le confesseur doit se rendre » juge de la disposition de son pénitent, tant » parce qu'il est obligé de ne pas dispenser les » sacrements à ceux qui en sont indignes, Jésus-» Christ lui ayant ordonné d'être dispensateur » fidèle, et de ne pas donner les choses saintes » aux chiens, que parce qu'il est juge, et que » c'est le devoir d'un juge de juger justement, » en déliant ceux qui en sont dignes, et liant » ceux qui en sont indignes, et aussi parce qu'il » ne doit pas absoudre ceux que Jésus-Christ » condamne? » De qui sont ces paroles-là, mon père? De notre père Filiutius, répliqua-t-il, t. I, tr. 7, n. 354. Vous me surprenez, lui dis-je; je les prenois pour être d'un des pères de l'Église. Mais, mon père, ce passage doit bien étonner les confesseurs, et les rendre bien circonspects dans la dispensation de ce sacrement, pour reconnoître si le regret de leurs pénitents est suffisant, et si les promesses qu'ils donnent de ne plus pécher à l'avenir sont recevables. Cela n'est point du tout embarrassant, dit le père: Filiutius n'avoit garde de laisser les confesseurs dans cette peine; et c'est pourquoi, ensuite de ces paroles, il leur donne cette méthode facile pour en sortir : « Le confesseur peut aisément » se mettre en repos touchant la disposition de » son pénitent; car s'il ne donne pas des signes

» suffisants de douleur, le confesseur n'a qu'à
» lui demander s'il ne déteste pas le péché dans
» son âme, et s'il répond que oui, il est obligé
» de l'en croire. Et il faut dire la même chose de
» la résolution pour l'avenir, à moins qu'il y eût
» quelque obligation de restituer, ou de quitter
» quelque occasion prochaine. » Pour ce passage, mon père, je vois bien qu'il est de Filiutius. Vous vous trompez, dit le père : car il a
pris tout cela mot à mot de Suarez, in 3 part.
t. IV, disp. 32, sect. 2, n. 2. Mais, mon père, ce
dernier passage de Filiutius détruit ce qu'il avoit
établi dans le premier ; car les confesseurs n'auront plus le pouvoir de se rendre juges de la
disposition de leurs pénitents, puisqu'ils sont
obligés de les en croire sur leur parole, lors
même qu'ils ne donnent aucun signe suffisant
de douleur ? Est-ce qu'il y a tant de certitude
dans ces paroles qu'on donne, que ce seul signe
soit convaincant ? Je doute que l'expérience ait
fait connoître à vos pères que tous ceux qui
leur font ces promesses les tiennent, et je suis
trompé s'ils n'éprouvent souvent le contraire.
Cela n'importe, dit le père ; on ne laisse pas
d'obliger toujours les confesseurs à les croire :
car le père Bauny, qui a traité cette question à
fond dans sa Somme des péchés, c. 46, p. 1090,
1091 et 1092, conclut « que toutes les fois que
» ceux qui récidivent souvent, sans qu'on y voie
» aucun amendement, se présentent au confes-
» seur, et lui disent qu'ils ont regret du passé

» et bon dessein pour l'avenir, il les en doit
» croire sur ce qu'ils le disent, quoiqu'il soit
» à présumer telles résolutions ne passer pas le
» bout des lèvres. Et quoiqu'ils se portent en-
» suite avec plus de liberté et d'excès que jamais
» dans les mêmes fautes, on peut néanmoins
» leur donner l'absolution selon mon opinion. »
Voilà, je m'assure, tous vos doutes bien résolus.

Mais, mon père, lui dis-je, je trouve que vous
imposez une grande charge aux confesseurs, en
les obligeant de croire le contraire de ce qu'ils
voient. Vous n'entendez pas cela, dit-il; on veut
dire par là qu'ils sont obligés d'agir et d'absoudre, comme s'ils croyoient que cette résolution fût ferme et constante, encore qu'ils ne le
croient pas en effet. Et c'est ce que nos pères
Suarez et Filiutius expliquent ensuite des passages de tantôt. Car, après avoir dit « que le
» prêtre est obligé de croire son pénitent sur
» sa parole », ils ajoutent « qu'il n'est pas néces-
» saire que le confesseur se persuade que la réso-
» lution de son pénitent s'exécutera, ni qu'il le
» juge même probablement; mais il suffit qu'il
» pense qu'il en a à l'heure même le dessein en
» général, quoiqu'il doive retomber en bien peu
» de temps. Et c'est ce qu'enseignent tous nos
» auteurs », *ita docent omnes autores.* Douterez-
vous d'une chose que nos auteurs enseignent?
Mais, mon père, que deviendra donc ce que le
père Pétau a été obligé de reconnoître lui-même

dans la préface de la Pén. publ. page 4 « Que les
» saints pères, les docteurs et les conciles sont
» d'accord, comme d'une vérité certaine, que
» la pénitence, qui prépare à l'Eucharistie, doit
» être véritable, constante, courageuse, et non
» pas lâche, et endormie, ni sujette aux rechutes
» et aux reprises ? » Ne voyez-vous pas, dit-il, que
le père Pétau parle de l'*ancienne Église ?* Mais
cela est maintenant si *peu de saison*, pour user
des termes de nos pères, que, selon le père
Bauny, le contraire est seul véritable ; c'est au
tr. 4, q. 15, p. 95. « Il y a des auteurs qui disent
» qu'on doit refuser l'absolution à ceux qui re-
» tombent souvent dans les mêmes péchés, et
» principalement lorsque après les avoir plu-
» sieurs fois absous, il n'en paroît aucun amen-
» dement : et d'autres disent que non. Mais la
» seule véritable opinion est qu'il ne faut point
» leur refuser l'absolution : et encore qu'ils ne
» profitent point de tous les avis qu'on leur a
» souvent donnés, qu'ils n'aient pas gardé les
» promesses qu'ils ont faites de changer de vie,
» qu'ils n'aient pas travaillé à se purifier, il n'im-
» porte : et quoi qu'en disent les autres, la véri-
» table opinion, et laquelle on doit suivre, est
» que, même en tous ces cas, on les doit ab-
» soudre. » Et tr. 4, q. 22, p. 100 : « Qu'on ne
» doit ni refuser, ni différer l'absolution à ceux
» qui sont dans des péchés d'habitude contre la
» loi de Dieu, de nature, et de l'Église, quoi-
» qu'on n'y voie aucune espérance d'amende-

» ment » : *Etsi emendationis futuræ nulla spes appareat.*

Mais, mon père, lui dis-je, cette assurance d'avoir toujours l'absolution pourroit bien porter les pécheurs.... Je vous entends, dit-il, en m'interrompant; mais écoutez le père Bauny, q. 15 : « On peut absoudre celui qui avoue que l'espé- » rance d'être absous l'a porté à pécher avec plus » de facilité qu'il n'eût fait sans cette espérance. » Et le père Caussin, défendant cette proposition, dit, page 211 de sa Rép. à la Théol. mor., « Que, » si elle n'étoit véritable, l'usage de la confession » seroit interdit à la plupart du monde; et qu'il » n'y auroit plus d'autre remède aux pécheurs, » qu'une branche d'arbre et une corde. » O mon père! que ces maximes-là attireront de gens à vos confessionnaux ! Aussi, dit-il, vous ne sauriez croire combien il y en vient : « nous sommes » accablés et comme opprimés sous la foule de » nos pénitents », *pœnitentium numero obruimur,* comme il est dit en l'Image de notre premier siècle, l. 3, c. 8. Je sais, lui dis-je, un moyen facile de vous décharger de cette presse. Ce seroit seulement, mon père, d'obliger les pécheurs à quitter les occasions prochaines : vous vous soulageriez assez par cette seule invention. Nous ne cherchons pas ce soulagement, dit-il; au contraire : car, comme il est dit dans le même livre, l. 3, c. 7, p. 374 : « Notre Société a pour but de » travailler à établir les vertus, de faire la guerre » aux vices, et de servir un grand nombre

» d'âmes. » Et comme il y a peu d'âmes qui veuillent quitter les occasions prochaines, on a été obligé de définir ce que c'est qu'occasion prochaine ; comme on voit dans Escobar, en la Pratique de notre Société, tr. 7, ex. 4, n. 226. « On » n'appelle pas occasion prochaine celle où l'on » ne pèche que rarement, comme de pécher par » un transport soudain avec celle avec qui on » demeure, trois ou quatre fois par an » ; ou, selon le père Bauny, dans son livre françois, une ou deux fois par mois, p. 1082 ; et encore p. 1089, où il demande « ce qu'on doit faire entre les » maîtres et servantes, cousins et cousines qui » demeurent ensemble, et qui se portent mutuel- » lement à pécher par cette occasion. » Il les faut séparer, lui dis-je. C'est ce qu'il dit aussi, « si les » rechutes sont fréquentes, et presque journa- » lières : mais s'ils n'offensent que rarement par » ensemble, comme seroit une ou deux fois le » mois, et qu'ils ne puissent se séparer sans » grande incommodité et dommage, on pourra » les absoudre, selon ces auteurs, et entre autres » Suarez, pourvu qu'ils promettent bien de ne » plus pécher, et qu'ils aient un vrai regret du » passé. » Je l'entendis bien ; car il m'avoit déjà appris de quoi le confesseur se doit contenter pour juger de ce regret. Et le père Bauny, con- tinua-t-il, permet, p. 1083 et 1084, à ceux qui sont engagés dans les occasions prochaines, « d'y » demeurer, quand ils ne les pourroient quitter » sans bâiller sujet au monde de parler, ou sans

» en recevoir de l'incommodité. » Et il dit de
même en sa Théologie morale, tr. 4, *De Pœnit.*
q. 13, p. 93, et q. 14, p. 94 : « Qu'on peut et qu'on
» doit absoudre une femme qui a chez elle un
» homme avec qui elle pèche souvent, si elle ne
» le peut faire sortir honnêtement, ou qu'elle ait
» quelque cause de le retènir : *Si non potest ho-*
» *nestè ejicere, aut habeat aliquam causam reti-*
» *nendi;* pourvu qu'elle propose bien de ne
» plus pécher avec lui. »

O mon père ! lui dis-je, l'obligation de quitter
les occasions est bien adoucie, si on en est dispensé aussitôt qu'on en recevroit de l'incommodité : mais je crois au moins qu'on y est obligé,
selon vos pères, quand il n'y a point de peine ?
Oui, dit le père, quoique toutefois cela ne soit
pas sans exception. Car le père Bauny dit au
même lieu : « Il est permis à toutes sortes de per-
» sonnes d'entrer dans les lieux de débauche
» pour y convertir des femmes perdues, quoi-
» qu'il soit bien vraisemblable qu'on y péchera :
» comme si on a déjà éprouvé souvent qu'on s'est
» laissé aller au péché par la vue et les cajoleries
» de ces femmes. Et encore qu'il y ait des docteurs
» qui n'approuvent pas cette opinion, et qui
» croient qu'il n'est pas permis de mettre volon-
» tairement son salut en danger pour secourir
» son prochain, je ne laisse pas d'embrasser très-
» volontiers cette opinion qu'ils combattent. »
Voilà, mon père, une nouvelle sorte de prédicateurs. Mais sur quoi se fonde le père Bauny

pour leur donner cette mission ? C'est, me dit-il, sur un de ses principes qu'il donne au même lieu après Basile Ponce. Je vous en ai parlé autrefois, et je crois que vous vous en souvenez. C'est « qu'on peut rechercher une occasion di-» rectement et par elle-même, *primò et per se*, » pour le bien temporel ou spirituel de soi ou » du prochain. » Ces passages me firent tant d'horreur, que je pensai rompre là-dessus : mais je me retins, afin de le laisser aller jusqu'au bout, et me contentai de lui dire : Quel rapport y a-t-il, mon père, de cette doctrine à celle de l'Évangile, qui oblige « à s'arracher les yeux, et » à retrancher les choses les plus nécessaires » quand elles nuisent au salut ? » Et comment pouvez-vous concevoir qu'un homme qui demeure volontairement dans les occasions des péchés les déteste sincèrement ? N'est-il pas visible, au contraire, qu'il n'en est point touché comme il faut, et qu'il n'est pas encore arrivé à cette véritable conversion de cœur, qui fait autant aimer Dieu qu'on a aimé les créatures ?

Comment, dit-il, ce seroit là une véritable contrition ? Il semble que vous ne sachiez pas que, comme dit le père Pintereau en la seconde partie de l'abbé de Boisic, page 5o : « Tous nos » pères enseignent, d'un commun accord, que » c'est une erreur, et presque une hérésie, de » dire que la contrition soit nécessaire, et que » l'attrition toute seule, et même conçue par LE » SEUL motif des peines de l'enfer, qui exclut la

» volonté d'offenser, ne suffit pas avec le sacre-
» ment. » Quoi, mon père ! c'est presque un article de foi que l'attrition conçue par la seule
crainte des peines suffit avec le sacrement? Je
crois que cela est particulier à vos pères. Car les
autres, qui croient que l'attrition suffit avec le
sacrement, veulent au moins qu'elle soit mêlée
de quelque amour de Dieu. Et de plus, il me
semble que vos auteurs mêmes ne tenoient point
autrefois que cette doctrine fût si certaine. Car
votre père Suarez en parle de cette sorte, *De
Pœn.* q. 90, art. 4, disp. 15, sect. 4, n. 17. « En-
» core, dit-il, que ce soit une opinion probable
» que l'attrition suffit avec le sacrement, toute-
» fois elle n'est pas certaine, et elle peut être
» fausse : *Non est certa, et potest esse falsa.* Et si
» elle est fausse, l'attrition ne suffit pas pour
» sauver un homme. Donc celui qui meurt sciem-
» ment en cet état s'expose volontairement au
» péril moral de la damnation éternelle. Car
» cette opinion n'est ni fort ancienne, ni fort
» commune : *Nec valdè antiqua, nec multùm
» communis.* » Sanchez ne trouvoit pas non plus
qu'elle fût si assurée, puisqu'il dit en sa Somme,
l. 1, c. 9, n. 34 : « Que le malade et son confes-
» seur qui se contenteroient à la mort de l'attri-
» tion avec le sacrement, pècheroient mortelle-
» ment, à cause du grand péril de damnation où
» le pénitent s'exposeroit, si l'opinion qui assure
» que l'attrition suffit avec le sacrement ne se
» trouvoit pas véritable. » Ni Comitolus aussi,

quand il dit, *Resp. Mor.* l. 1, q. 32, n. 7, 8 :
« Qu'il n'est pas trop sûr que l'attrition suffise
» avec le sacrement. »

Le bon père m'arrêta là-dessus. Eh quoi! dit-il,
vous lisez donc nos auteurs? vous faites bien;
mais vous feriez encore mieux de ne les lire
qu'avec quelqu'un de nous. Ne voyez-vous pas
que, pour les avoir lus tout seul, vous en avez
conclu que ces passages font tort à ceux qui soutiennent maintenant notre doctrine de l'attrition, au lieu qu'on vous auroit montré qu'il n'y
a rien qui les relève davantage? Car quelle gloire
est-ce à nos pères d'aujourd'hui d'avoir en moins
de rien répandu si généralement leur opinion
partout, que, hors les théologiens, il n'y a
presque personne qui ne s'imagine que ce que
nous tenons maintenant de l'attrition n'ait été
de tout temps l'unique créance des fidèles! Et
ainsi, quand vous montrez, par nos pères mêmes,
qu'il y a peu d'années *que cette opinion n'étoit pas
certaine*, que faites-vous autre chose, sinon donner à nos derniers auteurs tout l'honneur de cet
établissement?

Aussi Diana, notre ami intime, a cru nous
faire plaisir de marquer par quels degrés on y est
arrivé. C'est ce qu'il fait p. 5, tr. 13, où il dit :
« Qu'autrefois les anciens scolastiques soute-
» noient que la contrition étoit nécessaire aussi-
» tôt qu'on avoit fait un péché mortel : mais
» que depuis on a cru qu'on n'y étoit obligé que
» les jours de fêtes, et ensuite que, quand quel-

» que grande calamité menaçoit tout le peuple :
» que, selon d'autres, on étoit obligé à ne la pas
» différer long-temps quand on approche de la
» mort. Mais que nos pères Hurtado et Vasquez
» ont réfuté excellemment toutes ces opinions-là,
» et établi qu'on n'y étoit obligé que quand on
» ne pouvoit être absous par une autre voie, ou
» à l'article de la mort ! » Mais, pour continuer
le merveilleux progrès de cette doctrine, j'ajouterai que nos pères Fagundez præc. 2, t. II, c. 4,
n. 13 ; Granados in 3, part. contr. 7, d. 3, sec. 4,
n. 17 ; et Escobar, tr. 7, ex. 4, n. 88, dans la
Pratique, selon notre Société, ont décidé : « Que
» la contrition n'est pas nécessaire même à la
» mort, parce, disent-ils, que si l'attrition avec
» le sacrement ne suffisoit pas à la mort, il s'en-
» suivroit que l'attrition ne seroit pas suffisante
» avec le sacrement. » Et notre savant Hurtado,
de Sacr. d. 6, cité par Diana, part. 5, tr. 4,
Miscell. r. 193, et par Escobar, tr. 7, ex. 4, n. 91,
va encore plus loin ; écoutez-le. « Le regret d'avoir
» péché, qu'on ne conçoit qu'à cause du seul mal
» temporel qui en arrive, comme d'avoir perdu
» la santé ou son argent, est-il suffisant ? Il faut
» distinguer. Si on ne pense pas que ce mal soit
» envoyé de la main de Dieu, ce regret ne suffit
» pas ; mais, si on croit que ce mal est envoyé de
» Dieu, comme en effet tout mal, *dit Diana,*
» excepté le péché, vient de lui, ce regret est
» suffisant. » C'est ce que dit Escobar en *la Pra-*
tique de notre Société. Notre père François Lamy

soutient aussi la même chose, tr. 8, disp. 3, n. 13.

Vous me surprenez, mon père; car je ne vois rien en toute cette attrition-là que de naturel; et ainsi un pécheur se pourroit rendre digne de l'absolution sans aucune grâce surnaturelle. Or, il n'y a personne qui ne sache que c'est une hérésie condamnée par le concile. Je l'aurois pensé comme vous, dit-il; et cependant il faut bien que cela ne soit pas. Car nos pères du collége de Clermont ont soutenu dans leurs thèses du 23 mai et du 6 juin 1644, col. 4, n. 1 : « Qu'une » attrition peut être sainte et suffisante pour le » sacrement, quoiqu'elle ne soit pas surnatu- » relle. » Et dans celle du mois d'août 1643 : « Qu'une attrition qui n'est que naturelle suffit » pour le sacrement, pourvu qu'elle soit hon- » nête : *Ad sacramentum sufficit attritio naturalis,* » *modò honesta.* » Voilà tout ce qui se peut dire, si ce n'est qu'on veuille ajouter une conséquence, qui se tire aisément de ces principes : qui est que la contrition est si peu nécessaire au sacre- ment, qu'elle y seroit au contraire nuisible, en ce qu'effaçant les péchés par elle-même, elle ne laisseroit rien à faire au sacrement. C'est ce que dit notre père Valentia, ce célèbre jésuite, t. IV, disp. 7, q. 8, p. 4. « La contrition n'est point du » tout nécessaire pour obtenir l'effet principal » du sacrement, mais au contraire elle y est » plutôt un obstacle : *Imò obstat potiùs quominùs* » *effectus sequatur.* » On ne peut rien désirer de plus à l'avantage de l'attrition. Je le crois, mon père; mais souffrez que je vous en dise mon sentiment, et que je vous fasse voir à quel excès cette doctrine conduit. Lorsque vous dites que *l'attrition conçue par la seule crainte des peines* suffit avec le sacrement pour justifier les pécheurs, ne s'ensuit-il pas de là qu'on pourra toute sa vie expier ses péchés de cette sorte, et ainsi être sauvé sans avoir jamais aimé Dieu en sa vie? Or, vos pères oseroient-ils soutenir cela?

Je vois bien, répondit le père, par ce que vous me dites, que vous avez besoin de savoir la doctrine de nos pères touchant l'amour de Dieu. C'est le dernier trait de leur morale, et le plus important de tous. Vous deviez l'avoir compris par les passages que je vous ai cités de la contrition. Mais en voici d'autres plus précis sur l'amour de Dieu; ne m'interrompez donc pas, car la suite même en est considérable. Écoutez Escobar, qui rapporte les opinions différentes de nos auteurs sur ce sujet, dans la Pratique de l'amour de Dieu selon notre Société, au tr. 1, ex. 2, n. 21, et tr. 5, ex. 4, n. 8, sur cette question : « Quand est-on obligé d'avoir affection » actuellement pour Dieu? Suarez dit que c'est » assez, si on l'aime avant l'article de la mort, » sans déterminer aucun temps; Vasquez, qu'il » suffit encore à l'article de la mort; d'autres, » quand on reçoit le baptême; d'autres, quand » on est obligé d'être contrit; d'autres, les jours » de fêtes. Mais notre père Castro Palao combat

» toutes ces opinions-là, et avec raison, *meritò*.
» Hurtado de Mendoza prétend qu'on y est obligé
» tous les ans, et qu'on nous traite bien favora-
» blement encore de ne nous y obliger pas plus
» souvent : mais notre père Coninck croit qu'on
» y est obligé en trois ou quatre ans ; Henriquez,
» tous les cinq ans ; et Filiutius dit qu'il est pro-
» bable qu'on n'y est pas obligé à la rigueur tous
» les cinq ans. Et quand donc ? Il le remet au
» jugement des sages. » Je laissai passer tout ce
badinage, où l'esprit de l'homme se joue si insolemment de l'amour de Dieu. Mais, poursuivit-il,
notre père Antoine Sirmond, qui triomphe sur
cette matière dans son admirable livre de la Défense de la vertu, *où il parle françois en France*,
comme il dit au lecteur, discourt ainsi au 2ᵉ tr.
sect. 1, pag. 12, 13, 14, etc. : « Saint Thomas dit
» qu'on est obligé à aimer Dieu aussitôt après
» l'usage de raison : c'est un peu bientôt. Scotus,
» chaque dimanche : sur quoi fondé ? D'autres,
» quand on est grièvement tenté : oui, en cas
» qu'il n'y eût que cette voie de fuir la tentation.
» Sotus, quand on reçoit un bienfait de Dieu :
» bon pour l'en remercier. D'autres, à la mort :
» c'est bien tard. Je ne crois pas non plus que
» ce soit à chaque réception de quelque sacre-
» ment : l'attrition y suffit avec la confession,
» si on en a la commodité. Suarez dit qu'on y
» est obligé en un temps : mais en quel temps ?
» Il vous en fait juge, et il n'en sait rien. Or,
» ce que ce docteur n'a pas su, je ne sais qui le

» sait. » Et il conclut enfin qu'on n'est obligé à autre chose, à la rigueur, qu'à observer les autres commandements, sans aucune affection pour Dieu, et sans que notre cœur soit à lui, pourvu qu'on ne le haïsse pas. C'est ce qu'il prouve en tout son second Traité. Vous le verrez à chaque page, et entre autres pages 16, 19, 24, 28, où il dit ces mots : « Dieu, en nous » commandant de l'aimer, se contente que nous » lui obéissions en ses autres commandements. » Si Dieu eût dit : Je vous perdrai, quelque » obéissance que vous me rendiez, si de plus » votre cœur n'est à moi : ce motif, à votre avis, » eût-il été bien proportionné à la fin que Dieu » a dû et a pu avoir ? Il est donc dit que nous » aimerons Dieu en faisant sa volonté, comme » si nous l'aimions d'affection, comme si le motif » de la charité nous y portoit. Si cela arrive » réellement, encore mieux : sinon, nous ne » laisserons pas pourtant d'obéir en rigueur au » commandement d'amour, en ayant les œuvres, » de façon que (voyez la bonté de Dieu), il ne » nous est pas tant commandé de l'aimer que de » ne le point haïr. »

C'est ainsi que nos pères ont déchargé les hommes de l'obligation *pénible* d'aimer Dieu actuellement ; et cette doctrine est si avantageuse, que nos pères Annat, Pintereau, Le Moine, et A. Sirmond même, l'ont défendue vigoureusement, quand on a voulu la combattre. Vous n'avez qu'à le voir dans leurs réponses à la

Théologie morale : et celle du père Pintereau en la 2ᵉ part. de l'abbé de Boisic, p. 53, vous fera juger de la valeur de cette dispense, par le prix qu'il dit qu'elle a coûté, qui est le sang de Jésus-Christ. C'est le couronnement de cette doctrine. Vous y verrez donc que cette dispense de l'obligation *fâcheuse* d'aimer Dieu est le privilége de la loi évangélique par-dessus la judaïque. « Il a » été raisonnable, dit-il, que dans la loi de grâce » du nouveau Testament, Dieu levât l'obligation » fâcheuse et difficile, qui étoit en la loi de ri- » gueur, d'exercer un acte de parfaite contrition » pour être justifié, et qu'il instituât des sacre- » ments pour suppléer à son défaut, à l'aide » d'une disposition plus facile. Autrement, certes, » les chrétiens, qui sont les enfants, n'auroient » pas maintenant plus de facilité à se remettre » aux bonnes grâces de leur père que les juifs, » qui étoient les esclaves, pour obtenir miséri- » corde de leur Seigneur. »

O mon père ! lui dis-je, il n'y a point de patience que vous ne mettiez à bout, et on ne peut ouïr sans horreur les choses que je viens d'entendre. Ce n'est pas de moi-même, dit-il. Je le sais bien, mon père, mais vous n'en avez point d'aversion ; et bien loin de détester les auteurs de ces maximes, vous avez de l'estime pour eux. Ne craignez-vous pas que votre consentement ne vous rende participant de leur crime ? Et pouvez-vous ignorer que saint Paul juge « dignes de » mort, non-seulement les auteurs des maux,

» mais aussi ceux qui y consentent ? » Ne suffi-soit-il pas d'avoir permis aux hommes tant de choses défendues par les palliations que vous y avez apportées ? falloit-il encore leur donner l'occasion de commettre les crimes mêmes que vous n'avez pu excuser par la facilité et l'assu-rance de l'absolution que vous leur en offrez, en détruisant à ce dessein la puissance des prêtres, et les obligeant d'absoudre, plutôt en esclaves qu'en juges, les pécheurs les plus en-vieillis, sans changement de vie, sans aucun signe de regret, que des promesses cent fois violées ; sans pénitence, *s'ils n'en veulent point accepter ;* et sans quitter les occasions des vices, *s'ils en reçoivent de l'incommodité ?*

Mais on passe encore au-delà, et la licence qu'on a prise d'ébranler les règles les plus saintes de la conduite chrétienne se porte jusqu'au ren-versement entier de la loi de Dieu. On viole *le grand commandement, qui comprend la loi et les prophètes :* on attaque la piété dans le cœur : on en ôte l'esprit qui donne la vie : on dit que l'amour de Dieu n'est pas nécessaire au salut ; et on va même jusqu'à prétendre que *cette dis-pense d'aimer Dieu est l'avantage que Jésus-Christ a apporté au monde.* C'est le comble de l'impiété. Le prix du sang de Jésus-Christ sera de nous obtenir la dispense de l'aimer ! Avant l'incarnation, on étoit obligé d'aimer Dieu ; mais depuis que *Dieu a tant aimé le monde, qu'il lui a donné son fils unique,* le monde, racheté par lui, sera déchargé de l'aimer ! Étrange théologie de nos jours ! On ose lever *l'anathème* que saint Paul prononce *contre ceux qui n'aiment pas le Seigneur Jésus* ! On ruine ce que dit saint Jean, que *qui n'aime point, demeure en la mort*; et ce que dit Jésus-Christ même, que *qui ne l'aime point, ne garde point ses préceptes* ! Ainsi on rend dignes de jouir de Dieu dans l'éternité ceux qui n'ont jamais (*) aimé Dieu en toute leur vie ! Voilà le mystère d'iniquité accompli. Ouvrez enfin les yeux, mon père ; et si vous n'avez point été touché par les autres égarements de vos casuistes, que ces derniers vous en retirent par leurs excès. Je le souhaite de tout mon cœur pour vous et pour tous vos pères ; et je prie Dieu qu'il daigne leur faire connoître combien est fausse la lumière qui les a conduits jusqu'à de tels précipices, et qu'il remplisse de son amour ceux qui en osent dispenser les hommes.

Après quelques discours de cette sorte, je quittai le père, et je ne vois guère d'apparence d'y retourner. Mais n'y ayez pas de regret ; car s'il étoit nécessaire de vous entretenir encore de leurs maximes, j'ai assez lu leurs livres pour pouvoir vous en dire à peu près autant de leur morale, et peut-être plus de leur politique, qu'il n'eût fait lui-même. Je suis, etc.

(*) Rien sur cette matière n'est comparable à la prosopopée par laquelle Boileau introduit Dieu jugeant tous les hommes. C'est dans son épître XII.

ONZIÈME LETTRE

ÉCRITE AUX RÉVÉRENDS PÈRES JÉSUITES.

Qu'on peut réfuter par des railleries les erreurs ridicules. Précautions avec lesquelles on le doit faire ; qu'elles ont été observées par Montalte, et qu'elles ne l'ont point été par les jésuites. Bouffonneries impies du père Le Moine et du père Garasse.

Du 18 août 1656.

MES RÉVÉRENDS PÈRES,

J'ai vu les lettres que vous débitez contre celles que j'ai écrites à un de mes amis sur le sujet de votre morale, où l'un des principaux points de votre défense est que je n'ai pas parlé assez sérieusement de vos maximes : c'est ce que vous répétez dans tous vos écrits, et que vous poussez jusqu'à dire : « Que j'ai tourné les choses » saintes en raillerie. »

Ce reproche, mes pères, est bien surprenant et bien injuste ; car en quel lieu trouvez-vous que je tourne les choses saintes en raillerie ? Vous marquez en particulier « le contrat Moha- » tra, et l'histoire de Jean d'Alba. » Mais est-ce cela que vous appelez des choses saintes ? Vous semble-t-il que le Mohatra soit une chose si vénérable, que ce soit un blasphème de n'en

pas parler avec respect? Et les leçons du père
Bauny, pour le larcin, qui portèrent Jean d'Alba
à le pratiquer contre vous-mêmes, sont-elles si
sacrées, que vous ayez droit de traiter d'impies
ceux qui s'en moquent?

Quoi! mes pères, les imaginations de vos auteurs passeront pour les vérités de la foi, et on
ne pourra se moquer des passages d'Escobar,
et des décisions si fantasques et si peu chrétiennes de vos autres auteurs, sans qu'on soit
accusé de rire de la religion? Est-il possible que
vous ayez osé redire si souvent une chose si peu
raisonnable? et ne craignez-vous point, en me
blâmant de m'être moqué de vos égarements, de
me donner un nouveau sujet de me moquer de
ce reproche, et de le faire retomber sur vous-
mêmes, en montrant que je n'ai pris sujet de
rire que de ce qu'il y a de ridicule dans vos
livres; et qu'ainsi, en me moquant de votre
morale, j'ai été aussi éloigné de me moquer des
choses saintes, que la doctrine de vos casuistes
est éloignée de la doctrine sainte de l'Évangile?

En vérité, mes pères, il y a bien de la différence entre rire de la religion et rire de ceux
qui la profanent par leurs opinions extravagantes. Ce seroit une impiété de manquer de
respect pour les vérités que l'esprit de Dieu a
révélées : mais ce seroit une autre impiété de
manquer de mépris pour les faussetés que l'esprit de l'homme leur oppose.

Car, mes pères, puisque vous m'obligez d'entrer en ce discours, je vous prie de considérer que, comme les vérités chrétiennes sont dignes d'amour et de respect, les erreurs qui leur sont contraires sont dignes de mépris et de haine, parce qu'il y a deux choses dans les vérités de notre religion, une beauté divine qui les rend aimables, et une sainte majesté qui les rend vénérables; et qu'il y a aussi deux choses dans les erreurs, l'impiété qui les rend horribles, et l'impertinence qui les rend ridicules. C'est pourquoi, comme les saints ont toujours pour la vérité ces deux sentiments d'amour et de crainte, et que leur sagesse est toute comprise entre la crainte qui en est le principe, et l'amour qui en est la fin, les saints ont aussi pour l'erreur ces deux sentiments de haine et de mépris, et leur zèle s'emploie également à repousser avec force la malice des impies, et à confondre avec risée leur égarement et leur folie.

Ne prétendez donc pas, mes pères, de faire accroire au monde que ce soit une chose indigne d'un chrétien de traiter les erreurs avec moquerie, puisqu'il est aisé de faire connoître à ceux qui ne le sauroient pas que cette pratique est juste, qu'elle est commune aux pères de l'Église, et qu'elle est autorisée par l'Écriture, par l'exemple des plus grands saints, et par celui de Dieu même.

Car ne voyons-nous pas que Dieu hait et méprise les pécheurs tout ensemble, jusque-là même qu'à l'heure de leur mort, qui est le temps où leur état est le plus déplorable et le plus triste, la sagesse divine joindra la moquerie et la risée à la vengeance et à la fureur qui les condamnera à des supplices éternels : *In interitu vestro ridebo et subsannabo*. Et les saints, agissant par le même esprit, en useront de même, puisque, selon David, quand ils verront la punition des méchants, « ils en trembleront » et en riront en même temps : *Videbunt justi* » *et timebunt : et super eum ridebunt.* » Et Job en parle de même : *Innocens subsannabit eos.*

Mais c'est une chose bien remarquable sur ce sujet, que, dans les premières paroles que Dieu a dites à l'homme depuis sa chute, on trouve un discours de moquerie, et *une ironie piquante*, selon les pères. Car, après qu'Adam eut désobéi, dans l'espérance que le démon lui avoit donnée d'être fait semblable à Dieu, il paroît par l'Écriture que Dieu, en punition, le rendit sujet à la mort, et qu'après l'avoir réduit à cette misérable condition qui étoit due à son péché, il se moqua de lui en cet état par ces paroles de risée : « Voilà l'homme qui est devenu comme l'un de » nous : *Ecce Adam quasi unus ex nobis* » : ce qui est *une ironie sanglante et sensible* dont Dieu le *piquoit vivement*, selon saint Chrysostôme et les interprètes. *Adam*, dit Rupert, « méritoit » d'être raillé par cette ironie, et on lui faisoit » sentir sa folie bien plus vivement par cette » expression ironique que par une expression » sérieuse. » Et Hugues de Saint-Victor, ayant dit

la même chose, ajoute « que cette ironie étoit
» due à sa sotte crédulité ; et que cette espèce
» de raillerie est une action de justice, lorsque
» celui envers qui on en use l'a méritée. »

Vous voyez donc, mes pères, que la moquerie
est quelquefois plus propre à faire revenir les
hommes de leurs égarements, et qu'elle est alors
une action de justice ; parce que, comme dit
Jérémie, « les actions de ceux qui errent sont
» dignes de risée, à cause de leur vanité : *vana
» sunt et risu digna*. » Et c'est si peu une impiété
de s'en rire, que c'est l'effet d'une sagesse divine, selon cette parole de saint Augustin :
« Les sages rient des insensés, parce qu'ils sont
» sages, non pas de leur propre sagesse, mais
» de cette sagesse divine qui rira de la mort des
» méchants. »

Aussi les prophètes remplis de l'esprit de Dieu
ont usé de ces moqueries, comme nous voyons
par les exemples de Daniel et d'Élie. Enfin il s'en
trouve des exemples dans les discours de Jésus-
Christ même ; et saint Augustin remarque que,
quand il voulut humilier Nicodème, qui se
croyoit habile dans l'intelligence de la loi :
« Comme il le voyoit enflé d'orgueil par sa qua-
» lité de docteur des Juifs, il exerce et étonne
» sa présomption par la hauteur de ses de-
» mandes, et l'ayant réduit à l'impuissance de
» répondre : Quoi ! lui dit-il, vous êtes maître
» en Israël, et vous ignorez ces choses ? Ce qui
» est le même que s'il eût dit : Prince superbe,

» reconnoissez que vous ne savez rien. » Et saint Chrysostôme et saint Cyrille disent sur cela qu'il méritoit d'être joué de cette sorte.

Vous voyez donc, mes pères, que, s'il arrivoit aujourd'hui que des personnes qui feroient les maîtres envers les chrétiens, comme Nicodème et les pharisiens envers les Juifs, ignorassent les principes de la religion, et soutinssent, par exemple, « qu'on peut être sauvé sans avoir » jamais aimé Dieu en toute sa vie », on suivroit en cela l'exemple de Jésus-Christ, en se jouant de leur vanité et de leur ignorance.

Je m'assure, mes pères, que ces exemples sacrés suffisent pour vous faire entendre que ce n'est pas une conduite contraire à celle des saints de rire des erreurs et des égarements des hommes : autrement il faudroit blâmer celle des plus grands docteurs de l'Église qui l'ont pratiquée, comme saint Jérôme dans ses lettres et dans ses écrits contre Jovinien, Vigilance, et les pélagiens ; Tertullien, dans son Apologétique contre les folies des idolâtres ; saint Augustin contre les religieux d'Afrique, qu'il appelle les *Chevelus;* saint Irénée contre les gnostiques ; saint Bernard et les autres pères de l'Église, qui, ayant été les imitateurs des apôtres, doivent être imités par les fidèles dans toute la suite des temps, puisqu'ils sont proposés, quoi qu'on en dise, comme le véritable modèle des chrétiens, même d'aujourd'hui.

Je n'ai donc pas cru faillir en les suivant. Et,

comme je pense l'avoir assez montré, je ne dirai plus sur ce sujet que ces excellentes paroles de Tertullien, qui rendent raison de tout mon procédé. « Ce que j'ai fait n'est qu'un jeu avant un » véritable combat. J'ai plutôt montré les bles- » sures qu'on vous peut faire que je ne vous en » ai fait. Que s'il se trouve des endroits où l'on » soit excité à rire, c'est parce que les sujets » mêmes y portoient. Il y a beaucoup de choses » qui méritent d'être moquées et jouées de la » sorte, de peur de leur donner du poids en les » combattant sérieusement. Rien n'est plus dû à » la vanité que la risée ; et c'est proprement à la » vérité qu'il appartient de rire, parce qu'elle » est gaie, et de se jouer de ses ennemis, parce » qu'elle est assurée de la victoire. Il est vrai qu'il » faut prendre garde que les railleries ne soient » pas basses et indignes de la vérité. Mais, à cela » près, quand on pourra s'en servir avec adresse, » c'est un devoir que d'en user. » Ne trouvez-vous pas, mes pères, que ce passage est bien juste à notre sujet ? « Les lettres que j'ai faites jusqu'ici » ne sont qu'un jeu avant un véritable combat. » Je n'ai fait encore que me jouer, « et vous mon- » trer plutôt les blessures qu'on vous peut faire » que je ne vous en ai fait. » J'ai exposé simple- ment vos passages sans y faire presque de ré- flexion. « Que si on y a été excité à rire, c'est » parce que les sujets y portoient d'eux-mêmes. » Car qu'y a-t-il de plus propre à exciter à rire que de voir une chose aussi grave que la morale chrétienne remplie d'imaginations aussi grotesques que les vôtres ? On conçoit une si haute attente de ces maximes, qu'on dit « que Jésus-Christ a » lui-même révélées à des pères de la Société », que quand on y trouve « qu'un prêtre qui a reçu » de l'argent pour dire une messe peut, outre » cela, en prendre d'autres personnes, en leur » cédant toute la part qu'il a au sacrifice : qu'un » religieux n'est pas excommunié pour quitter » son habit lorsque c'est pour danser, pour filou- » ter, ou pour aller incognito en des lieux de » débauche ; et qu'on satisfait au précepte d'ouïr » la messe en entendant quatre quarts de messe » à la fois de différents prêtres » : lors, dis-je, qu'on entend ces décisions et autres semblables, il est impossible que cette surprise ne fasse rire, parce que rien n'y porte davantage qu'une dis- proportion surprenante entre ce qu'on attend et ce qu'on voit. Et comment auroit-on pu traiter autrement la plupart de ces matières ? puisque ce seroit « les autoriser que de les traiter sérieu- » sement », selon Tertullien.

Quoi ! faut-il employer la force de l'Écriture et de la tradition pour montrer que c'est tuer son ennemi en trahison que de lui donner des coups d'épée par-derrière, et dans une embûche ; et que c'est acheter un bénéfice que de donner de l'ar- gent comme un motif pour se le faire résigner ? Il y a donc des matières qu'il faut mépriser, et « qui méritent d'être jouées et moquées. » Enfin ce que dit cet ancien auteur, « que rien n'est

» plus dû à la vanité que la risée » ; et le reste de
ces paroles s'applique ici avec tant de justesse,
et avec une force si convaincante, qu'on ne sauroit plus douter qu'on peut bien rire des erreurs
sans blesser la bienséance.

Et je vous dirai aussi, mes pères, qu'on en
peut rire sans blesser la charité, quoique ce soit
une des choses que vous me reprochez encore
dans vos écrits. « Car la charité oblige quelque-
» fois à rire des erreurs des hommes, pour les
» porter eux-mêmes à en rire et à les fuir, selon
» cette parole de saint Augustin : *Hæc tu miseri-*
» *corditer irride, ut eis ridenda ac fugienda com-*
» *mendes.* » Et la même charité oblige aussi quelquefois à les repousser avec colère, selon cette
autre parole de saint Grégoire de Nazianze :
« L'esprit de charité et de douceur a ses émo-
» tions et ses colères. » En effet, comme dit saint
Augustin, « qui oseroit dire que la vérité doit
» demeurer désarmée contre le mensonge, et
» qu'il sera permis aux ennemis de la foi d'ef-
» frayer les fidèles par des paroles fortes, et de
» les réjouir par des rencontres d'esprit agréa-
» bles ; mais que les catholiques ne doivent écrire
» qu'avec une froideur de style qui endorme les
» lecteurs ? »

Ne voit-on pas que, selon cette conduite, on
laisseroit introduire dans l'Église les erreurs les
plus extravagantes et les plus pernicieuses, sans
qu'il fût permis de s'en moquer avec mépris, de
peur d'être accusé de blesser la bienséance, ni

de les confondre avec véhémence, de peur d'être accusé de manquer de charité?

Quoi! mes pères, il vous sera permis de dire « qu'on peut tuer pour éviter un soufflet et une » injure », et il ne sera pas permis de réfuter publiquement une erreur publique d'une telle conséquence? Vous aurez la liberté de dire « qu'un juge peut en conscience retenir ce qu'il » a reçu pour faire une injustice », sans qu'on ait la liberté de vous contredire? Vous imprimerez, avec privilége et approbation de vos docteurs, « qu'on peut être sauvé sans avoir jamais » aimé Dieu », et vous fermerez la bouche à ceux qui défendront la vérité de la foi, en leur disant qu'ils blesseroient la charité de frères en vous attaquant, et la modestie de chrétiens en riant de vos maximes? Je doute, mes pères, qu'il y ait des personnes à qui vous ayez pu le faire accroire; mais néanmoins, s'il s'en trouvoit qui en fussent persuadés, et qui crussent que j'aurois blessé la charité que je vous dois, en décriant votre morale, je voudrois bien qu'ils examinassent avec attention d'où naît en eux ce sentiment. Car encore qu'ils s'imaginassent qu'il part de leur zèle, qui n'a pu souffrir sans scandale de voir accuser leur prochain; je les prierois de considérer qu'il n'est pas impossible qu'il vienne d'ailleurs, et qu'il est même assez vraisemblable qu'il vient du déplaisir secret et souvent caché à nous-mêmes, que le malheureux fonds qui est en nous ne manque jamais d'exciter contre ceux qui s'opposent au relâchement des mœurs. Et pour leur donner une règle qui leur en fasse reconnoître le véritable principe, je leur demanderai si, en même temps qu'ils se plaignent de ce qu'on a traité de la sorte des religieux, ils se plaignent encore davantage de ce que des religieux ont traité la vérité de la sorte. Que s'ils sont irrités non-seulement contre les lettres, mais encore plus contre les maximes qui y sont rapportées, j'avouerai qu'il se peut faire que leur ressentiment parte de quelque zèle, mais peu éclairé; et alors les passages qui sont ici suffiront pour les éclaircir. Mais s'ils s'emportent seulement contre les répréhensions, et non pas contre les choses qu'on a reprises, en vérité, mes pères, je ne m'empêcherai jamais de leur dire qu'ils sont grossièrement abusés et que leur zèle est bien aveugle.

Étrange zèle qui s'irrite contre ceux qui accusent des fautes publiques, et non pas contre ceux qui les commettent! Quelle nouvelle charité qui s'offense de voir confondre des erreurs manifestes, et qui ne s'offense point de voir renverser la morale par ces erreurs! Si ces personnes étoient en danger d'être assassinées, s'offenseroient-elles de ce qu'on les avertiroit de l'embûche qu'on leur dresse; et au lieu de se détourner de leur chemin pour l'éviter, s'amuseroient-elles à se plaindre du peu de charité qu'on auroit eu de découvrir le dessein criminel de ces assassins? S'irritent-ils lorsqu'on leur dit de ne manger pas d'une viande, parce qu'elle est empoisonnée ; ou de n'aller pas dans une ville, parce qu'il y a de la peste ?

D'où vient donc qu'ils trouvent qu'on manque de charité quand on découvre des maximes nuisibles à la religion, et qu'ils croient au contraire qu'on manqueroit de charité, si on ne leur découvroit pas les choses nuisibles à leur santé et à leur vie, sinon parce que l'amour qu'ils ont pour la vie leur fait recevoir favorablement tout ce qui contribue à la conserver, et que l'indifférence qu'ils ont pour la vérité fait que nonseulement ils ne prennent aucune part à sa défense, mais qu'ils voient même avec peine qu'on s'efforce de détruire le mensonge ?

Qu'ils considèrent donc devant Dieu combien la morale que vos casuistes répandent de toutes parts est honteuse et pernicieuse à l'Église : combien la licence qu'ils introduisent dans les mœurs est scandaleuse et démesurée : combien la hardiesse avec laquelle vous les soutenez est opiniâtre et violente. Et s'ils ne jugent qu'il est temps de s'élever contre de tels désordres, leur aveuglement sera aussi à plaindre que le vôtre, mes pères, puisque et vous et eux avez un pareil sujet de craindre cette parole de saint Augustin sur celle de Jésus-Christ dans l'Évangile : « Malheur aux aveugles qui conduisent ; malheur aux aveugles qui sont conduits : *væ cæcis ducentibus ! væ cæcis sequentibus !* »

Mais, afin que vous n'ayez plus lieu de donner

ces impressions aux autres, ni de les prendre vous-mêmes, je vous dirai, mes pères (et je suis honteux de ce que vous m'engagez à vous dire ce que je devrois apprendre de vous), je vous dirai donc quelles marques les pères de l'Église nous ont données pour juger si les répréhensions partent d'un esprit de piété et de charité, ou d'un esprit d'impiété et de haine.

La première de ces règles est que l'esprit de piété porte toujours à parler avec vérité et sincérité ; au lieu que l'envie et la haine emploient le mensonge et la calomnie : *splendentia et vehementia, sed rebus veris*, dit saint Augustin, *de Doct. chr.* l. 4, c. 28. Quiconque se sert du mensonge agit par l'esprit du diable. Il n'y a point de direction d'intention qui puisse rectifier la calomnie ; et quand il s'agiroit de convertir toute la terre, il ne seroit pas permis de noircir des personnes innocentes ; parce qu'on ne doit pas faire le moindre mal pour faire réussir le plus grand bien, et « que la vérité de Dieu » n'a pas besoin de notre mensonge », selon l'Écriture, *Job*, 13, 7. « Il est du » devoir des défenseurs de la vérité, dit saint Hi- » laire, *cont. Const.*, de n'avancer que des choses » vraies. » Aussi, mes pères, je puis dire devant Dieu qu'il n'y a rien que je déteste davantage que de blesser tant soit peu la vérité ; et que j'ai toujours pris un soin très-particulier non-seulement de ne pas falsifier, ce qui seroit horrible, mais de ne pas altérer ou détourner le moins du monde le sens d'un passage. De sorte que, si j'osois me

servir, en cette rencontre, des paroles du même
saint Hilaire, je pourrois bien vous dire avec lui :
« Si nous disons des choses fausses, que nos dis-
» cours soient tenus pour infâmes ; mais si nous
» montrons que celles que nous produisons sont
» publiques et manifestes, ce n'est point sortir
» de la modestie et de la liberté apostolique de
» les reprocher. »

Mais ce n'est pas assez, mes pères, de ne dire
que des choses vraies, il faut encore ne pas dire
toutes celles qui sont vraies ; parce qu'on ne
doit rapporter que les choses qu'il est utile de
découvrir, et non pas celles qui ne pourroient
que blesser sans apporter aucun fruit. Et ainsi,
comme la première règle est de parler avec vérité,
la seconde est de parler avec discrétion. « Les mé-
» chants, dit saint Augustin, Ep. 8, persécutent
» les bons en suivant l'aveuglement de la passion
» qui les anime ; au lieu que les bons persécutent
» les méchants avec une sage discrétion : de même
» que les chirurgiens considèrent ce qu'ils cou-
» pent, au lieu que les meurtriers ne regardent
» point où ils frappent. » Vous savez bien, mes
pères, que je n'ai pas rapporté des maximes de
vos auteurs celles qui vous auroient été les plus
sensibles, quoique j'eusse pu le faire, et même
sans pécher contre la discrétion, non plus que
de savants hommes et très-catholiques, mes
pères, qui l'ont fait autrefois ; et tous ceux qui
ont lu vos auteurs, savent aussi bien que vous
combien en cela je vous ai épargnés : outre que

je n'ai parlé en aucune sorte contre ce qui vous regarde chacun en particulier ; et je serois fâché d'avoir rien dit des fautes secrètes et personnelles, quelque preuve que j'en eusse. Car je sais que c'est le propre de la haine et de l'animosité, et qu'on ne doit jamais le faire, à moins qu'il n'y en ait une nécessité bien pressante pour le bien de l'Église. Il est donc visible que je n'ai manqué en aucune sorte à la discrétion, dans ce que j'ai été obligé de dire touchant les maximes de votre morale, et que vous avez plus de sujet de vous louer de ma retenue que de vous plaindre de mon indiscrétion.

La troisième règle, mes pères, est que, quand on est obligé d'user de quelques railleries, l'esprit de piété porte à ne les employer que contre les erreurs, et non pas contre les choses saintes ; au lieu que l'esprit de bouffonnerie, d'impiété et d'hérésie, se rit de ce qu'il y a de plus sacré. Je me suis déjà justifié sur ce point ; et on est bien éloigné d'être exposé à ce vice quand on n'a qu'à parler des opinions que j'ai rapportées de vos auteurs.

Enfin, mes pères, pour abréger ces règles, je ne vous dirai plus que celle-ci, qui est le principe et la fin de toutes les autres : c'est que l'esprit de charité porte à avoir dans le cœur le désir du salut de ceux contre qui on parle, et à adresser ses prières à Dieu en même temps qu'on adresse ses reproches aux hommes. « On doit toujours, dit saint Augustin, Ep. 5, conserver la

» charité dans le cœur, lors même qu'on est obligé
» de faire au dehors des choses qui paroissent
» rudes aux hommes, et de les frapper avec une
» âpreté dure, mais bienfaisante; leur utilité
» devant être préférée à leur satisfaction. » Je
crois, mes pères, qu'il n'y a rien dans mes
lettres qui témoigne que je n'aie pas eu ce désir
pour vous; et ainsi la charité vous oblige à croire
que je l'ai eu en effet, lorsque vous n'y voyez
rien de contraire. Il paroît donc par là que vous
ne pouvez montrer que j'aie péché contre cette
règle, ni contre aucune de celles que la charité
oblige de suivre; et c'est pourquoi vous n'avez
aucun droit de dire que je l'aie blessée en ce que
j'ai fait.

Mais si vous voulez, mes pères, avoir maintenant le plaisir de voir en peu de mots une conduite qui pèche contre chacune de ces règles,
et qui porte véritablement le caractère de l'esprit de bouffonnerie, d'envie et de haine, je
vous en donnerai des exemples; et, afin qu'ils
vous soient plus connus et plus familiers, je les
prendrai de vos écrits mêmes.

Car, pour commencer par la manière indigne
dont vos auteurs parlent des choses saintes, soit
dans leurs railleries, soit dans leurs galanteries,
soit dans leurs discours sérieux, trouvez-vous
que tant de contes ridicules de votre père Binet,
dans sa *Consolation des malades*, soient fort
propres au dessein qu'il avoit pris de consoler
chrétiennement ceux que Dieu afflige? Direz-

vous que la manière si profane et si coquette dont votre père Le Moine a parlé de la piété dans sa *Dévotion aisée*, soit plus propre à donner du respect que du mépris pour l'idée qu'il forme de la vertu chrétienne? Tout son livre des *Peintures morales* respire-t-il autre chose, et dans sa prose et dans ses vers, qu'un esprit plein de la vanité et des folies du monde? Est-ce une pièce digne d'un prêtre que cette ode du septième livre intitulée : « Éloge de la pudeur, où il est montré » que toutes les belles choses sont rouges, ou » sujettes à rougir? » C'est ce qu'il fit pour consoler une dame, qu'il appelle Delphine, de ce qu'elle rougissoit souvent. Il dit donc, à chaque stance, que quelques-unes des choses les plus estimées sont rouges, comme les roses, les grenades, la bouche, la langue; et c'est parmi ces galanteries, honteuses à un religieux, qu'il ose mêler insolemment ces esprits bienheureux qui assistent devant Dieu, et dont les chrétiens ne doivent parler qu'avec vénération.

Les chérubins, ces glorieux
Composés de tête et de plume,
Que Dieu de son esprit allume,
Et qu'il éclaire de ses yeux;
Ces illustres faces volantes
Sont toujours rouges et brûlantes,
Soit du feu de Dieu, soit du leur,
Et dans leurs flammes mutuelles
Font du mouvement de leurs ailes
Un éventail à leur chaleur.
Mais la rougeur éclate en toi,
Delphine, avec plus d'avantage,

Quand l'honneur est sur ton visage
Vêtu de pourpre comme un roi, etc.

Qu'en dites-vous, mes pères ? Cette préférence de la rougeur de Delphine à l'ardeur de ces esprits qui n'en ont point d'autre que la charité ; et la comparaison d'un éventail avec ces ailes mystérieuses vous paroît-elle fort chrétienne dans une bouche qui consacre le corps adorable de Jésus-Christ ? Je sais qu'il ne l'a dit que pour faire le galant et pour rire ; mais c'est cela qu'on appelle rire des choses saintes. Et n'est-il pas vrai que, si on lui faisoit justice, il ne se garantiroit pas d'une censure ? quoique, pour s'en défendre, il se servît de cette raison, qui n'est pas elle-même moins censurable, qu'il rapporte au livre premier : « Que la Sorbonne n'a point de juridiction » sur le Parnasse, et que les erreurs de ce pays-là » ne sont sujettes ni aux censures, ni à l'inqui- » sition », comme s'il n'étoit défendu d'être blas- phémateur et impie qu'en prose. Mais au moins on n'en garantiroit pas par là cet autre endroit de l'avant-propos du même livre : « Que l'eau de » la rivière au bord de laquelle il a composé ses » vers est si propre à faire des poètes, que, quand » on en feroit de l'eau bénite, elle ne chasseroit » pas le démon de la poésie » : non plus que celui-ci de votre père Garasse dans sa Somme des vérités capitales de la religion, page 649, où il joint le blasphème à l'hérésie, en parlant du mystère sacré de l'incarnation en cette sorte : « La personnalité humaine a été comme entée

» ou mise à cheval sur la personnalité du Verbe. »
Et cet autre endroit du même auteur, page 510,
sans en rapporter beaucoup d'autres, où il dit
sur le sujet du nom de Jésus, figuré ordinairement ainsi IHS : « Que quelques-uns en ont ôté
» la croix pour prendre les seuls caractères en
» cette sorte, IHS, qui est un Jésus dévalisé. »

C'est ainsi que vous traitez indignement les
vérités de la religion, contre la règle inviolable
qui oblige à n'en parler qu'avec révérence. Mais
vous ne péchez pas moins contre celle qui oblige
à ne parler qu'avec vérité et discrétion. Qu'y
a-t-il de plus ordinaire dans vos écrits que la
calomnie ? Ceux du père Brisacier sont-ils sincères ? Et parle-t-il avec vérité, quand il dit,
4ᵉ part. pag. 24 et 25, que les religieuses de
Port-Royal ne prient pas les saints, et qu'elles
n'ont point d'images dans leur église ? Ne sont-ce
pas des faussetés bien hardies, puisque le contraire paroît à la vue de tout Paris ? Et parle-t-il
avec discrétion, quand il déchire l'innocence de
ces filles, dont la vie est si pure et si austère,
quand il les appelle des « filles impénitentes,
» asacramentaires, incommuniantes, des vierges
» folles, fantastiques, calaganes, désespérées,
» et tout ce qu'il vous plaira », et qu'il les noircit
par tant d'autres médisances, qui ont mérité la
censure de feu M. l'archevêque de Paris ? Quand
il calomnie des prêtres dont les mœurs sont
irréprochables, jusqu'à dire, 1ʳᵉ part., p. 22 :
« Qu'ils pratiquent des nouveautés dans les con-

» fessions, pour attraper les belles et les inno-
» centes ; et qu'il auroit horreur de rapporter
» les crimes abominables qu'ils commettent ? »
N'est-ce pas une témérité insupportable d'avancer des impostures si noires, non-seulement
sans preuve, mais sans la moindre ombre et
sans la moindre apparence ? Je ne m'étendrai
pas davantage sur ce sujet, et je remets à vous
en parler plus au long une autre fois : car j'ai à
vous entretenir sur cette matière, et ce que j'ai
dit suffit pour faire voir combien vous péchez
contre la vérité et la discrétion tout ensemble.

Mais on dira peut-être que vous ne péchez pas
au moins contre la dernière règle, qui oblige
d'avoir le désir du salut de ceux qu'on décrie,
et qu'on ne sauroit vous en accuser sans violer
le secret de votre cœur, qui n'est connu que de
Dieu seul. C'est une chose étrange, mes pères,
qu'on ait néanmoins de quoi vous en convaincre :
que, votre haine contre vos adversaires ayant
été jusqu'à souhaiter leur perte éternelle, votre
aveuglement ait été jusqu'à découvrir un souhait si abominable : que, bien loin de former
en secret des désirs de leur salut, vous ayez fait
en public des vœux pour leur damnation : et
qu'après avoir produit ce malheureux souhait
dans la ville de Caen avec le scandale de toute
l'Église, vous ayez osé depuis soutenir encore
à Paris, dans vos livres imprimés, une action si
diabolique. Il ne se peut rien ajouter à ces excès
contre la piété : railler et parler indignement des

choses les plus sacrées : calomnier les vierges et les prêtres faussement et scandaleusement ; et enfin former des désirs et des vœux pour leur damnation. Je ne sais, mes pères, si vous n'êtes point confus, et comment vous avez pu avoir la pensée de m'accuser d'avoir manqué de charité, moi qui n'ai parlé qu'avec tant de vérité et de retenue, sans faire de réflexion sur les horribles violements de la charité, que vous faites vous-mêmes par de si déplorables emportements.

Enfin, mes pères, pour conclure, par un autre reproche que vous me faites, de ce qu'entre un si grand nombre de vos maximes que je rapporte, il y en a quelques-unes qu'on vous avoit déjà objectées, sur quoi vous vous plaignez de ce que « je redis contre vous ce qui avoit été dit. » Je réponds que c'est au contraire parce que vous n'avez pas profité de ce qu'on vous l'a déjà dit, que je vous le redis encore : car quel fruit a-t-il paru de ce que de savants docteurs et l'Université entière vous en ont repris par tant de livres ? Qu'ont fait vos pères Annat, Caussin, Pintereau et Le Moine, dans les réponses qu'ils y ont faites, sinon de couvrir d'injures ceux qui leur avoient donné ces avis salutaires ? Avez-vous supprimé les livres où ces méchantes maximes sont enseignées ? En avez-vous réprimé les auteurs ? En êtes-vous devenus plus circonspects ? Et n'est-ce pas depuis ce temps-là qu'Escobar a tant été imprimé de fois en France et aux Pays-Bas ; et que vos pères Cellot, Bagot, Bauny,

Lamy, Le Moine et les autres, ne cessent de publier tous les jours les mêmes choses, et de nouvelles encore aussi licencieuses que jamais? Ne vous plaignez donc plus, mes pères, ni de ce que je vous ai reproché des maximes que vous n'avez point quittées, ni de ce que je vous en ai objecté de nouvelles, ni de ce que j'ai ri de toutes. Vous n'avez qu'à les considérer pour y trouver votre confusion et ma défense. Qui pourra voir, sans en rire, la décision du père Bauny pour celui qui fait brûler une grange : celle du père Cellot, pour la restitution : le règlement de Sanchez en faveur des sorciers : la manière dont Hurtado fait éviter le péché du duel en se promenant dans un champ, et y attendant un homme : les compliments du père Bauny pour éviter l'usure : la manière d'éviter la simonie par un détour d'intention, et celle d'éviter le mensonge, en parlant tantôt haut, tantôt bas; et le reste des opinions de vos docteurs les plus graves? En faut-il davantage, mes pères, pour me justifier? Et y a-t-il rien de mieux « dû à la vanité et à la foiblesse de ces » opinions que la risée », selon Tertullien? Mais, mes pères, la corruption des mœurs que vos maximes apportent est digne d'une autre considération, et nous pouvons bien faire cette demande avec le même Tertullien, *ad Nat.* l. 2, c. 12 : « Faut-il rire de leur folie, ou déplorer » leur aveuglement? *Rideam vanitatem, an ex-* » *probrem cœcitatem ?* » Je crois, mes pères, qu'on peut en rire et en pleurer à son choix : « *Hæc* » *tolerabiliùs vel ridentur, vel flentur* », dit saint Augustin, *cont. Faust.* l. 20, c. 6. Reconnoissez donc « qu'il y a un temps de rire et un temps de » pleurer », selon l'Écriture. Et je souhaite, mes pères, que je n'éprouve pas en vous la vérité de ces paroles des Proverbes : « Qu'il y a des per- » sonnes si peu raisonnables, qu'on n'en peut » avoir de satisfaction, de quelque manière qu'on » agisse avec eux, soit qu'on rie, soit qu'on se » mette en colère. »

P. S. En achevant cette lettre, j'ai vu un écrit que vous avez publié, où vous m'accusez d'imposture sur le sujet de six de vos maximes que j'ai rapportées, et d'intelligence avec les hérétiques : j'espère que vous y verrez une réponse exacte, et dans peu de temps, mes pères, ensuite de laquelle je crois que vous n'aurez pas envie de continuer cette sorte d'accusation.

———————

DOUZIÈME LETTRE.

RÉFUTATION DES CHICANES DES JÉSUITES SUR L'AUMÔNE ET SUR LA SIMONIE.

Du 9 septembre 1656.

MES RÉVÉRENDS PÈRES,

J'étois prêt à vous écrire sur le sujet des injures que vous me dites depuis si long-temps dans vos écrits, où vous m'appelez « impie, » bouffon, ignorant, farceur, imposteur, ca-» lomniateur, fourbe, hérétique, calviniste dé-» guisé, disciple de du Moulin, possédé d'une » légion de diables », et tout ce qu'il vous plaît. Je voulois faire entendre au monde pourquoi vous me traitez de la sorte, car je serois fâché qu'on crût tout cela de moi ; et j'avois résolu de me plaindre de vos calomnies et de vos impostures, lorsque j'ai vu vos réponses, où vous m'en accusez moi-même. Vous m'avez obligé par là de changer mon dessein ; et néanmoins je ne laisserai pas de le continuer en quelque sorte, puisque j'espère, en me défendant, vous convaincre de plus d'impostures véritables que vous ne m'en avez imputé de fausses. En vérité, mes pères, vous en êtes plus suspects que moi ; car il n'est pas vraisemblable qu'étant seul comme je suis, sans force et sans aucun appui humain contre un si grand corps, et n'étant soutenu que par la vérité et la sincérité, je me sois exposé à tout perdre, en m'exposant à être convaincu d'imposture. Il est trop aisé de découvrir les faussetés dans les questions de fait, comme celle-ci. Je ne manquerois pas de gens pour m'en accuser, et la justice ne leur en seroit pas refusée. Pour vous, mes pères, vous n'êtes pas en ces termes; et vous pouvez dire contre moi ce que vous voulez, sans que je trouve à qui m'en plaindre. Dans cette différence de nos conditions, je ne dois pas être peu retenu, quand d'autres considérations ne m'y engageroient pas. Cependant vous me traitez comme un imposteur insigne, et ainsi vous me forcez à repartir : mais vous savez que cela ne se peut faire sans exposer de nouveau, et même sans découvrir plus à fond les points de votre morale; en quoi je doute que vous soyez bons politiques. La guerre se fait chez vous et à vos dépens; et quoique vous ayez pensé qu'en embrouillant les questions par des termes d'école, les réponses en seroient si longues, si obscures et si épineuses, qu'on en perdroit le goût, cela ne sera peut-être pas tout-à-fait ainsi; car j'essaierai de vous ennuyer le moins qu'il se peut en ce genre d'écrire. Vos maximes ont je ne sais quoi de divertissant qui réjouit toujours le monde. Souvenez-vous au moins que c'est vous qui m'engagez d'entrer dans cet éclaircissement, et voyons qui se défendra le mieux.

La première de vos impostures est sur « l'opi-
» nion de Vasquez touchant l'aumône. » Souffrez donc que je l'explique nettement, pour ôter
toute obscurité de nos disputes. C'est une chose
assez connue, mes pères, que, selon l'esprit de
l'Église, il y a deux préceptes touchant l'aumône : « l'un, de donner de son superflu dans
» les nécessités ordinaires des pauvres ; l'autre
» de donner même de ce qui est nécessaire, selon
» sa condition, dans les nécessités extrêmes. »
C'est ce que dit Cajetan, après saint Thomas :
de sorte que, pour faire voir l'esprit de Vasquez
touchant l'aumône, il faut montrer comment il
a réglé, tant celle qu'on doit faire du superflu,
que celle qu'on doit faire du nécessaire.

Celle du superflu, qui est le plus ordinaire
secours des pauvres, est entièrement abolie par
cette seule maxime *De El.* c. 4, n. 14, que j'ai
rapportée dans mes lettres. « Ce que les gens
» du monde gardent pour relever leur condition
» et celle de leurs parents n'est pas appelé su-
» perflu. Et ainsi à peine trouvera-t-on qu'il y
» ait jamais de superflu dans les gens du monde,
» et non pas même dans les rois. » Vous voyez
bien, mes pères, que, par cette définition,
tous ceux qui auront de l'ambition n'auront
point de superflu ; et qu'ainsi l'aumône en est
anéantie à l'égard de la plupart du monde. Mais,
quand il arriveroit même qu'on en auroit, on
seroit encore dispensé d'en donner dans les nécessités communes, selon Vasquez, qui s'oppose

à ceux qui veulent y obliger les riches. Voici ses termes, ch. 1, d. 4, n. 32 : « Corduba, dit-il, » enseigne que, lorsqu'on a du superflu, on est » obligé d'en donner à ceux qui sont dans une » nécessité ordinaire, au moins une partie, afin » d'accomplir le précepte en quelque chose, MAIS » CELA NE ME PLAÎT PAS : *sed hoc non placet :* CAR » NOUS AVONS MONTRÉ LE CONTRAIRE contre Cajetan » et Navarre. » Ainsi, mes pères, l'obligation de cette aumône est absolument ruinée, selon ce qu'il plaît à Vasquez.

Pour celle du nécessaire, qu'on est obligé de faire dans les nécessités extrêmes et pressantes, vous verrez, par les conditions qu'il apporte pour former cette obligation, que les plus riches de Paris peuvent n'y être pas engagés une seule fois en leur vie. Je n'en rapporterai que deux : » l'une, QUE L'ON SACHE que le pauvre ne sera se- » couru d'aucun autre : *hæc intelligo et cætera* » *omnia, quando* SCIO *nullum alium opem latu-* » *rum,* » chap. 1, n. 28. Qu'en dites-vous, mes pères, arrivera-t-il souvent que dans Paris, où il y a tant de gens charitables, on puisse savoir qu'il ne se trouvera personne pour secourir un pauvre qui s'offre à nous ? Et cependant, si on n'a pas cette connoissance, on pourra le ren- voyer sans secours, selon Vasquez. L'autre con- dition est que la nécessité de ce pauvre soit telle, « qu'il soit menacé de quelque accident mortel, » ou de perdre sa réputation », n. 24 et 26, ce qui est bien peu commun ; mais ce qui en marque encore la rareté, c'est qu'il dit, num. 45, que le pauvre qui est en cet état où il dit qu'on est obligé à lui donner l'aumône, « peut voler le riche en » conscience. » Et ainsi il faut que cela soit bien extraordinaire, si ce n'est qu'il veuille qu'il soit ordinairement permis de voler. De sorte qu'après avoir détruit l'obligation de donner l'aumône du superflu, qui est la plus grande source des charités, il n'oblige les riches d'assister les pauvres de leur nécessaire que lorsqu'il permet aux pauvres de voler les riches. Voilà la doctrine de Vasquez, où vous renvoyez les lecteurs pour leur édification.

Je viens maintenant à vos Impostures. Vous vous étendez d'abord sur l'obligation que Vasquez impose aux ecclésiastiques de faire l'aumône; mais je n'en ai point parlé, et j'en parlerai quand il vous plaira; il n'en est donc pas question ici. Pour les laïques, desquels seuls il s'agit, il semble que vous vouliez faire entendre que Vasquez ne parle en l'endroit que j'ai cité que selon le sens de Cajetan, et non pas selon le sien propre; mais comme il n'y a rien de plus faux, et que vous ne l'avez pas dit nettement, je veux croire pour votre honneur que vous ne l'avez pas voulu dire.

Vous vous plaignez ensuite hautement de ce qu'après avoir rapporté cette maxime de Vasquez : « A peine se trouvera-t-il que les gens du » monde, et même les rois, aient jamais de » superflu, *j'en ai conclu* que les riches sont

» donc à peine obligés de donner l'aumône de
» leur superflu. » Mais que voulez-vous dire, mes
pères? s'il est vrai que les riches n'ont presque
jamais de superflu, n'est-il pas certain qu'ils ne
seront presque jamais obligés de donner l'aumône de leur superflu? Je vous en ferois un argument en forme, si Diana, qui estime tant
Vasquez, qu'il l'appelle *le phénix des esprits*,
n'avoit tiré la même conséquence du même principe; car, après avoir rapporté cette maxime de
Vasquez, il en conclut : « Que dans la question,
» savoir si les riches sont obligés de donner l'au-
» mône de leur superflu, quoique l'opinion qui
» les y oblige fût véritable, il n'arriveroit jamais,
» ou presque jamais, qu'elle obligeât dans la pra-
» tique. » Je n'ai fait que suivre mot à mot tout
ce discours. Que veut donc dire ceci, mes pères?
quand Diana rapporte avec éloge les sentiments
de Vasquez, quand il les trouve probables, *et
très-commodes pour les riches*, comme il le dit
au même lieu, il n'est ni calomniateur ni faus-
saire, et vous ne vous plaignez point qu'il lui
impose : au lieu que, quand je représente ces
mêmes sentiments de Vasquez, mais sans le
traiter *de phénix*, je suis un imposteur, un faus-
saire, et un corrupteur de ses maximes. Certainement, mes pères, vous avez sujet de craindre que la différence de vos traitements envers
ceux qui ne diffèrent pas dans le rapport, mais
seulement dans l'estime qu'ils font de votre doctrine, ne découvre le fond de votre cœur, et ne

fasse juger que vous avez pour principal objet de maintenir le crédit et la gloire de votre compagnie ; puisque, tandis que votre théologie accommodante passe pour une sage condescendance, vous ne désavouez point ceux qui la publient, et au contraire vous les louez comme contribuant à votre dessein. Mais quand on la fait passer pour un relâchement pernicieux, alors le même intérêt de votre Société vous engage à désavouer des maximes qui vous font tort dans le monde : et ainsi vous les reconnaissez ou les renoncez, non pas selon la vérité qui ne change jamais, mais selon les divers changements des temps, suivant cette parole d'un ancien : *omnia pro tempore, nihil pro veritate.* Prenez-y garde, mes pères ; et afin que vous ne puissiez plus m'accuser d'avoir tiré du principe de Vasquez une conséquence qu'il eût désavouée, sachez qu'il l'a tirée lui-même, c. 1, n. 27. « A peine est-on » obligé de donner l'aumône, quand on n'est » obligé à la donner que de son superflu, selon » l'opinion de Cajetan ET SELON LA MIENNE, *et se-* » *cundùm nostram.* » Confessez donc, mes pères, par le propre témoignage de Vasquez, que j'ai suivi exactement sa pensée ; et considérez avec quelle conscience vous avez osé dire, « que si l'on » alloit à la source, on verroit avec étonnement » qu'il y enseigne tout le contraire. »

Enfin, vous faites valoir par-dessus tout ce que vous dites, que si Vasquez n'oblige pas les riches de donner l'aumône de leur superflu, il les oblige en récompense de la donner de leur nécessaire. Mais vous avez oublié de marquer l'assemblage des conditions qu'il déclare être nécessaires pour former cette obligation, lesquelles j'ai rapportées, et qui la restreignent si fort, qu'elles l'anéantissent presque entièrement; et au lieu d'expliquer ainsi sincèrement sa doctrine, vous dites généralement, qu'il oblige les riches à donner même ce qui est nécessaire à leur condition. C'est en dire trop, mes pères: la règle de l'Évangile ne va pas si avant : ce seroit une autre erreur, dont Vasquez est bien éloigné. Pour couvrir son relâchement, vous lui attribuez un excès de sévérité qui le rendroit répréhensible, et par là vous vous ôtez la créance de l'avoir rapporté fidèlement. Mais il n'est pas digne de ce reproche, après avoir établi, comme je l'ai fait voir, que les riches ne sont pas obligés, ni par justice, ni par charité, de donner de leur superflu, et encore moins du nécessaire dans tous les besoins ordinaires des pauvres, et qu'ils ne sont obligés de donner du nécessaire qu'en des rencontres si rares, qu'elles n'arrivent presque jamais.

Vous ne m'objectez rien davantage ; de sorte qu'il ne me reste qu'à faire voir combien est faux ce que vous prétendez, que Vasquez est plus sévère que Cajetan ; et cela sera bien facile, puisque ce cardinal enseigne « qu'on est » obligé par justice de donner l'aumône de son » superflu, même dans les communes nécessités » des pauvres : parce que, selon les saints pères,

» les riches sont seulement dispensateurs de leur
» superflu, pour le donner à qui ils veulent d'en-
» tre ceux qui en ont besoin. » Et ainsi, au lieu
que Diana dit des maximes de Vasquez qu'elles
seront « bien commodes et bien agréables aux
» riches et à leurs confesseurs », ce cardinal, qui
n'a pas une pareille consolation à leur donner,
déclare, *De Eleem.* c. 6, « qu'il n'a rien à dire
» aux riches que ces paroles de Jésus-Christ :
» Qu'il est plus facile qu'un chameau passe par
» le trou d'une aiguille, que non pas qu'un ri-
» che entre dans le ciel; et à leurs confesseurs :
» Si un aveugle en conduit un autre, ils tom-
» beront tous deux dans le précipice »; tant il a
trouvé cette obligation indispensable! Aussi c'est
ce que les pères et tous les saints ont établi
comme une vérité constante. « Il y a deux cas, dit
» saint Thomas, 2, 2, q. 118, art. 4, ad. 2, où l'on
» est obligé de donner l'aumône par un devoir de
» justice, *ex debito legali* : l'un quand les pau-
» vres sont en danger; l'autre quand nous pos-
» sédons des biens superflus. Et q. 87, a. 1, ad. 4:
» Les troisièmes décimes que les Juifs devoient
» manger avec les pauvres ont été augmentées
» dans la loi nouvelle, parce que Jésus-Christ
» veut que nous donnions aux pauvres, non-
» seulement la dixième partie, mais tout notre
» superflu. » Et cependant il ne plaît pas à Vasquez qu'on soit obligé d'en donner une partie
seulement, tant il a de complaisance pour les
riches, de dureté pour les pauvres, d'opposition

à ces sentiments de charité qui font trouver douce la vérité de ces paroles de saint Grégoire, laquelle paroît si rude aux riches du monde : « Quand » nous donnons aux pauvres ce qui leur est né- » cessaire, nous ne leur donnons pas tant ce qui » est à nous que nous leur rendons ce qui est à » eux : et c'est un devoir de justice plutôt qu'une » œuvre de miséricorde. » *Reg. Past.* p. 3, ad. 22.

C'est de cette sorte que les saints recommandent aux riches de partager avec les pauvres les biens de la terre, s'ils veulent posséder avec eux les biens du ciel. Et au lieu que vous travaillez à entretenir dans les hommes l'ambition, qui fait qu'on n'a jamais de superflu, et l'avarice, qui refuse d'en donner quand on en auroit; les saints ont travaillé au contraire à porter les hommes à donner leur superflu, et à leur faire connoître qu'ils en auront beaucoup, s'ils le mesurent, non par la cupidité, qui ne souffre point de bornes, mais par la piété, qui est ingénieuse à se retrancher pour avoir de quoi se répandre dans l'exercice de la charité. « Nous » aurons beaucoup de superflu, dit saint Au- » gustin, si nous ne gardons que le nécessaire : » mais si nous recherchons les choses vaines, » rien ne nous suffira. Recherchez, mes frères, » ce qui suffit à l'ouvrage de Dieu », c'est-à-dire, à la nature; « et non pas ce qui suffit à votre » cupidité », qui est l'ouvrage du démon : « et » souvenez-vous que le superflu des riches est » le nécessaire des pauvres. » *In Ps.* 147.

Je voudrois bien, mes pères, que ce que je vous dis servît non-seulement à me justifier, ce seroit peu, mais encore à vous faire sentir et abhorrer ce qu'il y a de corrompu dans les maximes de vos casuistes, afin de nous unir sincèrement dans les saintes règles de l'Évangile, selon lesquelles nous devons tous être jugés.

Pour le second point, qui regarde la simonie, avant que de répondre aux reproches que vous me faites, je commencerai par l'éclaircissement de votre doctrine sur ce sujet. Comme vous vous êtes trouvés embarrassés entre les canons de l'Église qui imposent d'horribles peines aux simoniaques, et l'avarice de tant de personnes qui recherchent cet infâme trafic, vous avez suivi votre méthode ordinaire, qui est d'accorder aux hommes ce qu'ils désirent, et de donner à Dieu des paroles et des apparences. Car qu'est-ce que demandent les simoniaques, sinon d'avoir de l'argent en donnant leurs bénéfices? Et c'est cela que vous avez exempté de simonie. Mais parce qu'il faut que le nom de simonie demeure, et qu'il y ait un sujet où il soit attaché, vous avez choisi pour cela une idée imaginaire, qui ne vient jamais dans l'esprit des simoniaques, et qui leur seroit inutile, qui est d'estimer l'argent considéré en lui-même autant que le bien spirituel considéré en lui-même. Car qui s'aviseroit de comparer des choses si disproportionnées et d'un genre si différent? Et cependant, pourvu qu'on ne fasse pas cette comparaison métaphysique, on peut donner son bénéfice à un autre, et en recevoir de l'argent sans simonie, sélon vos auteurs.

C'est ainsi que vous vous jouez de la religion pour suivre la passion des hommes; et voyez néanmoins avec quelle gravité votre père Valentia débite ses songes à l'endroit cité dans mes lettres, t. III, disp. 6, q. 16, part. 3, p. 2044 : « On peut, dit-il, donner un bien temporel pour » un spirituel en deux manières : l'une en pri- » sant davantage le temporel que le spirituel, et » ce seroit simonie : l'autre en prenant le tem- » porel comme le motif et la fin qui porte à » donner le spirituel, sans que néanmoins on » prise le temporel plus que le spirituel; et alors » ce n'est point simonie. Et la raison en est, que » la simonie consiste à recevoir un temporel » comme le juste prix d'un spirituel. Donc, si » on demande le temporel, *si petatur temporale,* » non pas comme le prix, mais comme le motif » qui détermine à le conférer, ce n'est point du » tout simonie, encore qu'on ait pour fin et at- » tente principale la possession du temporel : » *minimè erit simonia, etiamsi temporale princi-* » *paliter intendatur et expectetur.* » Et votre grand Sanchez n'a-t-il pas eu une pareille révélation, au rapport d'Escobar, tr. 6, ex. 2, n. 40? Voici ses mots : « Si on donne un bien temporel pour » un bien spirituel, non pas comme PRIX, mais » comme un MOTIF qui porte le collateur à le don- » ner, ou comme une reconnoissance, si on l'a

» déjà reçu, est-ce simonie? Sanchez assure que
» non, *Opusc.* t. II, l. 2, c. 3, d. 23, n. 7. » Vos
thèses de Caen, de 1644 : « C'est une opinion pro-
» bable, enseignée par plusieurs catholiques, que
» ce n'est pas simonie de donner un bien tempo-
» rel pour un spirituel, quand on ne le donne
» pas comme prix. » Et quant à Tannerus, voici
sa doctrine, pareille à celle de Valentia, qui fera
voir combien vous avez tort de vous plaindre de
ce que j'ai dit qu'elle n'est pas conforme à celle
de saint Thomas; puisque lui-même l'avoue au
lieu cité dans ma lettre, t. III, disp. 5, p. 1519 :
« Il n'y a point, dit-il, proprement et véritable-
» ment de simonie, sinon à prendre un bien
» temporel comme le prix d'un spirituel : mais,
» quand on le prend comme un motif qui porte à
» donner le spirituel, ou comme en reconnois-
» sance de ce qu'on l'a donné, ce n'est point simo-
» nie, au moins en conscience. » Et un peu après :
« Il faut dire la même chose, encore qu'on regarde
» le temporel comme sa fin principale, et qu'on
» le préfère même au spirituel; quoique saint
» Thomas et d'autres semblent dire le contraire,
» en ce qu'ils assurent que c'est absolument si-
» monie de donner un bien spirituel pour un
» temporel, lorsque le temporel en est la fin. »

Voilà, mes pères, votre doctrine de la simonie
enseignée par vos meilleurs auteurs, qui se suivent en cela bien exactement. Il ne me reste
donc qu'à répondre à vos impostures. Vous
n'avez rien dit sur l'opinion de Valentia, et ainsi

sa doctrine subsiste après votre réponse. Mais vous vous arrêtez sur celle de Tannerus, et vous dites qu'il a seulement décidé que ce n'étoit pas une simonie de droit divin, et vous voulez faire croire que j'ai supprimé de ce passage ces paroles, *de droit divin*, sur quoi vous n'êtes pas raisonnables, mes pères : car ces termes, *de droit divin*, ne furent jamais dans ce passage. Vous ajoutez ensuite que Tannerus déclare que c'est une simonie *de droit positif.* Vous vous trompez, mes pères : il n'a pas dit cela généralement, mais sur des cas particuliers, *in casibus à jure expressis*, comme il le dit en cet endroit. En quoi il fait une exception de ce qu'il avoit établi en général dans ce passage, « que ce n'est » pas simonie en conscience »; ce qui enferme que ce n'en est pas aussi une de droit positif, si vous ne voulez faire Tannerus assez impie pour soutenir qu'une simonie de droit positif n'est pas simonie en conscience. Mais vous recherchez à dessein ces mots de « droit divin, droit positif, » droit naturel, tribunal intérieur et extérieur, » cas exprimés dans le droit, présomption ex- » terne », et les autres qui sont peu connus, afin d'échapper sous cette obscurité, et de faire perdre la vue de vos égarements. Vous n'échap- perez pas néanmoins, mes pères, par ces vaines subtilités : car je vous ferai des questions si simples, qu'elles ne seront point sujettes au *distinguo.*

Je vous demande donc, sans parler de *droit*

positif, ni de *présomption externe*, ni de *tribunal extérieur*, si un bénéficier sera simoniaque, selon vos auteurs, en donnant un bénéfice de quatre mille livres de rente, et recevant dix mille francs argent comptant, non pas comme prix du bénéfice, mais comme un motif qui le porte à le donner. Répondez - moi nettement, mes pères; que faut-il conclure sur ce cas, selon vos auteurs? Tannerus ne dira-t-il pas formellement « que ce n'est point simonie en conscience, » puisque le temporel n'est pas le prix du béné- » fice, mais seulement le motif qui le fait don- » ner ? » Valentia, vos thèses de Caen, Sanchez et Escobar, ne décideront-ils pas de même, « que » ce n'est pas simonie » par la même raison ? En faut-il davantage pour excuser ce bénéficier de simonie ? Et oseriez - vous le traiter de simoniaque dans vos confessionnaux, quelque sentiment que vous en ayez par vous-mêmes; puisqu'il auroit droit de vous fermer la bouche, ayant agi selon l'avis de tant de docteurs graves ? Confessez donc qu'un tel bénéficier est excusé de simonie, selon vous; et défendez maintenant cette doctrine, si vous le pouvez.

Voilà, mes pères, comment il faut traiter les questions pour les démêler, au lieu de les embrouiller, ou par des termes d'école, ou en changeant l'état de la question, comme vous faites dans votre dernier reproche en cette sorte. Tannerus, dites-vous, déclare au moins qu'un tel échange est un grand péché; et vous me reprochez d'avoir supprimé malicieusement cette circonstance, *qui le justifie entièrement*, à ce que vous prétendez. Mais vous avez tort, et en plusieurs manières. Car, quand ce que vous dites seroit vrai, il ne s'agissoit pas, au lieu où j'en parlois, de savoir s'il y avoit en cela du péché, mais seulement s'il y avoit de la simonie. Or, ce sont deux questions fort séparées : les péchés n'obligent qu'à se confesser, selon vos maximes ; la simonie oblige à restituer ; et il y a des personnes à qui cela paroîtroit assez différent. Car vous avez bien trouvé des expédients pour rendre la confession douce, mais vous n'en avez point trouvé pour rendre la restitution agréable. J'ai à vous dire de plus que le cas que Tannerus accuse de péché n'est pas simplement celui où l'on donne un bien spirituel pour un temporel, qui en est le motif même principal ; mais il ajoute encore « que l'on prise le temporel plus que le » spirituel », ce qui est ce cas imaginaire dont nous avons parlé. Et il ne fait pas de mal de charger celui-là de péché, puisqu'il faudroit être bien méchant ou bien stupide, pour ne vouloir pas éviter un péché par un moyen aussi facile qu'est celui de s'abstenir de comparer les prix de ces deux choses, lorsqu'il est permis de donner l'une pour l'autre. Outre que Valentia examinant, au lieu déjà cité, s'il y a du péché à donner un bien spirituel pour un temporel, qui en est le motif principal, rapporte les raisons de ceux qui disent que oui, en ajoutant : *Sed hoc non videtur mihi satis certum ;* cela ne me paroît pas assez certain.

Mais, depuis, votre père Érade Bille, professeur des cas de conscience à Caen, a décidé qu'il n'y a en cela aucun péché : car les opinions probables vont toujours en mûrissant. C'est ce qu'il déclare dans ses écrits de 1644, contre lesquels M. Dupré, docteur et professeur à Caen, fit cette belle harangue imprimée, qui est assez connue. Car, quoique ce père Érade Bille reconnoisse que la doctrine de Valentia, suivie par le père Milhard, et condamnée en Sorbonne, « soit con- » traire au sentiment commun, suspecte de si- » monie en plusieurs choses, et punie en justice, » quand la pratique en est découverte », il ne laisse pas de dire que c'est une opinion probable, et par conséquent sûre en conscience, et qu'il n'y a en cela ni simonie, ni péché. « C'est, » dit-il, une opinion probable et enseignée par » beaucoup de docteurs catholiques, qu'il n'y a » aucune simonie, NI AUCUN PÉCHÉ à donner de » l'argent, ou une autre chose temporelle pour » un bénéfice, soit par forme de reconnoissance, » soit comme un motif sans lequel on ne le don- » neroit pas, pourvu qu'on ne le donne pas » comme un prix égal au bénéfice. » C'est là tout ce qu'on peut désirer. Et selon toutes ces maximes vous voyez, mes pères, que la simonie sera si rare, qu'on en auroit exempté Simon même le magicien, qui vouloit acheter le Saint-Esprit, en quoi il est l'image des simoniaques qui achètent; et Giezi, qui reçut de l'argent pour un miracle, en quoi il est la figure des simoniaques qui vendent. Car il est sans doute que, quand Simon, dans les Actes, *offrit de l'argent aux apôtres pour avoir leur puissance*, il ne se servit ni des termes d'acheter, ni de vendre, ni de prix, et qu'il ne fit autre chose que d'offrir de l'argent, comme un motif pour se faire donner ce bien spirituel. Ce qui étant exempt de simonie, selon vos auteurs, il se fût bien garanti de l'anathème de saint Pierre, s'il eût été instruit de vos maximes. Et cette ignorance fit aussi grand tort à Giezi, quand il fut frappé de la lèpre par Élisée; car, n'ayant reçu de l'argent de ce prince guéri miraculeusement que comme une reconnoissance, et non pas comme un prix égal à la vertu divine qui avoit opéré ce miracle, il eût obligé Élisée à le guérir, sur peine de péché mortel, puisqu'il auroit agi selon tant de docteurs graves, et qu'en pareils cas vos confesseurs sont obligés d'absoudre leurs pénitents, et de les laver de la lèpre spirituelle, dont la corporelle n'est que la figure.

Tout de bon, mes pères, il seroit aisé de vous tourner là-dessus en ridicule; je ne sais pourquoi vous vous y exposez. Car je n'aurois qu'à rapporter vos autres maximes, comme celle-ci d'Escobar dans *la Pratique de la Simonie selon la Société de Jésus*, tr. 6, ex. 2, n. 44 : « Est-ce simonie, lorsque » deux religieux s'engagent l'un à l'autre en cette » sorte : donnez-moi votre voix pour me faire élire

» provincial, et je vous donnerai la mienne pour
» vous faire prieur ? Nullement. » Et cet autre,
tr. 6, n. 14 : « Ce n'est pas simonie de se faire
» donner un bénéfice en promettant de l'argent,
» quand on n'a pas dessein de payer en effet;
» parce que ce n'est qu'une simonie feinte, qui
» n'est non plus vraie, que du faux or n'est pas
» vrai or. » C'est par cette subtilité de conscience
qu'il a trouvé le moyen, en ajoutant la fourbe à
la simonie, de faire avoir des bénéfices sans
argent et sans simonie. Mais je n'ai pas le loisir
d'en dire davantage; car il faut que je pense à
me défendre contre votre troisième calomnie
sur le sujet des banqueroutiers.

Pour celle-ci, mes pères, il n'y a rien de plus
grossier. Vous me traitez d'imposteur sur le sujet
d'un sentiment de Lessius, que je n'ai point cité
de moi-même, mais qui se trouve allégué par
Escobar, dans un passage que j'en rapporte; et
ainsi, quand il seroit vrai que Lessius ne seroit
pas de l'avis qu'Escobar lui attribue, qu'y a-t-il
de plus injuste que de s'en prendre à moi? Quand
je cite Lessius et vos autres auteurs de moi-même,
je consens d'en répondre. Mais comme Escobar
a ramassé les opinions de vingt-quatre de vos
pères, je vous demande si je dois être garant
d'autre chose que de ce que je cite de lui; et s'il
faut, outre cela, que je réponde des citations
qu'il fait lui-même dans les passages que j'en ai
pris ? Cela ne seroit pas raisonnable. Or, c'est de
quoi il s'agit en cet endroit. J'ai rapporté dans ma

lettre ce passage d'Escobar, tr. 3, ex. 2, n. 163, traduit fort fidèlement, et sur lequel aussi vous ne dites rien : « Celui qui fait banqueroute peut-il en » sûreté de conscience retenir de ses biens autant » qu'il est nécessaire pour vivre avec honneur, » *ne indecorè vivat ?* » Je réponds que oui avec Lessius, *cum Lessio assero posse, etc.* Sur cela vous me dites que Lessius n'est pas de ce sentiment. Mais pensez un peu où vous vous engagez. Car, s'il est vrai qu'il en est, on vous appellera imposteurs, d'avoir assuré le contraire ; et s'il n'en est pas, Escobar sera l'imposteur : de sorte qu'il faut maintenant, par nécessité, que quelqu'un de la Société soit convaincu d'imposture. Voyez un peu quel scandale ! Aussi vous ne savez prévoir la suite des choses. Il vous semble qu'il n'y a qu'à dire des injures aux personnes, sans penser sur qui elles retombent. Que ne faisiez-vous savoir votre difficulté à Escobar (*), avant de la publier ? il vous eût satisfait. Il n'est pas si malaisé d'avoir des nouvelles de Valladolid, où il

---

(*) Escobar. Par tout ce qu'Alegambe rapporte du père Antoine Escobar, il paroît que c'étoit un bon-homme laborieux, et dévot à sa façon. On assure que, quand il apprit combien il étoit cité dans les Lettres Provinciales, il en conçut une joie extrême ; il s'en estimoit beaucoup plus, et croyoit valoir plus qu'auparavant. Nous avons son portrait qui est singulier, et qui le représente comme un homme qui ne doutoit de rien, tant il avoit l'air résolu et décisif. Il mourut à Valladolid en Espagne, le 4 juillet 1669, âgé de 81 ans.

est en parfaite santé, et où il achève sa grande
Théologie morale en six volumes, sur les premiers desquels je vous pourrai dire un jour
quelque chose. On lui a envoyé les dix premières
lettres ; vous pouviez aussi lui envoyer votre objection, et je m'assure qu'il y eût bien répondu :
car il a vu sans doute dans Lessius ce passage,
d'où il a pris le *ne indecorè vivat*. Lisez-le bien,
mes pères, et vous l'y trouverez comme moi,
lib. 2, c. 16, n. 45 : *Idem colligitur apertè ex ju-*
ribus citatis, maximè quoad ea bona quæ post
cessionem acquirit, de quibus is qui debitor est
etiam ex delicto, potest retinere quantùm necessa-
rium est, ut pro suâ conditione NON INDECORÈ
VIVAT. *Petes an leges id permittant de bonis quæ*
tempore instantis cessionis habebat? Ita videtur col-
ligi ex DD.

Je ne m'arrêterai pas à vous montrer que Lessius, pour autoriser cette maxime, abuse de la
loi, qui n'accorde que le simple vivre aux banqueroutiers, et non pas de quoi subsister avec
honneur. Il suffit d'avoir justifié Escobar contre
une telle accusation, c'est plus que je ne devois
faire. Mais vous, mes pères, vous ne faites pas
ce que vous devez : car il est question de répondre
au passage d'Escobar, dont les décisions sont
commodes, en ce qu'étant indépendantes du
devant et de la suite, et toutes renfermées en
de petits articles, elles ne sont pas sujettes à vos
distinctions. Je vous ai cité son passage entier,
qui permet « à ceux qui font cession de retenir

» de leurs biens, quoique acquis injustement,
» pour faire subsister leur famille avec hon-
» neur. » Sur quoi je me suis écrié dans mes
lettres : « Comment, mes pères, par quelle
» étrange charité voulez-vous que les biens ap-
» partiennent plutôt à ceux qui les ont mal ac-
» quis qu'aux créanciers légitimes ? » C'est à quoi
il faut répondre : mais c'est ce qui vous met dans
un fâcheux embarras, que vous essayez en vain
d'éluder en détournant la question, et citant
d'autres passages de Lessius, desquels il ne s'agit
point. Je vous demande donc si cette maxime
d'Escobar peut être suivie en conscience par ceux
qui font banqueroute ? Et prenez garde à ce que
vous direz. Car si vous répondez que non, que
deviendra votre docteur, et votre doctrine de la
probabilité ? Et si vous dites que oui, je vous renvoie au parlement.

Je vous laisse dans cette peine, mes pères ; car
je n'ai plus ici de place pour entreprendre l'imposture suivante sur le passage de Lessius touchant l'homicide ; ce sera pour la première fois,
et le reste ensuite.

Je ne vous dirai rien cependant sur les avertissements pleins de faussetés scandaleuses par
où vous finissez chaque imposture : je repartirai
à tout cela dans la lettre où j'espère montrer la
source de vos calomnies. Je vous plains, mes
pères, d'avoir recours à de tels remèdes. Les
injures que vous me dites n'éclairciront pas nos
différends, et les menaces que vous me faites

en tant de façons ne m'empêcheront pas de me défendre. Vous croyez avoir la force et l'impunité, mais je crois avoir la vérité et l'innocence. C'est une étrange et longue guerre que celle où la violence essaie d'opprimer la vérité. Tous les efforts de la violence ne peuvent affoiblir la vérité, et ne servent qu'à la relever davantage. Toutes les lumières de la vérité ne peuvent rien pour arrêter la violence, et ne font que l'irriter encore plus. Quand la force combat la force, la plus puissante détruit la moindre : quand on oppose les discours aux discours, ceux qui sont véritables et convaincants confondent et dissipent ceux qui n'ont que la vanité et le mensonge : mais la violence et la vérité ne peuvent rien l'une sur l'autre. Qu'on ne prétende pas de là néanmoins que les choses soient égales : car il y a cette extrême différence, que la violence n'a qu'un cours borné par l'ordre de Dieu, qui en conduit les effets à la gloire de la vérité qu'elle attaque : au lieu que la vérité subsiste éternellement, et triomphe enfin de ses ennemis, parce qu'elle est éternelle et puissante comme Dieu même.

RÉFUTATION

DE LA RÉPONSE DES JÉSUITES A LA DOUZIÈME LETTRE.

MONSIEUR,

Qui que vous soyez qui avez entrepris de défendre les jésuites contre les lettres qui découvrent si clairement le déréglement de leur morale, il paroît, par le soin que vous prenez de les secourir, que vous avez bien connu leur foiblesse, et en cela on ne peut blâmer votre jugement. Mais si vous aviez pensé de pouvoir les justifier en effet, vous ne seriez pas excusable. Aussi j'ai meilleure opinion de vous, et je m'assure que votre dessein est seulement de détourner l'auteur des Lettres par cette diversion artificieuse. Vous n'y avez pourtant pas réussi ; et j'ai bien de la joie de ce que la treizième vient de paroître, sans qu'il ait reparti à ce que vous avez fait sur la onzième et sur la douzième, et sans avoir seulement pensé à vous. Cela me fait espérer qu'il négligera de même les autres. Vous ne devez pas douter, monsieur, qu'il ne lui eût été bien facile de vous pousser. Vous voyez comment il mène la Société entière : qu'eût-ce donc été s'il vous eût entrepris en particulier ?

Jugez-en par la manière dont je vas vous répondre sur ce que vous avez écrit contre sa douzième lettre.

Je vous laisserai, monsieur, toutes vos injures. L'auteur des lettres a promis d'y satisfaire, et je crois qu'il le fera de telle sorte, qu'il ne vous restera que la honte et le repentir. Il ne lui sera pas difficile de couvrir de confusion de simples particuliers comme vous et vos jésuites, qui, par un attentat criminel, usurpent l'autorité de l'Église pour traiter d'hérétiques ceux qu'il leur plaît, lorsqu'ils se voient dans l'impuissance de se défendre contre les justes reproches qu'on leur fait de leurs méchantes maximes. Mais, pour moi, je me resserrerai dans la réfutation des nouvelles impostures que vous employez pour la justification de ces casuistes. Commençons par le grand Vasquez.

Vous ne répondez rien à tout ce que l'auteur des lettres a rapporté pour faire voir sa mauvaise doctrine touchant l'aumône ; et vous l'accusez seulement en l'air de quatre faussetés, dont la première est qu'il a supprimé du passage de Vasquez, cité dans la sixième lettre, ces paroles, *Statum quem licitè possunt acquirere* ; et qu'il a dissimulé le reproche qu'on lui en fait.

Je vois bien, monsieur, que vous avez cru, sur la foi des jésuites, vos chers amis, que ces paroles-là sont dans le passage qu'a cité l'auteur des lettres ; car si vous eussiez su qu'elles n'y sont pas, vous eussiez blâmé ces pères de lui avoir fait ce reproche, plutôt que de vous étonner de ce qu'il n'avoit pas daigné répondre à une objection si vaine. Mais ne vous fiez pas tant à eux, vous y seriez souvent attrapé. Considérez vous-même dans Vasquez le passage que l'auteur en a rapporté. Vous le trouverez *de Eleem.* c. 4, n. 14; mais vous n'y verrez aucune de ces paroles qu'on dit qu'il en a supprimées, et vous serez bien étonné de ne les trouver que quinze pages auparavant. Je ne doute point qu'après cela vous ne vous plaigniez de ces bons pères, et que vous ne jugiez bien que, pour accuser cet auteur d'avoir supprimé ces paroles de ce passage, il faudroit l'obliger de rapporter des passages de quinze pages *in-folio* dans une lettre de huit pages *in-*4°, où il a accoutumé d'en rapporter trente ou quarante, ce qui ne seroit pas raisonnable.

Ces paroles ne peuvent donc servir qu'à vous convaincre vous-même d'imposture, et elles ne servent pas aussi davantage pour justifier Vasquez. On a accusé ce jésuite d'avoir ruiné le précepte de Jésus-Christ, qui oblige les riches de faire l'aumône de leur superflu, en soutenant « que ce que les riches gardent pour relever leur » condition, ou celle de leurs parents, n'est pas » superflu; et qu'ainsi à peine en trouvera-t-on » dans les gens du monde, et non pas même » dans les rois. » C'est cette conséquence, « qu'il » n'y a presque jamais de superflu dans les gens » du monde, » qui ruine l'obligation de donner l'aumône, puisqu'on en conclut, par nécessité, que, n'ayant point de superflu, ils ne sont pas obligés de le donner. Si c'était l'auteur des lettres qui l'eût tirée, vous auriez quelque sujet de prétendre qu'elle n'est pas enfermée dans ce principe, « que ce que les riches gardent pour relever » leur condition, ou celle de leurs parents, n'est » pas appelé superflu. » Mais il l'a trouvée toute tirée dans Vasquez. Il y a lu ces paroles, si éloignées de l'esprit de l'Évangile et de la modération chrétienne : « Qu'à peine trouvera-t-on » du superflu dans les gens du monde, et non » pas même dans les rois. » Il y a lu encore cette dernière conclusion rapportée dans la douzième lettre : « A peine est-on obligé de donner l'au- » mône quand on n'est obligé à la donner que » de son superflu : » et ce qui est remarquable, c'est qu'elle se voit au même lieu que ces paroles, *Statum quem licitè possunt acquirere*; par lesquelles vous prétendez l'éluder. Vous chicanez donc inutilement sur le principe, lorsque vous êtes obligé de vous taire sur les conséquences qui sont formellement dans Vasquez, et qui suffisent pour anéantir le précepte de Jésus-Christ, comme on l'a accusé de l'avoir fait. Si Vasquez les avoit mal tirées de son principe, il auroit joint une faute de jugement avec une erreur dans la morale; et il n'en seroit pas plus innocent, ni le précepte de Jésus-Christ moins anéanti. Mais il paroîtra, par la réfutation de la seconde fausseté, que vous reprochez à

l'auteur des lettres, que ces mauvaises conséquences sont bien tirées du mauvais principe
que Vasquez établit au même lieu ; et que ce jésuite n'a pas péché contre les règles du raisonnement, mais contre celles de l'Evangile.

Cette seconde fausseté que vous dites qu'il a
dissimulée après en avoir été *convaincu*, et qu'il a
omis ces paroles par un dessein outrageux, pour
corrompre la pensée de ce père, et en tirer cette
conclusion scandaleuse : « Qu'il ne faut, selon
» Vasquez, qu'avoir beaucoup d'ambition pour
» n'avoir point de superflu. » Sur cela, monsieur, je vous pourrois dire, en un mot, qu'il
n'y eut jamais d'accusation moins raisonnable
que celle-là. Les jésuites ne se sont jamais plaints
de cette conséquence. Et cependant vous reprochez à l'auteur des lettres de n'avoir pas répondu
à une objection qu'on ne lui avoit pas encore
faite. Mais si vous croyez avoir été en cela plus
clairvoyant que toute cette compagnie, il sera aisé
de vous guérir de cette vanité, qui seroit injurieuse à ce grand corps. Car comment pouvez-
vous nier que de ce principe de Vasquez, « ce que
» l'on garde pour relever sa condition ou celle
» de ses parents n'est pas appelé superflu, »
on ne conclue nécessairement qu'il ne faut qu'a-
voir beaucoup d'ambition pour n'avoir point
de superflu ? Je vous permets de bon cœur d'y
ajouter encore la condition qu'il exprime en un
autre endroit, qui est que l'on ne veuille relever
son état que par des voies légitimes : *Statum*

quem licitè possunt acquirere. Cela n'empêchéra pas la vérité de la conséquence que vous accusez de fausseté.

Il est vrai, monsieur, qu'il y a quelques riches qui peuvent relever leur condition par des voies légitimes. L'utilité publique en peut quelquefois justifier le désir, pourvu qu'ils ne considèrent pas tant leur propre honneur et leur propre intérêt que l'honneur de Dieu et l'intérêt du public; mais il est très-rare que l'esprit de Jésus-Christ, sans lequel il n'y a point d'intentions pures, inspire ces sortes de désirs aux riches du monde : il les porte bien plutôt à diminuer ce poids inutile qui les empêche de s'élever vers le ciel, et à craindre ces paroles de son Évangile, *que celui qui s'élève sera abaissé.* Ainsi ces désirs que l'on voit dans la plupart des hommes du siècle, de monter toujours à une condition plus haute, et d'y faire monter leurs parents, quoique par des voies légitimes, ne sont pour l'ordinaire que des effets d'une cupidité terrestre et d'une véritable ambition. Car c'est, monsieur, une erreur grossière de croire qu'il n'y ait point d'ambition à désirer de relever sa condition que lorsqu'on se veut servir de moyens injustes; et c'est cette erreur que saint Augustin condamne dans le livre De la Patience, ch. 3, lorsqu'il dit, « L'amour de l'argent et le désir de la gloire sont » des folies que le monde croit permises; et on » s'imagine que l'avarice, l'ambition, le luxe, » les divertissements des spectacles sont inno-

» cents, lorsqu'ils ne nous font point tomber » dans quelque crime ou quelque désordre que » les lois défendent. » L'ambition consiste à désirer l'élèvement pour l'élèvement, et l'honneur pour l'honneur, comme l'avarice à aimer les richesses pour les richesses. Si vous y joignez les moyens injustes, vous la rendez plus criminelle; mais, en substituant des moyens légitimes, vous ne la rendez pas innocente. Or, Vasquez ne parle pas de ces occasions dans lesquelles quelques gens de bien désirent de changer de condition, et sont *dans l'attente probable de le faire*, comme dit le cardinal Cajetan. S'il en parloit, il auroit été ridicule d'en conclure, comme il a fait, que l'on ne trouve presque jamais de superflu dans les gens du monde; puisque des occasions très-rares, qui ne peuvent arriver qu'une ou deux fois dans la vie, et qui ne se rencontrent que dans un très-petit nombre de riches, à qui Dieu fait connoître qu'ils ne se nuiront pas à eux-mêmes en s'élevant pour servir les autres, ne peuvent pas empêcher que la plupart des riches n'aient beaucoup de superflu. Mais il parle d'un désir vague et indéterminé de s'agrandir, il parle d'un désir de s'élever sans aucunes bornes; puisque, s'il étoit borné, les riches commenceroient d'avoir du superflu lorsqu'ils y seroient arrivés.

Et enfin il croit que ce désir est si généralement permis, qu'il empêche tous les riches d'avoir presque jamais du superflu.

C'est, monsieur, afin que vous l'entendiez, cette prétention de s'agrandir et de s'élever toujours dans le siècle à une condition plus haute, quoique par des moyens légitimes, *Ad statum quem licitè possunt acquirere*, que l'auteur des lettres a appelée du nom d'ambition; parce que c'est le nom que les pères lui donnent, et qu'on lui donne même dans le monde. Il n'a pas été obligé d'imiter une des plus ordinaires adresses de ces mauvais casuistes, qui est de bannir les noms des vices, et de retenir les vices mêmes sous d'autres noms. Quand donc ces paroles, *Statum quem licitè possunt acquirere*, auroient été dans le passage qu'il a cité, il n'auroit pas eu besoin de les retrancher pour le rendre criminel. C'est en les y joignant qu'il a droit d'accuser Vasquez, que, selon lui, il ne faut qu'avoir de l'ambition pour n'avoir point de superflu. Il n'est pas le premier qui a tiré cette conséquence de cette doctrine. M. du Val l'avoit fait avant lui en termes formels, en combattant cette mauvaise maxime, t. II, q. 8, p. 576. « Il s'ensui-
» vroit, dit-il, que celui qui désireroit une plus
» haute dignité, c'est-à-dire, qui auroit une plus
» grande ambition, n'auroit point de superflu,
» quoiqu'il eût beaucoup plus qu'il ne lui faut
» selon sa condition présente : SEQUERETUR *eum*
» *qui hanc dignitatem cuperet; seu qui* MAJORI
» AMBITIONE DUCERETUR, *habendo plurima supra*
» *decentiam sui statûs, non habiturum superflua.* »
Vous avez donc fort mal réussi, monsieur,

dans les deux premières faussetés que vous reprochez à l'auteur des lettres. Voyons si vous serez mieux fondé dans les deux autres que vous l'accusez d'avoir faites en se défendant. La première est, qu'il assure que Vasquez n'oblige point les riches de donner de ce qui est nécessaire à leur condition. Il est bien aisé de vous répondre sur ce point : car il n'y a qu'à vous dire nettement que cela est faux, et qu'il a dit tout le contraire. Il n'en faut point d'autre preuve que le passage même que vous produisez trois lignes après, où il rapporte que Vasquez « oblige les riches de donner du nécessaire en » certaines occasions. »

Votre dernière plainte n'est pas moins déraisonnable. En voici le sujet. L'auteur des lettres a repris deux décisions dans la doctrine de Vasquez : l'une, « que les riches ne sont point obli- » gés, ni par justice, ni par charité, de donner » de leur superflu, et encore moins du néces- » saire dans tous les besoins ordinaires des pau- » vres. » L'autre, « qu'ils ne sont obligés de » donner du nécessaire qu'en des rencontres si » rares, qu'elles n'arrivent presque jamais. » Vous n'aviez rien à répondre sur la première de ces décisions, qui est la plus méchante. Que faites-vous là-dessus ? Vous les joignez ensemble ; et, apportant quelque mauvaise défaite sur la dernière, vous voulez faire croire que vous avez répondu sur toutes les deux. Ainsi, pour démêler ce que vous voulez embarrasser à dessein, je vous demande à vous-même s'il n'est pas vrai que Vasquez enseigne que les riches ne sont jamais obligés de donner ni du superflu, ni du nécessaire, ni par charité, ni par justice, dans les nécessités ordinaires des pauvres? L'auteur des lettres ne l'a-t-il pas prouvé par ce passage formel de Vasquez : « Corduba enseigne que, » lorsqu'on a du superflu, on est obligé d'en » donner à ceux qui sont dans une nécessité or- » dinaire, au moins une partie, afin d'accomplir » le précepte en quelque chose. » (Remarquez qu'il ne s'agit point en cet endroit, si on y est obligé par justice ou par charité, mais si on y est obligé absolument.) Voyons donc quelle sera la décision de votre Vasquez. « Mais cela ne me » plaît pas, SED HOC NON PLACET; car nous avons » montré le contraire contre Cajetan et Na- » varre. » Voilà à quoi vous ne répondez point, laissant ainsi vos jésuites convaincus d'une er- reur si contraire à l'Évangile.

Et quant à la seconde décision de Vasquez, qui est que les riches ne sont obligés de donner du nécessaire à leur condition qu'en des ren- contres si rares, qu'elles n'arrivent presque ja- mais, l'auteur des lettres ne l'a pas moins claire- ment prouvé par l'assemblage des conditions que ce jésuite demande pour former cette obli- gation : savoir, « que l'on sache que le pauvre » qui est dans la nécessité urgente ne sera assisté » de personne que de nous ; et que cette nécessité » le menace de quelque accident mortel, ou de

» perdre sa réputation. » Il a demandé sur cela si ces rencontres étoient fort ordinaires dans Paris ; et enfin il a pressé les jésuites par cet argument : Que Vasquez permettant aux pauvres de voler les riches dans les mêmes circonstances où il oblige les riches d'assister les pauvres, il faut qu'il ait cru, ou que ces occasions étoient fort rares, ou qu'il étoit ordinairement permis de voler. Qu'avez-vous répondu à cela, monsieur ? Vous avez dissimulé toutes ces preuves, et vous vous êtes contenté de rapporter trois passages de Vasquez, où il dit dans les deux premiers que les riches sont obligés d'assister les pauvres dans les nécessités urgentes, ce que l'auteur des lettres reconnoît expressément ; mais vous vous êtes bien gardé d'ajouter qu'il y apporte des restrictions, qui font que ces nécessités urgentes n'obligent presque jamais à donner l'aumône, qui est ce dont il s'agit.

Le troisième de vos passages dit simplement que les riches ne sont pas obligés de donner seulement l'aumône dans les nécessités extrêmes, c'est-à-dire quand un homme est près de mourir, parce qu'elles sont trop rares ; d'où vous concluez qu'il est faux que les occasions où Vasquez oblige à donner l'aumône soient fort rares. Mais vous vous moquez, monsieur : vous n'en pouvez conclure autre chose, sinon que Vasquez ôte le nom de *très-rares* aux occasions de donner l'aumône, qu'il rend très-rares en effet par les conditions qu'il y apporte. En quoi il n'a fait que suivre la conduite de sa Compagnie. Ce jésuite avoit à satisfaire tout ensemble les riches, qui veulent qu'on ne les oblige que très-rarement à donner l'aumône, et l'Église, qui y oblige très-souvent ceux qui ont du superflu. Il a donc voulu contenter tout le monde, selon la méthode de sa Société, et il y a fort bien réussi. Car il exige, d'une part, des conditions si rares en effet, que les plus avares en doivent être satisfaits; et il leur ôte, de l'autre, le nom de *rares*, pour satisfaire l'Église en apparence. Il n'est donc pas question de savoir si Vasquez a donné le nom de *rares* aux rencontres où il oblige de donner l'aumône. On ne l'a jamais accusé de les avoir appelées rares. Il étoit trop habile jésuite pour appeler ainsi les mauvaises choses par leur nom. Mais il est question de savoir si elles sont rares en effet, par les restrictions qu'il y apporte; et c'est ce que l'auteur des lettres a si bien montré, qu'il ne vous est resté sur cela que cette réponse générale, qui ne vous manque jamais, qui est la dissimulation et le silence.

Tout ce que vous ajoutez ensuite de la subtilité de l'esprit de Vasquez dans les divers sens qu'il donne aux mots de *nécessaire* et de *superflu* est une pure illusion. Il ne les a jamais pris qu'en deux sens, aussi-bien que tous les autres théologiens. Il y a, selon lui, « nécessaire à la » nature, et nécessaire à la condition : superflu » à la nature, superflu à la condition. » Mais, afin qu'une chose soit superflue à la condition, il veut qu'elle le soit non-seulement à l'égard de la condition présente, mais aussi à l'égard de celle que les riches peuvent acquérir ou pour eux, ou pour leurs parents, par des moyens légitimes. Ainsi, selon Vasquez, tout ce que l'on garde pour relever sa condition est appelé simplement nécessaire à la condition, et superflu seulement à la nature; et on n'est obligé d'en faire l'aumône que dans les occasions que l'auteur des lettres a fait voir être si rares, qu'elles n'arrivent presque jamais.

Il n'est pas besoin de rien ajouter, touchant la comparaison de Vasquez et de Cajetan, à ce que l'auteur des lettres en a dit. Je vous avertirai seulement, en passant, que vous imposez à ce cardinal, aussi-bien que Vasquez, lorsque vous soutenez « que, contre ce qu'il avoit dit dans le » traité de l'aumône, il enseigne, en celui des » indulgences, que l'obligation de donner le su- » perflu ne passe point le péché véniel. » Lisez-le, monsieur, et ne vous fiez pas tant aux jésuites, ni morts, ni vivants. Vous trouverez que Cajetan y enseigne formellement le contraire; et qu'après avoir dit qu'il n'y a que les nécessités extrêmes, sous lesquelles il comprend aussi la plupart de celles que Vasquez appelle urgentes, qui obligent à péché mortel, il y ajoute cette exception, « si ce n'est qu'on n'ait des biens superflus : se- » clusa superfluitate bonorum. »

Je passe donc avec vous à la doctrine de la simonie. L'auteur des lettres n'a eu autre dessein

que de montrer que la Société tient cette maxime,
Que ce n'est pas une simonie en conscience de
donner un bien spirituel pour un temporel,
pourvu que le temporel n'en soit que le motif
même principal, et non pas le prix ; et, pour le
prouver, il a rapporté le passage de Valentia
tout au long dans la douzième, qui le dit si clairement, que vous n'avez rien à y répondre, non
plus que sur Escobar, Érade Bille, et les autres,
qui disent tous la même chose. Il suffit que tous
ces auteurs soient de cette opinion pour montrer
que, selon toute la Compagnie qui tient la doctrine de la probabilité, elle est sûre en conscience, après tant d'auteurs graves qui l'ont
soutenue, et tant de provinciaux graves qui l'ont
approuvée. Confessez donc qu'en laissant subsister, comme vous faites, le sentiment de tous
ces autres jésuites, et vous arrêtant au seul Tannerus, vous ne faites rien contre le dessein de
l'auteur des lettres que vous attaquez, ni pour la
justification de la Société que vous défendez.

Mais, afin de vous donner une entière satisfaction sur ce sujet, je vous soutiens que vous
avez tort aussi-bien sur Tannerus que sur les
autres. Premièrement, vous ne pouvez nier qu'il
ne dise généralement « qu'il n'y a point de si-
» monie en conscience, *in foro conscientiæ*, à
» donner un bien spirituel pour un temporel,
» lorsque le temporel n'en est que le motif même
» principal, et non pas le prix. » Et quand il dit
qu'il n'y a point de simonie en conscience, il

entend qu'il n'y en a point, ni de droit divin, ni de droit positif. Car la simonie de droit positif est une simonie en conscience. Voilà la règle générale à laquelle Tannerus apporte une exception, qui est que « dans les cas exprimés par le » droit, c'est une simonie de droit positif, ou » une simonie présumée. » Or, comme une exception ne peut pas être aussi étendue que la règle, il s'ensuit par nécessité que cette maxime générale, que « ce n'est point simonie en con- » science de donner un bien spirituel pour un » temporel, qui n'en est que le motif, et non » pas le prix », subsiste en quelque espèce des choses spirituelles. Et qu'ainsi il y ait des choses spirituelles qu'on peut donner sans simonie de droit positif pour des biens temporels, en changeant le mot de prix en celui de motif.

L'auteur des lettres a choisi l'espèce des bénéfices, à laquelle il réduit la doctrine de Valentia et de Tannerus. Mais il lui importe peu néanmoins que vous en substituiez une autre, et que vous disiez que ce n'est pas les bénéfices, mais les sacrements, ou les charges ecclésiastiques, qu'on peut donner pour de l'argent. Il croit tout cela également impie, et il vous en laisse le choix. Il semble, monsieur, que vous l'ayez voulu faire, et que vous ayez voulu donner à entendre que ce n'est pas simonie de dire la messe, ayant pour motif principal d'en recevoir de l'argent. C'est la pensée qu'on peut avoir en lisant ce que vous rapportez de la coutume de l'Église de Paris. Car si vous aviez voulu dire simplement que les fidèles peuvent offrir des biens temporels à ceux dont ils reçoivent les spirituels, et que les prêtres qui servent à l'autel peuvent vivre de l'autel, vous auriez dit une chose dont personne ne doute, mais qui ne touche point aussi notre question. Il s'agit de savoir si un prêtre qui n'auroit pour motif principal, en offrant le sacrifice, que l'argent qu'il en reçoit, ne seroit pas devant Dieu coupable de simonie. Vous l'en devez exempter selon la doctrine de Tannerus; mais le pouvez-vous selon les principes de la piété chrétienne? « Si la si-» monie, dit Pierre Le Chantre, l'un des plus » grands ornements de l'Église de Paris, est si » honteuse et si damnable dans les choses jointes » aux sacrements, combien l'est-elle plus dans » la substance même des sacrements, et prin-» cipalement dans l'Eucharistie, où on prend » Jésus-Christ tout entier, la source et l'origine » de toutes les grâces! Simon le magicien, dit » encore ce saint homme, ayant été rejeté par » Simon Pierre, lui eût pu dire : Tu me rebutes, » mais je triompherai de toi et du corps entier » de l'Église; j'établirai le siége de mon empire » sur les autels; et lorsque les anges seront » assemblés en un coin de l'autel pour adorer » le corps de Jésus-Christ, je serai à l'autre coin » pour faire que le ministre de l'autel, ou plutôt » le mien, le forme pour de l'argent. » Et ce-pendant cette simonie, que ce pieux théologien condamne si fortement, ne consiste que dans la *cupidité*, qui fait que, dans l'administration des choses spirituelles, on met sa fin principale dans l'utilité temporelle qui en revient. Et c'est ce qui lui fait dire généralement, c. 25, « que les » ministères saints, qu'il appelle les ouvrages » de la droite, étant exercés par l'amour de » l'argent, forment la simonie : *Opus dexteræ* » *operatum causâ pecuniæ acquirendæ, parit si-* » *moniam.* » Qu'auroit-il donc dit, s'il avoit ouï parler de cette horrible maxime des casuistes que vous défendez : « Qu'il est permis à un prêtre de » renoncer pour un peu d'argent à tout le fruit » spirituel qu'il peut prétendre du sacrifice ? »

Vous voyez donc, monsieur, que, si c'est là tout ce que vous avez à dire pour la défense de Tannerus, vous ne ferez que le rendre coupable d'une plus grande impiété. Mais vous ne prouverez pas encore par là qu'il y ait, selon lui, simonie de droit positif à recevoir de l'argent comme motif pour donner des bénéfices. Car remarquez, s'il vous plaît, qu'il ne dit pas simplement que c'est une simonie de donner un bien spirituel pour un temporel comme motif, et non comme prix : mais qu'il y ajoute une alternative, en disant que c'est « ou une simonie » de droit positif, ou une simonie présumée. » Or une simonie présumée n'est pas une simonie devant Dieu ; elle ne mérite aucune peine dans le tribunal de la conscience. Et ainsi dire, comme fait Tannerus, que c'est une simonie de droit positif, ou une simonie présumée, c'est à dire en effet que c'est une simonie, ou que ce n'en est pas une. Voilà à quoi se réduit l'exception de Tannerus, que l'auteur des lettres n'a pas dû rapporter dans sa sixième lettre; parce que, ne citant aucunes paroles de ce jésuite, il y dit simplement qu'il est de l'avis de Valentia; mais il la rapporte, et il y répond expressément dans sa douzième, quoique vous l'accusiez faussement de l'avoir dissimulée.

Ça été pour éviter l'embarras de toutes ces distinctions que l'auteur des lettres avoit demandé aux jésuites « si c'étoit simonie en con- » science, selon leurs auteurs, de donner un bé- » néfice de quatre mille livres de rente én re- » cevant dix mille francs comme motif, et non » comme prix. » Il les a pressés sur cela de lui donner réponse précise sans parler de droit po- sitif, c'est-à-dire, sans se servir de ces termes que le monde n'entend pas, et non pas sans y avoir égard, comme vous l'avez pris contre toutes les lois de la grammaire. Vous y avez donc voulu satisfaire, et vous répondez, en un mot, « qu'en » ôtant le droit positif, il n'y auroit point de » simonie, comme il n'y auroit point de péché » à n'entendre point la messe un jour de fête, » si l'Église ne l'avoit point commandé »; c'est- à-dire, que ce n'est une simonie que parce que l'Église l'a voulu, et que sans ses lois positives ce seroit une action indifférente. Sur quoi j'ai à vous repartir.

Premièrement, que vous répondez fort mal à la question qu'on a faite. L'auteur des lettres demandoit s'il y avoit simonie, *selon les auteurs jésuites qu'il avoit cités*, et vous nous dites de vous-même qu'il n'y a que simonie de droit positif. Il n'est pas question de savoir votre opinion, elle n'a pas d'autorité. Prétendez-vous être un docteur grave? Cela seroit fort disputable. Il s'agit de Valentia, Tannerus, Sanchez, Escobar, Érade Bille, qui sont indubitablement graves. C'est selon leur sentiment qu'il faut répondre. L'auteur des lettres prétend que vous ne sauriez dire, selon tous ces jésuites, qu'il y ait en cela simonie en conscience. Pour Valentia, Sanchez, Escobar et les autres, vous le quittez. Vous le disputez un peu sur Tannerus; mais vous avez vu que c'étoit sans fondement : de sorte qu'après tout il demeure constant que la Société enseigne qu'on peut, sans simonie, en conscience, donner un bien spirituel pour un temporel, pourvu que le temporel n'en soit que le motif principal, et non pas le prix. C'est tout ce qu'on demandoit.

Et en second lieu, je vous soutiens que votre réponse contient une impiété horrible. Quoi, monsieur! vous osez dire que, sans les lois de l'Église, il n'y auroit point de simonie de donner de l'argent, avec ce détour d'intention, pour entrer dans les charges de l'Église : qu'avant les canons qu'elle a faits de la simonie, l'argent étoit un moyen permis pour y parvenir, pourvu qu'on ne le donnât pas comme prix, et qu'ainsi saint Pierre fut téméraire de condamner si fortement Simon le magicien, puisqu'il ne paroissoit point qu'il lui offrît de l'argent plutôt comme prix que comme motif!

A quelle *école* nous renvoyez-vous pour y apprendre cette doctrine? Ce n'est pas à celle de Jésus-Christ, qui a toujours ordonné à ses disciples de donner gratuitement ce qu'ils avoient reçu gratuitement; et qui exclut par ce mot, comme remarque Pierre Le Chantre, *in verb. abb.* c. 36, « toute attente de présents ou services, » soit avec pacte, soit sans pacte; parce que Dieu » voit dans le cœur. » Ce n'est pas à l'école de l'Église, qui traite non-seulement de criminels, mais d'hérétiques, tous ceux qui emploient de l'argent pour obtenir les ministères ecclésiastiques, et qui appelle ce trafic, de quelque artifice qu'on le pallie, non un violement d'une de ses lois positives, mais une hérésie, *simoniacam hæresim.*

Cette *école* donc en laquelle on apprend toutes ces maximes, ou que ce n'est qu'une simonie de droit positif, ou que ce n'en est qu'une présumée, ou qu'il n'y a même aucun péché à donner de l'argent pour un bénéfice comme motif, et non comme prix, ne peut être que celle de Giézi et de Simon le magicien. C'est dans cette *école* où ces deux premiers trafiqueurs des choses saintes, qui sont exécrables partout ailleurs, doivent être tenus pour innocents; et où, laissant à la cupidité ce qu'elle désire, et ce qui la fait agir, on lui enseigne à éluder la loi de Dieu par le changement d'un terme qui ne change point les choses. Mais que les disciples de cette *école* écoutent de quelle sorte le grand pape Innocent III, dans sa lettre à l'archevêque de Cantorbéry, de l'an 1199, a foudroyé toutes les damnables subtilités de ceux « qui, étant aveuglés par le désir du » gain, prétendent pallier la simonie sous un » nom honnête: *simoniam sub honesto nomine pal-* » *liant.* Comme si ce changement de nom pouvoit » faire changer et la nature du crime et la peine » qui lui est due. Mais on ne se moque point de » Dieu (ajoute ce pape) ; et quand ces sectateurs » de Simon pourroient éviter en cette vie la pu- » nition qu'ils méritent, ils n'éviteront point » en l'autre le supplice éternel que Dieu leur » réserve. Car l'honnêteté du nom n'est pas ca- » pable de pallier la malice de ce péché, ni le » déguisement d'une parole empêcher qu'on n'en » soit coupable : Cum *nec honestas nominis cri-* » *minis malitiam palliabit, nec vox poterit abolere* » *reatum.* »

Le dernier point, monsieur, est sur le sujet des banqueroutes. Sur quoi j'admire votre hardiesse. Les jésuites, que vous défendez, avoient rejeté la question d'Escobar sur Lessius très mal à propos ; car l'auteur des lettres n'avoit cité Lessius que sur la foi d'Escobar, et n'avoit attribué qu'à Escobar seul ce dernier point dont ils se plaignent, savoir que les banqueroutiers peuvent retenir de leurs biens pour vivre honnêtement, *quoique ces biens eussent été gagnés par des injustices et des crimes connus de tout le monde.* C'est aussi sur le sujet du seul Escobar qu'il les a pressés, ou de désavouer publiquement cette maxime, ou de déclarer qu'ils la soutiennent; et en ce cas, il les renvoie au parlement. C'étoit à cela qu'il falloit répondre, et non pas dire simplement que Lessius, dont il ne s'agit pas, n'est pas de l'avis d'Escobar, duquel seul il s'agit. Pensez-vous donc qu'il n'y ait qu'à détourner les questions pour les résoudre? Ne le prétendez pas, monsieur. Vous répondrez sur Escobar avant qu'on parle de Lessius. Ce n'est pas que je refuse de le faire. Et je vous promets de vous expliquer bien nettement la doctrine de Lessius sur la banqueroute, dont je m'assure que le parlement ne sera pas moins choqué que la Sorbonne. Je vous tiendrai parole avec l'aide de Dieu, mais ce sera après que vous aurez répondu au point contesté touchant Escobar. Vous satisferez à cela précisément, avant que d'entreprendre de nouvelles questions. Escobar est le premier en date; il passera devant, malgré vos fuites. Assurez-vous qu'après cela Lessius le suivra de près.

Quoique d'une autre main, et d'un mérite bien inférieur aux Lettres Provinciales, cette pièce m'a semblé trop intéressante pour ne pas la réimprimer dans cette édition.

***

TREIZIÈME LETTRE.

Que la doctrine de Lessius sur l'homicide est la même que celle
de Victoria. Combien il est facile de passer de la spéculation
à la pratique. Pourquoi les jésuites se sont servis de cette vaine
distinction, et combien elle est inutile pour les justifier.

Du 30 septembre 1656.

MES RÉVÉRENDS PÈRES,

Je viens de voir votre dernier écrit, où vous
continuez vos impostures jusqu'à la vingtième,
en déclarant que vous finissez par là cette sorte
d'accusation, qui faisoit votre première partie,
pour en venir à la seconde, où vous devez
prendre une nouvelle manière de vous défendre,
en montrant qu'il y a bien d'autres casuistes
que les vôtres qui sont dans le relâchement,
aussi-bien que vous. Je vois donc maintenant,
mes pères, à combien d'impostures j'ai à répondre : et puisque la quatrième où nous en
sommes demeurés est sur le sujet de l'homicide, il sera à propos, en y répondant, de satisfaire en même temps aux 11, 13, 14, 15, 16,
17 et 18ᵉ, qui sont sur le même sujet.

Je justifierai donc, dans cette lettre, la vérité
de mes citations contre les faussetés que vous
m'imposez. Mais parce que vous avez osé avancer dans vos écrits, « que les sentiments de vos

» auteurs sur le meurtre sont conformes aux dé-
» cisions des papes et des lois ecclésiastiques »,
vous m'obligerez à détruire, dans ma lettre suivante, une proposition si téméraire et si injurieuse à l'Église. Il importe de faire voir qu'elle
est exempte de vos corruptions, afin que les
hérétiques ne puissent pas se prévaloir de vos
égarements pour en tirer des conséquences qui
la déshonorent. Et ainsi, en voyant d'une part
vos pernicieuses maximes, et de l'autre les canons de l'Église qui les ont toujours condamnées, on trouvera tout ensemble, et ce qu'on
doit éviter, et ce qu'on doit suivre.

Votre quatrième imposture est sur une maxime
touchant le meurtre, que vous prétendez que j'ai
faussement attribuée à Lessius. C'est celle-ci :
« Celui qui a reçu un soufflet peut poursuivre à
» l'heure même son ennemi, et même à coups
» d'épée, non pas pour se venger, mais pour
» réparer son honneur. » Sur quoi vous dites
que cette opinion-là est du casuiste Victoria.
Et ce n'est pas encore là le sujet de la dispute ;
car il n'y a point de répugnance à dire qu'elle
soit tout ensemble de Victoria et de Lessius,
puisque Lessius dit lui-même qu'elle est aussi
de Navarre et de votre père Henriquez, qui enseignent « que celui qui a reçu un soufflet peut
» à l'heure même poursuivre son homme, et lui
» donner autant de coups qu'il jugera nécessaire
» pour réparer son honneur. » Il est donc seulement question de savoir si Lessius est du

sentiment de ces auteurs, aussi-bien que son confrère. Et c'est pourquoi vous ajoutez : « Que » Lessius ne rapporte cette opinion que pour la » réfuter ; et qu'ainsi je lui attribue un senti- » ment qu'il n'allègue que pour le combattre, » qui est l'action du monde la plus lâche et la » plus honteuse à un écrivain. » Or je soutiens, mes pères, qu'il ne la rapporte que pour la suivre. C'est une question de fait qu'il sera bien facile de décider. Voyons donc comment vous prouvez ce que vous dites, et vous verrez ensuite comment je prouve ce que je dis.

Pour montrer que Lessius n'est pas de ce sentiment, vous dites qu'il en condamne la pratique ; et pour prouver cela, vous rapportez un de ses passages, liv. 2, c. 9, n. 82, où il dit ces mots : « J'en condamne la pratique. » Je demeure d'accord que, si on cherche ces paroles dans Lessius, au nombre 82, où vous les citez, on les y trouvera. Mais que dira-t-on, mes pères, quand on verra en même temps qu'il traite en cet endroit d'une question toute différente de celle dont nous parlons, et que l'opinion, dont il dit en ce lieu-là qu'il en condamne la pratique, n'est en aucune sorte celle dont il s'agit ici, mais une autre toute séparée ? Cependant il ne faut, pour en être éclairci, qu'ouvrir le livre même où vous renvoyez ; car on y trouvera toute la suite de son discours en cette manière.

Il traite la question, « savoir si on peut tuer » pour un soufflet », au n. 79, et il la finit au nombre 80, sans qu'il y ait en tout cela un seul mot de condamnation. Cette question étant terminée, il en commence une nouvelle en l'art. 81, « savoir si on peut tuer pour des médisances. » Et c'est sur celle-là qu'il dit, au n. 82, ces paroles que vous avez citées : « J'en condamne la » pratique. »

N'est-ce donc pas une chose honteuse, mes pères, que vous osiez produire ces paroles, pour faire croire que Lessius condamne l'opinion qu'on peut tuer pour un soufflet, et que, n'en ayant rapporté en tout que cette seule preuve, vous triomphiez là-dessus, en disant, comme vous faites : « Plusieurs personnes d'hon- » neur dans Paris ont déjà reconnu cette insigne » fausseté par la lecture de Lessius, et ont appris » par là quelle créance on doit avoir à ce ca- » lomniateur ? » Quoi ! mes pères, est-ce ainsi que vous abusez de la créance que ces personnes d'honneur ont en vous ? Pour leur faire entendre que Lessius n'est pas d'un sentiment, vous leur ouvrez son livre en un endroit où il en condamne un autre ; et comme ces personnes n'entrent pas en défiance de votre bonne foi, et ne pensent pas à examiner s'il s'agit en ce lieu-là de la question contestée, vous trompez ainsi leur crédulité. Je m'assure, mes pères, que, pour vous garantir d'un si honteux mensonge, vous avez eu recours à votre doctrine des équivoques, et que, lisant ce passage *tout haut*, vous disiez *tout bas* qu'il s'y agissoit d'une autre matière.

Mais je ne sais si cette raison, qui suffit bien pour satisfaire votre conscience, suffira pour satisfaire la juste plainte que vous feront ces gens d'honneur quand ils verront que vous les avez joués de cette sorte.

Empêchez-les donc bien, mes pères, de voir mes lettres, puisque c'est le seul moyen qui vous reste pour conserver encore quelque temps votre crédit. Je n'en use pas ainsi des vôtres; j'en envoie à tous mes amis; je souhaite que tout le monde les voie; et je crois que nous avons tous raison. Car enfin, après avoir publié cette quatrième imposture avec tant d'éclat, vous voilà décriés, si on vient à savoir que vous y avez supposé un passage pour un autre. On jugera facilement que si vous eussiez trouvé ce que vous demandiez au lieu même où Lessius traite cette matière, vous ne l'eussiez pas été chercher ailleurs; et que vous n'y avez eu recours que parce que vous n'y voyiez rien qui fût favorable à votre dessein. Vous vouliez faire trouver dans Lessius ce que vous dites dans votre Imposture, p. 10, lig. 12 : « Qu'il n'accorde pas que cette opinion soit pro- » bable dans la spéculation »; et Lessius dit ex- pressément en sa conclusion, n. 80 : « Cette opi- » nion, qu'on peut tuer pour un soufflet reçu, » est probable dans la spéculation. » N'est-ce pas là mot à mot le contraire de votre discours? Et qui peut assez admirer avec quelle hardiesse vous produisez en propres termes le contraire d'une vérité de fait? de sorte qu'au lieu que vous concluiez, de votre passage supposé, que Lessius n'étoit pas de ce sentiment, il se conclut fort bien, de son véritable passage, qu'il est de ce même sentiment.

Vous vouliez encore faire dire à Lessius, « qu'il » en condamne la pratique. » Et comme je l'ai déjà dit, il ne se trouve pas une seule parole de condamnation en ce lieu-là ; mais il parle ainsi : « Il semble qu'on n'en doit pas FACILEMENT per- » mettre la pratique : *in praxi non videtur* FACILÈ » PERMITTENDA. » Est-ce là, mes pères, le langage d'un homme qui *condamne* une maxime? Diriez-vous qu'il ne faut pas *permettre facilement*, dans la pratique, les adultères ou les incestes ? Ne doit-on pas conclure au contraire que, puisque Lessius ne dit autre chose, sinon que la pratique n'en doit pas être facilement permise, son senti-ment est que cette pratique peut être quelque-fois permise, quoique rarement? Et comme s'il eût voulu apprendre à tout le monde quand on la doit permettre, et ôter aux personnes offen-sées les scrupules qui les pourroient troubler mal à propos, ne sachant en quelles occasions il leur est permis de tuer dans la pratique, il a eu soin de leur marquer ce qu'ils doivent éviter pour pratiquer cette doctrine en conscience. Écoutez-le, mes pères. « Il semble, dit-il, qu'on » ne doit pas le permettre facilement, A CAUSE » du danger qu'il y a qu'on agisse en cela par » haine ou par vengeance, ou avec excès, ou » que cela ne causât trop de meurtres. » De sorte qu'il est clair que ce meurtre restera tout-à-fait permis dans la pratique, selon Lessius, si on évite ces inconvénients, c'est-à-dire si l'on peut agir sans haine, sans vengeance, et dans des circonstances qui n'attirent pas beaucoup de meurtres. En voulez-vous un exemple, mes pères? En voici un assez nouveau; c'est celui du soufflet de Compiègne. Car vous avouerez que celui qui l'a reçu a témoigné, par la manière dont il s'est conduit, qu'il étoit assez maître des mouvements de haine et de vengeance. Il ne lui restoit donc qu'à éviter un trop grand nombre de meurtres; et vous savez, mes pères, qu'il est si rare que des jésuites donnent des soufflets aux officiers de la maison du roi, qu'il n'y avoit pas à craindre qu'un meurtre en cette occasion en eût tiré beaucoup d'autres en conséquence. Et ainsi vous ne sauriez nier que ce jésuite ne fût tuable en sûreté de conscience, et que l'offensé ne pût en cette rencontre pratiquer envers lui la doctrine de Lessius. Et peut-être, mes pères, qu'il l'eût fait, s'il eût été instruit dans votre école, et s'il eût appris d'Escobar «qu'un homme » qui a reçu un soufflet est réputé sans honneur » jusqu'à ce qu'il ait tué celui qui le lui a donné. » Mais vous avez sujet de croire que les instructions fort contraires qu'il a reçues d'un curé que vous n'aimez pas trop n'ont pas peu contribué en cette occasion à sauver la vie à un jésuite.

Ne nous parlez donc plus de ces inconvénients qu'on peut éviter en tant de rencontres, et hors lesquels le meurtre est permis, selon Lessius, dans la pratique même. C'est ce qu'ont bien reconnu vos auteurs, cités par Escobar dans la *Pratique de l'homicide selon votre Société*, tr. 1, ex. 7, n. 48. « Est-il permis, dit-il, de tuer celui qui a donné » un soufflet? Lessius dit que cela est permis dans » la spéculation, mais qu'on ne le doit pas con- » seiller dans la pratique, *non consulendum in* » *praxi*, à cause du danger de la haine ou des » meurtres nuisibles à l'état qui en pourroient » arriver. MAIS LES AUTRES ONT JUGÉ, QU'EN ÉVI- » TANT CES INCONVÉNIENTS, CELA EST PERMIS ET SUR » DANS LA PRATIQUE : *in praxi probabilem et tu-* » *tam judicârunt Henriquez, etc.* » Voilà comment les opinions s'élèvent peu à peu jusqu'au comble de la probabilité. Car vous y avez porté celle-ci, en la permettant enfin sans aucune distinction de spéculation ni de pratique, en ces termes : « Il est permis, lorsqu'on a reçu un souf- » flet, de donner incontinent un coup d'épée, » non pas pour se venger, mais pour conserver » son honneur. » C'est ce qu'ont enseigné vos pères à Caen, en 1644, dans leurs écrits publics, que l'université produisit au parlement, lorsqu'elle y présenta sa troisième requête contre votre doctrine de l'homicide, comme il se voit en la page 339 du livre qu'elle en fit alors imprimer.

Remarquez donc, mes pères, que vos propres auteurs ruinent d'eux-mêmes cette vaine distinction de spéculation et de pratique, que l'Université avoit traitée de ridicule, et dont l'invention est un secret de votre politique qu'il est bon de faire entendre. Car, outre que l'intelligence en est nécessaire pour les quinze, seize, dix-sept et dix-huitième impostures, il est toujours à propos de découvrir peu à peu les principes de cette politique mystérieuse.

Quand vous avez entrepris de décider les cas de conscience d'une manière favorable et accommodante, vous en avez trouvé où la religion seule étoit intéressée, comme les questions de la contrition, de la pénitence, de l'amour de Dieu, et toutes celles qui ne touchent que l'intérieur des consciences. Mais vous en avez trouvé d'autres où l'état a intérêt aussi-bien que la religion, comme sont celles de l'usure, des banqueroutes, de l'homicide, et autres semblables ; et c'est une chose bien sensible à ceux qui ont un véritable amour pour l'Église, de voir qu'en une infinité d'occasions où vous n'avez eu que la religion à combattre, vous en avez renversé les lois sans réserve, sans distinction et sans crainte, comme il se voit dans vos opinions si hardies contre la pénitence et l'amour de Dieu ; parce que vous saviez que ce n'est pas ici le lieu où Dieu exerce visiblement sa justice. Mais dans celles où l'état est intéressé aussi-bien que la religion, l'appréhension que vous avez eue de la justice des hommes vous a fait partager vos décisions, et former deux questions sur ces matières : l'une que vous appelez *de spéculation*, dans laquelle, en considérant ces crimes en eux-mêmes, sans regarder à l'intérêt de l'état, mais seulement à la loi de Dieu qui les défend, vous les avez permis, sans hésiter, en renversant ainsi la loi de Dieu qui les condamne; l'autre, que vous appelez *de pratique*, dans laquelle, en considérant le dommage que l'état en recevroit, et la présence des magistrats qui maintiennent la sûreté publique, vous n'approuvez pas toujours dans la pratique ces meurtres et ces crimes que vous trouvez permis dans la spéculation, afin de vous mettre par là à couvert du côté des juges. C'est ainsi, par exemple, que, sur cette question, « s'il est permis de tuer pour » des médisances », vos auteurs, Filiutius, tr. 29, cap. 3, n. 52; Reginaldus, l. 21, cap. 5, n. 63, et les autres répondent : « Cela est permis dans la » spéculation, *ex probabili opinione licet*; mais » je n'en approuve pas la pratique, à cause du » grand nombre de meurtres qui en arriveroient » et feroient tort à l'état, si on tuoit tous les mé-» disants; et qu'aussi on seroit puni en justice » en tuant pour ce sujet. » Voilà de quelle sorte vos opinions commencent à paroître sous cette distinction, par le moyen de laquelle vous ne ruinez que la religion, sans blesser encore sensiblement l'état. Par là vous croyez être en assurance. Car vous vous imaginez que le crédit que vous avez dans l'Église empêchera qu'on ne punisse vos attentats contre la vérité; et que les précautions que vous apportez pour ne mettre pas facilement ces permissions en pratique, vous mettront à couvert de la part des magistrats, qui, n'étant pas juges des cas de conscience, n'ont proprement intérêt qu'à la pratique extérieure. Ainsi une opinion qui seroit condamnée sous le nom de pratique se produit en sûreté sous le nom de spéculation. Mais cette base étant affermie, il n'est pas difficile d'y élever le reste de vos maximes. Il y avoit une distance infinie entre la défense que Dieu a faite de tuer, et la permission spéculative que vos auteurs en ont donnée. Mais la distance est bien petite de cette permission à la pratique. Il ne reste seulement qu'à montrer que ce qui est permis dans la spéculative l'est bien aussi dans la pratique. On ne manquera pas de raisons pour cela. Vous en avez bien trouvé en des cas plus difficiles. Voulez-vous voir, mes pères, par où l'on y arrive ? suivez ce raisonnement d'Escobar, qui l'a décidé nettement dans le premier des six tomes de sa grande Théologie morale, dont je vous ai parlé, où il est tout autrement éclairé que dans ce Recueil qu'il avoit fait de vos vingt-quatre vieillards ; car, au lieu qu'il avoit pensé en ce temps-là qu'il pouvoit y avoir des opinions probables dans la spéculation qui ne fussent pas sûres dans la pratique, il a connu le contraire depuis, et l'a fort bien établi dans ce dernier ouvrage : tant la doctrine de la probabilité en général reçoit d'accroissement par le temps, aussi-bien que chaque opinion probable en particulier. Écoutez-

le donc *in prœloq.* c. 3, n. 15. « Je ne vois pas, dit-il,
» comment il se pourroit faire que ce qui paroît
» permis dans la spéculation ne le fût pas dans
» la pratique ; puisque ce qu'on peut faire dans
» la pratique dépend de ce qu'on trouve permis
» dans la spéculation , et que ces choses ne diffè-
» rent l'une de l'autre que comme l'effet de la
» cause. Car la spéculation est ce qui détermine
» à l'action. D'où IL S'ENSUIT QU'ON PEUT EN SURETÉ
» DE CONSCIENCE SUIVRE DANS LA PRATIQUE LES OPI-
» NIONS PROBABLES DANS LA SPÉCULATION , et même
» avec plus de sûreté que celles qu'on n'a pas si
» bien examinées spéculativement. »

En vérité , mes pères , votre Escobar raisonne
assez bien quelquefois. Et en effet, il y a tant de
liaison entre la spéculation et la pratique, que,
quand l'une a pris racine, vous ne faites plus
difficulté de permettre l'autre sans déguisement.
C'est ce qu'on a vu dans la permission de tuer
pour un soufflet, qui, de la simple spéculation,
a été portée hardiment par Lessius à une-pra-
tique *qu'on ne doit pas facilement accorder*, et de
là par Escobar *à une pratique facile ;* d'où vos
pères de Caen l'ont conduite à une permission
pleine, sans distinction de théorie et de pratique, comme vous l'avez déjà vu.

C'est ainsi que vous faites croître peu à peu
vos opinions. Si elles paroissoient tout à coup
dans leur dernier excès, elles causeroient de
l'horreur ; mais ce progrès lent et insensible y
accoutume doucement les hommes, et en ôte le

scandale. Et par ce moyen la permission de tuer, si odieuse à l'État et à l'Église, s'introduit premièrement dans l'Église, et ensuite de l'Église dans l'État.

On a vu un semblable succès de l'opinion de tuer pour des médisances. Car elle est aujourd'hui arrivée à une permission pareille sans aucune distinction. Je ne m'arrêterois pas à vous en rapporter les passages de vos pères, si cela n'étoit nécessaire pour confondre l'assurance que vous avez eue de dire deux fois dans votre quinzième imposture, p. 26 et 30, « qu'il n'y a » pas un jésuite qui permette de tuer pour des » médisances. » Quand vous dites cela, mes pères, vous devriez empêcher que je ne le visse, puisqu'il m'est si facile d'y répondre. Car, outre que vos pères Reginaldus, Filiutius, etc., l'ont permis dans la spéculation, comme je l'ai déjà dit, et que de là le principe d'Escobar nous mène sûrement à la pratique, j'ai à vous dire de plus que vous avez plusieurs auteurs qui l'ont permis en mots propres, et entre autres le père Héreau dans ses leçons publiques, ensuite desquelles le roi le fit mettre en arrêt en votre maison, pour avoir enseigné, outre plusieurs erreurs, « que » quand celui qui nous décrie devant des gens » d'honneur, continue après l'avoir averti de ces- » ser, il nous est permis de le tuer ; non pas » véritablement en public, de peur de scandale, » mais en cachette, SED CLAM. »

Je vous ai déjà parlé du père Lamy, et vous

n'ignorez pas que sa doctrine sur ce sujet a été censurée en 1649 par l'université de Louvain. Et néanmoins il n'y a pas encore deux mois que votre père Des Bois a soutenu à Rouen cette doctrine censurée du père Lamy, et a enseigné « qu'il est permis à un religieux de défendre » l'honneur qu'il a acquis par sa vertu, MÊME EN » TUANT celui qui attaque sa réputation, ETIAM » CUM MORTE INVASORIS. » Ce qui a causé un tel scandale en cette ville-là, que tous les curés se sont unis pour lui faire imposer silence, et l'obliger à rétracter sa doctrine par les voies canoniques. L'affaire en est à l'officialité.

Que voulez-vous donc dire, mes pères ? Comment entreprenez-vous de soutenir après cela « qu'aucun jésuite n'est d'avis qu'on puisse tuer » pour des médisances ? » Et falloit-il autre chose pour vous en convaincre que les opinions mêmes de vos pères que vous rapportez, puisqu'ils ne défendent pas spéculativement de tuer, mais seulement dans la pratique, « à cause du mal » qui en arriveroit à l'état ? » Car je vous demande sur cela, mes pères, s'il s'agit dans nos disputes d'autre chose, sinon d'examiner si vous avez renversé la loi de Dieu qui défend l'homicide. Il n'est pas question de savoir si vous avez blessé l'état, mais la religion. A quoi sert-il donc, dans ce genre de dispute, de montrer que vous avez épargné l'état, quand vous faites voir en même temps que vous avez détruit la religion, en disant, comme vous faites, p. 28, l. 3,

« que le sens de Reginaldus sur la question de
» tuer pour des médisances, est qu'un particu-
» lier a droit d'user de cette sorte de défense, la
» considérant simplement en elle-même ? » Je
n'en veux pas davantage que cet aveu pour vous
confondre. « Un particulier, dites-vous, a droit
» d'user de cette défense », c'est-à-dire, de tuer
pour des médisances, « en considérant la chose
» en elle-même »; et par conséquent, mes pères,
la loi de Dieu qui défend de tuer est ruinée par
cette décision.

Et il ne sert de rien de dire ensuite, comme
vous faites, « que cela est illégitime et criminel,
» même selon la loi de Dieu, à raison des meur-
» tres et des désordres qui en arriveroient dans
» l'état, parce qu'on est obligé, selon Dieu,
» d'avoir égard au bien de l'état. » C'est sortir
de la question. Car, mes pères, il y a deux lois
à observer : l'une qui défend de tuer, l'autre qui
défend de nuire à l'état. Reginaldus n'a pas peut-
être violé la loi qui défend de nuire à l'état, mais
il a violé certainement celle qui défend de tuer.
Or, il ne s'agit ici que de celle-là seule. Outre
que vos autres pères, qui ont permis ces meurtres dans la pratique, ont ruiné l'une aussi-bien
que l'autre. Mais allons plus avant, mes pères.
Nous voyons bien que vous défendez quelquefois
de nuire à l'état, et vous dites que votre dessein
en cela est d'observer la loi de Dieu qui oblige à
le maintenir. Cela peut être véritable, quoiqu'il
ne soit pas certain ; puisque vous pourriez faire

la même chose par la seule crainte des juges.
Examinons donc, je vous prie, de quel principe
part ce mouvement.

N'est-il pas vrai, mes pères, que si vous regar-
diez véritablement Dieu, et que l'observation de
sa loi fût le premier et principal objet de votre
pensée, ce respect régneroit uniformément dans
toutes vos décisions importantes, et vous enga-
geroit à prendre dans toutes ces occasions l'intérêt de la religion? Mais si l'on voit au contraire
que vous violez en tant de rencontres les ordres
les plus saints que Dieu ait imposés aux hommes,
quand il n'y a que sa loi à combattre; et que,
dans les occasions mêmes dont il s'agit, vous
anéantissez la loi de Dieu, qui défend ces actions
comme criminelles en elles-mêmes, et ne témoignez craindre de les approuver dans la pratique
que par la crainte des juges, ne nous donnez-
vous pas sujet de juger que ce n'est point Dieu
que vous considérez dans cette crainte; et que,
si en apparence vous maintenez sa loi en ce qui
regarde l'obligation de ne pas nuire à l'état, ce
n'est pas pour sa loi même, mais pour arriver à
vos fins, comme ont toujours fait les moins religieux politiques?

Quoi, mes pères! vous nous direz qu'en ne regardant que la loi de Dieu qui défend l'homicide,
on a droit de tuer pour des médisances? Et après
avoir ainsi violé la loi éternelle de Dieu, vous
croirez lever le scandale que vous avez causé, et
nous persuader de votre respect envers lui en

ajoutant que vous en défendez la pratique pour des considérations d'état, et par la crainte des juges? N'est-ce pas au contraire exciter un scandale nouveau? non pas par le respect que vous témoignez en cela pour les juges; car ce n'est pas cela que je vous reproche, et vous vous jouez ridiculement là-dessus, page 29. Je ne vous reproche pas de craindre les juges, mais de ne craindre que les juges. C'est cela que je blâme; parce que c'est faire Dieu moins ennemi des crimes que les hommes. Si vous disiez qu'on peut tuer un médisant selon les hommes, mais non pas selon Dieu, cela seroit moins insupportable; mais quand vous prétendez que ce qui est trop criminel pour être souffert par les hommes soit innocent et juste aux yeux de Dieu qui est la justice même, que faites-vous autre chose, sinon montrer à tout le monde que, par cet horrible renversement si contraire à l'esprit des saints, vous êtes hardis contre Dieu, et timides envers les hommes? Si vous aviez voulu condamner sincèrement ces homicides, vous auriez laissé subsister l'ordre de Dieu qui les défend; et si vous aviez osé permettre d'abord ces homicides, vous les auriez permis ouvertement, malgré les lois de Dieu et des hommes. Mais, comme vous avez voulu les permettre insensiblement, et surprendre les magistrats qui veillent à la sûreté publique, vous avez agi finement en séparant vos maximes, et proposant d'un côté « qu'il » est permis, dans la spéculative, de tuer pour des

» médisances » (car on vous laisse examiner les choses dans la spéculation), et produisant d'un autre côté cette maxime détachée, « que ce qui » est permis dans la spéculation l'est bien aussi » dans la pratique. » Car quel intérêt l'état semble-t-il avoir dans cette proposition générale et métaphysique ? Et ainsi, ces deux principes peu suspects étant reçus séparément, la vigilance des magistrats est trompée ; puisqu'il ne faut plus que rassembler ces maximes pour en tirer cette conclusion où vous tendez, qu'on peut donc tuer dans la pratique pour de simples médisances.

Car c'est encore ici, mes pères, une des plus subtiles adresses de votre politique, de séparer dans vos écrits les maximes que vous assemblez dans vos avis. C'est ainsi que vous avez établi à part votre doctrine de la probabilité, que j'ai souvent expliquée. Et ce principe général étant affermi, vous avancez séparément des choses qui, pouvant être innocentes d'elles-mêmes, deviennent horribles étant jointes à ce pernicieux principe. J'en donnerai pour exemple ce que vous avez dit page 11, dans vos impostures, et à quoi il faut que je réponde : « Que plusieurs » théologiens célèbres sont d'avis qu'on peut » tuer pour un soufflet reçu. » Il est certain, mes pères, que, si une personne qui ne tient point la probabilité avoit dit cela, il n'y auroit rien à reprendre, puisqu'on ne feroit alors qu'un simple récit qui n'auroit aucune conséquence.

Mais vous, mes pères, et tous ceux qui tiennent cette dangereuse doctrine : « Que tout ce qu'approuvent des auteurs célèbres, est probable et » sûr en conscience », quand vous ajoutez à cela, « que plusieurs auteurs célèbres sont d'avis qu'on » peut tuer pour un soufflet », qu'est-ce faire autre chose, sinon de mettre à tous les chrétiens le poignard à la main pour tuer ceux qui les auront offensés, en leur déclarant qu'ils le peuvent faire en sûreté de conscience, parce qu'ils suivront en cela l'avis de tant d'auteurs graves?

Quel horrible langage qui, en disant que des auteurs tiennent une opinion damnable, est en même temps une décision en faveur de cette opinion damnable, et qui autorise en conscience tout ce qu'il ne fait que rapporter! On l'entend, mes pères, ce langage de votre école. Et c'est une chose étonnante que vous ayez le front de le parler si haut, puisqu'il marque votre sentiment si à découvert, et vous convainc de tenir pour sûre en conscience cette opinion, « qu'on » peut tuer pour un soufflet », aussitôt que vous nous avez dit que plusieurs auteurs célèbres la soutiennent.

Vous ne pouvez vous en défendre, mes pères, non plus que vous prévaloir des passages de Vasquez et de Suarez que vous m'opposez, où ils condamnent ces meurtres que leurs confrères approuvent. Ces témoignages, séparés du reste de votre doctrine, pourroient éblouir ceux qui ne l'entendent pas assez. Mais il faut joindre

ensemble vos principes et vos maximes. Vous
dites donc ici que Vasquez ne souffre point les
meurtres. Mais que dites-vous d'un autre côté,
mes pères? « Que la probabilité d'un sentiment
» n'empêche pas la probabilité du sentiment
» contraire. » Et en un autre lieu, « qu'il est
» permis de suivre l'opinion la moins probable
» et la moins sûre, en quittant l'opinion la plus
» probable et la plus sûre. » Que s'ensuit-il de tout
cela ensemble, sinon que nous avons une entière
liberté de conscience pour suivre celui qui nous
plaira de tous ces avis opposés? Que devient
donc, mes pères, le fruit que vous espériez de
toutes ces citations? Il disparoît, puisqu'il ne
faut, pour votre condamnation, que rassembler
ces maximes que vous séparez pour votre justification. Pourquoi produisez-vous donc ces passages de vos auteurs que je n'ai point cités, pour
excuser ceux que j'ai cités, puisqu'ils n'ont rien
de commun? Quel droit cela vous donne-t-il de
m'appeler *imposteur?* Ai-je dit que tous vos pères
sont dans un même déréglement? Et n'ai-je pas
fait voir au contraire que votre principal intérêt
est d'en avoir de tous avis pour servir à tous vos
besoins? A ceux qui voudront tuer on présen-
tera Lessius; à ceux qui ne voudront pas tuer
on produira Vasquez, afin que personne ne sorte
malcontent, et sans avoir pour soi un auteur
grave. Lessius parlera en païen de l'homicide,
et peut-être en chrétien de l'aumône : Vasquez
parlera en païen de l'aumône, et en chrétien de

l'homicide. Mais par le moyen de la probabilité que Vasquez et Lessius tiennent, et qui rend toutes vos opinions communes, ils se prêteront leurs sentiments les uns aux autres, et seront obligés d'absoudre ceux qui auront agi selon les opinions que chacun d'eux condamne. C'est donc cette variété qui vous confond davantage. L'uniformité seroit plus supportable : et il n'y a rien de plus contraire aux ordres exprès de saint Ignace et de vos premiers généraux que ce mélange confus de toutes sortes d'opinions. Je vous en parlerai peut-être quelque jour, mes pères : et on sera surpris de voir combien vous êtes déchus du premier esprit de votre institut, et que vos propres généraux ont prévu que le déréglement de votre doctrine dans la morale pourroit être funeste non-seulement à votre Société, mais encore à l'Église universelle.

Je vous dirai cependant que vous ne pouvez tirer aucun avantage de l'opinion de Vasquez. Ce seroit une chose étrange, si, entre tant de jésuites qui ont écrit, il n'y en avoit pas un ou deux qui eussent dit ce que tous les chrétiens confessent. Il n'y a point de gloire à soutenir qu'on ne peut pas tuer pour un soufflet, selon l'Évangile ; mais il y a une horrible honte à le nier. De sorte que cela vous justifie si peu, qu'il n'y a rien qui vous accable davantage ; puisque ayant eu parmi vous des docteurs qui vous ont dit la vérité, vous n'êtes pas demeurés dans la vérité, et que vous avez mieux aimé les ténèbres

que la lumière. Car vous avez appris de Vasquez
« que c'est une opinion païenne, et non pas
» chrétienne, de dire qu'on puisse donner un
» coup de bâton à celui qui a donné un soufflet :
» que c'est ruiner le Décalogue et l'Évangile, de
» dire qu'on puisse tuer pour ce sujet, et que
» les plus scélérats d'entre les hommes le re-
» connoissent. » Et cependant vous avez souffert
que, contre ces vérités connues, Lessius, Escobar et les autres aient décidé que toutes les
défenses que Dieu a faites de l'homicide n'empêchent point qu'on ne puisse tuer pour un
soufflet. A quoi sert-il donc maintenant de produire ce passage de Vasquez contre le sentiment
de Lessius, sinon pour montrer que Lessius est
un *païen et un scélérat*, selon Vasquez ? et c'est
ce que je n'osois dire. Qu'en peut-on conclure,
si ce n'est que Lessius *ruine le Décalogue et
l'Évangile :* qu'au dernier jour Vasquez condamnera Lessius sur ce point, comme Lessius condamnera Vasquez sur un autre, et que tous vos
auteurs s'élèveront en jugement les uns contre
les autres pour se condamner réciproquement
dans leurs effroyables excès contre la loi de Jésus-
Christ ?

Concluons donc, mes pères, que puisque
votre probabilité rend les bons sentiments de
quelques-uns de vos auteurs inutiles à l'Église,
et utiles seulement à votre politique, ils ne servent qu'à nous montrer, par leur contrariété, la
duplicité de votre cœur, que vous nous avez par-

faitement découverte en nous déclarant d'une part que Vasquez et Suarez sont contraires à l'homicide; et de l'autre que plusieurs auteurs célèbres sont pour l'homicide : afin d'offrir deux chemins aux hommes, en détruisant la simplicité de l'esprit de Dieu, qui maudit ceux qui sont doubles de cœur, et qui se préparent deux voies, *væ duplici corde, et ingredienti duabus viis!* (Eccl. 2, 14.)

QUATORZIÈME LETTRE.

On réfute par les saints pères les maximes des jésuites sur l'homicide. On répond en passant à quelques-unes de leurs calomnies, et on compare leur doctrine avec la forme qui s'observe dans les jugements criminels.

Du 23 octobre 1656.

MES RÉVÉRENDS PÈRES,

Si je n'avois qu'à répondre aux trois impostures qui restent sur l'homicide, je n'aurois pas besoin d'un long discours ; et vous les verrez ici réfutées en peu de mots : mais comme je trouve bien plus important de donner au monde de l'horreur de vos opinions sur ce sujet que de justifier la fidélité de mes citations, je serai obligé d'employer la plus grande partie de cette lettre à la réfutation de vos maximes, pour vous représenter combien vous êtes éloignés des sentiments de l'Église, et même de la nature. Les permissions de tuer que vous accordez en tant de rencontres font paroître qu'en cette matière vous avez tellement oublié la loi de Dieu, et tellement éteint les lumières naturelles, que vous avez besoin qu'on vous remette dans les principes les plus simples de la religion et du sens commun ; car qu'y a-t-il de plus naturel que ce sentiment ? « Qu'un particulier n'a pas

» droit sur la vie d'un autre. Nous en sommes
» tellement instruits de nous-mêmes, dit saint
» Chrysostôme, que, quand Dieu a établi le
» précepte de ne point tuer, il n'a pas ajouté
» que c'est à cause que l'homicide est un mal ;
» parce, dit ce père, que la loi suppose qu'on a
» déjà appris cette vérité de la nature. »

Aussi ce commandement a été imposé aux
hommes dans tous les temps. L'Évangile a confirmé celui de la loi ; et le Décalogue n'a fait
que renouveler celui que les hommes avoient
reçu de Dieu avant la loi, en la personne de Noé,
dont tous les hommes devoient naître ; car dans
ce renouvellement du monde, Dieu dit à ce patriarche : « Je demanderai compte aux hommes
» de la vie des hommes, et au frère de la vie de
» son frère. Quiconque versera le sang humain,
» son sang sera répandu ; parce que l'homme
» est créé à l'image de Dieu. »

Cette défense générale ôte aux hommes tout
pouvoir sur la vie des hommes ; et Dieu se l'est
tellement réservé à lui seul, que, selon la vérité chrétienne, opposée en cela aux fausses
maximes du paganisme, l'homme n'a pas même
pouvoir sur sa propre vie. Mais parce qu'il a
plu à sa providence de conserver les sociétés
des hommes, et de punir les méchants qui les
troublent, il a établi lui-même des lois pour
ôter la vie aux criminels ; et ainsi ces meurtres,
qui seroient des attentats punissables sans son
ordre, deviennent des punitions louables par

son ordre, hors duquel il n'y a rien que d'injuste. C'est ce que saint Augustin a représenté
admirablement au liv. 1 de la Cité de Dieu, c. 21 :
« Dieu, dit-il, a fait lui-même quelques excep-
» tions à cette défense générale de tuer, soit par
» les lois qu'il a établies pour faire mourir les
» criminels, soit par les ordres particuliers qu'il
» a donnés quelquefois pour faire mourir quel-
» ques personnes. Et quand on tue en ces cas-là,
» ce n'est pas l'homme qui tue, mais Dieu, dont
» l'homme n'est que l'instrument, comme une
» épée entre les mains de celui qui s'en sert.
» Mais si on excepte ces cas, quiconque tue se
» rend coupable d'homicide. »

Il est donc certain, mes pères, que Dieu seul
a le droit d'ôter la vie, et que néanmoins, ayant
établi des lois pour faire mourir les criminels,
il a rendu les rois ou les républiques déposi-
taires de ce pouvoir ; et c'est ce que saint Paul
nous apprend, lorsque, parlant du droit que
les souverains ont de faire mourir les hommes,
il le fait descendre du ciel en disant « que ce
» n'est pas en vain qu'ils portent l'épée, parce
» qu'ils sont ministres de Dieu pour exécuter ses
» vengeances contre les coupables. » *Rom.* 13, 14.

Mais comme c'est Dieu qui leur a donné ce
droit, il les oblige à l'exercer ainsi qu'il le feroit
lui-même, c'est-à-dire avec justice, selon cette
parole de saint Paul au même lieu : « Les princes
» ne sont pas établis pour se rendre terribles
» aux bons, mais aux méchants. Qui veut n'avoir

» point sujet de redouter leur puissance n'a qu'à
» bien faire; car ils sont ministres de Dieu pour
» le bien. » *Ibid.* 3. Et cette restriction rabaisse si
peu leur puissance, qu'elle la relève au contraire
beaucoup davantage; parce que c'est la rendre
semblable à celle de Dieu, qui est impuissant
pour faire le mal, et tout-puissant pour faire le
bien; et que c'est la distinguer de celle des démons, qui sont impuissants pour le bien, et
n'ont de puissance que pour le mal. Il y a seulement cette différence entre Dieu et les souverains, que Dieu étant la justice et la sagesse
même, il peut faire mourir sur-le-champ qui
il lui plaît, quand il lui plaît, et en la manière
qu'il lui plaît; car, outre qu'il est le maître souverain de la vie des hommes, il est sans doute
qu'il ne la leur ôte jamais ni sans cause, ni sans
connoissance, puisqu'il est aussi incapable d'injustice que d'erreur. Mais les princes ne peuvent
pas agir de la sorte, parce qu'ils sont tellement
ministres de Dieu, qu'ils sont hommes néanmoins, et non pas dieux. Les mauvaises impressions les pourroient surprendre, les faux
soupçons les pourroient aigrir, la passion les
pourroit emporter; et c'est ce qui les a engagés
eux-mêmes à descendre dans les moyens humains, et à établir dans leurs états des juges
auxquels ils ont communiqué ce pouvoir, afin
que cette autorité que Dieu leur a donnée ne
soit employée que pour la fin pour laquelle ils
l'ont reçue.

Concevez donc, mes pères, que, pour être exempt d'homicide, il faut agir tout ensemble et par l'autorité de Dieu, et selon la justice de Dieu ; et que, si ces deux conditions ne sont jointes, on pèche, soit en tuant avec son autorité, mais sans justice ; soit en tuant avec justice, mais sans son autorité. De la nécessité de cette union il arrive, selon saint Augustin, « que » celui qui sans autorité tue un criminel, se » rend criminel lui-même, par cette raison prin- » cipale qu'il usurpe une autorité que Dieu ne » lui a pas donnée » ; et les juges au contraire, qui ont cette autorité, sont néanmoins homi- cides, s'ils font mourir un innocent contre les lois qu'ils doivent suivre.

Voilà, mes pères, les principes du repos et de la sûreté publique, qui ont été reçus dans tous les temps et dans tous les lieux, et sur lesquels tous les législateurs du monde, sacrés et pro- fanes, ont établi leurs lois, sans que jamais les païens mêmes aient apporté d'exception à cette règle, sinon lorsqu'on ne peut autrement éviter la perte de la pudicité ou de la vie ; parce qu'ils ont pensé « qu'alors, comme dit Cicéron, les » lois mêmes semblent offrir leurs armes à ceux » qui sont dans une telle nécessité. »

Mais que, hors cette occasion, dont je ne parle point ici, il y ait jamais eu de loi qui ait permis aux particuliers de tuer, et qui l'ait souffert, comme vous faites, pour se garantir d'un affront, et pour éviter la perte de l'honneur, ou du bien, quand on n'est point en même temps en péril de la vie; c'est, mes pères, ce que je soutiens que jamais les infidèles mêmes n'ont fait. Ils l'ont, au contraire, défendu expressément; car la loi des douze Tables de Rome portoit « qu'il n'est » pas permis de tuer un voleur de jour, qui ne » se défend point avec des armes. » Ce qui avoit déjà été défendu dans l'Exode, c. 22. Et la loi *Furem, ad Legem Corneliam*, qui est prise d'Ulpien, « défend de tuer même les voleurs de nuit » qui ne nous mettent pas en péril de mort. » Voyez-le dans Cujas, *in tit. dig. de Justit. et Jure*, *ad Leg.* 3.

Dites-nous donc, mes pères, par quelle autorité vous permettez ce que les lois divines et humaines défendent? et par quel droit Lessius a pu dire, l. 2, c. 9, n. 66 et 72 : « L'Exode dé-» fend de tuer les voleurs de jour, qui ne se » défendent pas avec des armes, et on punit en » justice ceux qui tueroient de cette sorte. Mais » néanmoins on n'en seroit pas coupable en » conscience, lorsqu'on n'est pas certain de » pouvoir recouvrer ce qu'on nous dérobe, et » qu'on est en doute, comme dit Sotus; parce » qu'on n'est pas obligé de s'exposer au péril de » perdre quelque chose pour sauver un voleur. » Et tout cela est encore permis aux ecclésias-» tiques mêmes. » Quelle étrange hardiesse! La loi de Moïse punit ceux qui tuent les voleurs, lorsqu'ils n'attaquent pas notre vie, et la loi de l'Évangile, selon vous, les absoudra! Quoi! mes pères, Jésus-Christ est-il venu pour détruire la loi, et non pas pour l'accomplir? « Les juges » puniroient, dit Lessius, ceux qui tueroient » en cette occasion ; mais on n'en seroit pas » coupable en conscience. » Est-ce donc que la morale de Jésus-Christ est plus cruelle et moins ennemie du meurtre que celle des païens, dont les juges ont pris ces lois civiles qui le condamnent ? Les chrétiens font-ils plus d'état des biens de la terre, ou font-ils moins d'état de la vie des hommes que n'en ont fait les idolâtres et les infidèles? Sur quoi vous fondez-vous, mes pères? Ce n'est sur aucune loi expresse ni de Dieu, ni des hommes, mais seulement sur ce raisonnement étrange : « Les lois, dites-vous, permet- » tent de se défendre contre les voleurs et de » repousser la force par la force. Or, la défense » étant permise, le meurtre est aussi réputé » permis, sans quoi la défense seroit souvent » impossible. »

Cela est faux, mes pères, que la défense étant permise, le meurtre soit aussi permis. C'est cette cruelle manière de se défendre qui est la source de toutes vos erreurs, et qui est appelée, par la Faculté de Louvain, UNE DÉFENSE MEURTRIÈRE, *defensio occisiva*, dans leur censure de la doctrine de votre père Lamy sur l'homicide. Je vous soutiens donc qu'il y a tant de différence, selon les lois, entre tuer et se défendre, que, dans les mêmes occasions où la défense est permise, le meurtre est défendu quand on n'est point en péril de mort. Écoutez-le, mes pères, dans Cujas, au même lieu : « Il est permis de re-» pousser celui qui vient pour s'emparer de » notre possession, MAIS IL N'EST PAS PERMIS DE » LE TUER. » Et encore : « Si quelqu'un vient » pour nous frapper, et non pas pour nous tuer, » il est bien permis de le repousser, MAIS IL » N'EST PAS PERMIS DE LE TUER. »

Qui vous a donc donné le pouvoir de dire, comme font Molina, Reginaldus, Filiutius, Escobar, Lessius et les autres : « Il est permis » de tuer celui qui vient pour nous frapper? » Et ailleurs : « Il est permis de tuer celui qui » veut nous faire un affront, selon l'avis de tous » les casuistes, *ex sententiá omnium* », comme dit Lessius, n. 74. Par quelle autorité, vous qui n'êtes que des particuliers, donnez-vous ce pouvoir de tuer aux particuliers et aux religieux mêmes? Et comment osez-vous usurper ce droit de vie et de mort qui n'appartient essentielle-ment qu'à Dieu, et qui est la plus glorieuse marque de la puissance souveraine? C'est sur cela qu'il falloit répondre; et vous pensez y avoir satisfait en disant simplement dans votre treizième imposture, « que la valeur pour la-» quelle Molina permet de tuer un voleur qui » s'enfuit sans nous faire aucune violence n'est » pas aussi petite que j'ai dit, et qu'il faut qu'elle » soit plus grande que six ducats. » Que cela est foible, mes pères! Où voulez-vous la détermi-ner? A quinze ou seize ducats? Je ne vous en ferai pas moins de reproches. Au moins vous ne sauriez dire qu'elle passe la valeur d'un cheval; car Lessius, l. 2, c. 9, n. 74, décide nettement « qu'il est permis de tuer un voleur qui s'enfuit » avec notre cheval. » Mais je vous dis de plus que, selon Molina, cette valeur est déterminée à six ducats, comme je l'ai rapporté : et si vous n'en voulez pas demeurer d'accord, prenons un arbitre que vous ne puissiez refuser. Je choisis donc pour cela votre père Reginaldus, qui, expliquant ce même lieu de Molina, l. 21, n. 68, déclare « que Molina y DÉTERMINE la valeur pour » laquelle il n'est pas permis de tuer à trois, ou » quatre, ou cinq ducats. » Et ainsi, mes pères, je n'aurai pas seulement Molina, mais encore Reginaldus.

Il ne me sera pas moins facile de réfuter votre quatorzième imposture touchant la permission de « tuer un voleur qui nous veut ôter » un écu », selon Molina. Cela est si constant, qu'Escobar vous le témoignera, tr. 1, ex. 7, n. 44, où il dit que « Molina détermine régu- » lièrement la valeur pour laquelle on peut tuer » à un écu. » Aussi vous me reprochez seulement, dans la quatorzième imposture, que j'ai supprimé les dernières paroles de ce passage : « Que l'on doit garder en cela la modération » d'une juste défense. » Que ne vous plaignez-vous donc aussi de ce qu'Escobar ne les a point exprimées ? Mais que vous êtes peu fins ? Vous croyez qu'on n'entend pas ce que c'est, selon vous, que se défendre. Ne savons-nous pas que c'est user *d'une défense meurtrière ?* Vous voudriez faire entendre que Molina a voulu dire par là que quand on se trouve en péril de la vie en gardant son écu, alors on peut tuer, puisque c'est pour défendre sa vie. Si cela étoit vrai, mes pères, pourquoi Molina diroit-il, au même lieu, *qu'il est contraire en cela à Carrerus et Bald*, qui permettent de tuer pour sauver sa vie ? Je vous déclare donc qu'il entend simplement que, si l'on peut sauver son écu sans tuer le voleur, on ne doit pas le tuer ; mais que, si l'on ne peut le sauver qu'en tuant, encore même qu'on ne coure nul risque de la vie, comme si le voleur n'a point d'armes, qu'il est permis d'en prendre et de le tuer pour sauver son écu ; et qu'en cela on ne sort point, selon lui, de la modération d'une juste défense. Et pour vous le montrer, laissez-le s'expliquer lui-même, t. IV, tr. 3, d. 11, n. 5 : « On ne laisse pas de demeurer » dans la modération d'une juste défense, quoi- » qu'on prenne des armes contre ceux qui n'en » ont point, ou qu'on en prenne de plus avan- » tageuses qu'eux. Je sais qu'il y en a qui sont » d'un sentiment contraire : mais je n'approuve » point leur opinion, même dans le tribunal » extérieur. »

Aussi, mes pères, il est constant que vos auteurs permettent de tuer pour la défense de son bien et de son honneur, sans qu'on soit en aucun péril de sa vie. Et c'est par ce même principe qu'ils autorisent les duels, comme je l'ai fait voir par tant de passages sur lesquels vous n'avez rien répondu. Vous n'attaquez dans vos écrits qu'un seul passage de votre père Layman, qui le permet, « lorsque autrement on seroit en péril de » perdre sa fortune ou son honneur : » et vous dites que j'ai supprimé ce qu'il ajoute, *que ce cas-là est fort rare*. Je vous admire, mes pères ; voilà de plaisantes impostures que vous me reprochez. Il est bien question de savoir si ce cas-là est rare ! il s'agit de savoir si le duel y est permis. Ce sont deux questions séparées. Layman, en qualité de casuiste, doit juger si le duel y est permis, et il déclare que oui. Nous jugerons bien sans lui si ce cas-là est rare, et nous lui déclarerons qu'il est fort ordinaire. Et si vous aimez mieux en croire votre bon ami Diana, il vous dira *qu'il est fort commun*, part. 5, tract. 14, *misc.* 2, *resol.* 99. Mais qu'il soit rare ou non, et que Layman suive en cela Navarre, comme vous le faites tant valoir, n'est-ce pas une chose abominable qu'il consente à cette opinion : Que, pour conserver un faux honneur, il soit permis en conscience d'accepter un duel, contre les édits de tous les états chrétiens, et contre tous les canons de l'Église, sans que vous ayez encore ici pour autoriser toutes ces maximes diaboliques, ni lois, ni canons, ni autorités de l'Écriture ou des pères, ni exemple d'aucun saint, mais seulement ce raisonnement impie : « L'honneur est » plus cher que la vie. Or, il est permis de tuer

» pour défendre sa vie. Donc il est permis de » tuer pour défendre son honneur. » Quoi! mes pères, parce que le déréglement des hommes leur a fait aimer ce faux honneur plus que la vie que Dieu leur a donnée pour le servir, il leur sera permis de tuer pour le conserver! C'est cela même qui est un mal horrible, d'aimer cet honneur-là plus que la vie. Et cependant cette attache vicieuse, qui seroit capable de souiller les actions les plus saintes, si on les rapportoit à cette fin, sera capable de justifier les plus criminelles, parce qu'on les rapporte à cette fin?

Quel renversement, mes pères! et qui ne voit à quels excès il peut conduire? Car enfin il est visible qu'il portera jusqu'à tuer pour les moindres choses, quand on mettra son honneur à les conserver; je dis même jusqu'à tuer *pour une pomme*. Vous vous plaindriez de moi, mes pères, et vous diriez que je tire de votre doctrine des conséquences malicieuses, si je n'étois appuyé sur l'autorité du grave Lessius, qui parle ainsi, n. 68 : « Il n'est pas permis de tuer pour con- » server une chose de petite valeur, comme pour » un écu, ou POUR UNE POMME, AUT PRO POMO, » si ce n'est qu'il nous fût honteux de la perdre. » Car alors on peut la reprendre, et même tuer, » s'il est nécessaire, pour la revoir, *et si opus* » *est, occidere*; parce que ce n'est pas tant dé- » fendre son bien que son honneur. » Cela est net, mes pères. Et pour finir votre doctrine par une maxime qui comprend toutes les autres,

écoutez celle-ci de votre père Héreau , qui l'avoit
prise de Lessius : « Le droit de se défendre s'étend
» à tout ce qui est nécessaire pour nous garder
» de toute injure. »

Que d'étranges suites sont enfermées dans ce
principe inhumain! et combien tout le monde
est-il obligé de s'y opposer, et surtout les personnes publiques! Ce n'est pas seulement l'intérêt général qui les y engage, mais encore le
leur propre, puisque vos casuistes cités dans mes
lettres étendent leurs permissions de tuer jusqu'à eux. Et ainsi les factieux qui craindront la
punition de leurs attentats, lesquels ne leur paroissent jamais injustes, se persuadant aisément
qu'on les opprime par violence, croiront en
même temps « que le droit de se défendre s'étend
» à tout ce qui leur est nécessaire pour se gar-
» der de toute injure. » Ils n'auront plus à vaincre
les remords de la conscience, qui arrêtent la
plupart des crimes dans leur naissance, et ils
ne penseront plus qu'à surmonter les obstacles
du dehors.

Je n'en parlerai point ici, mes pères, non plus
que des autres meurtres que vous avez permis, qui sont encore plus abominables et plus
importants aux états que tous ceux-ci, dont
Lessius traite si ouvertement dans les Doutes
quatre et dix, aussi-bien que tant d'autres de vos
auteurs. Il seroit à désirer que ces horribles
maximes ne fussent jamais sorties de l'enfer; et
que le diable, qui en est le premier auteur,

n'eût jamais trouvé des hommes assez dévoués à ses ordres pour les publier parmi les chrétiens.

Il est aisé de juger par tout ce que j'ai dit jusqu'ici combien le relâchement de vos opinions est contraire à la sévérité des lois civiles, et même païennes. Que ce sera-ce donc si on les compare avec les lois ecclésiastiques, qui doivent être incomparablement plus saintes, puisqu'il n'y a que l'Église qui connoisse et qui possède la véritable sainteté? Aussi cette chaste épouse du fils de Dieu qui, à l'imitation de son époux, sait bien répandre son sang pour les autres, mais non pas répandre pour elle celui des autres, a pour le meurtre une horreur toute particulière, et proportionnée aux lumières particulières que Dieu lui a communiquées. Elle considère les hommes non-seulement comme hommes, mais comme images du Dieu qu'elle adore. Elle a pour chacun d'eux un saint respect qui les lui rend tous vénérables, comme rachetés d'un prix infini, pour être faits les temples du Dieu vivant. Et ainsi elle croit que la mort d'un homme que l'on tue sans l'ordre de son Dieu n'est pas seulement un homicide, mais un sacrilége qui la prive d'un de ses membres; puisque, soit qu'il soit fidèle, soit qu'il ne le soit pas, elle le considère toujours, ou comme étant l'un de ses enfants, ou comme étant capable de l'être.

Ce sont, mes pères, ces raisons toutes saintes qui, depuis que Dieu s'est fait homme pour le salut des hommes, ont rendu leur condition si considérable à l'Église, qu'elle a toujours puni l'homicide qui les détruit comme un des plus grands attentats qu'on puisse commettre contre Dieu. Je vous en rapporterai quelques exemples non pas dans la pensée que toutes ces sévérités doivent être gardées; je sais que l'Église peut disposer diversement de cette discipline extérieure, mais pour faire entendre quel est son esprit immuable sur ce sujet. Car les pénitences qu'elle ordonne pour le meurtre peuvent être différentes selon la diversité des temps; mais l'horreur qu'elle a pour le meurtre ne peut jamais changer par le changement des temps.

L'Église a été long-temps à ne réconcilier qu'à la mort ceux qui étaient coupables d'un homicide volontaire, tels que sont ceux que vous permettez. Le célèbre concile d'Ancyre les soumet à la pénitence durant toute leur vie : et l'Église a cru depuis être assez indulgente envers eux en réduisant ce temps à un très-grand nombre d'années. Mais, pour détourner encore davantage les chrétiens des homicides volontaires, elle a puni très-sévèrement ceux mêmes qui étoient arrivés par imprudence, comme on peut voir dans saint Basile, dans saint Grégoire de Nysse, dans les décrets du pape Zacharie et d'Alexandre II. Les canons rapportés par Isaac, évêque de Langres, t. II, c. 13, « ordonnent sept » ans de pénitence pour avoir tué en se dé- » fendant. » Et on voit que saint Hildebert,

évêque du Mans, répondit à Yves de Chartres :
» Qu'il a eù raison d'interdire un prêtre pour
» toute sa vie, qui, pour se défendre, avoit tué
» un voleur d'un coup de pierre. »

N'ayez donc plus la hardiesse de dire que vos
décisions sont conformes à l'esprit et aux canons de l'Église. On vous défie d'en montrer
aucun qui permette de tuer pour défendre son
bien seulement : car je ne parle pas des occasions où l'on auroit à défendre aussi sa vie,
se suaque liberando : vos propres auteurs confessent qu'il n'y en a point, comme entre autres
votre père Lamy, tr. 5, disp. 36, num. 136,
« Il n'y a, dit-il, aucun droit divin ni humain
» qui permette expressément de tuer un voleur
» qui ne se défend pas. » Et c'est néanmoins ce
que vous permettez expressément. On vous défie
d'en montrer aucun qui permette de tuer pour
l'honneur, pour un soufflet, pour une injure
et une médisance. On vous défie d'en montrer
aucun qui permette de tuer les témoins, les
juges et les magistrats, quelque injustice qu'on
en appréhende. L'esprit de l'Église est entièrement éloigné de ces maximes séditieuses qui
ouvrent la porte aux soulèvements auxquels les
peuples sont si naturellement portés. Elle a toujours enseigné à ses enfants qu'on ne doit point
rendre le mal pour le mal : qu'il faut céder à la
colère : ne point résister à la violence : rendre à
chacun ce qu'on lui doit, honneur, tribut, soumission : obéir aux magistrats et aux supérieurs,

même injustes; parce qu'on doit toujours respecter en eux la puissance de Dieu qui les a
établis sur nous. Elle leur défend encore plus
fortement que les lois civiles de se faire justice
à eux-mêmes; et c'est par son esprit que les rois
chrétiens ne se la font pas dans les crimes mêmes
de lèse-majesté au premier chef, et qu'ils re-
mettent les criminels entre les mains des juges
pour les faire punir selon les lois et dans les
formes de la justice, qui sont si contraires à
votre conduite, que l'opposition qui s'y trouve
vous fera rougir. Car, puisque ce discours m'y
porte, je vous prie de suivre cette comparaison
entre la manière dont on peut tuer ses ennemis,
selon vous, et celle dont les juges font mourir
les criminels.

Tout le monde sait, mes pères, qu'il n'est jamais permis aux particuliers de demander la
mort de personne; et que, quand un homme
nous auroit ruinés, estropiés, brûlé nos maisons, tué notre père, et qu'il se disposeroit encore à nous assassiner et à nous perdre d'honneur, on n'écouteroit point en justice la demande
que nous ferions de sa mort; de sorte qu'il a
fallu établir des personnes publiques qui la demandent de la part du roi, ou plutôt de la part
de Dieu. A votre avis, mes pères, est-ce par gri-
mace et par feinte que les juges chrétiens ont
établi ce règlement? Et ne l'ont-ils pas fait pour
proportionner les lois civiles à celles de l'Évangile; de peur que la pratique extérieure de la

justice ne fût contraire aux sentiments intérieurs que des chrétiens doivent avoir? On voit assez combien ce commencement des voies de la justice vous confond; mais le reste vous accablera.

Supposez donc, mes pères, que ces personnes publiques demandent la mort de celui qui a commis tous ces crimes; que fera-t-on là-dessus? Lui portera-t-on incontinent le poignard dans le sein? Non, mes pères; la vie des hommes est trop importante, on y agit avec plus de respect: les lois ne l'ont pas soumise à toutes sortes de personnes, mais seulement aux juges dont on a examiné la probité et la naissance. Et croyez-vous qu'un seul suffise pour condamner un homme à mort? Il en faut sept pour le moins, mes pères. Il faut que de ces sept il n'y en ait aucun qui ait été offensé par le criminel, de peur que la passion n'altère ou ne corrompe son jugement. Et vous savez, mes pères, qu'afin que leur esprit soit aussi plus pur, on observe encore de donner les heures du matin à ces fonctions: tant on apporte de soin pour les préparer à une action si grande, où ils tiennent la place de Dieu, dont ils sont les ministres, pour ne condamner que ceux qu'il condamne lui-même.

Et c'est pourquoi, afin d'y agir comme fidèles dispensateurs de cette puissance divine, d'ôter la vie aux hommes, ils n'ont la liberté de juger que selon les dépositions des témoins, et selon toutes les autres formes qui leur sont prescrites; ensuite desquelles ils ne peuvent en conscience prononcer que selon les lois, ni juger dignes de mort que ceux que les lois y condamnent. Et alors, mes pères, si l'ordre de Dieu les oblige d'abandonner au supplice le corps de ces misérables, le même ordre de Dieu les oblige de prendre soin de leurs âmes criminelles; et c'est même parce qu'elles sont criminelles qu'ils sont plus obligés à en prendre soin; de sorte qu'on ne les envoie à la mort qu'après leur avoir donné moyen de pourvoir à leur conscience. Tout cela est bien pur et bien innocent; et néanmoins l'Église abhorre tellement le sang, qu'elle juge encore incapables du ministère de ses autels ceux qui auroient assisté à un arrêt de mort, quoique accompagné de toutes ces circonstances si religieuses : par où il est aisé de concevoir quelle idée l'Église a de l'homicide.

Voilà, mes pères, de quelle sorte, dans l'ordre de la justice, on dispose de la vie des hommes : voyons maintenant comment vous en disposez. Dans vos nouvelles lois, il n'y a qu'un juge, et ce juge est celui-là même qui est offensé. Il est tout ensemble le juge, la partie et le bourreau. Il se demande à lui-même la mort de son ennemi, il l'ordonne, il l'exécute sur-le-champ; et sans respect ni du corps, ni de l'âme de son frère, il tue et damne celui pour qui Jésus-Christ est mort; et tout cela pour éviter un soufflet ou une médisance, ou une parole outrageuse, ou d'autres offenses semblables pour lesquelles un juge, qui a l'autorité légitime, seroit criminel d'avoir condamné à la mort ceux qui les auroient commises, parce que les lois sont très-éloignées de les y condamner. Et enfin, pour comble de ces excès, on ne contracte ni péché, ni irrégularité, en tuant de cette sorte sans autorité et contre les lois, quoiqu'on soit religieux, et même prêtre. Où en sommes-nous, mes pères? Sont-ce des religieux et des prêtres qui parlent de cette sorte? sont-ce des chrétiens, sont-ce des turcs? sont-ce des hommes? sont-ce des démons? et sont-ce là des *mystères révélés par l'Agneau à ceux de sa Société*, ou des abominations suggérées par le Dragon à ceux qui suivent son parti?

Car enfin, mes pères, pour qui voulez-vous qu'on vous prenne? pour des enfants de l'Évangile, ou pour des ennemis de l'Évangile? On ne peut être que d'un parti ou de l'autre, il n'y a point de milieu. « Qui n'est point avec Jésus-» Christ est contre lui. » Ces deux genres d'hommes partagent tous les hommes. Il y a deux peuples et deux mondes répandus sur toute la terre, selon saint Augustin : le monde des enfants de Dieu, qui forme un corps, dont Jésus-Christ est le chef et le roi ; et le monde ennemi de Dieu, dont le diable est le chef et le roi. Et c'est pourquoi Jésus-Christ est appelé le roi et le Dieu du monde ; parce qu'il a partout des sujets et des adorateurs, et que le diable est aussi appelé dans l'Écriture le prince du monde et le Dieu de ce siècle, parce qu'il a partout des suppôts et des esclaves. Jésus-Christ a mis dans l'Église, qui est son empire, les lois qu'il lui a plu, selon sa sagesse éternelle ; et le diable a mis dans le monde, qui est son royaume, les lois qu'il a voulu y établir. Jésus-Christ a mis l'honneur à souffrir ; le diable à ne point souffrir. Jésus-Christ a dit à ceux qui reçoivent un soufflet, de tendre l'autre joue ; et le diable a dit à ceux à qui on veut donner un soufflet de tuer ceux qui voudront leur faire cette injure. Jésus-Christ déclare heureux ceux qui participent à son ignominie, et le diable déclare malheureux ceux qui sont dans l'ignominie. Jésus-Christ dit : Malheur à vous, quand les hommes diront du bien de vous ! et le diable dit : Malheur à ceux dont le monde ne parle pas avec estime !

Voyez donc maintenant, mes pères, duquel de ces deux royaumes vous êtes. Vous avez ouï le langage de la ville de paix, qui s'appelle la Jérusalem mystique, et vous avez ouï le langage de la ville de trouble, que l'Écriture appelle *la spirituelle Sodome* : lequel de ces deux langages entendez-vous ? lequel parlez-vous ? Ceux qui sont à Jésus-Christ ont les mêmes sentiments que Jésus-Christ, selon saint Paul ; et ceux qui sont enfants du diable, *ex patre diabolo*, qui a été homicide dès le commencement du monde, suivent les maximes du diable, selon la parole de Jésus-Christ. Écoutons donc le langage de votre école, et demandons à vos auteurs : Quand on nous donne un soufflet, doit-on l'endurer plutôt que de tuer celui qui le veut donner? ou bien est-il permis de tuer pour éviter cet affront? *Il est permis*, disent Lessius, Molina, Escobar, Reginaldus, Filiutius, Baldellus et autres jésuites, *de tuer celui qui nous veut donner un soufflet.* Est-ce là le langage de Jésus-Christ? Répondez-nous encore. Seroit-on sans honneur en souffrant un soufflet, sans tuer celui qui l'a donné? « N'est-il pas véritable, dit Escobar, » que, tandis qu'un homme laisse vivre celui » qui lui a donné un soufflet, il demeure sans » honneur? » Oui, mes pères, *sans cet honneur* que le diable a transmis de son esprit superbe en celui de ses superbes enfants. C'est cet honneur qui a toujours été l'idole des hommes possédés par l'esprit du monde. C'est pour se conserver cette gloire, dont le démon est le véritable distributeur, qu'ils lui sacrifient leur vie par la fureur des duels à laquelle ils s'abandonnent, leur honneur par l'ignominie des supplices auxquels ils s'exposent, et leur salut par le péril de la damnation auquel ils s'engagent, et qui les a fait priver de la sépulture même par les canons ecclésiastiques. Mais on doit louer Dieu de ce qu'il a éclairé l'esprit du roi par des lumières plus pures que celles de votre théologie. Ses édits si sévères sur ce sujet n'ont pas fait que le duel fût un crime; ils n'ont fait que punir le crime qui est inséparable du duel. Il a arrêté, par la crainte de la rigueur de sa justice, ceux qui n'étoient pas arrêtés par la crainte de la justice de Dieu ; et sa piété lui a fait connoître que l'honneur des chrétiens consiste dans l'observation des ordres de Dieu et des règles du christianisme, et non pas dans ce fantôme d'honneur que vous prétendez, tout vain qu'il soit, être une excuse légitime pour les meurtres. Ainsi vos décisions meurtrières sont maintenant en aversion à tout le monde, et vous seriez mieux conseillés de changer de sentiments, si ce n'est par principe de religion, au moins par maxime de politique. Prévenez, mes pères, par une condamnation volontaire de ces opinions inhumaines, les mauvais effets qui en pourroient naître, et dont vous seriez responsables. Et pour concevoir plus d'horreur de l'homicide, souvenez-vous que le premier crime des hommes corrompus a été un homicide en la personne du premier juste ; que leur plus grand crime a été un homicide en la personne du chef de tous les justes ; et que l'homicide est le seul crime qui détruit tout ensemble l'état, l'Église, la nature et la piété.

P. S. Je viens de voir la réponse de votre apologiste à ma treizième lettre. Mais s'il ne répond pas mieux à celle-ci, qui satisfait à la plupart de ses difficultés, il ne méritera pas de réplique. Je le plains de le voir sortir à toute heure hors du sujet pour s'étendre en des calomnies et des injures contre les vivants et contre les morts. Mais, pour donner créance aux mémoires que vous lui fournissez, vous ne deviez pas lui faire désavouer publiquement une chose aussi publique qu'est le soufflet de Compiègne. Il est constant, mes pères, par l'aveu de l'offensé, qu'il a reçu sur sa joue un coup de la main d'un jésuite ; et tout ce qu'ont pu faire vos amis a été de mettre en doute s'il l'a reçu de l'avant-main ou de l'arrière-main, et d'agiter la question si un coup de revers de la main sur la joue doit être appelé soufflet ou non. Je ne sais à qui il appartient d'en décider ; mais je croirois cependant que c'est au moins un soufflet probable. Cela me met en sûreté de conscience.

QUINZIÈME LETTRE.

Que les jésuites ôtent la calomnie du nombre des crimes, et
qu'ils ne font point de scrupule de s'en servir pour décrier
leurs ennemis.

Du 25 novembre 1656.

MES RÉVÉRENDS PÈRES,

Puisque vos impostures croissent tous les
jours, et que vous vous en servez pour outrager
si cruellement toutes les personnes de piété qui
sont contraires à vos erreurs, je me sens obligé,
pour leur intérêt et pour celui de l'Église, de
découvrir un mystère de votre conduite, que
j'ai promis il y a long-temps, afin qu'on puisse
reconnoître par vos propres maximes quelle foi
l'on doit ajouter à vos accusations et à vos injures.

Je sais que ceux qui ne vous connoissent pas
assez ont peine à se déterminer sur ce sujet;
parce qu'ils se trouvent dans la nécessité ou de
croire les crimes incroyables dont vous accusez
vos ennemis, ou de vous tenir pour des imposteurs, ce qui leur paroît aussi incroyable. Quoi!
disent-ils, si ces choses-là n'étoient, des religieux les publieroient-ils? et voudroient-ils renoncer à leur conscience, et se damner par ces
calomnies? Voilà la manière dont ils raisonnent;

et ainsi les preuves visibles par lesquelles on ruine vos faussetés, rencontrant l'opinion qu'ils ont de votre sincérité, leur esprit demeure en suspens entre l'évidence et la vérité qu'ils ne peuvent démentir, et le devoir de la charité qu'ils appréhendent de blesser. De sorte que, comme la seule chose qui les empêche de rejeter vos médisances est l'estime qu'ils ont de vous, si on leur fait entendre que vous n'avez pas de la calomnie l'idée qu'ils s'imaginent que vous en avez, et que vous croyez pouvoir faire votre salut en calomniant vos ennemis, il est sans doute que le poids de la vérité les déterminera incontinent à ne plus croire vos impostures. Ce sera donc, mes pères, le sujet de cette lettre.

Je ne ferai pas voir seulement que vos écrits sont remplis de calomnies, je veux passer plus avant. On peut bien dire des choses fausses en les croyant véritables, mais la qualité de menteur enferme l'intention de mentir. Je ferai donc voir, mes pères, que votre intention est de mentir et de calomnier; et que c'est avec connoissance et avec dessein que vous imposez à vos ennemis des crimes dont vous savez qu'ils sont innocents; parce que vous croyez le pouvoir faire sans déchoir de l'état de grâce. Et quoique vous sachiez aussi-bien que moi ce point de votre morale, je ne laisserai pas de vous le dire, mes pères, afin que personne n'en puisse douter, en voyant que je m'adresse à vous pour vous le soutenir à vous-mêmes, sans que vous puissiez avoir l'assurance de le nier, qu'en confirmant par ce désaveu même le reproche que je vous en fais. Car c'est une doctrine si commune dans vos écoles, que vous l'avez soutenue non-seulement dans vos livres, mais encore dans vos thèses publiques, ce qui est de la dernière hardiesse; comme entre autres dans vos thèses de Louvain de l'année 1645, en ces termes : « Ce » n'est qu'un péché véniel de calomnier et d'im- » poser de faux crimes pour ruiner de créance » ceux qui parlent mal de nous. *Quidni non nisi veniale sit, detrahentis autoritatem magnam, tibi noxiam, falso crimine elidere?* » Et cette doctrine est si constante parmi vous, que quiconque l'ose attaquer, vous le traitez d'ignorant et de téméraire.

C'est ce qu'a éprouvé depuis peu le père Quiroga, capucin allemand, lorsqu'il voulut s'y opposer. Car votre père Dicastillus l'entreprit incontinent, et il parle de cette dispute en ces termes, *de Just.* l. 2, tr. 2, disp. 12, n. 404 : « Un certain religieux grave, pieds nus et enca- » puchonné, *cucullatus gymnopoda*, que je ne » nomme point, eut la témérité de décrier cette » opinion parmi des femmes et des ignorants, » et de dire qu'elle étoit pernicieuse et scanda- » leuse contre les bonnes mœurs, contre la paix » des états et des sociétés, et enfin contraire » non-seulement à tous les docteurs catholiques, » mais à tous ceux qui peuvent être catholiques. » Mais je lui ai soutenu, comme je soutiens en-

» core, que la calomnie, lorsqu'on en use contre
» un calomniateur, quoiqu'elle soit un men-
» songe, n'est point néanmoins un péché mor-
» tel, ni contre la justice, ni contre la charité;
» et pour le prouver, je lui ai fourni en foule nos
» pères et les universités entières qui en sont
» composées, que j'ai tous consultés, et entre
» autres le révérend père Jean Gans, confesseur
» de l'empereur; le révérend père Daniel Bas-
» tèle, confesseur de l'archiduc Léopold; le père
» Henri, qui a été précepteur de ces deux princes;
» tous les professeurs publics et ordinaires de
» l'université de Vienne (toute composée de jé-
» suites); tous les professeurs de l'université de
» Grats (toute de jésuites); tous les professeurs
» de l'université de Prague (dont les jésuites sont
» les maîtres) : de tous lesquels j'ai en main
» les approbations de mon opinion, écrites et
» signées de leur main : outre que j'ai encore
» pour moi le père de Pennalossa, jésuite, pré-
» dicateur de l'empereur et du roi d'Espagne; le
» père Pilliceroli, jésuite, et bien d'autres qui
» avoient tous jugé cette opinion probable avant
» notre dispute. » Vous voyez bien, mes pères,
qu'il y a peu d'opinions que vous ayez pris si à
tâche d'établir, comme il y en avoit peu dont
vous eussiez tant de besoin. Et c'est pourquoi
vous l'avez tellement autorisée, que les casuistes
s'en servent comme d'un principe indubitable.
« Il est constant, dit Caramuel, n. 1151, p. 550,
» que c'est une opinion probable qu'il n'y a point

» de péché mortel à calomnier faussement pour
» conserver son honneur. Car elle est soutenue
» par plus de vingt docteurs graves, par Gaspar
» Hurtado et Dicastillus, jésuites, etc.; de sorte
» que, si cette doctrine n'étoit probable, à peine
» y en auroit-il aucune qui le fût en toute la
» théologie. »

O théologie abominable et si corrompue en
tous ses chefs, que si, selon ses maximes, il
n'étoit probable et sûr en conscience qu'on peut
calomnier sans crime pour conserver son honneur, à peine y auroit-il aucune de ses décisions
qui fût sûre! Qu'il est vraisemblable, mes pères,
que ceux qui tiennent ce principe le mettent
quelquefois en pratique! L'inclination corrompue des hommes s'y porte d'elle-même avec tant
d'impétuosité, qu'il est incroyable qu'en levant
l'obstacle de la conscience, elle ne se répande
avec toute sa véhémence naturelle. En voulez-
vous un exemple? Caramuel vous le donnera au
même lieu : « Cette maxime, dit-il, du père Di-
» castillus, jésuite, touchant la calomnie, ayant
» été enseignée par une comtesse d'Allemagne
» aux filles de l'impératrice, la créance qu'elles
» eurent de ne pécher au plus que véniellement
» par des calomnies en fit tant naître en peu de
» jours, et tant de médisances, et tant de faux
» rapports, que cela mit toute la cour en com-
» bustion et en alarme. Car il est aisé de s'ima-
» giner l'usage qu'elles en surent faire : de sorte
» que, pour apaiser ce tumulte, on fut obligé

» d'appeler un bon père capucin d'une vie exem-
» plaire, nommé le père Quiroga (et ce fut sur
» quoi le père Dicastillus le querella tant), qui
» vint leur déclarer que cette maxime étoit très-
» pernicieuse, principalement parmi les femmes,
» et il eut un soin particulier de faire que l'impé-
» ratrice en abolît tout-à-fait l'usage. » On ne
doit pas être surpris des mauvais effets que
causa cette doctrine. Il faudroit admirer au contraire qu'elle ne produisît pas cette licence.
L'amour-propre nous persuade toujours assez
que c'est avec injustice qu'on nous attaque; et à
vous principalement, mes pères, que la vanité
aveugle de telle sorte, que vous voulez faire
croire en tous vos écrits que c'est blesser l'honneur de l'Église que de blesser celui de votre Société. Et ainsi, mes pères, il y auroit lieu de
trouver étrange que vous ne missiez pas cette
maxime en pratique. Car il ne faut plus dire de
vous comme font ceux qui ne vous connoissent
pas : Comment ces bons pères voudroient-ils calomnier leurs ennemis, puisqu'ils ne le pourroient faire que par la perte de leur salut? Mais
il faut dire au contraire : Comment ces bons
pères voudroient-ils perdre l'avantage de décrier
leurs ennemis, puisqu'ils le peuvent faire sans
hasarder leur salut? Qu'on ne s'étonne donc
plus de voir les jésuites calomniateurs : ils le
sont en sûreté de conscience, et rien ne les en
peut empêcher; puisque, par le crédit qu'ils
ont dans le monde, ils peuvent calomnier sans

craindre la justice des hommes, et que, par celui qu'ils se sont donné sur les cas de conscience, ils ont établi des maximes pour le pouvoir faire sans craindre la justice de Dieu.

Voilà, mes pères, la source d'où naissent tant de noires impostures. Voilà ce qui en a fait répandre à votre père Brisacier, jusqu'à s'attirer la censure de feu M. l'archevêque de Paris. Voilà ce qui a porté votre père d'Anjou à décrier en pleine chaire, dans l'église de Saint-Benoît, à Paris, le 8 mars 1655, les personnes de qualité qui recevoient les aumônes pour les pauvres de Picardie et de Champagne, auxquelles ils contribuoient tant eux-mêmes; et de dire, par un mensonge horrible et capable de faire tarir ces charités, si on eût eu quelque créance en vos impostures, « qu'il savoit de science certaine que ces per- » sonnes avoient détourné cet argent pour l'em- » ployer contre l'Église et contre l'état » : ce qui obligea le curé de cette paroisse, qui est un doc- teur de Sorbonne, de monter le lendemain en chaire pour démentir ces calomnies. C'est par ce même principe que votre père Crasset a tant prêché d'impostures dans Orléans, qu'il a fallu que M. l'évêque d'Orléans l'ait interdit comme un imposteur public, par son mandement du 9 septembre dernier, où il déclare « qu'il défend » à frère Jean Crasset, prêtre de la Compagnie » de Jésus, de prêcher dans son diocèse; et à » tout son peuple de l'ouïr, sous peine de se » rendre coupable d'une désobéissance mortelle,

» sur ce qu'il a appris que ledit Crasset avoit fait
» un discours en chaire rempli de faussetés et de
» calomnies contre les ecclésiastiques de cette
» ville, leur imposant faussement et malicieu-
» sement qu'ils soutenoient ces propositions hé-
» rétiques et impies : Que les commandements
» de Dieu sont impossibles; que jamais on ne
» résiste à la grâce intérieure; et que Jésus-Christ
» n'est pas mort pour tous les hommes, et autres
» semblables, condamnées par Innocent X. » Car
c'est là, mes pères, votre imposture ordinaire,
et la première que vous reprochez à tous ceux
qu'il vous est important de décrier. Et quoiqu'il
vous soit aussi impossible de le prouver de qui
que ce soit, qu'à votre père Crasset de ces esclé-
siastiques d'Orléans, votre conscience néanmoins
demeure en repos : « parce que vous croyez que
» cette manière de calomnier ceux qui vous atta-
» quent est si certainement permise », que vous
ne craignez point de le déclarer publiquement
et à la vue de toute une ville.

En voici un insigne témoignage dans le démêlé
que vous eûtes avec M. Puys, curé de Saint-Nisier, à Lyon; et comme cette histoire marque
parfaitement votre esprit, j'en rapporterai les
principales circonstances. Vous savez, mes pères,
qu'en 1649, M. Puys traduisit en françois un
excellent livre d'un autre père capucin, « tou-
» chant le devoir des chrétiens à leur paroisse
» contre ceux qui les en détournent », sans user
d'aucune invective, et sans désigner aucun reli-

gieux, ni aucun ordre en particulier. Vos pères
néanmoins prirent cela pour eux ; et sans avoir
aucun respect pour un ancien pasteur, juge en
la primatie de France, et honoré de toute la
ville, votre père Alby fit un livre sanglant contre
lui, que vous vendîtes vous-mêmes dans votre
propre église, le jour de l'Assomption, où il l'accusoit de plusieurs choses, et entre autres de
« s'être rendu scandaleux par ses galanteries, et
» d'être suspect d'impiété, d'être hérétique, ex
» communié, et enfin digne du feu. » A cela
M. Puys répondit ; et le père Alby soutint, par
un second livre, ses premières accusations. N'est-
il donc pas vrai, mes pères, ou que vous étiez
des calomniateurs, ou que vous croyiez tout cela
de ce bon prêtre ; et qu'ainsi il falloit que vous
le vissiez hors de ses erreurs pour le juger digne
de votre amitié ? Ecoutez donc ce qui se passa
dans l'accommodement qui fut fait en présence
d'un grand nombre des premières personnes de
la ville, dont les noms sont au bas de cette
page (*), comme ils sont marqués dans l'acte

(*) M. de Ville, vicaire-général de M. le cardinal de
Lyon ; M. Scarron, chanoine et curé de Saint-Paul ;
M. Margat, chantre ; MM. Bouvaud, Sève, Aubert et
Dervieu, chanoines de Saint-Nisier ; M. du Gué, président
des trésoriers de France ; M. Groslier, prévôt des marchands ; M. de Fléchère, président et lieutenant-général ;
MM. de Boissat, de Saint-Romain et de Bartoly, gentilshommes ; M. Bourgeois, premier avocat du roi au bureau
des trésoriers de France ; MM. de Cotton, père et fils ;

qui en fut dressé le 25 septembre 1650. Ce fut en présence de tout ce monde que M. Puys ne fit autre chose que déclarer « que ce qu'il avoit » écrit ne s'adressoit point aux pères jésuites ; » qu'il avoit parlé en général contre ceux qui » éloignent les fidèles des paroisses, sans avoir » pensé en cela attaquer la Société, et qu'au con- » traire il l'honoroit avec amour. » Par ces seules paroles, il revint de son apostasie, de ses scan- dales et de son excommunication, sans rétrac- tation et sans absolution ; et le père Alby lui dit ensuite ces propres paroles : « Monsieur, la » créance que j'ai eue que vous attaquiez la Com- » pagnie, dont j'ai l'honneur d'être, m'a fait » prendre la plume pour y répondre ; et j'ai cru » que la manière dont j'ai usé M'ÉTOIT PERMISE. » Mais, connoissant mieux votre intention, je » viens vous déclarer QU'IL N'Y A PLUS RIEN qui me » puisse empêcher de vous tenir pour un homme » d'esprit, très-éclairé, de doctrine profonde et » ORTHODOXE, de mœurs IRRÉPRÉHENSIBLES, et en » un mot, pour digne pasteur de votre église. » C'est une déclaration que je fais avec joie, et » je prie ces messieurs de s'en souvenir. »

Ils s'en sont souvenus, mes pères ; et on fut plus scandalisé de la réconciliation que de la querelle. Car qui n'admireroit ce discours du père Alby? Il ne dit pas qu'il vient se rétracter,

---

M. Boniel, qui ont tous signé à l'original de la déclaration, avec M. Puys et le père Alby.

parce qu'il a appris le changement des mœurs
et de la doctrine de M. Puys; mais seulement
« parce que, connoissant que son intention n'a
» pas été d'attaquer votre Compagnie, il n'y a
» plus rien qui l'empêche de le tenir pour catho-
» lique. » Il ne croyoit donc pas qu'il fût hérétique en effet? Et néanmoins, après l'en avoir
accusé contre sa connoissance, il ne déclare pas
qu'il a failli; mais il ose dire, au contraire,
« qu'il croit que la manière dont il en a usé lui
» étoit permise. »

A quoi songez-vous, mes pères, de témoigner
ainsi publiquement que vous ne mesurez la foi
et la vertu des hommes que par les sentiments
qu'ils ont pour votre Société? Comment n'avez-
vous point appréhendé de vous faire passer vous-
mêmes, et par votre propre aveu, pour des imposteurs et des calomniateurs? Quoi! mes pères,
un même homme, sans qu'il se passe aucun
changement en lui, selon que vous croyez qu'il
honore ou qu'il attaque votre Compagnie, sera
« pieux *ou* impie, irrépréhensible *ou* excommu-
» nié, digne pasteur de l'Église *ou* digne d'être
» mis au feu, et enfin catholique *ou* hérétique? »
C'est donc une même chose dans votre langage
d'attaquer votre Société et d'être hérétique. Voilà
une plaisante hérésie, mes pères; et ainsi, quand
on voit dans vos écrits que tant de personnes
catholiques y sont appelées hérétiques, cela ne
veut dire autre chose, sinon « que vous croyez
» qu'ils vous attaquent. » Il est bon, mes pères,

qu'on entende cet étrange langage, selon lequel il est sans doute que je suis un grand hérétique. Aussi c'est en ce sens que vous me donnez si souvent ce nom. Vous ne me retranchez de l'Église que parce que vous croyez que mes lettres vous font tort ; et ainsi il ne me reste pour devenir catholique, ou que d'approuver les excès de votre morale, ce que je ne pourrois faire sans renoncer à tout sentiment de piété ; ou de vous persuader que je ne recherche en cela que votre véritable bien ; et il faudroit que vous fussiez bien revenus de vos égarements pour le reconnoître. De sorte que je me trouve étrangement engagé dans l'hérésie ; puisque la pureté de ma foi étant inutile pour me retirer de cette sorte d'erreur, je n'en puis sortir, ou qu'en trahissant ma conscience, ou qu'en réformant la vôtre. Jusque-là je serai toujours un méchant et un imposteur, et quelque fidèle que j'aie été à rapporter vos passages, vous irez crier partout : « Qu'il faut être organe du démon pour vous im- » puter *des choses dont il* n'y a ni marque ni ves- » tige dans vos livres » ; et vous ne ferez rien en cela que de conforme à votre maxime et à votre pratique ordinaire, tant le privilége que vous avez de mentir a d'étendue. Souffrez que je vous en donne un exemple que je choisis à dessein, parce que je répondrai en même temps à la neuvième de vos impostures ; aussi-bien elles ne méritent d'être réfutées qu'en passant.

Il y a dix à douze ans qu'on vous reprocha

cette maxime du père Bauny : « Qu'il est permis
» de rechercher directement, PRIMO ET PER SE,
» une occasion prochaine de pécher pour le bien
» spirituel ou temporel de nous ou de notre pro-
» chain », part. 1, tr. 4, q. 14, p. 94, dont il apporte pour exemple : « Qu'il est permis à chacun
» d'aller en des lieux publics pour convertir des
» femmes perdues, encore qu'il soit vraisem-
» blable qu'on y péchera, pour avoir déjà expé-
» rimenté souvent qu'on est accoutumé de se
» laisser aller au péché par les caresses de ces
» femmes. » Que répondit à cela votre père Caussin, en 1644, dans son Apologie pour la Compagnie de Jésus, page 128 ? « Qu'on voie l'endroit
» du père Bauny, qu'on lise la page, les marges,
» les avant-propos, les suites, tout le reste, et
» même tout le livre, on n'y trouvera pas un
» seul vestige de cette sentence, qui ne pourroit
» tomber que dans l'âme d'un homme extrême-
» ment perdu de conscience, et qui semble ne
» pouvoir être supposée que par l'organe du dé-
» mon. » Et votre père Pintereau, en même style,
première partie, page 24 : « Il faut être bien
» perdu de conscience pour enseigner une si dé-
» testable doctrine ; mais il faut être pire qu'un
» démon pour l'attribuer au père Bauny. Lec-
» teur, il n'y en a ni marque ni vestige dans tout
» son livre. » Qui ne croiroit que des gens qui
parlent de ce ton-là eussent sujet de se plaindre,
et qu'on auroit en effet imposé au père Bauny ?
Avez-vous rien assuré contre moi en de plus

forts termes ? et comment oseroit-on s'imaginer qu'un passage fût en mots propres au lieu même où l'on le cite, quand on dit « qu'il n'y en a ni » marque ni vestige dans tout le livre ? »

En vérité, mes pères, voilà le moyen de vous faire croire jusqu'à ce qu'on vous réponde ; mais c'est aussi le moyen de faire qu'on ne vous croie jamais plus, après qu'on vous aura répondu. Car il est si vrai que vous mentiez alors, que vous ne faites aujourd'hui aucune difficulté de reconnoître, dans vos réponses, que cette maxime est dans le père Bauny, au lieu même qu'on avoit cité : et ce qui est admirable, c'est qu'au lieu qu'elle étoit *détestable* il y a douze ans, elle est maintenant si innocente, que, dans votre neuvième imposture, pag. 10, vous m'accusez « d'ignorance et de malice, de quereller le » père Bauny sur une opinion qui n'est point » rejetée dans l'école. » Qu'il est avantageux, mes pères, d'avoir affaire à ces gens qui disent le pour et le contre ! Je n'ai besoin que de vous-mêmes pour vous confondre. Car je n'ai à montrer que deux choses. L'une, que cette maxime ne vaut rien ; l'autre, qu'elle est du père Bauny ; et je prouverai l'un et l'autre par votre propre confession. En 1644, vous avez reconnu qu'elle est *détestable* ; et en 1656, vous avouez qu'elle est du père Bauny. Cette double reconnoissance me justifie assez, mes pères ; mais elle fait plus, elle découvre l'esprit de votre politique. Car dites-moi, je vous prie, quel est le but que vous

vous proposez dans vos écrits? Est-ce de parler avec sincérité? Non, mes pères, puisque vos réponses s'entre-détruisent. Est-ce de suivre la vérité de la foi? Aussi peu, puisque vous autorisez une maxime qui est *détestable* selon vous-mêmes. Mais considérons que, quand vous avez dit que cette maxime est *détestable*, vous avez nié en même temps qu'elle fût du père Bauny; et ainsi il étoit innocent : et quand vous avouez qu'elle est de lui, vous soutenez en même temps qu'elle est bonne; et ainsi il est innocent encore. De sorte que, l'innocence de ce père étant la seule chose commune à vos deux réponses, il est visible que c'est aussi la seule chose que vous y recherchez, et que vous n'avez pour objet que la défense de vos pères, en disant d'une même maxime, qu'elle est dans vos livres et qu'elle n'y est pas; qu'elle est bonne et qu'elle est mauvaise : non pas selon la vérité, qui ne change jamais, mais selon votre intérêt, qui change à toute heure. Que ne pourrois-je vous dire là-dessus? car vous voyez bien que cela est convaincant. Cependant rien ne vous est plus ordinaire. Et, pour en omettre une infinité d'exemples, je crois que vous vous contenterez que je vous en rapporte encore un.

On vous a reproché en divers temps une autre proposition du même père Bauny, tr. 4, quest. 22, pag. 100 : « On ne doit dénier ni différer l'ab-» solution à ceux qui sont dans les habitudes » de crimes contre la loi de Dieu, de nature et

» de l'Églisé, encore qu'on n'y voie aucune es-
» pérance d'amendement : *etsi emendationis fu-
» turæ spes nulla appareat.* » Je vous prie sur
cela, mes pères, de me dire lequel y a le mieux
répondu, selon votre goût, ou de votre père
Pintereau, ou de votre père Brisacier, qui défendent le père Bauny en vos deux manières: l'un
en condamnant cette proposition, mais en désa-
vouant aussi qu'elle soit du père Bauny : l'autre,
en avouant qu'elle est du père Bauny, mais en
la justifiant en même temps? Écoutez-les donc
discourir. Voici le père Pintereau, p. 18 : « Qu'ap-
» pelle-t-on franchir les bornes de toute pudeur,
» et passer au-delà de toute impudence, sinon
» d'imposer au père Bauny, comme une chose
» avérée, une si damnable doctrine? Jugez, lec-
» teur, de l'indignité de cette calomnie, et voyez
» à qui les jésuites ont affaire, et si l'auteur
» d'une si noire supposition ne doit pas passer
» désormais pour le truchement du père des
» mensongès. » Et voici maintenant votre père
Brisacier, 4ᵉ p., pag. 21. « En effet, le père Bauny
» dit ce que vous rapportez. » (C'est démentir le
père Pintereau bien nettement.) « Mais, ajoute-
» t-il, pour justifier le père Bauny, vous qui
» reprenez cela, attendez, quand un pénitent
» sera à vos pieds, que son ange gardien hypo-
» thèque tous les droits qu'il a au ciel pour être
» sa caution. Attendez que Dieu le père jure par
» son chef que David a menti, quand il a dit,
» par le Saint-Esprit, que tout homme est men-

» teur, trompeur et fragile ; et que ce pénitent
» ne soit plus menteur, fragile, changeant, ni
» pécheur comme les autres ; et vous n'appli-
» querez le sang de Jésus-Christ sur personne. »

Que vous semble-t-il, mes pères, de ces expressions extravagantes et impies, que, s'il falloit
attendre *qu'il y eût quelque espérance d'amendement* dans les pécheurs pour les absoudre, il
faudroit attendre *que Dieu le père jurât par son
chef* qu'ils ne tomberoient jamais plus ? Quoi,
mes pères ! n'y a-t-il point de différence entre
l'*espérance* et la *certitude ?* Quelle injure est-ce
faire à la grâce de Jésus-Christ de dire qu'il est
si peu possible que les chrétiens sortent jamais
des crimes contre la loi de Dieu, de nature et de
l'Église, qu'on ne pourroit l'espérer *sans que le
Saint-Esprit eût menti :* de sorte que, selon vous,
si on ne donnoit l'absolution à ceux *dont on n'espère aucun amendement,* le sang de Jésus-Christ
demeureroit inutile, et on ne l'*appliqueroit jamais
sur personne ?* A quel état, mes pères, vous réduit le désir immodéré de conserver la gloire de
vos auteurs, puisque vous ne trouvez que deux
voies pour les justifier, l'imposture ou l'impiété ; et qu'ainsi la plus innocente manière de
vous défendre est de désavouer hardiment les
choses les plus évidentes !

De là vient que vous en usez si souvent. Mais
ce n'est pas encore là tout ce que vous savez
faire. Vous forgez des écrits pour rendre vos
ennemis odieux, comme *la Lettre d'un ministre*

à *M. Arnauld*, que vous débitâtes dans tout Paris, pour faire croire que le livre de la fréquente communion, approuvé par tant d'évêques et tant de docteurs, mais qui, à la vérité, vous étoit un peu contraire, avoit été fait par une intelligence secrète avec les ministres de Charenton. Vous attribuez d'autres fois à vos adversaires des écrits pleins d'impiété, comme *la Lettre circulaire des jansénistes*, dont le style impertinent rend cette fourbe trop grossière, et découvre trop clairement la malice ridicule de votre père Meinier, qui ose s'en servir, pag. 28, pour appuyer ses plus noires impostures. Vous citez quelquefois des livres qui ne furent jamais au monde, comme *les Constitutions du Saint-Sacrement*, d'où vous rapportez des passages que vous fabriquez à plaisir, et qui font dresser les cheveux à la tête des simples, qui ne savent pas quelle est votre hardiesse à inventer et publier les mensonges. Car il n'y a sorte de calomnie que vous n'ayez mise en usage. Jamais la maxime qui l'excuse ne pouvoit être en meilleure main.

Mais celles-là sont trop aisées à détruire; et c'est pourquoi vous en avez de plus subtiles, où vous ne particularisez rien, afin d'ôter toute prise et tout moyen d'y répondre; comme quand le père Brisacier dit : « Que ses ennemis commettent des crimes abominables, mais qu'il » ne les veut pas rapporter. » Ne semble-t-il pas qu'on ne peut convaincre d'imposture un

reproche si indéterminé? Un habile homme néanmoins en a trouvé le secret, et c'est encore un
capucin, mes pères. Vous êtes aujourd'hui malheureux en capucins, et je prévois qu'une autre
fois vous le pourriez bien être en bénédictins.
Ce capucin s'appelle le père Valérien, de la maison des comtes de Magnis. Vous apprendrez par
cette petite histoire comment il répondit à vos
calomnies. Il avoit heureusement réussi à la conversion du prince Ernest, landgrave de Hesse-
Rheinsfelt. (*) Mais vos pères, comme s'ils eussent eu quelque peine de voir convertir un prince
souverain sans les y appeler, firent incontinent
un livre contre lui (car vous persécutez les gens
de bien partout), où, falsifiant un de ses passages, ils lui imputent une doctrine *hérétique*.
Ils firent aussi courir une lettre contre lui, où
ils lui disoient : « O que nous avons de choses
» à découvrir, *sans dire quoi*, dont vous serez
» bien affligé! Car si vous n'y donnez ordre,
» nous serons obligés d'en avertir le pape et les
» cardinaux. » Cela n'est pas maladroit; et je ne
doute point, mes pères, que vous ne leur parliez ainsi de moi : mais prenez garde de quelle
sorte il y répond dans son livre imprimé à Pra-

(*) Il y avoit, dans les premières éditions, « du landgrave de Darmstat »; mais c'est une faute. Il faut « le
landgrave de Hesse-Rheinsfelt »; car le prince Ernest,
landgrave de Hesse, de la conversion duquel il s'agit ici,
n'étoit pas de la maison de Hesse-Darmstat, mais fils du
prince Maurice, landgrave de Hesse.

gue l'année dernière, pag. 112 et suiv. « Que
» ferai-je, dit-il, contre ces injures vagues et in-
» déterminées ? Comment convaincrai-je des
» reproches qu'on n'explique point? En voici
» néanmoins le moyen. C'est que je déclare hau-
» tement et publiquement à ceux qui me me-
» nacent que ce sont des imposteurs insignes,
» et de très-habiles et très-impudents men-
» teurs, s'ils ne découvrent ces crimes à toute
» la terre. Paroissez donc, mes accusateurs, et
» publiez ces choses sur les toits, au lieu que
» vous les avez dites à l'oreille, et que vous avez
» menti en assurance en les disant à l'oreille. Il
» y en a qui s'imaginent que ces disputes sont
» scandaleuses. Il est vrai que c'est exciter un
» scandale horrible que de m'imputer un crime
» tel que l'hérésie, et de me rendre suspect de
» plusieurs autres. Mais je ne fais que remédier à
» ce scandale en soutenant mon innocence. »

En vérité, mes pères, vous voilà mal menés,
et jamais homme n'a été mieux justifié. Car il a
fallu que les moindres apparences de crime vous
aient manqué contre lui, puisque vous n'avez
point répondu à un tel défi. Vous avez quelquefois de fâcheuses rencontres à essuyer, mais cela
ne vous rend pas plus sages. Car quelque temps
après vous l'attaquâtes encore de la même sorte
sur un autre sujet, et il se défendit aussi de
même, pag. 151, en ces termes : « Ce genre
» d'hommes qui se rend insupportable à toute la
» chrétienté aspire, sous le prétexte des bonnes

» œuvres, aux grandeurs et à la domination, en
» détournant à leurs fins presque toutes les
» lois divines, humaines, positives et naturelles.
» Ils attirent, ou par leur doctrine, ou par
» crainte, ou par espérance, tous les grands de
» la terre, de l'autorité desquels ils abusent pour
» faire réussir leurs détestables intrigues. Mais
» leurs attentats, quoique si criminels, ne sont
» ni punis, ni arrêtés : ils sont récompensés
» au contraire, et ils les commettent avec la
» même hardiesse que s'ils rendoient un service
» à Dieu. Tout le monde le reconnoît, tout le
» monde en parle avec exécration ; mais il y en
» a peu qui soient capables de s'opposer à une si
» puissante tyrannie. C'est ce que j'ai fait néan-
» moins. J'ai arrêté leur impudence, et je l'ar-
» rêterai encore par le même moyen. Je déclare
» donc qu'ils ont menti très-impudemment,
» MENTIRIS IMPUDENTISSIMÈ. Si les choses qu'ils
» m'ont reprochées sont véritables, qu'ils les
» prouvent, ou qu'ils passent pour convaincus
» d'un mensonge plein d'impudence. Leur pro-
» cédé sur cela découvrira qui a raison. Je prie
» tout le monde de l'observer, et de remarquer
» cependant que ce genre d'hommes qui ne souf-
» frent pas la moindre des injures qu'ils peuvent
» repousser, font semblant de souffrir très-pa-
» tiemment celles dont ils ne se peuvent dé-
» fendre, et couvrent d'une fausse vertu leur
» véritable impuissance. C'est pourquoi j'ai voulu
» irriter plus vivement leur pudeur, afin que les

» plus grossiers reconnoissent que, s'ils se tai-
» sent, leur patience ne sera pas un effet de leur
» douceur, mais du trouble de leur conscience. »

Voilà ce qu'il dit, mes pères, et il finit ainsi :
« Ces gens-là, dont on sait les histoires par tout
» le monde, sont si évidemment injustes et si
» insolents dans leur impunité, qu'il faudroit
» que j'eusse renoncé à Jésus-Christ et à son
» Église, si je ne détestois leur conduite, et
» même publiquement, autant pour me justifier
» que pour empêcher les simples d'en être sé-
» duits. »

Mes révérends pères, il n'y a plus moyen de
reculer. Il faut passer pour des calomniateurs
convaincus, et recourir à votre maxime, que
cette sorte de calomnie n'est pas un crime. Ce
père a trouvé le secret de vous fermer la bouche :
c'est ainsi qu'il faut faire toutes les fois que vous
accusez les gens sans preuves. On n'a qu'à répondre à chacun de vous comme le père capucin, *mentiris impudentissimè.* Car que répondroit-
on autre chose, quand votre père Brisacier dit,
par exemple, que ceux contre qui il écrit « sont
» des portes d'enfer, des pontifes du diable, des
» gens déchus de la foi, de l'espérance et de la
» charité, qui bâtissent le trésor de l'antechrist?
» Ce que je ne dis pas (ajoute-t-il) par forme
» d'injure, mais par la force de la vérité. » S'amu-
seroit-on à prouver qu'on n'est pas « porte d'en-
» fer, et qu'on ne bâtit pas le trésor de l'ante-
» christ? »

Que doit-on répondre de même à tous les discours vagues de cette sorte, qui sont dans vos livres et dans vos avertissements sur mes lettres? par exemple : « Qu'on s'applique les restitutions, » en réduisant les créanciers dans la pauvreté; » qu'on a offert des sacs d'argent à de savants re- » ligieux qui les ont refusés; qu'on donne des » bénéfices pour faire semer des hérésies contre » la foi; qu'on a des pensionnaires parmi les plus » illustres ecclésiastiques et dans les cours sou- » veraines; que je suis aussi pensionnaire de » Port-Royal, et que je faisois des romans avant » mes lettres », moi qui n'en ai jamais lu aucun, et qui ne sais pas seulement le nom de ceux qu'a faits votre apologiste? Qu'y a-t-il à dire à tout cela, mes pères, sinon, *mentiris impudentissimè*, si vous ne marquez toutes ces personnes, leurs paroles, le temps, le lieu? Car il faut se taire, ou rapporter et prouver toutes les circonstances, comme je fais quand je vous conte les histoires du père Alby et de Jean d'Alba. Autrement, vous ne ferez que vous nuire à vous-mêmes. Toutes vos fables pouvoient peut être vous servir avant qu'on sût vos principes; mais à présent que tout est découvert, quand vous penserez dire à l'oreille « qu'un homme d'honneur qui désire » cacher son nom vous a appris de terribles » choses de ces gens-là », on vous fera souvenir incontinent du *mentiris impudentissimè* du bon père capucin. Il n'y a que trop long-temps que vous trompez le monde, et que vous abusez de

la créance qu'on avoit en vos impostures. Il est
temps de rendre la réputation à tant de personnes
calomniées. Car quelle innocence peut être si
généralement reconnue, qu'elle ne souffre quelque atteinte par les impostures si hardies d'une
Compagnie répandue par toute la terre, et qui
sous des habits religieux couvre des âmes si irréligieuses, qu'ils commettent des crimes tels que
la calomnie, non pas contre leurs maximes,
mais selon leurs propres maximes? Ainsi l'on
ne me blâmera point d'avoir détruit la créance
qu'on pourroit avoir en vous; puisqu'il est bien
plus juste de conserver à tant de personnes que
vous avez décriées la réputation de piété qu'ils
ne méritent pas de perdre, que de vous laisser
la réputation de sincérité que vous ne méritez
pas d'avoir. Et comme l'un ne se pouvoit faire
sans l'autre, combien étoit-il important de faire
entendre qui vous êtes! C'est ce que j'ai commencé de faire ici, mais il faut bien du temps
pour achever. On le verra, mes pères, et toute
votre politique ne vous en peut garantir, puisque
les efforts que vous pourriez faire pour l'empêcher ne serviroient qu'à faire connoître aux
moins clairvoyants que vous avez eu peur, et
que votre conscience vous reprochant ce que
j'avois à vous dire, vous avez tout mis en usage
pour le prévenir.

SEIZIÈME LETTRE.

Calomnies horribles des jésuites contre de pieux ecclésiastiques
et de saintes réligieuses.

Du 4 décembre 1656.

MES RÉVÉRENDS PÈRES,

Voici la suite de vos calomnies, où je répondrai d'abord à celles qui restent de vos *avertissements*. Mais comme tous vos autres livres en sont également remplis, ils me fourniront assez de matière pour vous entretenir sur ce sujet autant que je le jugerai nécessaire. Je vous dirai donc en un mot, sur cette fable que vous avez semée dans tous vos écrits contre M. d'Ypres, que vous abusez malicieusement de quelques paroles ambiguës d'une de ses lettres (*), qui, étant capables d'un bon sens, doivent être prises en bonne part, selon l'esprit de l'Église, et ne peuvent être prises autrement que selon l'esprit de votre Société. Car pourquoi voulez-vous qu'en disant à son ami, « Ne vous mettez pas tant en

---

(*) Ces lettres de Jansénius, évêque d'Ypres, furent d'abord imprimées par les jésuites, et depuis ce temps-là le père Gerberon les fit réimprimer dans les Pays-Bas, avec des notes très-curieuses.

» peine de votre neveu, je lui fournirai ce qui
» est nécessaire de l’argent qui est entre mes
» mains », il ait voulu dire par là qu’il prenoit
cet argent pour ne le point rendre, et non pas
qu’il l’avançoit seulement pour le remplacer ?
Mais ne faut-il pas que vous soyez bien impru-
dents d’avoir fourni vous-mêmes la conviction
de votre mensonge par les autres lettres de
M. d’Ypres que vous avez imprimées, qui marquent visiblement que ce n’étoit en effet que des
avances qu’il devoit remplacer ? C’est ce qui paroît dans celle que vous rapportez, du 30 juillet
1619, en ces termes qui vous confondent : « Ne
» vous souciez pas DES AVANCES, il ne lui man-
» quera rien tant qu’il sera ici. » Et par celle du
6 janvier 1620, où il dit : « Vous avez trop de
» hâte ; et quand il seroit question de rendre
» compte, le peu de crédit que j’ai ici me feroit
» trouver de l’argent au besoin. »

Vous êtes donc des imposteurs, mes pères,
aussi-bien sur ce sujet que sur votre conte ridicule du tronc de saint Merri. Car quel avantage
pouvez-vous tirer de l’accusation qu’un de vos
bons amis suscita à cet ecclésiastique que vous
voulez déchirer ? Doit-on conclure qu’un homme
est coupable parce qu’il est accusé ? Non, mes
pères. Des gens de piété comme lui pourront
toujours être accusés tant qu’il y aura au monde
des calomniateurs comme vous. Ce n’est donc
pas par l’accusation, mais par l’arrêt qu’il en
faut juger. Or, l’arrêt qui en fut rendu le 23 février

1656 le justifie pleinement; outre que celui qui s'étoit engagé témérairement dans cette injuste procédure fut désavoué par ses collègues, et forcé lui-même à la rétracter. Et quant à ce que vous dites au même lieu de ce « fameux » directeur qui se fit riche en un moment de » neuf cent mille livres », il suffit de vous renvoyer à MM. les curés de Saint-Roch et de Saint-Paul, qui rendront témoignage à tout Paris de son parfait désintéressement dans cette affaire, et de votre malice inexcusable dans cette imposture.

En voilà assez pour des faussetés si vaines. Ce ne sont là que les coups d'essai de vos novices, et non pas les coups d'importance de vos grands profès. J'y viens donc, mes pères; je viens à cette calomnie, l'une des plus noires qui soient sorties de votre esprit. Je parle de cette audace insupportable avec laquelle vous avez osé imputer à de saintes religieuses et à leurs directeurs « de » ne pas croire le mystère de la transsubstantia- » tion, ni la présence réelle de Jésus-Christ dans » l'Eucharistie. » Voilà, mes pères, une imposture digne de vous. Voilà un crime que Dieu seul est capable de punir, comme vous seuls êtes capables de le commettre. Il faut être aussi humble que ces humbles calomniées pour le souffrir avec patience; et il faut être aussi méchant que de si méchants calomniateurs pour le croire. Je n'entreprends donc pas de les en justifier; elles n'en sont point suspectes. Si elles avoient besoin de défenseurs, elles en auroient de meilleurs que moi. Ce que j'en dirai ici ne sera pas pour montrer leur innocence, mais pour montrer votre malice. Je veux seulement vous en faire horreur à vous-mêmes, et faire entendre à tout le monde qu'après cela il n'y a rien dont vous ne soyez capables.

Vous ne manquerez pas néanmoins de dire que je suis de Port-Royal ; car c'est la première chose que vous dites à quiconque combat vos excès ; comme si on ne trouvoit qu'à Port-Royal des gens qui eussent assez de zèle pour défendre contre vous la pureté de la morale chrétienne. Je sais, mes pères, le mérite de ces pieux solitaires qui s'y étoient retirés, et combien l'Église est redevable à leurs ouvrages si édifiants et si solides. Je sais combien ils ont de piété et de lumières. Car encore que je n'aie jamais eu d'établissement avec eux, comme vous le voulez faire croire, sans que vous sachiez qui je suis, je ne laisse pas d'en connoître quelques-uns, et d'honorer la vertu de tous. Mais Dieu n'a pas renfermé dans ce nombre seul tous ceux qu'il veut opposer à vos désordres. J'espère avec son secours, mes pères, de vous le faire sentir; et s'il me fait la grâce de me soutenir dans le dessein qu'il me donne d'employer pour lui tout ce que j'ai reçu de lui, je vous pàrlerai de telle sorte, que je vous ferai peut-être regretter de n'avoir pas affaire à un homme de Port-Royal. Et pour vous le témoigner, mes pères, c'est qu'au lieu que ceux que vous outragez par cette insigne calomnie, se contentent d'offrir à Dieu leurs gémissements pour vous en obtenir le pardon, je me sens obligé, moi qui n'ai point de part à cette injure, de vous en faire rougir à la face de toute l'Église, pour vous procurer cette confusion salutaire dont parle l'Écriture, qui est presque l'unique remède d'un endurcissement tel que le vôtre : *Imple facies eorum ignominiá, et quærent nomen tuum, Domine.*

Il faut arrêter cette insolence, qui n'épargne point les lieux les plus saints. Car qui pourra être en sûreté après une calomnie de cette nature? Quoi, mes pères! afficher vous-mêmes dans Paris un livre si scandaleux avec le nom de votre père Meynier à la tête, et sous cet infâme titre : « Le Port-Royal et Genève d'intelligence » contre le très-saint Sacrement de l'autel », où vous accusez de cette apostasie, non-seulement M. l'abbé de Saint-Cyran et M. Arnauld, mais aussi la mère Agnès sa sœur, et toutes les religieuses de ce monastère, dont vous dites, p. 96, « que leur foi est aussi suspecte touchant l'Eu- » charistie que celle de M. Arnauld », lequel vous soutenez, page 4, être « effectivement cal- » viniste! » Je demande là-dessus à tout le monde s'il y a dans l'Église des personnes sur qui vous puissiez faire tomber un si abominable reproche avec moins de vraisemblance? Car, dites-moi, mes pères, si ces religieuses et leurs directeurs étoient « d'intelligence avec Genève contre le

» très-saint Sacrement de l'autel » (ce qui est horrible à penser), pourquoi auroient-elles pris pour le principal objet de leur piété ce Sacrement qu'elles auroient en abomination ? Pourquoi auroient-elles joint à leur règle l'institution du saint Sacrement ? Pourquoi auroient-elles pris l'habit du saint Sacrement, pris le nom de Filles du saint Sacrement, appelé leur église l'Église du saint Sacrement ? Pourquoi auroient-elles demandé et obtenu de Rome la confirmation de cette institution, et le pouvoir de dire tous les jeudis l'office du saint Sacrement, où la foi de l'Église est si parfaitement exprimée, si elles avoient conjuré avec Genève d'abolir cette foi de l'Église ? Pourquoi se seroient-elles obligées, par une dévotion particulière, approuvée aussi par le pape, d'avoir sans cesse, nuit et jour, des religieuses en présence de cette sainte Hostie, pour réparer, par leurs adorations perpétuelles envers ce sacrifice perpétuel, l'impiété de l'hérésie qui l'a voulu anéantir ? Dites-moi donc, mes pères, si vous le pouvez, pourquoi de tous les mystères de notre religion elles auroient laissé ceux qu'elles croient pour choisir celui qu'elles ne croient pas ? Et pourquoi elles se seroient dévouées d'une manière si pleine et si entière à ce mystère de notre foi, si elles le prenoient, comme les hérétiques, pour le mystère d'iniquité ? Que répondez-vous, mes pères, à des témoignages si évidents, non pas seulement de paroles, mais d'actions ; et non pas de quelques actions particulières, mais de toute la suite d'une vie entièrement consacrée à l'adoration de Jésus-Christ résidant sur nos autels? Que répondez-vous de même aux livres que vous appelez de Port-Royal, qui sont tous remplis des termes les plus précis, dont les pères et les conciles se soient servis pour marquer l'essence de ce mystère? C'est une chose ridicule, mais horrible, de vous y voir répondre dans tout votre libelle en cette sorte : M. Arnauld, dites-vous, parle bien de *transsubstantiation*, mais il entend peut-être *une transsubstantiation significative.* Il témoigne bien croire la *présence réelle*; mais qui nous a dit qu'il ne l'entend pas *d'une figure vraie et réelle?* Où en sommes-nous, mes pères? et qui ne ferez-vous point passer pour calviniste quand il vous plaira, si on vous laisse la licence de corrompre les expressions les plus canoniques et les plus saintes par les malicieuses subtilités de vos nouvelles équivoques? Car qui s'est jamais servi d'autres termes que de ceux-là, et surtout dans de simples discours de piété, où il ne s'agit point de controverses? Et cependant l'amour et le respect qu'ils ont pour ce saint mystère leur en a tellement fait remplir tous leurs écrits, que je vous défie, mes pères, quelque artificieux que vous soyez, d'y trouver ni la moindre apparence d'ambiguité, ni la moindre convenance avec les sentiments de Genève.

Tout le monde sait, mes pères, que l'hérésie de Genève consiste essentiellement, comme vous le rapportez vous-même, à croire que Jésus-Christ n'est point enfermé dans ce sacrement; qu'il est impossible qu'il soit en plusieurs lieux; qu'il n'est vraiment que dans le ciel, et que ce n'est que là où on le doit adorer, et non pas sur l'autel; que la substance du pain demeure; que le corps de Jésus-Christ n'entre point dans la bouche ni dans la poitrine; qu'il n'est mangé que par la foi, et qu'ainsi les méchants ne le mangent point; et que la messe n'est point un sacrifice, mais une abomination. Écoutez donc, mes pères, de quelle manière « Port-Royal est » d'intelligence avec Genève dans leurs livres. » On y lit, à votre confusion : « Que la chair et le » sang de Jésus-Christ sont contenus sous les » espèces du pain et du vin », 2e lettre de M. Arnauld, p. 259 : « Que le Saint des saints est pré- » sent dans le sanctuaire, et qu'on l'y doit ado- » rer », *ibid.* p. 243. Que Jésus-Christ « habite » dans les pécheurs qui communient, par la pré- » sence réelle et véritable de son corps dans leur » poitrine, quoique non par la présence de son » esprit dans leur cœur », Fréq. Com. 3e part. chap. 16. « Que les cendres mortes des corps des » saints tirent leur principale dignité de cette » semence de vie qui leur reste de l'attouchement » de la chair immortelle et vivifiante de Jésus- » Christ », 1re part. ch. 40. « Que ce n'est par » aucune puissance naturelle, mais par la toute- » puissance de Dieu, à laquelle rien n'est impos- » sible, que le corps de Jésus-Christ est enfermé

» sous l'hostie, et sous la moindre partie de
» chaque hostie », Théolog. fam. leç. 15. « Que
» la vertu divine est présente pour produire l'ef-
» fet que les paroles de la consécration signi-
» fient», *ibid.* «Que Jésus-Christ, qui est rabaissé
» et couché sur l'autel, est en même temps élevé
» dans sa gloire; qu'il est par lui-même et par sa
» puissance ordinaire, en divers lieux en même
» temps, au milieu de l'Église triomphante, et
» au milieu de l'Église militante et voyagère »,
de la Suspension, rais. 21. « Que les espèces sa-
» cramentales demeurent suspendues, et sub-
» sistent extraordinairement sans être appuyées
» d'aucun sujet; et que le corps de Jésus-Christ
» est aussi suspendu sous les espèces; qu'il ne
» dépend point d'elles, comme les substances
» dépendent des accidents », *ibid.* 23. « Que la
» substance du pain se change en laissant les ac-
» cidents immuables », Heures dans la prose du
saint Sacrement. « Que Jésus-Christ repose dans
» l'Eucharistie avec la même gloire qu'il a dans
» le ciel », Lettres de M. de Saint-Cyran, tom. I,
let. 93. « Que son humanité glorieuse réside dans
» les tabernacles de l'Église, sous les espèces du
» pain qui le couvrent visiblement; et que, sa-
» chant que nous sommes grossiers, il nous con-
» duit ainsi à l'adoration de sa divinité présente
» en tous lieux par celle de son humanité pré-
» sente en un lieu particulier », *ibid.* « Que nous
» recevons le corps de Jésus-Christ sur la langue,
» et qu'il la sanctifie par son divin attouche-

» ment », lettre 32. « Qu'il entre dans la bouche
» du prêtre », lettre 72. « Que, quoique Jésus-
» Christ se soit rendu accessible dans le saint
» Sacrement, par un effet de son amour et de
» sa clémence, il ne laisse pas d'y conserver son
» inaccessibilité, comme une condition insépa-
» rable de sa nature divine; parce qu'encore que
» le seul corps et le seul sang y soient par la
» vertu des paroles, *vi verborum*, comme parle
» l'école, cela n'empêche pas que toute sa divi-
» nité, aussi-bien que toute son humanité, n'y
» soit par une conjonction nécessaire », Défense
» du chapelet du saint Sacrement, pag. 217. Et
» enfin, « que l'Eucharistie est tout ensemble sa-
» crement et sacrifice », Théol. fam. leç. 15. « Et
» qu'encore que ce sacrifice soit une commémo-
» ration de celui de la croix, toutefois il y a cette
» différence, que celui de la messe n'est offert
» que pour l'Église seule, et pour les fidèles qui
» sont dans sa communion; au lieu que celui
» de la croix a été offert pour tout le monde,
» comme l'Écriture parle », *ibid.* p. 153. Cela
suffit, mes pères, pour faire voir clairement
qu'il n'y eut peut-être jamais une plus grande
impudence que la vôtre. Mais je veux encore
vous faire prononcer cet arrêt à vous-mêmes
contre vous-mêmes. Car que demandez-vous,
afin d'ôter toute apparence qu'un homme soit
d'intelligence avec Genève? « Si M. Arnauld, dit
» votre père Meynier, page 83, eût dit qu'en cet
» adorable mystère il n'y a aucune substance du

» pain sous les espèces, mais seulement la chair
» et le sang de Jésus-Christ, j'eusse avoué qu'il
» se seroit déclaré entièrement contre Genève. »
Avouez-le donc, imposteurs, et faites-lui une
réparation publique de cette injure publique.
Combien de fois l'avez-vous vu dans les passages
que je viens de citer! Mais de plus, la Théologie
familière de M. de Saint-Cyran étant approuvée
par M. Arnauld, elle contient les sentiments de
l'un et de l'autre. Lisez donc toute la leçon 15,
et surtout l'article second, et vous y trouverez
les paroles que vous demandez, encore plus formellement que vous-mêmes ne les exprimez.
« Y a-t-il du pain dans l'hostie, et du vin dans
» le calice? Non; car toute la substance du pain
» et celle du vin sont ôtées pour faire place à
» celle du corps et du sang de Jésus-Christ, la-
» quelle y demeure seule couverte des qualités
» et des espèces du pain et du vin. »

Eh bien, mes pères! direz-vous encore que le
Port-Royal n'enseigne rien *que Genève ne reçoive*, et que M. Arnauld n'a rien dit, dans sa
seconde lettre, *qui ne pût être dit par un ministre
de Charenton?* Faites donc parler Mestrezat
comme parle M. Arnauld dans cette lettre, p. 237
et suiv. Faites-lui dire : « Que c'est un mensonge
» infâme de l'accuser de nier la transsubstan-
» tiation; qu'il prend pour fondement de ses
» livres la vérité de la présence réelle du fils de
» Dieu, opposée à l'hérésie des calvinistes; qu'il
» se tient heureux d'être en un lieu où l'on adore

» continuellement le Saint des saints présent
» dans le sanctuaire »; ce qui est beaucoup plus
contraire à la créance des calvinistes que la présence réelle même; puisque, comme dit le cardinal de Richelieu, dans ses Controverses, p. 536:
« Les nouveaux ministres de France s'étant unis
» avec les luthériens qui croient la présence
» réelle de Jésus-Christ dans l'Eucharistie, ils
» ont déclaré qu'ils ne demeurent séparés de
» l'Église, touchant ce mystère, qu'à cause de
» l'adoration que les catholiques rendent à l'Eu-
» charistie. » Faites signer à Genève tous les passages que je vous ai rapportés des livres de Port-
Royal, et non pas seulement les passages, mais
les traités entiers touchant ce mystère, comme
le livre de la Fréquente Communion, l'Explication des cérémonies de la messe, l'Exercice durant la messe, les Raisons de la suspension du
saint Sacrement, la Traduction des hymnes dans
les heures de Port-Royal, etc. Et enfin faites établir à Charenton cette institution sainte d'adorer
sans cesse Jésus-Christ enfermé dans l'Eucharistie, comme on fait à Port-Royal, et ce sera le
plus signalé service que vous puissiez rendre à
l'Église, puisque alors le Port-Royal ne sera pas
d'*intelligence avec Genève*, mais Genève d'intelligence avec le Port-Royal et toute l'Église.

En vérité, mes pères, vous ne pouviez plus
mal choisir que d'accuser le Port-Royal de ne
pas croire l'Eucharistie; mais je veux faire voir
ce qui vous y a engagés. Vous savez que j'entends

un peu votre politique. Vous l'avez bien suivie en cette rencontre. Si M. l'abbé de Saint-Cyran et M. Arnauld n'avoient fait que dire ce qu'on doit croire touchant ce mystère, et non pas ce qu'on doit faire pour s'y préparer, ils auroient été les meilleurs catholiques du monde, et il ne se seroit point trouvé d'équivoques dans leurs termes de *présence réelle* et de *transsubstantiation*. Mais, parce qu'il faut que tous ceux qui combattent vos relâchements soient hérétiques, et dans le point même où ils les combattent, comment M. Arnauld ne le seroit-il pas sur l'Eucharistie, après avoir fait un livre exprès contre les profanations que vous faites de ce sacrement? Quoi, mes pères! il auroit dit impunément : « Qu'on » ne doit point donner le corps de Jésus-Christ à » ceux qui retombent toujours dans les mêmes » crimes, et auxquels on ne voit aucune espé- » rance d'amendement; et qu'on doit les séparer » quelque temps de l'autel, pour se purifier par » une pénitence sincère, afin de s'en approcher » ensuite avec fruit? » Ne souffrez pas qu'on parle ainsi, mes pères; vous n'auriez pas tant de gens dans vos confessionaux. Car votre père Brisacier dit « que, si vous suiviez cette mé- » thode, vous n'appliqueriez le sang de Jésus- » Christ sur personne. » Il vaut bien mieux pour vous qu'on suive la pratique de votre Société, que votre père Mascarenhas rapporte dans un livre approuvé par vos docteurs, et même par votre révérend père général, qui est : « Que toute

» sorte de personnes, et même les prêtres, peu-
» vent recevoir le corps de Jésus-Christ le jour
» même qu'ils se sont souillés par des péchés
» abominables ; que, bien loin qu'il y ait de l'ir-
» révérence en ces communions, on est louable
» au contraire d'en user de la sorte ; que les con-
» fesseurs ne les en doivent point détourner, et
» qu'ils doivent au contraire conseiller à ceux
» qui viennent de commettre ces crimes de com-
» munier à l'heure même ; parce qu'encore que
» l'Église l'ait défendu, cette défense est abolie
» par la pratique universelle de toute la terre. »
Mascar. tr. 4, disp. 5, n. 284.

Voilà ce que c'est, mes pères, d'avoir des jésuites par toute la terre. Voilà la pratique universelle que vous y avez introduite et que vous
y voulez maintenir. Il n'importe que les tables
de Jésus-Christ soient remplies d'abominations,
pourvu que vos églises soient pleines de monde.
Rendez donc ceux qui s'y opposent hérétiques
sur le saint Sacrement : il le faut, à quelque prix
que ce soit. Mais comment le pourrez-vous faire
après tant de témoignages invincibles qu'ils ont
donnés de leur foi ? N'avez-vous point de peur
que je rapporte les quatre grandes preuves que
vous donnez de leur hérésie ? Vous le devriez,
mes pères, et je ne dois point vous en épargner
la honte. Examinons donc la première.

« M. de Saint-Cyran, dit le père Meynier, en
» consolant un de ses amis sur la mort de sa
» mère, tom. 1, lett. 14, dit que le plus agréable

» sacrifice qu'on puisse offrir à Dieu dans ces
» rencontres, est celui de la patience : donc il
» est calviniste. » Cela est bien subtil, mes pères,
et je ne sais si personne en voit la raison.
Apprenons-la donc de lui. « Parce, dit ce grand
» controversiste, qu'il ne croit donc pas le sacri-
» fice de la messe. Car c'est celui-là qui est le plus
» agréable à Dieu de tous. » Que l'on dise maintenant que les jésuites ne savent pas raisonner.
Ils le savent de telle sorte, qu'il rendront hérétique tout ce qu'ils voudront, et même (*) l'Écri-

---

(*) M. Pascal avoit en vue sans doute le père Théophile
Raynauld, jésuite savoyard, qui s'avisa de faire une censure
du symbole des Apôtres, par laquelle il prétend prouver
que cette première confession de foi du christianisme est
hérétique dans tous les chefs. Elle parut pour la première
fois dans le livre latin de ce jésuite, intitulé : *Erotemata
de bonis ac malis libris, in-4°., Lugduni,* 1653, et réimprimée depuis comme une impiété en plusieurs ouvrages.
Je sais bien que c'est une raillerie du père Théophile Raynauld pour se moquer des censures de la Sorbonne. Mais
pouvoit-il se permettre la raillerie sur un des actes les plus
essentiels du christianisme ? Voici le premier article de
cette singulière censure : *Erotemata, page* 294, *in-4°* :
« Credo in Deum patrem omnipotentem, creatorem cœli
» et terræ. Primus iste articulus, si intelligatur, quasi
» solus pater sit Deus, et omnipotens et creator; Filius au-
» tem et Spiritus sanctus solùm creaturæ sint. Ideòque nec
» Filius verè ac substantialiter dici possit Deus, et omnipo-
» tens et creator; similiterque Spiritus sanctus; propositio
» et blasphema, individuæ Trinitatis destructiva, et pri-
» dem in sacro et œcumenico Nicæno concilio trecentorum
» decem et octo episcoporum, adversùs Arii impietatem,

ture sainte. Car ne seroit-ce pas une hérésie de dire, comme fait l'Ecclésiastique : « Il n'y a » rien de pire que d'aimer l'argent, *nihil est* » *iniquius quàm amare pecuniam* »; comme si les adultères, les homicides et l'idolâtrie n'étoient pas de plus grands crimes? Et à qui n'arrive-t-il point de dire à toute heure des choses semblables; et que, par exemple, le sacrifice d'un cœur contrit et humilié est le plus agréable aux yeux de Dieu ; parce qu'en ces discours on ne pense qu'à comparer quelques vertus intérieures les unes aux autres, et non pas au sacrifice de la messe, qui est d'un ordre tout différent et infiniment plus relevé? N'êtes-vous donc pas ridicules, mes pères? et faut-il, pour achever de vous confondre, que je vous représente les termes de cette même lettre où M. de Saint-Cyran parle du sacrifice de la messe comme du *plus excellent* de tous, en disant : « Qu'on offre à Dieu tous les » jours et en tous lieux le sacrifice du corps de » son fils, qui n'a point trouvé DE PLUS EXCELLENT » MOYEN que celui-là pour honorer son père? » Et ensuite : « Que Jésus-Christ nous a obligés de » prendre en mourant son corps sacrifié, pour

---

» damnata. Quatenùs autem soli Patri creationem attri-
» buit, nova est, temeraria, erronea, contra communem
» Ecclesiæ patrum ac theologorum omnium sensum, pro-
» bata ; cùm hactenùs receptum sit tanquam inviolabile
» decretum, omnes Trinitatis actiones ad extrà esse indi-
» visibiliter toti Trinitati communes. » Le reste de la pièce est sur le même ton. (*Note de l'éd. de* 1812.)

» rendre plus agréable à Dieu le sacrifice du
» nôtre, et pour se joindre à nous lorsque nous
» mourons, afin de nous fortifier en sanctifiant
» par sa présence le dernier sacrifice que nous
» faisons à Dieu de notre vie et de notre corps. »
Dissimulez tout cela, mes pères, et ne laissez
pas de dire qu'il détournoit de communier à la
mort, comme vous faites, page 33, et qu'il ne
croyoit pas le sacrifice de la messe : car rien
n'est trop hardi pour des calomniateurs de profession.

Votre seconde preuve en est un grand témoignage. Pour rendre calviniste feu M. de Saint-
Cyran, à qui vous attribuez le livre de *Petrus Au-*
relius, vous vous servez d'un passage où Aurelius
explique, page 89, de quelle manière l'Église se
conduit à l'égard des prêtres, et même des évêques
qu'elle veut déposer ou dégrader. « L'Église, dit-
» il, ne pouvant pas leur ôter la puissance de
» l'ordre, parce que le caractère est ineffaçable,
» elle fait ce qui est en elle ; elle ôte de sa mé-
» moire ce caractère qu'elle ne peut ôter de l'âme
» de ceux qui l'ont reçu : elle les considère comme
» s'ils n'étoient plus prêtres ou évêques ; de sorte
» que, selon le langage ordinaire de l'Église, on
» peut dire qu'ils ne le sont plus, quoiqu'ils le
» soient toujours quant au caractère : *Ob inde-*
» *lebilitatem characteris.* » Vous voyez, mes pères,
que cet auteur, approuvé par trois assemblées
générales du clergé de France, dit clairement
que le caractère de la prêtrise est ineffaçable

et cependant vous lui faites dire tout au contraire, en ce lieu même, « que le caractère » de la prêtrise n'est pas ineffaçable. » Voilà une insigne calomnie, c'est-à-dire, selon vous, un petit péché véniel. Car ce livre vous avoit fait tort, ayant réfuté les hérésies de vos confrères d'Angleterre touchant l'autorité épiscopale. Mais voici une insigne extravagance ; c'est qu'ayant faussement supposé que M. de Saint-Cyran tient que ce caractère est effaçable, vous en concluez qu'il ne croit donc pas la présence réelle de Jésus-Christ dans l'Eucharistie.

N'attendez pas que je vous réponde là-dessus, mes pères. Si vous n'avez point de sens commun, je ne puis pas vous en donner. Tous ceux qui en ont se moqueront assez de vous, aussi-bien que de votre troisième preuve, qui est fondée sur ces paroles de la Fréq. Comm. 3ᵉ p., ch. 11 : « Que » Dieu nous donne dans l'Eucharistie LA MÊME » VIANDE qu'aux saints dans le ciel, sans qu'il y » ait d'autre différence, sinon qu'ici il nous en » ôte la vue et le goût sensible, réservant l'un » et l'autre pour le ciel. » En vérité, mes pères, ces paroles expriment si naïvement le sens de l'Église, que j'oublie à toute heure par où vous vous y prenez pour en abuser. Car je n'y vois autre chose, sinon ce que le Concile de Trente enseigne, sess. 13, c. 8, qu'il n'y a point d'autre différence entre Jésus-Christ dans l'Eucharistie et Jésus-Christ dans le ciel, sinon qu'il est ici voilé, et non pas là. M. Arnauld ne dit pas qu'il n'y a point d'autre différence en la manière de recevoir Jésus-Christ, mais seulement qu'il n'y en a point d'autre en Jésus-Christ que l'on reçoit. Et cependant vous voulez, contre toute raison, lui faire dire par ce passage qu'on ne mange non plus ici Jésus-Christ de bouche que dans le ciel : d'où vous concluez son hérésie.

Vous me faites pitié, mes pères. Faut-il vous expliquer cela davantage ? Pourquoi confondez-vous cette nourriture divine avec la manière de la recevoir ? il n'y a qu'une seule différence, comme je le viens de dire, dans cette nourriture sur la terre et dans le ciel, qui est qu'elle est ici cachée sous des voiles qui nous en ôtent la vue et le goût sensible : mais il y a plusieurs différences dans la manière de la recevoir ici et là, dont la principale est que, comme dit M. Arnauld, 3ᵉ part. ch. 16, « il entre ici dans la bouche » et dans la poitrine, et des bons et des mé- » chants » ; ce qui n'est pas dans le ciel.

Et si vous ignorez la raison de cette diversité, je vous dirai, mes pères, que la cause pour laquelle Dieu a établi ces différentes manières de recevoir une même viande, est la différence qui se trouve entre l'état des chrétiens en cette vie et celui des bienheureux dans le ciel. L'état des chrétiens, comme dit le cardinal Du Perron après les pères, tient le milieu entre l'état des bien-heureux et l'état des juifs. Les bienheureux possèdent Jésus-Christ réellement, sans figure et sans voile. Les juifs n'ont possédé de Jésus-Christ que les figures et les voiles, comme étoit la manne et l'agneau pascal. Et les chrétiens possèdent Jésus-Christ dans l'Eucharistie véritablement et réellement, mais encore couvert de voiles. « Dieu, dit saint Eucher, s'est fait trois » tabernacles : la synagogue, qui n'a eu que les » ombres sans vérité : l'Église qui a la vérité et » les ombres : et le ciel, où il n'y a point d'om- » bres, mais la seule vérité. » Nous sortirions de l'état où nous sommes, qui est l'état de foi, que saint Paul oppose tant à la loi qu'à la claire vision, si nous ne possédions que les figures sans Jésus-Christ, parce que c'est le propre de la loi de n'avoir que l'ombre, et non la substance des choses. Et nous en sortirions encore, si nous le possédions visiblement; parce que la foi, comme dit le même apôtre, n'est point des choses qui se voient. Et ainsi l'Eucharistie est parfaitement proportionnée à notre état de foi, parce qu'elle enferme véritablement Jésus-Christ, mais voilé. De sorte que cet état seroit détruit, si Jésus-Christ n'étoit pas réellement sous les espèces du pain et du vin, comme le prétendent les hérétiques : et il seroit détruit encore, si nous le recevions à découvert comme dans le ciel; puisque ce seroit confondre notre état, ou avec l'état du judaïsme, ou avec celui de la gloire.

Voilà, mes pères, la raison mystérieuse et divine de ce mystère tout divin. Voilà ce qui nous fait abhorrer les calvinistes, comme nous réduisant à la condition des juifs; et ce qui nous fait aspirer à la gloire des bienheureux, qui nous donnera la pleine et éternelle jouissance de Jésus-Christ. Par où vous voyez qu'il y a plusieurs différences entre la manière dont il se communique aux chrétiens et aux bienheureux, et qu'entre autres on le reçoit ici de bouche, et non dans le ciel; mais qu'elles dépendent toutes de la seule différence qui est entre l'état de la foi où nous sommes et l'état de la claire vision où ils sont. Et c'est, mes pères, ce que M. Arnauld a dit si clairement en ces termes : « qu'il faut » qu'il n'y ait point d'autre différence entre » la pureté de ceux qui reçoivent Jésus-Christ » dans l'Eucharistie et celle des bienheureux, » qu'autant qu'il y en a entre la foi et la claire » vision de Dieu, de laquelle seul dépend la » différente manière dont on le mange sur la » terre et dans le ciel. » Vous devriez, mes pères, avoir révéré dans ces paroles ces saintes vérités, au lieu de les corrompre pour y trouver une hérésie qui n'y fut jamais, et qui n'y sauroit être; qui est qu'on ne mange Jésus-Christ que par la foi, et non par la bouche, comme le disent malicieusement vos pères Annat et Meynier, qui en font le capital de leur accusation.

Vous voilà donc bien mal en preuves, mes pères; et c'est pourquoi vous avez eu recours à un nouvel artifice, qui a été de falsifier le concile de Trente, afin de faire que M. Arnauld n'y fût pas conforme, tant vous avez de moyens de rendre le monde hérétique. C'est ce que fait le père Meynier en cinquante endroits de son livre, et huit ou dix fois en la seule page 54, où il prétend que, pour s'exprimer en catholique, ce n'est pas assez de dire : Je crois que Jésus-Christ est présent réellement dans l'Eucharistie; mais qu'il faut dire : « Je crois, AVEC LE CONCILE, » qu'il y est présent d'une vraie PRÉSENCE LOCALE, » ou localement. » Et sur cela il cite le concile, sess. 13, can. 3, can. 4, can. 6. Qui ne croiroit, en voyant le mot de *présence locale* cité de trois canons d'un concile universel, qu'il y seroit effectivement? Cela vous a pu servir avant ma quinzième lettre; mais à présent, mes pères, on ne s'y prend plus. On va voir le concile, et on trouve que vous êtes des imposteurs; car ces termes de *présence locale*, *localement*, *localité*, n'y furent jamais : et je vous déclare de plus, mes pères, qu'ils ne sont dans aucun autre lieu de ce concile, ni dans aucun autre concile précédent, ni dans aucun père de l'Église. Je vous prie donc sur cela, mes pères, de dire si vous prétendez rendre suspects de calvinisme tous ceux qui n'ont point usé de ce terme ? Si cela est, le concile de Trente en est suspect, et tous les saints pères sans exception. N'avez-vous point d'autre voie pour rendre M. Arnauld hérétique, sans offenser tant de gens qui ne vous ont point fait de mal, et entre autres saint Thomas, qui est un des plus grands défenseurs de l'Eucharistie, et qui s'est si peu servi de ce terme, qu'il l'a rejeté au contraire, 3 *p. quæst.* 76, *a.* 5, où il dit : *Nullo modo corpus Christi est in hoc sacramento localiter?* Qui êtes-vous donc, mes pères, pour imposer, de votre autorité, de nouveaux termes, dont vous ordonnez de se servir pour bien exprimer sa foi : comme si la profession de foi dressée par les papes, selon l'ordre du concile, où ce terme ne se trouve point, étoit défectueuse, et laissoit une ambiguité dans la créance des fidèles, que vous seuls eussiez découverte. Quelle témérité de prescrire ces termes aux docteurs mêmes ! quelle fausseté de les imposer à des conciles généraux ! et quelle ignorance de ne savoir pas les difficultés que les saints les plus éclairés ont fait de les recevoir ! *Rougissez*, mes pères, *de vos impostures ignorantes*, comme dit l'Écriture aux imposteurs ignorants comme vous : *De mendacio ineruditionis tuæ confundere.*

N'entreprenez donc plus de faire les maîtres ; vous n'avez ni le caractère, ni la suffisance pour cela. Mais si vous voulez faire vos propositions plus modestement, on pourra les écouter ; car encore que ce mot de *présence locale* ait été rejeté par saint Thomas, comme vous avez vu, à cause que le corps de Jésus-Christ n'est pas en l'Eucharistie dans l'étendue ordinaire des corps en leur lieu, néanmoins ce terme a été reçu par quelques nouveaux auteurs de controverse, parce qu'ils entendent seulement par là que le corps de Jésus-Christ est vraiment sous les espèces, lesquelles étant en un lieu particulier, le corps de Jésus-Christ y est aussi. Et en ce sens M. Arnauld ne fera point de difficulté de l'admettre, puisque M. de Saint-Cyran et lui ont déclaré tant de fois que Jésus-Christ, dans l'Eucharistie, est véritablement en un lieu particulier, et miraculeusement en plusieurs lieux à la fois. Ainsi tous vos raffinements tombent par terre, et vous n'avez pu donner la moindre apparence à une accusation qu'il n'eût été permis d'avancer qu'avec des preuves invincibles.

Mais à quoi sert, mes pères, d'opposer leur innocence à vos calomnies ? Vous ne leur attribuez pas ces erreurs dans la croyance qu'ils les soutiennent, mais dans la croyance qu'ils vous nuisent. C'en est assez, selon votre théologie, pour les calomnier sans crime, et vous pouvez, sans confession ni pénitence, dire la messe en même temps que vous imputez à des prêtres qui la disent tous les jours de croire que c'est une pure idolâtrie : ce qui seroit un si horrible sacrilége, que vous-mêmes avez fait pendre en effigie votre propre père Jarrige (*) sur ce qu'il avoit dit la messe *au temps où il étoit d'intelligence avec Genève.*

Je m'étonne donc, non pas de ce que vous leur imposez avec si peu de scrupule des crimes si grands et si faux, mais de ce que vous leur

____

(*) Jésuite fameux, qui se fit huguenot, et qui publia dans son apostasie un livre intitulé *le Jésuite sur l'échafaud*, où il reproche aux jésuites les faits les plus odieux.

imposéz avec si peu de prudénce des crimes si
peu vraisemblables ; car vous disposez bien des
péchés à votre gré, mais pensez-vous disposer
de même de la croyance des hommes ? En vérité,
mes pères, s'il falloit que le soupçon de calvinisme tombât sur eux ou sur vous, je vous
trouverois en mauvais termes. Leurs discours
sont aussi catholiques que les vôtres ; mais leur
conduite confirme leur foi, et la vôtre la dé-
ment : car si vous croyez aussi-bien qu'eux que
ce pain est réellement changé au corps de Jésus-
Christ, pourquoi ne demandez-vous pas comme
eux que le cœur de pierre et de glace de ceux à
qui vous conseillez de s'en approcher soit sincèrement changé en un cœur de chair et d'amour ?
Si vous croyez que Jésus-Christ y est dans un
état de mort, pour apprendre à ceux qui s'en
approchent à mourir au monde, au péché et à
eux-mêmes, pourquoi portez-vous à en approcher ceux en qui les vices et les passions criminelles sont encore toutes vivantes ? Et comment
jugez-vous dignes de manger le pain du ciel ceux
qui ne le seroient pas de manger celui de la
terre ?

O grands vénérateurs de ce saint mystère,
dont le zèle s'emploie à persécuter ceux qui
l'honorent par tant de communions saintes, et
à flatter ceux qui le déshonorent par tant de
communions sacriléges ! Qu'il est digne de ces
défenseurs d'un si pur et si adorable sacrifice,
de faire environner la table de Jésus-Christ de

pécheurs envieillis tout sortant de leur infamie, et de placer au milieu d'eux un prêtre que son confesseur même envoie de ses impudicités à l'autel, pour y offrir, en la place de Jésus-Christ, cette victime toute sainte au Dieu de sainteté, et la porter de ses mains souillées en ces bouches toutes souillées ! Ne sied-il pas bien à ceux qui pratiquent cette conduite *par toute la terre*, selon des maximes approuvées de leur propre général, d'imputer à l'auteur de la Fréquente Communion et aux Filles du saint Sacrement de ne pas croire le saint Sacrement ?

Cependant cela ne leur suffit pas encore ; il faut, pour satisfaire leur passion, qu'ils les accusent enfin d'avoir renoncé à Jésus-Christ et à leur baptême. Ce ne sont pas là, mes pères, des contes en l'air comme les vôtres ; ce sont les funestes emportements par où vous avez comblé la mesure de vos calomnies. Une si insigne fausseté n'eût pas été en des mains dignes de la soutenir, en demeurant en celles de votre bon ami Filleau par qui vous l'avez fait naître : votre Société se l'est attribuée ouvertement ; et votre père Meynier vient de soutenir, *comme une vé-rité certaine*, que Port-Royal forme une cabale secrète depuis trente-cinq ans, dont M. de Saint-Cyran et M. d'Ypres ont été les chefs, « pour » ruiner le mystère de l'incarnation, faire passer » l'Évangile pour une histoire apocryphe, ex-» terminer la religion chrétienne, et élever le » déisme sur les ruines du christianisme. » Est-ce là tout, mes pères ? Serez-vous satisfaits si l'on croit tout cela de ceux que vous haïssez ? Votre animosité seroit-elle enfin assouvie, si vous les aviez mis en horreur, non-seulement à tous ceux qui sont dans l'Église, par *l'intelligence avec Genève*, dont vous les accusez, mais encore à tous ceux qui croient en Jésus-Christ, quoique hors l'Église, par le *déisme* que vous leur imputez ?

Mais à qui prétendez-vous persuader, sur votre seule parole, sans la moindre apparence de preuve, et avec toutes les contradictions imaginables, que des prêtres qui ne prêchent que la grâce de Jésus-Christ, la pureté de l'Évangile et les obligations du baptême, ont renoncé à leur baptême, à l'Évangile et à Jésus-Christ ? Qui le croira, mes pères ? Le croyez-vous vous-mêmes, misérables que vous êtes ? Et à quelle extrémité êtes-vous réduits, puisqu'il faut nécessairement ou que vous prouviez qu'ils ne croient pas en Jésus-Christ, ou que vous passiez pour les plus abandonnés calomniateurs qui furent jamais ! Prouvez-le donc, mes pères. Nommez *cet ecclésiastique de mérite*, que vous dites avoir assisté à cette assemblée de Bourg-Fontaine en 1621, et avoir découvert à votre Filleau le dessein qui y fut pris de détruire la religion chrétienne. Nommez ces six personnes que vous dites y avoir formé cette conspiration. Nommez *celui qui est désigné par ces lettres A. A.* que vous dites, page 15, *n'être pas Antoine*

Arnauld, parce qu'il vous a convaincus qu'il n'avoit alors que neuf ans, « mais un autre que » vous dites être encore en vie, et trop bon ami » de M. Arnauld pour lui être inconnu. » Vous le connoissez donc, mes pères; et par conséquent, si vous n'êtes vous-mêmes sans religion, vous êtes obligés de déférer cet impie au roi et au parlement, pour le faire punir comme il le mériteroit. Il faut parler, mes pères : il faut le nommer, ou souffrir la confusion de n'être plus regardés que comme des menteurs indignes d'être jamais crus. C'est en cette manière que le bon père Valérien nous a appris qu'il falloit *mettre à la géne* et pousser à bout de tels imposteurs. Votre silence là-dessus sera une pleine et entière conviction de cette calomnie diabolique. Les plus aveugles de vos amis seront contraints d'avouer « que ce ne sera point un effet » de votre vertu, mais de votre impuissance », et d'admirer que vous ayez été si méchants que de l'étendre jusqu'aux religieuses de Port-Royal; et de dire, comme vous faites, page 14, que *le Chapelet secret du saint Sacrement*, composé par l'une d'elles, a été le premier fruit de cette conspiration contre Jésus - Christ; et dans la page 95, « qu'on leur a inspiré toutes les détes- » tables maximes de cet écrit », qui est, selon vous, une instruction *de déisme*. On a déjà ruiné invinciblement vos impostures sur cet écrit, dans la défense de la censure de feu M. l'archevêque de Paris contre votre père Brisacier. Vous n'avez rien à y repartir ; et vous ne laissez pas d'en abuser encore d'une manière plus honteuse que jamais, pour attribuer à des filles d'une piété connue de tout le monde le comble de l'impiété. Cruels et lâches persécuteurs, faut-il donc que les cloîtres les plus retirés ne soient pas des asiles contre vos calomnies ! Pendant que ces saintes vierges adorent nuit et jour Jésus Christ au saint Sacrement, selon leur institution, vous ne cessez nuit et jour de publier qu'elles ne croient pas qu'il soit ni dans l'Eucharistie, ni même à la droite de son père, et vous les retranchez publiquement de l'Église, pendant qu'elles prient dans le secret pour vous et pour toute l'Église. Vous calomniez celles qui n'ont point d'oreilles pour vous ouïr, ni de bouche pour vous répondre. Mais Jésus-Christ, en qui elles sont cachées pour ne paroître qu'un jour avec lui, vous écoute et répond pour elles. On l'entend aujourd'hui cette voix sainte et terrible, qui étonne la nature et qui console l'Église. Et je crains, mes pères, que ceux qui endurcissent leurs cœurs, et qui refusent avec opiniâtreté de l'ouïr quand il parle en Dieu, ne soient forcés de l'ouïr avec effroi quand il leur parlera en juge.

Car enfin, mes pères, quel compte lui pourrez-vous rendre de tant de calomnies, lorsqu'il les examinera, non sur les fantaisies de vos pères Dicastillus, Gans et Pennalossa, qui les excusent, mais sur les règles de sa vérité éternelle et sur les saintes ordonnances de son Église, qui, bien loin d'excuser ce crime, l'abhorre tellement, qu'elle l'a puni de même qu'un homicide volontaire? Car elle a différé aux calomniateurs, aussi-bien qu'aux meurtriers, la communion jusqu'à la mort, par le premier et deuxième concile d'Arles. Le concile de Latran a jugé indigne de l'état ecclésiastique ceux qui en ont été convaincus, quoiqu'ils s'en fussent corrigés. Les papes ont même menacé ceux qui auroient calomnié des évêques, des prêtres ou des diacres, de ne leur point donner la communion à la mort. Et les auteurs d'un écrit diffamatoire, qui ne peuvent prouver ce qu'ils ont avancé, sont condamnés par le pape Adrien *à être fouettés*, mes révérends pères, *flagellentur :* tant l'Église a toujours été éloignée des erreurs de votre Société si corrompue, qu'elle excuse d'aussi grands crimes que la calomnie, pour les commettre elle-même avec plus de liberté.

Certainement, mes pères, vous seriez capables de produire par là beaucoup de maux, si Dieu n'avoit permis que vous ayez fourni vous-mêmes les moyens de les empêcher, et de rendre toutes vos impostures sans effet; car il ne faut que publier cette étrange maxime qui les exempte de crime, pour vous ôter toute créance. La calomnie est inutile, si elle n'est jointe à une grande réputation de sincérité. Un médisant ne peut réussir, s'il n'est en estime d'abhorrer la médisance, comme un crime dont il est incapable. Et ainsi, mes pères, votre propre principe vous trahit. Vous l'avez établi pour assurer votre conscience ; car vous vouliez médire sans être damnés, et être *de ces saints et pieux calomniateurs* dont parle saint Athanase. Vous avez donc embrassé, pour vous sauver de l'enfer, cette maxime, qui vous en sauve sur la foi de vos docteurs : mais cette maxime même, qui vous garantit, selon eux, des maux que vous craignez en l'autre vie, vous ôte en celle-ci l'utilité que vous en espériez : de sorte qu'en pensant éviter le vice de la médisance, vous en avez perdu le fruit : tant le mal est contraire à soi-même, et tant il s'embarrasse et se détruit par sa propre malice.

Vous calomnierez donc plus utilement pour vous, en faisant profession de dire avec saint Paul que les simples médisants, *maledici*, sont indignes de voir Dieu, puisqu'au moins vos médisances en seroient plutôt crues, quoiqu'à la vérité vous vous condamneriez vous-mêmes. Mais en disant, comme vous faites, que la calomnie contre vos ennemis n'est pas un crime, vos médisances ne seront point crues, et vous ne laisserez pas de vous damner : car il est certain, mes pères, et que vos auteurs graves n'anéantiront pas la justice de Dieu, et que vous ne pouviez donner une preuve plus certaine que vous n'êtes pas dans la vérité, qu'en recourant au mensonge. Si la vérité étoit pour vous, elle combattroit pour vous, elle vain-croit pour vous ; et quelques ennemis que vous eussiez, *la vérité vous en délivreroit*, selon sa promesse. Vous n'avez recours au mensonge que pour soutenir les erreurs dont vous flattez les pécheurs du monde, et pour appuyer les calomnies dont vous opprimez les personnes de piété qui s'y opposent. La vérité étant con-traire à vos fins, il a fallu mettre *votre confiance au mensonge*, comme dit un prophète, *Isaï.* 28. Vous avez dit : « Les malheurs qui affligent les » hommes ne viendront pas jusques à nous : » car nous avons espéré au mensonge, et le » mensonge nous protégera. » Mais que leur répond le prophète, c. 30 ? « D'autant, dit-il, » que vous avez mis votre espérance en la ca-» lomnie et au tumulte, *sperastis in calumniâ et* » *in tumultu*, cette iniquité vous sera imputée, » et votre ruine sera semblable à celle d'une » haute muraille qui tombe d'une chute impré-» vue ; et à celle d'un vaisseau de terre qu'on » brise et qu'on écrase en toutes ses parties, par » un effort si puissant et si universel, qu'il n'en » restera pas un test avec lequel on puisse puiser » un peu d'eau, ou porter un peu de feu : parce » que (comme dit un autre prophète, *Ézéch.* 13), » vous avez affligé le cœur du juste, que je n'ai » point affligé moi-même ; et vous avez flatté et » fortifié la malice des impies. Je retirerai donc » mon peuple de vos mains, et je ferai connoître » que je suis leur seigneur et le vôtre. »

Oui, mes pères, il faut espérer que, si vous ne changez d'esprit, Dieu retirera de vos mains ceux que vous trompez depuis si long-temps, soit en les laissant dans leurs désordres par votre mauvaise conduite, soit en les empoisonnant par vos médisances. Il fera concevoir aux uns que les fausses règles de vos casuistes ne les mettront point à couvert de sa colère ; et il imprimera dans l'esprit des autres la juste crainte de se perdre en vous écoutant et en ajoutant foi à vos impostures ; comme vous vous perdez vous-mêmes en les inventant et en les semant dans le monde. Car il ne s'y faut pas tromper : on ne se moque point de Dieu, et on ne viole point impunément le commandement qu'il nous a fait dans l'Évangile, de ne point condamner notre prochain sans être bien assuré qu'il est coupable. Et ainsi, quelque profession de piété que fassent ceux qui se rendent faciles à recevoir vos mensonges, et sous quelque prétexte de dévotion qu'ils le fassent, ils doivent appréhender d'être exclus du royaume de Dieu pour ce seul crime, d'avoir imputé d'aussi grands crimes que l'hérésie et le schisme à des prêtres catholiques et à de saintes religieuses, sans autres preuves que des impostures aussi grossières que les vôtres. « Le démon, dit M. de Genève (*), est sur la

____

(*) M. de Genève. Saint François de Sales, évêque et prince de Genève, étoit ainsi nommé avant sa canonisation, qui se fit en 1665.

» langue de celui qui médit, et dans l'oreille de
» celui qui l'écoute. Et la médisance, dit saint
» Bernard, *serm. 24 in cant.*, est un poison qui
» éteint la charité en l'un et en l'autre. De sorte
» qu'une seule calomnie peut être mortelle à
» une infinité d'âmes, puisqu'elle tue non-seu-
» lement ceux qui la publient, mais encore tous
» ceux qui ne la rejettent pas. »

P. S. Mes révérends pères, mes lettres n'a-
voient pas accoutumé de se suivre de si près,
ni d'être si étendues. Le peu de temps que j'ai
eu a été cause de l'un et de l'autre. Je n'ai fait
celle-ci plus longue que parce que je n'ai pas eu
le loisir de la faire plus courte. La raison qui
m'a obligé de me hâter vous est mieux connue
qu'à moi. Vos réponses vous réussissoient mal.
Vous avez bien fait de changer de méthode ;
mais je ne sais si vous avez bien choisi, et si le
monde ne dira pas que vous avez eu peur des
bénédictins.

Je viens d'apprendre que celui que tout le
monde faisoit auteur de vos apologies les désavoue, et se fâche qu'on les lui attribue. Il a
raison, et j'ai eu tort de l'en avoir soupçonné ;
car quelque assurance qu'on m'en eût donnée,
je devois penser qu'il avoit trop de jugement
pour croire vos impostures, et trop d'honneur
pour les publier sans les croire. Il y a peu de
gens du monde capables de ces excès qui vous
sont propres, et qui marquent trop votre carac-

tère, pour me rendre excusable de ne vous y avoir pas reconnus. Le bruit commun m'avoit emporté. Mais cette excuse, qui seroit trop bonne pour vous, n'est pas suffisante pour moi, qui fais profession de ne rien dire sans preuve certaine, et qui n'en ai dit aucune que celle-là. Je m'en repens, je la désavoue, et je souhaite que vous profitiez de mon exemple.

DIX-SEPTIÈME LETTRE

ÉCRITE AU R. P. ANNAT, JÉSUITE.

On fait voir, en levant l'équivoque du sens de Jansénius, qu'il n'y a aucune hérésie dans l'Église. On montre, par le consentement unanime de tous les théologiens, et principalement des jésuites, que l'autorité des papes et des conciles œcuméniques n'est point infaillible dans les questions de fait.

Du 23 janvier 1657.

MON RÉVÉREND PÈRE,

Votre procédé m'avoit fait croire que vous désiriez que nous demeurassions en repos de part et d'autre, et je m'y étois disposé. Mais vous avez depuis produit tant d'écrits en peu de temps, qu'il paroît bien qu'une paix n'est guère assurée quand elle dépend du silence des jésuites. Je ne sais si cette rupture vous sera fort avantageuse ; mais, pour moi, je ne suis pas fâché qu'elle me donne le moyen de détruire ce reproche ordinaire d'hérésie dont vous remplissez tous vos livres.

Il est temps que j'arrête une fois pour toutes cette hardiesse que vous prenez de me traiter d'hérétique, qui s'augmente tous les jours. Vous le faites dans ce livre que vous venez de publier d'une manière qui ne se peut plus souffrir, et qui me rendroit enfin suspect, si je ne vous y répondois comme le mérite un reproche de cette nature. J'avois méprisé cette injure dans les écrits de vos confrères, aussi-bien qu'une infinité d'autres qu'ils y mêlent indifféremment. Ma quinzième lettre y avoit assez répondu; mais vous en parlez maintenant d'un autre air, vous en faites sérieusement le capital de votre défense; c'est presque la seule chose que vous y employez. Car vous dites « que, pour toute ré- » ponse à mes quinze lettres, il suffit de dire » quinze fois que je suis hérétique; et qu'étant » déclaré tel, je ne mérite aucune créance. » Enfin vous ne mettez pas mon apostasie en question, et vous la supposez comme un principe ferme, sur lequel vous bâtissez hardiment. C'est donc tout de bon, mon père, que vous me traitez d'hérétique; et c'est aussi tout de bon que je vais vous y répondre.

Vous savez bien, mon père, que cette accusation est si importante, que c'est une témérité insupportable de l'avancer, si on n'a pas de quoi la prouver. Je vous demande quelles preuves vous en avez. Quand m'a-t-on vu à Charenton? Quand ai-je manqué à la messe et aux devoirs des chrétiens à leur paroisse? Quand ai-je fait quelque action d'union avec les hérétiques, ou de schisme avec l'Église? Quel concile ai-je contredit? Quelle constitution de pape ai-je violée? Il faut répondre, mon père, ou..... Vous m'entendez bien. Et que répondez-vous? Je prie tout le monde de l'observer. Vous supposez premiè-rement « que celui qui écrit les lettres est de Port-» Royal. » Vous dites ensuite « que le Port-Royal » est déclaré hérétique »; d'où vous concluez « que celui qui écrit les lettres est déclaré héré-» tique. » Ce n'est donc pas sur moi, mon père, que tombe le fort de cette accusation, mais sur le Port-Royal; et vous ne m'en chargez que parce que vous supposez que j'en suis. Ainsi je n'aurai pas grande peine à m'en défendre, puisque je n'ai qu'à vous dire que je n'en suis pas, et à vous renvoyer à mes lettres, où j'ai dit « que je suis seul », et en propres termes, « que je ne suis point de Port-Royal », comme j'ai fait dans la seizième qui a précédé votre livre.

Prouvez donc d'une autre manière que je suis hérétique, ou tout le monde reconnoîtra votre impuissance. Prouvez par mes écrits que je ne reçois pas la constitution. Ils ne sont pas en si grand nombre; il n'y a que seize lettres à exa-miner, où je vous défie, et vous, et toute la terre, d'en produire la moindre marque. Mais je vous y ferai bien voir le contraire. Car, quand j'ai dit, par exemple, dans la quatorzième : « Qu'en tuant, selon vos maximes, ses frères en » péché mortel, on damne ceux pour qui Jésus-» Christ est mort », n'ai-je pas visiblement re-connu que Jésus-Christ est mort pour ces dam-nés, et qu'ainsi il est faux « qu'il ne soit mort » que pour les seuls prédestinés », ce qui est condamné dans la cinquième proposition? Il est donc sûr, mon père, que je n'ai rien dit pour soutenir ces propositions impies, que je déteste de tout mon cœur. Et quand le Port-Royal les tiendroit, je vous déclare que vous n'en pouvez rien conclure contre moi, parce que, grâces à Dieu, je n'ai d'attache sur la terre qu'à la seule Église catholique, apostolique et romaine, dans laquelle je veux vivre et mourir, et dans la communion avec le pape son souverain chef, hors de laquelle je suis très-persuadé qu'il n'y a point de salut.

Que ferez-vous à une personne qui parle de cette sorte, et par où m'attaquerez-vous, puisque ni mes discours, ni mes écrits ne donnent aucun prétexte à vos accusations d'hérésie, et que je trouve ma sûreté contre vos menaces dans l'obscurité qui me couvre? Vous vous sentez frappé par une main invisible, qui rend vos égarements visibles à toute la terre; et vous essayez en vain de m'attaquer en la personne de ceux auxquels vous me croyez uni. Je ne vous crains ni pour moi, ni pour aucun autre, n'étant attaché ni à quelque communauté, ni à quelque particulier que ce soit. Tout le crédit que vous pouvez avoir est inutile à mon égard. Je n'espère rien du monde, je n'en appréhende rien, je n'en veux rien; je n'ai besoin, par la grâce de Dieu, ni du bien, ni de l'autorité de personne. Ainsi, mon père, j'échappe à toutes vos prises. Vous ne me sauriez prendre de quelque côté que vous le tentiez. Vous pouvez bien toucher le Port-Royal, mais non pas moi. On a bien délogé des gens de Sorbonne, mais cela ne me déloge pas de chez moi. Vous pouvez bien préparer des violences contre des prêtres et des docteurs, mais non pas contre moi, qui n'ai point ces qualités. Et ainsi peut-être n'eûtes-vous jamais affaire à une personne qui fût si hors de vos atteintes, et si propre à combattre vos erreurs, étant libre, sans engagement, sans attachement, sans liaison, sans relation, sans affaires ; assez instruit de vos maximes, et bien résolu de les pousser autant que je croirai que Dieu m'y engagera, sans qu'aucune considération humaine puisse arrêter ni ralentir mes poursuites.

A quoi vous sert-il donc, mon père, lorsque vous ne pouvez rien contre moi, de publier tant de calomnies contre des personnes qui ne sont point mêlées dans nos différends, comme font tous vos pères ? Vous n'échapperez pas par ces fuites ; vous sentirez la force de la vérité que je vous oppose. Je vous dis que vous anéantissez la morale chrétienne en la séparant de l'amour de Dieu, dont vous dispensez les hommes ; et vous me parlez de *la mort du père Mester*, que je n'ai vu de ma vie. Je vous dis que vos auteurs permettent de tuer pour une pomme, quand il est honteux de la laisser perdre ; et vous me dites « qu'on a ouvert un tronc à Saint-Merri. » Que voulez-vous dire de même, de me prendre tous les jours à partie sur le livre *de la Sainte-Virgi-*

nité (*), fait par un père de l'Oratoire que je ne vis jamais, non plus que son livre? Je vous admire, mon père, de considérer ainsi tous ceux qui vous sont contraires comme une seule personne. Votre haine les embrasse tous ensemble, et en forme comme un corps de réprouvés, dont vous voulez que chacun réponde pour tous les autres.

Il y a bien de la différence entre les jésuites et ceux qui les combattent. Vous composez véritablement un corps uni sous un seul chef; et vos règles, comme je l'ai fait voir, vous défendent de rien imprimer sans l'aveu de vos supérieurs, qui sont rendus responsables des erreurs de tous les particuliers, « sans qu'ils puissent s'ex- » cuser en disant qu'ils n'ont pas remarqué les » erreurs qui y sont enseignées, parce qu'ils les » doivent remarquer » selon vos ordonnances, et selon les lettres de vos généraux Aquaviva, Wittelleschi, etc. C'est donc avec raison qu'on vous reproche les égarements de vos confrères,

---

(*) Ce livre de la Sainte-Virginité est une traduction que le père Seguenot, prêtre de l'Oratoire, avoit faite d'un livre de saint Augustin. Jusque-là il n'y avoit rien à reprendre : mais ce père y joignit quelques remarques bizarres et singulières, qui ont mérité une juste censure ; et comme ce livre venoit d'un père de l'Oratoire, dont la congrégation a toujours été attachée à la doctrine de saint Augustin, on chercha à en faire retomber le blâme sur les jansénistes. (*Note de l'éd. de* 1812.)

qui se trouvent dans leurs ouvrages approuvés par vos supérieurs et par les théologiens de votre Compagnie. Mais quant à moi, mon père, il en faut juger autrement. Je n'ai pas souscrit le livre *de la Sainte-Virginité*. On ouvriroit tous les troncs de Paris sans que j'en fusse moins catholique. Et enfin je vous déclare hautement et nettement que personne ne répond de mes lettres que moi, et que je ne réponds de rien que de mes lettres.

Je pourrois en demeurer là, mon père, sans parler de ces autres personnes que vous traitez d'hérétiques pour me comprendre dans cette accusation. Mais comme j'en suis l'occasion, je me trouve engagé en quelque sorte à me servir de cette même occasion pour en tirer trois avantages; car c'en est un bien considérable de faire paroître l'innocence de tant de personnes calomniées. C'en est un autre, et bien propre à mon sujet, de montrer toujours les artifices de votre politique dans cette accusation. Mais celui que j'estime le plus, est que j'apprendrai par là à tout le monde la fausseté de ce bruit scandaleux que vous semez de tous côtés, « que l'Église est » divisée par une nouvelle hérésie. » Et comme vous abusez d'une infinité de personnes en leur faisant accroire que les points sur lesquels vous essayez d'exciter un si grand orage sont essentiels à la foi, je trouve d'une extrême importance de détruire ces fausses impressions, et d'expliquer ici nettement en quoi ils consistent, pour mon–

trer qu'en effet il n'y a point d'hérétiques dans l'Église.

Car n'est-il pas vrai que, si l'on demande en quoi consiste l'hérésie de ceux que vous appelez jansénistes, on répondra incontinent que c'est en ce que ces gens-là disent « que les comman- » dements de Dieu sont impossibles ; qu'on ne » peut résister à la grâce, et qu'on n'a pas la li- » berté de faire le bien et le mal ; que Jésus-Christ » n'est pas mort pour tous les hommes, mais » seulement pour les prédestinés ; et enfin, qu'ils » soutiennent les cinq propositions condamnées » par le pape ? » Ne faites-vous pas entendre que c'est pour ce sujet que vous persécutez vos ad- versaires ? N'est-ce pas ce que vous dites dans vos livres, dans vos entretiens, dans vos caté- chismes, comme vous fîtes encore les fêtes de Noël à Saint-Louis, en demandant à une de vos petites bergères : « Pour qui est venu Jésus- » Christ, ma fille ? — Pour tous les hommes, » mon père. — Eh quoi, ma fille ! vous n'êtes » donc pas de ces nouveaux hérétiques qui disent » qu'il n'est venu que pour les prédestinés ? » Les enfants vous croient là-dessus, et plusieurs autres aussi ; car vous les entretenez de ces mêmes fables dans vos sermons, comme votre père Cras- set à Orléans, qui en a été interdit. Et je vous avoue que je vous ai cru aussi autrefois. Vous m'aviez donné cette même idée de toutes ces per- sonnes-là. De sorte que, lorsque vous les pressiez sur ces propositions, j'observois avec attention quelle seroit leur réponse ; et j'étois fort disposé à ne les voir jamais, s'ils n'eussent déclaré qu'ils y renonçoient comme à des impiétés visibles. Mais ils le firent bien hautement. Car M. de Sainte-Beuve (*), professeur du roi en Sorbonne, censura dans ses écrits publics ces cinq propositions long-temps avant le pape ; et ces docteurs firent paroître plusieurs écrits, et entre autres celui *de la grâce victorieuse* qu'ils produisirent en même temps, où ils rejettent ces propositions, et comme hérétiques, et comme étrangères. Car ils disent, dans la préface, « que ce » sont des propositions hérétiques et luthé-» riennes, fabriquées et forgées à plaisir, qui ne » se trouvent ni dans Jansénius, ni dans ses dé-» fenseurs » ; ce sont leurs termes. Ils se plaignent de ce qu'on les leur attribue, et vous adressent pour cela ces paroles de saint Prosper, le premier disciple de saint Augustin, leur maître, à qui les semi-pélagiens de France en imputèrent de pareilles pour le rendre odieux. « Il y a, dit » ce saint, des personnes qui ont une passion » si aveugle de nous décrier, qu'ils en ont pris » un moyen qui ruine leur propre réputation.

(*) M. Jacques de Sainte-Beuve, l'un des plus habiles théologiens de son siècle, et professeur de Sorbonne au temps de la censure de M. Arnauld, aima mieux quitter sa chaire que de condamner contre les règles un docteur son confrère, dont la doctrine étoit très-orthodoxe. Il est mort en 1677.

» Car ils ont fabriqué à dessein de certaines pro-
» positions pleines d'impiétés et de blasphèmes,
» qu'ils envoient de tous côtés pour faire croire
» que nous les soutenons au même sens qu'ils
» ont exprimé par leur écrit. Mais on verra par
» cette réponse, et notre innocence, et la malice
» de ceux qui nous ont imputé ces impiétés,
» dont ils sont les uniques inventeurs. »

En vérité, mon père, lorsque je les ouïs parler
de la sorte avant la constitution; quand je vis
qu'ils la reçurent ensuite avec tout ce qui se peut
de respect; qu'ils offrirent de la souscrire, et que
M. Arnauld eut déclaré tout cela, plus fortement
que je ne le puis rapporter, dans toute sa seconde lettre, j'eusse cru péché de douter de leur
foi. Et en effet, ceux qui avoient voulu refuser
l'absolution à leurs amis avant la lettre de M. Arnauld, ont déclaré depuis qu'après qu'il avoit si
nettement condamné ces erreurs qu'on lui imputoit, il n'y avoit aucune raison de le retrancher ni lui, ni ses amis, de l'Église. Mais vous
n'en avez pas usé de même; et c'est sur quoi je
commençai à me défier que vous agissiez avec
passion.

Car, au lieu que vous les aviez menacés de leur
faire signer cette constitution, quand vous pensiez qu'ils y résisteroient; lorsque vous vîtes
qu'ils s'y portoient d'eux-mêmes, vous n'en par-
lâtes plus. Et quoiqu'il semblât que vous dussiez
après cela être satisfait de leur conduite, vous
ne laissâtes pas de les traiter encore d'hérétiques;

« parce, disiez-vous, que leur cœur démentoit
» leur main, et qu'ils étoient catholiques exté-
» rieurement, et hérétiques intérieurement »,
comme vous-même l'avez dit dans votre Rép. à
quelques demandes, pag. 27 et 47.

Que ce procédé me parut étrange, mon père!
car de qui n'en peut-on pas dire autant? Et quel
trouble n'exciteroit-on point par ce prétexte?
« Si l'on refuse, dit saint Grégoire, pape, de
» croire la confession de foi de ceux qui la don-
» nent conforme aux sentiments de l'Église, on
» remet en doute la foi de toutes les personnes
» catholiques. » *Regist. l.* 5, *ep.* 15. Je craignis
donc, mon père, « que votre dessein ne fût de
» rendre ces personnes hérétiques sans qu'ils le
» fussent », comme parle le même pape sur une
dispute pareille de son temps; « parce, dit-il,
» que ce n'est pas s'opposer aux hérésies, mais
» c'est faire une hérésie que de refuser de croire
» ceux qui par leur confession témoignent d'être
» dans la véritable foi : *Hoc non est hæresim
» purgare, sed facere. Ep.* 16. » Mais je connus
en vérité qu'il n'y avoit point en effet d'hérétiques dans l'Église, quand je vis qu'ils s'étaient
si bien justifiés de toutes ces hérésies, que vous
ne pûtes plus les accuser d'aucune erreur contre
la foi, et que vous fûtes réduit à les entreprendre
seulement sur des questions de fait touchant
Jansénius, qui ne pouvoient être matière d'hérésie. Car vous les voulûtes obliger à reconnoître
« que ces propositions étoient dans Jansénius,

» mot à mot, toutes, et en propres termes », comme vous l'écrivîtes encore vous-mêmes : *Singulares, individuæ, totidem verbis apud Jansenium contentæ*, dans vos *Cavilli*, p. 39.

Dès lors votre dispute commença à me devenir indifférente. Quand je croyois que vous disputiez de la vérité ou de la fausseté des propositions, je vous écoutois avec attention, car cela touchoit la foi : mais quand je vis que vous ne disputiez plus que pour savoir si elles étoient *mot à mot* dans Jansénius ou non, comme la religion n'y étoit plus intéressée, je ne m'y intéressois plus aussi. Ce n'est pas qu'il n'y eût bien de l'apparence que vous disiez vrai : car de dire que des paroles sont *mot à mot* dans un auteur, c'est à quoi l'on ne peut se méprendre. Aussi je ne m'étonne pas que tant de personnes, et en France et à Rome, aient cru sur une expression si peu suspecte que Jansénius les avoit enseignées en effet. Et c'est pourquoi je ne fus pas peu surpris d'apprendre que ce même point de fait, que vous aviez proposé comme si certain et si important, étoit faux, et qu'on vous défia de citer les pages de Jansénius où vous aviez trouvé ces propositions *mot à mot*, sans que vous l'ayez jamais pu faire.

Je rapporte toute cette suite, parce qu'il me semble que cela découvre assez l'esprit de votre Société en toute cette affaire, et qu'on admirera de voir que, malgré tout ce que je viens de dire, vous n'ayez pas cessé de publier qu'ils étoient toujours hérétiques. Mais vous avez seulement changé leur hérésie selon le temps. Car, à mesure qu'ils se justifioient de l'une, vos pères en substituaient une autre, afin qu'ils n'en fussent jamais exempts. Ainsi, en 1653, leur hérésie étoit sur la qualité des propositions. Ensuite elle fut sur le *mot à mot.* Depuis vous la mîtes dans le cœur. Mais aujourd'hui on ne parle plus de tout cela ; et l'on veut qu'ils soient hérétiques, s'ils ne signent « que le sens de la doctrine de Jan- » sénius se trouve dans le sens de ces cinq pro- » positions. »

Voilà le sujet de votre dispute présente. Il ne vous suffit pas qu'ils condamnent les cinq propositions, et encore tout ce qu'il y auroit dans Jansénius qui pourroit y être conforme et contraire à saint Augustin ; car ils font tout cela. De sorte qu'il n'est pas question de savoir, par exemple, « si Jésus-Christ n'est mort que pour les » prédestinés », ils condamnent cela aussi-bien que vous ; mais si Jansénius est de ce sentiment-là ou non. Et c'est sur quoi je vous déclare plus que jamais que votre dispute me touche peu, comme elle touche peu l'Église. Car, encore que je ne sois pas docteur non plus que vous, mon père, je vois bien néanmoins qu'il n'y va point de la foi, puisqu'il n'est question que de savoir quel est le sens de Jansénius. S'ils croyoient que sa doctrine fût conforme au sens propre et littéral de ces propositions, ils la condamneroient ; et ils ne refusent de le faire que parce qu'ils sont persuadés qu'elle en est bien différente : ainsi quand ils l'entendroient mal, ils ne seroient pas hérétiques, puisqu'ils ne l'entendent qu'en un sens catholique.

Et pour expliquer cela par un exemple, je prendrai la diversité de sentiments qui fut entre saint Basile et saint Athanase, touchant les écrits de saint Denis d'Alexandrie, dans lesquels saint Basile, croyant trouver le sens d'Arius contre l'égalité du père et du fils, il les condamna comme hérétiques : mais saint Athanase, au contraire, y croyant trouver le véritable sens de l'Église, il les soutint comme catholiques. Pensez-vous donc, mon père, que saint Basile, qui tenoit ces écrits pour ariens, eût droit de traiter saint Athanase d'hérétique, parce qu'il les défendoit? Et quel sujet en eût-il eu, puisque ce n'étoit pas l'arianisme qu'Athanase défendoit, mais la vérité de la foi qu'il pensoit y être? Si ces deux saints fussent convenus du véritable sens de ces écrits, et qu'ils y eussent tous deux reconnu cette hérésie, sans doute saint Athanase n'eût pu les approuver sans hérésie : mais, comme ils étoient en différend touchant ce sens, saint Athanase étoit catholique en les soutenant, quand même il les eût mal entendus; puisque ce n'eût été qu'une erreur de fait, et qu'il ne défendoit, dans cette doctrine, que la foi catholique qu'il y supposoit.

Je vous en dis de même, mon père. Si vous conveniez du sens de Jansénius, et que vos adversaires fussent d'accord avec vous, qu'il tient, par exemple, *qu'on ne peut résister à la grâce*, ceux qui refuseroient de le condamner seroient hérétiques. Mais lorsque vous disputez de son sens, et qu'ils croient que, selon sa doctrine, *on peut résister à la grâce*, vous n'avez aucun sujet de les traiter d'hérétiques, quelque hérésie que vous lui attribuïez vous-mêmes, puisqu'ils condamnent le sens que vous y supposez, et que vous n'oseriez condamner le sens qu'ils y supposent. Si vous voulez donc les convaincre, montrez que le sens qu'ils attribuent à Jansénius est hérétique; car alors ils le seront eux-mêmes. Mais comment le pourriez-vous faire, puisqu'il est constant, selon votre propre aveu, que celui qu'ils lui donnent n'est point condamné?

Pour vous le montrer clairement, je prendrai pour principe ce que vous reconnoissez vous-mêmes, « que la doctrine de la grâce efficace n'a » point été condamnée, et que le pape n'y a » point touché par sa constitution. » Et en effet, quand il voulut juger des cinq propositions, le point de la grâce efficace fut mis à couvert de toute censure. C'est ce qui paroît parfaitement par les avis des consulteurs auxquels le pape les donna à examiner. J'ai ces avis entre mes mains, aussi-bien que plusieurs personnes dans Paris, et entre autres M. l'évêque (*) de Mont-

______

(*) L'évêque de Montpellier. Ce fut François du Bosquet,

pellier, qui les apporta de Rome. On y voit que
leurs opinions furent partagées ; et que les principaux d'entre eux, comme le maître du sacré
palais, le commissaire du saint office, le général
des augustins, et d'autres, croyant que ces propositions pouvoient être prises au sens de la
grâce efficace, furent d'avis qu'elles ne devoient
point être censurées : au lieu que les autres,
demeurant d'accord qu'elles n'eussent pas dû
être condamnées si elles eussent eu ce sens,
estimèrent qu'elles le devoient être ; parce que,
selon ce qu'ils déclarent, leur sens propre et
naturel en étoit très-éloigné. Et c'est pourquoi
le pape les condamna, et tout le monde s'est
rendu à son jugement.

Il est donc sûr, mon père, que la grâce efficace n'a point été condamnée. Aussi est-elle si
puissamment soutenue par saint Augustin, par
saint Thomas et toute son école, par tant de
papes et de conciles, et par toute la tradition,
que ce seroit une impiété de la taxer d'hérésie.
Or, tous ceux que vous traitez d'hérétiques
déclarent qu'ils ne trouvent autre chose dans
Jansénius que cette doctrine de la grâce efficace;
et c'est la seule chose qu'ils ont soutenue dans

---

qui, d'évêque de Lodève, fut fait en 1655 évêque de Montpellier, et mourut en 1676. C'étoit un des plus savants
évêques de son temps dans la science qui convient le plus
à un évêque, c'est-à-dire, dans les matières ecclésiastiques.
(*Note de l'éd. de 1812.*)

Rome. Vous-même l'avez reconnu, *Cavill.* p. 35, où vous avez déclaré « qu'en parlant devant le » pape, ils ne dirent aucun mot des proposi- » tions, *ne verbum quidem*, et qu'ils employèrent » tout le temps à parler de la grâce efficace. » Et ainsi, soit qu'ils se trompent ou non dans cette supposition, il est au moins sans doute que le sens qu'ils supposent n'est point héré- tique, et que, par conséquent, ils ne le sont point. Car, pour dire la chose en deux mots, ou Jansénius n'a enseigné que la grâce efficace, et en ce cas il n'a point d'erreur ; ou il a enseigné autre chose, et en ce cas il n'a point de défen- seurs. Toute la question est donc de savoir si Jansénius a enseigné en effet autre chose que la grâce efficace ; et si l'on trouve que oui, vous aurez la gloire de l'avoir mieux entendu ; mais ils n'auront point le malheur d'avoir erré dans la foi.

Il faut donc louer Dieu, mon père, de ce qu'il n'y a point en effet d'hérésie dans l'Église, puis- qu'il ne s'agit en cela que d'un point de fait qui n'en peut former ; car l'Église décide les points de foi avec une autorité divine, et elle retranche de son corps tous ceux qui refusent de les rece- voir. Mais elle n'en use pas de même pour les choses de fait ; et la raison en est que notre salut est attaché à la foi qui nous a été révélée, et qui se conserve dans l'Église par la tradition ; mais qu'il ne dépend point des autres faits particu- liers qui n'ont point été révélés de Dieu. Ainsi

on est obligé de croire que les commandements
de Dieu ne sont pas impossibles ; mais on n'est
pas obligé de savoir ce que Jansénius a enseigné
sur ce sujet. C'est pourquoi Dieu conduit l'Église
dans la détermination des points de la foi, par
l'assistance de son esprit qui ne peut errer ; au
lieu que, dans les choses de fait, il a laissé agir
par les sens et par la raison, qui en sont naturellement les juges ; car il n'y a que Dieu qui ait
pu instruire l'Église de la foi. Mais il n'y a qu'à
lire Jansénius pour savoir si des propositions
sont dans son livre ; et de là vient que c'est une
hérésie de résister aux décisions de foi, parce
que c'est opposer son esprit propre à l'esprit de
Dieu. Mais ce n'est pas une hérésie, quoique ce
puisse être une témérité, que de ne pas croire
certains faits particuliers, parce que ce n'est
qu'opposer la raison, qui peut être claire, à une
autorité qui est grande, mais qui en cela n'est
pas infaillible.

C'est ce que tous les théologiens reconnoissent, comme il paroît par cette maxime du cardinal Bellarmin, de votre Société : « Les con-
» ciles généraux et légitimes ne peuvent errer
» en définissant les dogmes de foi ; mais ils peu-
» vent errer en des questions de fait. » *De Sum.
Pont.* l. 4, c. 11. Et ailleurs : « Le pape, comme
» pape, et même à la tête d'un concile uni-
» versel, peut errer dans les controverses par-
» ticulières de fait, qui dépendent principale-
» ment de l'information et du témoignage des

» hommes. » C. 2. Et le cardinal Baronius de
même : « Il faut se soumettre entièrement aux
» décisions des conciles dans les points de foi ;
» mais pour ce qui concerne les personnes et
» leurs écrits, les censures qui en ont été faites
» ne se trouvent pas avoir été gardées avec tant
» de rigueur, parce qu'il n'y a personne à qui il
» ne puisse arriver d'y être trompé. » *Ad an.* 681,
n. 39. C'est aussi pour cette raison que M. l'archevêque de Toulouse (*) a tiré cette règle des
lettres de deux grands papes, saint Léon et Pélage II : « Que le propre objet des conciles est
» la foi, et que tout ce qui s'y résout hors de la
» foi peut être revu et examiné de nouveau ; au
» lieu qu'on ne doit plus examiner ce qui a été
» décidé en matière de foi ; parce que, comme
» dit Tertullien, la règle de la foi est seule im-
» mobile et irrétractable. »

De là vient qu'au lieu qu'on n'a jamais vu les
conciles généraux et légitimes contraires les uns
aux autres dans les points de foi, « Parce que,
» comme dit M. de Toulouse, il n'est pas seu-
» lement permis d'examiner de nouveau ce qui
» a été déjà décidé en matière de foi » on a vu
quelquefois ces mêmes conciles opposés sur des
points de fait où il s'agissoit de l'intelligence
du sens d'un auteur, « Parce que », comme dit

(*) M. de Marca. On sait que cet illustre prélat fut archevêque de Toulouse avant que de venir au siége de Paris,
dont la mort l'empêcha de prendre possession.

encore M. de Toulouse, après les papes qu'il cite, « tout ce qui se résout dans les conciles » hors de la foi peut être revu et examiné de » nouveau. » C'est ainsi que le quatrième et le cinquième concile paroissent contraires l'un à l'autre, en l'interprétation des mêmes auteurs : et la même chose arriva entre deux papes, sur une proposition de certains moines de Scythie; car, après que le pape Hormisdas l'eut condamnée en l'entendant en un mauvais sens, le pape Jean II, son successeur, l'examinant de nouveau, et l'entendant en un bon sens, l'approuva et la déclara catholique. Diriez-vous, pour cela, qu'un de ces papes fut hérétique ? Et ne faut-il donc pas avouer que, pourvu que l'on condamne le sens hérétique qu'un pape auroit supposé dans un écrit, on n'est pas hérétique pour ne pas condamner cet écrit, en le prenant en un sens qu'il est certain que le pape n'a pas condamné, puisque autrement l'un de ces deux papes seroit tombé dans l'erreur ?

J'ai voulu, mon père, vous accoutumer à ces contrariétés qui arrivent entre les catholiques sur des questions de fait touchant l'intelligence du sens d'un auteur, en vous montrant sur cela un père de l'Église contre un autre, un pape contre un pape, et un concile contre un concile, pour vous mener de là à d'autres exemples d'une pareille opposition, mais plus disproportionnée; car vous y verrez des conciles et des papes d'un côté, et des jésuites de l'autre, qui s'opposeront à leurs décisions touchant le sens d'un auteur, sans que vous accusiez vos confrères, je ne dis pas d'hérésie, mais non pas même de témérité.

Vous savez bien, mon père, que les écrits d'Origène furent condamnés par plusieurs conciles et par plusieurs papes, et même par le cinquième concile général, comme contenant des hérésies, et entre autres celle « de la récon- » ciliation des démons au jour du jugement. » Croyez-vous sur cela qu'il soit d'une nécessité absolue, pour être catholique, de confesser qu'Origène a tenu en effet ces erreurs, et qu'il ne suffise pas de les condamner sans les lui attribuer ? Si cela étoit, que deviendroit votre père Halloix, qui a soutenu la pureté de la foi d'Origène, aussi-bien que plusieurs autres catholiques qui ont entrepris la même chose, comme Pic de La Mirande, et Genebrard, docteur de Sorbonne ? Et n'est-il pas certain encore que ce même cinquième concile général condamna les écrits de Théodoret contre saint Cyrille, « comme » impies, contraires à la vraie foi, et contenant » l'hérésie nestorienne ? » Et cependant le père Sirmond, jésuite, n'a pas laissé de le défendre, et de dire, dans la vie de ce père, « que ces » mêmes écrits sont exempts de cette hérésie » nestorienne. »

Vous voyez donc, mon père, que, quand l'Église condamne des écrits, elle y suppose une erreur qu'elle y condamne ; et alors il est de foi que cette erreur est condamnée, mais qu'il n'est pas de foi que ces écrits contiennent en effet l'erreur que l'Église y suppose. Je crois que cela est assez prouvé; et ainsi je finirai ces exemples par celui du pape Honorius, dont l'histoire est si connue. On sait qu'au commencement du septième siècle, l'Église étant troublée par l'hérésie des monothélites, ce pape, pour terminer ce différend, fit un décret qui sembloit favoriser ces hérétiques, de sorte que plusieurs en furent scandalisés. Cela se passa néanmoins avec peu de bruit sous son pontificat : mais, cinquante ans après, l'Église étant assemblée dans le sixième concile général, où le pape Agathon présidoit par ses légats, ce décret y fut déféré; et après avoir été lu et examiné, il fut condamné comme contenant l'hérésie des monothélites, et brûlé en cette qualité en pleine assemblée, avec les autres écrits de ces hérétiques. Et cette décision fut reçue avec tant de respect et d'uniformité dans toute l'Église, qu'elle fut confirmée ensuite par deux autres conciles généraux, et même par les papes Léon II, et Adrien II qui vivoit deux cents ans après, sans que personne ait troublé ce consentement si universel et si paisible durant sept ou huit siècles. Cependant quelques auteurs de ces derniers temps, et entre autres le cardinal Bellarmin, n'ont pas cru se rendre hérétiques pour avoir soutenu, contre tant de papes et de conciles, que les écrits d'Honorius sont exempts de l'erreur qu'ils avoient déclaré

y être : « Parce, dit-il, que des conciles géné-
» raux pouvant errer dans les questions de fait,
» on peut dire en toute assurance que le sixième
» concile s'est trompé en ce fait-là, et que,
» n'ayant pas bien entendu le sens des lettres
» d'Honorius, il a mis à tort ce pape au nombre
» des hérétiques. » *De Sum. Pont.* l. 4, c. 11.

Remarquez donc bien, mon père, que ce n'est
pas être hérétique de dire que le pape Honorius
ne l'étoit pas, encore que plusieurs papes et plusieurs conciles l'eussent déclaré, et même après
l'avoir examiné. Je viens donc maintenant à
notre question, et je vous permets de faire votre
cause aussi bonne que vous le pourrez. Que
direz-vous, mon père, pour rendre vos adversaires hérétiques ? « Que le pape Innocent X a
» déclaré que l'erreur des cinq propositions est
» dans Jansénius ? » Je vous laisse dire tout cela.
Qu'en concluez-vous : « Que c'est être hérétique
» de ne pas reconnoître que l'erreur des cinq
» propositions est dans Jansénius ? » Que vous
en semble-t-il, mon père ? N'est-ce donc pas ici
une question de fait de même nature que les
précédentes ? Le pape a déclaré que l'erreur des
cinq propositions est dans Jansénius, de même
que ses prédécesseurs avoient déclaré que l'erreur des nestoriens et des monothélites étoit
dans les écrits de Théodoret et d'Honorius. Sur
quoi vos pères ont écrit qu'ils condamnent
bien ces hérésies, mais qu'ils ne demeurent pas
d'accord que ces auteurs les aient tenues : de

même que vos adversaires disent aujourd'hui qu'ils condamnent bien ces cinq propositions, mais qu'ils ne sont pas d'accord que Jansénius les ait enseignées. En vérité, mon père, ces cas-là sont bien semblables ; et s'il s'y trouve quelque différence, il est aisé de voir combien elle est à l'avantage de la question présente, par la comparaison de plusieurs circonstances particulières qui sont visibles d'elles-mêmes, et que je ne m'arrête pas à rapporter. D'où vient donc, mon père, que, dans une même cause, vos pères sont catholiques et vos adversaires hérétiques ? Et par quelle étrange exception les privez-vous d'une liberté que vous donnez à tout le reste des fidèles ?

Que direz-vous sur cela, mon père ? « Que le » pape a confirmé sa constitution par un bref? » Je vous répondrai que deux conciles généraux et deux papes ont confirmé la condamnation des lettres d'Honorius. Mais quel fond prétendez-vous faire sur les paroles de ce bref, par lesquelles le pape déclare « qu'il a condamné la » doctrine de Jansénius dans ces cinq proposi- » tions ? » Qu'est-ce que cela ajoute à la constitution, et que s'ensuit-il de là ? Sinon que comme le sixième concile condamna la doctrine d'Honorius, parce qu'il croyoit qu'elle étoit la même que celle des monothélites ; de même le pape a dit qu'il a condamné la doctrine de Jansénius dans ces cinq propositions, parce qu'il a supposé qu'elle étoit la même que ces cinq propositions. Et comment ne l'eût-il pas cru ? Votre Société ne publie autre chose ; et vous-même, mon père, qui avez dit qu'elles y sont *mot à mot*, vous étiez à Rome au temps de la censure ; car je vous rencontre partout. Se fût-il défié de la sincérité ou de la suffisance de tant de religieux graves ? Et comment n'eût-il pas cru que la doctrine de Jansénius étoit la même que celle des cinq propositions, dans l'assurance que vous lui aviez donnée qu'elles étoient *mot à mot* de cet auteur ? Il est donc visible, mon père, que, s'il se trouve que Jansénius ne les ait pas tenues, il ne faudra pas dire, comme vos pères ont fait dans leurs exemples, que le pape s'est trompé en ce point de fait, ce qu'il est toujours fâcheux de publier : mais il ne faudra que dire que vous avez trompé le pape ; ce qui n'apporte plus de scandale, tant on vous connoît maintenant.

Ainsi, mon père, toute cette matière est bien éloignée de pouvoir former une hérésie. Mais comme vous voulez en faire une à quelque prix que ce soit, vous avez essayé de détourner la question du point de fait pour la mettre en un point de foi ; et c'est ce que vous faites en cette sorte : « Le pape, dites-vous, déclare qu'il a con-» damné la doctrine de Jansénius dans ces cinq » propositions : donc il est de foi que la doctrine » de Jansénius touchant ces cinq propositions » est hérétique, telle qu'elle soit. » Voilà, mon père, un point de foi bien étrange, qu'une doctrine est hérétique telle qu'elle puisse être. Et quoi! si, selon Jansénius, *on peut résister à la grâce intérieure*, et s'il est faux, selon lui, *que Jésus-Christ ne soit mort que pour les seuls prédestinés*, cela sera-t-il aussi condamné, parce que c'est sa doctrine? Sera-t-il vrai, dans la constitution du pape, *que l'on a la liberté de faire le bien et le mal?* et cela sera-t-il faux dans Jansénius? Et par quelle fatalité sera-t-il si malheureux, que la vérité devienne hérésie dans son livre? Ne faut-il donc pas confesser qu'il n'est hérétique, qu'au cas qu'il soit conforme à ces erreurs condamnées? puisque la constitution du pape est la règle à laquelle on doit appliquer Jansénius pour juger de ce qu'il est selon le rapport qu'il y aura; et qu'ainsi on résoudra cette question, *savoir si sa doctrine est hérétique*, par cette autre question de fait, *savoir si elle est conforme au sens de ces propositions;* étant impossible qu'elle ne soit hérétique, si elle y est conforme; et qu'elle ne soit catholique, si elle y est contraire. Car enfin, puisque, selon le pape et les évèques, *les propositions sont condamnées en leur sens propre et naturel*, il est impossible qu'elles soient condamnées au sens de Jansénius, sinon au cas que le sens de Jansénius soit le même que le sens propre et naturel de ces propositions, ce qui est un point de fait.

La question demeure donc toujours dans ce point de fait, sans qu'on puisse en aucune sorte l'en tirer pour la mettre dans le droit. Et ainsi on n'en peut faire une matière d'hérésie; mais

vous en pourriez bien faire un prétexte de persécution, s'il n'y avoit sujet d'espérer qu'il ne se
trouvera point de personnes qui entrent assez
dans vos intérêts pour suivre un procédé si injuste, et qui veuillent contraindre de signer,
comme vous le souhaitez, *que l'on condamne
ces propositions au sens de Jansénius* sans expliquer ce que c'est que ce sens de Jansénius. Peu
de gens sont disposés à signer une confession de
foi en blanc. Or, ce seroit en signer une en
blanc, que vous rempliriez ensuite de tout ce
qu'il vous plairoit; puisqu'il vous seroit libre
d'interpréter à votre gré ce que c'est que ce sens
de Jansénius qu'on n'auroit pas expliqué. Qu'on
l'explique donc auparavant, autrement vous
nous feriez encore ici un pouvoir prochain, *abstrahendo ab omni sensu.* Vous savez que cela ne
réussit pas dans le monde. On y hait l'ambiguité
et surtout en matière de foi, où il est bien juste
d'entendre pour le moins ce que c'est que l'on
condamne. Et comment se pourroit-il faire que
des docteurs, qui sont persuadés que Jansénius
n'a point d'autre sens que celui de la grâce efficace, consentissent à déclarer qu'ils condamnent
sa doctrine sans l'expliquer, puisque dans la
créance qu'ils en ont, et dont on ne les retire
point, ce ne seroit autre chose que condamner
la grâce efficace, qu'on ne peut condamner sans
crime? Ne seroit-ce donc pas une étrange tyrannie de les mettre dans cette malheureuse nécessité, ou de se rendre coupables devant Dieu,

s'ils signoient cette condamnation contre leur conscience, ou d'être traités d'hérétiques, s'ils refusoient de le faire?

Mais tout cela se conduit avec mystère. Toutes vos démarches sont politiques. Il faut que j'explique pourquoi vous n'expliquez pas ce sens de Jansénius. Je n'écris que pour découvrir vos desseins, et pour les rendre inutiles en les découvrant. Je dois donc apprendre à ceux qui l'ignorent que votre principal intérêt dans cette dispute étant de relever la grâce suffisante de votre Molina, vous ne le pouvez faire sans ruiner la grâce efficace, qui y est tout opposée. Mais comme vous voyez celle-ci aujourd'hui autorisée à Rome, et parmi tous les savants de l'Église, ne la pouvant combattre en elle-même, vous vous êtes avisés de l'attaquer sans qu'on s'en aperçoive, sous le nom de la doctrine de Jansénius. Ainsi il a fallu que vous ayez recherché de faire condamner Jansénius sans l'expliquer; et que, pour y réussir, vous ayez fait entendre que sa doctrine n'est point celle de la grâce efficace, afin qu'on croie pouvoir condamner l'une sans l'autre. De là vient que vous essayez aujourd'hui de le persuader à ceux qui n'ont aucune connoissance de cet auteur. Et c'est ce que vous faites encore vous-même, mon père, dans vos *Cavill.* p. 23, par ce fin raisonnement : « Le pape a condamné » la doctrine de Jansénius; or, le pape n'a pas » condamné la doctrine de la grâce efficace : » donc la doctrine de la grâce efficace est diffé-

» rente de celle de Jansénius. » Si cette preuve étoit concluante, on montreroit de même qu'Honorius, et tous ceux qui le soutiennent, sont hérétiques en cette sorte. Le sixième concile a condamné la doctrine d'Honorius ; or, le concile n'a pas condamné la doctrine de l'Église : donc la doctrine d'Honorius est différente de celle de l'Église ; donc tous ceux qui le défendent sont hérétiques. Il est visible que cela ne conclut rien : puisque le pape n'a condamné que la doctrine des cinq propositions, qu'on lui a fait entendre être celle de Jansénius.

Mais il n'importe ; car vous ne voulez pas vous servir long-temps de ce raisonnement. Il durera assez, tout foible qu'il est, pour le besoin que vous en avez. Il ne vous est nécessaire que pour faire que ceux qui ne veulent pas condamner la grâce efficace, condamnent Jansénius sans scrupule. Quand cela sera fait, on oubliera bientôt votre argument, et les signatures demeurant en témoignage éternel de la condamnation de Jansénius, vous prendrez l'occasion d'attaquer directement la grâce efficace, par cet autre raisonnement bien plus solide, que vous formerez en son temps : « La doctrine de Jansénius, direz-» vous, a été condamnée par les souscriptions » universelles de toute l'Église ; or, cette doc-» trine est manifestement celle de la grâce effi-» cace » ; et vous prouverez cela bien facilement : « Donc la doctrine de la grâce efficace est con-» damnée par l'aveu même de ses défenseurs. »

Voilà pourquoi vous proposez de signer cette condamnation d'une doctrine sans l'expliquer. Voilà l'avantage que vous prétendez tirer de ces souscriptions. Mais si vos adversaires y résistent, vous tendez un autre piége à leur refus. Car, ayant joint adroitement la question de foi à celle de fait, sans vouloir permettre qu'ils l'en séparent, ni qu'ils signent l'une sans l'autre, comme ils ne pourront souscrire les deux ensemble, vous irez publier partout qu'ils ont refusé les deux ensemble. Et ainsi, quoiqu'ils ne refusent en effet que de reconnoître que Jansénius ait tenu ces propositions qu'ils condamnent, ce qui ne peut faire d'hérésie, vous direz hardiment qu'ils ont refusé de condamner les propositions en elles-mêmes, et que c'est là leur hérésie.

Voilà le fruit que vous tirerez de leur refus, qui ne vous sera pas moins utile que celui que vous tireriez de leur consentement. De sorte que si on exige ces signatures, ils tomberont toujours dans vos embûches, soit qu'ils signent, ou qu'ils ne signent pas ; et vous aurez votre compte de part ou d'autre : tant vous avez eu d'adresse à mettre les choses en état de vous être toujours avantageuses, quelque pente qu'elles puissent prendre.

Que je vous connois bien, mon père ! et que j'ai de douleur de voir que Dieu vous abandonne, jusqu'à vous faire réussir si heureusement dans une conduite si malheureuse ! Votre bonheur est digne de compassion, et ne peut être envié que par ceux qui ignorent quel est le véritable bonheur. C'est être charitable que de traverser celui que vous recherchez en toute cette conduite; puisque vous ne l'appuyez que sur le mensonge, et que vous ne tendez qu'à faire croire l'une de ces deux faussetés : ou que l'Église a condamné la grâce efficace, ou que ceux qui la défendent soutiennent les cinq erreurs condamnées.

Il faut donc apprendre à tout le monde, et que la grâce efficace n'est pas condamnée par votre propre aveu, et que personne ne soutient ces erreurs; afin qu'on sache que ceux qui refuseroient de signer ce que vous voudriez qu'on exigeât d'eux ne le refusent qu'à cause de la question de fait; et qu'étant prêts à signer celle de foi, ils ne sauroient être hérétiques par ce refus; puisque enfin il est bien de foi que ces propositions sont hérétiques, mais qu'il ne sera jamais de foi qu'elles soient de Jansénius. Ils sont sans erreur, cela suffit. Peut-être interprètent-ils Jansénius trop favorablement; mais peut-être ne l'interprétez-vous pas assez favorablement. Je n'entre pas là-dedans. Je sais au moins que, selon vos maximes, vous croyez pouvoir sans crime publier qu'il est hérétique contre votre propre connoissance; au lieu que, selon les leurs, ils ne pourroient sans crime dire qu'il est catholique, s'ils n'en étoient persuadés. Ils sont donc plus sincères que vous, mon père; ils ont plus examiné Jansénius que vous; ils ne sont pas moins intelligents que vous ; ils ne sont donc pas moins croyables que vous. Mais quoi qu'il en soit de ce point de fait, ils sont certainement catholiques, puisqu'il n'est pas nécessaire, pour l'être, de dire qu'un autre ne l'est pas ; et que, sans charger personne d'erreur, c'est assez de s'en décharger soi-même.

A la fin de cette lettre, dans la première édition, se trouvent ces mots :

Mon révérend père, si vous avez peine à lire cette lettre, pour ne pas être en assez beau caractère, ne vous en prenez qu'à vous-même. On ne me donne pas des priviléges comme à vous. Vous en avez pour combattre jusqu'aux miracles ; je n'en ai pas pour me défendre. On court sans cesse les imprimeries. Vous ne me conseilleriez pas vous-même de vous écrire davantage dans cette difficulté ; car c'est un trop grand embarras d'être réduit à l'impression d'Osnabruck.

LETTRE

AU R. P. ANNAT, CONFESSEUR DU ROI (*),

Sur son écrit qui a pour titre :

LA BONNE FOI DES JANSÉNISTES, etc.

Du 15 janvier 1657.

MON RÉVÉREND PÈRE,

J'ai lu tout ce que vous dites dans votre écrit,
qui a pour titre : LA BONNE FOI DES JANSÉNISTES, etc.
J'y ai remarqué que vous traitez vos adversaires,
c'est-à-dire messieurs de *Port-Royal*, d'hérétiques,
d'une manière si ferme et si constante, qu'il semble qu'il n'est plus permis d'en douter ; et que
vous faites un bouclier de cette accusation pour
repousser les attaques de l'auteur des LETTRES
AU PROVINCIAL, que vous supposez être une per-

(*) Cette lettre, qui manque dans la plupart des éditions,
se trouve dans celle de 1779, en tête du troisième volume,
contenant les pièces attribuées à Pascal. J'ai cru, par plus
d'une raison, qu'elle seroit mieux placée ici. Quoiqu'il ne
soit pas invraisemblable que Pascal ait eu quelque part à
cette lettre, on la croit de Nicole ; du moins y retrouve-
t-on la manière de raisonner, la justesse et la précision
qui convenoient à cet auteur. (*Note de l'Éditeur.*)

sonne de Port-Royal. Je ne sais s'il en est, ou non, mon révérend père, et j'aime mieux croire qu'il n'en est pas sur sa parole, que de croire qu'il en est sur la vôtre, puisque vous n'en donnez aucune preuve. Pour moi, je ne suis certainement ni habitant, ni secrétaire de Port-Royal; mais je ne puis m'empêcher de vous proposer, sur cette qualité que vous leur donnez, quelques difficultés, auxquelles, si vous me satisfaites nettement et sans équivoque, je me rangerai de votre côté, et je croirai qu'ils sont hérétiques.

Vous savez, mon révérend père, que de dire à des gens qu'ils sont hérétiques, c'est une accusation vague, et qui passe plutôt pour une injure que la passion inspire, que pour une vérité, si l'on ne montre en quoi et comment ils sont hérétiques. Il faut alléguer les propositions hérétiques qu'ils défendent, et les livres dans lesquels ils les défendent et les soutiennent comme des vérités orthodoxes.

Je vous demande donc en premier lieu, mon révérend père, en quoi messieurs de Port-Royal sont hérétiques? Est-ce parce qu'ils ne reçoivent pas la constitution du pape Innocent X, et qu'ils ne condamnent pas les cinq propositions qu'il a condamnées? Si cela est, je les tiens pour hérétiques. Mais, mon révérend père, comment puis-je croire cela d'eux, puisqu'ils disent et écrivent clairement qu'ils reçoivent cette constitution, et qu'ils condamnent ce que le pape a condamné?

Direz-vous qu'ils la reçoivent extérieurement, mais que dans leur cœur ils n'y croient pas ? Je vous prie, mon révérend père, ne faites point la guerre à leurs pensées, contentez-vous de la faire à leurs paroles et à leurs écrits ; car cette façon d'agir est injuste, et marque une animosité étrange et qui n'est point chrétienne ; et si on la souffre, il n'y aura personne qu'on ne puisse faire hérétique, et même mahométan, si l'on veut, en disant qu'on ne croit dans le cœur aucun des mystères de la religion chrétienne.

En quoi sont-ils donc hérétiques ? Est-ce parce qu'ils ne veulent pas reconnoître que ces cinq propositions soient dans le livre de Jansénius ? Mais je vous soutiens, mon révérend père, que ce ne fut jamais, et jamais ne sera matière d'hérésie, de savoir si des propositions condamnées sont dans un livre ou non. Par exemple, quiconque dit que l'attrition, telle que l'a décrite le sacré *concile de Trente*, est mauvaise, et qu'elle est péché, il est hérétique ; mais, si quelqu'un doutoit que cette proposition condamnée fût dans Luther ou Calvin, il ne seroit pas pour cela hérétique. De même celui qui soutiendroit comme catholiques les cinq propositions condamnées par le pape seroit hérétique : mais qu'elles soient dans Jansénius ou non, ce n'est point matière de foi ; quoiqu'il ne faille pas pour cela se diviser ni faire schisme. Ajoutons, mon révérend père, que vos adversaires ont déclaré qu'ils ne se mettoient pas en peine si ces propositions étoient où n'étoient pas dans Jansénius, et qu'en quelques livres qu'elles soient, ils les condamnent. Où est donc leur hérésie, pour dire et répéter avec tant de hardiesse qu'ils sont hérétiques ?

Ne me répondez pas, je vous prie, que, le pape et les évêques disant qu'elles sont dans Jansénius, c'est hérésie de le nier. Car je maintiens que ce peut bien être péché de le nier, si l'on n'est assuré du contraire. Je dis plus, ce seroit schisme de se diviser d'avec eux pour ce sujet, mais ce ne peut jamais être hérésie. Que si quelqu'un qui a des yeux pour lire ne les y a point trouvées, il peut dire : Je ne les y ai pas lues, sans que pour cela on puisse l'appeler hérétique.

Que direz-vous donc, mon révérend père, pour prouver que vos adversaires sont hérétiques ? Vous direz sans doute que M. Arnauld, en sa seconde lettre, a renouvelé une des cinq propositions. Mais qui le dit ? Quelques docteurs de la Faculté divisés sur cela d'avec leurs frères. Et sur quoi se sont-ils fondés pour le dire ? Non pas sur ses paroles, car elles sont de saint Chrysostôme et de saint Augustin, mais sur un sens qu'ils prétendent avoir été dans l'esprit de M. Arnauld, et que M. Arnauld nie avoir jamais eu. Or, je crois que la charité oblige tout le monde à croire un prêtre et un docteur qui rend raison de ce qui est caché dans son esprit, et qui n'est connu que de Dieu. Mais d'ailleurs, mon révérend père, la Faculté, non pas divisée, mais unie, a si souvent condamné vos auteurs, et même votre Société tout entière, que vous avez trop d'intérêt de ne pas vouloir qu'on regarde comme des hérétiques tous ceux qu'elle condamne.

Je ne trouve donc point en quoi et comment ces personnes que vous appelez *jansénistes* sont hérétiques. Cependant, mon révérend père, si dire à son frère qu'il est *fou*, c'est se rendre coupable de la géhenne du feu, selon le témoignage de Jésus-Christ dans son Évangile ; lui dire sans preuve et sans raison qu'il est *hérétique* est bien un plus grand crime, et qui mérite de plus grands châtiments. Toutes ces accusations d'hérésie, qui ne vous coûtent rien qu'à les avancer hardiment, ne sont bonnes qu'à faire peur aux ignorants et à étonner des femmes ; mais sachez que des hommes d'esprit veulent savoir où est cette hérésie. Quoi ! mon révérend père, Lessius sera à couvert quand il aura pour auteur et pour garant de ce qu'il dit, Victoria et Navarre ; et M. Arnauld ne le sera pas quand il parlera comme ont parlé saint Augustin, saint Chrysostôme, saint Hilaire, saint Thomas et toute son école ? Et depuis quel temps l'antiquité est-elle devenue criminelle ? Quand la foi de nos pères a-t-elle changé ?

Vous faites tout ce que vous pouvez pour montrer que MM. de Port-Royal ont le caractère et l'esprit des hérétiques ; mais, avant que d'en venir là, il faudroit avoir montré qu'ils le sont, et c'est ce que vous ne pouvez faire ; et je veux faire voir clairement qu'ils n'en ont ni la forme ni la marque.

Quand l'Église a combattu les ariens, elle les a accusés de nier la consubstantialité du fils avec le Père éternel. Les ariens ont-ils renoncé à cette proposition ? Ont-ils déclaré qu'ils admettoient l'égalité et la consubstantialité entre le père et le fils ? Jamais ils ne l'ont fait, et c'est pourquoi ils étoient hérétiques. Vous accusez vos adversaires de dire *que les préceptes sont impossibles*. Ils nient qu'ils l'aient dit. Ils avouent que c'est hérésie de le dire. Ils soutiennent que, ni avant, ni après la constitution du pape, ils ne l'ont point dit. Ils déclarent avec vous hérétiques ceux qui le disent. Ils ne sont donc point hérétiques.

Quand les saints pères ont déclaré Nestorius hérétique, parce qu'il nioit l'union hypostatique du Verbe avec l'humanité sainte, et qu'il mettoit deux personnes en Jésus-Christ, les nestoriens de ce temps-là, et ceux qui ont continué depuis dans l'Orient ont-ils renoncé à ce dont on les accusoit ? N'ont-ils pas dit : Il est vrai que nous admettons deux personnes en Jésus-Christ, mais nous soutenons que ce n'est point hérésie ? Voilà leur langage, et c'est pourquoi ils étoient hérétiques, et le sont encore. Mais quand vous dites que MM. de Port-Royal soutiennent que *l'on ne résiste point à la grâce intérieure*, ils le nient ; et, confessant avec vous que c'est une hérésie, ils en détestent la proposition : tout au contraire des autres, qui admettent la proposition, et nient que ce soit hérésie. Ils ne sont donc pas hérétiques.

Quand les pères ont condamné Eutychès, parce qu'il ne croyoit qu'une nature en Jésus-Christ, a-t-il dit que non, et qu'il en croyoit deux ? S'il l'avoit dit, il n'auroit pas été condamné ; mais il disoit qu'il n'y avoit qu'une nature, et prétendoit que de le dire ce n'étoit point hérésie, et c'est pourquoi il étoit hérétique. Quand vous dites que MM. de Port-Royal tiennent « que Jésus-Christ n'est pas mort pour tout » le monde, ou pour tous les hommes, et qu'il » n'a répandu son sang que pour le salut des » prédestinés » ; que répondent-ils ? Disent-ils qu'il est vrai qu'ils sont de ce sentiment ? Tout au contraire, ne déclarent-ils pas qu'ils tiennent ce sentiment pour hérétique, qu'ils ne l'ont jamais dit et ne le diront jamais ? Et ils déclarent qu'ils croient au contraire qu'il est faux que Jésus-Christ n'ait répandu son sang que pour le salut des prédestinés, qu'il l'a aussi répandu pour les réprouvés, qui résistent à sa grâce. Et enfin ils croient qu'il est mort pour tous les hommes, comme saint Augustin l'a cru, comme saint Thomas l'a enseigné, et comme le concile de Trente l'a défini. Cela, mon révérend père, ne vaut-il pas pour le moins autant que de dire qu'on le croit comme les jésuites le croient et comme Molina l'explique? Ils ne sont donc pas hérétiques.

Quand on a soutenu contre les monothélites deux volontés et deux opérations en Jésus-Christ, Cyrus d'Alexandrie et Sergius de Constantinople, et les autres, ont-ils dit qu'on leur imposoit? Ont-ils déclaré qu'ils admettoient deux volontés et deux opérations en notre Seigneur Jésus-Christ? Non, ils ne l'ont pas fait; c'est pourquoi ils étoient hérétiques. Quand vous opposez à MM. de Port-Royal qu'en cet état de la nature corrompue, « ils n'excluent et ne rejettent au- » cune nécessité de l'action méritoire ou démé- » ritoire, sinon la nécessité de contrainte », ils le nient, et enseignent au contraire que nous avons toujours en cette vie, dans toutes les actions par lesquelles nous méritons et démé- ritons, l'indifférence d'agir ou de ne pas agir, même avec la grâce efficace qui ne nous néces- site pas, quoiqu'elle nous fasse infailliblement faire le bien comme l'enseignent tous les tho- mistes. Ils ne sont donc pas hérétiques.

Enfin, mon révérend père, quand l'Église a repris Luther et Calvin de ce qu'ils nioient nos sacrements, et de ce qu'ils ne croyoient pas la transsubstantiation, et n'obéissoient pas au pape, ces hérésiarques, auxquels vous comparez si souvent vos adversaires, se sont-ils plaints de ce qu'on leur imposoit ce qu'ils ne disoient pas? N'ont-ils pas soutenu, et ne soutiennent- ils pas encore ces propositions? Et c'est pourquoi ils sont hérétiques. Quand vous dites à MM. de Port-Royal « qu'ils ne reconnoissent pas » le pape, qu'ils ne reçoivent pas le concile de » Trente, etc. », ils se servent comme ils doivent du MENTIRIS IMPUDENTISSIMÈ, c'est-à-dire, que vous en avez menti, mon révérend père : car, dans les matières de cette importance, il est permis, et même nécessaire, de donner un démenti. Ils ne sont donc pas hérétiques; ou, s'ils le sont, ils n'en ont ni le génie, ni le caractère. Nous n'en avons point encore vu de cette sorte dans l'Église; et il est plus aisé de montrer dans leurs adversaires la marque et l'esprit de calomniateurs et d'imposteurs, qu'en eux le caractère d'hérétiques.

Je trouve bien, mon révérend père, que les hérétiques ont souvent imposé aux catholiques des hérésies. Les pélagiens ont dit que saint Augustin nioit le franc arbitre : les eutychiens ont dit que les catholiques nioient l'union substantielle de Dieu et de l'homme en Jésus-Christ : les monothélites accusoient les catholiques de mettre une division et une contrariété entre la volonté divine et l'humaine de Jésus-Christ : les iconoclastes ont dit que nous adorions les images du culte qui n'est dû qu'à Dieu seul : les luthériens et les calvinistes nous appellent *papolâtres*, et disent que le pape est l'*Ante-Christ*. Nous disons que toutes ces propositions sont hérétiques, et nous les détestons en même temps, et c'est pourquoi nous ne sommes pas hérétiques. Ainsi je crains, mon révérend père, que l'on ne dise que vous avez plutôt le caractère des hérétiques que ceux que vous accusez d'hérésie ; car les propositions moliniennes qu'ils vous objectent, vous les avouez, mais vous dites que ce ne sont pas des hérésies. Celles que vous leur objectez, ils les rejettent, disant que ce sont des hérésies, et par là ils font comme ont toujours fait les catholiques ; et vous, mon révérend père, vous faites comme ont toujours fait les hérétiques.

Mais quand vous vous servez de leur piété et de leur zèle pour la morale chrétienne comme d'une marque de leur hérésie, c'est le dernier de vos excès. Si vous aviez démontré qu'ils sont hérétiques, il vous seroit permis d'appeler tout cela hypocrisie et dissimulation ; mais qu'un des moyens dont vous vous servez pour montrer qu'ils sont hérétiques, ce soit leur piété et leur zèle pour la discipline de l'Église et pour la doctrine des saints pères, c'est, mon révérend père, ce qui ne se peut souffrir ; aussi nous nous donnerons bien de garde de vous suivre en cela.

Cependant, à vous entendre parler, il semble que c'en est fait ; ils sont hérétiques, il n'en faut non plus douter que de Luther et de Calvin. Mais, mon révérend père, permettez-moi, dans une affaire de cette importance, de suspendre mon jugement, ou même de n'en rien croire jusqu'à ce que je les voie révoltés contre le pape et soutenir les propositions qu'il a condamnées, et les soutenir dans leurs propres termes, ainsi qu'elles ont été condamnées. Car, dites-moi, mon révérend père, si ces messieurs ne sont point hérétiques, comme je le crois certainement, me justifierez-vous devant Dieu si je les crois hérétiques? Et tous ceux qui, sur votre parole, les croient hérétiques, et le disent partout, seront-ils excusés au tribunal du souverain juge, quand ils diront qu'ils l'ont lu dans vos écrits?

Voilà, mon révérend père, tout ce que j'avois à vous dire; car, pour le détail des falsifications prétendues, je vous laisse à l'auteur des lettres. Il a déjà fort mal mené vos confrères, qui lui avoient fait de semblables reproches; et il ne vous épargnera pas, si ce n'est qu'après tout il seroit bien inutile de vous répondre, puisque vous ne dites rien de considérable que ce que vos confrères ont dit; à quoi cet auteur a très-admirablement bien répondu : car le livre que vous produisez aujourd'hui est un vieil écrit, que vous dites vous-même avoir fait il y a quatre mois; aussi vous n'y dites pas une seule parole de la 10, 11, 12, 13, 14 et 15e lettres, qui ont toutes paru avant votre écrit; et néanmoins vous promettez, dans le titre, de *convaincre de mauvaise foi les lettres écrites depuis Pâques.* Que diroit-il donc, mon révérend père, à un livre rempli d'impostures jusques au titre?

DIX-HUITIÈME LETTRE

ÉCRITE AU R. P. ANNAT, JÉSUITE.

On fait voir encore plus invinciblement, par la réponse même du père Annat, qu'il n'y a aucune hérésie dans l'Église : que tout le monde condamne la doctrine que les jésuites renferment dans le sens de Jansénius, et qu'ainsi tous les fidèles sont dans les mêmes sentiments sur la matière des cinq propositions. On marque la différence qu'il y a entre les disputes de droit et celles de fait, et on montre que, dans les questions de fait, on doit plus s'en rapporter à ce qu'on voit qu'à aucune autorité humaine.

Du 24 mars 1657.

MON RÉVÉREND PÈRE,

Il y a long-temps que vous travaillez à trouver quelque erreur dans vos adversaires ; mais je m'assure que vous avouerez à la fin qu'il n'y a peut-être rien de si difficile que de rendre hérétiques ceux qui ne le sont pas, et qui ne fuient rien tant que de l'être. J'ai fait voir, dans ma dernière lettre, combien vous leur aviez imputé d'hérésies l'une après l'autre, manque d'en trouver une que vous ayez pu long-temps maintenir ; de sorte qu'il ne vous étoit plus resté que de les en accuser, sur ce qu'ils refusoient de condamner le sens de Jansénius, que vous vouliez qu'ils condamnassent sans qu'on l'expliquât.

C'étoit bien manquer d'hérésies à leur reprocher que d'en être réduits là : car qui a jamais ouï parler d'une hérésie que l'on ne puisse exprimer? Aussi on vous a facilement répondu, en vous représentant que, si Jansénius n'a point d'erreurs, il n'est pas juste de le condamner; et que, s'il en a, vous deviez les déclarer, afin que l'on sût au moins ce que c'est que l'on condamne. Vous ne l'aviez néanmoins jamais voulu faire; mais vous aviez essayé de fortifier votre prétention par des décrets qui ne faisoient rien pour vous, puisqu'on n'y explique en aucune sorte le sens de Jansénius, qu'on dit avoir été condamné dans ces cinq propositions. Or, ce n'étoit pas là le moyen de terminer vos disputes. Si vous conveniez de part et d'autre du véritable sens de Jansénius, et que vous ne fussiez plus en différend que de savoir si ce sens est hérétique ou non, alors les jugements qui déclareroient que ce sens est hérétique, toucheroient ce qui seroit véritablement en question. Mais la grande dispute étant de savoir quel est ce sens de Jansénius, les uns disant qu'ils n'y voient que le sens de saint Augustin et de saint Thomas; et les autres, qu'ils y en voient un qui est hérétique, et qu'ils n'expriment point; il est clair qu'une constitution qui ne dit pas un mot touchant ce différend, et qui ne fait que condamner en général le sens de Jansénius sans l'expliquer, ne décide rien de ce qui est en dispute.

C'est pourquoi l'on vous a dit cent fois que

votre différend n'étant que sur ce fait, vous ne le finiriez jamais qu'en déclarant ce que vous entendez par le sens de Jansénius. Mais comme vous vous étiez toujours opiniâtré à le refuser, je vous ai enfin poussé dans ma dernière lettre, où j'ai fait entendre que ce n'est pas sans mystère que vous aviez entrepris de faire condamner ce sens sans l'expliquer, et que votre dessein étoit de faire retomber un jour cette condamnation indéterminée sur la doctrine de la grâce efficace, en montrant que ce n'est autre chose que celle de Jansénius, ce qui ne vous seroit pas difficile. Cela vous a mis dans la nécessité de répondre : car, si vous vous fussiez encore obstiné après cela à ne point expliquer ce sens, il eût paru aux moins éclairés que vous n'en vouliez en effet qu'à la grâce efficace; ce qui eût été la dernière confusion pour vous, dans la vénération qu'a l'Église pour une doctrine si sainte.

Vous avez donc été obligé de vous déclarer; et c'est ce que vous venez de faire en répondant à ma lettre, où je vous avois représenté « que si Jansénius avoit, sur ces cinq proposi- » tions, quelque autre sens que celui de la grâce » efficace, il n'avoit point de défenseurs; mais » que, s'il n'avoit point d'autre sens que celui » de la grâce efficace, il n'avoit point d'erreurs. » Vous n'avez pu désavouer cela, mon père; mais vous y faites une distinction en cette sorte, page 21 : « Il ne suffit pas, dites-vous, pour jus- » tifier Jansénius, de dire qu'il ne tient que la

» grâce efficace, parce qu'on la peut tenir en
» deux manières : l'une hérétique, selon Calvin,
» qui consiste à dire que la volonté mue par la
» grâce n'a pas le pouvoir d'y résister ; l'autre
» orthodoxe, selon les thomistes et les sorbo-
» nistes, qui est fondée sur des principes éta-
» blis par les conciles, qui est que la grâce
» efficace par elle-même gouverne la volonté
» de telle sorte, qu'on a toujours le pouvoir d'y
» résister. »

On vous accorde tout cela, mon père, et vous
finissez en disant « que Jansénius seroit catho-
» lique, s'il défendoit la grâce efficace selon les
» thomistes ; mais qu'il est hérétique, parce qu'il
» est contraire aux thomistes et conforme à Cal-
» vin, qui nie le pouvoir de résister à la grâce. »
Je n'examine pas ici, mon père, ce point de
fait ; savoir, si Jansénius est en effet conforme
à Calvin. Il me suffit que vous le prétendiez, et
que vous nous fassiez savoir aujourd'hui que,
par le sens de Jansénius, vous n'avez entendu
autre chose que celui de Calvin. N'étoit-ce donc
que cela, mon père, que vous vouliez dire ?
N'étoit-ce que l'erreur de Calvin que vous vouliez faire condamner sous le nom du sens de
Jansénius ? Que ne le déclariez-vous plus tôt ?
Vous vous fussiez épargné bien de la peine ;
car, sans bulles ni brefs, tout le monde eût
condamné cette erreur avec vous. Que cet éclaircissement étoit nécessaire ! et qu'il lève de difficultés ! Nous ne savions, mon père, quelle

erreur les papes et les évêques avoient voulu condamner sous le nom du sens de Jansénius. Toute l'Église en étoit dans une peine extrême, et personne ne nous le vouloit expliquer. Vous le faites maintenant, mon père, vous que tout votre parti considère comme le chef et le premier moteur de tous ses conseils, et qui savez le secret de toute cette conduite. Vous nous l'avez donc dit, que ce sens de Jansénius n'est autre chose que le sens de Calvin condamné par le concile. Voilà bien des doutes résolus. Nous savons maintenant que l'erreur qu'ils ont eu dessein de condamner sous ces termes du *sens de Jansénius* n'est autre chose que le sens de Calvin, et qu'ainsi nous demeurons dans l'obéissance à leurs décrets en condamnant avec eux ce sens de Calvin qu'ils ont voulu condamner. Nous ne sommes plus étonnés de voir que les papes et quelques évêques aient été si zélés contre le sens de Jansénius. Comment ne l'auroient-ils pas été, mon père, ayant créance en ceux qui disent publiquement que ce sens est le même que celui de Calvin ?

Je vous déclare donc, mon père, que vous n'avez plus rien à reprendre en vos adversaires, parce qu'ils détestent assurément ce que vous détestez. Je suis seulement étonné de voir que vous l'ignoriez, et que vous ayez si peu de connoissance de leurs sentiments sur ce sujet, qu'ils ont tant de fois déclarés dans leurs ouvrages. Je m'assure que, si vous en étiez mieux informé, vous auriez du regret de ne vous être pas instruit avec un esprit de paix d'une doctrine si pure et si chrétienne, que la passion vous fait combattre sans la connoître. Vous verriez, mon père, que non-seulement ils tiennent qu'on résiste effectivement à ces grâces foibles, qu'on appelle excitantes, ou inefficaces, en n'exécutant pas le bien qu'elles nous inspirent, mais qu'ils sont encore aussi fermes à soutenir contre Calvin le pouvoir que la volonté a de résister même à la grâce efficace et victorieuse qu'à défendre contre Molina le pouvoir de cette grâce sur la volonté, aussi jaloux de l'une de ces vérités que de l'autre. Ils ne savent que trop que l'homme, par sa propre nature, a toujours le pouvoir de pécher et de résister à la grâce, et que, depuis sa corruption, il porte un fonds malheureux de concupiscence, qui lui augmente infiniment ce pouvoir; mais que néanmoins, quand il plaît à Dieu de le toucher par sa miséricorde, il lui fait faire ce qu'il veut et en la manière qu'il le veut, sans que cette infaillibilité de l'opération de Dieu détruise en aucune sorte la liberté naturelle de l'homme, par les secrètes et admirables manières dont Dieu opère ce changement, que saint Augustin a si excellemment expliquées, et qui dissipent toutes les contradictions imaginaires que les ennemis de la grâce efficace se figurent entre le pouvoir souverain de la grâce sur le libre arbitre, et la puissance qu'a le libre arbitre de résister à la grâce; car, selon ce grand saint, que les papes et l'Église ont donné pour règle en cette matière, Dieu change le cœur de l'homme par une douceur céleste qu'il y répand, qui, surmontant la délectation de la chair, fait que l'homme, sentant d'un côté sa mortalité et son néant, et découvrant de l'autre la grandeur et l'éternité de Dieu, conçoit du dégoût pour les délices du péché qui le séparent du bien incorruptible. Trouvant sa plus grande joie dans le Dieu qui le charme, il s'y porte infailliblement de lui-même, par un mouvement tout libre, tout volontaire, tout amoureux; de sorte que ce lui seroit une peine et un supplice de s'en séparer. Ce n'est pas qu'il ne puisse toujours s'en éloigner, et qu'il ne s'en éloignât effectivement, s'il le vouloit. Mais comment le voudroit-il, puisque la volonté ne se porte jamais qu'à ce qui lui plaît le plus, et que rien ne lui plaît tant alors que ce bien unique, qui comprend en soi tous les autres biens? *Quod enim ampliùs nos delectat, secundùm id operemur necesse est*, comme dit saint Augustin, *Exp. Ep. ad Gal.* n. 49.

C'est ainsi que Dieu dispose de la volonté libre de l'homme sans lui imposer de nécessité; et que le libre arbitre, qui peut toujours résister à la grâce, mais qui ne le veut pas toujours, se porte aussi librement qu'infailliblement à Dieu, lorsqu'il veut l'attirer par la douceur de ses inspirations efficaces.

Ce sont là, mon père, les divins principes de

saint Augustin et de saint Thomas, selon lesquels il est véritable que « nous pouvons résister » à la grâce », contre l'opinion de Calvin ; et que néanmoins, comme dit le pape Clément VIII, dans son écrit adressé à la congrégation *de Auxiliis*, Art. 5 et 6 : « Dieu forme en nous le » mouvement de notre volonté, et dispose effi- » cacement de notre cœur, par l'empire que » sa majesté suprême a sur les volontés des » hommes aussi-bien que sur le reste des créa- » tures qui sont sous le ciel, selon saint Au- » gustin. »

C'est encore selon ces principes que nous agissons de nous-mêmes ; ce qui fait que nous avons des mérites qui sont véritablement nôtres contre l'erreur de Calvin ; et que néanmoins Dieu étant le premier principe de nos actions, et « faisant en nous ce qui lui est agréable », comme dit saint Paul, « nos mérites sont des » dons de Dieu », comme dit le concile de Trente.

C'est par là qu'est détruite cette impiété de Luther, condamnée par le même concile : « Que » nous ne coopérons en aucune sorte à notre » salut, non plus que des choses inanimées » : et c'est par là qu'est encore détruite l'impiété de l'école de Molina, qui ne veut pas reconnoître que c'est la force de la grâce même qui fait que nous coopérons avec elle dans l'œuvre de notre salut : par où il ruine ce principe de foi établi par saint Paul : « Que c'est Dieu qui forme en » nous et la volonté et l'action. »

Et c'est enfin par ce moyen que s'accordent tous ces passages de l'Écriture, qui semblent les plus opposés : « Convertissez-vous à Dieu : » Seigneur, convertissez-nous à vous. Rejetez » vos iniquités hors de vous : C'est Dieu qui ôte » les iniquités de son peuple. Faîtes des œuvres » dignes de pénitence : Seigneur, vous avez fait » en nous toutes nos œuvres. Faites-vous un » cœur nouveau et un esprit nouveau : Je vous » donnerai un esprit nouveau, et je créerai en » vous un cœur nouveau, etc. »

L'unique moyen d'accorder ces contrariétés apparentes qui attribuent nos bonnes actions, tantôt à Dieu, et tantôt à nous, est de reconnoître que, comme dit saint Augustin, « nos actions » sont nôtres, à cause du libre arbitre qui les » produit; et qu'elles sont aussi de Dieu, à cause » de sa grâce qui fait que notre arbitre les pro- » duit. » Et que, comme il dit ailleurs, Dieu nous fait faire ce qu'il lui plaît, en nous faisant vouloir ce que nous pourrions ne vouloir pas : *A Deo factum est ut vellent quod nolle potuissent.*

Ainsi, mon père, vos adversaires sont parfaitement d'accord avec les nouveaux thomistes mêmes, puisque les thomistes tiennent comme eux, et le pouvoir de résister à la grâce, et l'infaillibilité de l'effet de la grâce, qu'ils font profession de soutenir si hautement, selon cette maxime capitale de leur doctrine, qu'Alvarez (*), l'un

____

(*) Diégo (ou Didacus) Alvarez fut un des plus célèbres

des plus considérables d'entre eux, répète si souvent dans son livre, et qu'il exprime, *Disp.* 72, l. 8, n. 4, en ces termes : « Quand la grâce efficace
» meut le libre arbitre, il consent infaillible-
» ment ; parce que l'effet de la grâce est de faire
» qu'encore qu'il puisse ne pas consentir, il con-
» sente néanmoins en effet. » Dont il donne pour raison celle-ci de saint Thomas, son maître, 1, 2, q. 112, a. 3 : « Que la volonté de Dieu ne
» peut manquer d'être accomplie ; et qu'ainsi,
» quand il veut qu'un homme consente à la
» grâce, il consent infailliblement, et même
» nécessairement, non pas d'une nécessité ab-
» solue, mais d'une nécessité d'infaillibilité. »
En quoi la grâce ne blesse pas le « pouvoir qu'on
» a de résister si on le veut » ; puisqu'elle fait seulement qu'on ne veut pas y résister, comme votre père Pétau le reconnoît en ces termes, t. I, *Théol. dogm.* l. 9, c. 7, p. 602 : « La grâce

---

théologiens de l'ordre de saint Dominique : il vivoit aux seizième et dix-septième siècles, et mourut en 1635. On l'avoit fait venir d'Espagne à Rome en 1596, pour y soutenir, avec le père Thomas Lémos, les intérêts de la grâce de Jésus-Christ, énervée et comme anéantie par le jésuite Molina. Il brilla beaucoup dans la fameuse congrégation *de auxiliis*. Le livre d'Alvarez, dont il est ici question, a pour titre : *Didaci Alvarez de auxiliis divinæ gratiæ, et humani arbitrii viribus et libertate, ac legitimâ ejus cum efficaciâ eorumdem auxiliorum concordiâ, lib. XIII, in-folio, Romæ*, 1610 ; et *in-folio, Lugduni*, 1620. (*Note de l'éd. de* 1812.)

» de Jésus-Christ fait qu'on persévère infaillible-
» ment dans la piété, quoique non par nécessité :
» car on peut n'y pas consentir si on le veut,
» comme dit le concile ; mais cette même grâce
» fait que l'on ne le veut pas. »

C'est là, mon père, la doctrine constante de saint Augustin, de saint Prosper, des pères qui les ont suivis, des conciles, de saint Thomas, et de tous les thomistes en général. C'est aussi celle de vos adversaires, quoique vous ne l'ayez pas pensé. Et c'est enfin celle que vous venez d'approuver vous-même en ces termes : « La doctrine » de la grâce efficace, qui reconnoît qu'on a le » pouvoir d'y résister, est orthodoxe, appuyée » sur les conciles, et soutenue par les thomistes » et les sorbonistes. » Dites la vérité, mon père : si vous eussiez su que vos adversaires tiennent effectivement cette doctrine, peut-être que l'intérêt de votre Compagnie vous eût empêché d'y donner cette approbation publique : mais, vous étant imaginé qu'ils y étoient opposés, ce même intérêt de votre Compagnie vous a porté à autoriser des sentiments que vous croyiez contraires aux leurs ; et par cette méprise, voulant ruiner leurs principes, vous les avez vous-même parfaitement établis. De sorte qu'on voit aujourd'hui, par une espèce de prodige, les défenseurs de la grâce efficace justifiés par les défenseurs de Molina : tant la conduite de Dieu est admirable pour faire concourir toutes choses à la gloire de sa vérité !

Que tout le monde apprenne donc, par votre propre déclaration, que cette vérité de la grâce efficace, nécessaire à toutes les actions de piété, qui est si chère à l'Église, et qui est le prix du sang de son Sauveur, est si constamment catholique, qu'il n'y a pas un catholique, jusques aux jésuites mêmes, qui ne la reconnoisse pour orthodoxe. Et l'on saura en même temps, par votre propre confession, qu'il n'y a pas le moindre soupçon d'erreur dans ceux que vous en avez tant accusés; car, quand vous leur en imputiez de cachées sans les vouloir découvrir, il leur étoit aussi difficile de s'en défendre qu'il vous étoit facile de les en accuser de cette sorte; mais maintenant que vous venez de déclarer que cette erreur qui vous oblige à les combattre est celle de Calvin, que vous pensiez qu'ils soutinssent, il n'y a personne qui ne voie clairement qu'ils sont exempts de toute erreur, puisqu'ils sont si contraires à la seule que vous leur imposez, et qu'ils protestent, par leurs discours, par leurs livres, et par tout ce qu'ils peuvent produire pour témoigner leurs sentiments, qu'ils condamnent cette hérésie de tout leur cœur, et de la même manière que font les thomistes, que vous reconnoissez sans difficulté pour cathroliques, et qui n'ont jamais été suspects de ne le pas être.

Que direz-vous donc maintenant contre eux, mon père? Qu'encore qu'ils ne suivent pas le sens de Calvin, ils sont néanmoins hérétiques, parce qu'ils ne veulent pas reconnoître que le sens de Jansénius est le même que celui de Calvin? Oseriez-vous dire que ce soit là une matière d'hérésie? et n'est-ce pas une pure question de fait qui n'en peut former? C'en seroit bien une de dire qu'on n'a pas le pouvoir de résister à la grâce efficace; mais en est-ce une de douter si Jansénius le soutient? est-ce une vérité révélée? est-ce un article de foi qu'il faille croire sur peine de damnation? et n'est-ce pas malgré vous un point de fait pour lequel il seroit ridicule de prétendre qu'il y eût des hérétiques dans l'Église?

Ne leur donnez donc plus ce nom, mon père, mais quelque autre qui soit proportionné à la nature de votre différend. Dites que ce sont des ignorants et des stupides, et qu'ils entendent mal Jansénius; ce seront des reproches assortis à votre dispute; mais de les appeler hérétiques, cela n'y a nul rapport. Et comme c'est la seule injure dont je les veux défendre, je ne me mettrai pas beaucoup en peine de montrer qu'ils entendent bien Jansénius. Tout ce que je vous en dirai, est qu'il me semble, mon père, qu'en le jugeant par vos propres règles, il est difficile qu'il ne passe pour catholique : car voici ce que vous établissez pour l'examiner.

« Pour savoir, dites-vous, si Jansénius est à
» couvert, il faut savoir s'il défend la grâce effi-
» cace à la manière de Calvin, qui nie qu'on
» ait le pouvoir d'y résister; car alors il seroit

» hérétique : ou à la manière des thomistes, qui
» l'admettent ; car alors il seroit catholique. »
Voyez donc, mon père, s'il tient qu'on a le pouvoir de résister, quand il dit, dans des traités
entiers, et entre autres au tome III, l. 8, c. 20 :
« Qu'on a toujours le pouvoir de résister à la
» grâce, selon le concile : QUE LE LIBRE ARBITRE
» PEUT TOUJOURS AGIR ET N'AGIR PAS, vouloir et
» ne vouloir pas, consentir et ne consentir pas,
» faire le bien et le mal ; et que l'homme en cette
» vie a toujours ces deux libertés, que vous
» appelez de contrariété et de contradiction. »
Voyez de même s'il n'est pas contraire à l'erreur
de Calvin, telle que vous-même la représentez,
lui qui montre, dans tout le chapitre 21, « que
» l'Église a condamné cet hérétique, qui sou-
» tient que la grâce efficace n'agit pas sur le
» libre arbitre en la manière qu'on l'a cru si
» long-temps dans l'Église, en sorte qu'il soit
» ensuite au pouvoir du libre arbitre de con-
» sentir ou de ne consentir pas : au lieu que,
» selon saint Augustin et le concile, on a tou-
» jours le pouvoir de ne consentir pas, si on le
» veut ; et que, selon saint Prosper, Dieu donne
» à ses élus mêmes la volonté de persévérer, en
» sorte qu'il ne leur ôte pas la puissance de vou-
» loir le contraire. » Et enfin jugez s'il n'est pas
d'accord avec les thomistes, lorsqu'il déclare,
c. 4, « que tout ce que les thomistes ont écrit
» pour accorder l'efficacité de la grâce avec le
» pouvoir d'y résister est si conforme à son sens,

» qu'on n'a qu'à voir leurs livres pour y ap-
» prendre ses sentiments. *Quod ipsi dixerunt,*
» *dictum puta.* »

Voilà comme il parle sur tous ces chefs, et c'est sur quoi je m'imagine qu'il croit le pouvoir de résister à la grâce; qu'il est contraire à Calvin, et conforme aux thomistes, parce qu'il le dit, et qu'ainsi il est catholique selon vous. Que si vous avez quelque voie pour connoître le sens d'un auteur autrement que par ses expressions, et que, sans rapporter aucun de ses passages, vous vouliez soutenir, contre toutes ses paroles, qu'il nie le pouvoir de résister, et qu'il est pour Calvin contre les thomistes, n'ayez pas peur, mon père, que je vous accuse d'hérésie pour cela : je dirai seulement qu'il semble que vous entendez mal Jansénius; mais nous n'en serons pas moins enfants de la même Église.

D'où vient donc, mon père, que vous agissez dans ce différend d'une manière si passionnée, et que vous traitez comme vos plus cruels ennemis, et comme les plus dangereux hérétiques, ceux que vous ne pouvez accuser d'aucune erreur, ni d'autre chose, sinon qu'ils n'entendent pas Jansénius comme vous? Car de quoi disputez-vous, sinon du sens de cet auteur? Vous voulez qu'ils le condamnent, mais ils vous demandent ce que vous entendez par là? Vous dites que vous entendez l'erreur de Calvin; ils répondent qu'ils la condamnent : et ainsi, si vous n'en voulez pas aux syllabes, mais à la chose qu'elles signifient, vous devez être satisfait. S'ils refusent de dire qu'ils condamnent le sens de Jansénius, c'est parce qu'ils croient que c'est celui de saint Thomas. Et ainsi ce mot est bien équivoque entre vous. Dans votre bouche, il signifie le sens de Calvin ; dans la leur, c'est le sens de saint Thomas : de sorte que ces différentes idées que vous avez d'un même terme, causant toutes vos divisions, si j'étois maître de vos disputes, je vous interdirois le mot de Jansénius de part et d'autre. Et ainsi, en n'exprimant que ce que vous entendez par là, on verroit que vous ne demandez autre chose que la condamnation du sens de Calvin, à quoi ils consentent ; et qu'ils ne demandent autre chose que la défense du sens de saint Augustin et de saint Thomas, en quoi vous êtes tous d'accord.

Je vous déclare donc, mon père, que, pour moi, je les tiendrai toujours pour catholiques, soit qu'ils condamnent Jansénius, s'ils y trouvent des erreurs, soit qu'ils ne le condamnent point quand ils n'y trouvent que ce que vous-même déclarez être catholique ; et que je leur parlerai comme saint Jérôme à Jean, évêque de Jérusalem, accusé de tenir huit propositions d'Origène. « Ou condamnez Origène, disoit ce » saint, si vous reconnoissez qu'il a tenu ces » erreurs ; ou bien niez qu'il les ait tenues : *aut* » *nega hoc dixisse eum qui arguitur ; aut, si* » *locutus est talia, eum damna qui dixerit.* »

Voilà, mon père, comment agissent ceux qui n'en veulent qu'aux erreurs, et non pas aux personnes ; au lieu que vous, qui en voulez aux personnes plus qu'aux erreurs, vous trouvez que ce n'est rien de condamner les erreurs, si on ne condamne les personnes à qui vous les voulez imputer.

Que votre procédé est violent, mon père, mais qu'il est peu capable de réussir ! Je vous l'ai dit ailleurs, et je vous le redis encore, la violence et la vérité ne peuvent rien l'une sur l'autre. Jamais vos accusations ne furent plus outrageuses, et jamais l'innocence de vos adversaires ne fut plus connue : jamais la grâce efficace ne fut plus artificieusement attaquée, et jamais nous ne l'avons vue si affermie. Vous employez les derniers efforts pour faire croire que vos disputes sont sur des points de foi, et jamais on ne connut mieux que toute votre dispute n'est que sur un point de fait. Enfin vous remuez toutes choses pour faire croire que ce point de fait est véritable, et jamais on ne fut plus disposé à en douter. Et la raison en est facile : c'est, mon père, que vous ne prenez pas les voies naturelles pour faire croire un point de fait, qui sont de convaincre les sens, et de montrer dans un livre les mots que l'on dit y être. Mais vous allez chercher des moyens si éloignés de cette simplicité, que cela frappe nécessairement les plus stupides. Que ne preniez-vous la même voie que j'ai tenue dans mes lettres pour découvrir tant de mauvaises maximes de vos auteurs, qui est de citer fidèlement les lieux d'où elles sont tirées ? C'est ainsi qu'ont fait les curés de Paris ; et cela ne manque jamais de persuader le monde. Mais qu'auriez-vous dit, et qu'auroit-on pensé, lorsqu'ils vous reprochèrent, par exemple, cette proposition du père Lamy : « Qu'un religieux peut tuer celui qui » menace de publier des calomnies contre lui ou » contre sa communauté, quand il ne s'en peut » défendre autrement », s'ils n'avoient point cité le lieu où elle est en propres termes ; que, quelque demande qu'on leur en eût faite, ils se fussent toujours obstinés à le refuser ; et qu'au lieu de cela, ils eussent été à Rome obtenir une bulle qui ordonnât à tout le monde de le reconnoître ? N'auroit-on pas jugé sans doute qu'ils auroient surpris le pape, et qu'ils n'auroient eu recours à ce moyen extraordinaire que manque des moyens naturels que les vérités de fait mettent en main à tous ceux qui les soutiennent ? Aussi ils n'ont fait que marquer que le père Lamy enseigne cette doctrine au t. V, disp. 36, n. 118, p. 544 de l'édition de Douai ; et ainsi tous ceux qui l'ont voulu voir l'ont trouvée, et personne n'en a pu douter. Voilà une manière bien facile et bien prompte de vider les questions de fait où l'on a raison.

D'où vient donc, mon père, que vous n'en usez pas de la sorte ? Vous avez dit, dans vos *Cavilli*, « que les cinq propositions sont dans

» Jansénius mot à mot, toutes en propres ter-
» mes, IISDEM VERBIS. » On vous a dit que non.
Qu'y avoit-il à faire là-dessus, sinon ou de citer
la page, si vous les aviez vues en effet, ou de
confesser que vous vous étiez trompé ? Mais
vous ne faites ni l'un ni l'autre ; et au lieu de
cela, voyant bien que tous les endroits de Jansénius, que vous alléguez quelquefois pour
éblouir le monde, ne sont point les « proposi-
» tions condamnées, individuelles et singu-
» lières » que vous vous étiez engagé de faire
voir dans son livre, vous nous présentez des
constitutions qui déclarent qu'elles en sont
extraites, sans marquer le lieu.

Je sais, mon père, le respect que les chrétiens
doivent au saint-siége, et vos adversaires témoignent assez d'être très-résolus à ne s'en départir
jamais. Mais ne vous imaginez pas que ce fût en
manquer que de représenter au pape, avec toute
la soumission que des enfants doivent à leur
père, et les membres à leur chef, qu'on peut
l'avoir surpris en ce point de fait ; qu'il ne l'a
point fait examiner depuis son pontificat, et
que son prédécesseur Innocent X avoit fait seulement examiner si les propositions étoient
hérétiques, mais non pas si elles étoient de
Jansénius. Ce qui a fait dire au commissaire du
saint-office, l'un des principaux examinateurs,
« qu'elles ne pouvoient être censurées au sens
» d'aucun auteur : *non sunt qualificabiles in sensu*
» *proferentis ;* parce qu'elles leur avoient été pré-

» sentées pour être examinées en elles-mêmes,
» et sans considérer de quel auteur elles pou-
» voient être : *in abstracto, et ut præscindunt ab*
» *omni proferente* », comme il se voit dans leurs
suffrages nouvellement imprimés : que plus de
soixante docteurs, et un grand nombre d'autres
personnes habiles et pieuses ont lu ce livre
exactement sans les y avoir jamais vues, et
qu'ils y en ont trouvé de contraires : que ceux
qui ont donné cette impression au pape pourroient bien avoir abusé de la créance qu'il a
en eux, étant intéressés, comme ils le sont, à
décrier cet auteur, qui a convaincu Molina (*)
de plus de cinquante erreurs : que ce qui rend la
chose plus croyable, est qu'ils ont cette maxime,
l'une des plus autorisées de leur théologie,
« qu'ils peuvent calomnier sans crime ceux
» dont ils se croient injustement attaqués »; et
qu'ainsi leur témoignage étant si suspect, et le

(*) De plus de cinquante erreurs. Voici, à ce qu'on
prétend, l'origine de la haine des jésuites contre Jansénius.
Quand on imprima l'*Augustinus* de Jansénius en 1640,
Libertus Fromond, célèbre professeur de Louvain, s'avisa
de mettre à la fin du livre de son ami, qui étoit mort deux
ans auparavant, un parallèle de la doctrine des jésuites sur
la grâce avec les erreurs des Marseillois ou demi-pélagiens.
Les jésuites, qui prirent faussement Jansénius pour l'auteur
de ce parallèle, commencèrent, dans les Pays-Bas mêmes,
à s'élever contre son livre, par un grand volume de thèses
théologiques, qui sont fort singulières et très-rares, *in-folio*,
1641. (*Note de l'éd. de* 1812.)

témoignage des autres étant si considérable, on a quelque sujet de supplier sa Sainteté avec toute l'humilité possible, de faire examiner ce fait en présence des docteurs de l'un et de l'autre parti, afin d'en pouvoir former une décision solennelle et régulière. « Qu'on assemble des » juges habiles », disoit saint Basile sur un semblable sujet, ép. 75 ; « que chacun y soit » libre : qu'on examine mes écrits : qu'on voie » s'il y a des erreurs contre la foi : qu'on lise les » objections et les réponses, afin que ce soit un » jugement rendu avec connoissance de cause et » dans les formes, et non pas une diffamation » sans examen. »

Ne prétendez pas, mon père, de faire passer pour peu soumis au saint-siége ceux qui en useroient de la sorte. Les papes sont bien éloignés de traiter les chrétiens avec cet empire que l'on voudroit exercer sous leur nom. « L'Église, dit » le pape saint Grégoire, *in Job.* l. 8, c. 1, qui a » été formée dans l'école d'humilité, ne com- » mande pas avec autorité, mais persuade par » raison ce qu'elle enseigne à ses enfants qu'elle » croit engagés dans quelque erreur : *recta quæ* » *errantibus dicit, non quasi ex auctoritate præ-* » *cipit, sed ex ratione persuadet.* » Et bien loin de tenir à déshonneur de réformer un jugement où on les auroit surpris, ils en font gloire au contraire, comme le témoigne saint Bernard, ép. 180. « Le siége apostolique, dit-il, a cela de » recommandable, qu'il ne se pique pas d'hon-

» neur, et se porte volontiers à révoquer ce
» qu'on en a tiré par surprise : aussi est-il bien
» juste que personne ne profite de l'injustice,
» et principalement devant le saint-siége. »

Voilà, mon père, les vrais sentiments qu'il
faut inspirer aux papes, puisque tous les théologiens demeurent d'accord qu'ils peuvent être
surpris, et que cette qualité suprême est si éloignée de les en garantir, qu'elle les y expose au
contraire davantage, à cause du grand nombre
de soins qui les partagent. C'est ce que dit le
même saint Grégoire à des personnes qui s'étonnoient de ce qu'un autre pape s'étoit laissé tromper. « Pourquoi admirez-vous, dit-il, l. 1, c. 4,
» *Dial.*, que nous soyons trompés, nous qui
» sommes des hommes ? N'avez-vous pas vu que
» David, ce roi qui avoit l'esprit de prophétie,
» ayant donné créance aux impostures de Siba,
» rendit un jugement injuste contre le fils de
» Jonathas ? Qui trouvera donc étrange que des
» imposteurs nous surprennent quelquefois,
» nous qui ne sommes point prophètes ? La foule
» des affaires nous accable; et notre esprit, qui,
» étant partagé en tant de choses, s'applique
» moins à chacune en particulier, en est plus
» aisément trompé en une. » En vérité, mon
père, je crois que les papes savent mieux que
vous s'ils peuvent être surpris ou non. Ils nous
déclarent eux-mêmes que les papes et que les
plus grands rois sont plus exposés à être trompés
que les personnes qui ont moins d'occupations

importantes. Il les en faut croire; et il est bien aisé de s'imaginer par quelle voie on arrive à les surprendre. Saint Bernard en fait la description dans la lettre qu'il écrivit à Innocent II, en cette sorte, ép. 327 : « Ce n'est pas une » chose étonnante, ni nouvelle, que l'esprit de » l'homme puisse tromper et être trompé. Des » religieux sont venus à vous dans un esprit » de mensonge et d'illusion. Ils vous ont parlé » contre un évêque qu'ils haïssent, et dont la » vie a été exemplaire. Ces personnes mordent » comme des chiens, et veulent faire passer le » bien pour le mal. Cependant, très saint-père, » vous vous mettez en colère contre votre fils. » Pourquoi avez-vous donné un sujet de joie à » ses adversaires ? Ne croyez pas à tout esprit, » mais éprouvez si les esprits sont de Dieu. J'es- » père que, quand vous aurez connu la vérité, » tout ce qui a été fondé sur un faux rapport » sera dissipé. Je prie l'esprit de vérité de vous » donner la grâce de séparer la lumière des té- » nèbres, et de réprouver le mal pour favoriser » le bien. » Vous voyez donc, mon père, que le degré éminent où sont les papes ne les exempte pas de surprise, et qu'il ne fait autre chose que rendre leurs surprises plus dangereuses et plus importantes. C'est ce que saint Bernard repré- sente au pape Eugène, *de Consid.* l. 2, c. ult. : « Il y a un autre défaut si général, que je n'ai » vu personne des grands du monde qui l'évite. » C'est, saint-père, la trop grande crédulité d'où

» naissent tant de désordres ; car c'est de là que
» viennent les persécutions violentes contre les
» innocents, les préjugés injustes contre les ab-
» sents, et les colères terribles pour des choses
» de néant, *pro nihilo*. Voilà, saint-père, un
» mal universel, duquel si vous êtes exempt, je
» dirai que vous êtes le seul qui ayez cet avantage
» entre tous vos confrères. »

Je m'imagine, mon père, que cela commence
à vous persuader que les papes sont exposés à
être surpris. Mais, pour vous le montrer parfaitement, je vous ferai seulement ressouvenir des
exemples que vous-même rapportez dans votre
livre, de papes et d'empereurs, que des hérétiques ont surpris effectivement. Car vous dites
qu'Apollinaire surprit le pape Damase, de même
que Célestius surprit Zozime. Vous dites encore
qu'un nommé Athanase trompa l'empereur Hé-
raclius, et le porta à persécuter les catholiques ;
et qu'enfin Sergius obtint d'Honorius ce décret
qui fut brûlé au sixième concile, *en faisant*,
dites-vous, *le bon valet auprès de ce pape.*

Il est donc constant par vous-même que ceux,
mon père, qui en usent ainsi auprès des rois et
des papes, les engagent quelquefois artificieusement à persécuter ceux qui défendent la vérité
de la foi en pensant persécuter des hérésies. Et
de là vient que les papes, qui n'ont rien tant en
horreur que ces surprises, ont fait d'une lettre
d'Alexandre III une loi ecclésiastique, insérée
dans le droit canonique, pour permettre de sus-

pendre l'exécution de leurs bulles et de leurs décrets quand on croit qu'ils ont été trompés. « Si quelquefois (dit ce pape à l'archevêque de » Ravenne, c. 5, *Extr. de Rescrip.*) nous en-» voyons à votre fraternité des décrets qui cho-» quent vos sentiments, ne vous en inquiétez » pas. Car ou vous les exécuterez avec révérence, » ou vous nous manderez la raison que vous » croyez avoir de ne le pas faire ; parce que nous » trouverons bon que vous n'exécutiez pas un » décret qu'on auroit tiré de nous par surprise » et par artifice. » C'est ainsi qu'agissent les papes qui ne cherchent qu'à éclaircir les différends des chrétiens, et non pas à suivre la passion de ceux qui veulent y jeter le trouble. Ils n'usent pas de domination, comme disent saint Pierre et saint Paul après Jésus-Christ ; mais l'esprit qui paroît en toute leur conduite est celui de paix et de vérité. Ce qui fait qu'ils mettent ordi-nairement dans leurs lettres cette clause, qui est sous-entendue en toutes : *Si ita est* ; *Si preces ve-ritate nitantur :* « Si la chose est comme on nous » la fait entendre ; Si les faits sont véritables. » D'où il se voit que, puisque les papes ne don-nent de force à leurs bulles qu'à mesure qu'elles sont appuyées sur des faits véritables, ce ne sont pas les bulles seules qui prouvent la vérité des faits ; mais qu'au contraire, selon les cano-nistes mêmes, c'est la vérité des faits qui rend les bulles recevables.

D'où apprendrons-nous donc la vérité des

faits ? Ce sera des yeux, mon père, qui en sont les légitimes juges, comme la raison l'est des choses naturelles et intelligibles, et la foi des choses surnaturelles et révélées. Car, puisque vous m'y obligez, mon père, je vous dirai que, selon les sentiments de deux des plus grands docteurs de l'Église, saint Augustin et saint Thomas, ces trois principes de nos connoissances, les sens, la raison et la foi ont chacun leurs objets séparés, et leur certitude dans cette étendue. Et comme Dieu a voulu se servir de l'entremise des sens pour donner entrée à la foi, *fides ex auditu*, tant s'en faut que la foi détruise la certitude des sens, que ce seroit au contraire détruire la foi que de vouloir révoquer en doute le rapport fidèle des sens. C'est pourquoi saint Thomas remarque expressément que Dieu a voulu que les accidents sensibles subsistassent dans l'Eucharistie, afin que les sens, qui ne jugent que de ces accidents, ne fussent pas trompés : *Ut sensus à deceptione reddantur immunes.*

Concluons donc de là que, quelque proposition qu'on nous présente à examiner, il en faut d'abord reconnoître la nature, pour voir auquel de ces trois principes nous devons nous en rapporter. S'il s'agit d'une chose surnaturelle, nous n'en jugerons ni par les sens, ni par la raison, mais par l'Écriture et par les décisions de l'Église. S'il s'agit d'une proposition non révélée, et proportionnée à la raison naturelle, elle en sera le propre juge. Et s'il s'agit enfin d'un point de fait, nous en croirons les sens, auxquels il appartient naturellement d'en connoître.

Cette règle est si générale, que, selon saint Augustin et saint Thomas, quand l'Écriture même nous présente quelque passage, dont le premier sens littéral se trouve contraire à ce que les sens ou la raison reconnoissent avec certitude, il ne faut pas entreprendre de les désavouer en cette rencontre pour les soumettre à l'autorité de ce sens apparent de l'Écriture ; mais il faut interpréter l'Écriture, et y chercher un autre sens qui s'accorde avec cette vérité sensible ; parce que, la parole de Dieu étant infaillible dans les faits mêmes, et le rapport des sens et de la raison agissant dans leur étendue étant certain aussi, il faut que ces deux vérités s'accordent ; et comme l'Écriture se peut interpréter en différentes manières, au lieu que le rapport des sens est unique, on doit, en ces matières, prendre pour la véritable interprétation de l'Écriture celle qui convient au rapport fidèle des sens. « Il faut, dit saint Thomas, 1re part.,
» q. 68, a. 1, observer deux choses, selon saint
» Augustin : l'une, que l'Écriture a toujours un
» sens véritable ; l'autre que, comme elle peut
» recevoir plusieurs sens, quand on en trouve
» un que la raison convainc certainement de
» fausseté, il ne faut pas s'obstiner à dire que
» c'en soit le sens naturel, mais en chercher un
» autre qui s'y accorde. »

C'est ce qu'il explique par l'exemple du passage de la Genèse, où il est écrit « que Dieu créa » deux grands luminaires, le soleil et la lune, et » aussi les étoiles »; par où l'Écriture semble dire que la lune est plus grande que toutes les étoiles : mais parce qu'il est constant, par des démonstrations indubitables, que cela est faux, on ne doit pas, dit ce saint, s'opiniâtrer à défendre ce sens littéral, mais il faut en chercher un autre conforme à cette vérité de fait ; comme en disant, « Que le mot de grand luminaire ne marque que » la grandeur de la lumière de la lune à notre » égard, et non pas la grandeur de son corps » en lui-même. »

Que si l'on vouloit en user autrement, ce ne seroit pas rendre l'Écriture vénérable, mais ce seroit au contraire l'exposer au mépris des infidèles ; « parce, comme dit saint Augustin, *de Gen. ad Litt.* l. 1, c. 19, que, quand ils auroient » connu que nous croyons dans l'Écriture des » choses qu'ils savent certainement être fausses, » ils se riroient de notre crédulité dans les autres » choses qui sont plus cachées, comme la résur- » rection des morts, et la vie éternelle. » Et ainsi, ajoute saint Thomas, « ce seroit leur rendre » notre religion méprisable, et même leur en » fermer l'entrée. »

Et ce seroit aussi, mon père, le moyen d'en fermer l'entrée aux hérétiques, et de leur rendre l'autorité du pape méprisable, que de refuser de tenir pour catholiques ceux qui ne croiroient pas que des paroles sont dans un livre où elles ne se trouvent point, parce qu'un pape l'auroit déclaré par surprise. Car ce n'est que l'examen d'un livre qui peut faire savoir que des paroles y sont. Les choses de fait ne se prouvent que par les sens. Si ce que vous soutenez est véritable, montrez-le ; sinon ne sollicitez personne pour le faire croire, ce seroit inutilement. Toutes les puissances du monde ne peuvent par autorité persuader un point de fait, non plus que le changer ; car il n'y a rien qui puisse faire que ce qui est ne soit pas.

C'est en vain, par exemple, que des religieux de Ratisbonne obtinrent du pape saint Léon IX, un décret solennel, par lequel il déclara que le corps de saint Denis, premier évêque de Paris, qu'on tient communément être l'aréopagite, avoit été enlevé de France, et porté dans l'église de leur monastère. Cela n'empêche pas que le corps de ce saint n'ait toujours été et ne soit encore dans la célèbre abbaye qui porte son nom, dans laquelle vous auriez peine à faire recevoir cette bulle, quoique ce pape y témoigne avoir examiné la chose « avec toute la diligence possible, » *diligentissimè*, et avec le conseil de plusieurs » évêques et prélats : de sorte qu'il oblige étroi- » tement tous les François, *districtè præcipièn- » tes*, de reconnoître et de confesser qu'ils n'ont » plus ces saintes reliques. » Et néanmoins les François, qui savoient la fausseté de ce fait par leurs propres yeux, et qui, ayant ouvert la châsse, y trouvèrent toutes ces reliques entières, comme le témoignent les historiens de ce temps-là, crurent alors, comme on l'a toujours cru depuis, le contraire de ce que ce saint pape leur avoit enjoint de croire, sachant bien que même les saints et les prophètes sont sujets à être surpris.

Ce fut aussi en vain que vous obtîntes contre Galilée un décret de Rome, qui condamnoit son opinion touchant le mouvement de la terre. Ce ne sera pas cela qui prouvera qu'elle demeure en repos; et si l'on avoit des observations constantes qui prouvassent que c'est elle qui tourne, tous les hommes ensemble ne l'empêcheroient pas de tourner, et ne s'empêcheroient pas de tourner aussi avec elle. Ne vous imaginez pas de même que les lettres du pape Zacharie pour l'excommunication de saint Virgile, sur ce qu'il tenoit qu'il y avoit des antipodes, aient anéanti ce nouveau monde; et qu'encore qu'il eût déclaré que cette opinion étoit une erreur bien dangereuse, le roi d'Espagne ne se soit pas bien trouvé d'en avoir plutôt cru Christophe Colomb qui en venoit, que le jugement de ce pape qui n'y avoit pas été; et que l'Église n'en ait pas reçu un grand avantage, puisque cela a procuré la connoissance de l'Évangile à tant de peuples qui fussent péris dans leur infidélité.

Vous voyez donc, mon père, quelle est la nature des choses de fait, et par quels principes on en doit juger: d'où il est aisé de conclure, sur notre sujet, que, si les cinq propositions ne sont point de Jansénius, il est impossible qu'elles en aient été extraites, et que le seul moyen d'en bien juger et d'en persuader le monde, est d'examiner ce livre en une conférence réglée, comme on vous le demande depuis si long-temps. Jusque-là vous n'avez aucun droit d'appeler vos adversaires opiniâtres : car ils seront sans blâme sur ce point de fait, comme ils sont sans erreurs sur les points de foi; catholiques sur le droit, raisonnables sur le fait, et innocents en l'un et en l'autre.

Qui ne s'étonnera donc, mon père, en voyant d'un côté une justification si pleine, de voir de l'autre des accusations si violentes? Qui penseroit qu'il n'est question entre vous que d'un fait de nulle importance, qu'on veut faire croire sans le montrer? Et qui oseroit s'imaginer qu'on fît par toute l'Église tant de bruit pour rien, *pro nihilo*, mon père, comme le dit saint Bernard? Mais c'est cela même qui est le principal artifice de votre conduite, de faire croire qu'il y va de tout en une affaire qui n'est de rien; et de donner à entendre aux personnes puissantes qui vous écoutent qu'il s'agit dans vos disputes des erreurs les plus pernicieuses de Calvin, et des principes les plus importants de la foi; afin que dans cette persuasion ils emploient tout leur zèle et toute leur autorité contre ceux que vous combattez, comme si le salut de la religion catholique en dépendoit : au lieu que, s'ils venoient à connoître qu'il n'est question que de ce petit point de fait, ils n'en seroient nullement touchés, et ils auroient au contraire bien du regret d'avoir fait tant d'efforts pour suivre vos passions particulières en une affaire qui n'est d'aucune conséquence pour l'Église.

Car enfin, pour prendre les choses au pis, quand même il seroit véritable que Jansénius auroit tenu ces propositions, quel malheur arriveroit-il de ce que quelques personnes en douteroient, pourvu qu'ils les détestent, comme ils le font publiquement? N'est-ce pas assez qu'elles soient condamnées par tout le monde sans exception, au sens même où vous avez expliqué que vous voulez qu'on les condamne? En seroient-elles plus censurées, quand on diroit que Jansénius les a tenues? A quoi serviroit donc d'exiger cette reconnoissance, sinon à décrier un docteur et un évêque qui est mort dans la communion de l'Église? Je ne vois pas que ce soit là un si grand bien, qu'il faille l'acheter par tant de troubles. Quel intérêt y a l'état, le pape, les évêques, les docteurs et toute l'Église? Cela ne les touche en aucune sorte, mon père; et il n'y a que votre seule Société qui recevroit véritablement quelque plaisir de cette diffamation d'un auteur qui vous a fait quelque tort. Cependant tout se remue, parce que vous faites entendre que tout est menacé. C'est la cause secrète qui donne le branle à tous ces grands mouvements, qui cesseroient aussitôt qu'on auroit su le véritable état de vos disputes. Et c'est pourquoi, comme le repos de l'Église dépend de cet éclaircissement, il étoit d'une extrême importance de le donner, afin que, tous vos déguisements étant découverts, il paroisse à tout le monde que vos accusations sont sans fondement, vos adversaires sans erreurs, et l'Église sans hérésie.

Voilà, mon père, le bien que j'ai eu pour objet de procurer, qui me semble si considérable pour toute la religion, que j'ai de la peine à comprendre comment ceux à qui vous donnez tant de sujet de parler peuvent demeurer dans le silence. Quand les injures que vous leur faites ne les toucheroient pas, celles que l'Église souffre devroient ce me semble les porter à s'en plaindre : outre que je doute que les ecclésiastiques puissent abandonner leur réputation à la calomnie, surtout en matière de foi. Cependant ils vous laissent dire tout ce qu'il vous plaît ; de sorte que, sans l'occasion que vous m'en avez donnée par hasard, peut-être que rien ne seroit opposé aux impressions scandaleuses que vous semez de tous côtés. Ainsi leur patience m'étonne, et d'autant plus, qu'elle ne peut m'être suspecte ni de timidité, ni d'impuissance, sachant bien qu'ils ne manquent ni de raisons pour leur justification, ni de zèle pour la vérité. Je les vois néanmoins si religieux à se taire, que je crains qu'il n'y ait en cela de l'excès. Pour moi, mon père, je ne crois pas pouvoir le faire. Laissez l'Église en paix, et je vous y laisserai de bon cœur. Mais

pendant que vous ne travaillerez qu'à y entretenir le trouble, ne doutez pas qu'il ne se trouve
des enfants de la paix qui se croiront obligés
d'employer tous leurs efforts pour y conserver
la tranquillité.

FRAGMENT

D'UNE DIX-NEUVIÈME LETTRE PROVINCIALE ADRESSÉE
AU PÈRE ANNAT.

MON RÉVÉREND PÈRE,

Si je vous ai donné quelque déplaisir par mes
autres lettres, en manifestant l'innocence de
ceux qu'il vous importoit de noircir, je vous
donnerai de la joie par celle-ci, en vous y faisant paroître la douleur dont vous les avez
remplis. Consolez-vous, mon père; ceux que
vous haïssez sont affligés; et si MM. les évêques
exécutent dans leurs diocèses les conseils que
vous leur donnez, de contraindre à jurer et à
signer qu'on croit une chose de fait qu'il n'est
pas véritable qu'on croie, et qu'on n'est pas
obligé de croire, vous réduirez vos adversaires
dans la dernière tristesse, de voir l'Église en
cet état. Je les ai vus, mon père (et je vous
avoue que j'en ai eu une satisfaction extrême),
je les ai vus, non pas dans une générosité philosophique, ou dans cette fermeté irrespectueuse
qui fait suivre impérieusement ce qu'on croit
être de son devoir; non aussi dans cette lâcheté
molle et timide qui empêche, ou de voir la vérité, ou de la suivre, mais dans une piété douce
et solide, pleins de défiance d'eux-mêmes, de

respect pour les puissances de l'Église, d'amour pour la paix, de tendresse et de zèle pour la vérité, de désir de la connoître et de la défendre, de crainte pour leur infirmité, de regret d'être mis dans ces épreuves, et d'espérance néanmoins que Dieu daignera les y soutenir par sa lumière et par sa force, et que la grâce de Jésus-Christ qu'ils soutiennent, et pour laquelle ils souffrent, sera elle-même leur lumière et leur force. J'ai vu enfin en eux le caractère de la piété chrétienne qui fait paroître une force.......

Je les ai trouvés environnés de personnes de leur connoissance, qui étoient venues sur ce sujet pour les porter à ce qu'ils croient le meilleur dans l'état présent des choses. J'ai ouï les conseils qu'on leur a donnés; j'ai remarqué la manière dont ils les ont reçus et les réponses qu'ils y ont faites : en vérité, mon père, si vous y aviez été présent, je crois que vous avoueriez vous-même qu'il n'y a rien en tout leur procédé qui ne soit infiniment éloigné de l'air de révolte et d'hérésie, comme tout le monde pourra connoître par les tempéraments qu'ils ont apportés, et que vous allez voir ici, pour conserver tout ensemble ces deux choses qui leur sont infiniment chères, la paix et la vérité.

Car après qu'on leur a représenté, en général, les peines qu'ils vont s'attirer par leur refus, si on leur présente cette nouvelle Constitution à signer, et le scandale qui pourra en naître dans l'Église, ils ont fait remarquer........

VINGTIÈME LETTRE (*)

Qui a couru sous le titre de Lettre d'un Avocat au Parlement à un de ses amis, touchant l'inquisition qu'on veut établir en France à l'occasion de la nouvelle bulle du pape Alexandre VII.

Du 1ᵉʳ juin 1657.

MONSIEUR,

Vous croyez que toutes vos affaires vont bien, parce que votre procès ne va pas mal ; mais vous allez bien apprendre que vous ne savez guère ce qui se passe. Vous êtes bien heureux de voir les

---

(*) Cette lettre, si belle et si savante, n'est point de M. Pascal ; elle vient de M. Le Maistre, frère de M. Le Maistre de Sacy, tous deux neveux de M. Arnauld par leur mère, fille du célèbre Antoine Arnauld l'avocat, si connu dans les différends des jésuites avec l'Université de Paris. M. Le Maistre, de qui nous avons les plaidoyers, fut un des hommes des plus éloquents, des plus habiles et des plus vertueux de son temps. Il quitta la profession d'avocat pour se retirer au dehors de Port-Royal de Paris, comme dans le sein de sa propre famille ; et ensuite, pour mener une vie plus solitaire, il alla s'enterrer à Port-Royal-des-Champs, qui étoit alors abandonné. Il s'y livra tout entier à l'étude de la religion et aux travaux de la pénitence. Il mourut le 4 novembre 1658.

Nous réimprimons cette lettre, parce qu'on ne sauroit trop répandre les préservatifs contre les invasions de la cour de Rome.

affaires de loin. Nous nous sommes trouvés à la veille d'une inquisition qu'on vouloit établir en France, et dont nous ne sommes pas tout-à-fait dehors. Les agents de la cour de Rome, et quelques évêques qui dominoient dans l'assemblée, ont travaillé de concert à cet établissement, dont ils ont pris pour fondement la bulle du pape Alexandre VII sur les cinq propositions. Ils l'ont fait recevoir au clergé, et avec des suites propres à leur dessein ; car il a été arrêté dans l'assemblée, qu'elle seroit souscrite (*) par tous les ecclésiastiques du royaume sans exception, et qu'il seroit procédé contre ceux qui refuseroient de la signer, par toutes les peines ordonnées contre les hérétiques, c'est-à-dire, par la perte de leurs bénéfices, et par bien d'autres violences, comme tout le monde le sait.

Vous voyez bien ce que cela veut dire, et que l'inquisition est établie, si le Parlement ne s'y oppose. Cependant on parle d'y envoyer cette bulle ; de sorte que, si elle y est reçue, voilà la France assujettie et bridée comme les autres peuples.

Je pense souvent à tout ceci, et je n'y trouve rien de bon. Le monde ne sait pas où cela va, ni quelles en sont les conséquences. Ce n'est point ici une affaire de religion, mais de politique ;

______

(*) Ce formulaire a été formé et souscrit dans toute la France ; quelquefois avec plus, quelquefois avec moins de rigueur, selon le caractère des évêques.

et je suis trompé si le jansénisme, qui semble en être le sujet, en est autre chose en effet que l'occasion et le prétexte; car, pendant qu'on nous amuse de l'espérance de le voir abolir, on nous asservit insensiblement à l'inquisition, qui nous opprimera avant que nous nous en soyons aperçus.

Je veux que ce soit un louable dessein de faire croire que ces cinq propositions soient de Jansénius; mais le moyen ne m'en plaît nullement. Je trouve que cette manière de priver les gens de leurs bénéfices est une nouveauté de mauvais exemple, et qui touche tel qui n'y pense pas : car croyez-vous, monsieur, que nous n'y ayons point d'intérêt, parce que nous ne sommes pas ecclésiastiques ? Ne nous abusons pas, cela nous regarde tous tant que nous sommes, sinon pour nous-mêmes, au moins pour nos parents, pour nos amis, pour nos enfants. Monsieur votre fils, qui étudie maintenant en Sorbonne, ne peut-il pas avoir les bénéfices de son oncle ? et mon fils le prieur n'y est-il pas intéressé pour lui-même ? Vous me direz qu'ils n'ont qu'à signer pour se mettre en assurance. J'en demeure d'accord. Mais qu'avons-nous affaire que leur assurance dépende de là ? Quoi ! si mon fils se va mettre dans la tête que ces propositions ne sont point de Jansénius, comme j'ai peur qu'il le fasse; car il voit souvent son cousin le docteur, qui dit qu'il ne les y a jamais pu trouver, et qu'ainsi, ne croyant pas qu'elles y soient, il ne peut signer qu'il croit qu'elles y sont, parce qu'il dit que ce seroit mentir, et qu'il aime mieux tout perdre que d'offenser Dieu. Si donc mon fils se met tout cela dans la fantaisie, adieu mes bénéfices que j'ai tant eu de peine à lui procurer.

Vous voyez donc bien que tel qui n'y a point d'intérêt aujourd'hui peut y en avoir demain, et que tout cela ne vaut guère. Que ne cherchent-ils d'autres voies pour montrer que ces propositions sont dans ce livre, sans inquiéter tout un royaume? Voilà bien de quoi faire tant de vacarme! Quand ils ne faisoient que disputer par livres, je les laissois dire sans m'en mêler. Mais c'est une plaisante manière de vider leurs différends, que de venir troubler tant de familles qui n'ont point de part à leurs disputes, et de nous planter en France une nouvelle inquisition qui nous meneroit beau train. Car Dieu sait combien elle croîtra en peu de temps, si peu qu'elle puisse prendre racine : nous verrons, en moins de rien, qu'il n'y aura personne qui puisse être en sûreté chez soi, puisqu'il ne faudra qu'avoir de puissants ennemis, qui vous défèrent et vous accusent d'être jansénistes, sur ce que vous aurez de leurs livres dans votre cabinet, ou sur un discours un peu libre touchant ces nouvelles bulles, comme vous savez que nous autres avocats (*) en faisons assez

____

(*) Les avocats ont bien fait voir dans tous les temps

souvent; sur quoi on mettra votre bien en compromis. Et quand on ne vous feroit par là qu'un procès, n'est-ce pas toujours un assez grand mal? Or il n'y a rien de si facile que d'en faire, et à ceux qui en sont les moins suspects. Nous en avons déjà des exemples. Ce n'est pas d'aujourd'hui qu'ils méditent ce dessein; ils se sont appris à tourmenter les gens sur la bulle et sur les brefs d'Innocent X, sur le sujet desquels vous savez combien les chanoines de Beauvais ont été inquiétés, quand on les voulut forcer à y souscrire, à peine de perdre leurs prébendes, dont ils seroient peut-être dépossédés aujourd'hui, sans l'appel comme d'abus qu'ils en firent au Parlement; ce qui a ruiné tous ces desseins.

Car il n'y a rien si bon contre l'inquisition que les appels comme d'abus. Aussi ils le savent bien, et ils ne manquent pas de fermer cette porte quand ils veulent tyranniser quelqu'un à leur aise. C'est ainsi qu'ils en ont usé contre le curé de Libourne en Guyenne, qu'ils firent accuser de jansénisme par des récollets, et le citèrent devant des commissaires qu'ils lui firent donner par les gens du conseil de M. l'archevêque de Bordeaux. Mais, comme ils n'étoient pas ses juges naturels, et qu'ils paroissoient

---

qu'ils exerçoient une profession libre. Dès qu'ils ne disoient rien qui attaquât la religion et les puissances, ou même quand il n'y avoit dans leurs mémoires aucun excès condamnable, ils jouissoient d'une grande liberté.

d'ailleurs fort passionnés, il en appela, et demanda d'être renvoyé par-devant les grands-vicaires, ou par-devant l'official de M. de Bordeaux, ce qu'on lui refusa. De sorte qu'il en appela à M. de Bordeaux même, et enfin au pape, sans que ces commissaires aient voulu se désister de sa cause. Mais il en appela enfin comme d'abus au Parlement, qui lui donna des défenses, par où il alloit leur échapper, quand ils obtinrent un arrêt du Conseil qui défendit au Parlement de connoître de cette affaire, et le remit entre les mains de ces premiers commissaires. De sorte qu'ils l'ont maltraité durant plus de six mois, pendant lesquels il a été obligé de quitter sa cure, et de venir à Paris avec beaucoup de peine et de dépense, pour en demander justice au roi et à son archevêque; d'où j'ai appris qu'il s'en étoit retourné depuis peu de jours dans sa cure après toute cette fatigue, que ses accusateurs ont eu le plaisir de lui causer, sans s'exposer eux-mêmes à aucun péril.

Ne trouvez-vous donc pas que l'inquisition est une manière bien sûre et bien commode pour travailler ses ennemis, quelque innocents qu'ils soient? Car celui-ci n'a pu être accusé d'aucune faute, non plus que le curé de Pomeyrol, encore en Guyenne, qu'ils firent mettre d'abord en prison et dans un cachot, sans information précédente, et sans lui dire pourquoi, selon le style de l'inquisition romaine. Ensuite de quoi ils cherchèrent des preuves pour le convaincre de jansénisme. Mais les juges qui travailloient à son procès furent bien surpris de voir, par l'information qu'ils en firent, l'innocence de ce bon-homme, et les superstitions incroyables de ses paroissiens; car un des plus grands chefs de leur accusation, et où ils insistoient le plus, étoit celui-ci : « Qu'il leur avoit » prêché que Jésus-Christ étoit dans le saint » Sacrement, et non pas dans leur bannière »; parce qu'il les avoit repris de ce que, lorsqu'on levoit la sainte hostie, ils se tournoient vers leur bannière où Jésus-Christ étoit peint, et non pas vers le saint Sacrement pour l'adorer. Ce qui combla tellement les juges de confusion, qu'ils le firent sortir incontinent de la prison où il avoit été deux mois; et quelque demande qu'il fît qu'on achevât son procès, et qu'on punît ou lui, ou ses accusateurs, il ne put avoir aucune raison de tant de mauvais traitements.

En vérité, monsieur, cela n'est pas tant mal pour des inquisiteurs qui ne font encore que commencer : et s'ils ont bien usé de ces violences sur des constitutions et des brefs qui n'ont pas été reçus au Parlement, que ne feroient-ils point sur une bulle qui y auroit été reçue ! Car on me fait mourir de rire quand on me dit que la déclaration du roi pour l'enregistrement de la bulle portera que ce sera sans établir d'inquisition, et sans préjudice de nos libertés. J'aimerois autant qu'on nous fît mourir sans préjudice de notre vie. Ce n'est pas le mot d'inquisition qui nous fait peur, mais la chose même. Or, de quelque mot qu'on l'appelle, c'en est bien une effective, et un véritable violement de nos libertés, que de nous traiter comme le clergé le prétend.

Et ne trouvez-vous pas de même que c'est aussi une foible consolation de nous dire que le Parlement sera toujours maître des appels comme d'abus, puisqu'en recevant la bulle, il ôteroit l'un des plus grands moyens d'appeler comme d'abus, qu'on auroit, si elle avoit été refusée? Mais, quoiqu'on pût toujours en appeler, combien persécuteroit-on de gens dans les provinces éloignées qui ne pourroient se servir de ce remède! Car, que ne souffriroit point un pauvre curé du Lyonnois ou du Poitou plutôt que de venir à Paris!

Ils sont donc assez forts si cette bulle est reçue, encore que les appels comme d'abus soient permis. De sorte que je trouve qu'ils ont été mal conseillés de prendre la délibération qui se voit dans leur dernier procès-verbal imprimé chez Vitré, page 2 : « Que le roi sera très-humble-» ment supplié d'envoyer à tous les parlements » une défense générale de connoître des appels » comme d'abus qu'on pourroit faire à raison de » ces signatures. » Qu'ont-ils gagné par là, sinon de témoigner qu'ils sentent bien eux-mêmes l'injustice de leur dessein, puisqu'ils ont craint les parlements, et qu'ils ont pensé à leur lier les mains pour le faire réussir? Pouvoient-ils mieux marquer la passion qu'ils ont d'agir en maîtres et en souverains inquisiteurs? Ils ne sont donc pas adroits d'avoir ainsi averti tout le monde de leur intention. Car ce n'étoit pas le moyen d'obtenir l'enregistrement qu'ils demandent, que de montrer ainsi par avance à quoi ils s'en veulent servir. Aussi l'ont-ils bien reconnu, mais trop tard. Car, après avoir laissé courir ce procès-verbal imprimé, dont ils ont même envoyé aux évêques des exemplaires en forme, et signés par les agents du clergé; quand ils se sont aperçus que cela leur faisoit tort, ils se sont avisés d'essayer de le supprimer, ce qui ne fait que montrer de mieux en mieux leur artifice. Cependant ils s'imaginent que, parce qu'ils ne demandent maintenant qu'une simple attache, la plus douce du monde en apparence, le Parlement se prendra à ce piége, et ne s'arrêtera qu'à considérer simplement cette bulle qu'on lui présente, sans prendre garde à la fin à laquelle on la destine, et qu'ils ont fait paroître si à découvert dans des pièces authentiques. Ils sont admirables de vouloir prendre le Parlement pour dupe. Mais je suis trompé, s'ils ne sont trompés eux-mêmes. Je vois assez l'air que cette affaire prend. Je parle tous les matins à des conseillers au sortir du palais, et il n'y en a point qui ne voie clair en tout cela. Votre rapporteur me disoit encore ce matin qu'il ne regardoit pas cette affaire comme une affaire ordinaire, et qu'on ne devoit pas considérer cette bulle comme une simple bulle qui décide quelque point contesté, ce qui seroit de peu de conséquence ; mais comme le fondement d'une nouvelle inquisition qu'on veut former, et à laquelle il ne manque plus que le consentement du parlement pour être achevée.

J'ai été bien aise de voir que le (*) Parlement prend ainsi les choses à fond. Et en effet, quand il n'y auroit rien en cette bulle qui la rendît rejetable par elle-même, au lieu qu'elle est toute pleine de nullités essentielles, néanmoins le Parlement ne pourroit la recevoir aujourd'hui, dans la seule vue des suites qu'on en veut faire dépendre. Car combien y a-t-il de choses que l'on peut recevoir en un temps, et non pas en un autre ? C'est ce que la Sorbonne représenta fort bien lorsqu'on voulut obliger tous les docteurs de protester, « qu'ils ne diroient rien de con-
» traire aux décrets des papes, sans restriction,
» et sans ajouter que ce seroit sauf les droits et
» les libertés du royaume »; à quoi on essayoit de les porter par l'exemple de quelques docteurs anciens que l'on disoit l'avoir fait. Mais ils déclarèrent, dans l'examen de cette matière, que M. Fillesac, doyen de Sorbonne, fit imprimer alors en 1628, premièrement, « que si quelques-
» uns avoient fait cette protestation autrefois,

(*) Le pape et les évêques, joignons-y même les jésuites, n'appréhendoient rien tant que le Parlement de Paris.

» c'étoit une chose extraordinaire qui ne leur
» imposoit point de loi ; et de plus, qu'on pour-
» roit l'avoir fait en d'autre temps en conscience
» sans qu'on pût le faire aujourd'hui, à cause de
» la nouvelle disposition des choses. » Et les raisons qu'ils en donnent, page 89, sont : « Que
» depuis quelques siècles les papes ont fait un
» grand nombre de décrets, de décrétales, de
» bulles et de constitutions contraires aux an-
» ciens décrets, et même à l'Écriture sainte »,
dont ils donnent plusieurs exemples, tant de
ceux qui sont contre l'Écriture, que de ceux qui
sont contre les libertés de l'Église gallicane, et
l'autorité de nos rois, et entre autres celui du
pape Boniface VIII, qui déclara hérétiques ceux
qui ne croiront pas que le roi de France lui est
soumis, même dans les choses temporelles, et
qui définit, dans sa bulle *Unam sanctam*, « qu'il
» est de nécessité de salut de croire que le pape
» est maître de l'un et de l'autre glaive, tant spi-
» rituel que temporel, et que toute humaine
» créature lui est sujette. » De sorte que c'est
être hérétique, selon ce pape, que de dire le
contraire. A quoi ces docteurs joignent la bulle
Cum ex apostolatus, qui déclare « que toutes
» sortes de personnes, rois et particuliers, qui
» tombent dans l'hérésie, ou qui favorisent, re-
» tirent, ou recèlent des hérétiques, sont déchus
» et pour jamais rendus incapables de tous hon-
» neurs, dignités et biens, lesquels il expose au
» premier qui s'en pourra emparer. » Ils témoi-

gnent donc sur cela que, dans l'air présent de la cour de Rome, il est impossible de s'obliger à leur obéir sans restriction ; et c'est ce qu'ils confirment par la disposition des esprits de ce temps-là, comme ils disent, page 47, en ces termes : « Nous sommes arrivés en un temps où, depuis » cinquante ans en çà, on a vu publier plusieurs » bulles semblables, et qui s'attribuent ce droit » imaginaire de disposer des royaumes. Nous » avons vu en même temps plusieurs livres de » cette trempe, au grand préjudice de l'état, et » de la vie même de nos rois ; et entre autres le » livre exécrable intitulé (*) *Admonitio*) et celui

---

(*) Ce livre impie parut en 1625, sous le titre : *G. R. Theologi ad Ludovicum XIII, Admonitio, etc., in-4°., Augustæ Vindelicorum*, 1625. — *Idem*, en allemand, *in-4°.*, 1625. — *Idem*, en françois, *in-4°.*, *Francheville*, 1627. On l'attribua d'abord à Jean Boucher, fameux ligueur, jadis curé de Saint-Benoît à Paris, et depuis archidiacre de Tournai : mais on a su qu'il étoit d'André Eudœmon-Johannes, jésuite, qui vint en France avec le cardinal Barberin, légat du pape. Ce jésuite mourut à Rome le 24 décembre 1625. Il attaque dans ce livre les alliances que le roi, pour la défense de son royaume, avoit faites avec des puissances protestantes. Ce jésuite a semé dans ce livre une infinité de maximes pernicieuses en matière d'état, qui révoltèrent tous les ordres du royaume. Il a été condamné plus d'une fois ; mais aujourd'hui il est entièrement oublié. Sanctarel fut un autre jésuite, dont les écrits, également dangereux pour le roi et pour l'état, ont été condamnés par la Sorbonne. On doit voir ces condamnations dans le *Collectio judiciorum* de M. Dargentré, évêque de Tulles.

» de Sanctarel, jésuite, fait pour soutenir ces
» maximes contre le roi et ses états. D'où l'on
» voit clairement, disent-ils, pag. 53 et 95, quel
» est le dessein de ceux qui poursuivent ces nou-
» velles protestations qu'on nous demande, qui
» n'est autre que de renverser finement les
» maximes fondamentales de cet état, qui sont
» ruinées par les décrets des papes ; n'étant que
» trop évident et manifeste que les pratiques et
» menées qu'ils font pour cette nouveauté n'est
» pour autre sujet et autre fin que pour auto-
» riser les bulles contraires à l'autorité du roi,
» et pour éluder les censures des livres de Sanc-
» tarel et de Mariana, jésuites (*), comme aussi
» les arrêts du conseil et du Parlement, qui con-
» damnent telle doctrine comme détestable. »
D'où ils concluent ce qu'ils avoient dit pag. 46
et 47, « que, quand il seroit vrai que depuis
» long-temps on auroit consenti à faire ces pro-
» testations, ce qui n'est pas, il seroit à présent
» nécessaire de les refuser. »

J'en dis de même sur notre affaire. Quand il
seroit vrai, ce qui n'est pas, que cette bulle pour-

(*) Le livre de Mariana, jésuite, *de Rege et Regis Institutione*, fut aussi condamné au Parlement, pour la maxime si dangereuse qu'il avance, en permettant aux peuples de tuer les rois qu'ils regardent comme des tyrans. C'est de cette école que sont sortis tant de parricides qui ont attenté à la vie de Henri IV, l'un de nos meilleurs princes.

roit être reçue, en ne la regardant qu'en elle-même, on ne devroit pourtant point la recevoir maintenant; parce que ce seroit favoriser les desseins visibles de ceux qui n'en demandent la réception que pour en abuser, et nous asservir à ce vilain tribunal de l'inquisition (*), sous lequel presque toute la chrétienté gémit. Mais je dis de plus qu'elle est tellement pleine de nullités en elle-même, qu'elle ne peut être reçue sans blesser toutes les formes de la justice. Je vous dirai ici quelques-unes de ces nullités, car je n'ai pas encore oublié tout mon droit canon.

Ne pensez pas rire de la première, qui est le gros solécisme connu de tout le monde dans le mot *imprimantur.* Car cela la rend nulle par les décrets du pape Luce III, *c. ad Audientiam, tit. de Rescriptis ;* et si indubitablement nulle, que la glose ajoute « que, selon le sentiment de tous » les canonistes, on ne doit écouter aucune » preuve de la validité d'une bulle contre une » telle présomption de fausseté : *contra istam* » *præsumptionem non est admittenda probatio »;* tant cela marque qu'elle a été faite par légèreté et par surprise. Aussi on en a fait beau bruit en Flandre; car il est constant que cette faute est dans l'original, et qu'ainsi il n'a de rien servi

---

(*) Les novices en histoire savent que la seule idée d'inquisition a occasionné en 1565 les guerres civiles des Pays-Bas, et la séparation des sept Provinces-Unies.

de la réformer dans les dernières impressions qu'on en a faites ; parce que, l'original étant nul, les copies le sont aussi ; outre qu'il est porté dans le droit, « que le moindre changement, » même d'un point, rend une bulle nulle, et que » celui qui l'a fait est excommunié. » *In bullâ Cœnœ, c. licet, Rebuf. in praxi.*

Une autre nullité, et qui nous touche de plus près, est que le pape y menace de peines ceux qui n'obéiront pas à sa bulle. Sur quoi je laisse au Parlement à juger s'il appartient au pape de menacer de peines les sujets du roi : *sub pœnis ipso facto incurrendis.*

Mais une autre nullité importante est la manière injurieuse dont on y a rabaissé l'ordre sacré et suprême de l'épiscopat, en le mettant au rang des moindres ordres, dans la clause où le pape, parlant de soi, quand il étoit cardinal et évêque, dit qu'il étoit alors *in minoribus ;* ce qui est une expression qui rend la bulle nulle, selon le chapitre, *Quàm gravi, titul. de crimine falsi,* où il est dit que, si un pape parlant d'un évêque, l'appelle *son fils* au lieu de l'appeler *son frère,* au préjudice de la société qui est entre lui et tous les évêques du monde dans l'épiscopat, l'acte où se trouvera une telle expression soit nul. Que dira-t-on donc de celle-ci, où le pape traite les évêques, non pas de *fils,* mais de *mineurs ;* ce qui est un terme si choquant et si méprisant. que l'assemblée du clergé, qui n'a pas eu d'ailleurs trop de zèle pour les intérêts de l'épiscopat, l'a changé dans la version qu'elle a faite de la bulle, où l'on a réformé cette période comme on a pu. Mais ils n'ont pas relevé par là l'honneur de leur caractère, qui demeure flétri dans l'original, et dans le latin même qu'ils rapportent. De sorte que cette correction ne rend que plus visible l'outrage qui a été fait à leur dignité, et la foiblesse qu'ils ont témoignée en le souffrant.

En voulez-vous d'autres? Que direz-vous de ce que le pape ne se contente pas de défendre d'écrire, de prêcher, et de rien dire de contraire à ses décisions, comme on reconnoît qu'il en a le pouvoir par le rang suprême qu'il tient dans l'Église? Mais il veut aller au-delà, et nous imposer de croire ce qu'il a décidé lui seul, *Teneant* : et c'est ce que nous ne pourrions reconnoître sans confesser que « nous et nos rois » sommes ses sujets dans le temporel même » ; puisque leurs bulles déclarent nettement « que » c'est une hérésie de dire le contraire » : *Aliter sentientes hæreticos reputamus*, disoit Boniface VIII à notre roi Philippe-le-Bel. Il est donc sans doute que, si nous tenons le pape pour infaillible, il faut que nous nous déclarions pour ses esclaves, ou que nous passions pour hérétiques, puisque nous résisterions à une autorité infaillible. Aussi jamais l'Église n'a reconnu cette infaillibilité dans le pape, mais seulement dans le concile universel, auquel on a toujours appelé des jugements injustes des papes.

Et au lieu que, pour établir leur souveraine domination, ils ont souvent entrepris de traiter
comme hérétiques ceux qui appelleroient d'eux
aux conciles, comme firent Pie II, Jules II, et
Léon X, l'Église au contraire soutient, comme
il a été déterminé en plein concile universel,
que le pape lui est soumis. Et c'est pourquoi nos
rois, leurs procureurs-généraux, les universités
entières, et les particuliers, ont si souvent
appelé des bulles au concile, ainsi qu'il se voit
dans tout le chapitre 13 des libertés de l'Église
gallicane. Aussi le principal fondement de nos
libertés, et dont M. Pithou les fait presque
toutes dépendre, est cette ancienne maxime :
« Qu'encore que le pape soit souverain ès choses
» spirituelles, néanmoins en France la puis-
» sance souveraine n'a point de lieu, mais qu'elle
» est bornée par les canons et règles des anciens
» conciles : *et in hoc maximè consistit libertas Ec-*
» *clesiæ gallicanæ*, selon l'Université de Paris. »
Sur quoi M. du Puy, dans ses Commentaires
sur ces libertés, dédiés à feu M. Molé, premier
président et garde des sceaux, imprimés chez
Cramoisy avec bon privilége, rapporte, p. 3o,
que nos théologiens appellent cette pleine puissance du pape, « une tempête consommée et
» une parole diabolique, *plenam tempestatem et*
» *verbum diabolicum.* »

Voilà les sentiments de nos docteurs, selon
lesquels nous avons toujours tenu « que la dé-
» cision du pape n'oblige point à croire ce qu'il

» a décidé, même en matière de foi, parce qu'il
» est sujet à errer dans la foi ; mais seulement
» à n'y rien dire de contraire, s'il n'y en a de
» grandes raisons : *In causis fidei, determinatio
» solius papæ ut papæ non ligat ad credendum,
» quia est deviabilis à fide* », comme dit Gerson.
Le pape entreprend donc sur nos libertés dans
cette bulle, où il nous veut obliger de croire
ses décisions ; et ainsi c'en est une nullité manifeste.

C'en est aussi une autre plus considérable
qu'il ne semble, lorsque le pape dit qu'on a
employé à examiner cette matière la plus grande
diligence qui se puisse désirer, *quâ major desi-
derari non possit* ; car il y a ici un artifice secret
qu'il faut découvrir : c'est que, comme je vous
l'ai déjà dit, les papes veulent qu'on croie qu'ils
peuvent seuls décider les points de foi, en sorte
qu'après cela il ne faut rien désirer davantage ;
au lieu que nous soutenons qu'il n'y a que les
conciles qui puissent obliger à croire, et qui ne
laissent rien à désirer. Et ainsi le pape fait fort
bien, selon sa prétention, de nous vouloir faire
avouer qu'on a apporté en cette matière *tout
ce qui se peut désirer*, quoiqu'il n'ait fait autre
chose que consulter quelques réguliers. Mais
nous ferions fort mal d'y consentir, puisque ce
seroit le reconnoître pour infaillible, blesser
infiniment nos libertés, ruiner les appels au
concile général, et même rendre tous les conciles inutiles, puisque le pape suffiroit seul,

s'il étoit infaillible. Et ne doutez point que les partisans de la cour de Rome ne fissent bien valoir un jour la réception de cette bulle, pour en tirer ces conséquences.

Il y a bien d'autres nullités essentielles que je serois trop long à rapporter. Jamais bulle n'en eut tant. Mais ce qui la met le plus hors d'état d'être reçue au Parlement, est qu'ayant été faite par le pape seul, sans concile, et même sans l'avis du collége des cardinaux, elle ne peut être considérée que comme ayant été faite par le propre mouvement du pape, *motu proprio*, que l'on ne reconnoît point en France; car on n'y a jamais reçu les bulles faites *motu proprio* (*) en matière de foi ou de chose qui regarde toute l'Église, quelque effort qu'aient fait les papes pour cela, comme fit Innocent X, dans sa bulle de la résidence des cardinaux, de l'an 1646, où il déclare « qu'encore qu'elle soit » faite par son propre mouvement, il entend » qu'elle ait la même force que si elle avoit été » faite par le conseil des cardinaux. » Sur quoi

____

(*) Les bulles DE MOTU PROPRIO du pape ont toujours été rejetées en France pour cette seule clause. Nous voulons qu'il paroisse que nous avons consulté le pape sur les difficultés qui s'élèvent parmi nous. Nous n'avons jamais reconnu cette plénitude de puissance qui autoriseroit le pape à se mêler de lui-même du gouvernement particulier de nos églises. Il ne le pourroit tout au plus que par voie de remontrance, et non par voie d'autorité, chaque évêque étant pape dans son diocèse.

feu M. l'avocat-général Talon dit « que c'étoit » en vain que dans cette clause le pape avoit » voulu suppléer, par la voie de puissance, à » l'essence d'un acte important »; de sorte qu'elle fut rejetée comme abusive. Et la dernière constitution du même pape, sur les cinq propositions, quoiqu'elle décidât des points de foi qui étoient reconnus de tous les théologiens sans exception, néanmoins, par cette seule raison que le pape y parloit seul, on n'osa pas seulement en demander l'enregistrement, quelque désir que l'on en eût. Comment donc celle d'Alexandre n'y seroit-elle pas refusée, puisque, quand elle n'auroit point tant d'autres nullités, ce défaut essentiel d'être faite par le pape seul la rend incapable d'y être admise?

Il est donc constant, monsieur, qu'il n'y eut jamais de bulle moins recevable que celle-ci, puisqu'on la devroit rejeter à cause de ses nullités, quand on n'en voudroit point faire de mauvais usage, et qu'on la devroit encore rejeter à cause du mauvais usage qu'on médite d'en faire, quand elle n'auroit point de nullités. Que sera-ce donc si l'on en considère tout ensemble et les nullités et l'usage? N'est-il pas visible que, si celle-ci passe, il n'y en aura point qu'on ne soit obligé d'admettre, et qu'ainsi nous voilà exposés à toutes celles qui pourront arriver de Rome; ce qui n'est pas d'une petite conséquence! Car on peut juger de ce qui en peut venir par ce qui en est déjà venu. Ne voyez-vous pas qu'on ne tâche qu'à multiplier les bulles, afin que ce soient autant de titres de l'infaillibilité, qui en a besoin, et que le monde s'accoutume peu à peu à y ajouter une créance aveugle? Quand ils se seront ainsi rendus maîtres de l'esprit des peuples, ce sera en vain que les Parlements (*) s'opposeront aux entreprises de Rome sur la puissance temporelle de nos rois. Leur opposition ne passera que pour un effet de politique, et non pas pour une décharge de conscience. On les fera passer eux-mêmes pour hérétiques, quand il plaira à Rome; car le moyen de faire croire qu'une autorité infaillible se soit trompée? De sorte qu'après les bulles de Boniface VIII, et de ses semblables, il n'y a point de différence entre dire que le pape est infaillible, et dire que nous sommes ses sujets.

Vous voyez par tout cela, monsieur, et combien cette bulle est dangereuse par la fin où l'on veut la faire servir, et combien elle est défectueuse dans la manière dont elle est dressée. Il ne me reste qu'à vous faire remarquer com-

---

(*) Le clergé mollit souvent sur ce qui regarde l'autorité temporelle des princes, soit pour faire valoir l'autorité spirituelle à laquelle il participe, soit par des égards trop marqués pour la cour de Rome. On a l'obligation aux parlements, surtout à celui de Paris, d'avoir toujours maintenu la juste autorité de nos rois contre les entreprises de la cour de Rome.

bien elle est peu considérable dans le fond, et dans la matière qui y est décidée, laquelle n'étant qu'un simple point de fait, est bien éloignée de mériter tout le bruit qu'on en veut faire; car il est constant, selon tous les théologiens du monde, que ce fait ne peut rendre hérétiques ceux qui le nient, mais tout au plus téméraires. Or, qu'une témérité mérite qu'on prive les gens de leurs biens et bénéfices, et qu'on les punisse comme des hérétiques, cela n'est pas raisonnable : car pourquoi traiter comme hérétiques ceux qui ne le sont point, la dispute n'étant que sur un point de fait qui ne peut faire d'hérésie ? Cependant quelques évêques, qui ont résolu de déposséder les béné-ficiers, et qui n'en ont de prétexte que sur ce point de fait, ont arrêté, dans leur lettre circulaire du 17 mars dernier, « que ceux qui refuse-» ront de souscrire le fait seront traités comme » s'ils refusoient de souscrire le droit. » Ils ont beau faire néanmoins, ils ne sauroient con-fondre par toute leur puissance ces choses qui sont séparées par leur nature. Un simple fait demeurera toujours un simple fait, et celui-ci ne sauroit jamais donner lieu de priver les gens de leurs bénéfices; car j'en reviens toujours là.

N'est-il donc pas plus clair que le jour qu'en tout ceci ils n'ont point du tout songé à nous instruire dans la foi, mais seulement à nous assu-jettir à l'inquisition ? C'est ce que je vous mon-trerois au long, si j'en avois le loisir, tant pour le point qu'ils ont choisi pour objet de leurs décisions, que par la manière dont ils s'y prennent. Car n'est-ce pas un bel article de foi de croire que des propositions que tout le monde condamne sont dans un livre? et peut-on s'imaginer que ce soit seulement pour faire croire ce point qu'on exige des signatures de toute l'Église? Il faudroit être bien simple. S'ils avoient tant voulu le faire croire, ils n'avoient qu'à en citer les pages : et s'ils avoient eu dessein de nous éclaircir tout de bon, ils nous auroient expliqué ce sens de Jansénius, qu'ils condamnent sans dire ce que c'est, comme dit fort bien la dix-huitième, que mon fils m'a montrée ce matin. Reconnoissez-le donc, monsieur. Ils n'ont pensé qu'à eux, et non pas à nous. Ils n'ont choisi ce point que parce qu'il leur étoit favorable, à cause de la passion qu'on a contre Jansénius. Ils ont voulu ménager cette occasion, et, tournant à leurs fins le désir qu'on a témoigné de voir condamner cette doctrine, ils ont cru que nous y serions assez échauffés pour acheter leurs bulles par la perte de nos libertés.

Comme j'écrivois ces dernières lignes, je viens de voir un conseiller des plus habiles, qui m'a dit que c'est une maxime constante dans les Parlements, qu'ils sont les juges légitimes et naturels des questions de fait qui se rencontrent dans les matières ecclésiastiques ; et qu'ainsi n'étant question ici que de savoir si les cinq propositions condamnées sont tirées de Jansénius, il leur appartient d'examiner si elles y sont, au cas qu'on leur présente cette bulle. De même que dans la célèbre conférence de Fontainebleau, où le cardinal du Perron accusa de faux cinq cents passages des pères, allégués par du Plessis Mornay, le roi Henri IV nomma des commissaires laïques pour juger cette affaire, où il étoit question d'examiner si ces passages étoient véritablement dans les pères, comme il s'agit ici de savoir si ces propositions sont dans Jansénius; et quelque bruit que fît le nonce d'abord, de ce qu'on ne prenoit pas des ecclésiastiques pour connoître d'une matière ecclésiastique, ils en demeurèrent les juges, parce qu'il n'étoit question que d'examiner des points de fait. Il m'en donna encore d'autres exemples: mais celui-là suffit pour mettre la chose hors de doute, et pour montrer que, si l'on presse le Parlement sur le sujet de la bulle, nous aurons le plaisir de leur voir examiner régulièrement, et en pleine assemblée des chambres, si ces cinq propositions sont dans le livre de Jansénius: nous saurons s'il est vrai que ce soit une témérité de ne le pas croire, et nous verrons le jugement du pape exposé au jugement du Parlement.

Ainsi, je ne puis assez admirer combien ce dessein d'inquisition a été mal concerté, pour avoir été conduit par de si habiles gens; car ils ne pouvoient choisir de base plus foible et plus ruineuse que cette bulle, qui, n'étant que sur un fait, ne pouvoit jamais être assez considérable pour soutenir une si grande entreprise. Car ne seroit-ce pas une chose honteuse et insupportable que l'inquisition qu'on n'a point voulu souffrir en France, pour les choses mêmes de la foi, s'introduisît aujourd'hui sur ce point de fait ; et que tout le monde y contribuât volontairement, les évêques en l'établissant par leur autorité, et le Parlement en les laissant faire ?

Je ne crois pas qu'il soit disposé à cela. Il n'y a point ici de raillerie. Cela les touche eux-mêmes, comme j'ai dit tantôt, au moins pour leurs parents et amis, n'y ayant guère de personnes qui puissent être sans intérêt dans une affaire générale. Le moins de servitude qu'on peut est le meilleur. Les gens sages ne s'en attireront jamais de gaîté de cœur. Qu'ils cherchent donc d'autres manières de faire croire que ces propositions sont dans ce livre. Qu'ils écrivent tant qu'ils voudront, ou plutôt qu'ils se taisent tous. On n'a que trop parlé de tout cela. Qu'ils laissent le monde en repos, et nos bénéfices en assurance.

Si le parlement prend connoissance de cette affaire, j'ai d'assez bons mémoires pour montrer combien il y a de différence entre la primauté que Dieu a véritablement donnée au pape pour l'édification de l'Église, et l'infaillibilité que ses flatteurs lui voudroient donner pour la destruction de l'Église et de nos libertés.

CENSURE ET CONDAMNATION

DES

LETTRES PROVINCIALES.

On sait que la censure prononcée contre le docteur Arnauld, par une partie de la Sorbonne, fut ce qui donna lieu aux Lettres Provinciales. On a vu que Pascal, en prenant la défense de son ami, n'épargna pas les jésuites qui, quoique secrètement, avoient eu une part fort active à cette condamnation, et il sut leur faire expier chèrement la joie que ce succès leur avoit causée. Il montra dans tout leur jour et le relâchement de la morale et l'esprit d'envahissement de cette société.

Les jésuites combattus avec leurs propres armes, et livrés à la risée publique, abandonnèrent bientôt une lutte qui devenoit pour eux une source de mortifications; et pour se venger d'un adversaire qui leur avoit porté de si furieux coups, ils commencèrent par obtenir, en 1657, de la cour de Rome la condamnation des Lettres Provinciales.

Il ne sera pas inutile de faire ici une remarque qui doit fournir à l'observateur un exemple de plus des bizarreries de l'esprit humain : c'est que cette même cour de Rome, par une inconséquence trop fréquente dans les jugements des hommes, condamna, en septembre 1665 et mars 1666, les mêmes maximes que l'illustre auteur des Provinciales avoit si éloquemment combattues.

Ce premier acte de vengeance, loin de profiter aux jésuites, ne fut considéré, par la saine partie du public, que comme un nouveau triomphe pour leurs ennemis ; et l'*Apologie* de leurs casuistes, que ces religieux avoient publiée, finit par ranger du parti de leurs adversaires ceux mêmes qui, jusque-là, s'étoient montrés indifférents à la querelle. Tout le monde vouloit lire les Lettres Provinciales, et les jansénistes, pour les répandre davantage, s'empressoient de les traduire en plusieurs langues.

Tant d'humiliations ne firent qu'irriter l'orgueil et la haine des jésuites. Ils mirent en jeu tous les ressorts de leur astucieuse politique, et à force d'intrigues ils surprirent à l'autorité souveraine la condamnation et la proscription des Lettres Provinciales. On verra par le texte même de l'arrêt du conseil du roi, que pour l'obtenir, la Sorbonne, de concert avec la société jésuitique, ne se fit pas scrupule de présenter l'ouvrage comme *insolent et séditieux* envers l'autorité spirituelle et temporelle.

Pour donner une idée de la bonne foi des détracteurs des Lettres Provinciales, je rapporte ici quelques passages qui précèdent les pièces à l'appui de la condamnation, prises dans un recueil de bulles et autres actes du même genre, volume *in-8°.*, imprimé cinq à six fois dans le dix-septième siècle, et duquel tout ce qui suit est tiré. (*L'Éditeur.*)

EN 1656, pendant qu'on examinoit avec plus de chaleur en Sorbonne les Lettres de M. Arnauld, on fit paroître avec grand éclat les fameuses Lettres au Provincial, de la façon de M. Pascal, son bon ami, et la meilleure plume qui fût dans le parti. On crut que ce seroit un excellent moyen de donner le change aux gens les moins éclairés, et de faire oublier les erreurs que les jansénistes défendoient opiniâtrement , en les faisant paroître comme les défenseurs de la pureté et de la sévérité de la morale chrétienne.

Les premières Lettres n'eurent pas tout le succès qu'on s'en étoit promis, parce que, traitant du dogme de la grâce, et tâchant, par toutes sortes d'artifices, de mettre à couvert la deuxième lettre de M. Arnauld , elles ne purent ni empêcher sa condamnation, ni en faire voir la prétendue injustice , ni rejeter sur les seuls jésuites l'envie du dogme de foi qu'on avoit attaqué, où toute l'Église catholique étoit également intéressée.

Il fallut donc abandonner les matières de la grâce, pour ne s'attacher uniquement qu'à la morale des jésuites, comme on fit dans les quatorze lettres suivantes, qui parurent les unes après les autres, jusqu'au mois de mars 1657.

Les jésuites y répondirent d'abord par différents écrits, et puis plus régulièrement, en faisant voir les impostures de chaque lettre, et la mauvaise foi dont on rapportoit les passages de leurs auteurs, et la différence visible qu'il y avoit entre la sévérité des maximes de M. Pascal, et les adoucissements que les jansénistes y apportoient dans la pratique de leur morale.

Cela ferma la bouche à l'écrivain, dont toutes les lettres furent condamnées par le pape le 6 de septembre l'an 1657, ayant déjà été brûlées par la main du bourreau, par arrêt du Parlement d'Aix, du 22 de février 1657, après l'avoir été à Paris, par arrêt du conseil d'état, donné après une consultation des prélats et des docteurs très-habiles.

CONDAMNATION DES LETTRES DE M. PASCHAL, LE JEUDI 6 SEPTEMBRE 1657 (*).

Dans la Congregation generale de la sainte et universelle Inquisition de Rome, tenuë au palais apostolique de Sainte-Marie Majeure, en presence de notre Saint-Pere ALEXANDRE, *par la providence de Dieu Pape VII. du nom, et des eminentissimes et reverendissimes Cardinaux inquisiteurs generaux dans toute la republique chrétienne contre les heretiques, deputez specialement par le Saint-Siege Apostolique.*

NOTRE S. Pere le Pape Alexandre VII défend et con- damne par le présent decret, et veut qu'on tienne pour défendus et condamnez les livres suivans, sous les peines et les censures contenuës dans le Concile de Trente, et dans l'Indice des livres défendus, et autres peines et cen- sures qu'il plaira à Sa Sainteté d'ordonner.

Dix-huit Lettres écrites en françois, dont la premiere a pour titre....

Suivent les titres des dix-huit Lettres et de plusieurs autres Opuscules, et ensuite une censure d'un autre ouvrage étranger aux Provinciales. (*Suffrages de treize Théologiens.*)

Pour donner plus de cours aux Lettres Provinciales, et animer plus de monde contre la prétendue morale des jésuites, on jugea à propos, dans le parti, de les mettre

---

(*) On croit suffisant de mettre ici la traduction françoise qui, dans le recueil, accompagne les pièces latines.

en latin (*), et d'y ajouter des notes encore plus calomnieuses que le texte. Le succès n'en fut pas tel qu'on se l'étoit promis. Montaltius, qui fut le nom emprunté pour cette traduction, et Wendrock, qui fut un semblable nom forgé à plaisir pour celui qui avoit fait les notes, furent examinés par ordre du roi, qui nomma pour cela quatre évêques des plus éclairés, et dix docteurs des plus savants. Ils donnèrent leur avis sur ces deux ouvrages, qui déclaroit que les hérésies condamnées dans Jansénius y étoient ouvertement soutenues, et qu'ils étoient pleins de sentiments injurieux au pape, aux évêques, à la sacrée personne du roi, à celle de ses ministres, à la Faculté de Paris et aux ordres religieux. Comme tel par arrêt du conseil d'état, au rapport de M. Baltazar, il fut remis au lieutenant-civil pour être lacéré et brûlé par la main du bourreau. L'arrêt est du 23 de septembre 1660. La sentence du lieutenant-civil du 8 d'octobre, et l'exécution faite à la Croix-du-Tiroir est du 14 du même mois 1660. On joignit à ces deux livres celui qu'on avoit nommé les *Disquisitions de Paul Irenée*, qui eut le même sort en vertu du même jugement.

JUGEMENT DES ÉVÊQUES ET DES DOCTEURS SUR LES LETTRES PROVINCIALES LATINES.

Nous soussignez, qui avons été nommez par arrêt du conseil de Sa Majesté, pour porter jugement d'un Livre intitulé : *Lettres à un Provincial, par Loüis de Montalte, etc.* Aprés avoir diligemment examiné ledit Livre, declarons que les heresies de Jansenius condamnées par

---

(*) Nicole avoit traduit les Lettres Provinciales en latin, sous ce titre : *Litteræ de morali et politicâ Jesuitarum disciplinâ.*

l'Église y sont contenuës et défenduës, tant dans les Lettres dudit Loüis de Montalte, que dans les *Notes de Guillaume Wendrock*, sur lesdites Lettres, comme aussi dans les *Disquisitions de Paul Irenée*, qui y sont jointes: ce qui est si manifeste, que si quelqu'un le nie, il faut necessairement ou qu'il n'ait pas lû ledit Livre, ou qu'il ne l'ait pas entendu, ou, ce qui pis est, qu'il ne croye pas heretique ce qui est condamné comme heretique par les souverains Pontifes, par l'Église Gallicane, et par la sacrée Faculté de Paris. Nous declarons, en outre, que ces trois auteurs sont si insolens et si hardis à médire, que si l'on en excepte les Jansenistes, ils n'épargnent la condition de personne, non pas même du souverain Pontife, ni des évêques, ni du Roy, ni des principaux ministres du royaume, ni la sacrée Faculté de Paris, ni les ordres religieux, et que par ainsi ledit Livre est digne de la peine ordonnée de droit contre les libelles diffamatoires, et les Livres heretiques. Fait à Paris, le 7 septembre 1660.

HENRY DE LA MOTHE, *evêque de Rennes*; HARDUIN, *evêque de Rhodez*; FRANÇOIS, *evêque d'Amiens*; CHARLES, *evêque de Soissons*; M. GRANDIN; G. DE L'ESTOCQ; C. MOREL; L. BAIL; CHAPELAS, *curé de Saint-Jacques*; CHAMILLARD; SAUSSOY; FR. JEAN NICOLAI, *de l'ordre des Freres Prescheurs*; F. MATHIEU DE GANGY, *carme*.

ARRÊT DU CONSEIL D'ÉTAT CONTRE LES LETTRES AU PROVINCIAL.

VEU PAR LE ROY ETANT EN SON CONSEIL, l'arrêt donné en icelui le 12 août dernier, sur le sujet de plusieurs plaintes renduës à Sa Majesté, de ce qu'encore que les constitutions des Papes Innocent X et Alexandre VII condamnent la doctrine de Jansenius, evêque d'Ypres, contenuë dans le Livre intitulé : *Augustinus*, et que lesdites conclusions ayant été reçuës par l'assemblée générale du clergé de France, publiées par les prélats dans leurs diocèses, exécutées par les universitez, même confirmées par les declarations de Sa Majesté, lesquelles ont été registrées dans les coûrs de parlement ; Néanmoins on voïoit tous les jours dans le public de nouveaux écrits et imprimez, qui tendoient à soûtenir ladite doctrine condamnée : et un entr'autres sous le titre de *Ludovici Montaltii Litteræ Provinciales, etc.*, lequel, outre les propositions heretiques qu'il contient, est outrageux à la reputation du feu roy Loüis XIII, de glorieuse memoire, et à celle des principaux ministres qui ont eu la direction de ses affaires ; par lequel arrêt Sa Majesté, pour y pourvoir incessamment, afin d'en prévenir les mauvaises suites, A ordonné que ledit Livre, intitulé *Ludovici Montaltii Litteræ Provinciales, etc.*, seroit remis par devers le sieur Baltazar, commissaire à ce député, pour être vu et examiné, et avoir le sentiment des sieurs evêques de Rennes, Rodez, Amiens et Soissons, ensemble des sieurs Grandin, L'Estocq, Morel, Bail, Chapelas, Chamillard, du Saussoy, et des pères Nicolai et Gangy, docteurs en theologie de la Faculté de Sorbonne, que Sa Majesté a commis à cet éfet pour donner leurs avis, en être dressé procés verbal, et le tout rapporté à Sa Majesté, et y être pourvû ainsi qu'il appartiendra ; le procés verbal desdits commissaires, du 7 du present mois de septembre, par lequel, aprés avoir diligemment examiné ledit Livre, ils declarent que les heresies de Jansenius condamnées par l'Église, sont soûtenuës et défenduës tant dans lesdites *Lettres de Loüis Montalte* et dans les *Notes de Guillaume Wendrock*, que dans les *Disquisitions* adjointes *de Paul Irenée.* Que cela est si manifeste, que si quelqu'un le nie, il faut necessairement, ou qu'il n'ait pas lû ledit Livre, ou qu'il ne l'ait pas entendu, ou, ce qui pis est, qu'il ne croye point heretique ce qui a été comme heretique condamné par les saints Pontifes, par l'Église Gallicane, et par la sacrée Faculté de théologie de Paris, que la détraction et petulance est tellement familière à ces trois auteurs, qu'ils ne pardonnent à la condition de personne, non pas même au souverain Pontife, aux rois, aux evêques, et aux principaux ministres du royaume, à la sacrée Faculté de theologie de Paris, ni aux familles religieuses ; et que ledit Livre est digne de la peine ordonnée de droit pour les libelles d ffamatoires et livres heretiques. OUY le rapport du sieur Baltazar : Et tout considéré. SA MAJESTÉ ETANT EN SON CONSEIL, A Ordonné et ordonne que ledit Livre, intitulé *Ludovici Montaltii Litteræ Provinciales, etc.*, sera remis par devers le sieur Daubray, lieutenant civil au châtelet de Paris, pour, à la diligence du procureur de Sa Majesté, le faire lacerer et brûler à la Croix du Tiroir par les mains de l'executeur de la haute-justice, dont Sadite Majesté sera certifiée dans la huitaine ; Faisant cependant trés expresses inhibitions et défenses à tous imprimeurs, libraires, colporteurs et autres, de quelque qualité et condition qu'ils soient, d'imprimer, vendre et debiter, ni même retenir ledit Livre sans notes, ou avec les notes, additions et Disquisitions desdits Wendrock et Paul Irenée, sur peine de punition exemplaire. Et sera le present arrêt executé nonobstant oppositions ou appellations quelconqués, dont si aucunes interviennent, Sadite Majesté s'est reservé la connoissance d'icelles, interdite à tous autres juges. Fait au conseil d'État du Roy, Sa Majesté y étant, tenu à Paris le vingt - troisième de septembre mil six cens soixante. *Signé* PHELIPPEAUX.

L'arrêt fut executé dans toutes les formes, comme l'extrait suivant en fait foy.

Extrait des Registres du Châtelet de Paris.

EXECUTION DE L'ARRÊT DU CONSEIL D'ÉTAT CONDAMNANT AU FEU LES LETTRES AU PROVINCIAL.

L'an mil six cens soixante, le 14 octobre, Nous soû-signés greffiers de la chambre civile, tournelle et police du châtelet de Paris : en consequence de l'arrêt du conseil d'état du Roy, du 23 septembre dernier, *signé* PHELIPPEAUX, et scellé ; portant entre autres choses que le Livre intitulé *Ludovici Montaltii Litteræ Provinciales*, etc., seroit brûlé par les mains de l'executeur de la haute-justice à la Croix du Tiroir, avec défenses à tous imprimeurs, libraires, colporteurs et autres, de quelque qualité et condition qu'ils soient, d'imprimer, vendre et debiter, ni même retenir ledit Livre ; pour l'exécution duquel arrêt S. M. a renvoyé pardevant M. le lieutenant civil, pour, à la diligence de M. son procureur audit châtelet, être executé ; auquel arrêt est attachée la commission dudit jour avec contre-scel ; et en vertu de la sentence renduë par mondit sieur le lieutenant civil le 8 du présent mois, sur les remon-trances et conclusions de mondit sieur procureur de S. M., portant que ledit Livre ci-dessus mentionné seroit brûlé audit lieu de la Croix du Tiroir par l'executeur de la haute-justice, conformément audit arrêt ; et que pour sçavoir les auteurs, ceux qui ont fait icelui, im-primé et vendu, qu'il en seroit informé à la requête dudit sieur procureur de S. M., saisir et arrêter les exemplaires dudit Livre, pour être le procez fait aux coupables suivant la rigueur des ordonnances ; et icelle sentence leuë et affichée à son de trompe et cry public és lieux et places accoûtumées ; nous nous sommes transportés sur l'heure du midy au carrefour de ladite Croix du Tiroir, où etant, et aprés avoir fait allumer un feu par ledit executeur de la haute-justice, aurions par la bouche d'icelui, à haute et intelligible voix, fait repeter tout le contenu en ladite sentence ci-dessus dattée, et ensuite fait mettre dans le feu ledit Livre, intitulé *Ludovici Montaltii Litteræ Provinciales, etc.*, par les mains dudit executeur, lequel, aprés avoir été converti en cendres, nous nous serions retirés, dont et de ce que dessus avons dressé le present procez-verbal, pour servir et valoir à quoy que de raison.

Signé, BERTHELOT.

FIN DES PROVINCIALES.

TABLE DES MATIÈRES.

FIN DE LA TABLE.

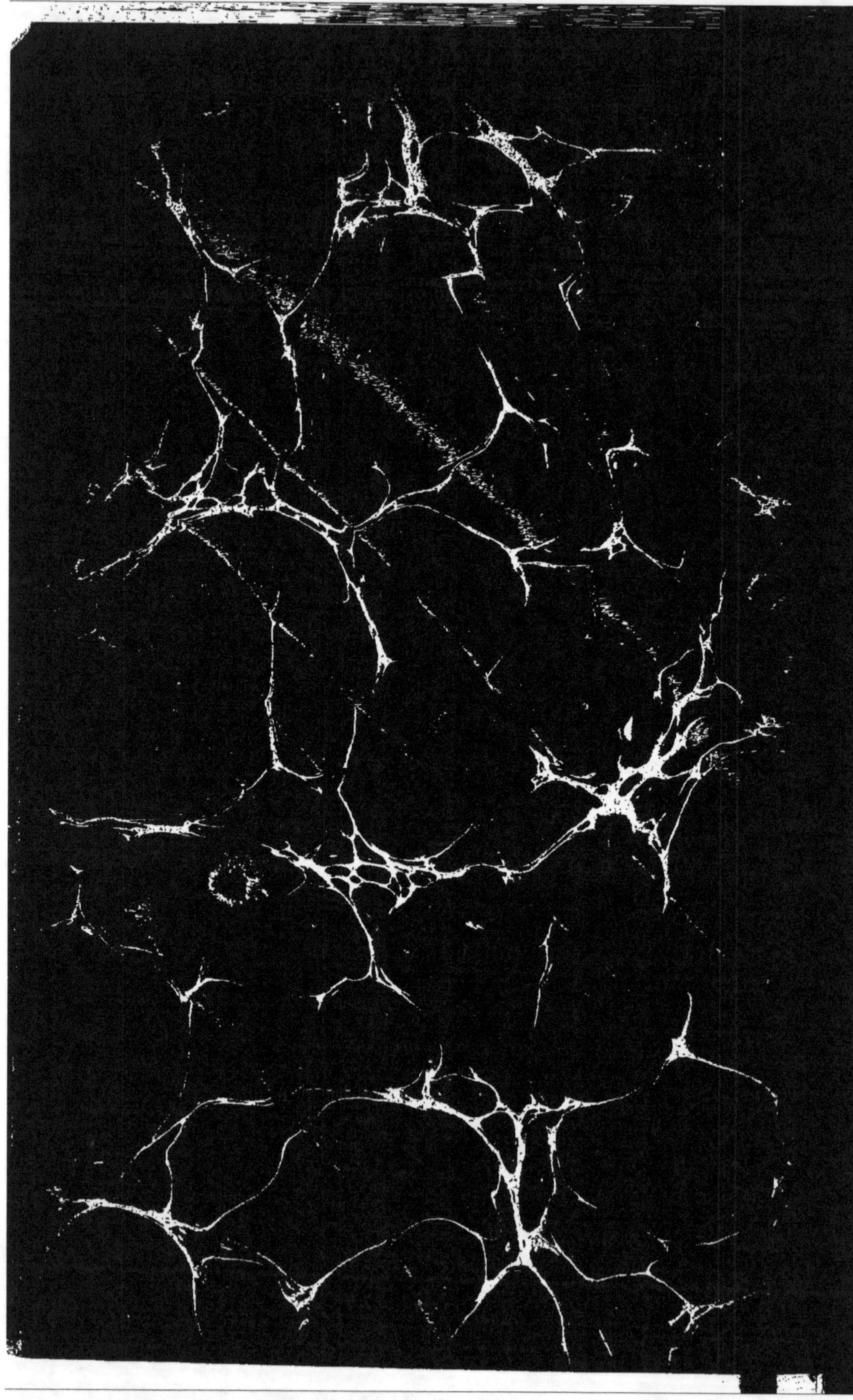

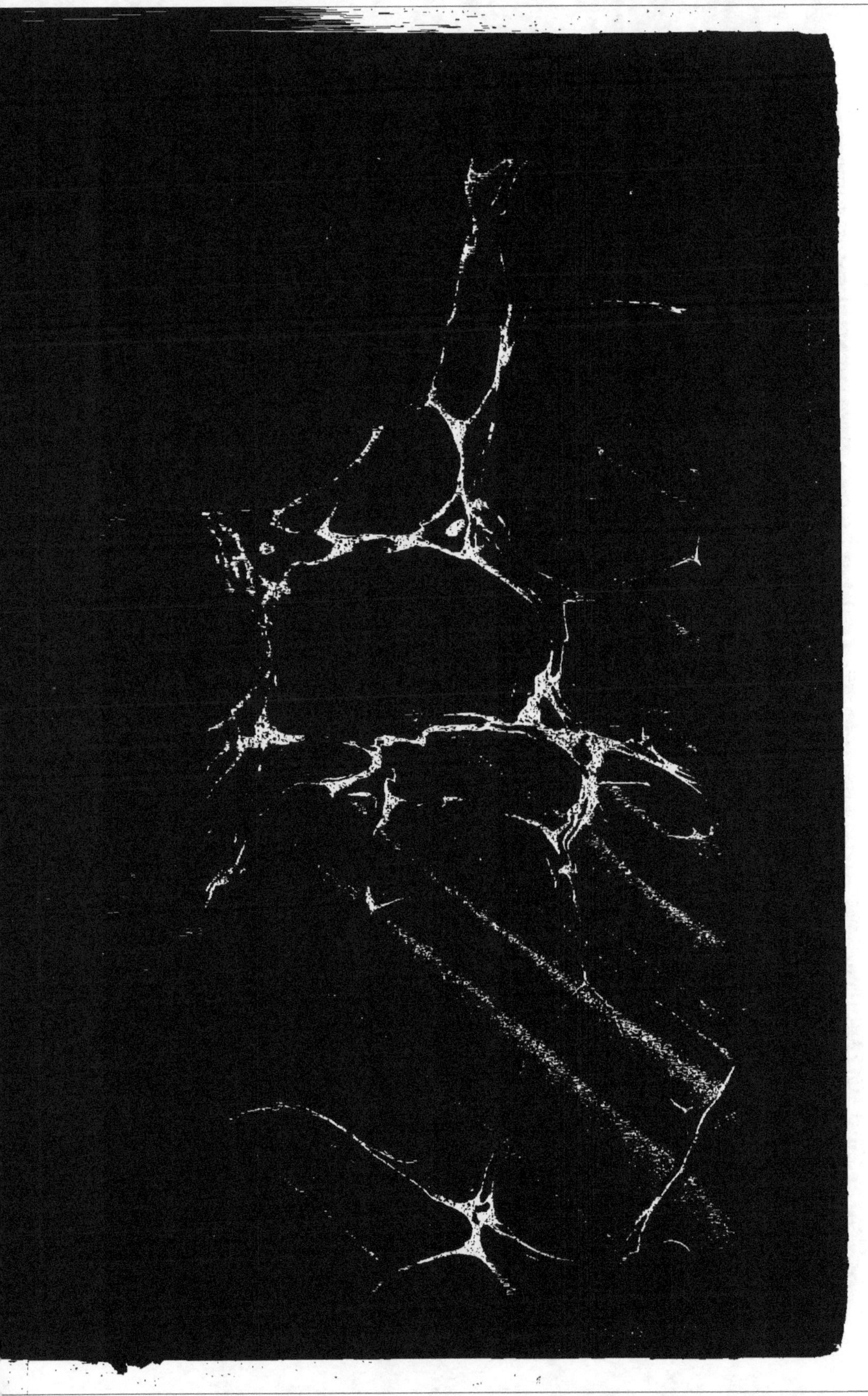

www.ingramcontent.com/pod-product-compliance
Lightning Source LLC
Chambersburg PA
CBHW071521120726

47907CB00012B/46